Von Patricia Shaw sind bei
BASTEI LÜBBE TASCHENBÜCHER lieferbar:

12043	Südland
12263	Sonnenfeuer
12342	Weites, wildes Land
12543	Heiße Erde
12613	Der Ruf des Regenvogels
12707	Der Traum der Schlange
12887	Brennender Traum
14293	Salz der Hoffnung
14349	Leuchtendes Land
14463	Sterne im Sand
14640	Feuerbucht
14786	Tal der Träume
15150	Im Land der tausend Sonnen

Über die Autorin:

Patricia Shaw wuchs in Melbourne auf. Sie war Assistentin des Gouverneurs von Queensland und Leiterin des Archivs für Oral History im Parlament. Heute lebt und arbeitet sie in Queensland.
Patricia Shaws Australiensagas haben ein eigenes Genre begründet und sind internationale Bestseller.

Patricia Shaw

Brennender Traum

Australien-Roman

Ins Deutsche übertragen von
Annette Hahn

BASTEI LÜBBE STARS
Band 77020

Vollständige Taschenbuchausgabe

Bastei Lübbe Stars ist ein Imprint
der Verlagsgruppe Lübbe

Titel der englischen Originalausgabe:
THE OPAL SEEKERS
© 1998 für die deutschsprachige Ausgabe by Schneekluth
Ein Verlagsimprint der Weltbild Verlag GmbH, Augsburg
Lizenzausgabe: Verlagsgruppe Lübbe GmbH & Co. KG,
Bergisch Gladbach
Einbandgestaltung: Bianca Sebastian
Titelbild: getty-images / Ted Mead
Satz: hanseatenSatz-bremen, Bremen
Druck und Verarbeitung: Nørhaven Paperback A/S, Viborg
Printed in Denmark, April 2005
ISBN 3-404-77020-X

Sie finden uns im Internet unter
www.luebbe.de

Der Preis dieses Bandes versteht sich einschließlich
der gesetzlichen Mehrwertsteuer.

Über Opale

Ich bewundere sie mehr noch als Edelsteine. Bei ihnen finden wir die vier Grundfarben, aber hier – ach, es gibt keine Farbe zu Wasser oder zu Land, die nicht in einem dieser himmlischen Steine eingefangen ist.

Oscar Wilde

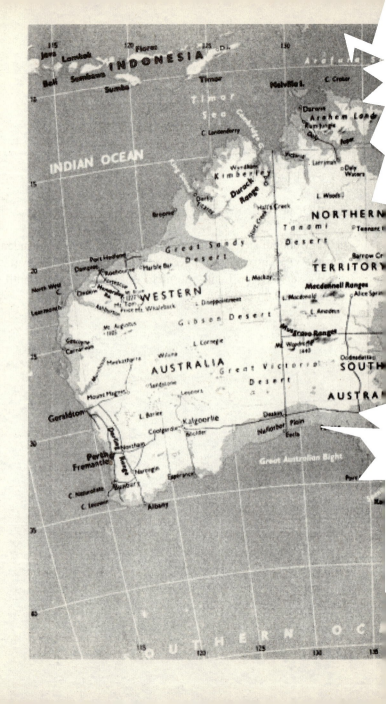

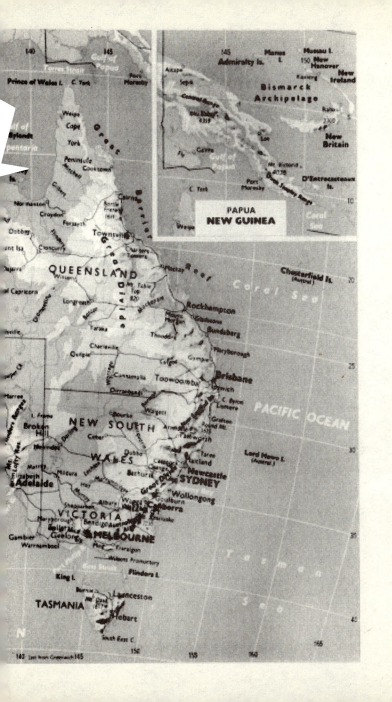

1

1898

TRELLA COURT, SO hieß es, war eine widerspenstige Person.

»Wenn Schwarz weiß wäre, würde sie sagen, es sei gelb«, bekräftigte ihre Mutter, Maisie Grogan, diese Behauptung in der ihr eigenen Logik. Sie hatte die Auseinandersetzung in der letzten Woche noch nicht vergessen, als sich Trella mitten in der Predigt mit Pater Daly gestritten hatte. Und das nicht zum ersten Mal, Gott sei's geklagt!

Es ging um die junge Mary Best, die sich hatte schwängern lassen und zu den Nonnen nach Dublin geschickt worden war, um ihre Schande zu verbergen.

»Ihre Abwesenheit soll allen jungen Frauen dieser Gemeinde eine Lehre sein«, hatte Pater Daly in seiner Predigt von der Kanzel gedonnert, »rein zu bleiben in Körper und Geist! Gefallene Frauen sind verdammt vor den Augen Gottes! Der Makel ihrer Sünde kann nie ausgelöscht werden!«

Er legte sich mächtig ins Zeug und wetterte über die Sünde der Lust, die Mary Best und andere ihres Schlages aus den heiligen Pforten der Kirche getrieben hatte.

»Ihr guten Menschen von Tullymore, hütet euch vor Evas Sünde. Hütet euch vor diesen Frauen, die sich an der Lust ergötzen ...«

In diesem Moment war Trella aufgestanden und Maisie beinahe in Ohnmacht gefallen.

Der ehrwürdige Vater hielt mitten im Satz inne. Sein Gesicht war flammend rot, seine Augen quollen hervor, und er suchte in seinem Ärmel nach einem Taschentuch, um sich zu schnäuzen und zu schimpfen.

Aber er befahl ihr nicht, sich wieder zu setzen wie das letzte Mal. Er wartete ab, ob sie etwas sagte. Und das tat sie natürlich.

»Wir haben genug von der armen kleinen Mary Best gehört, Pater Daly«, rief Trella. »Niemand wird von allein schwanger. Dazu gehören zwei. Was also ist mit dem jungen Burschen da drüben in der zweiten Reihe? Haben Sie ihm nichts zu sagen?« Maisie lehnte sich über ihren Enkel Garth und knuffte ihre Tochter mehrmals, damit sie sich setzen möge. Sie hatte wahrhaftig das Wort ›schwanger‹ in der Kirche ausgesprochen! War sie denn vollkommen verrückt geworden? Neben ihr saß Brodie Court und grinste. Natürlich, für ihn war so etwas nichts weiter als amüsant. Also versuchte sie den Blick ihres Schwiegersohnes Michael zu erhaschen, damit er seiner Frau den Mund verbat, aber der hielt die Augen gesenkt und wich ihrem Blick aus. Er wich allen Blicken aus, da er nicht wußte, was er tun sollte.

»Haben Sie ihm denn gar nichts zu sagen?« beharrte Trella hartnäckig. »Dem Vater des Kindes, das die junge Frau bekommen wird? Oder ist es für Männer keine Sünde?«

Die Gemeinde saß wie erstarrt und wagte kaum zu atmen aus Angst, Pater Daly könnte ihr Vergnügen über diese plötzliche Unterbrechung der frommen Andacht bemerken.

Da erhob sich im hinteren Teil der kleinen Kirche Sergeant Clemens aus der Bank und alle Augen starrten in seine Richtung.

Er schlich auf Zehenspitzen, soweit das einem Mann seiner Statur möglich war, zu Trellas Bank vor. Er beugte sich über Michael zu ihr, die wieder Platz genommen hatte und auf eine Antwort des Pfarrers wartete.

»Würdest du bitte mit mir kommen, Trella?« flüsterte er.

Sie sah ihn verständnislos an. »Wohin?«
»Nach draußen.«
»Warum?«
»Ich möchte mit dir sprechen.«
»Kann das nicht warten?« unterbrach Michael irritiert.
»Nein. Du mußt mitkommen, Trella.«
»Warum? Was ist los?« Sie klang beunruhigt. »Ist etwas passiert?«

Man hätte eine Stecknadel fallen hören können. Der Polizist trat von einem Fuß auf den anderen, wobei seine Schuhe hörbar knarrten.

»Es ist bei Strafe verboten, den Gottesdienst zu stören«, zischte er.

»Seit wann?«
»Schon immer. Würdest du jetzt bitte mitkommen?«
Michael Court packte ihn am Arm. »Was höre ich da? Willst du meine Frau etwa festnehmen?«

Clemens war noch unangenehmer zumute als Pater Daly, der in erhabener Pose auf der Kanzel verharrte und den Blick starr auf das runde Mosaikfenster über dem Eingang richtete.

Der Sergeant zögerte. Michaels Stimme hatte bedrohlich geklungen, und von weiter hinten in der Bank fixierte ihn Brodie, der die Sache mittlerweile nicht mehr amüsant fand. Die Court-Brüder waren hartgesottene Männer. Obwohl sie oft ratlos waren, wenn Trella ihren Verdruß über manche Ereignisse im Dorf äußerte, so würden sie ihre Festnahme auf jeden Fall verhindern. Clemens wußte das. Der große bärtige Brodie ging einem Streit nie aus dem Weg, und der Gedanke an eine Schlägerei in der Kirche verursachte Clemens Schweißausbrüche. Er hätte sich auf diese Sache nicht einlassen sollen.

»Es ist wegen Pater Daly«, flüsterte er Michael, dem ruhigeren der beiden, mit Nachdruck zu. »Er hat sich beschwert. Er will solche Streitereien in seiner Kirche nicht mehr haben.«

»Ist er etwa der Papst?« wollte Michael wissen. »Der Mann ist wohl unfehlbar, wie?«

»Davon verstehe ich nichts. Ich habe eine Beschwerde bekommen und muß handeln.« Er wandte sich an Trella. »Nun sei ein braves Mädchen und komm mit. Es wird keine Konsequenzen für dich haben. Wir werden nur ein bißchen reden.«

»Wir werden nichts dergleichen tun«, gab sie barsch zurück. Sergeant Clemens überlegte, wo um alles in der Welt Trella ihre Widerspenstigkeit herhaben könnte. Sie war eine einfache Bauerntochter und mit einem Bauern verheiratet; sie war in ihrem Leben nie weiter als bis Limerick gekommen – und dennoch war sie die geborene Rebellin, voll sonderbarer Ideen.

Er sah sie flehend an, immer noch in der Hoffnung, sie würde aus der Bank treten und ihm folgen, aber das finstere Gesicht unter der dunklen Haube belehrte ihn eines Besseren.

»Pater Daly muß mit dem Gottesdienst fortfahren«, sagte er.

»So laß ihn doch. Es wird auch Zeit, da er anscheinend keine Antwort für mich hat. Soll er in Zukunft besser darauf achten, was er sagt!« Sie griff nach ihrem Gebetbuch. »Sitzen wir nicht alle hier und warten? Wenn ich jetzt gehe, werde ich den Sonntagsgottesdienst verpassen, und das allein ist eine Sünde, wie du ja wohl weißt, Rory Clemens.«

Der Sergeant sah Michael seufzend den Kopf darüber schütteln, daß jemand so dumm war mit seiner Frau zu streiten. Er sah Brodie grinsen und auf die Knie fallen, als die Glocken am Altar klingelten. Erstaunt blickte er nach oben und stellte fest, daß Pater Daly die Kanzel verlassen hatte und mit dem Gottesdienst fortfuhr, während er sich hier vor allen Leuten zum Narren machte.

Er beugte kurz das Knie und schlich zurück in seine Bank, mit gesenktem Kopf, als sei er ins Gebet vertieft, aber mit Zorn im Herzen. Sollte Pater Daly doch selbst mit Trella fertig werden – er hatte genug! Er grübelte darüber nach, was sie in ihrem Zorn alles gesagt hatte, und dachte an die kleine Mary Best. Deren Vater hatte sie mit dem Gürtel verprügelt, als er von ihrer Schwangerschaft erfuhr, aber den Jungen hatte er nicht bestraft. Und auch Pater Daly hatte ihm nichts vorgeworfen.

Obwohl er den Zeitpunkt ihres Protests nicht gutheißen konnte, kam Clemens langsam zu der Überzeugung, daß Trella recht hatte.

Ihre Mutter gelangte nicht zu einer solchen Einsicht. Maisie war empört, und das umso mehr, als sie in der folgenden Woche hörte, daß Trella eine Verlegung des Viehmarktes forderte.

In der Küche ihres kleinen, strohgedeckten Hauses stellte sie sie zur Rede. »Wer hat dich darum gebeten, den Händlern zu sagen, wo sie ihren Jahrmarkt abhalten sollen?«

»Es ist kein Jahrmarkt«, entgegnete Trella, »es ist ein Rindermarkt. Ich könnte es verstehen, wenn Tullymore einen Marktplatz hätte, aber unser Dorf besteht aus einer einzigen schmalen Straße von der Kirche oben am Berg bis hinunter zum Leichenbestatter. Wenn sie das Vieh herbringen, müssen alle Läden geschlossen werden, und die Straße ist voller Urin und Kuhfladen. Alles stinkt.«

»Dann bleib doch weg! Das Ganze geht dich doch überhaupt nichts an. Ich weiß nicht, wie Michael es aushält, daß du dich immer und ewig in alles einmischst.«

»Du hast doch gar keine Ahnung«, gab Trella zurück und stürmte hinaus.

Ihre Mutter kritisierte sie nur allzu gern, besonders vor den Männern. Manchmal dachte Trella, es sei Maisies besondere Art, ihr dafür zu danken, daß sie sie nach Vaters Tod zu sich genommen hatten. Ständig putzte sie und lief hinter ihnen her, als könnten sie ihre Stiefel nicht selbst aufheben. Für Vater hatte sie das nie getan, nicht einmal in den Jahren, als er schon so schwach war. Und das Keifen und Nörgeln gehörte eben dazu. Indem sie ihre Tochter herabsetzte, bekam Maisie das Gefühl selbst in einem besseren Licht dazustehen.

»Ach, die arme Frau«, hatte Michael gesagt. »Sie meint es nur gut. Nimm es dir nicht zu Herzen.«

»Aber es ist mein Haus! Sie tut so, als ob ich nicht bis drei zählen könnte! Ich habe Sorge, daß sie einen Keil zwischen uns treibt, Michael.«

Er nahm sie in die Arme. »Wie sollte sie das schaffen? Bist du denn nicht die Liebe meines Lebens?«

So war Michael. Ein guter Mann. Ein liebevoller Ehemann. Ganz im Gegensatz zu Brodie. Trotz seines Charmes konnte er gemein und hinterhältig sein; man wußte nie, was er als Nächstes aushecke.

Maisie war es, die nach dem Vorfall in der Kirche den Streit vom Zaun brach und ihre Tochter der Blasphemie bezichtigte.

»Das ist nun wirklich übertrieben«, hatte Michael entgegnet.

»Warum?« wollte Brodie wissen. »Wie nennst du es denn, wenn man in der Kirche beinahe verhaftet wird? Ich dachte, ich hör nicht richtig, als sie anfing!«

»Das ist doch wohl eine Frechheit!« fuhr Trella ihn an. »Ich hab genau gesehen, wie du gegrinst hast. Dabei war es überhaupt nicht lustig, was ich zu sagen hatte.«

Ruhig ging Michael dazwischen. »Vielleicht wäre es besser gewesen, wenn du gewartet und Pater Daly hinterher erzählt hättest, was dich ärgert, Trella.«

»Was hätte es genützt, sich in der Sakristei zu verstecken? Oben auf seiner Kanzel mußte ich ihn aufhalten, als er dem Mädchen die Schuld gab und nicht dem Jungen. Ich hatte ja nicht vorgehabt etwas zu sagen. Aber als ich ihn dann hörte, ist mir der Kragen geplatzt.«

»Wieso ist dir der Kragen geplatzt?« rief Maisie. »Du bist doch genauso eine wie Mary Best, und du schreist es noch in alle Welt hinaus.«

»Sprich nicht so zu mir in meinem Haus!«

Maisie richtete sich auf. Sie war einige Zentimeter größer als ihre Tochter. »So, es ist also dein Haus! Und ich bin eine Witwe, die von eurer Fürsorge lebt und nichts sagen darf, wie? Nun kenne ich meinen Platz. So wie du mich behandelst, bin ich ja im Armenhaus noch besser dran.«

»Komm, Maisie, das ist nicht nötig«, sagte Michael. »Du weißt, daß du hier willkommen bist. Trella empfindet in manchen Dingen sehr stark, das solltest du verstehen.« Er lächelte. »Manchmal schlägt sie ein wenig über die Stränge, aber sie hat das Herz am rechten Fleck.«

»Wenn sie nächste Woche wieder so loslegt, wird sie noch ins Gefängnis kommen«, brummte Brodie. »Pater Daly ist ganz schön wütend.«

»Er hat mein tiefstes Mitgefühl«, meinte Trella barsch. »Und wir werden bald alle im Armenhaus sein, wenn das so weitergeht.«

»Wo ist Garth?« fragte Michael, um abzulenken.

»Beim Angeln«, erwiderte Trella. »Unten am Tiefen Loch.«

»Dann laß uns beide doch einen Spaziergang dorthin machen und nach ihm sehen.«

Als sie über die Wiesen gingen, nahm Michael ihre Hand und küßte sie. »Du machst dir zu viele Gedanken, meine Liebe.«

»Ich muß mir ja auch Gedanken für alle machen. Wir haben kaum noch einen Penny, Michael. Kartoffeln gibt es nur wenig, der Mais ist jetzt schon faulig, und ich weiß nicht, wie lange wir noch durchhalten können.«

»Es ist ein schlechtes Jahr, das ist alles. Die Zeiten werden wieder besser.«

»Das hast du letztes Jahr auch gesagt. Ich möchte, daß du mit Brodie sprichst. Er läßt dich mit der ganzen Arbeit allein und macht woanders merkwürdige Geschäfte, aber er bringt nie Geld nach Hause.«

»Er verdient nur hier und da ein paar Pfund. Er ist Junggeselle und hat ein Recht darauf, ein Leben außerhalb der Farm zu führen. Wenn er einmal seßhaft wird, ändert sich das bestimmt.«

Wirklich? Trella war skeptisch. Sie fürchtete sich vor dem Tag, da Brodie eine Frau in ihr ohnehin schon überfülltes Haus bringen würde. Woanders konnte er nicht hingehen, es sei denn, er heiratete ein reiches Mädchen, und davon gab es – von den Hadley-Jones' oben am Berg abgesehen – nicht viele. Im Moment wohnten Brodie und Garth zusammen in einem Zimmer, sie und Michael hatten eines und Maisie schlief in der Küche auf einem Bett, das tagsüber als Sofa diente. Trella konnte sich schon gut vorstellen, was passieren würde: Ihr Sohn müßte draußen im Schuppen schlafen, wo sie bisher Besucher unterbrachten.

Sie liefen den Abhang zum Fluß hinunter und überraschten den Jungen.

»Seid nicht so laut«, schalt er sie. »Ihr werdet noch die Fische verjagen.«

»Hast du schon welche gefangen?« erkundigte sich sein Vater.

»Noch nicht, aber sie sind da. Vielleicht ist es zu bewölkt, so daß sie die Köder nicht sehen können. Ich wünschte, die Sonne würde rauskommen.«

Michael lachte. »Da wirst du lange warten müssen, denn es wird bald regnen.«

Während sie die beiden beobachtete, wurde Trella ruhiger. Würde es nur sie drei geben, wäre das Leben in Ordnung. Garth war jetzt zwölf. Maisie bestand darauf, daß er von der Schule ging und sich Arbeit suchte. Brodie unterstützte sie und ermutigte den Jungen das Haus zu verlassen, aber in diesem Punkt gab Michael zu Trellas großer Erleichterung nicht nach. Garth sollte zwei weitere Jahre an der Schule bleiben. Sie wünschte, sie hätten das Geld, um ihn studieren zu lassen, aber darauf war nicht zu hoffen.

Trella mußte lächeln, als sie an die Auseinandersetzung bei seiner Taufe dachte. Alle hatten protestiert, ›Garth‹ sei kein Heiligenname, und Pater Daly wollte sie bis zur letzten Minute davon abbringen.

»Wo kommt der Name Garth denn überhaupt her?« fragte ihre Mutter.

»Es ist der Name, den Trella gewählt hat«, erwiderte Michael mit fester Stimme. »Sie hat das Kind bekommen, also darf sie den ersten Namen bestimmen. Ich habe den zweiten Namen gewählt, James, also hast du deinen Heiligen und jetzt kein Wort mehr.«

Garth, dachte Trella zärtlich. Es war Absicht gewesen. Sie wollte, daß er anders ist, daß er eines Tages aus diesem engen Dorf ausbricht und selbst etwas darstellt, ohne von Vorurteilen belastet zu sein. Er war ein stämmiger, gut aussehender Bursche, mit den sanften braunen Augen seines Vaters. Manche sagten, er käme mehr nach Brodie, aber davon wollte Trella nichts hören. Brodies dunkles Haar war gelockt und seine Augen blau – glitzernd blau, wenn er gut gelaunt, aber eisig blau, wenn seine Stimmung schlecht war.

Trella und Michael waren stolz auf ihren Sohn und liebten ihn sehr. Mehr noch, da sie seit seiner Geburt drei Kinder verloren hatten; ein Junge war mit einem Monat gestorben und Trella hatte zwei Fehlgeburten gehabt.

»Sie müssen mehr essen«, hatte der Arzt gesagt. »Sie sind ja so dünn wie eine Bohnenstange.«

Leichter gesagt als getan, dachte Trella matt, seit die Schweine fort sind, wir nur noch zwei Milchkühe haben und die meisten Erträge der Farm verkauft werden müssen. Fünf Leute kann ich einfach nicht mehr satt bekommen.

Der Regen brachte kalten Wind, der ihnen bis in die Knochen drang, und Michael bekam sofort wieder schweren Husten. Er legte sich aber erst ins Bett, als hohes Fieber dazukam und er zu schwach zum Stehen war.

Die Frauen pflegten ihn einige Tage, bis das Fieber nachließ. Und als ein bißchen Sonne durchkam, konnte er schon wieder hinausgehen und die gute Luft atmen.

»Ich glaube, er hat die Schwindsucht«, flüsterte Trella ihrer Mutter zu.

»Und ich glaube, du bekommst Gehirnschwindsucht«, gab Maisie zurück, »jedes Mal, wenn einer hustet.«

»Man sagt doch, daß es sich vererbt, und seine Eltern sind an Schwindsucht gestorben.«

»Hör auf mit dem Gerede. Du verhext den armen Mann ja noch. Das Wetter ist es, das Michael krank macht, und nicht dein Aberglaube. Sorg dafür, daß er bei diesem kalten Wetter die warme Unterwäsche trägt. Er hat die Grippe überstanden und wird bald wieder gesund und munter sein.«

Bald stand Michael wieder auf dem Feld und kümmerte sich mit Brodie um den letzten Teil der Kartoffelernte. Alles lief wieder seinen normalen Gang, und Trella machte sich vom Tal auf zum Hügel, um die Gläser mit dem Eingemachten in Hadley-Jones' Küche zu bringen. Jetzt, da sie sich keine Sorgen mehr um Michael zu machen brauchte, war auch ihr wieder wohler, und sie konnte den Aufstieg genießen.

Sie ging über die Brücke, durch das Dorf und an der Kirche vorbei, bis sie schließlich – ein wenig außer Atem – den Hügelkamm erreichte und auf Tullymore hinabblickte. Von hier aus war das Dorf nichts weiter als eine Reihe von Steinhäusern, die sich auf beiden Seiten der gepflasterten Straße aneinander drängten – ein grauer Einschnitt in der hügeligen grünen Landschaft. Es sah sauber und ordentlich aus. Schwer zu glauben, daß dort überhaupt jemand lebte. Und noch schwerer zu fassen, daß innerhalb dieser soliden Mauern und unter den braunen Dächern der Bauernhäuser ringsum bittere Armut herrschte.

Für diese sonst so ehrlichen Menschen war Armut etwas, das aus Scham verheimlicht und als ›schlechte Zeiten‹ bezeichnet wurde, als wäre es ein schäbiger Mantel, den man nach Belieben auch wieder ablegen konnte.

Wenn Trella versuchte es auszusprechen, fuhr man ihr über den Mund. »Armut!« sagten die Alten. »Du würdest wissen, was Armut bedeutet, wenn du zur Zeit der großen Hungersnot gelebt hättest, wo Tausende auf den Straßen lagen und verhungerten und die Kinder in den Armen ihrer Mütter starben.«

Das war das Schreckliche daran. Sie benutzten die große Hungersnot als Maßstab. Es mochten ja schlechte Zeiten sein, aber es könnte immer noch viel schlimmer kommen, also sei dankbar, daß es dir gut geht. Kümmere dich nicht um Johnny Adair, der einen Konsumladen eröffnen will, oder um seine Idee, einen Experten aus Dublin kommen zu lassen, der zu den Getreideproblemen Ratschläge gibt. Hör nicht auf ihn! Aber gib dein Silber, um eine neue Statue für die Kirche zu kaufen oder einem alten Hurling-Spieler ein Denkmal zu errichten.

Und selbst in Tullymore lauerte die andere Gefahr, der heimliche, finstere Kampf für ein freies Irland, der durch die Streitereien der Fenians und der Sinn Fein noch erschwert wurde. Michael hinkte, weil er als achtzehnjähriger Kurier der Freiheitskämpfer eine Kugel ins Bein bekommen hatte. Damals hatte seine Mutter, eine Frau mit eisernem Willen, Brodie schwören lassen, daß er sich aus dieser Sache heraushält. Die Tage der Kämpfe schienen vorbei und Tullymore vergessen zu sein, aber das Unbehagen blieb, und es wurde geschwiegen, wenn Männer heimliche Treffen abhielten und immer wieder ohne ein Wort für mehrere Wochen verschwanden.

Trella hatte Angst um ihren Sohn. Die Gefängnisse waren voll von Patrioten. Sie war keine Träumerin und hatte auch keine großen Pläne für die Zukunft. Sie war realistisch genug und sah die Dinge, wie sie waren. Ihr größtes Anliegen war das Überleben der Court-Familie. Sie hatte keine Geduld, sich die Sprüche über die guten alten Zeiten anzuhören, als die Courts viele Generationen zuvor das halbe Tal besessen hatten. Diese glorreichen Tage waren längst vorüber. Ihr Besitz war zu einem nicht mal einen Hektar großen Hof zusammengeschrumpft, der Michael und Brodie gehörte, und Gott allein wußte, wie lange das noch so bleiben würde.

»Wir können zu Geld kommen«, hatte Brodie gesagt. »Ich weiß gar nicht, worüber du dir Sorgen machst. Wir können doch das Land beleihen.«

»Niemals!« hatte Michael gerufen. »Das ist der Weg in den Ruin! Ich will niemandem verpflichtet sein. Haben wir nicht genug Pfändungen in diesem Tal erlebt? Die Höfe mußten verkauft werden und die Familien wurden vertrieben.«

Trella war derselben Meinung wie ihr Mann, aber das änderte nichts an ihrer mißlichen Lage, daß sie kaum genug Essen auf den Tisch bringen konnte.

»Ob es euch gefällt oder nicht«, schimpfte sie vor sich hin, »es muß etwas geschehen.«

Verärgert stieg sie den Hügel hinauf zur Villa des Engländers, John Hadley-Jones, in der mehr Bedienstete wohnten als Familienangehörige.

Trella mußte zugeben, daß man von dem Haus eine wunderbare Aussicht auf die Bucht hatte, aber davon abgesehen fand sie es ziemlich häßlich. Alle anderen hielten es für ein schönes großes Gebäude, das von einem Architekten aus London entworfen worden war – als ob das genügte, damit es schön wurde! Es war nichts weiter als eine zweistöckige, rechteckige Schachtel und hatte nicht einmal ein Vordach, um den Besuchern Schutz zu bieten. Außerdem stand es inmitten eines perfekt gestalteten Gartens mit Büschen und Rasenflächen, die so ordentlich aussahen, als seien sie mit der Schere geschnitten worden. Im Haus, so hieß es, gab es mehr Zimmer als in einem Hotel und alle prächtig ausgestattet. Nach Trellas Meinung sollte wohl das kalte graue Äußere des Hauses wettgemacht werden.

Ein Reiter kam die Straße herauf und unterbrach ihre Gedanken. Als Trella den Mann in seinem Tweedmantel und mit dem hohen Hut erkannte, sprang sie in den Straßengraben und lief quer über die Wiese, um ihn nicht grüßen zu müssen.

Die Dorfbewohner zogen ihre Mützen und nannten Mr. Hadley-Jones ›euer Ehren‹, was Trella jedoch strikt ablehnte.

»Er ist für niemanden eine Ehre«, sagte sie immer. »Er ist nur ein gewöhnlicher Mann, der zufällig viel Land und einen Haufen Geld besitzt.«

Sie beneidete weder ihn noch seine Familie um das Geld. Es war deren Angelegenheit und hatte nichts mit ihr zu tun. Sie bezweifelte, daß ein Mann wie er sich für den Dorfklatsch interessierte, wo einige behaupteten, er sei hart gegenüber seinen Pächtern, und andere sagten, er sei fair. Jeder mußte mit seinem Leben zurechtkommen, so gut er konnte.

Nichtsdestotrotz war es ein Vergnügen, im Hof an den Ställen mit all den schönen Pferden vorbeizugehen.

Die Köchin kam aus der Küche und wischte sich die Hände an ihrer Schürze ab. »Ah, Trella. Was hast du heute?«

»Eier. Und eingelegten Aal. Ich dachte, du würdest ein oder zwei Gläser nehmen.«

»Ich nehme alle – acht sind es, oder? Sie haben Besuch, und da kann ich etwas Besonderes gebrauchen. Wieviel macht das?«

»Drei Shilling«, meinte Trella hoffnungsvoll und die Köchin, die heute guter Laune war, hatte keine Lust zu handeln und zahlte.

»Hier«, sagte sie dann und griff in ein Regal, »nimm dieses Schinkenende mit. Ich kann's nicht verwenden.«

»Bist du sicher?« fragte Trella nervös.

»Aber ja. Sie haben gerade ein Schwein geschlachtet, und ich habe noch genug.«

»Dann dank ich dir. Es wird uns gut tun.«

Erfreut über dieses unverhoffte Glück machte sie sich wieder auf den Heimweg und überdachte noch einmal den Plan, den sie gefaßt hatte. Diesmal würde Michael gut zuhören müssen. Sie fand ihn im Schuppen beim Einsacken des Maises.

»Michael, ich muß mit dir reden.«

Er richtete sich auf und streckte den Rücken. »Hier bin ich. Du siehst heute besonders hübsch aus. Was hast du gemacht?«

»Ich habe etwas an das große Haus verkauft.«

»Gut. Worüber wolltest du sprechen?«

»Wo ist Brodie?« fragte sie, da sie nicht unterbrochen werden wollte.

»Er ist drüben bei den Darcys und hilft beim Pflügen. Wir bekommen dafür gutes Saatgut von ihnen und haben dann nächstes Jahr eine bessere Ernte.«

»Wenn wir so lange durchhalten. Michael, so wie es im Moment aussieht, werden wir uns bald nur noch von Rüben ernähren können. Wir müssen etwas unternehmen. Der Hof kann uns nicht mehr am Leben erhalten.«

»Jetzt machst du dir schon wieder Sorgen. Es wird bald besser gehen, du wirst sehen.«

»Nein, ich sehe gar nichts. Wir müssen an Garth denken. Wir sind zu viele hier und einer muß gehen.«

Er sah sie erstaunt an, dann lachte er. »Wenn du daran denkst, deine Mutter wegzuschicken, will ich im Pub sein, wenn du es ihr sagst. Aber das kann nicht dein Ernst sein. Wo sollte sie hingehen?«

»Ich denke dabei auch nicht an Maisie, sondern an Brodie. Er ist ein erwachsener Mann von fünfundzwanzig Jahren. Wir können ihn nicht durchfüttern. Zu seinem und zu unserem Besten sollte er gehen. Wenn er sich eine Frau nimmt, wird es nur noch schwerer für uns.«

Michael band den Sack mit Maiskolben zu und drehte sich zu ihr um. »Du schlägst also vor, meinen Bruder hinauszuwerfen? Ist es das, was du willst? Ihn vom Hof werfen, der ihm genauso gehört wie mir? Wenn er wollte, könnte er das ebenso gut von uns verlangen. Was ist in dich gefahren?«

»Beruhige dich doch. Es ist die einzige Möglichkeit. Ich werfe ihn nicht hinaus, ich schlage nur vor, daß er sich irgendwo eine Arbeit sucht, nur vorübergehend, bis die Dinge besser stehen.«

»Und wo soll er Arbeit finden? Hier gibt es doch nichts.«

»Aber in Dublin. Garth und ich können auf den Feldern helfen, wenn er fort ist. Wir geben ihm ein paar Shilling für den Anfang und kümmern uns um eine Unterkunft.«

»Was ist, wenn er da keine Arbeit findet?«

»Die Chancen sind dort besser als hier.« Trella zuckte mit den Schultern. »Wenn er nichts findet, kommt er eben wieder zurück und nichts ist verloren. Es lohnt sich, darüber nachzudenken. Und wenn er wöchentlichen Lohn bekommt, kann er dir bis zur nächsten Ernte immer ein bißchen schicken. Verstehst du nicht, Michael – wir müssen es zumindest versuchen. Wenn er nicht einverstanden ist, bleibt er eben hier und wir schlagen uns weiter durch.«

»Genug. Laß mich nachdenken. Wenn irgend jemand geht, dann sollte ich das sein. Es ist meine Familie, die den größten Teil verbraucht, denk daran. Brodie hat sich nie darüber beschwert.«

»Du bist nicht gesund, Michael, das weißt du. Aber wenn du gehst, dann gehen wir mit dir, und das ist auch nicht der Sinn der Sache. Wir müssen uns jetzt entscheiden, bevor alles noch schlimmer wird.«

»Ich sagte doch, ich denke darüber nach«, erwiderte er gereizt.

Sie drückte ihm einen Shilling in die Hand. »Du könntest mit ihm ins Pub gehen und in Ruhe mit ihm darüber reden.«

Mißmutig schob er das Geld in die Tasche. Es hatte eine Zeit gegeben, vor Jahren, da konnten die Court-Brüder fast jeden Tag nach der Arbeit ins ›Erin‹ gehen. Jetzt reichte das

Geld nur noch für einen gelegentlichen Besuch am Sonnabend. Trella fröstelte. Sie küßte ihn auf die Wange und ging hinüber ins Haus.

Es war Freitag, kein guter Tag für Entscheidungen. Ein schlechtes Omen. In ihrer Eile, Michael den Plan zu unterbreiten, hatte Trella gar nicht daran gedacht. Aber jetzt lag es an ihm. Ihr Vorschlag mochte grausam klingen, aber Brodie war kein Kind mehr. Er hätte schon längst nach einer anständigen Arbeit suchen sollen.

Maisie war überrascht, als Michael verkündete, sie würden ins Pub gehen, sagte aber nichts. Männer konnten ja tun, was sie wollten.

»Dieser Schinken«, meinte sie zu Trella, »reicht für ihr Abendessen.«

»Nein. Gib ihn in den Eintopf, wir werden ihn teilen.« Sie ging in ihr Schlafzimmer unter dem Vorwand, den Quilt zu flicken, setzte sich aber auf den Bettrand und starrte trübsinnig vor sich hin. Sie stellte sich vor, sie würde draußen vor dem Pub stehen und in die bekannten alten Gesichter im schummrigen Licht blicken. Auf erschöpfte Männer in schäbiger Kleidung, die über ihren Bierkrügen immer wieder dieselben Dinge diskutierten, an ihren Pfeifen zogen und damit gestikulierten. Noch war es zu früh zum Singen.

Sie machte sich Sorgen, daß diese Männer, die so sehr an ihre Lebensweise gewöhnt waren, Michael ihren Plan ausreden könnten, selbst wenn er einen Sinn darin erkannt hätte. Manchmal, wenn sie vorbeiging, merkte sie, wie die Männer sie anstarrten und mit grimmigen Gesichtern ihre Mißbilligung über diese Court-Frau zeigten, die ihre Nase in alle Dorfangelegenheiten steckte, obwohl sich niemand für ihre Meinung interessierte. Sie stellte sich vor, sie könnte den großen Messingschlüssel nehmen und alle hinter der schweren Pub-Tür einsperren. Dann, nach hundert Jahren, würde sie die Tür wieder öffnen und alle unverändert vorfinden, wie sie immer noch diskutierten und stritten und tratschten, ohne zu merken, daß ein Jahrhundert vergangen war.

Ganz im hintersten Winkel ihrer Gedanken, wo sie ungern herumstöberte, regte sich ein leiser Hauch von schlechtem Gewissen, weil ihr mehr daran lag, daß Brodie verschwand, als sie je zugeben würde. Sie wäre froh, den lauten und aufdringlichen Kerl los zu sein. Brodie schien mehr Raum einzunehmen als sie alle zusammen. Und er war so verdammt engstirnig und wollte immer seinen Kopf durchsetzen, während Michael zusah und nichts weiter tat, weil er seinen Bruder liebte und wollte, daß er glücklich war.

»Je eher er geht, desto besser«, murmelte Trella vor sich hin. »Selbst wenn er die Hälfte des Hofes will.«

Brodie ließ sich nicht zweimal bitten Michael ins Pub zu begleiten. Er fragte auch nicht danach, woher sein Bruder das Geld für ihre Pints hatte. Er wusch sich kurz das Gesicht, kämmte einmal durch das kräftige Haar und kitzelte Maisie Grogan leicht den gebeugten Nacken, als er an ihr vorbeiging. Sie lachte. »Raus mit dir, du frecher Bursche.«

Die Brüder tranken selten zusammen. Jeder hatte seine eigenen Freunde, und zu Hause sahen sie sich oft genug. Diesmal aber holte Michael seinen Bruder zu sich an die Theke und bezahlte das Bier.

Brodie war sofort mißtrauisch. Hier hielt Michael ihm für gewöhnlich seine Standpauken über Frauengeschichten, Geldverschwendung oder versäumte Gottesdienste, was seiner unsterblichen Seele schade. Er grinste. Es gab Zeiten, zu denen sein Bruder eine bessere Moralpredigt halten konnte als Pater Daly. Um sicherzugehen, daß es diesmal nicht zu lang dauern würde, gab er einem Freund ein Zeichen, ihn nach einer Weihe zu retten.

Er mochte seinen Bruder. War stolz auf ihn, auch wenn er das nie sagte. Michael war ein aufrechter Mann, der stets für jeden das Beste wollte, und außerdem hatte er einen guten Schlag, wenn es mal zum Streit kam. Es war lange her, seit jemand sich mit einem der Courts angelegt hatte, weil der andere nie weit entfernt war.

Sie tranken jeder zwei Krüge Bier, und Brodie merkte, daß dies keine Standpauke werden würde. Aus irgendeinem Grund wurde er hier verwöhnt. Er fing an sich zu amüsieren und griff sogar nach einer Schweinefleischpastete, die Michael bezahlte, ohne mit der Wimper zu zucken, obwohl er selbst nur ein kleines Stück davon aß.

Beim dritten Bier rückte er schließlich mit der Sprache heraus. »Ich hab mir überlegt«, begann Michael ruhig, »weil es doch im Moment so schlecht steht, daß ich mir in Dublin Arbeit suchen sollte.«

»Was sagst du da?« Brodie war fassungslos. »Du willst mit deiner Familie nach Dublin gehen? Bist du verrückt?«

»Nicht mit meiner Familie. Allein.«

Brodie dachte nach. »Ich könnte den Hof auch ohne dich führen, aber willst du deine Frau und das Kind einfach allein lassen? Und was würde sie dazu sagen?« Er lachte. »Ich kann mir nicht vorstellen, daß sie dich in diese Höhle des Lasters gehen läßt – einen so gut aussehenden Burschen wie dich! Man sagt, Dublin sei voller hübscher Mädchen. Und lüsterner Witwen.«

Michael runzelte die Stirn. »Wir stecken in der Klemme, Brodie. Wir brauchen dringend Geld.«

Brodie, der mittlerweile in beschwingter Stimmung war, lehnte sich gegen die Theke. »Wenn das so ist, dann kannst aber nicht du gehen. Du hast Familie. Ich werde gehen.«

Die Augen sind die Spiegel der Seele, sagt man, und nie gab es ein besseres Beispiel dafür als Michaels Augen in diesem Augenblick. Brodie sah den Ausdruck der Erleichterung über sein Gesicht huschen und erkannte, daß er hereingelegt worden war.

»Willst du, daß ich gehe?« fragte er, ohne zu erkennen zu geben, daß er es bemerkt hatte.

Er hörte Michaels detaillierte Darstellung ihrer finanziellen Lage, was nichts Neues war, und seiner Hoffnungen, in Dublin auf einer Werft oder beim Straßenbau Arbeit zu finden. »Es ist nicht so, daß ich dich wegschicken möchte«, fügte er hinzu, »aber einer von uns muß gehen. Und ich glaube, du hast recht – ich sollte hier bleiben und auf die Familie aufpassen. Garth braucht mich. Er ist ein rechter Dickkopf geworden.«

Das war zu viel für Brodie. Er knallte seinen Krug auf die Theke und fuhr Michael an: »Warum sagst du mir nicht geradeheraus, was los ist, anstatt um den heißen Brei herumzureden? Du hattest es von Anfang an so geplant. Du willst, daß ich gehe.«

»Ich versuche nur herauszufinden, was das Beste ist, Brodie.«

»Sicher tust du das. Aber das war nicht deine Idee, oder? Da steckt doch bestimmt deine Frau dahinter. Sie will den Hof, und das geht nur, wenn ihr mich los seid.«

»Hörst du denn nicht zu? So wie es im Moment steht, haben wir bald gar keinen Hof mehr. Und ich bitte dich, nicht so über Trella zu sprechen. Sie ist eine gute Frau und plant für die Zukunft. Brodie, es wäre doch nur für eine Saison, nur bis zur nächsten Ernte.«

»Ich wußte es! Sie hat ihre Hände im Spiel. Dieses raffgierige Biest ist entschlossen mich hinauszuwerfen. Gute Frau? Sie macht sich zum Gespött des ganzen Dorfes, und du bist zu schwach, um mit ihr fertig zu werden ...«

Eben noch stand Brodie an der Theke, im nächsten Moment lag er auf dem Boden zwischen umgestürzten Stühlen und rieb sich das Kinn.

»Das hättest du nicht tun dürfen«, rief er und rappelte sich auf die Füße.

»Und du hättest nicht so über meine Frau reden dürfen!«

»Ich sag nur die Wahrheit. Sie ist ein hinterhältiges Biest«, gab Brodie zurück und versetzte seinem Bruder einen Fausthieb. Der Wirt sprang über die Theke. »Raus mit euch«, schrie er. »Beide! Ich will hier keine Schlägereien haben. Los, raus mich euch!«

Die anderen Gäste erwachten aus ihrer Apathie und scheuchten die beiden Streithähne in den Hof. Dabei rückten sie Tische und Stühle zur Seite, um Platz zu machen, denn die Brüder kämpften hart, ohne einen Schlag auszulassen.

Es war ein Streit, an den man sich im Dorf noch lange erinnern würde. Seit ihrer Kindheit hatte keiner die Court-Brüder miteinander kämpfen sehen. Sie hatten jeder einen guten Gegner – Michael war kräftiger, aber Brodie hatte die längeren Arme. Die Männer umringten die beiden, feuerten sie an und schlossen Wetten ab, bis die Brüder nach fast fünf Minuten erschöpft waren und mit blutigen Gesichtern und Fäusten abrupt aufhörten, nicht ohne weiter zu schimpfen und zu fluchen.

»Wer hat denn nun gewonnen?« wollten die enttäuschten Dorfbewohner wissen, die den Kampf verpaßt hatten, aber keiner konnte es ihnen sagen.

Brodie erwachte am nächsten Morgen kalt und zitternd im Kuhstall auf Darcys Hof. Er erinnerte sich vage daran, nach der Schlägerei im Pub einen Whiskey nach dem anderen spendiert bekommen zu haben. Seinen Kater führte er auf den billigen Whiskey von Carmody zurück; daß sich sein Gesicht wie eine zermatschte Melone anfühlte, hatte er den Schlägen seines Bruders Michael zu verdanken. Sein eigener Bruder!

Es war nicht das erste Mal, daß Brodie sich am Morgen nach einer Schlägerei auf die Beine kämpfte, aber noch nie war er im Dreck und Gestank eines Kuhstalls aufgewacht. Er erinnerte sich, daß er auf dem Weg nach Hause gewesen war, als ihm plötzlich einfiel, daß er dort ja nicht willkommen war. Michael hatte ihn gebeten zu gehen. In seiner Wut war er zu Darcy gegangen und hatte mit ihm noch dessen Selbstgebrannten getrunken, bis er erneut in die Nacht geschickt wurde.

Mit einem Mal spürte er den Schmerz. Er betastete seinen Mund und stellte erleichtert fest, daß noch alle Zähne drin waren. Brodie war stolz auf seine kräftigen weißen Zähne, wie sie in dieser Gegend selten waren. Aber der Geschmack von Blut aus seiner Nase und der aufgesprungen Lippe war unangenehm. Er stapfte zum Fluß hinunter, schüttete sich Wasser ins Gesicht und zuckte bei diesem erneuten Angriff auf seinen schmerzenden Kopf zusammen.

Er überlegte, wie es Michael jetzt wohl ging. Nicht viel besser, so hoffte er. Allerdings war Michael direkt nach Hause gegangen, hatte sich von den Frauen bemuttern lassen und in seinem eigenen warmen Bett geschlafen anstatt hier draußen in der Kälte. Er war nicht aus seinem eigenen Haus geworfen worden. Von seinem eigenen Grund und Boden! Wütend dachte Brodie an Trella. Sie war an allem schuld. Sie hatte sich zwischen die Brüder gestellt und sie gegeneinander aufgewiegelt. Das würde er ihr nie verzeihen. Die große Freundschaft zwischen den Court-Brüdern war von diesem Miststück zerstört worden. Noch nie zuvor hatte Michael etwas gegen ihn ausgeheckt, das lag nicht in seiner Natur, aber sie hatte die Kugeln gegossen und es Michael überlassen, sie ihrem Plan gemäß abzufeuern.

Dieser Gedanke brachte Brodie in Rage.

Aber was sollte er jetzt tun? Reumütig nach Hause zurückkehren? Zur Tür hineinkriechen wie ein geprügelter Hund, der um Schutz bettelt? In dem Wissen, daß er nicht willkommen war?

Nun gut. Sie wollten, daß er ging, also würde er verdammt noch mal gehen, und zwar noch heute. Und sie taten gut daran, sich von heute an vorzusehen, denn er würde ihnen nicht vergeben. Der Kampf hatte alles besiegelt. Aber sie sollten nie vergessen, daß der halbe Hof noch immer ihm gehörte! Brodie marschierte über Darcys Felder, bis er an die Kreuzung kam. Dort blieb er stehen und dachte nach.

Wenn er nach rechts ging, kam er nach Tullymore, wo inzwischen jeder von ihrem Kampf gehört hätte. Und dem Grund dafür. Alle würden jetzt wissen, daß Brodie von seiner Familie hinausgeworfen worden war. Sicher war es das Hauptgesprächsthema dieses Morgens.

Abrupt wandte er sich nach links und ging die Straße Richtung Limerick hinunter – ohne einen Penny in der Tasche, aber zu wütend, um sich darüber Sorgen zu machen.

»Eines Tages werde ich zurückkommen«, brummte er vor sich hin. »Ich werde mein Glück machen, und dann komme ich zurück und lache euch alle aus. Ich werde mehr Geld haben als die Hadley-Jones' oben in ihrem feinen Haus und keiner wird mich mehr zum Gespött der Leute machen.«

Er rückte seine Mütze zurecht, klappte den Kragen hoch und stapfte in den kalten grauen Tag davon.

»Hast du's ihm denn nicht erklärt?« fragte Trella, während sie Michael das Blut vom Gesicht wusch und vorsichtig über die offene Wunde über dem Auge tupfte. »Hast du ihm nicht gesagt, wie schlecht die Dinge stehen?«

»Er weiß es doch«, murmelte Michael. »Der Vorschlag hat ihm nicht gefallen.«

»Ach, der arme Junge«, rief Maisie aus. »Du hast seine Gefühle verletzt.«

»Und er hat mehr als nur Michaels Gefühle verletzt!« gab Trella bissig zurück. »Die Wunde über seinem Auge muß genäht werden. Hast du ihm denn gesagt, daß wir ihm Geld mitgeben werden?«

»Dazu hatte ich keine Gelegenheit mehr. Laß mich jetzt! Ich rede morgen noch einmal mit ihm, wenn er sich beruhigt hat.«

Aber Brodie kam in der Nacht nicht nach Hause und auch

am nächsten und übernächsten Tag nicht mehr, und dann erzählte jemand im Pub, er habe Brodie Court auf einem Brauereiwagen aus Limerick hinausfahren sehen.

»Wie schlimm für einen Mann, so fortgehen zu müssen«, klagte Michael, als er davon erfuhr. »Und ich habe das Gefühl, als hätte ich ihn vertrieben.« Seiner Frau hatte er den wahren Grund für ihren Streit nicht verraten und würde es auch nie tun. Sie traf keine Schuld. Er hatte versucht, Brodie den Plan so schonend wie möglich beizubringen, aber er hatte es vermasselt.

Michael vermißte Brodie sehr. Und er machte sich Sorgen, weil er einfach so, ohne alles, weggegangen war, ohne Geld und ohne die Briefe, die Michael ihm hatte mitgeben wollen – Empfehlungsschreiben von Pater Daly und Sergeant Clemens, um zu versichern, daß er ein aufrechter Mann war und kein dahergelaufener Vagabund.

»Wann kommt Onkel Brodie zurück?« wollte Garth wissen.

»Bald«, antwortete Michael und hoffte, daß es keine Lüge war.

Himmel, wie er Dublin haßte! Die Bitterkeit, die er empfand, übertrug er nun auch auf diese Stadt und jeden, der darin wohnte. Er war durch die Straßen gelaufen, bis seine Sohlen durchlöchert waren, und konnte dennoch keine Arbeit finden. Brodie empfand dies als persönliche Beleidigung, da er ein kräftiger Mann und williger Arbeiter war. Mittlerweile war er schrecklich abgemagert, immer hungrig und gezwungen, mit stinkenden Vagabunden im Schmutz eines leerstehenden Lagerhauses zu leben.

Er hatte sich das Mitfahren auf Last- und Pferdewagen erbettelt, um nach Dublin zu kommen, und zu seiner großen Schande mußte er auch bei Bauern um Essen betteln. Dabei war er zuversichtlich gewesen, daß er in der großen Stadt umgehend Arbeit finden würde.

Die Mißerfolge ließen ihn befürchten, daß er ohne ein eigenes Zimmer und in seinen abgewetzten Kleidern mit jedem Tag einer Vogelscheuche ähnlicher wurde. So jemanden würde natürlich keiner einstellen wollen, und er merkte schon, wie die Geschäftsleute die Nase rümpften und Angst bekamen, er könnte sie ausrauben.

Er steckte in dieser schmutzigen und stinkenden Stadt fest und war der Verzweiflung nahe. Aber er würde nicht zurückgehen. Auf keinen Fall!

Und dann wendete sich das Schicksal.

In Dublin wimmelte es vor Straßenräubern. Spät in der Nacht lauerten sie in dunklen Gassen abseits der Hauptstraßen und warteten auf einzelne Gentlemen, die sie dann überfielen und bewußtlos schlugen, bevor sie sie ausraubten.

Brodie beobachtete es mit einigem Interesse und ohne Mitgefühl für die Opfer. In dieser Stadt, so hatte er gelernt, kämpfte jeder für sich allein.

Er beschloß zu lernen, wie man das machte. Er mußte irgendwie an Geld herankommen, und die edlen Herren, die in die Hände der Räuber fielen, konnten sich den Verlust einiger Shillinge durchaus leisten. Und es sollte ja für einen guten Zweck sein!

Er grinste über seinen eigenen Scherz. Wenn er Geld bekam, diente das wahrlich einem guten Zweck. Er hatte bereits die Opferstöcke in Dublins großen Kirchen untersucht, aber immer war schon vor ihm jemand dagewesen. Also war er auch darin ein Versager.

Die meisten Straßenräuber arbeiteten zu zweit. Typisch, dachte Brodie: Stadtratten, die keinen Mumm in den Knochen hatten! Aber Brodie Court brauchte keinen Partner. Wenn er zuschlug, würde der Kerl liegen bleiben. Und er müßte mit niemandem teilen.

Alles, was er brauchte, war genug Bargeld, um sich ein paar anständige Kleider und einen Barbier leisten zu können, damit er in vorzeigbarem Zustand nach Arbeit suchen konnte.

Brodie war überrascht, wie einfach es ging. Er hatte sich einen vielversprechenden Platz in der Nähe einiger Freudenhäuser gesucht und war nach zwei Überfällen auf einzelne Gentlemen zufrieden in sein Versteck zurückgekrochen. Er hatte jetzt sogar eine Geldbörse aus Leder, in der über neun Pfund und ein paar Münzen waren.

Aber dann wurde er nachdenklich. Es reichte nicht. Das Geld würde ihm eine Weile helfen, aber was war, wenn er dann immer noch keine Arbeit gefunden hatte? Würde nicht bald alles für ein Bett und Essen ausgegeben sein? Würde er dann wieder bei den anderen heruntergekommenen Subjekten landen? Dieses Schicksal wollte Brodie nicht akzeptieren, und er beschloß weiter als Straßenräuber sein Geld zu verdienen. Er suchte sich zwei neue Opfer und legte sechs weitere Pfund auf die hohe Kante.

Am Tage hielt er sich in den Hafenbars auf, dankbar für die Wärme und das billige Essen, und gab hin und wieder ein Bier aus, um Freunde zu finden, die ihm vielleicht helfen könnten.

Dort hörte er dann von der Möglichkeit, nach Amerika auszuwandern. Die Matrosen erzählten Geschichten vom großen Glück, bis Brodie vor Aufregung ganz wirr im Kopf war. Sie wußten sogar, welche Schiffe die besten und billigsten waren, um nach New York zu gelangen. Nur ein paar Wochen auf See und er wäre in einem Land, das tausendmal so groß war wie Irland und nach Arbeitskräften suchte.

Das war die Lösung! Er würde es tun. Er würde nach Amerika gehen. Ja, das würde jedem in Tullymore einen Schlag versetzen!

Nun, da er einen Plan hatte, beschloß Brodie sich ordentlich einzukleiden. Dann mußte die Überfahrt bezahlt werden, also brauchte er noch etwas mehr Geld, denn er konnte ja nicht völlig mittellos in Amerika an Land gehen.

Brodie wußte zwar, daß die Straßenräuber nie so dumm waren mehrere Überfälle am selben Ort durchzuführen, aber in seinem Eifer vergaß er es. Er vergaß, daß die Gesetzeshüter ein wachsames Auge auf die bekannten Straßen hatten, um die edlen Herrschaften zu schützen. Er war zu sehr beschäftigt von seiner neuen und großen Zukunft zu träumen.

Nur noch ein einziges Mal, sagte er sich, als er seine Stellung in der dunklen Gasse bezog. Von diesem Punkt aus konnte er über ein paar Kisten hinweg den Eingang der Gasse gut im Auge behalten.

Es war eine kalte Nacht. Brodie schlang fröstelnd die Arme um seinen Körper und wartete. Paare gingen vorüber. Frauen mit schrillen Stimmen. Betrunkene junge Burschen. Kutschen kamen vorbei. Männer auf Pferden. Dann war es ruhig. Brodie merkte, daß er zu früh dran war, und bereitete sich schon auf eine lange Wartezeit vor, als ein Mann aus einem der Freudenhäuser trat. Er lief in seine Richtung.

Wenn er nach links geht, hab ich ihn, dachte er. Er würde nur wenige Meter laufen müssen. Die meisten Straßenräuber arbeiteten barfuß, um sich nicht zu verraten, aber Brodie brauchte das nicht. Seine Stiefel waren schon so abgetragen und weich und mit Zeitungen als Sohlen ausgelegt, daß sie leiser waren als Pantoffeln.

Dem Himmel sei Dank! Dort war sein Mann. Er soll noch ein paar Schritte gehen, dann schnapp ich ihn von hinten ...

Plötzlich sprangen hinter den Kisten zwei dunkle Schatten hervor und griffen den Mann an. Brodie war gerade losgelaufen. Er kochte vor Wut. Wer waren diese Kerle, die ihm einfach sein Opfer wegschnappten? Und sein Geld. Empört beteiligte er sich an der Rauferei und schlug auf die Räuber ein, um sie zu vertreiben. Ein heftiger Schlag ließ den größeren der beiden zu Boden stürzen, den anderen traf Brodie aber nur noch mit dem Stiefel ins Hinterteil. Binnen weniger Sekunden waren beide Räuber verschwunden.

Das unglückselige Opfer lag hilflos am Boden. Brodie wollte ihm gerade einen Hieb verpassen, als der Mann ihm seine Hand hinhielt.

»Danke, Sir! Ich danke Ihnen sehr. Und ich danke Gott, daß Sie in der Nähe waren. Würden Sie mir bitte aufhelfen?«

Was sollte er anderes tun? Er ergriff seine Hand und zog den Mann auf die Füße. Hob sogar seinen Hut auf.

Der Gentleman lehnte sich gegen die Wand. Er war um die vierzig und reich, wie der lange Mantel mit dem Pelzkragen verriet.

Schmerzvoll verzog er das Gesicht. »Ich fürchte, ich habe mir den Knöchel verstaucht«, meinte er und trat vorsichtig mit dem Fuß auf, der in einem teuren Schuh steckte.

»Können Sie gehen?« fragte Brodie und dachte, daß das eine dumme Frage wäre, weil es ihm im Grunde egal war, aber er wußte nichts Besseres zu sagen.

»Ich muß wohl. Es sei denn, ich finde eine Kutsche, die mich nach Hause bringt. Aber ich fühle mich etwas schwindelig. Diese Schurken haben mich ganz schön erwischt!« Er sah Brodie an. »Ist es möglich, daß ich Sie noch ein wenig länger bemühen kann? Ich werde Sie auch bezahlen. Würden Sie mir wohl bis zur Ecke helfen? Dort ist mehr Betrieb, und vielleicht finde ich eine Kutsche.«

Um Brodies Verwirrung noch weiter zu steigern, ertönten auf einmal Pfiffe und zwei Polizisten rannten herbei und packten ihn. Sie schrien ihn an und hielten ihn fest, während sie gleichzeitig das Opfer nach seinem Befinden fragten.

Schließlich fuhr der Gentleman sie an. »Lassen Sie ihn gehen, Sie Dummköpfe! Dieser Mann kam mir zu Hilfe. Ich wurde von zwei Räubern angegriffen und er hat sie vertrieben.«

Die Polizisten waren skeptisch. Sie schienen zu denken, der Schlag auf den Kopf habe dem armen Mann den Geist verwirrt, denn Brodie sah mehr wie ein Straßenräuber aus als wie ein edler Retter.

»Er ist ein Landstreicher. Wir nehmen ihn mit«, verkündeten sie.

Brodie war beleidigt. »Ich bin kein Landstreicher! Ich habe Geld. Sie können mich nicht festnehmen!«

Sie redeten über ihn, als sei er gar nicht anwesend. »Sehen Sie ihn doch an, Sir. Sehen Sie nicht, wie schmutzig er ist? Sie hatten Glück, daß wir vorbeikamen.«

»Bei Gott!« rief Brodie. »Sie würden auch nicht mehr fein aussehen, wenn Sie so weit gewandert wären wie ich. Von Tullymore bis hierher, mit all meinem Geld, um nach Amerika auszuwandern. Ich bin erst heute in Dublin angekommen.«

»Zeig uns das Geld.«

Brodie nahm seine Börse heraus und sofort wurden die Polizisten mißtrauisch. »Woher hast du eine so schöne Geldbörse?«

»Gott im Himmel!« rief Brodie. »Was wollen Sie denn? Dies ist ein Abschiedsgeschenk von den guten Leuten aus Tullymore, damit ich sie nicht vergesse.«

Er ließ sie das Geld sehen. »Erst muß ich die Überfahrt nach Amerika bezahlen. Und da ich nicht weiß, was das kosten wird, konnte ich mir noch keine anständige Reisekleidung kaufen.«

»Wie heißt du?«

»Court. *Mister* Brodie Court.«

»Das reicht jetzt!« unterbrach der Gentleman mit Nachdruck. »Mr. Court kam mir zu Hilfe und hat damit Ihre Pflicht getan. Ich lasse es nicht zu, daß er weiter so belästigt wird. Bitte treten Sie zur Seite.«

Brodie war nur allzu glücklich, den Verletzten bis zur Ecke stützen zu dürfen, während die Polizisten ihm argwöhnisch nachblickten.

Als sie eine Kutsche gerufen hatten, sagte der Mann: »Sie steigen besser mit ein, denn die zwei sind so versessen darauf, Sie einzusperren, daß sie Sie gleich wieder schnappen, wenn ich weg bin.« Brodie zögerte, da er sich seines schäbigen Äußeren schämte, doch seinem neuen Freund schien das nichts auszumachen. »Steigen Sie ein.«

»Aber ich bin kein Landstreicher!« Inzwischen hatte er sich selbst eingeredet, daß er nur ein unschuldiger Passant gewesen war. »Ich besitze einen eigenen Hof«, fügte er stolz hinzu.

»Haben Sie Papiere, die das beweisen?«

»Nein.«

»Dann steigen Sie ein, schnell.«

Als die Kutsche davonklapperte, wurde Brodie auf den frisch polierten Ledersitzen ein wenig unsicher. Er sah, daß der Gentleman trotz der Kälte auf seiner Seite das Fenster öffnete.

»Warum haben Sie Ihren Hof verlassen?« wollte er wissen.

»Die Zeiten sind schlecht. Zu viele Mäuler zu stopfen. Also sagte ich zu meinem Bruder ... der Hof gehört uns beiden ... Ich sagte also, ich mach mich auf den Weg. Er hat Familie. Ich bin alleinstehend. Ich wollte ihm helfen.«

»Das war sehr anständig von Ihnen, Mr. Court. Wo kann ich Sie absetzen?«

»Irgendwo. Ist egal. Ich werde mir die Nacht um die Ohren schlagen und morgen zum Emigrationsbüro gehen.«

»Ab nach Amerika?«

»Ja, Sir.«

Der Gentleman ließ den Kutscher vor einem großen Haus anhalten, dessen helle Lichter von der Eingangstür bis zur Pforte leuchteten.

»Ich glaube, daß ich eine Arbeit für Sie hätte, die Ihnen das Geld für die Überfahrt ersparen könnte.«

»Wie das?«

»Hier sind fünf Shilling, weil Sie mich gerettet haben. Nehmen Sie sich dafür heute Nacht ein Zimmer, damit Sie nicht wegen Landstreicherei festgenommen werden.«

Brodie wußte, daß der Mann ihn damit taktvoll auf seinen

Gestank aufmerksam machte, aber er zeigte keinerlei Regung. Niemals, so schwor er sich, würde er sich erlauben wieder so tief zu sinken.

»Das werde ich, Sir«, erwiderte er.

»Gut. Nun zu dieser Arbeit. Ich möchte, daß Sie mich morgen früh aufsuchen, bevor Sie Ihre Überfahrt arrangieren. Ich glaube, ich kann Ihnen helfen.«

Er bezahlte den Kutscher und humpelte zur Tür. »Von hier aus schaffe ich es allein. Mein Name ist Jack Delaney. Ich erwarte Sie hier morgen früh um zehn. Nicht früher. Nicht später. Das heißt, wenn Sie interessiert sind.«

»Das bin ich, Sir. Sehr sogar.«

»Gut. Dann gehen Sie jetzt. Ich sehe Sie morgen früh.«

Brodie suchte ein Zimmer im besten Gasthaus, das er fand, und zahlte extra für die Benutzung einer rostigen Zinkbadewanne. Am nächsten Morgen stand er früh auf und suchte einen Barbier.

Frisch rasiert, das Haar geschnitten und glänzend vor Brillantine, starrte er in den Spiegel.

»Himmel«, lachte er, »ohne den Bart sehe ich wie ein Fremder aus.«

Der Barbier nickte weise.

»Ich sage immer, ein Mann trägt einen Bart, um älter oder würdevoller auszusehen oder um ein häßliches Gesicht zu verstecken. Ihr jungen Burschen habt das nicht nötig. Zeigt euer gutes Aussehen solange ihr könnt!«

»Danke sehr. Ich werde daran denken. Können Sie mir noch sagen, wo es gute und preiswerte Kleidung zu kaufen gibt?«

»Sicher. Um die Ecke in Abe Rosensteins Gemischtwarenhandlung. Er wird Ihnen helfen.«

Brodie fand den Laden und blickte sich erstaunt um. Es sah mehr aus wie ein Lagerhaus, bis zur Decke vollgestopft mit allen möglichen Waren. Er mußte Kisten und Ballen beiseite schieben, um durch die schmalen Gänge bis zum Besitzer vorzudringen, einem kleinen, flinken Mann mit einer bestickten Kappe auf dem kahlen Kopf. Wie ein Chinese, dachte Brodie bei sich.

»Ich brauche Kleidung«, meinte er zögernd, eingeschüchtert von der Menge und Vielfalt der Waren um ihn herum.

»Was für Kleidung?«

»Ich werde mich um eine Stelle bewerben. Der Barbier hat mich hergeschickt. Sind Sie Mr. Rosenstein?«

»Zu Ihren Diensten, Sir. Lassen Sie mich sehen.« Er wühlte in Kisten, zog Jacken, Hemden und Hosen hervor und bestand darauf, daß Brodie sie sofort anprobierte.

Er duldete keine Widerrede. Hemden und Hosen wurden angezogen, ausgezogen, durch andere ersetzt, zugeknöpft, aufgeknöpft, bis Rosenstein schließlich zufrieden war. Er schob Brodie vor einen hohen Spiegel.

»Sie suchen eine Stelle? Kein Mann hat je besser ausgesehen. Sie werden sie bekommen.«

Brodie war verblüfft. Und nervös. Er sah tatsächlich gut aus mit dem gestreiften Hemd, Frackschleife, Cordhosen und lohfarbenen Stiefeln.

»Wieviel kostet das alles?«

»Die Strümpfe berechne ich Ihnen nicht. Gentlemen tragen immer Strümpfe unter ihren Stiefeln.«

»Wieviel?«

»Sie können alles zusammen für fünf Shilling und sechs Pence haben.«

»Was? Das ist Diebstahl am hellichten Tag!«

»Sehen Sie sich an, Sir! Ich habe Sie fein ausstaffiert. Aber Sie können nicht in Hemdsärmeln herumlaufen. Ziehen Sie das hier an.« Er zog eine schwarze Seemannsjacke hervor. Sie war groß, warm und bequem, mit tiefen Taschen gegen kalte Hände, und Brodie nahm sie sofort. Noch nie hatte er eine so schöne Jacke besessen, da er immer die Kleidung von seinem Bruder auftragen mußte.

»Sieben Shilling, sechs Pence für alles«, sagte Abe Rosenstein. »Und das ist billig, glauben Sie mir. Sie werden die Stelle bekommen. Aber Sie brauchen auch noch Kleidung zum Wechseln. Sie müssen wiederkommen und noch mehr kaufen, und ich gebe Ihnen den besten Koffer dazu, den ich habe, damit Sie nicht arm aussehen und niemand Ihnen die Tür vor der Nase zuschlägt.« Damit traf er einen wunden Punkt. Er hat recht, dachte Brodie und nahm seine Börse heraus. Ein Mann sollte nicht arm aussehen.

Ein Dienstmädchen bat ihn, am Hintereingang von Mr. Delaneys Haus zu warten, und Brodie bewunderte den schönen Garten mit dem Springbrunnen, den Marmorbänken und sauber gestutzten Büschen. Er überlegte, ob sich wohl auch irgend jemand dort hinsetzte oder ob es nur zur Zierde war.

»Sind Sie das, Court?« Delaney musterte ihn von der Tür aus.

»Ich bin es, Sir«, grinste Brodie und warf sich in die Brust.

»Nun, ich muß sagen, Sie haben sich fein herausgemacht. Kommen Sie.«

Sie gingen in einen großen Raum mit breitem Schreibtisch, Lederstühlen und daunenweichem Teppich, wo Brodie erfuhr, daß Delaney Pferdezüchter und auch Pferdetrainer war.

»Kennen Sie sich mit Pferden aus?« fragte er, und Brodie nickte eifrig, denn er hatte oft genug in den Ställen von Mr. Hadley-Jones gearbeitet.

»Hab viel Zeit mit Pferden verbracht«, antwortete er.

»Gut. Ich will morgen zwei meiner Vollblüter auf die Reise schicken, zu einem Freund. Der Stallbursche, der sie begleiten sollte, ist krank geworden. Sehr ärgerlich. Es ist alles für morgen arrangiert, und wenn ich keinen Ersatz finde, wird das sehr teuer für mich. Hätten Sie Interesse, die Pferde zu begleiten?«

»Ja, Sir.«

»Eines stelle ich gleich von Anfang an klar: Wenn Sie die Stelle annehmen, werden Sie die Tiere nicht aus den Augen lassen. Sie werden sie füttern, tränken, striegeln und auf sie achten wie auf Ihre eigenen Kinder. Diese Pferde sind sehr wertvoll. Ich möchte nicht, daß ihnen etwas zustößt.«

»Ich werde mich um sie kümmern.«

»Sie schlafen bei ihnen und lassen sie niemals aus den Augen. Haben Sie das verstanden?«

»Ja, Sir.«

»Um sicherzugehen, bekommen Sie Ihr Geld in zwei Raten. Zehn Pfund, bevor sie abreisen, und zehn Pfund, wenn die Tiere gesund und munter bei Mr. Vern Holloway ankommen. Sie werden mich gleich in die Ställe begleiten, damit mein Stallmeister Ihnen die nötigen Instruktionen geben kann und Sie die Tiere kennenlernen. Ich lasse Ihnen nicht viel Zeit, ich weiß, aber die Reise wird für zwei junge Pferde nicht leicht sein. Ich will nicht, daß sie Ihnen völlig fremd sind. Sie müssen über Nacht im Stall bleiben.«

»Sie können sich auf mich verlassen.« Brodie wagte kaum zu atmen. »Aber was ist mit den Fahrtkosten, Sir? Für das Schiff?«

»Dazu wollte ich gleich kommen. Ihre Überfahrt im Zwischendeck wird bezahlt. Die Sache hat nur einen kleinen Haken. Das Schiff geht nicht nach Amerika. Mein Freund lebt in Australien. Macht das für Sie einen Unterschied?«

Brodie war enttäuscht. Er hatte sich so auf Amerika gefreut!

»Australien ist ein schönes Land«, fuhr Mr. Delaney fort. »Viele Iren wandern dorthin aus. Sie werden es nicht bereuen.«

»Aber ich kenne dort niemanden«, protestierte Brodie. Das war leichter als zuzugeben, daß er keine Ahnung hatte, wo dieses Land sich befand. Irgendwo im fernen Osten? »Haben Sie denn Freunde in Amerika?«

»Nein«, gab er zu.

»Na also!« Delaney war erleichtert. »Vergessen Sie nicht, daß Sie auf dem Schiff Leute kennenlernen werden. Es fährt nach Brisbane, an die Ostküste, wo es warm und schön ist. In New York ist der Winter hart und kalt wie hier.«

Aber Brodie hatte sich schon entschlossen. Da es die einzige Stelle war, die er angeboten bekam, hatte er wohl keine andere Wahl. Und er nahm an, daß dieses andere Land ungefähr genauso war wie Amerika.

»Werde ich dort denn Arbeit finden?« wollte er wissen.

»Ich werde mich darum kümmern. Mr. Holloway kann Ihnen sicher eine Anstellung verschaffen – aber nur unter der Bedingung, daß meine Pferde gesund bei ihm ankommen. Was ist, schlagen Sie ein?«

»Was wird mich das Essen auf dem Schiff kosten?« fragte Brodie listig.

»Nichts. Es ist im Preis enthalten. Aber ich werde noch extra Vorräte für Sie bereitstellen lassen, da das Essen an Bord recht schlecht sein kann.«

»Dann sieht es ganz so aus, als ob ich fahre«, sagte Brodie. »Ich brauche aber noch ein wenig Zeit, um etwas einzukaufen«, fügte er hinzu, da er ja nicht arm aussehen wollte.

Delaney stand auf und überreichte ihm zehn neue Geldscheine. »Ich vertraue darauf, daß Sie in einer Stunde wieder hier sind, dann fahren wir zu den Ställen.« Er schüttelte Brodie die Hand. »Und Sie können darauf vertrauen, daß Sie es in Australien ebenso gut haben werden wie in Amerika.«

Brodie befühlte das Geld in seiner Tasche und konnte nur zustimmen.

»Ich werde im Handumdrehen zurück sein, Sir. Sie werden keinen besseren Beschützer für Ihre Pferde finden als mich. Ich werde mich gewissenhaft um sie kümmern.«

Abe Rosenstein öffnete ihm die Tür. »Ah, Mr. Court! Sagen Sie nichts! Sie haben die Stelle bekommen.«

»Ja.« Brodie konnte es kaum erwarten, jemandem die Neuigkeiten mitzuteilen. »Ich soll als Pferdepfleger arbeiten und zwei gute Tiere auf einem Schiff bis nach Australien bringen.«

»Wie schön für Sie!«

»Ich wollte ja eigentlich nach Amerika und bin etwas enttäuscht über dieses andere Land. Aber ich mußte mich auf der Stelle entscheiden, weil es morgen schon losgeht, also hab ich zugesagt.«

»Vielleicht haben Sie es sogar besser getroffen«, meinte Abe Rosenstein. »Nach Amerika gehen so viele und in dem anderen Land haben Sie möglicherweise bessere Chancen.«

»Vielleicht. Was soll ich mitnehmen? Ich glaube, es liegt noch weiter weg als Amerika.«

Wieder durchstöberte Abe Rosenstein seinen Laden und zog Kleidung für einen Stallburschen hervor, eine Decke, eine neue Mütze und Reitstiefel. Dann holte er Waschutensilien, Bürste und Kamm, Rasiermesser und Streichriemen, Haaröl und Zahncreme und legte alles unter Brodies entsetztem Blick auf die Ladentheke.

»Werde ich das alles brauchen?«

»Es ist billiger, wenn sie es hier kaufen. Und als Stallbursche eines reichen Mannes dürfen Sie ihn nicht blamieren. Sie müssen gut gepflegt aussehen.« Er stellte noch ein paar Flaschen mit Medizin dazu.

»Vergessen Sie den Koffer nicht.«

»Aber nein.« Er kramte einen neuen braunen Koffer hervor und packte alles ein. »Bitte sehr. Sie werden Ihrem Arbeitgeber alle Ehre machen.«

Brodie hatte noch nie eine solche Ausstattung gesehen und fühlte sich sehr wohlhabend, als er die drei Pfund bezahlte.

»Würden Sie mir noch einen Gefallen tun, Mr. Rosenstein?«

»Aber gewiß. Nennen Sie mich Abe.«

»Ich brauche Stift und Papier, um meiner Familie zu schreiben.«

Abe führte ihn in sein kleines Büro und räumte eine Ecke seines überfüllten Schreibtisches frei. »Lassen Sie sich ruhig Zeit.«

Als er vor dem weißen Blatt Papier saß, wußte Brodie nicht so recht, was er schreiben sollte oder wie man Australien überhaupt buchstabierte, aber er mußte es versuchen. Er könnte ihnen sagen, daß er bei einem reichen Mann eine Stellung gefunden hatte und nach Übersee ging. Und daß er nach Brisbane, Australien, fuhr, wo es schön warm war. Das klang eindrucksvoll.

Aber wie konnte er Michael schreiben, nach allem, was passiert war? Und wo diese Frau ihm über die Schulter sah und feixte, daß es richtig gewesen wäre, seinen Bruder wegzuschicken? Sie hatten überhaupt keinen Brief verdient. Dennoch wollte er die Gelegenheit nicht verpassen, zu prahlen, und er stellte sich ihre verblüfften Gesichter vor, wenn sie die Neuigkeiten erfuhren. Dann würde er bereits auf hoher See sein. Plötzlich kam ihm eine Idee. Er begann: *Lieber Pater Daly* ... Er würde seinen Brief an Pater Daly schicken und so die beiden vor den Kopf stoßen, wenn sie die Nachricht über ihn brühwarm erfuhren. Da würden sie aber Augen machen!

»Lassen sie ihn da«, meinte Abe, als Brodie Pater Dalys Adresse auf den Umschlag schrieb. »Ich werde ihn für Sie zur Post bringen. Hören Sie, man sagt, es gibt jede Menge Möglichkeiten in Australien. Günstige Gelegenheiten. Wenn Sie also etwas finden, das ich für Sie verkaufen kann, dann denken Sie an den guten alten Abe, ja? Vielleicht kommen wir ins Geschäft. Und ich könnte Ihnen Dinge schicken, die dort drüben knapp sind. Halten Sie die Augen offen, mein Junge. Man kann nie wissen. Und ich werde Sie bestimmt nicht übers Ohr hauen.«

»Ich werde daran denken«, sagte Brodie höflich, aber einen Einstieg in das Handelsgeschäft konnte er sich nicht vorstellen. Er war Bauer.

Ungeduldig schüttelte er Abe die Hand – er wollte los. Mit dem neuen Koffer, der neuen Kleidung und Geld in der Tasche machte er sich forschen Schritts auf in sein neues Leben. Endlich war das Glück auf seiner Seite.

Pater Daly war nicht gerade bester Stimmung. Seine Haushälterin hatte ihm soeben die Post gebracht, zwei Briefe. Und ein Glas Brandy um seine Nerven zu beruhigen, denn der oberste Brief, das sah er gleich, war vom Bischof.

»Wie, um alles in der Welt, soll ich das Geld aufbringen, um die Kirche in dieser armen Gemeinde zu renovieren?« schimpfte er lautstark. »Hat dieser Mann denn keinen Verstand?«

Er warf den Brief beiseite und beschloß die Anweisung von oben einfach zu ignorieren, damit seine Antwort nicht als Ausrede angesehen werden konnte. Denn das war es, was Seine Exzellenz geschrieben hatte: Er wollte keine Ausflüchte mehr.

Also sollte er das auch bekommen, keine Ausreden mehr - und keine Antworten. Und wenn er einen Abgesandten schickte, so würde Pater Daly sich schon zu verstecken wissen.

»Und was ist das?« Verwundert hob er den zweiten Brief hoch, auf dem sein Name in sorgfältiger Handschrift geschrieben stand.

»Nein, nicht möglich! Von Brodie Court höchstpersönlich!«

Einem Gerücht zufolge hatten Brodie und Michael sich wegen dieser Frau überworfen, Trella Court. Ein tückisches Weibsbild, fürwahr! Und dies war der Beweis. Er grinste selbstgefällig, als er den Brief ein zweites Mal las. Brodie war ein guter Junge. Er wäre nie ohne ein Abschiedswort fortgegangen und zeigte Respekt, indem er sich an seinen Pfarrer wandte.

Pater Daly hatte schon immer gewußt, daß Brodie besser war als die anderen. Er war zwar enttäuscht gewesen, daß der Bursche nicht Priester hatte werden wollen, aber er hatte geahnt, daß er es einmal zu etwas bringen würde. Und hier stand es nun. Er hatte eine gute Stellung in Dublin gefunden und verdiente sich mit harter Arbeit genug Geld, um nach Australien zu reisen. Auszuwandern gar! Und nicht als gewöhnlicher Fahrgast, sondern mit Stil und der sicheren Aussicht auf eine Anstellung in Brisbane.

Seine Familie hatte Brodie mit keinem Wort erwähnt, aber Pater Daly las zwischen den Zeilen, daß er die Nachricht überbringen sollte. Auf diese Weise, so vermutete er, wollte Brodie die Kluft zwischen sich und seinem Bruder langsam schließen. Michael würde sich über die Neuigkeiten bestimmt sehr freuen.

Er sprang auf, steckte Brodies Brief in die Tasche, knöpfte seine Soutane zu, griff nach dem Regenschirm und trat hinaus in den Sprühregen.

Brisbane! Pater Daly hatte Priester von dort kennengelernt, als sie zu Besuch in ihrer Heimat Irland waren. Wie sie erzählten, war es ein herrlicher, sonniger Ort mit vielen wohlhabenden Katholiken. Brodie hatte eine weise Entscheidung getroffen, Gott segne ihn! Er hatte keinen Absender angegeben, aber Pater Daly zweifelte nicht daran, daß der junge Court mit seinem alten Gemeindepfarrer in Kontakt bleiben würde.

Trella bearbeitete das Feld mit der Hacke und hatte den Rocksaum in den Gürtel hoch geschlagen, so daß ihre nackten Beine zu sehen waren. Pfarrer Daly nickte ihr nur kurz zu und wandte sich an Garth, der am anderen Ende des Feldes arbeitete.

»Was machst du da, Junge?« fragte er.

»Mais pflanzen, Pater.«

»Damit wirst du nicht viel verdienen. Kartoffeln sind es, die wir brauchen.«

Der Junge sah ihn mit demselben störrischen Ausdruck an, den der Pater oft genug im Gesicht seiner Mutter gesehen hatte. »Es wird uns trotzdem satt machen, sagt meine Ma.«

»Warum bist du nicht in der Schule?«

»Dad liegt mit schwerem Husten im Bett und die Arbeit muß gemacht werden.«

»Die Schule ist aber genauso wichtig«, entgegnete Pfarrer Daly und ließ es dabei bewenden.

Demut, daran mangelt es Garth, dachte er, während er zum Haus hinüberging. Er hat zu viel von der Mutter, sogar sein Haar schimmert rötlich. Andere bewunderten Trella Courts dichtes, rotes Haar, aber Pater Daly nannte alle rothaarigen Frauen Karottenköpfe, damit sie sich ja nichts darauf einbildeten. Er beschloß, am Sonntag eine Predigt über Demut zu halten. Über die Sünde des Stolzes. Und er würde Garth dabei scharf ansehen, da seine Mutter bereits jenseits der Bekehrung war. Der Herr würde sie auf seine Weise strafen.

Maisie Grogan war erfreut ihn zu sehen und stellte eilig Teewasser auf. »Wie schön, daß Sie kommen, Pater. Michael geht es schlecht. Es war schwer, ihn ins Bett zu bekommen, aber Ihr Besuch wird ihm gut tun.«

Pater Daly legte die Kutte ab. »Das hoffe ich. Ich habe gute Nachrichten.«

»Tatsächlich? Welche denn?«

Er legte einen Finger auf die Lippen. »Nur Geduld. Michael soll sie als erster hören.«

Michael sah tatsächlich sehr schlecht aus. Sein Gesicht war aschfahl und abgemagert, sein Haar stumpf. Doch er lächelte tapfer. »Gut, Sie zu sehen, Pater, aber denken Sie ja nicht, ich bin schon bereit für die letzte Ölung.«

»Oh nein.« Der Pater lachte. »So wie du aussiehst, täuschst du die Krankheit nur vor!«

»Ach, dieser dumme Husten macht mich ganz fertig. Aber es ist nur eine Grippe. Ich werde mich heute ein wenig ausruhen und morgen wieder aufstehen.«

»So ist's recht. Halte dich warm. Und nun, mein Junge, habe ich einige Neuigkeiten für dich, die dir das Herz sicher wärmen werden.«

»Was ist es denn?« keuchte Michael.

»Ich habe einen Brief von Brodie bekommen.«

»Geht es ihm gut?«

»Bestens!«

»Ach, Dank Gott! Es war schrecklich, nichts von ihm zu hören.«

»Dann höre dies.« Pater Daly zog den Brief heraus und las ihn Michael vor, der vor Freude rote Wangen bekam. »Ich wußte es!« rief er.

»Ich wußte, er würde es schaffen. Also segelt er nach Australien. Das ist großartig! Brodie ist ein schlauer Kerl. Ich werde ihn vermissen, bei Gott, das werde ich, aber jetzt hat er endlich eingesehen, was das Beste für alle war.«

»Er hat sogar eine Stellung in Aussicht! Das ist sicher das Beste von allem.«

»Hat er auch eine Nachricht an uns geschrieben?«

»Nicht direkt«, meinte der Pfarrer vorsichtig. Michael grinste. »Ist das nicht typisch für ihn? Das hat er wieder schlau gemacht, der Bursche. Er schreibt Ihnen und weiß ganz genau, daß Sie es sofort erzählen werden. Auf diese Weise muß er nicht offen zugeben, daß er sich um seine Familie sorgt, läßt uns aber dennoch eine Nachricht zukommen.« Ein weiterer Hustenanfall ließ ihn geschwächt aufs Kissen zurücksinken, so daß Pater Daly bald ging – ein wenig enttäuscht von Michaels großzügiger Haltung gegenüber seinem Bruder, aber dennoch froh, daß der Patient durch die Neuigkeiten aufgemuntert worden war.

Er setzte sich zu Maisie in die Küche, um auch ihr den Brief vorzulesen, und sie wurde ganz aufgeregt. »Das wird Michael wieder auf die Beine bringen«, sagte sie. »Er war krank vor Sorge um Brodie.«

»Ja, das wird sicher helfen. Aber gut sieht er ja nicht aus, euer Michael.«

»Er ist stark. Ich habe ihm meinen speziellen Hustensaft gebraut, der wird ihn im Nu wieder gesund machen. Ich habe selbst oft genug Husten, aber meinen Sie, sie holt den Doktor für mich? Nie im Leben! Aber wenn ihr Mann einen Schnupfen bekommt, will sie sofort loslaufen und ihn holen.«

»Ist er denn hier gewesen?«

»Nein. Michael war dagegen. Er sagt, es sei nicht nötig, und wovon sollen wir ihn bezahlen?«

Ausnahmsweise einmal wollte Pater Daly Trella Court recht geben – ein Arzt wäre hier sicher nicht fehl am Platze –, aber dann dachte er, daß Maisie Grogan schon viele Kranke gepflegt hatte und Michael in guten Händen war.

»Gott sei mit dir«, sagte er zum Abschied und überlegte, daß er auf dem Rückweg durch das Dorf spazieren und hier und dort ein wenig plaudern könnte. Aus diesem Bezirk waren einige Familien nach Amerika ausgewandert, aber Brodie war der Erste, den es nach Australien verschlug. Das waren großartige Neuigkeiten für Tullymore.

2

VIVIEN HOLLOWAY SPRACH nicht mit ihrem Mann. Der dachte an nichts anderes als an diese verdammten Pferde. Und seine Freunde oben auf den Downs mit ihren Schaf- und Rinderfarmen waren genauso langweilig. Sie redeten über nichts anderes als das Wetter, den Marktwert ihrer Tiere, die wechselnden Marktbedingungen und natürlich Pferde. Heute ging es schon wieder nur darum.

Fünf Jahre zuvor hatten alle ihre Freunde sie beneidet, als der gut aussehende und wohlhabende Vern Holloway um sie warb und dann am Silvesterabend auf dem Gouverneursball in Brisbane öffentlich um ihre Hand anhielt. Was für eine himmlische Nacht! Und Vern war so romantisch gewesen und hatte ihr Schlag zwölf Uhr einen wunderschönen Diamantring überreicht!

Als er ihre Verlobung bekanntgab, durften sie allein vor der ganzen Gesellschaft durch den Saal tanzen, und alle Leute warfen ihnen Kußhände und Rosenblätter zu, jubelten und freuten sich an ihrem Glück. Vivien besaß immer noch das hübsche, glänzend grüne Ballkleid, das sie in jener Nacht getragen hatte.

»Aber nie eine Gelegenheit es anzuziehen«, murmelte sie, während sie sich vor der Frisierkommode das blond gelockte Haar bürstete. Sie trödelte; ihr Haar war bereits gebürstet und fing nun an, elektrisiert um ihren Kopf zu fliegen, aber sie hoffte, Vern würde das Warten aufgeben und allein zum Schiff hinuntergehen. Sie hatte doch bestimmt das Recht, auch einmal etwas Zeit allein zu verbringen!

»Wie Männer sich verändern können«, seufzte sie. Bevor sie verheiratet waren, hatte Vern sie freudig überallhin begleitet – ins Theater, zu Feiern, auf Bälle, Picknicks ... Brisbane war nie langweilig gewesen. Aber jetzt hatte er keine Zeit mehr für gesellschaftliche Aktivitäten und zeigte im Grunde auch kein Interesse daran. Vivien hatte das Gefühl, betrogen worden zu sein. Hereingelegt.

Für Mädchen wie sie, die von Ansehen und Reichtum träumten, war es unumgänglich gewesen, sich einen Viehzüchter oder seinen Sohn zu angeln, und sie hatte den besten Fang der Saison gemacht.

Zumindest schien mir das damals so, dachte sie bitter.

Nun, immerhin war Vern reich und sah sehr gut aus. Vornehm war ein besseres Wort, denn er war groß, mit straffer Haltung durch seinen Militärdienst und sehr charmant. Er war fünfzehn Jahre älter als sie, aber jeder meinte, das sei umso besser. Junge Männer mit noch nicht ausgebildetem Charakter seien zu unberechenbar.

Nicht, daß Vivien sich darum gekümmert hätte. Ihretwegen hätte er auch dreißig Jahre älter sein können, denn mit fünfundzwanzig war sie eher besorgt gewesen, als alte Jungfer zu enden.

Dann, als Vern um sie anhielt, war sie außer sich vor Freude gewesen. Und vor Stolz. Sie sollte *die* Mrs. Vern Holloway werden, Herrin von Fairlea Station, vierzig Meilen westlich von Toowoomba. Sie hatte bereits gewußt, daß er Rinder züchtete, aber bald erfahren, daß Fairlea auch als Gestüt bekannt war.

Als sie davon hörte, begann sie sooft wie möglich mit Vern auszureiten, wobei er bald bemerkte, daß sie eine ausgezeichnete Reiterin war. Eines ihrer wenigen Talente, wie sie zugeben mußte, aber, was Vern betraf, genau das richtige.

Ihre Freundinnen hatten es ebenfalls für vernünftig gehalten, einen älteren Mann zu heiraten, weil der sich bereits ausgetobt habe und sie nicht befürchten müsse, daß er anderweitig sein Vergnügen suche.

»Das können sie laut sagen«, murmelte Vivien trübsinnig. Vern suchte überhaupt kein Vergnügen. Seit dem Tag ihrer Heirat und des Einzugs auf Fairlea war ihr gesellschaftliches Leben zum Stillstand gekommen, abgesehen von den Besuchen bei seiner Mutter in Toowoomba. Er hatte sich geradezu exzessiv zur Ruhe gesetzt und das vorige Leben hinter sich gelassen.

Vern kam im Morgenrock aus dem Bad ihres Hotelzimmers. »Bist du immer noch nicht weiter?«

Vivien kümmerte sich weiter um ihr Haar und ignorierte ihn. Seit zwei Tagen waren sie in Brisbane und sie hatte eine neue Mode entdeckt. Die Frauen trugen ihr Haar hinten hochgesteckt und in Locken über der Stirn gekräuselt, was für ihr feines, lockiges Haar ideal, aber schwer zu frisieren war. Zum Schluß hatte sie immer irgendwo eine Lücke. Am liebsten hätte sie einen Friseur gerufen, aber dann würde Vern sich beschweren. Er hatte es eilig.

Sie seufzte. Kaum zu glauben, daß sie ihren Hochzeitsempfang in diesem Hotel, dem besten und teuersten von Brisbane, abgehalten und sich wunderbar amüsiert hatten! Ihre Eltern konnten sich solche Extravaganzen nicht leisten, aber Vern hatte ihre Bedenken beiseite geschoben. »Es ist mir ein Vergnügen. Das ist Viviens Tag und wir müssen uns darum kümmern, daß es ihr schönster wird!«

»Er hätte sagen sollen: der letzte«, dachte sie mürrisch.

Auf Fairlea hatten sie niemals Gäste. Es gab nur langweilige Leute aus der Umgebung und Pferdezüchter oder Pferdekäufer, und einmal im Jahr fand auf ihrer eigenen Rennstrecke ein Pferderennen statt. Aber das war mehr Geschäft als Vergnügen. Und nach Brisbane fuhren sie kaum noch.

Nachdem sie sich beklagt hatte, war er wütend geworden. »Vivien, wenn du dich nur mehr für unsere Zucht interessieren würdest, wäre es dir nicht langweilig. Das Leben ist mehr als nur Feste feiern.«

»Ich liebe Feste.«

»Du liebst das Flirten, meine Teuerste, so ist es doch. Du bist jetzt eine verheiratete Frau, und es wird Zeit, daß du erwachsen wirst.«

»Ach! Ich verstehe. Wir gehen nicht mehr unter Leute, weil du Angst hast, andere Männer könnten mich attraktiv finden!«

»Ganz und gar nicht. Du bist attraktiv. Du bist sehr hübsch. Ich habe nichts dagegen, wenn andere Männer dich bewundern, aber ich habe etwas dagegen, wenn du zu sehr auf ihre Schmeicheleien eingehst. Abgesehen davon kennen wir genug Leute, aber nur weil wir nicht in Brisbane sind, glaubst du dich langweilen zu müssen. Du mußt doch erkennen, daß Brisbane in Wirklichkeit ein recht stumpfsinniger Ort ist. Du hältst es für das Mekka der guten Gesellschaft, weil du dort aufgewachsen bist, aber wir können auf dem Land genausoviel Spaß haben. Du mußt dich den Menschen hier etwas mehr anpassen.«

Wie oft hatte sie das inzwischen gehört? Sogar seine Geduld und seine Vernunft langweilten sie.

Als er zum Ausgehen fertig war, hantierte sie immer noch mit ihren Kämmen und Haarnadeln herum. »Geh doch ohne mich.«

Er setzte sich auf einen Stuhl neben der Tür. »Ich kann warten.«

»Vern!« herrschte sie ihn an. »Du gehst doch nur zum Hafen hinunter, um zu sehen, ob deine Pferde angekommen sind. Dazu brauchst du mich nicht!«

»Delaney hat mir zwei der besten Vollblüter geschickt, die ich je importieren konnte. Man sollte meinen, daß es dich interessiert.«

»Natürlich interessiert es mich. Aber ich verstehe nicht,

warum ich sie unbedingt sehen muß. Ich bezweifle, daß die Pferde bemerken werden, ob ich da bin oder nicht.«

»Vermutlich nicht, aber du kannst nicht hier bleiben.«

»Warum nicht?« Sobald Vern gegangen war, wollte sie sich schnell anziehen und in den Teesalon hinuntergehen, einen beliebten Treffpunkt der Brisbaner Gesellschaft.

»Weil ich die Rechnung bereits bezahlt habe.« Sein heller Schnurrbart zitterte leicht, als er schmunzelte. »Ich nehme doch an, daß jemand anders in dieses Zimmer möchte.«

Sie drehte sich zu ihm um. »Warum hast du das getan?«

»Weil wir heute nachmittag nach Toowoomba zurückfahren.«

»Aber wir sind doch gerade erst angekommen!«

»Vor zwei Tagen – und nicht gerade erst. Das Schiff hat angelegt. Deswegen sind wir hergekommen, und nun muß ich wieder nach Hause.«

»Was ist, wenn deine Pferde nicht auf dem Schiff sind?«

»Dann werde ich den ganzen Heimweg über weinen, weil es bedeuten würde, daß etwas Schreckliches geschehen ist. Jetzt sei ein braves Mädchen und pack zusammen. Ich werde unten auf dich warten. Brauchst du ein Zimmermädchen, das dir hilft?«

»Nein!« Sie warf ihre Haarbürste durch das Zimmer und stampfte wütend zum Kleiderschrank hinüber. Er hatte wieder einmal gewonnen.

Um ihn zu ärgern, wählte sie ein extravagantes Kleid aus korallenroter Seide, das am Brisbaner Hafen so fehl am Platz war wie ein Karnevalskostüm in der Kirche. Vivien hatte dieses schöne Kleid noch nie getragen, obwohl es sehr teuer gewesen war. Es kam aus dem Katalog, und sie hatte nie eine Gelegenheit gehabt es anzuziehen.

Dasselbe gilt für fast alle meine schönen Kleider, dachte sie bitter, während sie ihre Sachen wahllos in die Reisetruhe stopfte.

Sie ließ die Truhe und seinen Koffer halb eingepackt stehen -sollten sich die Zimmermädchen darum kümmern – und stellte sich vor den Spiegel. Das rote Kleid hatte unter der schmalen Taille ein Schößchen, und der Rock reichte nach neuester Mode bis fast auf die Knöchel. Das tiefe Dekolleté war mit rosa Satin eingefaßt und verlieh ihrem Gesicht einen leuchtenden Glanz. Einen Augenblick lang dachte sie, es könnte vielleicht doch ein wenig zu aufdringlich aussehen, aber wen kümmerte das schon? Es stand ihr fabelhaft. Sie legte eine zweireihige Perlenkette an und entschied sich nach einigem Herumprobieren für einen rot-weißen, glänzenden Hut mit breiter Krempe. Er ruinierte zwar ihre sorgsam gestaltete Frisur, aber sie zog ein paar Strähnen darunter hervor, um ihr Gesicht mit Ringellocken zu umrahmen.

Wen kümmerte es, ob sie aussah, als sei sie auf dem Weg zu einem Gartenfest? Mit übertriebener Grazie schritt sie die Treppe zur Empfangshalle hinunter.

Vern, in Tweed gekleidet und mit breitkrempigem Farmerhut, erwartete sie dort. »Sehr vorteilhaft, meine Liebe«, sagte er, als er ihren Arm nahm, und sie wußte nicht, ob er es ironisch meinte oder nicht.

Als sie den Hafen erreichten, drängten sich die Reisenden und es herrschte ein großes Durcheinander. Es war eine riesige Menschenmenge, wie Vivien wenig erfreut feststellte. Sie merkte, daß sie angestarrt wurde.

Patrick, ihr Stallbursche, erwartete sie bereits.

»Ich bin schon an Bord gewesen«, rief er, »und die Pferde sind wohlauf. Sie haben es gut überstanden. Warten Sie, bis Sie sie sehen, Sir! Mr. Delaney hat uns alle Ehre gemacht.«

»Gott sei Dank!« sagte Vern. »Wann werden sie an Land gebracht?«

»Sobald die Passagiere aus dem Weg sind. Der Pfleger scheint alles gut unter Kontrolle zu haben.«

Als Brodie hörte, daß das Schiff das Ende seiner langen und beschwerlichen Reise erreicht hatte, weinte er fast vor Freude.

»Ah, dem Himmel sei Lob und Dank«, sagte er zu seinem Reisegefährten Lester O'Dowd. »Endlich haben wir es geschafft!«

»Wir hatten Glück«, meinte Lester. »Das Schiff ist gut, und die Winde waren günstig.«

»Du hast leicht reden mit deinem eisernen Magen. Ich bin erst wieder froh, wenn ich festen Boden unter den Füßen habe.«

In der ersten Woche war er fürchterlich seekrank geworden, und auch danach hatte ihn beständig eine Übelkeit geplagt. Sein einziger Lichtblick in diesen elenden Wochen war der Kapitän. Besorgter um die Pferde als um ihren Pfleger, wie Brodie vermutete, erlaubte er ihm auf das windige Deck der ersten Klasse zu gehen, wann immer ihm der Gestank im Zwischendeck zuviel wurde.

»Sie dürfen uns nicht zusammenbrechen, Brodie«, meinte er immer gutmütig.

Er wußte nicht, daß der eigentliche Pfleger der beiden teuren Pferde Lester war.

Brodie genoß sein Privileg in vollen Zügen und unterhielt sich mit den Gästen der ersten Klasse, die großen Anteil an seinem Gesundheitszustand nahmen und ihn täglich nach dem Wohlbefinden der armen Pferde fragten.

Die beiden Füllen, Grandee Lass und Bella Rose, waren die Maskottchen des Schiffs geworden und wurden von allen nur Lassie und Rosie genannt. Ihr Zustand war von ständigem Interesse, da es die Monotonie der Reise unterbrach. Brodie nutzte seine Beliebtheit bei den feinen Gästen, um ihre Sprechweise zu studieren und zu imitieren, denn er wollte sich in jeder Hinsicht verbessern.

Täglich lieferte er seinen Bericht über die Pferde ab – über ihre guten und schlechten Tage. Oft erzählte er auch erfundene Geschichten über ihre Eigenarten, als wären sie zwei ungezogene Kinder.

»Aber haben Sie keine Angst«, verkündete er seinen Zuhörern stolz. »Sie sind in guten Händen.«

Das stimmte. Doch es waren die Hände von Lester O'Dowd, der die Pferde wieder liebevoll aufpäppelte, nachdem er sie in vernachlässigtem Zustand vorgefunden hatte, weil ihr Pfleger zu seekrank war, sich um sie zu kümmern.

O'Dowd, der etwa Ende zwanzig war, hatte in den Curragh-Ställen gearbeitet solange er denken konnte, und vor ihm sein Vater, aber jetzt war er auf dem Weg, sein Glück auf den Goldfeldern von Queensland zu finden.

Schockiert über den Zustand der Pferde, scheuchte er Brodie auf die Füße, schalt ihn, daß er sich die Seekrankheit nur einbilde, und zwang ihn, die Pferde besser zu versorgen. Gemeinsam misteten sie die engen Ställe aus, wuschen die Tiere, striegelten und bürsteten sie, bis sie wieder glänzten. Dann erbettelte Lester Segeltuch von der Mannschaft, rollte es zu Polstern zusammen und befestigte diese an den Längsseiten der Ställe, um die Tiere vor Verletzungen zu schützen. Und es war auch Lester und nicht Brodie, der ständig mit ihnen sprach und sie tröstete, weil sie, wie er sagte, sonst trübsinnig würden.

»Ist doch logisch«, erklärte er Brodie. »Es entspricht nicht ihrer Natur, die ganze Zeit eingesperrt zu sein.«

»Meiner Natur entspricht das auch nicht«, brummte Brodie. Lester war ein strenger Aufseher, und Brodies Magen bekam das tägliche Ausmisten des stinkenden Strohs überhaupt nicht. An Tagen mit rauhem Seegang dachte er das eine oder andere Mal daran, sich mit dem Stroh zusammen selbst über Bord zu werfen, aber er hielt durch.

Die ersten Wochen in dem muffigen, schwankenden Zwischendeck waren hart, und Brodie wünschte sich und die Welt zum Teufel. Aber schließlich verfielen die Reisenden in eine

Art Lethargie, die nur von gelegentlichen Streitereien unterbrochen wurde, was auf solch engem Raum unvermeidlich war. Frauen flirteten mit ihm, aber er hatte mehr Augen für die Ladies an Deck, und wäre sein Magen nicht ständig in Aufruhr gewesen, hätte er sich bestimmt mehr mit ihnen amüsiert, da war er sicher. So aber hatte er panische Angst, sich vor ihnen zu übergeben.

Doch schließlich war es überstanden. Holloways Pferdetrainer Patrick kam an Bord und war überglücklich, die Tiere gesund und munter vorzufinden. Immer wieder schüttelte er Brodie die Hand.

Mit Unterstützung der Mannschaft und unter den wachsamen Augen des Trainers führte Brodie die zwei Pferde die Gangway hinunter, wo sie sich zu seinem Entsetzen wie zwei Esel auf ihr Hinterteil setzten.

»Was ist los mit ihnen?« wollte Holloway wissen und sah Brodie böse an, als hätte er sie mißhandelt.

»Das würde ich selbst am liebsten auch tun« erwiderte der schnell. »Es wird einem ganz komisch, wenn man nach all dem Schaukeln wieder auf festem Boden steht. Geben Sie ihnen ein paar Minuten, Sir, bis sie sich an die neue Situation gewöhnt haben.«

Er hoffte, daß er recht hatte. Er selbst war überrascht, daß all seine Beschwerden der Seekrankheit auf wundersame Weise verschwunden waren. Er wünschte sich nichts sehnlicher, als endlich einen Krug Guinness hinunterschütten und eine anständige Mahlzeit zu sich nehmen zu können.

Doch die benommen dreinblickenden Tiere rührten sich nicht. Brodie verspürte den Impuls sie zu treten, erinnerte sich aber daran, daß sie Lesters Fürsorge gewöhnt waren.

»Würden Sie wohl einen Eimer Wasser holen?« bat er Patrick. Er schöpfte das Wasser mit beiden Händen und hielt es an Rosies Maul.

»Nun komm schon, meine Gute«, lockte er. »Kein Grund

nervös zu sein. Bald wirst du wieder frei über die Wiesen galoppieren dürfen.«

Während er sie beruhigend streichelte und klopfte, kamen die Tiere unsicher auf die Beine, schüttelten sich, blickten umher und wieherten auf, als seien sie erleichtert.

»Na bitte!« rief Brodie triumphierend. »Ich würde am Anfang sehr vorsichtig mit ihnen umgehen, Sir. Sie werden vermutlich taumeln wie Betrunkene.«

Holloway untersuchte die Pferde eingehend, während eine wunderschöne Frau – vermutlich seine Ehefrau – etwas abseits stand und alles beobachtete. Sie lächelte Brodie an, und sein Herz machte einen Satz. Sie hatte ein Gesicht wie ein Engel, so weiß, mit großen blauen Augen und einem süßen kleinen rosa Mund. Brodie hoffte, daß es von ihrer Sorte noch mehr in diesem Land geben würde.

Nur mühsam riß er den Blick von ihr los und betrachtete die Stadt oberhalb des Hafens. Es war alles so anders. Die Häuser waren weiß und glänzten sauber im Sonnenlicht, als seien sie erst letzte Woche erbaut worden.

Er spürte einen plötzlichen Anflug von Nervosität. Die Weitläufigkeit hier war beängstigend, als sei er in einen riesigen leeren Himmel geworfen worden. Nicht eine Wolke war zu sehen. Einen Augenblick lang fragte er sich, was zum Teufel er hier zu suchen hatte, ein Bursche aus einem winzigen, abgelegenen Ort, wo er jeden Stein und jedes Erdloch genauestens kannte. Nach der langen Zeit des Eingesperrtseins auf dem schwankenden Schiff fühlte er sich orientierungslos.

»Geht es Ihnen gut?« fragte ihn die Frau.

Brodie riß sich zusammen. Sie sollte nicht denken, daß er ein Schwächling sei.

»O ja, sicher, Madam«, antwortete er. »Ich habe mich nur umgesehen.«

Holloway drehte sich zu ihm um. »Nun, die Tiere scheinen in

guter Verfassung zu sein. Sie sind Mr. Brodie Court, wie ich annehme.«

»Das bin ich, Sir.«

»Also, Brodie, ich bin Ihnen sehr dankbar.« Er nahm seine Geldbörse heraus und überreichte Brodie eine Pfundnote. »Danke für Ihre gute Arbeit.«

Brodie starrte auf das Geld. »Wenn Sie erlauben, Sir, aber Mr. Delaney hat mir in Dublin versprochen, ich würde zehn Pfund bekommen, wenn ich die Pferde in gutem Zustand abliefere.«

Holloway lachte. »Hat er das? Das sieht Jack ähnlich! Er denkt wohl, das Geld wächst hier auf Bäumen. Na, da will ich sein Versprechen lieber einlösen.«

Ohne zu zögern gab er Brodie die zehn Pfund.

Brodie, der solch leichtfertige Großzügigkeit nicht gewohnt war, bedankte sich überschwenglich.

»Wie ich hörte, suchen Sie nach Arbeit?« meinte Holloway. Brodie nickte.

»Das läßt sich einrichten. Ich glaube, diese armen Pferde sind lange genug transportiert worden. Es ist wohl besser, wenn sie zu Fuß auf mein Anwesen gebracht werden. Wenn Sie also wollen, können Sie sie begleiten. Wäre Ihnen das recht?«

»Ja, Sir.« Brodie war von den guten Manieren seines neuen Arbeitgebers beeindruckt. »Wie soll ich dort hinfinden?«

»Patrick wird mit Ihnen kommen.«

Nachdem Holloway und seine Frau gegangen waren, wandte Patrick sich an Brodie. »Wir lassen die beiden Pferde ein paar Tage ausruhen, dann reiten wir los. Ich nehme an, daß Ihnen ein paar freie Tage auch recht sind.«

Mit all dem Geld in der Tasche konnte Brodie nur zustimmen. »Na schön«, meinte Patrick. »Seien Sie am Samstag um fünf Uhr morgens an den Ställen in der Charlotte Street. Jeder kann Ihnen den Weg dorthin erklären.«

»Welcher Tag ist denn heute? Ich habe den Überblick verloren.«

»Donnerstag.« Patrick nahm die Pferde am Halfter und führte sie davon.

»Einen Augenblick noch«, rief Brodie ihm nach. »Wohin gehen wir? Wo liegt dieses Anwesen?«

»Es heißt Fairlea Station und liegt ein Stückchen hinter Wirra Creek. Das ist das nächstliegende Dorf von uns aus – wenn man es überhaupt so nennen kann.«

»Und wie weit ist das?«

»Lassen Sie mich überlegen. Es sind etwa neunzig Meilen bis Toowoomba, und Fairlea liegt noch mal vierzig Meilen weiter. Der Boß sagt, Sie sollen im Stall arbeiten.«

»Was zahlt er?«

»Vier Pfund die Woche plus Essen und Unterkunft. Es ist ein guter Platz zum Arbeiten und er ist ein guter Boß. Sie könnten es als Neuankömmling nicht besser treffen.«

»Gottes Segen auf allen Wegen«, murmelte Brodie, als Patrick davonstapfte und stolz die neuen Rennpferde hinter sich herführte.

Wo zur Hölle war dieser Hof? Er hatte keine große Lust, mehr als hundert Meilen weiter zu reiten und dort wieder das Kindermädchen für Pferde zu spielen. Hundert Meilen! So wie Patrick davon sprach, klang es, als läge es nur ein paar Ortschaften weiter.

Ich weiß nicht, dachte er bei sich. Ich bin doch nicht den ganzen Weg hierher gekommen, um Stallbursche zu werden. Ich bin Bauer.

Aber er hatte ja immer noch das Geld und ein paar Tage Zeit zum Überlegen.

Lester hatte er schon zum Albion Hotel vorgeschickt, damit der nicht mitbekam, daß er so viel Geld erhalten würde. Die Matrosen hatten ihnen gesagt, daß es die nächste Kneipe sei, gleich hinter den Schuppen der Einwanderungsbehörde.

Brodie fiel ein, daß er seine Ankunft offiziell melden mußte. Ehe er den Hafen verließ, füllte er im Einwanderungsbüro ungeduldig den Stapel Formulare aus, den die Beamten ihm überreichten. Dann lief er die staubige Straße hinunter zur Kneipe. Er hatte riesigen Durst!

Lester saß bereits in einer Ecke samt ihrem Gepäck sowie – Brodie runzelte die Stirn – zwei drallen Frauen. Sie schienen sich großartig zu amüsieren.

»Die Party kann beginnen«, rief Lester ihm zu. »Dies ist Pearly und das Lucy. Sag den Mädchen Guten Tag, Brodie!«

Brodie zog einen Stuhl heran, begrüßte die beiden höflich und dachte bei sich, daß ihre Jugend schon lange vergangen sein mußte.

Für eine Kneipe war es hell und frisch, mit offenen Fenstern und einem feinen Duft aus der Küche, doch das Trinken kam zuerst.

Lester riet ihm davon ab, Guinness zu bestellen, da es in diesem Land zu teuer sei. »Nimm das einheimische Bier«, meinte er.

Obwohl es ein wenig zu kalt war, schmeckte es sehr gut, und innerhalb kürzester Zeit war Brodie entspannt und glücklich. Noch wußte er nicht, daß sie die Getränke der Frauen ebenfalls bezahlen mußten, da Lester in großzügiger Stimmung den Barmann angewiesen hatte, alles auf ihre Rechnung zu schreiben. Brodie dachte nur, daß dies im Gegensatz zum ewigen Kramen nach Münzen bei jedem Bier eine sehr zivilisierte Art der Bezahlung war.

Schließlich konnte er dem Duft aus der Küche nicht mehr widerstehen. »Ich muß etwas essen«, verkündete er.

Lester stimmte zu. »Wir werden alle essen.«

Es war eine Mahlzeit, an die Brodie sich noch lange erinnern würde: große Steaks mit Eiern, Kartoffelpüree, Fleischsoße, gebratene Zwiebeln und warme Brotstücke mit gelber Butter. Die Frauen langten auch kräftig zu, und allmählich machte er sich doch Sorgen, wer für sie bezahlen würde. Sie futterten wie die Wale!

»Hat der Typ dir das Geld gegeben?« wollte Lester wissen.

»Nein«, log Brodie. Das ging nur ihn etwas an.

»Und du hast ihn einfach gehen lassen? Ich denke, sie haben dir fünf Pfund versprochen, wenn du die Pferde abgibst.«

»Ich hab ihn nicht einfach gehen lassen. Ich werde für ihn arbeiten, das hab ich dir doch gesagt.«

»Du bist vielleicht dämlich! Du hättest dir das Geld geben lassen und dann mit mir kommen sollen. Wir werden Gold finden und nie mehr im Leben arbeiten müssen.« Er legte seinen Arm um Pearly. »Das stimmt doch, oder?« fragte er sie. »In eurem Land kann man Gold finden.«

»Sicher. Berge voll Gold. Du mußt nur den richtigen Berg finden.«

»Das werde ich«, versicherte Lester.

Nach dem Essen verschwand er nach draußen, wo er sich mit einem der Matrosen vom Schiff verabredet hatte.

»Und? Hast du ihn gesehen, Johnny?« erkundigte er sich.

»Klar.«

»Hat er Geld bekommen?«

»Oh ja. Zehn Pfund hat der Kerl ihm gegeben.«

»So ein Bastard! Die ganze Zeit habe ich ihm die Arbeit abgenommen, und jetzt lügt er mich an, damit er mir nichts abgeben muß!«

»Eine Hundsgemeinheit« schimpfte auch der Matrose. »Gib ihm noch ein paar Schnäpse und wir zeigen's ihm.«

»Das kann ein ganzes Jahr dauern, bis der betrunken ist, und er ist zu stark, als daß wir leicht mit ihm fertig würden.«

»Dann müssen wir es anders machen. An der Bar sitzt ein alter Knabe mit bemerkenswert geschickten Fingern. Er wird die Sache für dich erledigen, aber es muß etwas für ihn herausspringen. Er heißt Henty. Ich werd mit ihm reden.«

»Und er wird nicht mit dem Geld abhauen?«

»Nein. Du hast ihm ja den Tip gegeben. Wo bewahrt Brodie sein Geld auf?«

»In einer flachen Geldbörse, keinem Beutel, also ist es schwer zu erwischen. Er hat sie in seiner Jacke, in einer tiefen Tasche.«

»Überlaß das nur mir. Wir werden Brodie eine Lektion erteilen. Morgen früh um zehn triffst du dich hier mit Henty.«

Lester ging an ihren Tisch zurück und verkündete, daß in der nächsten Straße eine Pension sei, in die sie sich einmieten könnten.

»Warum bringst du unser Gepäck nicht dorthin und besorgst uns ein Zimmer? Sonst müssen wir nach Ladenschluß herumlaufen und etwas suchen.«

»Warum gehst du nicht?« maulte Brodie. Zum ersten Mal seit Monaten fühlte er sich so richtig wohl.

»Weil ich das verdammte Gepäck hierher getragen habe. Jetzt bist du dran.«

»Du hast recht«, gab Brodie zu. Er eilte davon, fand die Pension, verstaute ihr Gepäck in einem schäbigen Zimmer, verschloß die Tür und machte sich auf den Weg zurück in die Kneipe, wo er nur noch Lucy vorfand.

»Mach dir nichts draus, Schätzchen«, lallte sie, »ich leiste dir Gesellschaft.«

Brodie war wütend, weil er wußte, daß nun er die Rechnung bezahlen mußte. Außerdem war Lucy die Häßlichere von beiden gewesen, soweit man da überhaupt einen Unterschied feststellen konnte.

Sie rückte näher an ihn heran und ihr Geruch weckte in ihm erneut Übelkeit.

»Du gehst besser auch«, meinte er. »Ich warte hier auf Lester.«

»Ich hätte mit Lester gehen können«, jammerte sie, »aber ich wollte dich. Und jetzt schickst du mich weg!«

»Wenn du dich beeilst, erwischst du ihn vielleicht noch. Du

hast ihm wirklich gefallen. Er hat davon gesprochen, dich mit auf Goldsuche zu nehmen.«

»Ehrlich?« Schwankend erhob sie sich.

»Sicher. Du darfst nicht zulassen, daß Pearly ihn dir wegschnappt. Ich bin nur ein armer Bauer, ich verstehe nichts von Gold. Lester ist der Mann mit dem Geld.«

»Verdammter Mist«, rief sie, »diese hinterlistige Kuh!« Sie schlang die Arme um Brodie und erstickte ihn fast. »Du bist ein hübscher Kerl und nett dazu, Brodie. Aber ich muß jetzt gehen.«

Sie war schon halb an der Tür, als sie noch mal zurückkam. »Du bist doch nicht böse auf mich, oder?« fragte sie mit schwerer Zunge.

»Überhaupt nicht. Geh und such Lester. Du bist sein Mädchen.«

Die Rechnung war eine Tragödie. Über sechs Pfund!

»Ihr habt lange gesessen«, meinte der Wirt, als er das Geld entgegennahm. »Hier, trink noch einen aufs Haus.«

Er gab Brodie einen Schluck Whiskey und ging wieder zurück an die gut besetzte Theke.

Da er nichts Besseres zu tun hatte, blieb Brodie bis zur Sperrstunde in der Bar und ging dann widerstrebend mit der ganzen Meute auf die Straße hinaus. Voller Wut auf Lester und in der Hoffnung, in seinem betrunkenen Zustand den richtigen Weg eingeschlagen zu haben, machte er sich auf zur Pension.

Nachdem er einige Zeit mit dem Türschloß zu kämpfen hatte, fiel er mehr ins Zimmer, als daß er ging, und beschloß auf Lester zu warten.

Aber das erwies sich als zu schwierig. Er schaffte es noch, sich auszuziehen und auf eines der Betten zu setzen, aber zum Warten war er doch zu müde. Er griff nach seiner schönen Jakke, weil er die Geldbörse unter dem Kopfkissen deponieren wollte. Sie war weg!

Er suchte noch einmal in seiner Jacke, dann in Hose und

Hemd und schließlich auf dem Boden. Keine Geldbörse. Er hatte sie verloren!

Der Schreck machte ihn schlagartig nüchtern und fast hätte er losgeheult. Er wollte gleich wieder zurück in die Kneipe laufen, aber dann fiel ihm ein, daß sie ja bereits geschlossen hatte. Außerdem wußte er, daß er die Börse beim Verlassen noch in der Jacke gespürt hatte. Also mußte er sie auf der Straße verloren haben.

Erneut durchsuchte er das Zimmer und fluchte, weil er so betrunken war. Er hatte das Geld bestimmt extra sicher verstaut, und nun konnte er sich nicht mehr erinnern, wo. Er nahm die Matratze hoch, zog alle Schubladen auf, kroch unter das Bett, suchte und suchte. Verzweifelt sah er auch noch einmal in seiner Jacke nach.

Dann bemerkte er es! Nicht die Geldbörse, sondern den feinen Schnitt in seiner guten Jacke. Ein Messerschnitt. Jemand hatte ihn draußen vor der Kneipe oder auf der Straße ausgeraubt. In Dublin hatte er von dieser Art des Diebstahls gehört – die wahren Experten konnten im Handumdrehen ein Kleidungsstück oder eine Tasche aufschlitzen und mit allem, was sie ergatterten, davonrennen.

Und hier gab es diese Bastarde also auch!

Verdrießlich setzte er sich auf sein Bett und dachte nach. Der Dieb mußte beobachtet haben, wo er sein Geld hinsteckte, und ihm dann auf der Straße gefolgt sein. Dieser Mistkerl! Was für ein Willkommen in Brisbane. Er war ausgeraubt worden.

Dann kam Lester hereingepoltert und schimpfte. »Ich wußte nicht, welches Zimmer, und mußte die Wirtin wecken ...«

Brodie packte ihn am Kragen und schüttelte ihn. »Du hast mich mit der verdammten Rechnung sitzen lassen!«

»Beruhige dich. Ich bezahle meinen Anteil schon! Himmel! Was ist bloß los mit den Leuten? Ich geh mit rauf zu Pearly, um ein bißchen Spaß zu haben, und wir kommen gerade zur Sache, da rauscht Lucy herein, schreit wie ein Wilde und geht auf Pearly los, schlägt und tritt sie und keift, sie hätte ihr den Mann weggenommen. Ich weiß nicht, wovon sie spricht, und Pearly macht sich auch nicht die Mühe, das herauszufinden. Sie schlägt Lucy mit ihrer Haarbürste, und die zwei prügeln sich so richtig. Also bin ich abgehauen. Aber ich hab mich verlaufen und bin durch die Straßen geirrt, und dann konnte ich das Zimmer nicht finden ...«

Unter anderen Umständen hätte Brodie ja gelacht, aber nicht heute. »Ich bin ausgeraubt worden«, schnitt er Lester das Wort ab. »Meine Geldbörse ist weg. Irgendein stinkender Mistkerl hat sie geklaut, als ich aus der Kneipe kam. Du schuldest mir drei Pfund. Mehr sogar. Ich hab diese Flittchen nicht eingeladen und mußte für sie auch noch bezahlen.«

»Wir haben uns doch amüsiert«, meinte Lester, griff in seine Tasche und warf Brodie vier Pfund hin. »Da ist meine Hälfte und noch etwas mehr, obwohl ich nicht finde, daß du's verdient hast. Haben sie all dein Geld gekriegt?«

»Jeden verdammten Penny«, klagte Brodie.

»Wieviel war es denn?«

»Über zwanzig Pfund!«

»Herrjemine! Ein Vermögen! Aber sieh es von der guten Seite. Wenn du nicht meinen Teil der Rechnung mitbezahlt hättest, würden dir diese vier Pfund jetzt auch fehlen.«

Brodies Blick zeigte nur allzu deutlich, daß er nicht die Absicht hatte es so zu sehen, also warf Lester sich auf sein Bett. »Mach das Licht aus, Brodie. Ich bin müde.«

Am Morgen war Lester bereits aufgestanden, als Brodie erwachte. »Wo willst du hin?«, fragte Brodie mißtrauisch.

»Ins Amt für Landvermessung. Ich muß herausbekommen, wo das Gold ist. Landkarten holen. Die haben alle Informationen. Warum spazierst du nicht ein bißchen durch die Stadt?«

»Ich habe mich entschieden, die Stelle anzunehmen. Am Samstag reise ich weiter.«

»Wie du willst. Wir sehen uns später.«

Der Beamte im Vermessungsamt war äußerst redselig, also ließ Lester ihn vom Gold schwärmen, aber am Ende hatte er immer noch keine vernünftige Auskunft über die Fundorte bekommen.

»Wie sieht es denn im Moment aus?« wollte er wissen. »Wo sind die besten Felder?«

»Kalgoorlie. Jede Menge Gold da.«

»Schön. Wie lange dauert es, wenn ich zu Fuß dorthin gehe?«

Der Mann grinste. »Etwa zwei Jahre, schätze ich. Durch die Wüste. Es liegt im Westen Australiens.«

»Haben Sie nichts Näheres?«

Jetzt brüllte der andere vor Lachen. »Ich verkaufe doch keine Häuser!« Er schob eine Landkarte von Queensland über den Tisch. »Es gibt auch noch Gold in Queensland am Mount Morgan.« Er seufzte. »Ich hätte selbst dahin gehen sollen. Es ist ein Berg aus Gold.«

»Wo ist das?«

»Hier!« Er kreiste einen Punkt auf der Karte ein. »Nördlich von Brisbane. Etwa fünfhundert Meilen. Sie können den halben Weg mit dem Zug fahren und dann eine Postkutsche nehmen.«

»Und wie groß ist die Ausbeute?«

»Die großen Syndikate sind dabei, es zu übernehmen, aber wenn Sie sich beeilen, können Sie Ihren Claim noch abstecken. Letztendlich werden Sie aufgekauft, aber wenn Sie Gold finden, haben Sie auf jeden Fall gewonnen.«

Lester schob ihm einen Shilling zu. »Ich brauche Ihre Hilfe, um das genau zu planen.«

Er verließ das Büro mit einem Stapel Papiere – Landkarten, gesetzliche Bestimmungen, Hinweise zum Pachten einer Mine sowie ein abgegriffenes Faltblatt über die Schwierigkeiten der Goldsuche.

Seine nächste Anlaufstelle war das Albion Hotel, wo er einen Krug Bier hinunterstürzte, ehe er Henty am Hinterausgang traf.

»Wieviel hast du bekommen?« fragte er den Alten.

»Zehn Pfund, Mister. Neun für Sie, eins für mich.«

»Und der Rest?« Er packte Henty am Ohr und zog kräftig daran. »Du kannst zwei Pfund behalten, aber alles andere gibst du mir!« Er schob ihn unsanft gegen die Wand, durchwühlte seine zerlumpten Kleider und zog einige Pfundnoten aus den Taschen. »Das sieht schon besser aus.«

Als er die Kneipe verließ, saß Henty bereits an der Theke und vertrank den ersten Teil seines Verdienstes.

Am Bahnhof kaufte sich Lester eine Fahrkarte nach Gympie, von wo aus er mit der Postkutsche weiterfahren mußte. Dann eilte er zurück in die Pension, um seine Sachen zu holen. Er hinterließ Brodie vier Shillinge für seine Übernachtung sowie eine Nachricht, daß er zu den Goldfeldern am Mount Morgan unterwegs sei. Außerdem versprach er, ihm nach Fairlea zu schreiben.

Erleichtert, daß Brodie unterwegs war, verließ er die Pension. Es wäre nicht gut gewesen, wenn sein plötzlicher Reichtum aufgefallen wäre. Um drei Uhr nachmittags saß er glücklich in dem Zug, der ihn in sein Glück bringen würde.

Brodies erster Gedanke am Morgen war, zur Kneipe hinunterzugehen und sich über den Diebstahl zu beschweren, aber er wußte, daß es keinen Sinn hätte. Sie würden ihn vermutlich nur auslachen, weil er so dumm gewesen war, sich ausrauben zu lassen.

Hätte er nicht so viel getrunken, würde er seine Geldbörse wahrscheinlich noch besitzen.

Immer noch verärgert über den Verlust, spazierte er am Flußufer entlang, bis er zu einem schönen Sandsteingebäude mit grünem Kuppeldach kam. Er stellte fest, daß es das Zollgebäude war, spähte hinein und war schwer beeindruckt. Dann erregte ein großer Baum weiter unten am Weg seine Aufmerksamkeit. Er war über und über mit blauvioletten Blüten bedeckt. Noch nie hatte Brodie einen so wundervollen Baum gesehen, und er fragte einen vorbeischlendernden Gentleman nach dem Namen.

»Jacaranda«, erwiderte der. »Sie blühen jetzt überall und zeigen uns, daß Frühling ist.«

Danach sah Brodie immer mehr dieser prächtigen Bäume, und sie munterten ihn etwas auf, da sie ihm bewiesen, daß er tatsächlich am anderen Ende der Welt war. Denn eigentlich war es ja Oktober und müßte bald kalt werden, aber dennoch war hier Frühling. So ganz konnte er sich das noch nicht erklären, aber er würde später darüber nachdenken.

Er ging weiter und sah sich erstaunt um. Die Straßen waren in eine Richtung nach Königen benannt und in die andere Richtung nach Königinnen. An der Charlotte Street, wo sich die Ställe befanden, ging er aber vorerst vorbei.

Als er wieder auf der belebten Hauptstraße ankam, war Brodie enttäuscht. Er hatte erwartet, Känguruhs zu sehen und schwarze Menschen, weil er auf dem Schiff so viel darüber gehört hatte, aber dies war nur eine große Provinzstadt, die außer ihren Farben nichts Ungewöhnliches aufzuweisen hatte. Das Licht war sehr grell und die Schatten fielen scharf wie Scherenschnitte, so daß ihm manchmal die Augen schmerzten.

Er kam zu einer jubelnden Menge und sah eine Pferdeparade die Straße hinunterschreiten. Trotz ihrer Uniformen und Gewehre sahen die Kavalleristen wie ein lustiger Haufen aus. Sie winkten den Leuten zu, und Brodie beneidete sie um ihr fröhliches Selbstvertrauen. Ihm wurde bewußt, daß er allein war, ein Fremder, der einsam durch die Straßen wanderte, um die Zeit totzuschlagen.

Er lief eine Weile neben den Kavalleristen her und stolperte dann beinahe über einen Tisch, der mit Bannern geschmückt war und mitten auf der Straße stand.

Ein riesiger Mann, der die gleiche graubraune Uniform trug wie die anderen Soldaten, packte Brodie am Arm. »Hier ist ein prächtiger Bursche. Was ist, Sir? Wollen Sie nicht in die Armee eintreten?«

»Was sagen Sie da?« stammelte Brodie.

Junge Damen scharten sich um ihn, lächelten ihn an und sprachen ihm Mut zu. Sie trugen allesamt rot-weiß-blaue Bänder an ihren hübschen weißen Kleidern.

»Wir werben Rekruten an«, verkündete der Soldat. »Wir brauchen Freiwillige. Sie können sofort hier unterschreiben und unseren Besten und Tapfersten zur Seite stehen.«

Brodie war ganz durcheinander. »Wieso?«

»Sie ziehen in den Krieg.«

»Welchen Krieg?« Der einzige Krieg, von dem er wußte, war in Südafrika. Das Schiff hatte dort einen halben Tag angelegt, aber niemand durfte an Land gehen.

»Den Burenkrieg, Bursche!«

»Ach so, der.« Er nickte und der Soldat schien das als Beitritt zu werten.

»Wie heißen Sie?«

»Brodie Court, Sir.«

Der andere schrieb sofort. »Und können Sie reiten?«

»Sicher kann ich das. Aber auf welcher Seite kämpfen Sie?«

»Da fragen Sie noch? Auf der richtigen natürlich!« Er wirkte verärgert. »Wir sind Soldaten der Königin. Wir tun unsere Pflicht und werden die lausigen Buren vernichten. Wie alt sind Sie?«

Brodie erstarrte. Die englische Armee! Gott im Himmel, Michael würde einen Anfall bekommen. Was hatte er mit diesen Leuten zu schaffen, die Ozeane entfernt waren? Sie mußten verrückt sein.

»Ich bin erst gestern angekommen«, meinte er entschuldigend und trat zurück. »Lassen Sie mich noch darüber nachdenken.«

»Da gibt es nichts nachzudenken!« brüllte der Soldat ihm hinterher, als Brodie beschämt in der Menge verschwand.

Er ging um die nächste Ecke, fort von all dem Lärm, und setzte sich auf eine Bank, um eine Zigarette zu rauchen und zu entscheiden, was er als nächstes tun sollte.

Ihm gegenüber war ein Juweliergeschäft, und Brodie betrachtete aus der Entfernung eine Weile die Auslagen. Dann ging er hin. Eine Halskette auf einem schwarzen Samtkissen in der Mitte des Fensters hatte seine Aufmerksamkeit erregt.

Er schaute sie bewundernd an. In der Mitte war ein großer Diamant, der von wunderschön glitzernden Steinen umgeben war, und darunter hingen ebensolche Steine in der Form von Tränen. In ihnen schienen Funken von Rot, Blau und Violett auf dem milchigen Untergrund zu tanzen, und das bunte Leuchten ließ den Diamanten eher schlicht erscheinen.

Der Juwelier, der einen Kunden witterte, kam vor die Tür.

»Eine atemberaubende Halskette, nicht wahr, Sir?«

»Sie ist fantastisch! Was sind das für Steine um den Diamanten?«

»Opale. Und die Fassungen sind aus Gold.«

»Opale? Davon hab ich noch nie gehört.«

»Man nennt sie auch die Königinnen der Juwelen. Tatsächlich ist unsere Königin ganz verrückt nach ihnen.«

»Das kann ich gut verstehen.« Brodie nickte begeistert. »Woher stammen sie?«

»Direkt hier aus Queensland Es gibt noch andere Opalfelder, zum Beispiel bei White Cliffs in New South Wales, aber die Opale aus Queensland sind mindestens genauso schön.«

»Sie sind wohl sehr wertvoll.«

»Oh ja, das sind sie. Soll ich die Kette für Sie herausnehmen? In der Sonne sind die Farben noch prächtiger.«

»Ach, lieber nicht. Sie ist zu teuer für mich. Sind diese Steine gefärbt?«

»Gefärbt? Natürlich nicht! Sie sind von der Natur so geschaffen worden und müssen nur geschliffen werden.«

Da erkannte der Juwelier, daß er seine Zeit verschwendete, und ging in seinen Laden zurück. Brodie blieb wie betäubt stehen. Die Farben waren es, die ihn so faszinierten. Er liebte Farben, und diese Opale, von denen jeder im Innern ein anderes Muster aufwies, leuchteten in allen Farben des Regenbogens.

»Glückssteine«, sagte er und lachte sie an. »Hübsche Steine. Ich werde Lester davon erzählen. Wir sollten Opale suchen gehen und nicht Gold.«

Im Fenster lagen auch einige Ringe aus Gold, und Brodie sah sie verächtlich an. »Ihr seid nichts gegen die Opale.«

Es war weit nach Mittag, also suchte er sich eine Gaststätte, wo er für einen Shilling eine Mahlzeit aus Fisch, Kartoffeln und Bier kaufte und in Ruhe über die Opale nachdachte. Wer konnte es sich leisten, solch eine teure Kette zu kaufen?

Auf dem Schiff hatten sie gesagt, Lester sei vom Goldrausch besessen. Also war er jetzt im Opalrausch, was ihm gar nicht leid tat. Er stellte sich vor, wie er mehrere Hände voll dieser Steine aus dem Staub hob, sie in einen Samtbeutel steckte und zu einem Juwelier brachte. Aber so leicht war es bestimmt nicht, sonst wären sie billiger und würden kaum einen Diamanten umkränzen. Er ging noch einmal zurück, weil er fürchtete, er könnte die Schönheit der Steine in seiner Vorstellung inzwischen übertreiben, aber nein! Sie waren wahrhaftig schön genug für eine Königin.

Da er nicht den Mut hatte, sich allein auf die Suche nach Opalen zu machen, beschloß er Lester dazu zu überreden. Doch als er zurück in die Pension kam, war Lester bereits verschwunden.

Enttäuscht setzte Brodie sich auf sein Bett. Alles schien hier schief zu laufen. »Na gut«, meinte er zu sich, »dann werde ich Holloways Stelle erst einmal annehmen. Aber eines Tages will ich Opale suchen gehen und bei Gott: Ich werde welche finden!«

Obwohl Vivien ihre Schwiegermutter nicht ausstehen konnte, liebte sie jeden Besuch bei Christiana in ihrem Haus in Toowoomba. Es stand oben auf einer Hügelkette mit fantastischem Blick auf die weite Ebene darunter. Die schönen Parkanlagen, die sich bis zum Rand des Steilhangs erstreckten, verliehen dem Anwesen einen Hauch von Anmut und Abgeschiedenheit.

Dabei lebte die Witwe Christiana Holloway alles andere als abgeschieden. Das große Haus mit seiner eleganten Einrichtung hatte drei Festsäle, die Christiana häufig nutzte, weil sie Feiern im großen Stil liebte. Sie war eine kleine, geschäftige Person und ihr Wohlstand und ihre Persönlichkeit machten sie zum Mittelpunkt der Gesellschaft von Toowoomba.

Wenn die Leute ihr zuraunten, was für eine wunderbare Frau Christiana doch war, lächelte Vivien zuckersüß. Sie genoß ihren Status als junge Mrs. Holloway. Aber ihre Schwiegermutter hatte von Anfang an keinen Hehl daraus gemacht, daß sie sich für ihren Sohn eine bessere Frau gewünscht hätte. Vivien hatte sich von dieser eindrucksvollen Frau mit ihrem Oberschichtakzent jedoch nicht einschüchtern lassen, und sie rächte sich bei jeder nur möglichen Gelegenheit mit wenig verschleierten Angriffen aus dem Hinterhalt. Vern bekam von alledem nichts mit. Er war ein gutmütiger Mann, der sich um seine eigenen Dinge kümmerte.

Vivien war ein Einzelkind wie er. Ihre Eltern besaßen ein Textilgeschäft in einem Vorort von Brisbane. Sie bewunderten ihre Tochter sehr und hielten sie für besonders hübsch. Obwohl sie es sich nicht leisten konnten, Vivien auf eine Schule für höhere Töchter zu schicken, hatte ihre Mutter darauf geachtet, daß sie immer gut gekleidet war und Reit- und Tanzstunden nahm.

Wenn sie zurückdachte, erkannte Vivien, daß ihre Mutter sie auf eine aufdringliche und fast peinliche Weise gefördert hatte, doch die Mühe hatte sich letztendlich bezahlt gemacht.

Erst als sie Christiana Holloway kennenlernte, erkannte Vivien, wie groß die Kluft zwischen ihren Eltern und ihrem neuen Status war. Ihr Vater war unbeholfen und schüchtern und ihre Mutter die Peinlichkeit in Person. Sie imitierte Christianas noblen Akzent und hing an ihr wie eine Klette, wobei sie immer wieder betonte, daß ihre Familie von irgendeinem obskuren Aristokraten abstamme.

»Und was ist mit Ihrer Familie?« hatte sie Christiana gefragt, während Vivien sich innerlich vor Scham wand.

»Oh, sie sind nur in der Schiffsbranche«, hatte Christiana gelangweilt erwidert.

»Ach, das macht doch nichts«, war die Antwort ihrer naiven Mutter gewesen.

Vivien sah ihre Eltern nur noch selten und konnte zum Glück die große Entfernung als Entschuldigung anführen. Und dieses Mal hatte sie sich nicht einmal die Mühe gemacht, sie in Brisbane aufzusuchen.

Sie seufzte. Nach nur zwei Tagen Aufenthalt in Brisbane waren sie nun auf dem Weg vom Bahnhof zu Christianas Haus – wie immer, wenn sie nach Fairlea zurückkehrten.

Während der Einspänner dahinrollte, beschloß Vivien Vern mit Hilfe ihrer Schwiegermutter zu einem längeren Aufenthalt zu überreden. Jedes Mittel war ihr recht, um ihre Heimkehr so lange wie möglich hinauszuzögern.

Wenn sie an den Augenblick zurückdachte, da sie Fairlea als frisch verheiratete Braut zum ersten Mal sah, konnte sie immer noch die herbe Enttäuschung verspüren. Sie hatte erwartet, daß ihr neues Zuhause denselben Luxus aufwies wie das Holloway-Anwesen in Toowoomba. Nun gut, vielleicht ein bißchen kleiner. Aber sie hatte nicht mit einem schlichten Farmhaus aus Sandstein gerechnet, das gerade eben die Mindestanzahl an Räumen aufwies: Salon, Eßzimmer und drei Schlafzimmer. Die Einrichtung war einfach; man konnte sagen, gerade ausreichend.

Christiana mußte sich köstlich amüsiert haben! Bevor Vivien das Haus kannte, hatte sie davon geschwärmt, auf Fairlea Gesellschaften zu geben, ebenso wie die Holloways in Toowoomba. Dann aber hatte sie mit Entsetzen festgestellt, daß sie sich angehört haben mußte wie ihre eigene Mutter.

Nach und nach hatte sie die Einrichtung durch neue ersetzt, aber Vern hatte sich strikt geweigert, das Haus umbauen zu lassen, da er es für Geldverschwendung hielt. Und jetzt war es Vivien egal – sie haßte das Haus. Es war schlimmer als ein Gefängnis, draußen im Busch, abseits aller Vergnügungen der Stadt. Da war sogar Toowoomba eine willkommene Ablenkung, selbst wenn sie dafür Christiana in Kauf nehmen mußte.

Und da stand sie auch schon erwartungsvoll auf der Treppe und sah wie immer sehr elegant aus mit ihren Perlen und Diamanten.

Sie hauchte Vivien einen Kuß über die Schulter und nahm ihren Sohn, den sie vergötterte, liebevoll in die Arme. »Ich freue mich ja so dich zu sehen, Vern. Waren die Pferde in Ordnung?«

Natürlich sagt sie immer genau das Richtige, dachte Vivien bitter, als Vern begeistert von seinen neuen Rennpferden schwärmte, während sie gemeinsam durch die lange, blitzende Eingangshalle in den vorderen Salon gingen, der einen wunderbaren Ausblick auf den Park bot.

»Wie lange wollt ihr bleiben?« fragte Christiana.

»Nur über Nacht, Mutter, wir haben zu Hause entsetzlich viel zu tun. Ich wollte die Pferde unbedingt persönlich in Brisbane entgegennehmen, um gleich zur Stelle zu sein, falls etwas schief gelaufen wäre. Aber zum Glück sind sie heil angekommen. Patrick wird sie nach Fairlea bringen.«

»Ach, Vern, wir können doch bestimmt noch ein paar Tage hier bleiben.« Vivien sah zu Christiana hinüber. »Wir kommen so selten her. Ich bin sicher, deine Mutter würde sich auch freuen.«

»Natürlich«, sagte sie. »Aber Vern wird schon wissen, was das beste ist. Rinder und Pferde zu züchten ist keine leichte Sache. Was ist mit dem Militär, Vern?«

»Sie kaufen so viele Pferde, wie sie kriegen können. Ich hole ganze Herden aus dem Westen, und sie sind froh, Fairlea als Etappe nutzen zu können.«

»Ich hoffe, du läßt sie anständig bezahlen«, meinte Christiana.

Vern lachte. »Diese Kerle sind großartig darin, das Geld anderer auszugeben. Sie kaufen alles, was einem Pferd auch nur entfernt ähnlich sieht.«

»Du verkaufst doch nicht etwa die guten Pferde?« rief Vivien.

Christiana sah sie mitleidig an. »Wohl kaum, meine Liebe. Vern züchtet nicht jahrelang reinrassige Tiere, um sie dann in den Krieg zu schicken. Was hältst du von den neuen Pferden?«

»Oh! Aus gutem Stall, würde ich sagen«, erwiderte Vivien.

»Du hast sie kaum angesehen«, bemerkte Vern trocken.

Später, als Vivien sich für das Abendessen zurechtmachte, kam ihre Schwiegermutter ins Zimmer. »Wo ist Vern?«

»Er macht einen Spaziergang im Park.«

»Gut.« Christiana hob ein Paar Schuhe auf, die Vivien achtlos auf den Boden geworfen hatte, und stellte sie ordentlich in den Schrank. »Ich bin froh, daß ich ungestört mit dir reden kann. Ich möchte ja nicht indiskret sein, aber ist vielleicht wieder ein Kind unterwegs?«

»Nein.« Vivien sah ihre Schwiegermutter mit ausdruckslosem Gesicht an.

»Hm!« Christiana war offensichtlich enttäuscht. »Ich weiß, daß die zwei Fehlgeburten nicht leicht für dich waren, aber solche Dinge passieren. Du mußt vorsichtiger sein. Vielleicht reitest du zuviel.«

»Etwas anderes kann man da draußen ja nicht tun.«

»Meine Liebe, eine Frau findet immer etwas zu tun. Versprich mir bitte, daß du mit dem Reiten aufhörst. Ich bin sicher, daß dies die Lösung ist.«

»Vielleicht hilft es tatsächlich«, lenkte Vivien ein, ohne auch nur im geringsten daran zu denken, Christianas Rat zu befolgen. »Aber als ich die Fehlgeburten hatte, hast du selbst gesagt, daß es Gottes Wille war. Ich glaube, daß ich auch weiterhin auf seinen Willen vertrauen muß.«

Christiana musterte sie eindringlich. Sie war nicht sicher, ob dies eine Rüge sein sollte oder nicht. »Ich dachte das nur, weil du in letzter Zeit ein wenig rundlicher aussiehst. Es hatte meine Hoffnungen geweckt. Ich würde mich sehr über ein Enkelkind freuen.«

Als sie gegangen war, drehte Vivien sich sofort vor dem Spiegel hin und her. »Dieses Miststück! Ich bin überhaupt nicht dicker geworden!«

Sie setzte sich auf die Bettkante und dachte über ihr Gespräch nach. Das Thema machte sie jedes Mal nervös.

Bei der letzten ›Fehlgeburt‹ vor achtzehn Monaten hatte ihre Haushälterin, Elvie Smith, sie in das kleine Krankenhaus in Wirra Creek gebracht. Vern war irgendwo mit den Rindern unterwegs gewesen.

Sie war sehr krank und diesem Dr. Campbell mit ihren schrecklichen Schmerzen und ihrem hohem Fieber gleichermaßen ausgeliefert gewesen. Es ging das Gerücht, daß er zu viel trank, und freiwillig hätte sie sich ihn niemals als Arzt ausgesucht. Doch sie war zu krank gewesen, um sich zu wehren und hatte nur allzu bereitwillig den Äther genommen.

Als alles vorbei war, kam er zu ihr, und Vivien mußte den Kopf drehen, um seiner Alkoholfahne zu entgehen.

»Wie geht es Ihnen?« fragte er.

»Schrecklich. Ich habe das Baby verloren, oder?«

»Da war kein Baby. Die Blutungen und die Schmerzen wurden durch Entzündungen in den Eierstöcken verursacht.«

»O Gott!« Erschöpft sank sie auf das harte Bett zurück. Er hustete. »Da ist noch etwas.«

»Was kann da sonst noch sein?« entgegnete sie matt. »Ich hätte gern eine anständige Tasse Tee, nicht dieses Spülwasser, das sie mir gebracht haben.«

»Ich werde mich darum kümmern. Mrs. Holloway ...« Er schwitzte und das dünne weiße Haar klebte ihm auf der Stirn. »Ich muß es Ihnen sagen. Ich fürchte, Sie können keine Babys mehr bekommen.«

Vivien war mit einem Schlag hellwach und fuhr hoch. »Was ist? Sie verdammter Idiot! Was haben Sie mit mir gemacht?«

Er zuckte zusammen. »Beruhigen Sie sich, junge Frau. Egal was Sie von mir denken, aber niemand hätte mehr für Sie tun können. Sie haben eine Infektion ...«

»Bin ich etwa geschlechtskrank?« schrie sie auf.

»Guter Gott, nein! Die Infektion hat die Schmerzen verursacht, aber Sie haben außerdem Wucherungen in der Gebärmutter. Zysten, um genau zu sein.«

»Können Sie sie nicht entfernen?«

»Das würde eine Operation erfordern, und das Ergebnis wäre dasselbe. So wie es im Moment aussieht, sind Ihre Eileiter verstopft.«

»Und das bedeutet, ich kann nicht schwanger werden?«

»Ja. Es tut mir sehr leid. Ihr Mann wartet draußen. Möchten Sie, daß ich es ihm sage?«

»Sie werden nichts dergleichen tun«, gab sie voller Panik zurück. Mit Vern war es schon schlimm genug, weil er auf einen Erben wartete, aber Christiana! Lieber Gott!

»Setzen Sie sich da hin, Doktor«, befahl sie, »bis ich mich von dem Schock erholt habe.«

Ihre Gedanken rasten. Sie war unfruchtbar! Sie brauchte

Zeit, um darüber nachzudenken. Im ersten Aufruhr ihrer Gefühle fürchtete sie sich davor, als minderwertig zu gelten. Sie hatte Angst vor Christiana und ihren ständigen Fragen nach einem Enkelkind. Würde ihre Schwiegermutter versuchen sie aus dem Haus zu treiben? Ihrem Sohn eine fruchtbare Frau suchen? Und sie hatte Angst vor Verns Reaktion.

»Es wird Ihr Sexualleben nicht weiter beeinträchtigen«, murmelte Campbell, als ob sie das in irgendeiner Weise beruhigen könnte! »Machen Sie sich keine Vorwürfe. Vielen Frauen passiert so etwas.«

»Mir aber nicht!« keifte sie. Vern und sie taten in letzter Zeit kaum etwas gemeinsam. Er war sehr bequem geworden. Er liebte nichts mehr, als am Abend gemütlich dazusitzen, seine Pfeife zu rauchen und die Zeitung zu lesen. Die Liebe war irgendwo in einem Nebel aus gegenseitiger Unzufriedenheit verloren gegangen. Er hielt sie für dumm und unreif, und sie sah in ihm einen Mann, der zu früh alt wurde. Wenn er mit ihr schlief, wußte Vivien, daß er dabei nur an einen Sohn dachte. Einen Sohn, dem er sein geliebtes Fairlea vererben konnte.

Dieser Mann war Pferdezüchter. Er war stolz auf Stammbäume. Stolz auf den Tag, an dem seine junge Frau ihm einen Sohn schenken würde. O Gott! War dies der Grund, warum er eine so viel jüngere Frau geheiratet hatte? Eine gesunde, gebärfähige Stute?

Sie schluchzte auf und Campbell nahm ihre Hand. »Versuchen Sie, nicht allzu traurig zu sein, meine Liebe.«

»Seien Sie still, Sie Dummkopf!« zischte sie. »Sie werden niemandem etwas davon erzählen, verstanden? Ich werde es meinem Mann schon selbst sagen, wenn ich bereit dazu bin.«

Campbell lächelte nachsichtig. »Er muß es erfahren.«

»Nein, muß er nicht! Ich bleibe noch eine Woche hier, wenn ich es so lange aushalte. Unter Beobachtung. Haben Sie verstanden?«

»Sicher, wenn Sie es wünschen. Sie müssen ohnehin bleiben, bis die Infektion ausgeheilt ist.«

»Und Sie sagen niemandem ein Sterbenswörtchen. Nicht meinem Mann und auch nicht Mrs. Smith, unserer Haushälterin. Ich nehme an, sie ist auch da draußen.«

»Ja. Sie sorgt sich um Sie.«

»Einen Dreck tut sie, die alte Krähe! Sie haßt mich. Sie arbeitet für die Holloways, seit Vern ein Kind war. Sie sorgt sich nur um meinen Mann.«

Campbell war langsam beunruhigt. »Ich glaube, der Schock war zu viel für Sie, Mrs. Holloway Ich werde Ihnen ein Schlafmittel geben.«

»Nein, das werden Sie nicht. Ich habe gesagt, daß niemand etwas davon erfahren darf, und ich will Ihr Wort darauf!«

Er nickte. »Die Angelegenheiten zwischen Arzt und Patient sind streng vertraulich. Ich habe meine Schweigepflicht noch nie gebrochen.«

»Um so besser«, erwiderte Vivien, »aber wenn Sie es doch tun, werde ich Sie fertigmachen. Ich werde Sie verklagen, weil Sie mich in betrunkenem Zustand behandelt haben.«

»Ich war nicht betrunken!« rief der Doktor entsetzt.

»Sie stinken doch jetzt noch nach Alkohol.«

»Das waren zwei Brandys, während ich darauf gewartet habe, daß Sie aufwachen. Das ist doch absurd!«

»Ist Ihnen eigentlich klar, wen Sie vor sich haben? Wenn Christiana Holloway erfährt, daß Sie mich betrunken behandelt haben, sind Sie erledigt.«

»Aber es ist nicht wahr!«

»Ihr Ruf besagt etwas anderes. Wenn ich Sie verklage, können Sie als Arzt einpacken, egal ob Sie verlieren oder gewinnen. Mrs. Holloway würde schon dafür sorgen!«

»Vielleicht sollten Sie sich etwas ausruhen«, meinte Campbell, der seinen Ohren kaum trauen wollte.

»Papperlapapp! Gehen Sie jetzt und sagen Sie meinem

Mann, daß ich mich von der Fehlgeburt erhole und alles in Ordnung ist. Ich muß nur zur Beobachtung hier bleiben. Kann ich mich auf Sie verlassen?«

Er zuckte mit den Schultern. »Was immer Sie wünschen. Aber ihre Lüge wird Sie eines Tages einholen, Mrs. Holloway.«

»Was immer geschieht, geht Sie überhaupt nichts an. Denken Sie daran.«

Die Zeit verging, und Vivien war froh über ihre Entscheidung. Campbell hielt seinen Mund, und Vern hatte keine Ahnung, daß seine Frau niemals Kinder bekommen konnte. Er hoffte weiter, ebenso wie Christiana. Und die junge Mrs. Holloway war unendlich erleichtert, daß sie nie die Lasten einer Schwangerschaft auf sich nehmen mußte. Sie konnte auch gut ohne Kinder leben.

Am Abend in Toowoomba schmollte Vivien. Niemand war zum Essen eingeladen worden, also war sie wieder einmal mit den beiden allein. Es war ein trüber, langweiliger Abend.

Sobald Christiana gute Nacht gesagt hatte, versuchte sie es erneut. »Wir sollten noch eine Weile in Toowoomba bleiben. Am Samstagabend ist Junggesellenball. Alle deine Freunde werden dort sein, Vern.«

»Sie werden mich nicht vermissen«, brummte er und las weiter in seinem neuen Buch über Pferdezucht.

»Aber ich würde gerne hingehen.«

»Unmöglich. Ich wünschte, du würdest nicht weiter herumnörgeln. Warum gehst du nicht zu Bett, ich möchte morgen frühzeitig aufbrechen. Wir nehmen den Einspänner.«

»Was? Ich fahre nicht im Einspänner nach Hause. Das dauert viel zu lang.«

»Mutter meint, es wäre das beste für dich. Sie denkt, du solltest einen so langen Ritt lieber vermeiden.«

»Es ist mir egal, was deine Mutter denkt!« explodierte Vivien. »Ich will reiten! Ich lasse es nicht zu, daß sie darüber entscheidet, was ich zu tun und zu lassen habe. Ich habe das Recht auf ein bißchen Vergnügen. Sag ihnen, sie sollen die Pferde um acht Uhr bereitstellen und keine Sekunde früher. Ich werde im Bett frühstücken.«

»Also gut.« Er zuckte mit den Schultern, und aus irgendeinem unbestimmten Grund ärgerte sie das.

»Ich werde schon schlafen, wenn du kommst«, sagte sie wütend, »also stör mich nicht.«

»Ich bin es mittlerweile gewöhnt, meine Frau nicht zu stören«, gab er trocken zurück.

Es kam Vivien in den Sinn ihm zu sagen, daß sein Liebesspiel ebenso langweilig war wie er selbst, aber sie entschied sich, es hier in Christianas Haus nicht zu weit zu treiben. Wer wußte, ob sie nicht irgendwo stand und lauschte? Statt dessen rauschte sie mit neuen Plänen auf ihr Zimmer. In wenigen Wochen war Christianas Geburtstag – glücklicherweise genau in der Woche des Pferderennens, wenn jedermann in der Stadt wäre. Sie müßten zu dieser Gelegenheit anreisen, und dann würde sie darauf bestehen, eine volle Woche zu bleiben!

3

DIE FURCHT VOR neuem Unglück hatte sich bereits gelegt, aber nun hatten sich die Elemente gegen sie verschworen. Trella konnte sich nicht erinnern, je einen schlimmeren Winter erlebt zu haben. Und im Dorf sagte man, diese Überschwemmung sei auch schlimmer als die dreißig Jahre zuvor. Gewaltige Regengüsse hatten den Fluß über die Ufer treten und das Tal überfluten lassen. Das Bauernhaus der Courts war zum Glück verschont geblieben, da es etwas höher lag, aber ihr Getreide war fortgeschwemmt.

Michael war so entkräftet, daß er in Decken gewickelt am Feuer bleiben mußte, während Trella und Garth draußen in der bitteren Kälte neue Setzlinge einpflanzten.

»Wir müssen das Gute sehen«, sagte sie zu Garth. »Zumindest ist unser Haus nicht überschwemmt worden wie bei den meisten anderen. Es dauert lange, bis die Nässe ganz wegtrocknet.«

Aber sie machte sich dennoch Sorgen. Der Arzt hatte gemeint, es sei das Wetter, das Michael zu schaffen machte. Er hatte es wie beiläufig erwähnt, aber was er tatsächlich dachte, war, daß sie in eine wärmere Gegend ziehen müßten.

Aber da er wußte, wie es um sie alle stand, würde er dies nie offen aussprechen. Nein, er riet ihnen zu Medikamenten und zu warmer Flanellunterwäsche, während er hoffnungsvoll zum Himmel blickte.

Trella betete. Gott, wie sie betete, und allezeit dachte sie an

Brodie, der in diesem fernen Land voller Sonnenschein lebte. Jeden Tag ging sie in die Kirche. Sie konnte sich zwar keine Kerze leisten, aber sie bat den Herrn, er möge Brodie finden, damit sie ihm schreiben und ihm mitteilen könne, wie krank sein Bruder war. Und ihn um Hilfe bitten. Der Pfarrer hatte Michael den Brief geschenkt, als Trost, und Trella ging damit zu den Nonnen, damit sie ihr auf der Weltkarte zeigen konnten, wo Brisbane lag.

»So weit weg!« rief sie verzweifelt.

»Wir werden einen Rosenkranz für Sie beten«, meinte Schwester Mary Joseph. »Beten, daß er sich an seine Familie erinnert und wieder schreibt. Brodie ist nun schon seit einigen Monaten fort und sollte seine neue Stelle mittlerweile angetreten haben.«

Aber dann, am Weihnachtsabend, starb ihre Mutter. Trella fand sie mit dem Gesicht im Schlamm draußen vor dem Kuhstall.

»Arme Maisie«, weinte sie. »Was für eine einsame, elende Art zu sterben.«

Trella verlor das Vertrauen zu Gott.

Pater Daly sammelte für das Begräbnis, und Trella saß in der Andacht und haderte im Stillen mit Gott, daß er so ungerecht sei. Ihre Mutter, ihr Leben lang eine tüchtige Frau, hatte es nicht verdient, so zu sterben!

Und dann Michael, dachte sie weiter. Er ist ein guter Mensch, dir immer treu ergeben, Gott, ohne sich über das Schicksal zu beklagen, das du ihm auferlegt hast. Und nun siecht er an Lungenentzündung dahin. Du bist grausam, Gott. Wahrlich grausam.

Bitterkeit begleitete sie auf ihrem kalten, grauen Weg zum Friedhof, wo dichter Nebel die verstreuten Trauergäste einhüllte.

Es war eine Sache der Ehre, daß Michael als Familienoberhaupt voranging und das Angebot ausschlug auf dem Leichenwagen zu fahren. Garth stapfte tapfer und aufrecht neben ihm aus Angst, er könnte stolpern. Es war einer von Michaels guten Tagen, also widersprach Trella nicht und dachte sogar, die Anstrengung könnte seine Stimmung heben. Auch wenn die anderen meinten, es sei töricht von ihm.

Später dachte sie, daß ihr kleiner Streit mit Gott nicht geschadet haben konnte, denn nur wenige Wochen nach der Beerdigung kam Pater Daly zur Tür herein und winkte mit dem lang erwarteten zweiten Brief von Brodie.

»Kennt er unsere Adresse etwa nicht mehr?« bemerkte Trella spitz, doch Michael dachte sich nichts weiter dabei. »Zumindest wissen wir, wo er ist und daß er die Überfahrt gut überstanden hat. Was für eine Erleichterung, von ihm zu hören!«

»Er schreibt, er hat eine Stelle auf einer Farm, wo Rinder und Pferde gezüchtet werden, weit draußen auf dem Land«, berichtete Pater Daly, der ebenso aufgeregt war wie sie. »Und die Farm ist so groß, daß Mr. Hadley-Jones' Anwesen bequem in eine Ecke passen würde.«

Michael machte große Augen. »Was Sie nicht sagen!«

Pater Daly lachte. »Brodie hat schon immer gern übertrieben. Aber es hört sich wirklich gut an.«

»Er verdient gutes Geld«, erzählte Michael seiner Frau. »Schläft mit acht anderen in einer Unterkunft, alles feine Burschen. Und sie haben einen Chinesen, der für sie kocht.« Er schüttelte den Kopf. »Hast du so was schon gehört?«

»Wieso einen Chinesen?« wollte Garth wissen.

»Das sagt er nicht. Er schreibt, daß sie Tausende von Rindern aufziehen ...«, Michael zwinkerte dem Pater zu, »... und feine Pferde. Einen Teil als Rennpferde und Halbblüter für das Militär. Hauptsächlich die Nachkommen von Wildpferden.«

»Wildpferde!« schwärmte Garth. »Und wir können uns nicht mal ein einziges Pferd leisten. Laufen sie dort frei herum? Könnte Onkel Brodie uns welche besorgen?«

»Das bezweifle ich. Da müßten sie lange schwimmen.« Sein Vater lächelte.

»Dann müssen wir hinfahren.«

Die beiden Männer hörten ihm nicht zu, da sie in Brodies Brief versunken waren, wohl aber Trella.

»Was bauen sie dort an?« fragte sie.

»Auf der Farm haben sie nur Pferde und Rinder«, meinte Pater Daly. »Ich bezweifle, daß noch Zeit für Getreide bleibt.«

»Das wäre mir nur recht«, meinte Garth, »weil es viel einfacher ist.«

»Nichts ist einfach im Leben«, ermahnte Daly.

»Hat er einen Absender angegeben?« wollte Trella wissen.

»Ja, hier«, rief Michael erfreut. »Fairlea Station bei Toowoomba, Queensland.«

»Ein Bahnhof als Adresse?«

»Solange die Post ihn findet!« meinte Michael.

Pater Daly erklärte: »Wie ich durch einen australischen Pfarrer erfahren habe, heißt ein Zuchtbetrieb bei ihnen Station.«

»Warum?«

»Ich vermute, damit wollen sie große Farmen von kleinen unterscheiden. Anders kann ich mir das im Moment auch nicht erklären.«

Trella wollte den Rest des Briefes hören – ob Brodie seine Familie grüßte –, aber da stand nur ein unbekümmertes: *Bitte grüßen Sie doch alle von mir.*

»Kein einziges Wort an uns«, schimpfte Trella. »Der kümmert sich wieder mal nur um sich selbst.«

»Er konnte doch nicht jeden mit Namen aufführen«, beruhigte Michael sie. »Das hätte ja die ganze Nacht gedauert, nicht wahr, Vater?«

»Das stimmt«, meinte Pater Daly.

Aber als er später ging, herrschte Michael sie an: »Kritisiere meinen Bruder nicht, wenn der Pater da ist.«

»Warum nicht? Der Mann ist doch nicht dumm. Er sieht, was wir sehen.«

»Du verstehst Brodie einfach nicht, das ist dein Problem. Indem er an Pater Daly schreibt, grüßt er uns auf dem besten Weg, den sein Stolz ihm erlaubt.«

»Ach, sein Stolz! Er weiß doch, wie es um uns bestellt ist. Wenn er so viel Geld verdient, warum schickt er uns dann nicht ein paar Pfund? Das war doch abgemacht.«

»Es gibt keine Abmachung. So weit sind wir nie gekommen. Brodie hat getan, was du wolltest: Er ist gegangen. Mehr können wir nicht von ihm verlangen.«

»Dann bin ich also schuld, weil ich ihn fortgeschickt habe?« Michael lehnte sich zurück. »Von Schuld ist überhaupt nicht die Rede. Es ist überhaupt ein schlimmes Wort. Wir tun alle unser Bestes, und wir sollten Gott danken, daß mein Bruder gesund und wohlauf ist.«

In der Nacht schrieb er Brodie einen langen Brief, gratulierte ihm zu seinem Glück, erzählte von der Familie und von Maisies Tod, von der Überschwemmung und von Neuigkeiten aus dem Ort, jedoch kein Wort über ihre Sorgen.

Am Morgen, während Michael sich ausruhte, schrieb Trella einen eigenen Brief, den sie zwischen die anderen Seiten schob, bevor sie den Brief bei der Post aufgab.

Sie sagte Brodie die Wahrheit. Daß Michael schwer an Lungenentzündung erkrankt war, daß sie ärmer waren als je zuvor und daß kein Ende abzusehen war. Ohne zu zögern bat sie Brodie um alles Geld, das er erübrigen konnte.

Hatte Brodie nicht geschrieben, er lebe an einem sonnigen Ort, wo der Frühling wie Sommer war, warm und angenehm? Und war es nicht genau das, was Michael brauchte, um seine Krankheit loszuwerden? Sie fügte noch einige Zeilen hinzu und bat um Geld, damit Michael nach Australien fahren könne. Um sein Leben zu retten.

Wenn dir überhaupt noch etwas an deinem Bruder liegt,

schrieb sie, dann verwehrst du ihm nicht die einzige Aussicht auf Rettung, die die Ärzte ihm geben können.

Ostern war lang vorüber, als die Briefe ihn erreichten, und Brodie war wütend, daß Trella ihn in solche Gewissensnot brachte.

»Wenn dir überhaupt noch etwas an deinem Bruder liegt!« wiederholte er schimpfend ihre Worte. Wie dreist sie doch war! Natürlich lag ihm etwas an Michael, und er konnte gar nicht sagen, wie leid es ihm tat, daß er so krank war.

Brodie erschauerte. Waren die Eltern nicht an derselben Krankheit gestorben? Aber wie konnte er helfen? Das war wieder einmal so eine unüberlegte Idee von ihr, daß er Michael Geld für die Überfahrt schicken sollte. Einem Mann, der seine Familie nie verlassen würde. Sie müßten alle mitkommen, und wer sollte sie dann versorgen? Michael wäre zu krank zum Arbeiten, also würde er, Brodie, die ganze Familie am Hals haben. Hatte sie daran gedacht? Ein verdammter Blutsauger, das war sie! Und welches Geld sollte er schicken? Hier auf Fairlea verdiente er seinen Unterhalt und guten Lohn, aber er sparte jeden Penny. Die anderen Burschen neckten ihn schon und meinten, er sei mehr Schotte als Ire, aber das störte ihn nicht. Er hatte seinen Traum. Er mußte genug beiseite legen, um irgendwann Opale suchen zu können.

Alle meinten, das sei reine Zeitverschwendung, denn Opale seien all die Mühe nicht wert. Aber Brodie erregte der Gedanke, daß sie da draußen lagen, irgendwo im Westen, und auf ihn warteten.

Doch die Briefe in der Kiste neben seiner Schlafkoje beunruhigten ihn. Er hatte kein Geld für seine Familie übrig. Wenn er ihnen jedoch nicht half, würde ganz Tullymore auf ihn herabblicken. Er konnte sie schon hören, wie sie ihn einen gefühllosen Kerl schimpften, denn Michael war sehr beliebt; oder noch schlimmer, daß er ein Lügner und in dem neuen Land ebenso arm sei wie damals in Tullymore. Allein der Gedanke daran ließ ihn nicht schlafen.

Sein Leben hier war mit der Plackerei zu Hause nicht zu vergleichen. Der Ritt zur Fairlea Station mit Patrick und den beiden Pferden war ein Vergnügen gewesen, mit gemütlichen Etappen und bequemer Rast in Gasthäusern auf dem Weg.

Sie waren westwärts über die Berge in dieses riesige weite Land gezogen, das Patrick die ›Downs‹ nannte. Brodie hatte über alles gestaunt, was er sah. Hier gab es endlich Känguruhs und allerlei andere Tiere, die zu seiner großen Erleichterung nicht gefährlich sein sollten. Das Land war so weit und unberechenbar, daß er sich nicht gewundert hätte, wenn auf einmal Löwen oder Tiger im hohen Gras gelauert oder auf den alten, verwitterten Felsbrocken gedöst hätten, die verstreut auf der Landschaft lagen.

Aus der Entfernung erschienen die Wälder dicht und grün, aber bei näherer Betrachtung waren sie auf eigenartige Weise eher kümmerlich. Die Bäume waren hoch und bizarr geformt und leuchteten nachts gespenstisch weiß. Auf den ersten Blick kamen sie Brodie so mager vor, daß er dachte, man müsse hindurchsehen können, aber der Eindruck täuschte. Sie erstreckten sich weit über das Land und die Reiter mußten ihnen ständig ausweichen.

»Wir nehmen eine Abkürzung«, meinte Patrick, »hinüber in die freie Ebene. Aber sei gewarnt, Brodie! Solange du das Land nicht kennst, bleibe immer auf den markierten Wegen. Es ist leicht, sich im Busch zu verirren, selbst wenn man so nah an der Zivilisation ist wie hier.«

Brodie überlegte, wie wohl der Rest des Landes sein mochte, wenn Patrick dies hier ›nah an der Zivilisation‹ nannte. Es war fast Mittag, und sie waren noch keiner Menschenseele begegnet. Es war nicht wie zu Hause, wo immer jemand auf den Straßen unterwegs war.

»Die Einförmigkeit ist es«, erklärte Patrick weiter, »die

dich täuscht. Du suchst dir einen verfallenen Baum als Anhaltspunkt, aber es gibt noch hundert andere, die genauso aussehen. Die einzige Möglichkeit, die Orientierung nicht zu verlieren ist, Markierungen auf die Bäume zu brennen, sonst ist man verloren.«

»Keine Sorge«, meinte Brodie. »Mich werden keine zehn Pferde von den markierten Wegen abbringen.«

Und im Schutz seiner Koje dachte er: Was soll Michael in solch einem Land nur anfangen?

Wie konnte Trella es wagen, seine Gefühle für Michael anzuzweifeln? Er liebte seinen Bruder. Gut, sie mochten hin und wieder Meinungsverschiedenheiten haben, wie die letzte, die durch Trella verursacht worden war, dennoch standen sie sich sehr nahe. Er machte sich wirklich Sorgen um Michael, aber ihn den weiten Weg hierher zu holen, damit er in der Sonne sitzen konnte, erschien Brodie absurd. Er hatte bereits erkannt, daß die Sonne ebenso ein Feind sein konnte. In den letzten Monaten war die Hitze fast unerträglich gewesen, jeden Tag über vierzig Grad, ohne Ausnahme. Wie gern würde er Trella in dieser Hitze den ganzen Tag lang auf einem Pferd sehen, so wie er hier als Viehhüter arbeiten mußte! Ja, sie konnte sich schlaue Pläne ausdenken, sie, die überhaupt keine Ahnung hatte!

Nicht daß Brodie sich beschweren wollte! Zuerst hatte er als Stallbursche bei den Pferden gearbeitet, aber dann hatte Patrick mit Mr. Holloway gesprochen.

»Ich hab ihm gesagt, daß ein so starker Bursche wie du nicht hier in den Ställen verkümmern sollte, und er hat mir recht gegeben, also schnapp dir einen Sattel und melde dich bei Taffy, dem Vormann. Er wird dir zeigen, was du zu tun hast.«

Stolz über diesen Aufstieg und erpicht etwas Neues zu lernen hörte Brodie aufmerksam zu, was Taffy ihm erklärte, aber die erste Woche war die reinste Hölle. Als Viehhüter verdiente man seinen Lohn durch harte Arbeit. Das Reiten über weites

Gelände wurde als selbstverständlich vorausgesetzt, weil sie die Rinder und Grenzzäune kontrollieren mußten. Brodie litt erbärmlich. Jeden Abend war er sonnenverbrannt, wund geritten und fühlte sich elend und mußte noch dazu die Späße der anderen ertragen, die genau wußten, wie schmerzhaft das Sitzen für ihn war.

Es war die längste Woche seines Lebens, aber er verdiente sich Respekt, weil er zäh durchhielt und sich nicht beklagte. Da ihm keine andere Wahl blieb, war er fest entschlossen sich durchzubeißen und von diesen harten Männern akzeptiert zu werden. Bald beachteten sie ihn kaum mehr. Das war gut. Er erwartete nicht, so früh schon Freundschaften zu schließen, aber er wurde anerkannt. Er war einfach einer von ihnen, teilte ihr Leben, ihre ständigen Späße und Streitereien sowie ihre rauhen Sitten, wenn sie untereinander ihre Kräfte maßen.

Taffy war ein guter Hufeisenwerfer, ein fähiger Viehhirte und ein ausgezeichneter Zureiter, was sich zu Brodies Erstaunen auf ganz andere Weise zeigte, als er es gewohnt war. Zureiter konnten auf wilden Pferden oder buckelnden Bullen reiten.

Die ganze Bande lachte, als Brodie ihnen erzählte, wie Mr. Hadley-Jones und seine Gäste zur Fuchsjagd ausgeritten waren, in ihren feinen Röcken und mit Jagdhunden, hei-ho!

Seine neuen Freunde liebten diese Geschichten, auch wenn sie nicht sicher waren, ob alles der Wahrheit entsprach. Am Lagerfeuer aber wurden alle Abenteuer immer ein bißchen ausgeschmückt. Sie dienten der Unterhaltung, und Brodies Geschichte über die Fuchsjagd war eine der beliebtesten. Immer wieder mußte er sie erzählen, bis ins kleinste Detail jeden Goldknopf und jedes Stiefelblitzen beschreiben. Die Männer, die ihren Lebensunterhalt auf dem Rücken von Pferden verdienten, die ebenso zäh waren wie sie selbst, lauschten andächtig.

Brodie, der ein guter Erzähler war, wurde bald sehr beliebt

mit seinen Geschichten über das Schiff und die Ozeane, die er überquert hatte, über den schlimmen Krieg in Irland und sogar über den Rindermarkt in Tullymore ... dessen Größe diesen Männern, deren halbe Herde schon das ganze Dorf niedergetrampelt hätte, schwer zu erklären war. Sogar Taffy war fasziniert, denn er war kein echter Waliser, sondern nur von walisischen Eltern geboren. Brodie war glücklich über ihr Interesse; sie wollten ebensoviel über sein Land wissen, wie er über ihres. Sie hatten keine Ahnung, wie aufregend es für ihn war, wild und frei mit ihnen auf den kräftigen Pferden zu reiten, nachdem der erste Schmerz nachließ. Sie dachten sich nichts bei den weiten Strecken, die sie im Galopp zurücklegten – es ging nur darum, so schnell wie möglich von einem Ort zum anderen zu kommen. Für Brodie aber war es ein wahr gewordener Traum, eine Flucht aus der Enge des Dorfes, in dem er aufgewachsen war. Es war ein hartes Brot, aber er preßte die Knie zusammen, verkürzte die Steigbügel wie sie und setzte ihnen nach, ausgerüstet mit nur einer Flasche Wasser und einem Gewehr. Das Gewehr war immer dabei, zum Schutz, für Signale, was auch immer – ganz genau wußte er es nicht. Aber es gefiel ihm, wenn es in seiner Sattelschlaufe steckte.

Am Sonntag, wenn sie freihatten, sahen sie den Rennpferden zu, die auf ihren eigenen Bahnen in den Gangarten trainiert wurden, und Brodies ehemalige Schützlinge, Lassie und Rosie, bewiesen ihre Rasse und Klasse. Alle schworen, daß sie in naher Zukunft sichere Gewinne brächten, und rieben sich schon die Hände. Denn Pferde, sowohl Rennpferde als auch Arbeitspferde, waren auf Fairlea das Allerwichtigste.

Da er nicht als Schwächling gelten wollte, äußerte Brodie sich nie zu den Rindern. Er hatte ein wenig Angst vor diesen großen Tieren, die gelegentlich auch eine Gefahr für die Pferde darstellten. Brodie war überzeugt, daß sie auch ihm gefährlich werden könnten. Einige der grimmigen Bullen sahen aus, als wögen sie eine Tonne, und wenn sie erschreckt wurden und losstürmten, brachte er sich schnell in Sicherheit. Es war, als würde man von einem Nashorn verfolgt. Es gab auch Unfälle, aber die Viehhirten nahmen sie gleichmütig hin.

Wie sollte Michael an solch einem Ort bestehen? Brodie hatte bereits beschlossen, daß er nicht auf einen Unfall warten würde, um hier aufzuhören. Fairlea Station war für ihn eine Chance zum Luftholen. Hier wollte er das Land kennenlernen und sich das nötige Geld verdienen, bevor er zu seiner eigentlichen Mission aufbrach: der Suche nach Opalen.

Unruhig wälzte er sich in seinem Bett und dachte weiter über Michael nach.

Warum überließ er Michael nicht einfach den Hof? Er könnte ihn verkaufen und von dem Geld ein Haus in einer wärmeren Gegend erwerben. Ein Haus, das nicht in einem feuchten Tal stand und das kein Strohdach hatte. In diesem Land hatte Brodie noch kein einziges strohgedecktes Haus gesehen. Und die Frauen arbeiteten hier genauso. Trella könnte in Irland also auch eine Stellung annehmen und Geld verdienen, während Michael sich erholte. Und wenn es ihm wieder besser ging, könnten sie beide arbeiten. Michael hatte überall Bekannte, er würde immer Arbeit finden.

Mit diesen goldenen Zukunftsperspektiven vor Augen seufzte Brodie erleichtert auf. Ja, das war die Lösung. Morgen würde er Pater Daly von seinem großzügigen Angebot schreiben und ein extra Dokument beilegen, durch das er seinen Teil des Hofes an Michael abtrat. Patrick sollte es als Zeuge unterzeichnen. Kaum hatte er die Augen geschlossen, um endlich in seinen wohlverdienten Schlaf fallen zu können, als der chinesische Koch schreiend in ihr Quartier gelaufen kam und die Triangel schlug, mit der er sie für gewöhnlich zum Essen rief.

»Raus!« schrie er. »Alles aufstehen. Hinaus!«

»Es ist Sonntag, du Gimpel!« rief jemand zurück, während der kleine Koch über ihre Stiefel stolperte.

»Ist etwa Feuer ausgebrochen?« meinte Brodie verdutzt, und bei diesem Wort stolperten alle schnell zur Tür.

Es gab kein Feuer. Draußen saß der Boß auf seinem Pferd, und Taffy verteilte Extramunition für ihre Gewehre.

Irgendwann in der Nacht, so erklärte Holloway, hätten Diebe den Zaun der äußeren Weide hinten am Bach niedergerissen und dreißig Pferde gestohlen. Er wollte sie unbedingt wiederhaben, da sie nächste Woche ans Militär verkauft werden sollten. Die Diebe hatten zwar einen guten Vorsprung, da sie wußten, daß am Sonntag der Betrieb ruhte, aber eine Gruppe ihrer Größe war dennoch leicht einzuholen.

Die Viehhüter machten sich bereit und trafen Holloway an der äußeren Weide.

»Wenn ihr einen von den Bastarden entdeckt«, rief er wütend, »dann schießt! Vergeudet keine Zeit mit Nachdenken. Aber gebt acht auf meine Pferde.«

Verwirrt über die plötzlichen Ereignisse, stieg Brodie auf ein Pferd und folgte den anderen. Seine Kameraden machten grimmige Gesichter, und manche luden im Reiten ihr Gewehr. Während er dahingaloppierte, überlegte er, ob wohl einer von ihnen auch an die Gefahr dachte. Wenn sie sofort schießen sollten, dann mußten die Pferdediebe wissen, was sie erwartete, und waren sicher auch bewaffnet und würden das Feuer erwidern.

Er hatte es abgelehnt, für die britische Armee zu kämpfen, und nun war er Teil der privaten Armee eines Australiers. Die Situation gefiel ihm nicht besonders, aber er konnte sich jetzt auch nicht drücken.

Als sie den Bach durchquerten, konnte er noch erkennen, wo der Drahtzaun durchgeschnitten worden war, bevor sie alle nach rechts durch das Buschwerk weiterritten.

Das Pferd, das man ihm gegeben hatte, war ein alter, aber munterer kastanienbrauner Hengst mit einem weißen Mal auf der Stirn. Er war schnell, aber es war wie ein Ritt auf Steinen.

Durch den dünnen Sattel spürte Brodie jeden Knochen des alten Gauls, der sicher nur noch für die weniger anstrengenden Arbeiten rund um das Haus eingesetzt wurde. Dennoch schien das Tier genau zu wissen, was von ihm erwartet wurde.

Geübt und sicher lief es durch die Büsche und wich ohne Zögern den Bäumen aus, so daß Brodie sich – gegen seinen Willen – bald an der Spitze der Reiter wiederfand.

Sie ritten Meile um Meile über das offene Land und kamen dann an das dichte Gebüsch, das die Flußufer begrenzte. Fairlea lag bereits weit hinter ihnen. Brodie hoffte, daß sie hier am Fluß ihre Suche aufgeben würden, doch das war nicht der Fall.

»Diese Bastarde!« rief Taffy, als sie am Ufer haltmachten. »Sie haben sich in zwei Gruppen geteilt.« Er deutete auf die Spuren. »Die eine Hälfte ist flußabwärts geritten und die andere dort entlang. So haben sie mehr Chancen. Patrick, du reitest mit ein paar Männern flußaufwärts, ich werde sie flußabwärts verfolgen. Ich weiß, wo sie ihn überqueren werden.«

Patrick suchte sich vier Männer und machte sich sofort mit ihnen auf den Weg. Brodie wollte gerade Taffy hinterherreiten, als der Boß sein Pferd herumriß und auf den nächstbesten Mann deutete – ihn:

»He du! Du bleibst bei mir.«

»Ja, Sir«, antwortete Brodie sofort und beglückwünschte sich, daß er nun doch mit dem Boß nach Hause reiten durfte.

Während Holloway abstieg und über den Fluß blickte, um den Verlust der dreißig Pferde zu betrauern, wartete Brodie geduldig.

»Komm her!« rief Holloway schließlich und Brodie lenkte sein Pferd auf das sandige Ufer.

Der Boß war ganz aufgeregt. »Wenn wir den Fluß hier durchqueren, kürzen wir viele Meilen ab und können ihnen den Weg abschneiden.«

»Hier?« Brodie war so entsetzt, daß er ganz vergaß, wen er

vor sich hatte. »Die Strömung ist aber mächtig schnell und es sieht verdammt tief aus!«

»Natürlich«, rief Holloway begeistert. »Hier konnten sie die Tiere nicht durchbringen, weil sie ihnen in alle Richtungen davongeschwommen wären. Aber wir können hindurch.«

»Tatsächlich?« fragte Brodie zweifelnd. Er hatte keine Lust, freiwillig zu ertrinken.

»Ja. Wir beide können das leicht schaffen. Die Pferdediebe werden die Tiere im Osten verkaufen wollen. Wenn wir hier durchschwimmen, gewinnen wir einige Stunden.«

Starr vor Schreck beobachtete Brodie, wie Holloway in den Fluß ritt. »Mir nach! Laß dein Pferd einfach zur anderen Seite schwimmen. Es wird's schon schaffen.«

»Falls Sie erlauben, Sir«, rief Brodie, »aber ich halte das für keine besonders gute Idee.«

Himmel, dachte er. Dieser Mann ist ein Millionär. Was kümmern ihn ein paar verdammte Pferde?

Doch beim Rauschen des Wassers hörte Holloway seinen Einwand nicht. »Nun komm schon!« rief er ihm zu. »Verschwende keine Zeit, du Dummkopf! Sie werden uns entkommen!«

Seufzend ergab sich Brodie seinem Schicksal. Der Fluß sah nicht gerade einladend aus, und Holloways Pferd war noch ein Stückchen größer als seines. Andererseits hatte sein Pferd Erfahrung und in seinen guten Zeiten sicher schon viele Männer durch viele Flüsse getragen. Holloway wußte bestimmt, was er tat. Also lenkte Brodie sein Pferd ins Wasser und war irritiert, als es die Richtung wechselte und sich seinen eigenen Weg suchte.

Vor ihm kämpfte sich das andere Pferd eifrig durch die Fluten, doch sein eigenes war nicht so tollkühn. Es schnaubte und sträubte sich, als das Wasser tiefer wurde, und Brodie trieb es verzweifelt voran, da er nicht als Feigling gelten wollte, falls sein Boß sich umblickte.

Plötzlich schien der Gaul eine Entscheidung zu treffen. Er knickte mit dem Vorderläufen etwas ein, so daß Brodie nach vorne kippte, richtete sich dann wieder auf und buckelte dabei mit solcher Kraft, daß Brodie sich nicht im Sattel halten konnte. Platschend landete er im Wasser.

Nachdem es seinen Reiter los war, kehrte das Tier ans Ufer zurück und starrte auf den Fluß, der ihm anscheinend ebenso wenig einladend erschien wie Brodie.

»Du verdammtes Mistvieh!« fluchte Brodie, während er aus dem Wasser stieg.

Aber dann erinnerte er sich, daß die anderen Viehhüter von solchen Tricks erzählt hatten. Und wenn sie die Pferde zuritten, hatte er dieses Manöver sogar schon beobachtet, ohne daran zu denken, daß er selbst auch einmal das nötige Geschick aufweisen müßte, um oben zu bleiben. Noch dazu vor den Augen des Bosses! Verärgert und durchnäßt griff er nach den Zügeln, um es erneut zu versuchen.

Aber der Gaul weigerte sich hartnäckig, auch nur einen Meter vorwärts zu gehen, als Brodie ihn wieder in den Fluß lenken wollte. Besorgt schaute Brodie über das Wasser, um zu sehen, ob sein Boß ihn beobachtete, aber Holloway schien verschwunden.

»O Gott!« stöhnte Brodie. »Er ist schon drüben!«

Mit den Augen suchte er das gegenüberliegende Ufer ab, sah aber nichts und entdeckte plötzlich Holloways Pferd, das ebenfalls an sein Ufer zurückkehrte. Allein. Etwas weiter unten schwamm Holloway im Wasser.

Brodie rannte am Ufer entlang, rief Holloways Namen und versuchte ihn einzuholen.

An der Biegung des Flusses sprang Brodie hinein, um seinen Boß fassen zu können, aber er war zu weit draußen. Etwas weiter ragten einige Felsen vom gegenüberliegenden Ufer ins Wasser, und Brodie rief, er solle darauf zuschwimmen.

Zu spät fiel ihm ein, daß die äußeren Felsen bei der Strömung eine große Gefahr sein konnten. Holloway versuchte, in das ruhigere Wasser vor den Felsen zu gelangen, und Brodie hörte, wie er aufschrie, als er gegen die Steine geschleudert wurde.

»Halten Sie durch!« rief er und stellte erleichtert fest, daß Holloway anscheinend nur leicht verletzt war, da er sich an den Felsen festhalten konnte.

Brodie wartete einen Moment, ob sein Boß sich selbst befreien könnte, aber als nichts geschah, zog er seine schweren Stiefel und die Jacke aus, sprang erneut ins Wasser und kämpfte sich durch die Strömung auf die Felsen zu.

Holloway klemmte zwischen den Steinen fest und aus einer Wunde am Kopf strömte Blut. »Ich kann nicht schwimmen«, rief er Brodie zu. »Mein Arm ist gebrochen.«

»Ach herrje!« meinte Brodie und schluckte Wasser, während er an den glitschigen Felsen Halt suchte.

»Wir können nicht hier bleiben«, keuchte er, »sonst gehen wir beide unter.«

Verzweifelt blickte er zum Ufer und betete darum, daß zufällig einer der anderen Männer auftauchen würde. Aber er wußte, daß das unmöglich war.

»Los geht's!« rief er. »Ich bring Sie hier weg.«

Brodie biß die Zähne zusammen. Er spürte selbst den Schmerz, den er Holloway zufügen mußte, als er ihn am Oberkörper packte und die Strömung sie erbarmungslos gegen die harten Felsen drückte.

Er wußte, daß er Holloway etwa dreißig Meter durch die Hauptströmung ziehen mußte, dann würde es leichter werden. Glücklicherweise wehrte sein Boß sich nicht, und Brodie stieß sich kräftig mit den Beinen ab. Seitwärts schwimmend, den reglosen Mann im Arm, arbeitete er sich langsam zum Ufer vor. Er war stärker und auch größer als Holloway, und er dachte nicht einmal daran, daß er es nicht schaffen könnte. Schließlich zog er seinen Boß ans seichte Ufer und schaute auf die reißende Strömung zurück.

»Teufel noch mal!« prustete er. »Die Pferde waren schlauer als wir.«

Holloway war noch bewußtlos, und als er erwachte, galt seine erste Sorge seinem Pferd.

»Es geht ihm gut«, sagte Brodie. »Es muß Sie abgeworfen haben und zurückgeschwommen sein.«

»Nein! Nein!« keuchte Holloway. »Ein Baumstumpf! Es ist über einen Baumstumpf oder so etwas gestolpert, unter Wasser. Es steckte fest. Ich dachte, es würde untergehen, also habe ich versucht es zu befreien. Dabei habe ich den Halt verloren. Bist du sicher, daß es ihm gut geht?«

»Ja. Sehen Sie nur, dort oben steht Ihr Pferd. Alles ist in Ordnung.«

Erschöpft verlor Holloway erneut das Bewußtsein. Was nun?

Brodie band seinem Boß mit den abgerissenen Streifen seiner Satteldecke den gebrochenen Arm fest an den Körper. »Das muß erst einmal reichen, aber wie sollen wir nach Hause kommen?«

Holloway hörte ihn und setzte sich auf. »Es geht mir gut, ich kann reiten.«

»Da bin ich nicht so sicher, Sir. Sie sehen nicht besonders gut aus.«

»Der Arm tut weh und mein Kopf, das ist alles«, gab Holloway schwach zurück. »Wenn du mir auf mein Pferd helfen würdest ...«

»Das werde ich, aber nicht sofort. Sie müssen sich noch eine Weile ausruhen und Kräfte sammeln.«

Holloway sackte zurück. Er sah Brodie an. »Tut mir leid, ich weiß deinen Namen nicht.«

»Brodie, Sir.«

»Ach ja. Danke, Brodie. Das werde ich dir nie vergessen.«

»Ist schon in Ordnung.« Aber er wußte, daß es nicht in Ordnung war. Der Mann zitterte erbärmlich, und sie waren beide bis auf die Haut durchnäßt. Die Wintersonne stand zwar schon hoch am Himmel, aber sie war nicht so warm, daß ihre Sachen trocknen könnten. Sie mußten umkehren.

Mittlerweile ging es Holloway ein wenig besser. Er war noch leicht benommen, konnte mit Brodies Hilfe aber aufsitzen. »Reit nur los, Brodie, und mach nicht so ein besorgtes Gesicht. Wir werden zum Frühstück zurück sein. Du führst.« Brodie starrte ihn nur an. Es war bereits später Vormittag.

Er stieg auf sein Pferd und nahm Holloways Zügel. Dann ergriff ihn die Panik. Er wußte gar nicht, wo sie waren! Sollte er dem Fluß folgen? Nein, da würden sie vermutlich viele Stunden länger unterwegs sein.

Das Pferd wirkte ungeduldig und Brodie beugte sich vor. »Es war nicht der Fluß, stimmt's?« flüsterte er und kraulte es zwischen den Ohren. »Du wußtest, daß da ein böser, alter Baumstamm war, oder?«

Das reinrassige Tier seines Bosses wartete geduldig auf Befehle, nicht so Brodies alter Gaul. Er schnaubte und trabte einfach los, weg vom Fluß, und der Graue folgte ihm.

Brodie lehnte sich wieder vor. »Ich wette, du kennst den Weg zurück, mein Guter! Also, auf nach Hause, Junge!«

Am Ende weinte Vivien.

An diesem Sonntag wurden sie zu einem Mittagessen zu Ehren von Gouverneur Charles Baillie erwartet, auf Mountjoy Station, etwa dreißig Meilen entfernt und auf der anderen Seite von Wirra Creek. Seit Wochen schon hatte sie sich auf dieses großartige Ereignis gefreut. Alles, was in diesem Distrikt Rang und Namen hatte, war eingeladen und Vivien hatte sich extra ein traumhaft schönes Kleid gekauft. Es war aus gemustertem Organza in blassem Apricot und hatte eine cremefarbenes Unterkleid. Das enge Mieder mit seinen weiten Ärmeln paßte wunderbar zu dem weiten Rock und Vivien fand es herrlich romantisch. Dazu hatte die Schneiderin einen breitkrempigen Hut mit einem Rest des Organzas drapiert, was das Bild perfekt abrundete.

Sie waren schon früh am Morgen aufgestanden, damit sie um neun aufbrechen könnten, und ehe Vivien sich zu Vern an den Frühstückstisch setzte, legte sie alle Sachen bereit: Schuhe, Strümpfe, Handschuhe, Taschentücher und Handtasche lagen neben Kleid und Hut.

Und dann passierte es. Taffy kam ins Haus gestürmt und verkündete, daß ein paar Pferde gestohlen worden seien.

Vern sprang auf und griff nach seinen Reitstiefeln und dem Gewehr. »Wir jagen ihnen nach, Taffy. Trommle die Männer zusammen.«

»Was hast du vor?«, rief Vivien entsetzt. »Du kannst jetzt nicht weg! Wir haben keine Zeit. Die Pferde sind vermutlich nur weggelaufen. Taffy wird sich darum kümmern.«

»Sie sind nicht weggelaufen«, erwiderte er grimmig und stürmte an ihr vorbei aus dem Zimmer.

Erbost folgte Vivien ihm durch die Küche auf den Hof. »Du bist doch verrückt! Die Männer wissen schon, was zu tun ist. Wir müssen heute nach Mountjoy. Du scheinst vergessen zu haben, daß der Gouverneur uns erwartet. Wir dürfen nicht zu spät kommen.«

»Das hier ist wichtiger.«

Er lief zu den Ställen hinüber und sie rief ihm nach: »Wie lange wirst du fort sein?« Aber er gab keine Antwort.

»Verdammt noch mal!« Wütend stapfte sie ins Haus zurück. »Verdammte Pferde! Wie sollen sie die bloß finden? Warum muß Taffy jedes Mal zu Vern rennen, wenn etwas schief geht? Das ist doch lächerlich!«

Um halb elf, als im Haus unheilvolle Stille herrschte, starrte Vivien bekümmert die lange Auffahrt hinunter. Um diese Zeit sollten sie bereits auf halbem Weg nach Mountjoy sein!

Sie beschloß sich anzukleiden. Zwar würden sie zu spät kommen, aber die anderen würden das schon verstehen.

Bevor sie den Staubmantel aus weißem Leinen überzog, drehte Vivien sich in ihrem neuen, prachtvollen Kleid vor dem Spiegel. Dann legte sie ihren Hut sorgsam in eine Hutschachtel und suchte sich aus der Kommode ein großes Musselintuch heraus, das ihr Haar bis zur Ankunft in Mountjoy vor dem Staub schützen sollte.

»Elvie«, rief sie die Haushälterin. »Komm bitte her!«

Die große, grauhaarige Frau eilte in das Schlafzimmer. »Oh, Madam! Sie sehen wunderschön aus! Was für ein hübsches Kleid! Es steht Ihnen ausgezeichnet!«

»Ja, das stimmt«, prahlte Vivien. »Es ist französischer Organza.«

»Noch nie habe ich solch einen wunderbaren Stoff gesehen!«

»Wir sind spät dran«, meinte Vivien. »Ich möchte, daß du Verns guten Anzug bereitlegst, damit er nachher keine Zeit mit Suchen verschwenden muß. Dann sag bitte Patrick, er möchte den Buggy vor das Haus stellen, aber es darf kein Körnchen Staub darauf zu finden sein.«

»Patrick ist mit Mr. Vern losgeritten, um die Pferde zu suchen, Madam.«

»Es muß doch jemand da sein.«

»Nur der junge Stallbursche.«

»Der kann doch wohl auch ein Pferd vor den Wagen spannen, oder? Ich möchte alles sofort bereithaben.«

»Sehr wohl, Madam.«

Nachdem Vivien das Zimmer verlassen hatte, legte Elvie Mr. Verns Kleider zurecht. »Ich frage mich, warum sie das nicht selbst machen konnte«, murmelte sie vor sich hin. »Immer tut sie so fein und vornehm! Zum Glück ist der Bursche da, sonst müßte ich das Pferd auch noch einspannen.«

Elvie hatte lange Zeit für Christina Holloway in Toowoomba gearbeitet. Vom Küchenmädchen war sie nach und nach zur Haushälterin und Vertrauten aufgestiegen. Als Mr. Vern vor vielen Jahren Fairlea Station übernommen hatte, hatte sie sich auf die Bitte seiner Mutter hin bereit erklärt, dort als Haushälterin weiterzuarbeiten. Christiana wollte sichergehen, daß das Haus in Ordnung gehalten wurde, damit ihr Sohn sich ungestört auf seine Arbeit konzentrieren konnte.

Wie Elvie erwartet hatte, war Mr. Vern ein guter und gütiger Hausherr, und sie liebte die Farm. Für Christiana hatte sie auch gern gearbeitet, aber hier war es weitaus interessanter, und sie hatte ihre Entscheidung nicht bereut, selbst dann nicht, als der Boß seine flatterhafte Braut nach Hause brachte. Sie gefiel ihr von Anfang an nicht, aber Elvie lernte schnell sich mit ihr zu arrangieren.

Die junge Mrs. Holloway war überaus faul. Sie kommandierte gern herum, sobald ihr irgend etwas einfiel, aber im großen und ganzen überließ sie Elvie die Führung des Haushalts. Am Anfang hatte Elvie, die auch Köchin war, ihr noch ganz eifrig alle Menüvorschläge gezeigt, aber schließlich ließ sie auch das sein. Sie führte den Haushalt mittlerweile genauso wie vorher, nur daß sie größtmöglichen Abstand zur Herrin des Hauses einhielt.

Anstatt das schöne Landleben zu genießen, wurde die junge Frau des Hausherrn immer verdrießlicher und gereizter, so daß Elvie sich manchmal doch fragte, ob sie es auf Dauer mit ihr aushalten könnte. Aber sie war Mr. Vern treu ergeben und konnte sich gut vorstellen, welches Chaos Vivien auslösen würde, wenn sie allein den Haushalt führen oder eine neue Haushälterin einweisen müßte. Köchinnen waren dieser Tage ziemlich hochnäsig geworden. Obwohl man hier nur für zwei Personen kochen mußte, wären sicher nur wenige dazu bereit, auch die übrigen anfallenden Hausarbeiten zu erledigen. Elvie hatte schon haarsträubende Geschichten gehört.

Sie seufzte. Zugegeben, Vivien war sehr hübsch, aber davon abgesehen fragte sie sich doch, was Mr. Vern wohl an ihr fand. Und in letzter Zeit hatte sie den Eindruck, als ob Mr. Vern sich das ebenfalls fragte. Er verhielt sich sehr höflich und zuvorkommend, aber daraus allein bestand eine Ehe doch nicht. Elvie hatte Gerüchte gehört, daß die junge Mrs. Holloway auf ungehörige Weise mit anderen Männern kokettierte, und solches Gerede sofort strikt unterbunden. Dennoch hatte sie es mit ihren eigenen Augen gesehen, hier in diesem Haus. Als neulich die beiden Armeeoffiziere da gewesen waren, hatte sie dem jüngeren der beiden schöne Augen gemacht und albern herumgekichert wie ein Flittchen. Es hatte Elvie weh getan zu sehen, wie Vivien damit Mr. Vern bloßstellte, und sie überlegte, wie das alles wohl enden solle.

Sie betete, daß Gott eingreifen und Madam ein Baby schenken würde, damit sie eine Beschäftigung hätte und ihr die Flausen vergingen. Am besten Drillinge!

Achselzuckend beendete sie ihre Arbeit, obwohl sie wußte, daß es sinnlos war. Die Pferdediebe konnten bereits meilenweit entfernt sein und die Männer würden sie Tag und Nacht verfolgen, wenn es nötig wäre. Rinder zu stehlen und mit neuen Brandzeichen zu versehen war eine verabscheuungswürdige Sache, aber Pferdediebstahl war weitaus schlimmer. Elvie erschauerte. Sie wollte nicht in deren Haut stecken, wenn sie gefaßt würden.

Sie schüttelte den Kopf. So traurig es auch war, da Madam und auch Mr. Vern sich auf die Veranstaltung gefreut hatten – sie bezweifelte sehr, daß die beiden heute noch nach Mountjoy fahren würden.

Vivien wanderte in ihrem neuen Kleid ziellos durch das Haus. Der Buggy stand bereit und sie hatte ihre Hutschachtel vorsichtshalber schon unter den Sitz geschoben, damit sie sie nicht vergaß.

Die goldumrandete Einladungskarte lag auf dem Kaminsims im Salon. Vivien zupfte sich noch einmal die Locken zurecht, ehe sie die Karte aufnahm.

Sie waren eingeladen in Anwesenheit Seiner Exzellenz, dem Sehr Ehrenwerten Charles Wallace Alexander Napier Cochrane Aillie, Baron Lemington, zu Mittag zu speisen. Vivien las den Namen laut kichernd vor. Was für ein Bandwurm!

»Und er ist Baron«, schwärmte sie. »Noch nie habe ich einen Baron getroffen! Und ich werde es Vern nie verzeihen, wenn er nicht sofort nach Hause kommt.«

Als die große Standuhr zwölf schlug, warf sie sich auf die Couch und heulte los.

Kurze Zeit später lief Elvie herbei. »Mr. Vern ist zurück, Madam, aber Sie kommen lieber schnell und sehen ihn sich an.«

»O ja, ich werde ihn mir ansehen«, gab sie verärgert zurück. »Er hat sich bestimmt absichtlich so viel Zeit gelassen. Er will nicht, daß ich andere Menschen treffe.«

Sie trat auf die Veranda und sah, wie Vern kraftlos über den Hof wankte, gestützt von Elvie und dem Iren, der die neuen Pferde aus Irland hergebracht hatte. Er war ein großer Bursche, mindestens einen Meter neunzig, und sehr attraktiv, aber im Moment sahen die beiden Männer zum Fürchten aus. Sie waren über und über mit getrocknetem Schlamm bedeckt, und der Ire lief barfuß.

»Bring sie in die Waschküche«, wies sie Elvie an, die ihren Befehl jedoch mißachtete.

»Mr. Vern ist verletzt.«

Vivien starrte sie an. »Was ist los?«

»Er hat sich den Arm gebrochen«, sagte der Ire. »Wir müssen einen Arzt holen.«

Mürrisch sah Vivien zu, wie sie ihren Mann in die Küche brachten. »Ich hätte wissen müssen, daß so etwas passiert«, fuhr sie ihn an. »Aber du mußtest ja in deinem Alter unbedingt selbst losreiten, anstatt die Sache deinen Männern zu überlassen! Und jetzt? Sieh dich nur an!«

Holloway sank auf einen Stuhl. »Es tut mir leid.«

»Er braucht einen Arzt«, meinte der Ire.

»Dann laß einen kommen«, wandte Vivien sich an Elvie.

»Es wäre besser, wenn wir Mr. Vern gleich ins Krankenhaus in Wirra Creek brächten, statt hier auf Dr. Campbell zu warten«, erwiderte Elvie. »So machen wir das immer, wenn etwas gebrochen ist.«

Als sie Campbells Namen hörte, zuckte Vivien innerlich zusammen, aber sie ließ sich nichts anmerken. Sie wollte ihn auf keinen Fall im Haus haben, also war es wohl tatsächlich besser, ins Krankenhaus zu fahren.

»Also gut. Der Buggy steht bereit, falls das Pferd inzwischen nicht eingeschlafen ist.« Sie sah zu Vern, dem Elvie mit einem feuchten Tuch das Gesicht abtupfte. »Was ist passiert? Bist du vom Pferd gefallen?«

»Im weitesten Sinne«, sagte der Ire. »Er ist in den Fluß gefallen und hat sich auch am Kopf verletzt.«

»Über seiner Schläfe ist eine häßliche Wunde«, sagte Elvie. »Ich werde sie auswaschen und desinfizieren.«

»Der Ritt hat Sie ganz schön mitgenommen, Sir«, meinte der Ire besorgt. »Fühlen Sie sich imstande noch bis Wirra Creek weiterzufahren?«

»Ich denke schon«, antwortete Vern und stützte sich schwer auf den Küchentisch.

»Natürlich wird er fahren«, sagte Vivien schnell, die bereits einen Plan schmiedete. Mountjoy Station lag nur wenige Meilen von Wirra Creek entfernt. Niemand würde es übelnehmen, wenn sie erst später am Nachmittag dort ankamen. Schließlich war Vern mit seinem gebrochenen Arm ein Invalide. Sie könnte sagen, daß es zu anstrengend für ihn wäre, bis nach Fairlea zurückzufahren und sie sich deshalb an ihre Freunde mit der nächstgelegenen Farm gewandt hätten.

Was für eine hervorragende Idee! Man würde ihnen anbieten zu bleiben. Man würde sogar darauf bestehen, und dann würde sie unter einem Dach mit dem Gouverneur schlafen! Es war die denkbar beste Entschädigung für dieses Drama, das Vern durch seine Verfolgungsjagd ausgelöst hatte. Wenn alle anderen gegangen waren, könnten sie und Vern ganz allein die Gesellschaft des Gouverneurs genießen.

Doch dieser schmutzige Ire wagte es, ihr in ihrer eigenen Küche zu widersprechen. »Es war für Mr. Holloway äußerst anstrengend, sich die ganze Zeit über auf dem Pferd zu halten. Ich glaube, es wäre besser, wenn er sich ausruht und hier auf den Doktor wartet.«

»Da könnten Sie recht haben«, stimmte Elvie besorgt zu.

Vivien fuhr herum. »Hast du eben nicht selbst gesagt, es wäre besser, ihn ins Krankenhaus zu bringen? Und Vern hat zugestimmt. Sein Arm muß geschient werden. Was glaubt ihr, wie lange dieser Idiot Campbell braucht, hierher zu kommen?«

Elvie nickte. »Er ist nicht besonders zuverlässig«, erklärte sie Brodie.

»Also fahren wir«, drängte Vivien. »Wo ist Patrick? Er kann den Wagen lenken.«

»Er ist nicht da«, erinnerte Elvie sie. »Alle Männer sind weg.«

»O Gott!«, entfuhr es Vivien.

»Das macht nichts«, sagte Elvie. »Ich kann den Buggy lenken.«

Von wegen, dachte Vivien. Du kommst mir jetzt nicht dazwischen! »Danke, Elvie, das ist nicht nötig«, erwiderte sie zuckersüß. »Er kann fahren.«

»Wer? Brodie?« Elvie drehte sich zu ihm um. »Kennen Sie den Weg nach Wirra Creek?«

»Sicher. Ich helfe gern.«

»Gut.« Vivien übernahm das Kommando. »Ich glaube, es ist besser, du gehst dich erst einmal waschen, Brodie. Ein paar Minuten länger machen jetzt auch keinen Unterschied mehr. Außerdem stinkst du erbärmlich.«

Brodie verschwand.

»Ich denke, wir sollten Sie auch besser waschen, Mr. Vern«, sagte Elvie. »So können wir Sie unmöglich ins Krankenhaus bringen.«

Immer noch leicht benommen, stimmte Holloway zu.

»Ich glaube, Ihr Mann hat große Schmerzen«, flüsterte sie Vivien zu. »Wir müssen sanft mit ihm umgehen.«

Vivien stellte fest, daß Elvie seinen guten Anzug ignoriert und ihn in Alltagskleidung gesteckt hatte, wobei ein Ärmel seines Hemdes leer herunterhing und die Tweedjacke nur halb angezogen war. Aber das würde in Mountjoy bestimmt nicht so wichtig sein. Schließlich waren dies außergewöhnliche Umstände.

Der Ire kam gewaschen und umgezogen zurück und sah sogar ganz gut aus, fand Vivien. Sie musterte ihn heimlich, während sie draußen auf Elvie und Vern warteten. Er hatte blaue Augen wie sie, allerdings viel dunkler, und sie paßten sehr gut zu seinem dunklen, lockigen Haar.

Als hätte er ihren prüfenden Blick bemerkt, wandte er sich befangen ab und sprach mit dem jungen Stallburschen, der noch immer neben dem Buggy wartete. Dabei sah Vivien, wie gut und kräftig er gebaut war. Warum war er ihr nicht schon früher aufgefallen?

Als Vern schließlich kam, war sie entsetzt. »Du hast dich nicht rasiert! So kannst du doch nicht zum Krankenhaus fahren!«

»Ich glaube nicht, daß es dort jemanden stört«, meinte Elvie, aber Vivien ignorierte ihre Bemerkung. »Nein, wirklich, Vern! Du mußt dich rasieren.«

Er schüttelte den Kopf. »Mir ist nicht danach.«

»Dann wird Elvie dich rasieren.«

Brodie meinte: »Wenn es wirklich nötig ist, werde ich Sie rasieren, Sir.«

Vivien nahm den kritischen Unterton in seinem Angebot wahr und ärgerte sich noch mehr. »Natürlich ist es nötig! Elvie, bring die beiden ins Badezimmer. Da wir ohnehin warten müssen, könntest du uns auch einen Picknickkorb zurechtmachen. Wir haben noch kein Mittagessen gehabt, und Mr. Holloway kann nicht zugemutet werden, den Fraß in dem schrecklichen Krankenhaus zu essen.«

Sie beobachtete, wie Elvie in der Küche Sandwiches, Kuchen und Teegebäck einpackte. »Vergiß das Tischtuch nicht. Und leg eine Flasche vom guten Rotwein dazu. Und ein paar Kekse.«

Nachdem er Holloway rasiert hatte, schlug Brodie vor, auch seinen Kopf zu bandagieren. »Die Wunde blutet zwar nicht mehr, Sir, aber vielleicht sollte sie abgedeckt werden.«

»Nein. Bitte lassen Sie mich jetzt. Elvie wollte mich auch schon bandagieren. Lassen Sie es einfach so.«

Brodie konnte ein paar Worte mit Elvie allein wechseln. »Glauben Sie, er könnte eine Gehirnerschütterung haben?«

»Ja. Vorhin hat er mich richtig erschreckt. Er wußte gar nicht, wo er war. Wahrscheinlich ist es wirklich das Beste, ihn ins Krankenhaus zu bringen.«

Endlich konnten sie aufbrechen.

Brodie war bereits einige Male mit den anderen Männern in Wirra Creek gewesen, an Samstagabenden. Nie hätte er gedacht, daß er einmal froh wäre, zwanzig Meilen bis zum nächsten Pub zu reiten! Aber meistens waren ein paar Mädchen da, um die Nacht zu versüßen. Er grinste. Es waren nicht genug, daß man von einer zur anderen gehen konnte, weil sich die Viehhüter vieler Farmen dort trafen, aber er hatte es bisher immer geschafft, zumindest eine für sich allein zu finden, was ihm viele anzügliche Bemerkungen der anderen einbrachte ...

Mrs. Holloway unterbrach seine Gedanken. »Es besteht kein Grund, so langsam zu fahren«, beschwerte sie sich.

»Ich versuche nur, den Schlaglöchern auszuweichen«, gab Brodie zurück.

»Und ich würde meinen Mann gerne vor Mitternacht im Krankenhaus haben! Also los!«

Das Krankenhaus war ein langgestrecktes Haus auf einem staubigen Platz gegenüber dem Pub. Viel mehr gab es in Wirra Creek nicht, nur noch einen winzigen Krämerladen und ein paar Wohnhäuser.

Als Brodie das Pferd zum Stehen brachte, stellte er enttäuscht fest, daß die Kneipe geschlossen war. Dann fiel ihm ein, daß Sonntag war. Der Ort war wie ausgestorben, bis auf ein paar Leute, die auf der Krankenhausveranda saßen.

Wie viele Veranden man in diesem Land sieht, dachte er. Es muß ein Gesetz geben, daß kein Haus ohne eine gebaut werden darf.

Er half Vivien aus dem Wagen und während er seinen Boß stützte, entledigte sie sich ihres weißen Staubmantels.

Mrs. Holloway rief einiges Aufsehen unter den Krankenhausbesuchern hervor, als sie durch das Tor trat. Brodie schmunzelte. Sie sah umwerfend aus in ihrem kostbaren Kleid, das ganz und gar unpassend für diese abgelegene Ortschaft war. Es schien so, als hätte sie sich für eine Gartenparty zurechtgemacht und nicht für einen Krankenhausbesuch, aber er dachte, sie müsse es wohl am besten wissen.

Vivien ging den Männern voraus und wandte sich an die erstbeste Frau auf der Veranda. »Könnten Sie mich wohl zu Dr. Campbell bringen?«

Alle starrten sie wortlos an, dann antwortete die Frau: »Wissen Sie es nicht? Dr. Campbell ist tot. Er ist vor drei Tagen gestorben. Herzversagen.«

Vivien drehte sich zu Vern um. »Hast du das gehört? Campbell ist tot. Und was machen wir jetzt?«

»Ich bin sicher, es tut ihm sehr leid, sie zu enttäuschen!« meinte die Frau schnippisch, und ein Mann neben ihr lachte.

»O ja! Wie rücksichtslos von ihm, nicht wahr?«

Brodie griff ein. »Es tut uns sehr leid, vom Tod des Doktors zu erfahren, aber dieser Mann hier ist verletzt. Ist denn jemand da, der sich um ihn kümmern kann?«

»Mrs. Campbell ist hier. Seine Witwe. Sie wird wissen, was zu tun ist.«

Die drei gingen hinein und wurden von einer älteren, schwarz gekleideten Frau begrüßt. »Oh, Mr. Holloway!«, rief sie aus. »Was ist denn mit Ihnen passiert?«

»Er hat sich den Arm gebrochen«, erwiderte Vivien kurz angebunden. »Ist ein anderer Arzt anwesend?«

»Leider nein, Mrs. Holloway. Aber ich werde es mir ansehen.« Sie lächelte schwach. »Ich habe Erfahrung mit gebrochenen Armen und Beinen.«

»Können Sie ihn denn selbst schienen?«

»Aber ja. Die Schwester ist auch da. Wir werden Sie in Kürze versorgt haben, Mr. Holloway.«

Brodie hoffte, daß alle wußten, was sie taten, und verließ das Krankenhaus, um den Buggy in den Schatten zu bringen. Er spannte das Pferd aus und führte es zur Tränke, wo es gierig soff. Dann setzte er sich hin und wartete.

Vivien fühlte sich unwohl und wäre am liebsten hinausgelaufen. Dieses Krankenhaus machte ihr angst. Sie ging mit der Frau und Vern in den Operationssaal und fühlte sich von Dr. Campbells Geist verfolgt. Sie hatte Schuldgefühle, weil sie über seinen Tod erleichtert war. Er hatte sein Versprechen gehalten, und obwohl sie damals länger als eine Woche im Krankenhaus bleiben mußte, hatte Vern keinen Verdacht geschöpft. Er war in Brisbane auf der Auktion für Einjährige gewesen und hatte versprochen, ihr ein Geschenk mitzubringen. Er war sehr besorgt gewesen, weil er sie in einem Buschkrankenhaus zurücklassen mußte, aber Vivien war so tapfer gewesen, daß er sie mit einem wunderschönen Saphirring belohnte.

Nur Elvie war mißtrauisch gewesen. Sie war nicht ein einziges Mal zu Besuch gekommen, aber im Grunde gehörte das auch nicht zu ihren Aufgaben. Als Vern sie schließlich nach

Hause brachte, hatte die Haushälterin in ihrer typischen, naserümpfenden Art angedeutet, daß junge Frauen keinen Grund hätten, ihren Krankenhausaufenthalt so weit in die Länge zu ziehen. Vivien war erleichtert gewesen. Die dumme Gans hatte gedacht, daß sie nur simuliert hätte, da Fehlgeburten im allgemeinen nicht als schwerwiegende Angelegenheiten betrachtet wurden.

Holloway war sehr blaß und schwach. Sie setzten ihn auf einen Stuhl, und als die Schwester, eine kräftige Frau mit üppigem Busen, seinen Arm untersuchte und etwas von Betäubung murmelte, erstarrte Vivien. Sie konnte den Geruch von Äther nicht ertragen.

»Ich warte draußen«, verkündete sie und verließ den Raum.

Sie wußte, daß das kleine Krankenhaus kein Wartezimmer besaß, also ging sie zurück auf die Veranda und ignorierte die neugierigen Blicke der dort versammelten Kranken und Besucher. Unruhig sah sie auf ihre goldene Taschenuhr. Verdammt! Es war schon fast zwei Uhr. Dennoch konnten sie noch vor drei Uhr da sein, denn Mountjoy lag nur eine halbe Stunde von Wirra Creek entfernt. Bill Harrington, der Besitzer von Mountjoy, war einer von Verns besten Freunden. Sie könnte sagen, daß sie beide so erschöpft seien – Vern natürlich besonders –, daß eine Fahrt nach Hause im Buggy nicht möglich wäre. Die Harringtons würden das bestimmt verstehen.

Sie sah hinüber zu dem häßlichen Holzhaus, in dem das Pub und der Laden untergebracht waren. Sie erschauerte. Es wäre genauso schlimm, hier zu leben wie auf Fairlea. Sie kam sich vor wie auf einer kleinen Insel inmitten eines bedrohlichen Meeres. Von allen Seiten wuchsen die Büsche hoch und schirmten sie vom Rest der Welt ab. Zikaden zirpten, das einzige Geräusch in der Stille des Mittags, und erinnerten sie daran, daß es ein weitaus heißerer Tag war, als sie erwartet hatte.

Das Organzakleid wurde langsam unbequem und war auch

sicher schon furchtbar verknittert, und sie wußte, daß sie wie eine Verrückte aussehen würde, wenn sie jetzt spazierenging. Natürlich war ihr bewußt, daß sie für diese Gegend viel zu fein angezogen war, aber sie hatte schließlich ihre Gründe und mußte sich vor niemandem rechtfertigen.

Langsam verliefen sich die Leute auf der Veranda, und zwei junge Mädchen in weißen Musselinkleidern und mit einfachen Strohhüten kamen aus dem Krankenhaus. Sie sahen zu Vivien hinüber, kicherten, stießen einander an und gingen zum Tor, wo sie stehen blieben und tuschelten.

Vivien merkte bald, was ihre Aufmerksamkeit erregte. Es war Brodie. Er stand rauchend neben dem Wagen und beobachtete das Pferd, das im Schatten angebunden war.

Dumme Puten, dachte Vivien hochnäsig, macht ihm nur schöne Augen, so viel ihr wollt.

Brodie schien ihre Blicke zu spüren. Er sah auf und schenkte ihnen ein strahlendes Lächeln.

Das war alles, was sie brauchten. Die Mädchen öffneten das Tor und spazierten zu ihm hinüber, um sich zu unterhalten.

Vivien spürte einen Stich der Eifersucht. Wie konnte er es wagen, mit ihnen zu flirten? Sie sah absichtlich in eine andere Richtung, hatte aber noch immer sein Lächeln vor Augen. Im Handumdrehen hatte es aus diesem eher mürrischen, untertänigen Burschen einen selbstbewußten Mann gemacht, dem die Bewunderung von Frauen nicht fremd war. Dieser Gedanke machte sie auf seltsame Weise nervös.

Sie hatte Hunger, aber sie konnte sich keinesfalls hier hinsetzen und vor aller Augen aus einem Picknickkorb essen. Mrs. Campbell hätte ihr wenigstens eine Tasse Tee anbieten können. Und Kekse. Sie hatte eine Vorliebe für Kekse. In der Zeit, da sie in diesem Krankenhaus gelegen und gelitten hatte, hatte sie Karamelkekse kennengelernt. Eine kleine Entschädigung für das ansonsten so widerliche Essen.

Nach einer Ewigkeit, als Vivien beinahe schon eingeschlafen war, kam Mrs. Campbell. »Sie können jetzt zu ihm, Mrs. Holloway.«

Vivien war erstaunt, Vern ausgezogen im Bett vorzufinden. Sein rechter Unterarm war geschient.

»Es war ein schlimmer Bruch«, sagte die Schwester, »aber ich glaube, wir haben es gut hinbekommen. Ich bin sicher. Er muß sich nur gut in acht nehmen.«

»Aber warum liegt er im Bett, um Himmels willen?«

»Es geht ihm nicht gut«, erwiderte die Schwester. »Seine Kopfverletzung. Er hat eine Gehirnerschütterung.«

»Unsinn! Er war ganz in Ordnung, als wir hierher kamen.«

»Das glaube ich nicht«, meinte Mrs. Campbell. »Tatsächlich war er sehr verwirrt.«

»Und was können Sie tun, um ihm zu helfen? Sie sind keine Ärztin!« Vivien eilte zum Bett und blickte auf Vern, der sich kaum wach halten konnte. »Wie geht es dir, Liebling?«

Er sah sie an und schwieg.

»Sie haben ihm zuviel Äther gegeben, das ist es. Ich bestehe darauf, daß Sie ihn aufwecken. Wir müssen gehen.«

»Das würde ich nicht empfehlen«, sagte Mrs. Campbell ruhig. »Er scheint mir in keiner guten Verfassung zu sein. Er sollte mindestens die Nacht über hier bleiben.«

»Warum? Kommt denn morgen ein anderer Arzt?«

»Nein«, gestand die Schwester. »Es wird eine Weile dauern, bis wir Ersatz für Dr. Campbell finden, aber wir hoffen, daß ein Arzt aus Toowoomba in den nächsten Tagen einmal vorbeikommt. Wir haben noch andere Patienten.«

»Dann kümmern Sie sich um die. Mein Mann ist nur benommen vom Äther. Er muß nicht hier bleiben.«

Sie stritten immer noch, als plötzlich Brodie in der Tür erschien. Einen Augenblick lang stand er nur da und hörte ihnen zu, dann unterbrach er sie. »Mrs. Holloway, ich glaube, es ist das Beste für ihn, wenn er noch hier bleibt.«

»Wer hat dich gefragt?« fuhr sie ihn an. »Ich will meinen

Mann hier rausholen. Wir fahren nach Mountjoy Station, das ist näher als Fairlea, und er wird keine Unannehmlichkeiten haben.«

Mrs. Campbell blieb standhaft. »Er sollte überhaupt nicht bewegt werden.«

»Wie wollen Sie das wissen?« keifte Vivien.

Die Schwester wurde nun auch wütend. »Mrs. Campbell ist in Trauer. Wir haben ihren Mann erst gestern beerdigt und trotzdem hilft sie mir hier unentwegt. Nehmen Sie darauf Rücksicht.«

»Das tue ich doch! Ich nehme ihr die Last eines weiteren Patienten. Ich bin Ihnen sehr dankbar, daß Sie den Arm meines Mannes geschient haben, aber es besteht kein Grund, daß er noch länger hier bleibt. Wecken Sie ihn auf und unser Mann hier wird ihn zum Wagen bringen.«

Alle schauten auf Brodie. Er wünschte, er wäre draußen geblieben. Aber er wußte, daß er seinen Boß nirgendwo mehr hinbringen wollte. »Mrs. Holloway«, sagte er, »Sie scheinen nicht zu wissen, was er durchgemacht hat.« Tatsächlich, so fiel ihm nun ein, hatte sie sich überhaupt nicht danach erkundigt. Nur Elvie hatte gefragt, was passiert war. »Erst ist er beinahe ertrunken, dann mußte er sich den ganzen Rückweg über im Sattel halten. Und dann die Fahrt hierher. Sie sollten ihm jetzt Ruhe gönnen.«

Vivien drehte sich wütend um und rauschte mit wehendem Rock aus dem Zimmer.

»Ist es denn nicht nur sein Arm?« fragte Brodie die Schwester.

Sie war sehr besorgt. »Ich fürchte, nein. Am Anfang schien er noch ganz klar im Kopf, aber als wir die Schienen anlegten, war er es nicht mehr. Er sprach mit Mrs. Campbell, die er eigentlich gut kennt, und nannte sie Hannah. Er hielt ihre Hand und war völlig abwesend.«

»Ich kenne mich damit nicht besonders gut aus«, fügte Mrs.

Campbell hinzu. »Wenige Menschen tun das. Mein Mann hätte uns vielleicht mehr sagen können. Erzählen Sie doch, was geschehen ist.«

Brodie blickte nervös über die Schulter. Er rechnete jeden Moment damit, daß die Frau seines Arbeitgebers zurückkam und ihn feuerte. Nach allem, was er auf Fairlea über sie gehört hatte, wußte er, daß sie sehr wohl auch allein nach Hause zurückkommen würde. Dennoch nahm er sich die Zeit, alles zu erklären, und die beiden Frauen hörten ihm gut zu.

»Ich glaube, es steht ziemlich ernst um ihn«, meinte die Schwester schließlich, »aber ich werde mich um ihn kümmern. Patienten mit Gehirnerschütterung fantasieren häufig am Anfang, und hinterher können sie sich an nichts mehr erinnern.«

»Kann er uns hören?« wollte Brodie wissen.

»Nein, er schläft«, antwortete sie. »Er ist vollkommen erschöpft. Er hat sich wach gehalten, solange er konnte, deshalb hat seine Frau einen falschen Eindruck bekommen. Könnten Sie es ihr wohl erklären? Mr. Holloway ist ein sehr wichtiger Mann, und wir wollen keinen Ärger.«

»Ich werde es versuchen.«

Mrs. Campbell faßte ihn am Arm. »Einen Moment noch, junger Mann. Wie heißen Sie?«

»Court, Madam. Brodie Court.«

»Ich bin sicher, Mr. Court, daß Ihnen jeder sehr dankbar dafür ist, was Sie getan haben.«

»Was meinen Sie?«

»Ich kenne dieses Land. Sie sind durch den Fluß geschwommen und haben Mr. Holloway gerettet. Solche Dinge vergessen die Menschen hier nicht.«

»Ach, lieber Gott.« Brodie blinzelte. »Was hätte ich denn sonst tun sollen?«

Mrs. Holloway stand, immer noch wütend, neben dem Buggy und zerrte an ihrem Staubmantel.

»Wie kannst du es wagen, mir zu widersprechen?«

Brodie lächelte. »Habe ich das getan? Und ich dachte, ich würde Ihnen helfen.«

»Du hast dich mit diesen Frauen verbündet.«

»Aber nur, weil Sie so mitgenommen waren. Es war ein schrecklicher Tag für Sie, die ganzen Aufregungen und so. Wir könnten Mr. Holloway nach Mountjoy bringen, aber was wäre, wenn es ihm unterwegs schlechter geht? Wie ich hörte, ist der Gouverneur dort. Was würde der sagen, wenn Sie mit einem kranken Mann ankommen?«

»Er wäre dort besser aufgehoben als hier!«

»Dann könnte man ihn ja holen, oder nicht? In einem ordentlichen Wagen. Sie dürfen ihn in diesem Zustand nicht in einen Buggy setzen, Mrs. Holloway. Und wie würden Sie selbst aussehen, wenn wir schließlich dort ankommen? Sie sind jetzt so hübsch, und es wäre schade, wenn Ihr Kleid dann verknittert ist.«

Er sah, wie ihr Ärger schwand. Erstaunlich, was so ein bißchen Schmeichelei bewirkte! »Ich könnte die Pferde vor den großen Wagen spannen und Sie damit später nach Mountjoy bringen«, schlug er vor, um sie auf andere Gedanken zu bringen.

»Nein, wir fahren nach Hause«, meinte sie resigniert. »Es ist schon viel zu spät für Mountjoy, und ohne Vern kann ich dort nicht erscheinen. Du und Taffy, ihr könnt ihn morgen holen. Geh und sag der Schwester, daß wir abfahren.«

Mrs. Campbell sah ihnen nach. »Ich kann diese Frau nicht ausstehen.«

»Ja, sie ist eigenartig«, stimmte die Schwester zu. »Sie hat sich nicht einmal die Mühe gemacht, sich von ihrem Mann zu verabschieden.«

»Das ist typisch für sie. Sie ist eine unverschämte Person. Meinem Mann hat sie einmal gedroht, müssen Sie wissen. Der arme Eddie, er war damals ganz durcheinander.«

»Worum ging es denn? Weshalb hat sie ihm gedroht?«

»Ach, nicht so wichtig.« Die Witwe seufzte. »Sie ist eben eine dieser hochnäsigen Frauen, die meinen, die Welt gehöre ihnen. Deshalb war ich heute auch fest entschlossen nicht nachzugeben. Der arme Mr. Holloway. Er ist solch ein netter Mann, ein wahrer Gentleman. Ich weiß nicht, womit er das verdient hat.«

»Wer ist Hannah?« wollte die Schwester wissen. »Noch vor einer Minute hat er im Schlaf wieder ihren Namen gemurmelt. Gehört sie zur Familie?«

»Nein, aber ich kann mir denken, wen er meint.« Sie zog den Vorhang zu. »Hannah ist vor vielen Jahren gestorben. Mein Mann hat ihre Babys zur Welt gebracht, damals lebten wir noch in Toowoomba. Wie das Leben so spielt! Jetzt muß ich die Arztwohnung hier aufgeben und ziehe wieder dorthin. Wie gut, daß wir das alte Haus behalten haben.«

Als sie wieder auf offener Landstraße waren, tippte Vivien ihm auf die Schulter. »Hinter dem nächsten Hügel ist ein schöner Platz. Halt dort an. Ich möchte ausruhen und etwas essen. Ich sterbe vor Hunger.«

»In Ordnung«, erwiderte Brodie.

Sie fühlte sich besser. Dieser Brodie war ein eindrucksvoller Mann. Mehr als ihm bewußt war. In seinen Augen sah sie wohl tatsächlich hübsch aus, obwohl das Kleid inzwischen ganz zerknautscht war und wie ein nasser, alter Putzlumpen an ihr hing. Und wenn sie Vern tatsächlich mitgenommen hätten – was wäre gewesen, wenn er auf der Fahrt ohnmächtig geworden wäre? Sie hätte dagestanden wie eine dumme Gans! Bewundernd betrachtete sie die breiten Schultern ihres Kutschers. Vivien mochte Männer mit breiten Schultern.

Sobald der Buggy stillstand, sprang sie hinunter, ohne auf seine Hilfe zu warten. Dabei verfing sich ihr Rock an einem Haken und riß ein.

»Verdammt!« schimpfte sie und zerrte ungeduldig daran.

Brodie war entsetzt. »O nein! Sehen sie doch! Ihr schöner Rock ist zerrissen. Kann man das wieder reparieren?«

»Ich weiß nicht, und es ist mir auch egal. Ich werde das Kleid nie wieder tragen, es bringt Unglück. Hol den Korb. Und die Decke. Ich will nicht auf Ameisen sitzen.«

Er starrte sie an. »Sie sagen wohl nie bitte?«

Vivien schnappte nach Luft. »Wie bitte?«

»Schon besser.« Er grinste. »Ich bin es nicht gewohnt, wie ein Diener behandelt zu werden.«

»Machst du dich etwa über mich lustig? Wenn ja, wird dir das bald leid tun.«

Er breitete die Decke aus und stellte den Korb darauf. »Bitte sehr. Und was für einen schönen Blick Sie von hier aus haben!«

»Ich habe dich etwas gefragt!«

»Das haben Sie. Aber Sie setzen sich jetzt lieber hin und genießen Ihr Essen.«

Sie wünschte, sie hätte sich schon auf der Fahrt aus dem Picknickkorb bedient, aber es war ihr unhöflich erschienen, hinter dem Kutscher zu sitzen und zu essen. Jetzt allerdings war die Situation noch unangenehmer. Was sollte sie mit ihm anfangen?

»Hast du schon gegessen?« fragte sie ihn.

»Nein, noch nicht.«

»Dann kannst du mir ja Gesellschaft leisten. Kannst du die Weinflasche öffnen? Ich habe Durst. Und sag mir nicht, daß du lieber Wasser trinkst.«

Er wußte, daß sie ihn nicht freiwillig einlud. »Ich würde Ihnen gern Gesellschaft leisten, Madam, aber ich will Ihnen auch nicht zur Last fallen.«

»Mir ist der ganze verdammte Tag heute eine Last«, rief sie laut, »also mach es nicht noch schlimmer. Wenn du essen willst, setz dich hin.«

Sie kniete nieder und fing an den Korb auszupacken. Lustlos warf sie alles auf die Decke und breitete das bestickte Tischtuch darüber. »Du mußt dir darunter etwas suchen«, meinte sie barsch, »ich hasse Fliegen.«

Brodie amüsierte sich köstlich. Sie war wirklich ein kleines Biest. Er setzte sich nicht hin, wie sie ihm befohlen hatte. Statt dessen nahm er die Weinflasche entgegen, wartete darauf, daß sie den Korkenzieher fand, damit er die Flasche öffnen konnte.

Während er die Flasche öffnete, fing Vivien bereits munter mit dem Essen an. »Da sind Schinkenbrote«, sagte sie, um etwas Konversation zu betreiben. »Sie sind recht gut. Normalerweise versalzt sie den Schinken.«

»Haben wir Gläser?« fragte er.

»Einen Moment.« Vivien griff in den Korb. »Herrje, ich hätte wetten können, daß sie die schrecklichen Küchengläser nimmt. Hätte ich den Korb gepackt, könnten wir jetzt aus den schönen Weingläsern trinken.«

»Vielleicht hatte Elvie Sorge, die guten Weingläser könnten zerbrechen.«

»Wen kümmert das schon?«

»Das ist wohl Ansichtssache«, meinte er leichthin, während er den Wein einschenkte und ihr ein Glas reichte. »Ich selbst hätte diese Gläser auch eingepackt, aber ich nehme an, daß für Sie Geld keine Rolle spielt.«

»Da sie für uns arbeitet, sollte sie das wirklich wissen«, konterte Vivien.

»O ja, aber Sparsamkeit läßt sich nur schwer abstellen, wenn man daran gewöhnt ist.« Brodie lächelte und setzte sich ins Gras, ihr gegenüber. »Darf ich?« Er sah auf das Tischtuch, unter dem die feinen Sachen versteckt lagen.

»Aber ja, nur zu.«

Schweigend aßen sie das späte Mittagessen, und Vivien bemühte sich ihn nicht ständig anzustarren; schließlich war er ja nur ein Viehhüter. Doch es fiel ihr schwer, denn er war wirklich sehr charmant und sah verdammt gut aus. Schließlich kapitulierte sie.

»Du kommst aus Irland, Brodie?«

»Ja.«

Sie zwinkerte schelmisch. »Ist das der Grund, warum du es nicht gewohnt bist, zu dienen?«

»Könnte sein.« Er lachte und nahm sich einen Keks. »Ich muß sagen, daß Ihre Köchin sehr viel besser ist als unser Chinese.«

»Was hast du in Irland gemacht?«

»Ich besitze dort eine Farm. Eine schöne Farm in einem wundervollen grünen Tal.«

»Was züchtet ihr da?«

»Wir bauen Getreide an und halten Milchkühe.« Er entschied, daß ein wenig Übertreibung hier durchaus zu entschuldigen war, um das Mißverhältnis zwischen ihnen auszugleichen. »Man könnte sagen, ich bin ein Farmbesitzer auf Abwegen.«

»Warum sind Sie weggegangen?« Viviens Haltung änderte sich schlagartig.

»Um die Welt zu sehen. Als Mr. Delaney mich bat die Pferde zu begleiten, habe ich die Gelegenheit beim Schopf gepackt.«

»Und sind Sie glücklich als Viehhüter?«

»Also, um die Wahrheit zu sagen: Die erste Woche war die Hölle. Ich dachte, ich hätte einen schrecklichen Fehler begangen. Die unmöglichsten Stellen an meinem Körper taten mir weh. Ihre Pferde haben mich gleich als neuen Spielkameraden auserwählt und ein paar Mal durch die Luft geworfen.«

Nun hatten sie ein Gesprächsthema gefunden. Seit Jahren hatte Vivien nicht mehr so gelacht wie jetzt, als er von seinen Erfahrungen als Neuling auf einer Viehzucht berichtete. Es gefiel ihr auch, daß er über sich selbst lachen konnte. Er war ausgesprochen unterhaltsam. Der Wein rötete ihre Wangen, und sie vergaß Vern, vergaß den Gouverneur und lehnte sich entspannt zurück, um Brodies Gesellschaft zu genießen. Seine Stimme mit dem irischen Akzent war so melodiös. Irgendwie sogar erotisch.

»Haben Sie vor, lange auf Fairlea zu bleiben?«

»Eine Weile. Man kann nie wissen.«

Sie wünschte, er würde einen Grund finden, um näher an sie heranzurücken, aber als das nicht geschah, begann sie zusammenzupacken.

Diesmal stützte sie sich auf seinen Arm und lehnte sich so nah wie möglich an ihn, als sie in den Buggy stieg, aber er reagierte noch immer nicht. Er schüttelte die Decke aus und legte sie ihr um die Knie. »Bequem so?«

»Ja, danke, Brodie.« Sie sah ihm ins Gesicht und schürzte einladend die Lippen, aber er verstand auch diesen Hinweis nicht. Vermutlich, so sagte sie sich selbst, denkt er nur daran, daß ich die Frau seines Arbeitgebers bin.

Es dämmerte bereits, als sie Fairlea erreichten, und Elvie hielt schon besorgt nach ihnen Ausschau.

Vivien berichtete, daß Verns Arm geschient worden sei und er zur Beobachtung im Krankenhaus bleiben müsse, und rauschte ohne weiteren Kommentar ins Haus.

»Geht es ihm gut?« wollte Elvie von Brodie wissen.

»Ich bin sicher, es wird ihm bald besser gehen. Eine Krankenschwester und Mrs. Campbell kümmern sich um ihn. Der Doktor ist vor ein paar Tagen gestorben, deshalb gab es ein wenig Durcheinander.«

»Campbell ist tot? Ach du meine Güte!«

»Ich dachte, daß Taffy und ich Mr. Holloway morgen holen könnten. Was meinen Sie?«

»Ja, das ist gut. Reden Sie mit Taffy darüber, Brodie. Er wird sich große Sorgen machen.«

»Haben sie die Pferde gefunden?«

»Nein. Die meisten Männer sind zurück, aber sie schicken

morgen früh einen neuen Suchtrupp los. Sie wollen sich mit anderen Viehzüchtern auf dem Weg zusammentun, um die Diebe zu schnappen.«

Taffy machte sich tatsächlich große Sorgen. Über den Boß und über die Pferde. Er hatte einen Reiter losgeschickt, der die Polizei verständigen sollte, damit die Suche ausgeweitet würde.

»Was ist los mit dem Boß, daß er die Nacht über dort bleiben muß?« fragte er Brodie.

»Ich wollte Elvie nicht beunruhigen, aber ich glaube, es war der Schlag auf den Kopf. Die beiden Frauen im Krankenhaus tun bestimmt ihr Bestes, aber ohne Doktor will ich diese Verantwortung nicht allein tragen.«

»Du hast gute Arbeit geleistet, Brodie. Das war keine leichte Sache, den Boß aus dem Fluß zu ziehen. Keiner von uns hätte mehr tun können. Du bist in Ordnung«, er grinste, »für einen Neuling.«

Auf Brodies Rat hin ließ Taffy am nächsten Morgen Patrick den großen Transportwagen auffahren. »Schlag ihn mit Tüchern aus und leg Decken hinein«, wies er an, »damit der Boß es bequem hat. Und wir nehmen auch lieber die Plane mit, falls es regnet. Brodie und ich reiten vor. Wir treffen dich dann am Krankenhaus.«

Sie legten den Weg in kürzester Zeit zurück. In seiner Sorge um den Boß hatte Patrick ihnen zwei der Vollblüter gegeben: »Mit denen kommt ihr schnell nach Wirra Creek. Ihr dürft den Boß nicht warten lassen.«

Brodie war hocherfreut. Es war das erste Mal seit seiner Ankunft auf Fairlea, daß er einen längeren Ritt auf solch einem guten Pferd machte. Wenn man ihnen die Zügel freigab, galoppierten die flinken Tiere sich die Seele aus dem Leib.

Im Krankenhaus angekommen, suchte Taffy gleich die Schwester, und Brodie war erleichtert, daß er mehr Taktgefühl an den Tag legte als Mrs. Holloway.

»Wir waren alle sehr betrübt von Dr. Campbells Tod zu erfahren. Bitte sprechen Sie Mrs. Campbell unser Beileid aus.«

»Danke, das ist sehr freundlich von Ihnen.«

»Und wie geht es Mr. Holloway?«

Sie schüttelte den Kopf. »Ich weiß nicht, was ich sagen soll. Er ist noch immer sehr benommen. Es könnte vom Äther kommen – oder von der Gehirnerschütterung.«

Holloway war der einzige Patient in dem verdunkelten Krankenzimmer. Er lag im Bett, und sein Gesicht war fahl und grau gegen das weiße Kissen.

»Wie geht es Ihnen?« fragte Taffy. »Sie haben uns einen mächtigen Schrecken eingejagt, Sir.«

Holloway nickte. Aber er war zu schwach, um seinem Vormann zu zeigen, daß er ihn erkannt hatte.

Taffy ging zum Fenster und zog den Vorhang zurück. »Wir wollen etwas Licht hereinlassen.« Er hob die Bettdecke hoch, um sich Holloways Arm anzusehen. Dann zog er vorsichtig das Kopfkissen weg, so daß der Patient flach auf dem Bett lag, und beugte sich über ihn.

»Seine Augen sind nicht in Ordnung«, sagte er zur Krankenschwester.

»Tatsächlich? Tut mir leid, das habe ich wirklich nicht gemerkt.«

»Machen Sie sich keine Sorgen. Ich glaube, wir nehmen ihn besser mit. Unser Wagen wird bald hier eintreffen.«

»Meinen Sie nicht, Sie sollten lieber warten, bis ein Arzt ihn untersucht hat?«

»Genau darum geht es. Ich denke, er braucht so bald wie möglich einen Arzt. Wir bringen ihn ins Krankenhaus von Toowoomba.«

Sie wurde nervös. »Ich habe nichts dagegen, Sie tun bestimmt das Richtige. Aber was wird Mrs. Holloway dazu sagen?«

»Mrs. Holloway ist nicht hier«, meinte er grimmig. »Aber

seine Mutter wohnt in der Stadt. Sie wird zusehen, daß er bestens versorgt ist.«

Nachdem der Boß im Krankenhaus und seine Frau bei ihm in Toowoomba war, ging die Arbeit unter Taffys starker Hand wie gewohnt weiter. Der Winter hatte begonnen, und Brodie fühlte sich überaus wohl. Die Tage unter einem endlos blauen Himmel waren warm, aber wenn die Sonne unterging, schien sie die Hitze mit sich zu nehmen, so daß die Nächte sehr kalt wurden. Brodie machte das nichts aus. Nach den Monaten der elend heißen Nächte, die er wach und schwitzend in seiner Koje gelegen hatte, bis die Erschöpfung ihn in den Schlaf gleiten ließ, war ihm die Kälte willkommen.

Die Viehhüter brachen immer noch jeden Morgen in der Dämmerung auf, hüllten sich in warme Jacken, stampften über den gefrorenen Boden um das Feuer, bliesen in die eiskalten Hände und beklagten ihr hartes Schicksal. Brodie hatte sich in einem Laden eine Jacke gekauft, die aus dem gleichen Material gemacht schien wie die Pferdedecken, und sie hielt ihn warm. Er war umsichtig genug, den anderen nicht zu sagen, daß er die Kälte am Morgen nicht allzu schlimm fand, denn verglichen mit den harten Wintern in Tullymore war dies hier gar nichts. Seine Kameraden waren morgens jedoch überaus schlecht gelaunt.

Er hatte Pater Daly einen Brief geschickt, in dem er Michael die Farm übertrug. Einerseits war er erleichtert gewesen helfen zu können, andererseits sogar stolz auf sich, da es keine leichte Entscheidung gewesen war. Fast kam es ihm so vor, als gebe er seine Identität auf. Nur hin und wieder kam ihm zu Bewußtsein, daß die Farm im Grunde nicht mehr viel wert war, aber diesen Gedanken verscheuchte er jedes Mal wieder.

Ich habe mein Bestes getan, rechtfertigte er sich dann vor sich selbst, und damit Schluß! Im Moment hatte er einen guten Job, aber er war immer noch fest entschlossen auf Opalsuche zu gehen und wartete auf mehr Informationen.

Die gestohlenen Pferde waren nie mehr gefunden worden, und man war sich einig, daß die Diebe gut organisiert gewesen waren und genau geplant hatten, wann und wo sie die Tiere verkaufen konnten. Als Konsequenz ließ Taffy die Männer nachts in Schichten von vier Stunden die mehr als hundert Pferde bewachen, die noch an das Militär verkauft werden sollten. Niemand freute sich über diese Aufgabe, aber Taffy hielt es für notwendig, solange Krieg war und die Pferde solch hohe Preise erzielten.

Und alle machten sich Sorgen um den Boß. Brodie hörte, daß ein besonderer Arzt aus Brisbane gekommen war, um Holloway zu untersuchen, der noch immer keine Besserung zeigte.

»Sie sagen, er sei geisteskrank«, meinte einer der Männer.

»Er ist nicht geisteskrank«, widersprach Brodie. »Er ist nur benommen. Schlag du dir mal den Kopf auf einen Granitblock, dann bist du auch benommen.«

Aber Patrick hatte die schlimmsten Befürchtungen. »Es ist schon Wochen her. Inzwischen sollte er wieder gesund sein. Sein Arm ist gut verheilt, sagt Elvie, aber er ist kaum ansprechbar. Die meiste Zeit weiß er nicht, wer oder wo er ist.«

»Woher weiß sie denn das?«

»Die alte Lady schreibt ihr ständig Briefe. Sie waren immer schon gut befreundet. Es ist ganz schön schlimm, kann ich euch sagen. Ich hab mal einen Jockey fallen sehen. Hat sich den Kopf angeschlagen, aber es war nichts zu sehen. Trotzdem war er erledigt. Ist ein guter Jockey gewesen. Hab wochenlang an seinem Bett gesessen, aber er ist nie mehr aufgewacht. Ist eines Nachts plötzlich gestorben, einfach so.«

»Dem Boß geht es nicht so schlecht«, protestierte Brodie.

»Aber so gut auch nicht.«

Ein paar Tage später hatte Elvie Neuigkeiten für sie. »Ein

neuer Spezialist, diesmal aus Sydney, hat Mr. Holloway untersucht«, erzählte sie und winkte mit einem Brief von Christiana. »Hat ein Loch in seinen Kopf gebohrt.«

Taffy war schockiert. »Wozu denn das?«

»Um den Druck abzulassen«, erklärte Elvie.

»Ach, der Arme! Vielleicht hätte ich ihn doch nach Hause bringen und vor diesen Knochensägern retten sollen.«

Am Ende der Woche beschloß Taffy, selbst einmal nachzusehen. »Ich werde nur ein, zwei Tage fort sein. Ihr Burschen wißt ja, was zu tun ist, und kümmert euch um die Nachtwachen. Wir können es uns nicht leisten, noch mehr Pferde zu verlieren. Und gebt auf die Dingos acht. In letzter Zeit sind viele unterwegs.«

»Dagegen können wir nicht viel tun«, brummte einer der Männer.

»Ihr könnt die Mistviecher erschießen«, gab Taffy zurück.

In der Nacht saß Brodie mit Patrick am Lagerfeuer und trank Rinderbrühe mit einem Schuß Rum. Es war eine ungewöhnliche Mischung, aber heiß und wohltuend. Patrick war sehr gesprächig, und Brodie nahm diesmal die Gelegenheit wahr, um nach Opalen zu fragen.

»Sicher kenne ich Opale«, meinte Patrick. »Ich hab auch schon schöne Sachen gesehen in meinem Leben.«

»Ich würde gern nach Opalen suchen.«

»Das wollen viele, aber es ist harte Arbeit. Manche graben jahrelang danach und sehen nie auch nur einen Schimmer.«

»Aber andere müssen sie doch finden.«

»Ja. Man sagt, es gibt einen Landstrich, in dem Opale gefunden werden, der bei den White Cliffs unten in New South Wales anfängt und bis hier herauf nach Queensland verläuft und noch weiter.«

»Das hab ich auch gehört, daß es hier in Queensland Opale gibt. Wo liegt dieses Gebiet? Von hier aus?«

Patrick zog die Luft durch seine Zähne. »Von hier aus?

Weiß nicht. Vielleicht fünfundert oder sechshundert Meilen entfernt. Vielleicht mehr.«

Brodie sah ihn ungläubig an. »Das kann doch nicht stimmen!«

»Du könntest auch weiter gehen, bis zum Wüstenrand. Dorthin, wo einst das Binnenmeer lag, vor einer Million Jahren. Es heißt, daß die Opale auf diese Weise entstanden sind. Das Wasser wurde in kleinen Höhlen gefangen, bevor alles austrocknete, und vermischte sich mit Mineralien.«

»Bist du sicher?«

»Nein, das ist nur eine Vermutung. Keiner weiß es genau, nicht einmal die Geologen. Aber die Wüste kannst du vergessen. Sie ist so heiß wie die Hölle und es gibt kein Wasser.«

»Bist du da gewesen?«

»Nie im Leben würde ich da hingehen!«

Brodie ließ nicht locker. »Wenn ich in das Land gehe, von dem du zuerst gesprochen hast, nicht in die Wüste – würde ich da Opale finden?«

»Hör zu, Kumpel. Wenn du von hier aus immer nach Osten gehst, kommst du irgendwann ans Meer. Und in dem Meer findest du Austern, aber es gibt keine Garantie, daß du darin auch Perlen findest.«

»Ich verstehe, was du meinst, aber bei Gott, ich will unbedingt versuchen Opale zu finden!«

»Dann hör auf meinen Rat. Geh niemals allein in dieses Land. Du mußt jemanden bei dir haben, falls etwas passiert. Und du brauchst jemanden mit Erfahrung, der dich mit der richtigen Ausrüstung versorgt. Ich würde dieses Leben meinem ärgsten Feind nicht wünschen.«

Doch statt Brodie zu entmutigen, hatte Patrick dessen Begeisterung nur noch weiter geschürt. Jetzt wußte er ganz sicher, daß es dort draußen Opale gab! Die Entfernung beunruhigte ihn ein wenig, aber wenn andere es geschafft hatten, würde er das auch können. Irgendwie. Er mußte nur einen

Partner finden. Er wünschte, er wüßte, wo Lester geblieben war. Sie hatten sich aus den Augen verloren. Inzwischen hatte er bestimmt genug Erfahrung mit dem Goldsuchen. Vielleicht hatte er sein Glück schon gemacht? Dieser Gedanke ärgerte Brodie. Wie dumm würde er dann dastehen, weil er nicht mitgegangen war. Aber er versuchte, nicht weiter darüber nachzudenken.

Taffy kam zurück und mit ihm Vivien Holloway.

Besorgnis und Gerüchte verbreiteten sich, während die Männer auf Taffys Bericht warteten.

»Was macht sie hier?«

»Wie geht's dem Boß?«

»Mrs. Holloway ist mitgekommen, um ein paar Dinge einzupacken, damit sie in der Stadt bleiben kann«, erklärte der Vormann. »Leider muß ich euch sagen, daß es dem Boß nicht besser geht. Sein Kopf ist nach der Operation bandagiert worden, aber ansonsten sehe ich keine Veränderung. Er hat mich nicht erkannt.«

»Dann ist es vorbei«, meinte Patrick mißmutig. »Wenn er Taffy nicht erkennt, gibt's kaum noch Hoffnung.«

»Sie glauben immer noch, daß er eines Tages da rauskommt«, sagte Taffy, sah aber so deprimiert aus, daß keiner Patrick widersprach.

Kopfschüttelnd gingen die Männer in ihre Kantine zum Essen.

»He, Brodie!«, rief Taffy ihn zurück. »Ich möchte mit dir sprechen.«

»Sag bloß nicht, es gibt noch schlimmere Nachrichten«, erwiderte Brodie und kam zurück.

»Nein, aber ich wollte dich etwas fragen. Wie kam es, daß der Boß im Fluß abgeworfen wurde, du aber nicht?«

Brodie seufzte. »Ich wußte, daß du das früher oder später fragen würdest. Der Boß ist in den Fluß gestürmt, als würde er der Kavallerie voranreiten, und ich bin ihm vorsichtig gefolgt. Um die Wahrheit zu sagen: Ich war nicht besonders erpicht darauf, aber ich wollte auch nicht als Feigling dastehen. Als Nächstes buckelte mein verdammtes Pferd so hinterlistig, daß ich abgeworfen wurde und ins Wasser fiel, während das Tier das Ufer hinauflief.«

»Welches Pferd hattest du?«

»Eine alte Mähre. Patrick sagte, es heißt Snare.«

Taffys schmales Gesicht verzog sich zu einem breiten Grinsen. »Der Bastard! Er war schon immer schwierig, aber er ist so clever, daß wir es nie übers Herz brachten, ihn zu verkaufen.«

»Gut für uns, daß ihr es nicht getan habt.«

»Das stimmt. Ich hab eine Nachricht für dich von der alten Dame, der Mutter vom Boß. Sie will, daß du zu ihr in die Stadt fährst.«

»Ich? Wieso?«

»Sie will sich bedanken, weil du Vern gerettet hast. Aber da ist noch etwas. Der Boß hat nach dir gefragt. Na ja, nicht direkt gefragt, aber er hat ein paar Mal deinen Namen gesagt.«

Brodie hatte Mitleid mit dem Vormann. Sicher war er enttäuscht, daß Holloway ihn nicht erkannt hatte und sich stattdessen an den Namen eines Viehhüters erinnerte.

»Er fragte mich nach meinem Namen, als wir aus dem Fluß kamen«, erklärte er betrübt. »Und er sagte, er würde mich nie vergessen. Himmel, jetzt muß der Name irgendwie hängen geblieben sein. Aber was kann ich tun?«

»Das weiß Gott, aber Mrs. Holloway, Christiana meine ich, ist vollkommen verzweifelt. Sie denkt, wenn er dich sieht, fällt ihm vielleicht noch mehr ein. Ich wollte vor den Jungs nicht allzuviel sagen, aber Patrick hat recht. Es hat den Boß sehr schwer erwischt, er kann nicht einmal mehr allein essen.«

»Gott sei's geklagt«, meinte Brodie.

»Aber jetzt geh und wasch dich lieber. Mrs. Holloway will dich im Haus sehen.«

»Unsere Mrs. Holloway, seine Frau?«

»Ja. Und sofort.«

»Ich hab noch nichts gegessen.«

»Das wird sie nicht stören«, brummte Taffy. »Sag Elvie, sie soll dir etwas zurechtmachen. Die Lady will dir wahrscheinlich persönlich danken, und wenn du schon da bist, tu mir bitte einen Gefallen. Sie scheint zu denken, die Farm läuft von allein. Nächsten Freitag ist Zahltag und jeder muß seinen Monatslohn bekommen. Sieh zu, daß du herausfindest, was sie zu tun gedenkt. Ich bin den ganzen Tag lang mit ihr von Toowoomba hierher geritten, und sie hat nicht einmal gefragt, wie die Dinge hier stehen. Nicht, daß das wichtig wäre – abgesehen vom Zahltag. Der Boß hat die Lohnliste geführt. Wird sie das jetzt tun?«

Zwei Hunde gerieten vor dem Tor aneinander und bekämpften sich unter lautem Gebell. Taffy stieß einen scharfen Pfiff zwischen den Zähnen aus und sein Hund hörte augenblicklich auf, lief zu ihm und legte sich zu seinen Füßen auf den Boden.

»Dann sind da die Schafe«, fuhr Taffy fort.

»Welche Schafe? Wir haben doch gar keine Schafe.«

»Nein, aber wir hatten früher einmal welche, vor vielen Jahren, und wir haben noch immer den großen Wollschuppen. Jetzt, wo der Streik ist, arbeiten die Scherer nicht und der Boß hat eingewilligt, daß ein paar seiner Freunde hier heimlich ihre Schafe scheren lassen können. Soweit ich weiß, werden über fünfhundert Schafe kommen. Ich muß wissen, ob das Angebot immer noch gilt, damit ich die Züchter informieren kann.«

»Warum bringen sie keine Schwarzarbeiter in ihre eigenen Ställe?«

»Weil die Scherer das mitkriegen und dann die Ställe abbrennen würden. Es wäre nicht das erste Mal.«

»Und du willst, daß ich ihr das alles erkläre?«

Taffy war am Verzweifeln. »Fang einfach mit dem Lohn an. Das ist das Wichtigste.«

»Vielleicht mag sie es nicht, wenn ich mich einmische.«

»Was soll's? Du bist im Moment bei den Frauen der segensreiche Retter, also versuch es wenigstens.«

Als er unter der Dusche stand, war Brodie sich nicht so sicher, ob Taffy die richtigen Vorstellungen hatte. Aber er war sich ziemlich sicher, was für Vorstellungen die junge Mrs. Holloway hatte – und daß er sich darauf einlassen würde. Gab es denn einen Mann in der Welt, der einer so schönen Frau wie ihr widerstehen konnte? Er nahm sich viel Zeit und dachte an ihr hübsches Gesicht, das seidenweiche Haar und die vollen Brüste, die sie ihm in der Kutsche entgegengereckt hatte. Konnte er soviel Glück haben? Es wäre interessant, das herauszufinden.

Offensichtlich wußte Taffy nicht, wie er mit ihr umgehen sollte, denn sie hielt sich immer von der Mannschaft fern. Er schien nicht zu wissen, daß er ihr in seiner Position einfach sagen mußte, was los war, und sie nicht bitten. Aber ihre Jugend, ihr gutes Aussehen und ihre herablassende Art schüchterten ihn ein. Erst jetzt wurde Brodie der große Altersunterschied zwischen dem Boß und seiner Frau bewußt. Zu Hause in Irland, so erinnerte er sich, war es normal, daß ein älterer Mann eine jüngere Frau heiratete, weil es einige Zeit dauerte, bis ein Mann sich eine Frau leisten konnte.

Der einzige Haken daran war nur, daß die Frau möglicherweise *zu* jung war und Männern ihres Alters schöne Augen machte. Sich sozusagen die Hörner noch nicht abgestoßen hatte ...

Als er zum Haus kam, stand sie auf der Veranda in einem eng anliegenden Pullover und einem langen Rock mit schmalem Gürtel. Elvie war bei ihr, und beide Frauen hießen ihn herzlich willkommen.

»Wir können Ihnen gar nicht genug dafür danken, was Sie für meinen Mann getan haben«, sagte sie, als seien sie Fremde. »Am Sonntag war ich viel zu verwirrt, um zu begreifen, was tatsächlich geschehen ist.«

»Es war nichts«, murmelte er.

»Ach, seien Sie doch nicht so bescheiden«, rief Elvie aus. »Das ist wieder mal typisch für ihn, daß er darüber so stillschweigt. Aber Sie waren uns tatsächlich eine große Stütze, Brodie.«

»Können wir Ihnen etwas zu trinken anbieten?« fragte Mrs. Holloway.

»Wenn es nicht zu viele Umstände macht.«

»Was mögen Sie denn?« fragte Elvie eifrig. »Wir haben guten Whiskey.«

»Das wäre schön.«

Hier saß er also mit Mrs. Holloway auf der Veranda des Haupthauses, und sie war in angeregter Stimmung. Elvie brachte die Getränke auf einem silbernen Tablett: Whiskey für ihn und Rotwein für die Dame des Hauses.

»Ich mag guten Rotwein sehr gern«, sagte Mrs. Holloway mit blitzenden Augen, als die Haushälterin sie allein ließ. »Sie nicht, Brodie?«

»Ich bin kein Weinkenner, Madam.«

Sie sprachen über den Gesundheitszustand ihres Mannes. Vivien schien der Ansicht zu sein, daß die durchgeführte Operation ihn heilen würde, also stimmte Brodie ihr zu. Er fühlte sich etwas unwohl in seiner Haut, aber sie war guter Dinge.

Als es dunkel wurde, hörten die bunten Papageien in den Bäumen draußen mit ihrem Gekrächze auf und es wurde still.

»Schön haben Sie's hier«, meinte Brodie, um etwas zu sagen.

»Vermutlich«, erwiderte sie. »Aber ich finde es ziemlich langweilig. Ich bin in Brisbane aufgewachsen – das Leben in der Stadt ist viel lustiger.«

»Und Brisbane ist ja eine so interessante Stadt! Ich war nur zwei Tage da. Was haben Sie dort gemacht?«

Endlich hatte er ein Thema gefunden, das sie zum Reden animierte, und er hörte den Erzählungen über ihr gesellschaftliches Leben aufmerksam zu: das Theater, Bälle und Partys und Sommerwochen am Meer.

»Die meisten unserer Freunde besitzen Häuser am Meer, hauptsächlich die Leute vom Land, und sie verbringen dort die heißen Monate. An der Küste ist es viel kühler als hier.«

»Tun Sie das auch?«

»Nicht mehr. Wenn wir einfach eine Schaf- oder Rinderzucht hätten, könnten wir uns die Zeit dazu nehmen, aber mit den Pferden ist es schwieriger. Vern geht vollkommen in seiner Arbeit auf, er will die Tiere nicht einen Augenblick allein lassen. Ich beneide die Leute, die am Jahresende einfach alles zurücklassen und wegfahren können. Natürlich fahren wir hin und wieder nach Toowoomba, seine Mutter hat dort ein hübsches Haus, aber in der Stadt ist es auch so furchtbar heiß ...«

Brodies Gedanken schweiften ab, während sie weiterplauderte. Er dachte an Opale und überlegte, ob es in der Stadt Toowoomba, durch die er mit Patrick am Anfang nur durchgeritten war, auch ein Vemessungsamt gab. Ihm fiel ein, daß Lester zu solch einer Stelle gegangen war, um Informationen über die Goldsuche zu erhalten. Das sollte er auch versuchen. Warum nicht? Er könnte Taffy bitten, ihm ein paar Tage freizugeben.

Als Elvie kam, um das Essen anzukünden, sprang Brodie auf die Füße. »Es tut mir Leid, Madam, ich sollte Sie nicht länger aufhalten. Ich werde mich verabschieden.«

Die Haushälterin lachte. »Nein, das werden wir Ihnen nicht antun. Der Chinese hat inzwischen sein Essen verteilt. Mrs. Holloway dachte, Sie würden vielleicht gern mit uns essen.«

Erstaunt sah er zu Mrs. Holloway, die ihn anlächelte. »Das ist nicht ganz uneingennützig, Brodie. Wir hätten Sie zum

Abendessen gern bei uns, aber wir möchten dabei auch über etwas Wichtiges mit Ihnen sprechen.«

»Worüber denn?«

»Lassen Sie uns im Haus darüber reden. Bleiben Sie?«

Es war ihm nicht ganz wohl dabei, aber er konnte schlecht ablehnen. Außerdem hatte er Hunger.

Das Speisezimmer roch nach Möbelpolitur, und das Licht der Lampen ließ die getäfelten Wände glänzen. Als er sich an den herrlich gedeckten Tisch mit den steifen Leintüchern und blitzendem Silberbesteck setzte, hatte Brodie das Gefühl in die höhere Gesellschaft aufgestiegen zu sein. Und Elvies Essen war die reinste Gaumenfreude.

Sie servierte Currysuppe und war überrascht zu hören, daß Brodies Mutter diese auch immer gekocht hatte. Dann folgte ein saftiges Roastbeef mit allerlei Sorten Gemüse und Mrs. Holloway bestand auf einer Flasche Rotwein.

Brodie wußte, daß sie ihn absichtlich necken wollte, als sie ihr Kristallglas erhob. »Ich mag diese Gläser wirklich, Elvie. Der Wein schmeckt in guten Gläsern viel besser.« Doch Brodie machte sich viel mehr Gedanken über den Grund für seine Einladung. Er konnte sich nicht vorstellen, worüber sie mit ihm sprechen wollten.

Als der Hauptgang vorbei war, durfte er es endlich erfahren. »Hat Taffy Ihnen gesagt, daß mein Mann nach Ihnen fragte?« wollte Mrs. Holloway wissen.

»So ungefähr. Ich glaube, er hat einfach meinen Namen genannt.«

»Das ist dasselbe«, sagte sie. »Meine Schwiegermutter, Mrs. Christiana Holloway, ist sehr beeindruckt davon, was Sie für Vern getan haben, und noch mehr, daß er sich an Sie erinnert, wo er doch kaum jemand anderen erkennt. Nicht einmal mich.«

»Aha«, meinte Brodie, immer noch nichts ahnend.

»Nun ja. Sie holt Vern aus dem Krankenhaus zu sich, damit

er weiter in der Nähe der Ärzte bleibt. Hierher kann er noch nicht zurückkommen. Das Problem ist nur, daß wir Hilfe brauchen. Um es genau zu sagen, wir brauchen einen Mann, der ihm hilft. Im Moment kann er sich in vielen Bereichen noch nicht selbst versorgen.«

»Was die Morgentoilette und das Ankleiden betrifft«, fügte Elvie scheu hinzu.

»Und er muß sich bewegen, lange Spaziergänge unternehmen, solche Dinge.«

Elvie erklärte: »Seine Mutter denkt, wenn Sie bei ihm sind, könnte er Ihnen vertrauen und sich wieder erinnern. Bisher reagiert er überhaupt nicht auf seine Umgebung.«

»Meine Schwiegermutter möchte, daß Sie kommen und eine Weile in ihrem Haus wohnen – sie hat ausreichend Platz für Bedienstete – und Vern sozusagen Gesellschaft leisten. Ich weiß, daß es viel verlangt ist, Brodie, aber sie ist bereit, Ihnen das Doppelte von Ihrem jetzigen Lohn zu zahlen.«

»Sie würden uns allen einen großen Gefallen tun«, fügte Elvie hinzu.

Brodie sah von einer zur anderen. »Ich weiß nicht, ob ich ihm helfen kann.« Aber im Grunde hatte er sich bereits entschieden. Der doppelte Lohn und die Gelegenheit in Toowoomba zu wohnen und nach den Opalen fragen zu können – das durfte er keineswegs ausschlagen!

»Wir wären Ihnen sehr dankbar, wenn Sie es versuchen könnten«, sagte Mrs. Holloway. »Bitte sagen Sie nicht nein.«

»Nun gut, einverstanden«, meinte Brodie mit gespieltem Zögern. »Wann soll ich gehen?«

»Morgen«, erwiderte Mrs. Holloway.

»Ich bin nur zum Packen gekommen. Als Vern in die Stadt gebracht wurde, war ich in solcher Eile, daß ich kaum etwas mitnehmen konnte. Ich werde natürlich ebenfalls in Toowoomba wohnen. Mein Gepäck wird nachgeschickt, darum wird Elvie sich kümmern, und ich reite morgen früh mit dem

Pferd. Wenn Sie mich begleiten könnten, würde das Taffy zwei weitere Tage ersparen.«

Brodie überlegte, wieviel sie wohl zu diesem Plan beigesteuert hatte; er hatte keine Lust in Familienstreitigkeiten hineinzugeraten.

Er wandte sich an Elvie. »Sind Sie sicher, daß Mrs. Holloway senior mich in ihrem Haus haben will?«

»O ja. Ich habe einen Brief von ihr bekommen. Sie weiß, daß es eine ungewöhnliche Bitte ist, aber sie hofft, daß wir Sie überzeugen können. Möchten Sie jetzt noch etwas Plumpudding?«

Während Elvie den Tisch abräumte, führte Mrs. Holloway ihn in den Salon und schenkte zwei Gläser Portwein ein. Der Raum war warm und gemütlich, im großen Kamin brannte ein Feuer und die Möbel waren mit teurem Leder bezogen. In der Ecke stand ein Rollpult – das erinnerte ihn an Taffys Probleme.

»Es gibt etwas, um das ich Sie bitten möchte«, sagte er. »Anscheinend wollen ein paar der Schafzüchter Ihren großen Stall zum Scheren benutzen. Heimlich. Sind Sie damit einverstanden?«

»Sie können tun, was sie wollen«, erwiderte sie achselzuckend. »Ich bin froh, daß Sie mit in die Stadt kommen. Sie werden es dort viel interessanter finden als hier.«

Jetzt war ihr Lächeln kaum mehr mißverständlich. Sie nahm einen Schluck Portwein, leckte sich mit der Zunge über die Lippen und ging zur anderen Seite des Kamins.

»Noch etwas«, fuhr Brodie ruhig fort. »Wußten Sie, daß am Freitag Zahltag ist?«

»O Gott! Ist das so? Ich weiß nicht, was da von mir erwartet wird. Ich hasse diese ganzen Dinge.« Sie ging zum Rollpult und öffnete es. »Hier muß irgendwo das Lohnbuch sein. Helfen Sie mir.«

Brodie kannte das Buch, er hatte ja schon einige Male darin unterschrieben. Die Methode der monatlichen Bezahlung gefiel ihm, so konnte er besser Geld sparen.

Er zeigte es ihr. Sie blätterte die Seiten um und fuhr mit ihren lackierten Fingernägeln mit übertriebener Sorgfalt über die Liste der Namen und Zahlen. Brodie hatte den Eindruck, daß sie absichtlich Zeit schindete, und wußte bald, warum. Elvie kam, um gute Nacht zu wünschen.

»Ist noch etwas, Mrs. Holloway?« fragte sie.

»Nein, Sie können jetzt gehen«, meinte die Hausherrin abwesend ohne aufzublicken.

»Ich werde auch gehen«, sagte Brodie. »Und ich muß Ihnen beiden für das wunderbare und beste Essen danken, das ich seit dem Verlassen meiner Heimat bekommen habe.« Seit vielen Jahren, fügte er im Stillen hinzu. Es war lange her, seit es bei den Courts ein solch üppiges Mahl gegeben hatte.

»Es war uns ein Vergnügen.« Elvie lächelte und brachte ihn zur Haustür.

Er war schon halb am Tor, als Mrs. Holloway ihm nachgelaufen kam. »Warten Sie. Hier ist das Lohnbuch. Geben Sie es Taffy.«

Brodie lachte. »Ohne das Geld hat es nicht viel Sinn.«

»Ach ja? Sagen Sie ihm, er soll morgen früh herüberkommen, dann gebe ich es ihm.« Sie blickte zurück. »Gott sei Dank, daß sie endlich weg ist! Diese Frau ist genauso schlimm wie meine Schwiegermutter, gluckt die ganze Zeit um mich herum.«

»Sie scheint sehr nett zu sein, Mrs. Holloway.«

»Nennen Sie mich doch Vivien«, bat sie und zog einen Schmollmund. »Und sagen Sie nicht, daß Sie auch gegen mich sind wie die anderen.«

»Aber warum sollte ich das?«

Sie stellte sich auf Zehenspitzen und gab ihm einen Kuß auf die Wange. »Sie sind ein Schatz.« Die Einladung war deutlich. Sie machte keine Anstalten sich von ihm zu entfernen.

Brodie legte einen Arm um ihre Taille und zog sie zu sich. »Das hättest du nicht tun dürfen«, flüsterte er.

»Was denn?« meinte sie herausfordernd.

»Mich zu küssen«, sagte er leise. »Den ganzen Abend war deine Schönheit für mich die größte Versuchung.«

»Und ist sie es noch?«

»Ja.« Er küßte sie, und sie erwiderte den Kuß so leidenschaftlich, daß er seine Erregung kaum im Zaum halten konnte. Sie gingen hinüber in den Schatten, wo er sie erneut an sich preßte, ihre wundervollen Brüste spürte, ihre Zartheit und diese süßen, weichen Lippen.

»Sag meinen Namen«, bat sie atemlos. »Ich will, daß du meinen Namen sagst.«

Immer wieder flüsterte er ihn, damit sie bei ihm blieb.

»O, Brodie«, stöhnte sie, »du bist ein so attraktiver Mann. Liebst du mich?«

»Ja«, antwortete er. Eine Reaktion. Er hatte keine Zeit über Liebe nachzudenken, aber wer sollte eine Frau wie diese nicht lieben?

»Ich wußte es«, rief sie freudig aus. »Ich wußte es durch die Art, wie du mich bei unserem Picknick angesehen hast. Es stimmt also, ja?«

»Sicher stimmt es.« Noch sicherer war, daß diese Frau viel zu geben hatte, hier aber nicht der richtige Ort dafür war. Leider.

»Küß mich noch einmal, Brodie«, flüsterte sie, »und dann mußt du gehen. Ich sehe dich morgen.«

Taffy erwartete ihn. »Haben sie dich zum Essen eingeladen?«

»O ja! Elvie kocht hundertmal besser als unser Chinese.«

»Dein Glückstag. Hast du sie wegen der Schafschur gefragt?«

»Ja, sie hat nichts dagegen. Und wenn du morgen früh hinübergehst, wird sie alles wegen der Löhne mit dir klären. Wußtest du, daß sie mich in die Stadt schicken wollen, damit ich mich um den Boß kümmere?«

»Sie haben so was erwähnt, aber ich war mir nicht sicher.«

»Was hältst du davon?«

Taffy zog an seiner Pfeife und lehnte sich gegen die Wand ihrer Baracke. Drinnen war ein lautstarkes Kartenspiel im Gange. »Sagen wir mal so: Da sind nur die beiden Frauen und sonst niemand in der Familie. Wahrscheinlich ist es kein Job, den ein Mann sich wünschen würde, aber sie brauchen Hilfe. Der Boß braucht Hilfe. Ich würde nicht schlechter von dir denken, wenn du ihnen diesen Gefallen tust und wenn's nur für eine Weile ist. Du kannst jederzeit wieder herkommen, wenn du willst.«

»Mrs. Holloway reitet morgen früh wieder los«, sagte Brodie. »Sie will, daß ich gleich mitkomme.«

»Tatsächlich?« Taffy strahlte. »Das ist gut. Ich dachte schon, ich müßte noch mehr Zeit damit verschwenden, sie zu begleiten.«

»Magst du sie nicht?«

»Nein. Sie macht nur Schwierigkeiten. Und paß auf, Brodie, sie liebt es, zu kokettieren und zu flirten.«

»Mit Viehhütern?« fragte Brodie unschuldig.

»Du wärst nicht der erste.«

Brodie sah den großen, schlanken Vormann an. Taffy war um die Dreißig, hatte ein kantiges, von der Sonne gegerbtes Gesicht und den aufrichtigen Blick eines Naturburschen. Vielleicht sprach er aus eigener Erfahrung, aber dann wußte Brodie, daß der Vormann sich in keiner Weise hatte beeindrucken lassen.

Nun ja, sagte er zu sich selbst, während er nachschaute, ob Patrick noch wach war. Wir werden sehen, was geschieht.

Am nächsten Tag war Vivien sehr geschäftig. Brodie packte seine Sachen zuammen und ging mit Taffy zum Haus hinüber. Er wartete in der Küche, während sie herumwirbelte und Elvie erklärte, was sie alles einpacken und was sie hier lassen sollte. Sie bestand darauf, daß das Gepäck so schnell wie möglich nach Toowoomba geschickt werden müße. Dann ging sie mit Taffy in den Salon und besprach mit ihm, wie die Farm in ihrer Abwesenheit geführt werden sollte.

Endlich erschien Vivien in einem dunkelblauen Reitkleid mit Samtkragen. Sie sah umwerfend aus.

»Sie werden eine Weile warten müssen«, meinte Elvie zu ihr. »Es kommt ein Sturm auf.«

»Ein bißchen Regen tut doch nicht weh«, gab Vivien zurück. »Wo ist mein Mantel?«

Die Haushälterin brachte ihr ein schweres Ölzeug mit Hut, und Vivien zog die Sachen über. »Sind die Pferde fertig, Brodie?«

»Ja, Madam.«

Während sie hinausgingen, blinzelte der Vormann Brodie zu. »Die arme alte Elvie wird jetzt ganz allein sein. Dann komme ich immer in den Genuß ihres Essens.«

»Alles hat auch seine guten Seiten«, erwiderte Brodie.

Ein kräftiger Wind kam auf, nachdem er und Vivien Fairlea hinter sich gelassen hatten, und auch der angekündigte Regen setzte ein. Brodie schlug vor, daß sie nach Schutz suchten, aber Vivien schien es zu genießen. »Nein! Wir reiten weiter!«

Sie ritt gut, das Wasser lief ihr vom Schlapphut ins Gesicht, aber der große Mantel umgab sie wie ein schützendes Zelt. Sie ritt schnell und gleichmäßig und sah sich kaum um. Brodies Jacke bot ihm nicht solchen Schutz, so daß er vollkommen durchnäßt wurde. Aber ihre Begeisterung war auf ihn übergesprungen, und er war glücklich neben ihr zu reiten.

Brodies Brief an Pater Daly regte Michael diesmal sehr auf. »Habe ich ihn so sehr gekränkt, daß er Sie als Vermittler benutzen muß, Vater?«

»Vielleicht ist es mittlerweile nur Gewohnheit. Ich habe ihm selbst auch geschrieben, als wir die Adresse hatten, und es erwähnt, aber vielleicht hat er den Brief noch nicht erhalten.«

»Aber meinen Brief hat er bekommen.«

Trella gab ihm einen Kuß auf die feuchte Stirn. »Mach dir darüber jetzt keine Sorgen. Der Brief von Pater Daly ist vielleicht erst mit dem nächsten Schiff mitgegangen.«

»Und vielleicht ist es gesunken«, warf Garth voller Begeisterung ein. »Ich habe alles über Schiffbrüche gelesen.«

»Es ist offensichtlich, daß Brodie das Herz am rechten Fleck hat«, betonte Pater Daly, »schließlich hat er dir den Hof überlassen, Michael. Das war sehr großzügig von ihm.«

»Wer hat ihm gesagt, daß ich krank bin?«

»Das war ich«, gestand Trella. »Ich habe meinen eigenen Brief mitgeschickt. Er hat ein Recht zu erfahren, daß es dir nicht gut geht. Wir sollten seinen Rat befolgen und den Hof verkaufen, solange wir können.«

»Das wäre schade«, meinte der Pater Daly stirnrunzelnd. »Dieser Hof ist seit Generationen im Besitz der Courts.«

Sicher, dachte Trella. Vor hundert Jahren gehörte den Courts das gesamte Tal, aber schlechte Zeiten und der tröstende Alkohol hatten den Besitz zu diesem kleinen Flecken schrumpfen lassen, auf dem Michael und Brodie sich herumgeplagt hatten. »Es hat keinen Sinn, in der Vergangenheit zu leben«, sagte sie. »Die Vergangenheit macht uns nicht satt.«

»Wo sollen wir denn hingehen?« fragte Michael. Er blickte auf den Brief. »Brodie schreibt hier, daß wir in ein wärmeres Haus ziehen sollen. Was soll ich da anderes tun, außer am Feuer zu sitzen und darauf zu warten, bis es mir besser geht? Ich sehe darin keinen Sinn.«

»Es ist ja nur ein Vorschlag«, entgegnete Trella freundlich. »Vielleicht meint er, daß wir nach Dublin ziehen sollen.«

»Das Wetter ist dort auch nicht besser«, bemerkte der Pater. »Und die Häuser auch nicht.«

Garth war seiner Meinung. »Ich will nicht nach Dublin. Ich hasse es.«

»Du bist doch noch nie dagewesen«, entgegnete Trella lächelnd. »Aber ich glaube, es ist nur allzu wahr. Dublin ist keine schöne Stadt. Hast du nie daran gedacht, dem Weg deines Bruders zu folgen, Michael?«

»Und das wäre?«

»Wir sollten auch nach Australien gehen.«

»Davon hat Brodie nichts erwähnt.«

»Brauchen wir denn eine Einladung? Hat er sie gebraucht? Denk darüber nach, Michael. In seinen Briefen steht genug über das schöne Wetter und gute Essen. Klingt das nicht verlockend?«

»Oh, das ist eine schwere Entscheidung«, warnte Pater Daly, und Trella war schlau genug, das Thema fürs erste ruhen zu lassen. Es war wichtig, daß Michael die Entscheidung traf, und sie betete darum, daß er es einsehen möge.

Sie ging ins Waschhaus, um dort mit der Arbeit fortzufahren, die der Pfarrer mit Brodies Brief unterbrochen hatte.

Großzügig von Brodie, dachte sie bei sich. O ja. Großzügig, weil es ihn nichts kostete. Aber kein Wort darüber, seinem kranken Bruder etwas Geld zu schicken. Nur prahlerisches Gerede, wie gut es ihm dort ging.

Heute Nacht würde sie mit Michael darüber reden und morgen früh mit dem Landvermittler. In Gedanken war sie schon auf der Reise und dachte darüber nach, was sie mitnehmen und was den Nachbarn verkaufen konnten. Eine Seereise in die Wärme wäre die beste Kur für Michael; er konnte es einfach nicht ablehnen. Es brach ihr das Herz, ihn so zu sehen. Jeden Morgen versteckte er den blutigen Auswurf vor ihr, den er aushustete. Sie mußten fort. So bald wie möglich.

4

LESTER UND SEIN Kumpan Gus Kriedemann kämpften sich durch den überfüllten Zug ihren Weg in ein Abteil der zweiten Klasse und warfen ihre Reisebündel in die oben befestigten Körbe. »Was ist denn hier los?« brummte Lester. »Der verdammte Goldrausch?«

»Das sind Schafscherer«, erklärte Gus. Er schaute auf zwei Männer, die ihre Ausrüstung neben sich auf den Sitzen verstaut hatten. »Nehmt eure Sachen da weg, Leute. Macht uns Platz.«

Der Mann, den er angesprochen hatte, beachtete ihn nicht weiter, der andere leckte über das Papier seiner eben gedrehten Zigarette. »Haut ab.«

Lester gefiel dieses Pack ganz und gar nicht. Schwarzarbeiter, möchte ich wetten, dachte er. Er hatte solche Leute bereits erlebt, als die Kohlearbeiter gestreikt hatten. Manche von ihnen suchten verzweifelt Arbeit, andere verhielten sich hinterhältig und keiner ging einer Schlägerei aus dem Wege.

Gus schob seine Mütze zurück und sein weißblondes Haar leuchtete auf. »Es ist genug Platz für uns, wenn diese Herrschaften ihre Sachen wegräumen.«

»Ja, aber das werden wir nicht tun«, tönte der erste.

»Dann werde ich es für euch tun.« Gus griff sich einen Schlafsack und warf ihn aus dem offenen Fenster.

»Himmel noch mal!« Die beiden Männer wurden hellwach. »Was soll das? Bist du denn vollkommen übergeschnappt?«

»Räumt das Zeug hier weg oder es fliegt auch raus«, drohte Gus, und Lester trat nervös einen Schritt zurück. Gus war ein großer, kräftiger Kerl und normalerweise friedlich, aber er mochte nicht herumkommandiert werden. Er war zu klug, sich auf einen Kampf einzulassen, den er nicht gewinnen konnte. Im Moment machte Lester sich jedoch Sorgen, daß diese Meute von Schafscherern in der Überzahl sein könnte, und fürchtete aus dem Zug gestoßen zu werden.

Die anderen Männer im Abteil schienen das ganze jedoch mit wenig Interesse zu verfolgen.

Der kritische Moment war vorüber. Die beiden Scherer hatten sich wohl dagegen entschieden, es mit einem so muskulösen Kerl wie Gus aufzunehmen und merkten auch, daß sie keinerlei Unterstützung erwarten konnten. Mürrisch trugen sie ihre Sachen auf den Gang, und Gus und Lester hatten für ihre lange Reise von Brisbane nach Toowoomba Sitzplätze.

Lester hatte sich mit Gus in Mount Morgan angefreundet, wo sie sich beide ihre Schürflizenzen geholt hatten. Zu Lesters größter Freude hatten sie gleich am Anfang Glück. Sie bekamen für ihr Gold über hundert Pfund, die sie sofort in eine bessere Ausrüstung und ein Fest investierten. Als er sich an die Aufregung erinnerte, mußte Lester grinsen. Es war das wunderbarste Gefühl der Welt gewesen, auf Gold zu stoßen, und niemand konnte ihm das je wieder nehmen. Er hatte es geschafft!

Doch danach hatte das Glück sie verlassen, und sie mußten Arbeit in einem großen Bergwerk annehmen und für andere Erz schürfen, das möglicherweise Gold enthielt.

Schließlich war ihnen die Arbeit langweilig geworden und auch die kleine, häßliche Stadt, in er sie das hart verdiente Geld jede Woche ins Pub trugen, das ebenfalls ihren Bossen gehörte.

»Hier kommen wir nicht weiter«, hatte Gus verkündet. »Ich werde für eine Weile nach Hause fahren.«

Lester wußte, daß Gus aus Toowoomba stammte, wo seine Eltern eine Bäckerei besaßen.

»Ein Freund von mir lebt da«, sagte er. »Ich komme mit dir.«

Er hatte einige Briefe von Brodie erhalten, den letzten mit einer neuen Adresse in der Stadt, sich aber nie die Mühe gemacht zu antworten. Jetzt konnte er ihn ebensogut besuchen. Er feixte, als er an seinen Coup von damals dachte. Es war eine Geschichte, die er Gus lieber nicht erzählte, weil der den Witz darin nicht erkennen würde. Und auch nicht gutheißen würde. Als der Zug in einen Bahnhof fuhr, stupste Gus ihn an. »Das ist Ipswich. Wenn es ganz schlimm kommt, kannst du hier immer noch Arbeit in den Kohleminen bekommen. Vor einigen Jahren hab ich da auch gearbeitet.«

»Da müßte es schon ganz schlimm kommen«, brummte Lester.

Der Zug ächzte einen steilen Berg hinauf und Lester rutschte ungeduldig auf seinem Sitz herum. »Da sind wir ja zu Fuß schneller!«

»Nimm's leicht«, entgegnete Gus. »Toowoomba wird dir gefallen. Es ist ein ruhiges Städtchen, aber sehr nett. Schöne Gärten.«

»Was ist mit den Frauen?«

»Sind auch in Ordnung.«

Lester lehnte sich zurück und schloß die Augen. Landschaft beeindruckte ihn nicht. Brodie hatte in seinem letzten Brief geschrieben, daß er ebenfalls daran dachte, unter die Bergarbeiter zu gehen. Lester hoffte, daß er nicht nach Kohle graben wollte.

Brodie hätte Gus' Beschreibung des Städtchens Toowoomba keinesfalls widersprochen. Insbesondere was die Frauen betraf. Insbesondere eine von ihnen.

Christiana Holloway war sehr erfreut gewesen ihn kennenzulernen und dankte ihm von ganzem Herzen, daß er ihrem Sohn ein weiteres Mal zu Hilfe kam. »Jetzt können wir Mr. Holloway endlich aus dem Krankenhaus holen. Ich bin sicher, er wird sich freuen Sie zu sehen.«

Aber der Patient hatte einen schlechten Tag und schien überhaupt niemanden zu erkennen. Als sie im Krankenhaus ankamen, war er bereits fertig angekleidet und Brodie staunte, daß er bereits ohne Hilfe gehen konnte. Sein Gesicht war blaß, und wenn der Verband um seinen Kopf nicht gewesen wäre, hätte man ihm nichts Besonderes angesehen.

»An manchen Tagen erkennt er die Leute, an anderen nicht«, flüsterte Mrs. Holloway senior Brodie zu.

Es war jedoch offensichtlich, daß das Haus seiner Mutter den Patienten aufleben ließ. Er stieß einen Seufzer der Erleichterung aus, ging allen voran die Treppe zur Veranda hinauf und blickte sich mit lächelndem Gesicht um. Einen Moment lang sah es so aus, als sei er plötzlich genesen.

Seine Mutter eilte ihm nach und sprach einige Minuten mit ihm, dann drehte sie sich zu Brodie um und schüttelte traurig den Kopf.

Vivien war nicht ins Krankenhaus mitgefahren, und nun kam sie ihnen durch die Eingangstür entgegen.

»Wie geht es ihm?«

»Nicht viel anders«, antwortete ihre Schwiegermutter. »Wir gehen jetzt besser hinein.«

Während Vivien zu ihrem Mann eilte, um seinen Arm zu nehmen, wandte sich Mrs. Holloway an Brodie. »Wir werden Sie diesen Abend nicht mehr brauchen. Ich möchte, daß Vern sich Zeit läßt. Ich glaube, es ist wichtig, daß er seine eigenen Entscheidungen trifft, auch wenn es nur um kleine Dinge geht: Wo er sitzt, wann er ißt, wann er ruht. Im Krankenhaus war dies nicht möglich.«

Brodie nickte. »Ich werde einfach hier sein und auf seine Wünsche warten.«

»Ja. Es ist denkbar, daß seine Erinnerung jeden Moment zurückkehrt. Wir müssen uns auch ständig darum bemühen, daß sein Geist rege bleibt. Sind Sie gut untergebracht?«

»Ja, Madam.«

»Wenn Sie irgendetwas benötigen, fragen Sie die Köchin. Sie wird Ihnen morgen um sieben das Frühstück servieren und dann möchte ich Sie bitten, in der Küche zu warten, bis wir wissen, was zu tun ist. Wir können jetzt immer nur von einem Tag auf den anderen planen, Brodie. Im Moment habe ich nichts weiter für Sie zu tun.« Sie rückte ihre Brille zurecht und wischte sich heimlich eine Träne ab. »Beten Sie für ihn, Brodie.«

Er ging über den Hof zu seiner Unterkunft. Er mochte diese Frau und hatte Mitleid mit ihr. Sie war ganz offensichtlich eine feine Lady und nach der beflissenen Art des Krankenhauspersonals zu urteilen, war sie auch eine anerkannte Persönlichkeit der Stadt. Gleichzeitig war sie herzlich und gütig. Es überraschte ihn nicht, daß Vivien nicht mit ihr auskam. Er vermutete, daß sie abgesehen von Vern Holloway wenig Gemeinsamkeiten hatten. Und das könnte nun zu einem großen Problem werden.

Die nächsten Tage waren für ihn ebenso verwirrend wie für den Boß.

Am ersten Morgen erwachte Holloway verstört und war hilflos. Wie Brodie bald feststellen sollte, machte ihn dies häufig wütend.

Ein Mädchen kam in die Küche gelaufen. »Sir, kommen Sie schnell. Mr. Vern ist wach und sehr gereizt. Er wirft mit Kleidungsstücken um sich, und die Damen wissen nicht, was sie mit ihm anfangen sollen.«

Brodie folgte ihr ins Schlafzimmer und nahm die Gelegenheit wahr, sich in dem großen Haus umzusehen. Es war weiträumig gebaut und wahrhaftig das schönste Haus, das er je gesehen hatte. Es strahlte Ruhe und Wohlstand aus. Und es schüchterte ihn ein. Er fragte sich, was er an einem so feinen Ort überhaupt tat.

Glücklicherweise blieb ihm keine Zeit, länger darüber nachzudenken.

Vivien kam ihm im Flur entgegen. »Er ist dort drin«, sagte sie verzweifelt. »Sie hätte ihn nicht herbringen dürfen. Ich wußte nicht, daß uns so etwas erwartet.«

Brodie betrat das Schlafzimmer, das größer war als ihr gesamtes Farmhaus in Tullymore. In der Mitte stand ein riesiges Himmelbett mit vier Pfosten. Neben der geöffneten Verandatür standen elegante Stühle, Sofas und Kommoden, aus denen die Schubladen und diverse Kleidungsstücke herausgezogen waren und herumlagen.

Mrs. Holloway hob die Sachen Stück für Stück auf und schalt Vern dabei in freundlichem Ton, doch er beachtete sie nicht und wühlte im untersten Fach des Kleiderschranks herum. Sie wandte sich an Brodie: »Ich habe keine Ahnung, was er sucht.«

Brodie ging zu seinem Boß und setzte sich neben ihm in die Hocke.

»Was suchen wir denn hier?«

Zu seiner großen Überraschung hielt Holloway inne und drehte sich zu ihm um. »Brodie! Meine Bücher! Sie sind weg.«

»Oh ja. Taffy braucht sie auf Fairlea, verstehen Sie? Sie müssen sich keine Sorgen machen.«

»So etwas Dummes«, murmelte er.

Brodie sah zur offenen Verandatür hinüber. »Waren Sie schon draußen?«

Als Holloway nicht antwortete, nahm Brodie seinen Arm und half ihm auf. »Ich würde gern den Garten sehen. Warum gehen wir nicht ein bißchen spazieren, Sir?«

Mrs. Holloway kam schnell mit einem Morgenmantel herbei, den sie Vern über seinen Pyjama zog, und er ließ sich stumm und willig hinaus auf die Veranda führen, die Stufen hinunter und in den Garten.

Woran er wohl denkt? überlegte Brodie, während sie dahinspazierten und Mrs. Holloway im Haus zurückließen. Brodie plauderte von diesem und jenem, da ihm das seine Aufgabe zu sein schien, dachte aber gleichzeitig darüber nach, ob Vivien wohl auch in dem großen Schlafzimmer schlief.

Am nächsten Tag war es schon schwieriger. Vern wurde ganz plötzlich aggressiv, er schrie und fluchte und schien gegen einen unsichtbaren Dämon zu kämpfen. Es dauerte über eine Stunde, bis Brodie ihn beruhigen konnte.

Du armer Tropf, dachte er bei sich. Wahrscheinlich versuchst du dir deinen Weg aus der Hölle freizukämpfen.

Brodie leistete Vern Holloway Gesellschaft, kleidete ihn an, wenn er es wünschte, rasierte ihn, wenn er es zuließ, und ging mit ihm spazieren. Er nahm seine Mahlzeiten nicht mit der Familie ein, was eine große Erleichterung war, denn seine Arbeit als Krankenpfleger wurde ihm schon bald langweilig, obwohl er sich natürlich um den Boß sorgte. Wenn Vern nach dem Mittagessen ein Nickerchen hielt, hatte Brodie ein paar Stunden frei und verbrachte die Zeit im Landwirtschaftsbüro, wo er auch das Vermessungsamt entdeckt hatte.

Die Angestellten befaßten sich hier zwar mehr mit dem Kohlebergbau, aber sie suchten bereitwillig nach Informationen über Opalvorkommen. Sie verwiesen ihn an die öffentliche Bibliothek, die mit den hohen Bücherwänden und der fast unheimlichen Stille ein Ehrfurcht gebietender Ort war. Brodie schlich nervös umher und hatte keine Ahnung, wo er anfangen sollte, bis die Bibliothekarin sich seiner erbarmte und ihm ihre Hilfe anbot. Als sie hörte, wo er wohnte, erlaubte sie ihm sogar Bücher über Opale auszuleihen. Brodie hatte das Gefühl, daß er nicht anders als mit dem Tod bestraft würde, wenn er sie nicht innerhalb von zehn Tagen zurückbrächte, also versprach er, beim Grab seiner Mutter, sie wie seinen Augapfel zu hüten.

An manchen Abenden ging er nach dem Essen ins nächste Pub und trank mit den Ortsansässigen sein Bier, doch er blieb nie lange. Er war fest entschlossen jeden Penny zu sparen, damit er sich bald auf den Weg zu den Opalfeldern machen könnte.

Vivien sah er nur selten und wenn, dann verhielt sie sich ganz förmlich. Brodie konnte das unter den besonderen Umständen verstehen, aber wenn er an ihre Küsse zurückdachte, wußte er, daß sie früher oder später wieder zusammenkommen würden. Auf eine Frau wie sie könnte er jedoch eine Weile warten.

Und dann war die Zeit gekommen. Sie klopfte nicht an. Sie schlüpfte einfach mitten in der Nacht in sein Zimmer und weckte ihn, indem sie mit einem Finger über sein Gesicht strich.

Brodie erwachte und erschrak zunächst. Er konnte nicht glauben, daß sie da stand, ganz in Weiß, wie ein Gespenst. »Vivien! Was tust du hier? Was ist los? Ist es Mr. Holloway?«

Sie schob sich auf die Bettkante. »Nein, es geht nicht um ihn, du Dummer. Ich bin es. Ich dachte, dir wird es hier drüben vielleicht zu einsam, so ganz allein.«

Er setzte sich auf. »Wie spät ist es?«

»Ich weiß nicht.« Sie zuckte mit den Schultern. »Fast zwei Uhr, denke ich. Ich konnte nicht schlafen.«

»Werden sie dich denn nicht vermissen?«

»Warum sollten sie? Ich habe jetzt mein eigenes Zimmer, weil ich nicht im selben Raum mit dem Patienten schlafen kann. Also bin ich einfach wie eine kleine Elfe in die Nacht hinausgeschlichen.«

Brodie lachte. Das Mondlicht schien durch sein Fenster,

und er konnte sehen, daß sie nur ein dünnes Spitzennachthemd trug. »Und war die kleine Elfe denn auch einsam?«

»Ja«, flüsterte sie und schlüpfte zu ihm unter die Bettdecke.

Sie war eine leidenschaftliche und hemmungslose Frau, voller Hingabe und Sinnlichkeit und Brodie war überwältigt. Vivien war das Warten wert gewesen.

Als es an der Zeit war, daß sie gehen mußte, bat er sie noch eine Weile zu bleiben, aber sie gab nicht nach. »Es muß sein. Meine Schlafzimmertür liegt glücklicherweise auf dieser Seite des Hauses, aber ich darf kein Risiko eingehen.« Sie küßte ihn. »Liebling, du bist meine Liebe und mein Geliebter.«

»Wirst du heute nacht wiederkommen?«

»Du meinst morgen früh?« Sie kicherte. »Soll ich denn?«

»Ja, jede Nacht. Jede einzelne Nacht.«

»Wenn ich kann. Sieh nur zu, daß du da bist.«

Die Tage waren nun nicht länger langweilig, sie bestanden nur aus Stunden, die ausgefüllt werden mußten. Er hatte kein schlechtes Gewissen wegen ihres Mannes und versuchte nicht einmal, sich mit dem Gedanken zu rechtfertigen, daß Holloway in seinem Zustand ohnehin nicht mehr ihr Ehemann war. Seine Tage verliefen ruhig und friedlich – ein krasser Gegensatz zu den aufregenden Nächten mit Vivien. Ihr Liebesakt war in den heimlichen Stunden noch leidenschaftlicher geworden und Vivien wurde allmählich ungeduldig.

»Ich hasse es, ständig unter Christianas Fuchtel zu leben«, beklagte sie sich.

»Du könntest zurück nach Fairlea gehen. Ich glaube nicht, daß Verns Zustand sich verbessern wird. Und hier ist er gut versorgt.«

»Und was ist mit uns? Da könnte ich dich nicht mehr sehen. Du müßtest in der Baracke wohnen, das würde ich nicht ertragen. Außerdem gefällt es mir auf Fairlea sowieso nicht.«

Brodie lächelte. »Dir gefällt es hier nicht und dir gefällt es dort nicht. Was willst du eigentlich?«

»Ich weiß nicht«, seufzte sie.

Einmal, als sie wieder neben ihm in dem schmalen Bett lag, flüsterte sie: »Warum gehen wir nicht weg?«

Er küßte sie. »Sicher. Was immer du willst.«

»Ich meine es ernst.«

Brodie seufzte. »Und wo sollten wir hingehen, meine Liebe? Ich hätte keine Arbeit und könnte dich nicht ernähren.«

»Wenn du mich liebst, findest du eine Lösung. Liebst du mich wirklich?«

Er fuhr mit der Hand über ihren glatten, weichen Körper. »Natürlich tue ich das.« Er liebte jede Minute, die er mit ihr in diesem Raum verbrachte. Am Tag erregte ihn schon ihr bloßer Anblick, und er verbrachte unruhige Nächte, wenn er auf sie wartete. Wenn das Liebe war, so liebte er sie. Er war verrückt nach ihr.

»Du mußt einen Weg finden«, beharrte sie.

»Deine Familie ist sehr reich«, sagte er ruhig. »Für dich wäre es ein Abstieg, das alles aufzugeben. Und ich hätte ein schlechtes Gewissen, weil ich dir das nicht bieten kann.«

»Ach, als ob ich das nicht wüßte!« gab sie zurück. »Ich habe nur daran gedacht, daß Vern wahrscheinlich weitaus besser dran wäre, wenn du ihn nicht gerettet hättest. Und ich hätte alles geerbt.«

Fassungslos korrigierte Brodie: »Aber dann hättest du mich nicht kennengelernt.«

»Das ist wahr. Aber willst du mich denn für den Rest meines Lebens an einen Kranken gekettet sehen?«

Er nahm sie in die Arme. »Jetzt mach dich nicht verrückt, Liebes. Wir haben Zeit. Ich werde mir etwas ausdenken.«

Ihm war unwohl, wenn sie solche Gedanken aussprach – als wäre sie froh, wenn ihr Mann bald sterben oder wenn jemand sein Ableben beschleunigen würde. Sie warf ihm ja beinahe vor, daß er Vern gerettet hatte!

Ich halte mich da heraus, dachte er bei sich und wünschte,

er hätte nicht angeboten eine Lösung zu finden. Möglicherweise kam sie auf falsche Gedanken. Brodie wußte, daß er diese Affäre besser früher als später beenden sollte, weil er weiterziehen wollte. Es lag an ihm, aber er konnte sich noch nicht dazu durchringen.

Doch dann ergaben sich die Dinge – wie so oft bei ihm – wieder einmal fast von selbst.

Es begann damit, daß Christiana Holloway ihn zu sich rief. »Brodie, könnten Sie mir wohl einen Gefallen tun? Ich bekam heute einen Brief, daß einer meiner Freunde eine Gruppe Schafscherer in Toowoomba erwartet. Er möchte nicht, daß sie auf sein Grundstück kommen, weil die streikenden Schafscherer dort Wachposten aufgestellt haben. Sie sollen stattdessen nach Fairlea gehen, und die Schafe werden zur Schur dann dorthin gebracht.«

»O ja, davon habe ich gehört.«

»Gut. Ich möchte nun, daß Sie zum Bahnhof gehen, auf den Zug warten und einen Mr. Preston finden. Er ist der Boß der Truppe. Ich habe keine Ahnung, wie viele es sind. Schicken Sie sie nach Fairlea, das wird eine Menge Ärger ersparen.«

Während Brodie zu seiner Unterkunft ging, um seine Jakke zu holen, fiel ihm ein, daß er Vivien an ihrem ersten Tag gesagt hatte, er sei es nicht gewohnt, den Diener zu spielen, und er mußte schmunzeln. »Du hast viel gelernt, Bursche«, sagte er zu sich selbst. »Inzwischen läßt du dich wirklich wie einen Diener herumschicken, wenn es dir nur in den Kram paßt.«

Er hoffte, daß sie sich nicht mehr an seinen Ausspruch erinnerte.

»Du lieber Gott«, stöhnte er auf, als er zum Bahnhof kam. Auch hier hatten sich Streikposten der Scherer aufgebaut – es waren an die vierzig – und hielten Plakate hoch, auf denen ›Streikbrecher raus!‹ stand. Mit Knüppeln bewaffnet und mit hochgerollten Ärmeln sahen sie auch ganz so aus, als ob sie es ernst meinten.

Der Bahnhofsvorsteher verhandelte mit ihnen. »Also, Männer, ihr könnt hier protestieren, aber bleibt vom Bahnsteig weg. Die anderen Passagiere, unter denen zweifellos auch Frauen und Kinder sind, müssen hier durch, und ich will keinen Ärger. Ihr kümmert euch um eure Dinge und ich mich um meine.«

Eine Gruppe Schaulustiger war bereits versammelt und Brodie stellte sich dazu, um die Lage zu überblicken. Der Streik dauerte nun schon seit Ewigkeiten an, und die Gewerkschaft der Schafscherer forderte, daß die Schafzüchter die geforderten einheitlichen Preise zahlten. Er verstand das nicht. Es schien eine seltsame Methode zu sein, um mehr Geld zu bekommen. Aber er mußte zugeben, daß die Arbeiter hier drüben auch eine seltsame Mischung waren: unabhängig, nicht an Haus und Herd gebunden und untereinander streng loyal. Daheim in Irland, überlegte er, verdient man eben nur soviel, wie man kann, und der Mann, der den geringsten Lohn verlangt, bekommt den Job.

Brodie grinste. Wie wäre es wohl, wenn man ein paar dieser Querulanten zu Mr. Hadley-Jones schickte? Himmel! Dem würde bei ihrem Schneid glatt die Spucke wegbleiben.

Doch er mußte seinen Auftrag erledigen. Schließlich war es nicht sein Kampf, den sie ausfochten. Er ging die Absperrung zurück bis zum Anfang, stieg über den Zaun und kletterte am anderen Ende auf den Bahnsteig, um von dort aus in die Wartehalle zu gelangen. Ganz mit sich zufrieden, wartete er im schummrigen, fensterlosen Raum auf die Ankunft des Zuges. Sobald er einfuhr, wollte Brodie loslaufen, seinen Mann und dessen Gruppe finden und sie über die Gleise zur anderen Seite schicken, um die Streikposten zu umgehen.

In der Theorie war sein Plan gut, aber in der Praxis funktionierte er nicht. Als der Zug einfuhr, kamen zuerst die Wagen der ersten Klasse und Brodie lief auf das Ende zu. Doch die Männer der Gewerkschaft waren schneller. Sie wollten keinen der Streikbrecher aus dem Zug, geschweige denn in eine andere Richtung entkommen lassen.

Sie stürmten am Bahnhofsvorsteher vorbei und rannten schreiend und schimpfend auf den Bahnsteig. Zur selben Zeit sprangen die Streikbrecher kampfbereit aus ihren Abteilen und Brodie befand sich mitten zwischen beiden Parteien.

Der Schlag eines Knüppels, der sich anfühlte wie aus Eisen, landete zwischen seinen Schulterblättern und er strauchelte. Dann versetzte ihm jemand einen Hieb. Jetzt wehrte sich Brodie und schlug um sich.

Gus hatte seinen Freund zunächst zurückgehalten. »Da draußen könnte es Ärger geben«, meinte er zu Lester. »Wenn der Zug anhält, laß diesen Pöbel zuerst aussteigen, während wir uns ansehen, was da passiert.«

Dann wurden sie Zeugen der wilden Rauferei und Lester sah vom Fenster aus belustigt zu. Es war der beste Kampf, den er seit Jahren miterlebt hatte, ohne daß auch nur ein Polizist zu seiner Pfeife griff. Die Polizei schien sich aus dieser Angelegenheit herauszuhalten.

Dann entdeckte er Brodie!

»He, Mann!«, rief er Gus zu. »Das da ist mein Freund, und er muß ganz schön Prügel einstecken!«

Blut rann Brodie über das Gesicht; mehrere Männer schlugen gleichzeitig auf ihn ein.

»Wir müssen ihn da rausholen!« rief Lester.

Gus sprang vor Lester aus dem Zug, schob sich wie ein Rammbock durch die Meute und packte Brodie am Kragen.

»Zurück in den Zug«, schrie Lester.

»Nein«, rief Gus zurück. »Dann wären wir auf der falschen Seite. Wir müssen weiter!«

Die beiden Männer zerrten Brodie mit sich vom Bahnsteig

und durch die Sperre nach draußen, wo aufgrund der Kämpfe und des Lärms einige der dort angebundenen Pferde nervös wurden und ausschlugen. Eines davon riß sich plötzlich los und lief mitten auf die Straße.

»Kommt schnell«, sagte Gus und machte sich den allgemeinen Wirrwarr zunutze. Sie liefen hinüber zum Railway Hotel, wo ihnen der Wirt den Weg verstellte.

»Was hast du vor, Gus?« fragte er mißtrauisch.

»Ich kehre heim. Das ist ja ein schöner Willkommensgruß!«

Der Wirt sah zu Brodie. »Das ist aber kein Scherer, das ist ein Streikbrecher.«

»Nein, ist er nicht«, erwiderte Gus. »Das ist ein Freund von mir, der uns vom Bahnhof abholen wollte.«

»Na dann bring ihn rein. Keine Knochen gebrochen?«

»Sieht nicht so aus.«

Sie schleppten Brodie durch die Bar zum Waschraum, wo Gus ihm das Blut vom Gesicht wischte.

»Teufel noch mal«, stöhnte Brodie. »Ich fühle mich, als ob mein Rücken durchgebrochen wäre! Und meine Nase ist ganz taub. Blutet sie noch?«

»Du wirst es überleben«, meinte Lester trocken. »Was hast du da überhaupt gemacht?«

»Ich sollte die Scherer abholen und nach Fairlea Station schicken.«

»Du meinst die Streikbrecher?« rief Lester fassungslos. »Halt lieber den Mund, damit wir hier in Ruhe etwas trinken können. Das ist Gus Kriedemann, er stammt aus Toowoomba.«

»Schön, dich kennenzulernen.« Brodie zuckte zusammen, als sie aus dem Waschraum auf den heißen Hinterhof traten. »Diese Verrückten hätten mich beinahe umgebracht«, schimpfte er. »Was soll ich denn jetzt tun?«

Gus zuckte mit den Schultern. »Vergiß die Scherer. Die sollen sich selbst helfen. Was ist mit euch? Ich könnte jetzt ein kühles Bier vertragen.«

Nach der erfolgreich beendeten Aktion kamen einige Gewerkschafter in die überfüllte Bar, und ein Hut wurde herumgereicht, um Geld für ihr Bier zu sammeln.

Lester sah, wie Brodie zögerte, als der Hut zu ihm kam. Er seufzte. Immer noch der alte Geizkragen, dachte er. »Nun mach schon«, drängte er, während er und Gus ihre Münzen hineinwarfen, »sonst hängen sie dich noch auf.« Die drei Männer blieben in der Bar, erzählten von ihren Erlebnissen, und trotz seiner Schrammen und blauen Flecke ging es Brodie bald besser. Viel besser. Er amüsierte sich und hatte keine Lust allzubald nach Hause zu gehen.

Durch die Schlägerei bot sich ihm eine gute Entschuldigung.

Als er Lester und Gus von seiner neuen Arbeit berichtete, lachten die beiden, und er kam sich dumm vor.

»Na, da schiebst du ja eine ruhige Kugel«, grinste Lester und stieß ihm zwischen die Rippen. »Ich dachte mir schon, daß du ein paar Pfund zugelegt hast! Und ich wette, sie haben da auch ein paar nette kleine Zimmermädchen. Unser Brodie war noch nie ein Kostverächter, Gus. Schon auf dem Schiff war er immer bei den Ladys zu finden.«

Brodie hatte nicht die Absicht gehabt von Vivien zu erzählen, aber nun wollte er seine Ehre wiederherstellen.

»Zimmermädchen, pah!« meinte er überheblich und berichtete von seiner Affäre mit Mrs. Vern Holloway.

Gus sah ihn argwöhnisch an, aber Lester war beeindruckt. »Bei Gott, Brodie! Das klingt ja, als wäre sie ein Engel, und Geld hat sie auch noch.« Er wandte sich an Gus. »Kennst du sie?«

»Der Familienname ist hier bekannt, aber von ihr selbst habe ich noch nichts gehört. Die Lady stammt nicht von hier.«

Lester schnaubte. »Das ist keine Lady, wenn sie sich mit einem Diener einläßt.«

»Ich bin kein Diener«, entgegnete Brodie zornig.

»Ein Viehhüter bist du aber auch nicht«, gab Lester zurück. »Aber ich würde mich an deiner Stelle nicht beschweren. Du brauchst es nur zu sagen und ich tausch mit dir.«

»Um die Wahrheit zu sagen«, verkündete Brodie, »überlege ich mir gerade weiterzuziehen. Ich weiß nur noch nicht so genau, wie ich es anstellen soll.«

»Was denn?« fragte Gus.

»Opale. Ich will nach Opalen suchen. Ich habe gehört, daß es im Westen von Queensland viele davon geben soll.«

Lester schüttelte den Kopf. »Wenn du was suchen willst, dann such Gold. Und dafür mußt du nach Kalgoorlie gehen, ganz in den Westen von Australien.«

Gus war anderer Meinung. »Fang nicht wieder damit an, Lester. Wir müßten mit dem Schiff ganz bis nach Perth fahren und dann Hunderte von Meilen über Land gehen. Wenn man darüber nachdenkt, sind Opale gar keine so schlechte Idee. Es gibt in diesem Staat Opalfelder, ohne daß man allzu weit reisen müßte, und die Steine werden immer beliebter. Was bedeutet, daß ihr Wert steigt.«

Brodie erzählte von der Kette, die er in Brisbane entdeckt hatte. »Noch nie habe ich solche Farben gesehen«, schwärmte er. »Es war faszinierend.«

»Wonach richtet sich ihr Wert?« wollte Lester wissen. »Nach den Farben?«

»Nach Karat«, sagte Gus, »aber die Farben und Muster spielen eine große Rolle.«

»Also, warum versuchen wir es nicht?« wollte Brodie wissen. Gus dachte nach. »Wir brauchten einiges Startkapital, um so weit nach Westen zu reisen. Genug Vorräte und Ausrüstung für ein paar Monate. Es wäre nicht nur ein Ausflug an die Küste, wo wir gerade herkommen.«

»Wir haben nicht viel Geld«, sagte Lester, »aber du mußt inzwischen einiges gespart haben, Brodie.«

Brodie war hin- und hergerissen. Er hatte mittlerweile Geld

auf der Bank, wollte aber nicht einsehen, warum er seine Partner bezahlen sollte. Was war, wenn sie keine Opale fanden? Die beiden hätten nichts verloren, er aber alles.

Andererseits war Lester ein Freund und Gus war der erste, der seine Idee nicht von vornherein ablehnte. Er war sicher, daß ein Kerl wie Gus wüßte, was bei solch einer Expedition zu tun wäre. Hier saßen zwei ideale Partner für ihn, mit Goldgräbererfahrung. Dennoch zögerte er.

»Bisher habe ich nur ein paar Pfund sparen können. Ich weiß auch nicht, wohin das Geld immer verschwindet.«

»Aber ich weiß es.« Lester grinste. »Schnaps, Kartenspiel und Frauen.« Er sah Brodie an. »Frauen! Was ist mit deiner reichen Freundin? Sie wird dir doch bestimmt Geld geben. Frag sie!«

»Wen? Vivien?«

»Ja, Vivien. Kitzel sie ein bißchen.«

»Ach, ich weiß nicht.«

»Nun komm schon, Brodie! Du hast doch ein flottes Mundwerk. Bist nicht auf den Mund gefallen. Erzähl ihr, sie bekommt einen Anteil oder so etwas.«

Brodie sah zu Gus, der mit den Schultern zuckte. »Wenn sie dir das Geld leihen will, dann ist nichts dabei. Es ist ihre Entscheidung.«

»Da hast du's«, meinte Lester. »Es tut niemandem weh, wenn du fragst.«

»Wieviel brauchen wir denn?« wollte Brodie wissen.

»Um es richtig zu machen«, überlegte Gus, »und für uns drei zusammen – etwa zweihundert Pfund. Da im Westen gibt's nicht viel. Aber ich muß jetzt gehen. Ich kann meine Eltern nicht betrunken begrüßen. Kommst du mit, Lester?«

»Ja.« Lester stand auf.

Brodie war enttäuscht, daß sie ihn jetzt verließen, noch dazu nach diesem so wichtigen Gespräch. Aber er ging mit ihnen hinaus, und sie verabschiedeten sich an der nächsten Ecke.

Während er nach Hause marschierte, sah er in einiger Entfernung eine silbrige Luftspiegelung und überlegte, ob seine Opalsuche nicht ebenso eine Fata Morgana war. Die Viehhüter hatten ihm gesagt, daß der Westen ein hartes und gefährliches Land sei; sollte er es wirklich wagen, dorthin zu gehen?

Aber die Gelegenheit war da und der erste Schritt bereits getan, indem er bereitwillige Männer gefunden hatte. Er konnte jetzt nicht aufgeben – eine Gelegenheit wie diese ergab sich vielleicht nie mehr. Vor seinem geistigen Auge glitzerten die Farben der Opale. Er sah sich selbst, wie er die kostbaren Steine von Felswänden brach, so einfach, als würde er eine Dose Bohnen aus dem Regal nehmen. Sollte er sich da Sorgen um die paar hundert Pfund machen, die sie brauchten? Er würde das Geld beschaffen. Irgendwie.

Es vergingen einige Tage, ehe er den Mut aufbrachte mit Vivien darüber zu sprechen.

»Ich liebe dich so sehr, Brodie«, sagte sie und klammerte sich in ihren letzten gemeinsamen Minuten der Nacht an ihn. »Es ist schrecklich für mich, daß ich immer heimlich davonschleichen muß. Ich will die ganze Zeit mit dir zusammensein. Wir haben so viel Spaß zusammen.«

»Wenn das nur möglich wäre, mein Liebling«, seufzte er. »Aber selbst wenn du frei wärst, könnte ich dich nicht um deine Hand bitten, weil ich zu arm bin. Ach ja, weißt du eigentlich«, fuhr er dann gerissen fort, »daß ich gerade vor ein paar Tagen ein Angebot bekommen haben, das mich reich machen könnte?«

»Du gehst doch nicht weg?« rief sie ängstlich aus.

»Nein.« Die Lüge ging ihm glatt über die Lippen. »Ich habe Freunde getroffen, die ein Opalfeld entdeckt haben und nun nach Opalen suchen wollen.«

»Was für Freunde?«

Brodie lächelte. »Was ist das? Du klingst, als ob es dich wundert, daß ich Freunde habe.«

»Entschuldige. So meinte ich es nicht. Ich habe mich nur gefragt ...«

»Einer von ihnen ist mit mir auf dem Schiff nach Australien gekommen und der andere ist von hier, Gus Kriedemann.

Seine Eltern besitzen in der Stadt eine Bäckerei.«

»Guter Gott! Du hast ihm doch nichts von uns erzählt?«

»Sicher doch. Ich hab ihm gesagt, daß ich dich wahnsinnig liebe.«

»Nimm mich nicht auf den Arm, Brodie. Wenn sie nach Opalen suchen wollen, was hat das mit dir zu tun?«

»Sie gründen eine Gesellschaft und brauchen noch einen dritten Mann um genügend Kapital zu haben.«

»Wo liegt denn das Feld?«

»Im Westen. Genau haben sie es mir nicht gesagt.«

Vivien lachte. »Darauf bist du doch hoffentlich nicht hereingefallen oder?«

»Ich sagte doch, es sind Freunde«, gab er zurück. »Und ein bißchen Verstand kannst du mir ruhig zutrauen. Niemand rennt herum und erzählt, wo er Gold oder Silber oder Opale gefunden hat. Die einzigen Menschen, die darüber Bescheid wissen dürfen, sind die Investoren. Die zwei sind ehrliche Menschen, Vivien, glaub mir, aber es hat ja gar keinen Sinn, daß ich darüber nachdenke. Ich habe ihnen gesagt, daß ich kein Geld besitze, das ich investieren könnte, daß es aber nett von ihnen war, an mich zu denken.«

»Falls du Geld dazugibst, würde das bedeuten, daß du auch ein Drittel von den Opalen bekommst, die sie finden?«

»Natürlich, deshalb ist es ja auch so schade. Ich sehe nur ungern eine solche Chance verstreichen und dann kommen sie womöglich als reiche Männer zurück, mit einem anderen Dritten an meiner Stelle.« Er gab ihr einen Kuß. »Aber zerbrich dir darüber nicht deinen hübschen Kopf. Irgendwann wird sich schon etwas anderes ergeben.«

Vivien löste sich aus seiner Umarmung. »Verns Mutter hat

einen wunderschönen Opalring. Ich glaube, er ist sehr viel wert. Sind deine Freunde wirklich sicher mit diesem Opalfeld?«

»Ganz sicher. Aber inzwischen haben sie bestimmt schon jemand anderen gefunden.«

»Vielleicht auch nicht«, meinte sie ruhig.

Brodie beobachtete sie, während sie sich anzog, und wagte nicht, mehr zu sagen. Noch nicht. Er nahm ihren Kaschmirschal und legte ihn um ihre Schultern. »Gute Nacht, Liebste.«

»Wieviel müßtest du denn als deinen Anteil zahlen?« wollte sie wissen.

»Zu viel, um darüber nachzudenken. Dreihundert Pfund.« Er hörte sich selbst dreihundert statt zweihundert sagen, ohne daß er darüber nachgedacht hätte. Hundert zusätzliche Pfund für ihn allein wären nicht schlecht.

»Was?« Vivien erstarrte. »Dreihundert?«

»Ja.« Er zuckte wie gleichgültig mit den Schultern.

»Ist das alles?« rief sie ungläubig. »Ich dachte, sie würden viel mehr brauchen, wo nur so wenig Leute beteiligt sind. Brodie, was ist, wenn sie Eimer voll davon zurückbringen? Ich habe schon einzelne Opale in schönen Fassungen gesehen, die über fünfzig Pfund gekostet haben. Du meine Güte! Wenn sie tatsächlich wissen, wo Opale zu finden sind, könnte dir ein Vermögen entgehen!«

Brodies Schauern war echt. Voller Entsetzen schloß er die Augen. Diesen Alptraum hatte er sich auch schon vorgestellt: daß Gus und Lester einfach ohne ihn aufbrachen.

»Hör zu«, sagte sie in ihrer typischen bestimmenden Art, »ich leihe dir das Geld. Hoffentlich ist es nicht zu spät. Du hättest mir schon früher davon erzählen sollen. Morgen nacht gebe ich es dir, aber sag deinen Freunden gleich, daß du dabei bist.«

Der längste Tag seines Lebens brach an. Brodie ging in die Stadt und wanderte umher, doch er suchte Gus nicht auf, um ihm die Neuigkeiten zu überbringen aus Angst, Vivien könnte es sich noch einmal anders überlegen. Dreihundert Pfund waren für ihn eine Menge Geld, anscheinend aber nicht für sie. Sie hatte gesagt, sie würde es ihm leihen. Leihen! Sie konnte sich leisten, es ihm zu schenken! Welchen Sinn hatte es, hundert Pfund extra für sich zu nehmen, wenn er es wieder zurückgeben mußte? Aber wenn sie es ihm erst einmal gegeben hatte, vergaß sie es vielleicht. Hauptsache war, daß er das Geld bekam.

Als die Dämmerung anbrach und die Zikaden in den Bäumen um das Haus in schrillen Höhen zirpten, kam Vivien zu ihm. »Ich kann nicht bleiben«, flüsterte sie, »aber hier ist das Geld.«

Brodie ließ das Geldbündel beinahe fallen, das mit einem Gummiband zusammengehalten wurde. »Danke, mein Liebling, es wird dir nicht leid tun.«

»Gut, aber mach schnell. Schreib mir einen Schuldschein, ich muß wieder zurück ins Haus. Du kannst das Geld sofort zu deinen Freunden bringen, und die geben dir dann eine Quittung.« Sie lachte, entzückt über den Plan. »Ich sollte besser sagen: Bring das Geld zu *unseren* Partnern.«

Ihre Bitte um einen Schuldschein verwirrte und ärgerte ihn. Gott im Himmel! Er war ihr Geliebter! Hatte diese Frau denn keinen Anstand? Dennoch suchte er nach einem Stift und kritzelte den Schuldschein.

Nachdem sie ihn verlassen hatte, machte er sich nicht die Mühe, Gus und Lester zu suchen. Sie saßen bestimmt in irgendeinem Pub, und Brodie hatte keine Lust, ihnen die frohe Botschaft jetzt zu überbringen. Er hatte nicht vergessen, wie freizügig Lester mit Geld umgehen konnte, wenn er ein paar Bier getrunken hatte. Außerdem mußte er überlegen, was er mit seinen zusätzlichen hundert Pfund anfing. Er könnte sie auf die Bank geben, zu seinem anderen Ersparten. Oder was sonst?

Am folgenden Nachmittag regnete es in Strömen, und Brodie machte sich mit dem Geld in der Tasche auf den Weg in die Stadt. Bald würde er unterwegs sein, freute er sich, und Opale finden. Koste es, was es wolle!

Als er in eine Seitenstraße bog, entdeckte er plötzlich ein kleines Häuschen mit einem Schild ›Zu verkaufen‹ im Garten.

Brodie blieb stehen und betrachtete es eingehend. Er überlegte, wieviel solch ein Haus wohl kostete. Und ob er den Mut hätte, danach zu fragen.

Der Garten war hoch mit Unkraut überwachsen, und an den vorderen Fensterläden fehlten ein paar Latten.

Ein Mann trat in die Tür und schüttelte einen Teppich aus.

»Sir!« rief Brodie ihm zu, doch der Mann beachtete ihn nicht, also rief er erneut.

»Was wollen Sie?« gab der Mann gereizt zurück.

Brodie war nicht sicher, was er wollte. »Der Garten hier, der muß mal aufgeräumt werden«, sagte er unbeholfen.

Der Mann blickte verächtlich auf seine durchnäßten Kleider. »Hier gibt's keine Arbeit. Mach endlich, daß du wegkommst.«

»Habe ich etwa nach Arbeit gefragt?« erwiderte Brodie unwirsch. »Ich hab das Schild gesehen. Gehört Ihnen dieses Grundstück?«

»Der Besitzer ist gestorben«, antwortete der Mann, ein untersetzter Kerl mit rundem Gesicht, kurz angebunden und verschwand wieder im Haus.

Brodie kam sich vor wie ein Idiot. Er wußte, daß er weitergehen und sich keine Gedanken mehr machen sollte, aber dann wiederum wollte er sich auch nicht so abfertigen lassen. Er öffnete das Tor, ging über den schlammigen Weg zum Haus und klopfte an die Holzwand. »Wollen Sie dieses Haus nun verkaufen oder nicht?« rief er laut.

Mr. Clem Patchett war ein Makler und verlangte dreiundvierzig Pfund für das Haus mitsamt dem Grundstück.

Um zu beweisen, daß er kein armer Schlucker war, zog Brodie sein Geldbündel kurz aus der Tasche und verlangte dann, in jeden Winkel des möblierten Gebäudes geführt zu werden. Immer wieder machte er auf Mängel aufmerksam und nach der Zusicherung des Maklers, daß Garten und Hof hergerichtet würden, einigten sie sich auf vierzig Pfund. Brodie hatte das Haus gekauft.

Obwohl er keine Miene verzog, war Brodie in seinem ganzen Leben noch nie so aufgeregt gewesen. Er besaß ein Haus! Ein echtes Haus mit vier Zimmern und einem Badezimmer mit Zinkwanne. Es gab sogar einen Eßplatz außerhalb der Küche. Und bequeme Möbel. Was für ein Tag!

Brodie platzte fast vor Stolz, als Patchett ihn ›Sir‹ nannte.

»Ich werde die Fensterläden für Sie reparieren lassen, Sir. Werden Sie selbst hier wohnen?«

»Nein. Würden Sie das Haus für mich vermieten?«

»Gern. Ich habe bereits eine Warteliste.«

Sie gingen in sein Büro, wo vereinbart wurde, daß der Makler die Miete für ihn kassieren und zur Bank bringen würde. Danach schwebte Brodie wie auf Wolken. Er zahlte die restlichen sechzig Pfund auf sein Konto ein und ging dann zur Bäckerei.

»Sie hat es dir gegeben? Einfach so?« Lester war erstaunt. »Die ganzen zweihundert Pfund?«

»Sie hat es uns geliehen«, verbesserte Brodie. »Es muß zurückgezahlt werden. Sobald wir Geld für unsere Opale bekommen, gibt mir jeder von euch ein Drittel, damit ich es zurückgeben kann.«

»Das ist nur fair«, meinte Gus. »Wollen wir hoffen, daß wir auch soviel finden. Ich hab nicht gerne Schulden.«

Brodie klopfte ihm auf die Schulter. »Hör auf damit. Wir werden es schaffen, das spüre ich.«

In Kriedemanns Küche hinter der Backstube breiteten sie Brodies Landkarten aus und beratschlagten sich.

»Wo liegt das genau?« wollte Lester wissen.

Gus fuhr mit dem Finger über die Karte. »Dies ist das Opalgebiet.«

»Teufel auch!« klagte Lester. »Das dauert ja eine Ewigkeit, bis wir dahin kommen. Wie weit ist es?«

»Etwa sechshundert Meilen nach Westen«, erwiderte Brodie. »Du bist doch verrückt! Da fahr ich lieber mit dem Schiff nach Perth und dann weiter nach Kalgoorlie.«

»Kalgoorlie liegt von Perth aus genauso weit landeinwärts. Noch dazu in äußerst rauhem Land.«

»Meinetwegen, aber da gibt es einen Zug.«

Gus nickte. »Na schön, es gibt einen Zug. Aber sonst? Nichts außer Gold.«

»Hör ihn dir an!« rief Lester aufgebracht. »Nichts außer verdammtes Gold! Worauf warten wir dann noch?«

»Denk doch mal nach«, entgegnete Gus. »Was meinst du, wie viele Goldsucher nach Kalgoorlie strömen und den Zug ins Nirgendwo nehmen? Jeder ist hinter Gold her. Wir sollten Opale suchen, da gibt es im Moment kaum Konkurrenz. Zumindest nicht in Queensland.«

»Wir können die halbe Strecke mit dem Zug fahren«, sagte Brodie. »Ich hab alles schon geplant. Die Strecke endet in Charlesville und von da aus gehen wir nach Westen.«

»Und wie? Zu Fuß?«

»Nein«, meinte Gus. »Da kaufen wir unsere Ausrüstung. Pferd und Wagen vor allem. Dort ist es nicht wie in Mount Morgan, wo alles überall zu haben ist. Vielleicht treffen wir ein paar Menschen, aber ansonsten sind wir auf uns gestellt. Wenn wir unser Zelt in der Nähe eines Ladens aufschlagen können, haben wir Glück.«

Lester war immer noch nicht überzeugt. »Das klingt mir viel zu riskant.« Er klopfte mit dem Finger auf die Landkarte.

»Da, sagst du, sind die Opale? In diesem Gebiet von Norden nach Süden. Das sind Hunderte von Meilen! Was wollt ihr tun? Aufs Geratewohl eine Nadel in die Karte stechen, mit dem Wagen zweihundert Meilen fahren und dann aussteigen und buddeln? Ihr seid doch völlig verrückt!«

»Nein, sind wir nicht«, entgegnete Brodie verärgert. »Wenn wir erst einmal in Charlesville sind, werden wir uns durchfragen. Das sagen sie mir hier auch überall. Wir verlassen uns auf die Auskünfte, die wir vor Ort bekommen. Wir sind ja nicht die ersten, die nach Opalen suchen, und erfahren sicher bald, wo die anderen graben.«

»Das hoffst du!« schnaubte Lester.

Gus faltete die Karten zusammen. »Vergiß es, Lester. Die Sache läuft ohne dich. Ich werde allein mit Brodie gehen und nach Opalen suchen.«

Lester brütete eine Weile vor sich hin, dann brummte er: »Ich hab nicht gesagt, daß ich nicht mitkomme.«

»Dann hör auf zu maulen. Du sollst von vornherein wissen, daß dies kein Kinderspiel ist. Das Land ist rauh, wir müssen unsere Vorräte gut einteilen, immer in der Nähe von Wasser bleiben und auf die Eingeborenen achtgeben. Einige Stämme sind friedlich. Andere nicht.«

»Wie werden wir den Unterschied erkennen?« erkundigte sich Lester ängstlich.

»Wenn sie uns angreifen, werden wir das schon merken«, entgegnete Gus. »Hast du immer noch Lust, Brodie?«

»Versuch doch mich aufzuhalten.« Brodie lachte.

Mrs. Kriedemann kam herein. »Was macht ihr für einen Lärm!« meinte sie kopfschüttelnd. »Wenn ihr euch nicht einigen könnt, vergeßt die Sache lieber. Und du, Gus! Läufst immer irgendwelchen Träumen hinterher! Was hast du denn bisher erreicht? Nichts. Besser, du bleibst hier und hilfst deinem Vater in der Backstube.«

Gus stand auf, breitete die Arme aus und küßte seine Mutter

auf die Wange. »Ich bin zu alt für einen Bäckerjungen. Würde es dir nicht gefallen, wenn ich dir einen schönen Opal mitbringe?«

»Und was sollte ich damit machen?«

»Du könntest ihn am Sonntag zum Gottesdienst tragen.«

»Ach, hör doch auf! Deck lieber den Tisch für deine Freunde. Du hast ihnen noch nicht einmal Essen angeboten.«

Brodie merkte, daß er wie ein Idiot zu grinsen begann. Sie würden losziehen! Er würde seine Suche nach Opalen tatsächlich beginnen! Außerdem freute er sich, daß sein neuer Freund Gus die Expedition leitete. Es war gut, wenn ein Ortskundiger die Führung übernahm. Brodie wußte, daß er noch viel über dieses Land lernen mußte. Fairlea Station hatte ihm nur einen ersten Eindruck vermittelt. Sechshundert Meilen weiter westlich war das Land vermutlich ebenso aufregend und unberechenbar wie ihre Suche.

Die Ställe, die zum Besitz der Holloways gehörten, befanden sich in einer Seitenstraße außerhalb des Anwesens. Brodie wartete dort auf Vivien, die von ihrem Morgenritt zurückkehrte.

»Nicht hier«, zischte sie, stieg ab und führte ihr Pferd in den Hof.

»Es ist niemand da.«

»Es könnte aber sein.« Sie gab ihm die Zügel und entfernte sich. Brodie band das Pferd an und kam ihr nach. »Ich hab dich letzte Nacht vermißt.«

»Ich war müde. Wir hatten Gäste. Du kannst nicht erwarten, daß ich jede Nacht komme.«

»Das weiß ich, aber ich wollte dir etwas sagen.«

»Was?«

»Ich gehe fort. Nur für kurze Zeit.«

»Was meinst du? Das kannst du nicht! Wohin?«

»Auf Opalsuche. Ich muß mit den beiden gehen.«

Sie blieb erschrocken stehen. »Das wirst du nicht tun! Ich will es nicht!«

Brodie hatte gewußt, daß sie dagegen sein würde, aber nichts in der Welt konnte ihn jetzt noch aufhalten. Nicht einmal Vivien. Er versuchte sie milde zu stimmen. »Hör mir zu. Ich habe ihnen das Geld gegeben. Ich bin jetzt Partner von Gus Kriedemann und einem anderen Burschen. Das sind erfahrene Opalsucher. Aber ich habe darüber nachgedacht und mir überlegt, daß ich mit ihnen gehen muß.« Er begann zu improvisieren. »Ich habe entschieden, daß es wichtig ist, selbst den genauen Ort der Opalfelder zu kennen.«

Sie war aufgebracht und schlug mit der Reitgerte gegen ihren Rock. »Du hast mir gesagt, daß du ihnen vertrauen kannst.«

»Das kann ich auch, aber man muß immer vorsichtig sein. Es ist doch nur zum Besten. So kann ich selbst auf das Geld aufpassen.«

»Vergiß das Geld! Das ist der Sinn einer Investition. Wenn sie Erfolg hat, schön und gut, und wenn nicht, war es den Versuch wert.«

Brodie war erstaunt. »Vergiß das Geld?«

Sie nahm den Hut ab und schüttelte ihr helles Haar. »Mein Mann investiert in alles Mögliche. Er galoppiert aber nicht über die Landschaft und kontrolliert das alles. Das ist nicht die Arbeit von Investoren. Wirklich, Brodie, du bist ganz schön naiv!«

Erst in diesem Moment wurde Brodie bewußt, wie reich diese Leute waren. Er dachte an Fairlea Station und daran, daß einer der Männer im Pub gesagt hatte, für Leute wie Vern Holloway sei so eine Zucht eher ein Hobby, da er es sich leisten könnte, überhaupt nicht zu arbeiten. Damals hatte Brodie es als Geschwätz abgetan. Jetzt dachte er an das imposante Haus mit all den teuren Möbeln. Und hier stand Vivien und sagte ihm, er solle das Geld vergessen, so als wären dreihundert Pfund es nicht wert, sich darüber den Kopf zu zerbrechen.

Sie wollte ihm sagen, daß er seinen Traum nicht verwirklichen konnte, weil er hier bleiben und sie glücklich machen mußte wie ein dressierter Affe? Seine Stimme wurde hart. »Ich habe ihnen zugesagt, daß ich mitkomme. Heute noch.«

»Du willst heute gehen?«

»Das sagte ich eben.«

»Das ist also der Dank! Ich bereue, daß ich dir das Geld geliehen habe. Du hast mir nie gesagt, daß du fortgehen würdest. Allerdings kannst du gar nicht gehen, weil du dich um Vern kümmern mußt.«

»Ich kann mich nicht ewig um ihn kümmern. Mrs. Holloway wird das verstehen.«

»Und ich zähle gar nicht?« Sie zog ihn vom Weg in den Schatten der Bäume. »Liebling, was ist mit uns? Wie kannst du daran denken, mich zu verlassen?« Sie küßte ihn und streichelte zärtlich sein Gesicht. »Halt mich fest. Du hast mich wirklich sehr beunruhigt.«

Brodie konnte nicht widerstehen. Er umarmte sie und küßte sie voller Leidenschaft. Dennoch war es der Abschied.

Schließlich akzeptierte sie seine Entscheidung. »Ich werde dich schrecklich vermissen. Wann wirst du zurückkommen?«

»Ich weiß nicht genau.«

»Aber du wirst mir doch schreiben, ja? Und du wirst zu mir zurückkommen, versprich mir das!«

»Ich verspreche es, mein Liebling.« Und in diesem Moment meinte er, was er sagte. Er würde sie bestimmt vermissen.

Die Ärzte gaben schließlich zu, daß sie nichts mehr für Vern tun konnten. Gehirnschaden. Unwiderruflich. Er würde den Rest seiner Tage in seiner eigenen Welt leben, wenn nicht noch ein Wunder geschah.

Obwohl sie diese Diagnose erwartete hatte, war Christiana erschüttert. Wenn sie ihren Sohn ansah, diesen feinen und guten Mann, wurde sie von Mitleid überwältigt. Er sah mit seinen vierzig Jahren noch immer gut aus, wenn man einmal davon absah, daß er den Kopf meist leicht zur Seite neigte und mit ausdruckslosen Augen in die Gegend blickte.

Was sollte nur aus ihm werden? Fairlea Station konnte er nicht länger leiten, und sie würden es verkaufen müssen.

Christiana hatte einen Buchhalter zur Farm geschickt, um Taffy die Büroarbeit abzunehmen, und die beiden Männer kamen gut zurecht. Doch sie war der Ansicht, daß ein Eigentümer sich selbst um seinen Besitz kümmern sollte, und Vern war dazu nicht mehr in der Lage.

Was Vivien betraf, so interessierte sie das Anwesen nicht im geringsten. Sie hatte keinerlei Vorschläge gemacht, wie die Farm in Verns Abwesenheit geführt werden sollte. Wie Elvie meinte, schien sie zu denken, daß ein solch aufwendiger Betrieb von allein lief. Nein, Vivien war nur daran interessiert, das Geld auszugeben. Sie schenkte Vern gerade ein Minimum ihrer Aufmerksamkeit und ging täglich zum Einkaufen und Flanieren in die Stadt, nur um die Zeit totzuschlagen.

Christiana wußte, daß ihre Schwiegertochter hier unglücklich war. Sie war eine schwierige junge Frau und ausgesprochen egoistisch, aber sie war Verns Ehefrau, und sie mußten das Beste aus der Situation machen. Christiana für ihren Teil empfand ihre Anwesenheit als zusätzliche Belastung, aber sie hatte auch Angst, Vern ganz und gar ihr zu überlassen. Sie hatte bereits überlegt, daß Vivien und Vern ein Haus in Toowoomba beziehen könnten, damit sie zumindest in der Nähe wären, aber dann hatte sie die Idee wieder verworfen. Vivien würde ihren Mann allein in ein Zimmer setzen und da verrotten lassen.

Sie waren sich nicht einmal darüber einig, was das Beste für Vern wäre. Vivien meinte, Ruhe täte ihm wohl, während Christiana sich dagegen aussprach. Sie war entschlossen, eine weitere Verschlimmerung von Verns Zustand zu verhindern und überlegte sich ständig neue Aufgaben, um ihn zu beschäftigen und zu unterhalten. Kartenspiele waren der Anfang.

Außerdem hatte sie Bocciakugeln, Fußbälle und eine Vorrichtung zum Gewichtheben gekauft, damit er bei Kräften bliebe, und Brodie konnte ihn fast immer dazu bringen, ein wenig zu trainieren. Es war sehr ermutigend zu sehen, wie die beiden Männer den Ball über die Wiese kickten, als sei alles in Ordnung.

Christiana war Brodie dankbar für seinen Einsatz. Er war immer geduldig mit Vern und Gott sei Dank nicht so bevormundend wie die meisten anderen, einschließlich Vivien. Er nannte Vern immer noch ›Boß‹ und erwies ihm den Respekt, den Vern in seinen klaren Momenten so dringend benötigte. In solchen Augenblicken war Christiana jedesmal sehr besorgt, weil Vern verzweifelte und oftmals weinte, wenn er merkte, daß sein Gehirn nicht mehr so funktionierte, wie er es wollte.

Sie seufzte. Gleichzeitig verursachte Brodie ihr auch Sorgen. Christiana hatte bemerkt, wie Vivien ihn ansah, wenn sie sich unbeobachtet fühlte, und fragte sich, was die beiden wohl miteinander hatten. Der Ire war einige Jahre jünger als ihre Schwiegertochter, aber ein gut aussehender Bursche. Er verhielt sich Vivien gegenüber immer höflich und respektvoll, aber Christiana war dennoch mißtrauisch.

Doch nun war es Zeit für Verns Kartenspiel. Sie setzte ihn an einen Kartentisch auf die Veranda und reichte ihm den Talon. »Du mischst, Vern.«

Die komplizierteren Spiele beherrschte er nicht, aber Christiana hatte sich an eines erinnert, das er als Kind immer gespielt hatte. Die Karten wurden verdeckt auf dem Tisch ausgebreitet, so daß die Mitspieler sie umdrehen und Paare finden konnten. Da es ein Gedächtnisspiel war, hoffte sie, daß es ihm in irgendeiner Weise half, und sie ließ ihn oft gewinnen, um sein Selbstvertrauen zu stärken.

»Gut«, sagte sie, als die Karten ausgelegt waren. »Ich fange an, weil du gestern gewonnen hast. Sieh nur! Ich habe eine Vier. Vielleicht finde ich noch eine ... Nein, Pech gehabt.« Sie drehte die Karten wieder um.

»Ich bin dran«, sagte Vern und nahm eine Karte. »Es ist ein ... ein ... ein ...«

Christiana brach fast das Herz, aber sie wollte ihm nur helfen, wenn es unbedingt notwendig war.

»Ein As!« rief er in kindlicher Freude aus, unbeeindruckt durch die Verzögerung.

Während sie spielten, sah sie Brodie auf das Haus zukommen.

Seltsamerweise hegte sie ihm gegenüber trotz ihres Verdachts keinen Groll, was sie gleichzeitig als unfair empfand, da sie wußte, daß sie Vivien die schärfsten Vorhaltungen machen würde, falls es sich als wahr herausstellte. Aber Brodie versöhnte sie, indem er sich um Vern kümmerte, während Vivien sich um niemand anderen kümmerte als sich selbst.

»Du bist dran, Vern«, sagte sie, »und ich sehe mal nach, was Brodie möchte.«

Sie ging zur Verandatreppe. »Vern hat seinen Spaziergang heute morgen sehr genossen, Brodie. Er erzählte, Sie hätten die Kinder vom Ponyclub beobachtet.«

»Daran hat er sich`erinnert? Das ist gut. Wie geht es mit dem Kartenspiel?«

»Nicht schlecht. Er schläft jetzt nachts besser, wenn er keinen Mittagsschlaf hält, also versuche ich ihn zu beschäftigen. Wollten Sie mich wegen etwas Bestimmtem sprechen?«

»Ja, Madam.« Er trat von einem Fuß auf den anderen. »Es tut mir leid, daß ich Ihnen das so kurzfristig sage, aber ich muß gehen.«

»Oh.« Sie war einen Augenblick ratlos, fing sich aber gleich wieder. »Ich denke, ich sollte nicht überrascht sein. Es ist nicht unbedingt eine befriedigende Aufgabe für einen jungen Mann. Wollen Sie zurück auf die Farm?«

»Nein, Madam. Ich werde mit ein paar Freunden auf Opalsuche gehen.«

»Opale? Das wird ja ein richtiges Abenteuer.«

»Das hoffe ich.«

Sie lächelte. »Ich mag Opale. Sie haben mehr Seele als die anderen Edelsteine. Mehr Tiefe.«

»Deshalb will ich sie auch suchen«, erwiderte Brodie enthusiastisch. »Es sind die schönsten Steine, die ich je gesehen habe.«

»Wann wollen Sie aufbrechen?«

»Ich hoffe, es macht Ihnen nichts aus ... Ich will Sie ja nicht in Schwierigkeiten bringen, aber meine Freunde packen schon. Ich wollte noch heute los.«

Sie nickte resigniert. »Wir werden Sie vermissen, Brodie, aber ich wünsche Ihnen alles Gute. Vielleicht möchten Sie sich von Vern verabschieden, während ich Ihren Lohn hole.«

»Danke. Ich wäre bestimmt nicht gegangen, ohne mit dem Boß zu sprechen.«

Sie ging in den kleinen Salon, den sie auch als Büro benutzte. Der Schreibtisch war ordentlich aufgeräumt und die Schubladen wie immer verschlossen, um die neugierigen Mädchen nicht auf dumme Gedanken zu bringen. Christiana schloß eine Schublade auf und nahm die Geldkassette heraus. Sie sah nach, wieviel Brodie zu bekommen hatte, und zählte gerade das Geld ab, als Vivien hereinkam.

»Wo ist Vern?«

»Auf der Veranda. Brodie ist bei ihm. Er verläßt uns.«

»Und wer kümmert sich dann um Vern?«

Christiana legte die Banknoten und Münzen sorgsam in einen Umschlag und beurteilte im stillen Viviens Reaktion. Nicht ein Schimmer der Überraschung. Sie wußte es also bereits! Christiana hätte es wetten mögen. Auch ihre Frage war scheinheilig gewesen – es hatte so geklungen, als habe sie sich schon Gedanken über einen Ersatz gemacht.

Und woher wußte sie es? Sie mußte Brodie näher stehen als sie vorgab. Also war es nur gut, daß Brodie ging. Vern hatte schon genug gelitten; Christiana würde es nicht erlauben, daß seine niederträchtige Frau ihn in ihrem Haus zum Narren machte.

»Brodie hat fürs erste genug getan«, erwiderte sie. »Ich werde jetzt jemand Älteren suchen; ein Mann im Ruhestand wäre nun geeigneter.«

Vivien verschwand ins Haus. Anscheinend lag ihr nichts daran, einem Angestellten Lebewohl zu sagen, der ihrem Mann eine so große Hilfe gewesen war. Vielleicht hatte sie sich aber auch schon verabschiedet.

Als Christiana Brodie seinen Lohn aushändigte, schob Vern seinen Stuhl zurück und stand auf, um ihm die Hand zu schütteln. Christiana spürte Tränen in den Augen. Vern, ihr geliebter Sohn, erinnerte sich gelegentlich noch daran, was die Regeln des Anstands geboten.

Brodie war gerührt. Er lächelte freundlich und drückte die ausgestreckte Hand. Christiana war froh, daß Vivien nicht zugegen war und die Stimmung verdarb.

»Ich werde zurückkommen und Sie besuchen, Sir«, versprach Brodie und Vern nickte erfreut. Dann setzte er sich wieder hin und mischte mechanisch die Karten.

Bedächtig ging Brodie die Auffahrt hinunter. Seine Stiefel knirschten auf dem weißen Kies. Er öffnete das imposante, schmiedeeiserne Tor, trat hindurch und machte es sorgsam hinter sich zu. Dann, in einem plötzlichen Anfall von Begeisterung, rannte er los, warf seine Mütze in die Luft und fing sie wieder auf. Dies war der erste Tag seines neuen Lebens, seines wahren Lebens!

Er ging die Berry Street hinunter und blieb vor der Nummer acht stehen. Seinem Haus. Ein Mann war bereits damit beschäftigt, den zugewachsenen Garten zu bearbeiten, und

Brodie wollte voller Stolz zu ihm hinübergehen und mit ihm plaudern. Doch dann überlegte er es sich anders. Er wollte seine Angelegenheiten mit niemandem besprechen, außer natürlich mit dem Makler. Und das war seine nächste Anlaufstelle.

Was für ein herrliches Gefühl, dem Gärtner das Geld für seine Arbeit hinterlegen zu können! Die Dokumente zu unterzeichnen, zu bestimmen, daß die Eigentumsurkunde zu *seiner* Bank gebracht würde, der Bank of Queensland, und dem Makler schriftlich die Erlaubnis zu geben, einen Mieter zu finden und die Miete in seinem Namen zu kassieren!

»Es ist mir ein Vergnügen, mit Ihnen Geschäfte zu machen, Sir«, sagte Clem Patchett, *sein* Makler. »Sie können sich auf mich verlassen. Ich werde genau Buch führen und die Miete jeden Monat auf Ihr Konto einzahlen, wenn Sie es so wünschen.«

»Ja, tun Sie das«, erwiderte Brodie streng. »Ich werde eine Weile fort sein, und wenn ich wiederkomme, erwarte ich, daß alles in bester Ordnung ist.«

»Das kann ich Ihnen versichern, Sir.«

»Gut, denn ich habe vor, noch in weitere Häuser zu investieren.«

Patchett begleitete ihn sogar auf die Straße hinaus und wollte schon Vorschläge für neue Objekte unterbreiten, aber Brodie mußte weiter. Dies war sein großer Tag. Er kehrte in ein Pub ein und genoß dort ein Bier in dem Bewußtsein, Hauseigentümer zu sein.

Der kleine Bäckerladen war auf gleicher Höhe wie der Bürgersteig, und der Name Kriedemann stand in großen Buchstaben über der Markise, die die Kunden vor Sonne und Regen schützte. Der Wohnbereich befand sich hinter dem Laden, und die Backstube lag in einem angrenzenden Gebäude.

Mrs. Kriedemann führte Brodie in das Gästezimmer: »Lester schläft drinnen bei Gus. Sie können heute gern hier übernachten, Brodie.«

»Das ist sehr nett von Ihnen«, erwiderte er und stellte seinen Segeltuchsack auf eine Seetruhe, die als Tisch diente. Abes Koffer hatte er auf Patricks Anraten hin schon vor langer Zeit durch diese Tasche ersetzt. Tatsächlich erinnerte sich Brodie jetzt daran, daß Patrick sich ausgeschüttet hatte vor Lachen, als er mit dem Koffer bei den Ställen ankam. »An welchem Ende vom Pferd willst du den denn aufhängen? Wirf ihn weg!«

Mrs. Kriedemann hatte keine Eile ihn allein zu lassen. Sie war in redseliger Stimmung. »Diese Seetruhe«, sagte sie, »war alles, was Jakob und ich bei unserer Ankunft in diesem Land besaßen. Die und ein paar Shilling.«

»Und dann haben Sie die Bäckerei eröffnet?«

»O nein. Wir hatten es nicht leicht. Zuerst mußten wir auf Farmen arbeiten und uns unser Geld hart verdienen. Wir waren uns für keine Arbeit zu schade.«

Nachdem sie erzählt hatte, wie sie ihr Geld gespart, dieses Stück Land gekauft und weiter auf Farmen gearbeitet hatten, um später die Backstube bauen zu können, ahnte Brodie schon, was nun folgen würde.

»Später kamen der Laden und das Haus dazu«, fuhr sie fort. »Die Leute hier sehen es gern, wenn wir auf diese Weise vorankommen. Sie sind auch ein Immigrant, Brodie. Sie können froh sein, daß es hier so viele Arbeitsstellen gibt und daß weder Regierung noch Militär noch Großgrundbesitzer den Menschen in ihr Leben dreinreden können. Sie kommen aus einem armen Land, wo die Farmer arm gehalten werden. Sind Sie nicht auch aus diesem Grund hierher gekommen?«

»Ja«, gestand er.

»Warum müssen Sie dann diesem Traum nachjagen? Sie sind doch ein kräftiger Bursche, Sie werden immer Arbeit finden. Sie könnten Ihr Geld dann sparen und irgendwann eine Farm kaufen. Gus hat erzählt, daß Sie Farmer sind ...«

Brodie nickte. »Ich sage nicht, daß Sie unrecht haben, Mrs.

Kriedemann, aber ich muß einfach diese Opale finden. Es gibt tatsächlich Männer, die sie finden, sie direkt aus der Erde holen und zu Geld machen.«

»Aber nur wenige Männer, Brodie, sehr wenige.«

»Ich will einer von ihnen sein«, erwiderte er entschlossen.

Sie schüttelte den Kopf. »Das verstehe ich nicht. Gus hat mit solchen Dingen kein Glück. Hoffentlich haben Sie es.«

Brodie war erleichtert, als er Gus und Lester ins Haus kommen hörte und sein Gespräch damit beendet war. Er konnte weder Mrs. Kriedemann noch sonst jemandem erklären, daß allein die Schönheit der Opale ihn in ihren Bann gezogen hatte. Es war sein großer Traum, diese Steine in ihrer natürlichen Umgebung, in einer dunklen Höhle glitzern und in allen Regenbogenfarben glänzen zu sehen.

Gus hatte eine Liste mit der benötigten Ausrüstung gemacht und Brodie war entsetzt. »Wie? Brauchen wir etwa so viel?«

»Ich hab's doch gesagt«, meinte Lester grinsend, »er haßt es, Geld auszugeben.«

»Als du zum Goldgraben aufgebrochen bist, hast du nichts davon bei dir gehabt!« gab Brodie zurück.

»Da bin ich aber mit dem Zug und der Postkutsche die Küste hinaufgefahren. Und habe mit anderen Goldgräbern zusammengewohnt. Und Gus getroffen. Diesmal fangen wir ganz von vorne an.«

Aber Gus erklärte es ihm genauer. »Bei der Suche nach Opalen ist es ganz anders. Wir brauchen drei unterschiedliche Typen von Hacken. Und Ersatzwerkzeug. Und Schaufeln, Hammer, Pickel, Äxte, Seile, Eimer, Kerzen ...«

»Hör auf«, unterbrach Brodie, noch immer nicht überzeugt. »Das alles braucht man beim Goldsuchen doch auch.«

»Ja, aber wir versuchen gerade dir zu erklären, daß am Mount Morgan die ganze Zeit Goldgräber kamen und gingen«, erklärte Lester. »Überall gab es Werkzeug. Wir haben unsere Sachen gar nicht erst wieder zurückgeschleppt, weil wir sie wieder verkauft haben, genauso wie wir sie am Anfang selbst gekauft hatten. Da draußen im Westen haben wir vielleicht Glück und finden einen Laden, aber auch wenn es dort entsprechendes Werkzeug gibt, kannst du wetten, daß es ein Vermögen kostet. Wir würden doch wie die Idioten dastehen, wenn wir da versuchen, mit dem falschen Werkzeug nach Opalen zu graben. Und willst du dann hundert Meilen weit zurückreiten und das richtige Zeug kaufen?« Er wandte sich an Gus. »Ein gutes Zelt und Laternen brauchen wir auch, ich möchte ein Dach über dem Kopf haben. Alle sagen, daß es da draußen in der Nacht verdammt kalt werden kann.«

»Dann brauchen wir noch Pferd und Wagen«, fuhr Gus fort, »und wir müssen zusehen, daß wir genügend Bargeld mitnehmen, um mindestens drei Monate durchzukommen. Wenn unsere Vorräte aufgebraucht sind, müssen wir Nachschub kaufen. Die großen Farmen haben meistens eigene Verkaufsstellen.«

Das wußte Brodie auch, sagte aber nichts weiter. Er vermutete, daß Gus recht hatte, und nachdem er die Liste noch einmal mit ihnen durchgegangen war, gab er seine Zustimmung. Jetzt überkam ihn wieder die vertraute Aufregung. »Das ist also beschlossen«, sagte er, »und jetzt gehen wir hinüber ins Pub und feiern unsere Partnerschaft. Ich zahle die erste Runde.«

»Wunder gibt es immer wieder«, murmelte Lester, sprang aber als erster auf die Füße.

Als die drei Männer das Haus gerade durch die Hintertür verlassen wollten, um nicht durch den Laden zu gehen, rief Mrs. Kriedemann Brodie zurück. »Warten Sie, Brodie, hier ist jemand für Sie.«

Sein erster Gedanke war Vivien. Aber sie würde doch sicher nicht herkommen, oder? Ging es um das Geld? Das wäre sehr unangenehm, denn sie wollten früh am nächsten Morgen aufbrechen.

»Es ist Pater Monaghan von der St. Peter's Church«, rief sie. »Er möchte mit Ihnen sprechen.«

Lester knuffte ihn zwischen die Rippen. »Ha! Jetzt haben sie dich erwischt, Bursche. Ich verschwinde lieber, bevor er mir auch eine Predigt hält. Komm, Gus!«

»Geht ihr schon vor, ich treffe euch im Pub.« Erleichtert begrüßte er den Pater. Jeder war ihm recht, wenn es nur nicht Vivien war.

Der Pater war ein junger Mann mit karottenrotem Haar und Sommersprossen. Noch nicht lange im Dienst, vermutete Brodie, da er etwas unsicher wirkte.

»Könnte ich unter vier Augen mit Ihnen sprechen?« fragte er Brodie, der munter zustimmte. Ihm gefiel der junge Mann, eine erfreuliche Abwechslung zu den alten Haudegen, die zu Hause in Irland den Familien ihre Ansichten aufzwangen.

»Gewiß«, sagte er, und Mrs. Kriedemann zog sich eilig zurück. »Was kann ich für Sie tun?«

»Ich hatte einige Schwierigkeiten Sie zu finden«, begann Pater Monaghan. »Uns wurde gesagt, daß Sie auf Fairlea Station wohnen, aber auf dem Postamt hörten wir dann, daß Sie in der Stadt sind. Da Gus ein Freund von Ihnen ist, dachte ich, ich versuche es erst einmal hier. Wie ich hörte, gehen Sie bald auf große Expedition.«

»Das ist wahr. Aber warum haben Sie mich gesucht?«

»Ein Pater Daly aus Tullymore, Irland, bat uns Sie aufzuspüren. Kennen Sie ihn?«

»Ja, was wollte er?«

»Die Nachricht kam per Telegramm.«

Brodie beobachtete nervös, wie der Pater ein Stück Papier aus der Tasche zog. »Ist irgend etwas nicht in Ordnung?«

Der Pater zögerte. »Ich habe schlechte Nachrichten für Sie. Offensichtlich hielt Pater Daly es für das beste, daß ich sie Ihnen übermittle. Es tut ihm sehr leid, Ihnen sagen zu müssen, daß Ihr Bruder Michael Court letzten Samstag verschieden ist. Gott sei seiner Seele gnädig.«

»Michael?« flüsterte Brodie entsetzt. »Das kann nicht sein! Mein Bruder Michael?« Es war ganz und gar unmöglich. Sicher, er war krank gewesen, aber er war doch noch viel zu jung zum Sterben. »Lassen Sie mich sehen«, bat er, als hoffte er in dem Telegramm einen Fehler zu finden.

Aber dort stand es, in Tinte, mit deutlicher Handschrift geschrieben. »Michael Court ... verstorben ...«

Er schüttelte verzweifelt den Kopf und fühlte sich ganz plötzlich schuldig, daß er nie versucht hatte ihren Streit zu schlichten. Daß er seinen Bruder seither stets zurückgewiesen hatte. Pater Dalys Name auf dem Telegramm trug noch zu seinem Schmerz bei, da er ihn an ihr Zerwürfnis erinnerte, und nun war es zu spät.

»Ich wollte ihm nie etwas Böses«, sagte er düster.

»Da bin ich sicher«, entgegnete der junge Pater, der ihn mißverstand. »Wir wollen niederknien und für ihn beten.«

Immer noch unter Schock dachte Brodie nur, wie seltsam es doch war, hier in einem fremden Haus, in einem fremden Land mit einem fremden Priester zu knien, während Tausende von Meilen entfernt Michael tief in seinem kalten Grab lag. Sein Bruder Michael, der immer für ihn da gewesen war. Es schien einfach nicht möglich.

Als der Pater gegangen war, schloß er sich in seiner Schlafkammer ein, da er niemanden um sich haben wollte. Seine Augen waren voller Tränen.

Er dachte, wie eigenartig es doch war, daß die Dinge sich immer wiederholten, wie bei einem Karussell. Als sein Vater starb, blieb eine Frau mit ihren beiden Söhnen allein und nun war es wieder so. Trella war allein mit Garth.

Nun war es nicht mehr nötig, daß sie den Hof verkaufte. Er selbst, seine Mutter und sein Bruder waren fort und für zwei würde es reichen.

Jetzt kann sie sich nicht mehr beklagen, dachte er bitter.

Und was war mit ihrem verrückten Plan, Michael hierher zu bringen? Sie mußte doch gewußt haben, wie es um ihn stand; kein Sonnenschein der Welt hätte ihn mehr kuriert!

Zumindest war Michael in seinem eigenen Bett und unter Freunden gestorben, nicht im stinkenden Zwischendeck eines schwankenden Schiffs. Was dachte diese Frau sich nur? Sicher, eine Seereise sollte heilsam sein, aber das galt nur für die Reichen. Er hatte ja selbst gesehen, wie sie sich in der ersten Klasse vergnügt, die frische Luft geatmet und sich in der Sonne geräkelt hatten. Für arme Menschen wie Michael hätte es diesen Luxus nicht gegeben; drei Monate im überfüllten und stinkenden Zwischendeck hätten ihm nur noch mehr Leiden verursacht.

Brodie erschauerte. Zum ersten Mal in seinem Leben fühlte er sich schrecklich allein. Seine Eltern und Michael lagen Seite an Seite begraben auf dem kleinen Friedhof in Tullymore. Sein Traum von der großen Zukunft hatte ein wenig an Glanz verloren. »Michael, du alter Narr«, sagte er laut, »ich wollte doch, daß du das alles noch siehst.«

Er blickte zum Himmel auf das beginnende Abendrot, das ihm in diesem Moment so erschien, als würde auch der Himmel um einen weiteren vergangenen Tag trauern.

»Wird Onkel Brodie jetzt nach Hause kommen?« fragte Garth seine Mutter.

»Nein, dazu ist er viel zu weit weg.«

»Sie sagen alle, wenn du Vater nicht den Hof hättest verkaufen lassen, wäre er noch am Leben«, sagte er anklagend.

»Laß sie reden«, entgegnete Trella betrübt.

»Sie sagen, es hat ihm das Herz gebrochen«, beharrte Garth. Trella setzte sich hin und nahm ihn in den Arm. »Unterschätze deinen Vater nicht. Er war ein vernünftiger Mann. Du würdest doch nicht sagen, daß er dumm war, oder?«

»Nein! Niemals.«

»Dann hör auf mich und nicht auf die anderen. Michael wußte, was er tat. Wenn er die Farm nicht hätte verkaufen wollen, dann hätten wir sie nicht verkauft. Er wollte mit uns dorthin gehen, wo wir besser leben könnten – und nicht nur er, sondern wir alle, auch du. Denk immer daran. Aber die Zeit war gegen ihn. Der Herr hat ihn statt dessen in sein Haus gerufen. Und du solltest dankbar sein, daß dein Vater solch einen guten Preis für dieses armselige Grundstück erzielt hat. Ist er nicht selbst zu Mr. Hadley-Jones gegangen?«

»Ja.«

»Und bist du nicht mit ihm gegangen, Garth?«

»Ja.«

»Dann hast du ja selbst gehört, wie dein Vater mit Mr. Hadley-Jones einen guten Handel getroffen hat. Und das alles, obwohl er ein kranker Mann war. Er hat sich große Mühe gegeben, und du weißt doch sicher noch, daß er überglücklich nach Hause kam. Wir haben gefeiert, wir drei, weil wir jetzt losziehen konnten. Hast du das etwa vergessen?«

»Nein.«

»Dann geh jetzt zu Bett und sprich dein Gebet. Dein Vater weiß, wo wir hingehen, und er wird immer bei uns sein.« Sie gab ihm einen Kuß. »Hab keine Angst, mein Bester. Morgen ist ein großer Tag; wir gehen zusammen nach Dublin und dann suchen wir das große Schiff, das nach Australien fährt. Ich bin froh, daß mein braver, großer Sohn auf mich aufpaßt. Du bist mir ein großer Trost und dein Vater wäre stolz auf dich.«

Garth sah sich um und erschauerte. »Es ist jetzt ein einsames Haus, nicht?«

»Das kommt nur, weil das Feuer aus ist. Morgen früh wird alles anders sein. Du wirst sehen.«

Sie hoffte es. Die bevorstehende Reise machte auch ihr angst, und sie überlegte, ob sie das Richtige tat, indem sie Garth aus seinem Heimatort fortnahm, wo er alles und jeden kannte. Noch dazu schon so bald nach dem Tod seines Vaters. Aber der Hof war verkauft. Sie mußten gehen, also konnten sie genauso gut an ihrem Plan festhalten. Was sollten sie sonst tun?

5

MIT BRODIE HATTE Vivien das Leben in Christianas Haus ertragen können, aber nun war es ihr unmöglich geworden. Sie war irritiert darüber, wie sehr sie ihn vermißte, und ihr wurde klar, daß sie zum ersten Mal in ihrem Leben unsterblich verliebt war. Sie hatte ihm gesagt, daß sie ihn liebte, aber das war in der Hitze des Augenblicks geschehen, und vielleicht hatte er ihr gar nicht geglaubt. Sie wünschte, sie könnte ihn sehen, und wenn es nur für ein paar Minuten wäre, um es ihm noch einmal zu sagen und sich zu vergewissern, daß er es auch glaubt.

Brodie hatte ihr den Namen eines seiner Partner gesagt, und bei jedem Stadtbummel ging sie nun auch zu Kriedemanns Bäckerei, in der Hoffnung, etwas über die Männer zu hören, aber sie wagte nicht zu fragen.

Es schien, als sei mit Brodies Fortgehen auch der letzte Rest an Höflichkeit zwischen ihr und Christiana verschwunden. Sie stritten ständig, weil Christiana sich ausschließlich um ihren Sohn kümmerte und in keiner Weise auf Viviens Bedürfnisse einging. Sie zögerte nicht ihrer Schwiegertochter zu sagen, daß sie es als die Pflicht der Ehefrau sah, ihren Mann zu versorgen und glücklich zu machen.

»Ich denke, ich gehe für eine Weile nach Brisbane«, verkündete Vivien.

»Eine ausgezeichnete Idee. Ich komme mit dir. Es wird Vern bestimmt gut tun, einmal etwas anderes zu sehen.«

Der Besuch in Brisbane wurde nicht wieder erwähnt. Vivien hatte nicht die Absicht dort mit einem kranken Ehemann und einer Schwiegermutter aufzutauchen, die sich wie eine Gefängniswärterin aufführte.

Außerdem war sie mittlerweile knapp bei Kasse. Vern war immer großzügig gewesen und hatte ihr erlaubt, ein eigenes Bankkonto zu führen, damit sie eigenständig ihre Besorgungen machen konnte, ohne daß hinterher die ›Damenrechnungen‹, wie er sie nannte, mit der Post kamen. Natürlich hatte er dafür gesorgt, daß dieses Konto immer ausgeglichen war. Wäre er allerdings gesund gewesen, hätte sie es nie geschafft, das Geld für Brodie abzuzweigen, denn er hätte die hohe Summe bemerkt und nach dem Grund gefragt. Als Erklärung hatte sie nichts weiter vorzuweisen als Brodies Schuldschein, und das hätte ihn kaum zufrieden gestellt.

Vivien kicherte. So manche Dinge waren auch zu ihrem Vorteil.

Heute wollte sie Verns Bank aufsuchen und einen höheren Betrag auf ihr Konto überweisen lassen. Dann würde sie Christiana sagen, daß sie für ein paar Tage nach Brisbane fuhr – allein! Zum Teufel mit Christiana! Und wenn sie erst einmal in Brisbane war, würde sie sich mit der Rückreise Zeit lassen. Sie hatte weiß Gott das Recht auf ein bißchen Spaß in ihrem Leben!

Vivien fiel auf, daß die Einladungen zu Gesellschaften ausblieben, seit ihr Ehemann sie nicht mehr begleiten konnte, und sie wurde wütend auf die Gastgeberinnen des Ortes. Eifersüchtige Zicken, schimpfte sie sie im stillen. Die haben wohl Angst, ich könnte ihnen ihre Ehemänner oder Liebhaber ausspannen. Aber ich bin viel zu gut aussehend für diese angestaubte Bande. Als ob irgend jemand sich für ihre stumpfsinnigen Männer interessiert! Keiner von ihnen reicht an Brodie heran ...

Sie seufzte. Wenn die nur wüßten! Sie hatte schließlich

schon einen Mann, der aussah wie ein griechischer Gott. Einen Mann, der sie über alles liebte ...

Ihr Besuch bei der Bank war eine Demütigung. Die Männer dort behandelten sie wie eine Vollidiotin. Erst der Kassierer, dann ein anderer Angestellter und schließlich der Bankdirektor persönlich, sie alle weigerten sich ihr Geld auszuzahlen.

»Mrs. Christiana Holloway ist Teilhaberin von Fairlea Station«, sagte der Direktor zum x-ten Male.

»Warum hören Sie nicht endlich auf, sich ständig zu wiederholen!« ereiferte sich Vivien. »Ich weiß das, und außerdem ist es völlig nebensächlich. Tun Sie, was ich sage, und verschwenden Sie nicht länger meine Zeit.«

»Wie ich bereits sagte, Mrs. Holloway«, beharrte er, »geht es hierbei um die Vollmacht.«

»Ich will nichts mehr von Ihrer dummen Vollmacht hören.«

»Aber Sie haben ihr zugestimmt, da Ihr Mann nicht in der Lage ist, seine eigenen Geschäfte zu führen. Sie haben selbst unterschrieben.«

»Dann habe ich das eben. Aber das war doch nur, um die Führung der Farm zu erleichtern.«

»Und Mrs. Christiana Holloway hat nun die Vollmacht.«

»Na und? Dabei geht es allein darum, daß die Rechnungen bezahlt und Taffys Ausgaben überwacht werden.« Christiana hatte vorgeschlagen die Transaktionen von Fairlea zu überwachen, bis die Farm verkauft war, und Vivien war einverstanden gewesen. Sie hatte keine Lust gehabt, sich um alle Papiere und diesen Kram zu kümmern.

»Sie scheinen nicht zu verstehen«, sagte der Bankdirektor steif. »Ich versuche Ihnen zu erklären, Madam, daß eine Vollmacht dem Besitzer die vollständige Kontrolle verleiht. Mit anderen Worten: Wir können ohne die Zustimmung von Mrs. Christiana Holloway kein Geld vom Konto Ihres Mannes überweisen. Wenn Sie also nach Hause gehen wollen, bin ich sicher, daß Mrs. Holloway sich um Ihre Belange kümmern wird. Sie ist eine anständige Frau und will sicher nur Ihr Bestes.«

Vivien erhob sich. »Wie können Sie es wagen, mich nach Hause zu schicken, Sie gottverdammter Schwachkopf? Wir sprechen hier vom Geld meines Mannes, nicht dem meiner Schwiegermutter. Sie halten absichtlich meinen Besitz zurück, um damit zu arbeiten. Sie stehlen mein Geld, Sie Räuber!«

Schließlich mußte sie gehen. Doch sie marschierte geradewegs in das Büro von Stanley Wickham, einem jungen Anwalt, der erst kürzlich eine Kanzlei in Toowoomba eröffnet hatte und deshalb sicher nicht zum Gefolge ihrer Schwiegermutter gehörte.

Er hörte sich ihre tränenreiche Schilderung an und bekundete sein Mitgefühl, konnte ihr jedoch nicht helfen. Nicht sofort. »So wie es sich anhört«, erklärte er, »ist diese Vollmacht legal, sonst hätte die Bank nicht so gehandelt.«

»Es sind alles Gauner!« rief sie aus. »Das habe ich ihnen auch gesagt.«

»Bitte seien Sie vorsichtig, Mrs. Holloway. Sie wollen doch nicht wegen Verleumdung verklagt werden.«

»Lassen Sie sie doch klagen! Dann wird die ganze Welt wissen, daß sie Gauner sind. Ich bin seine Ehefrau! Was ist mit meinem Geld? Ich habe nichts! Und ich werde nichts bekommen, bis sie Fairlea Station verkauft haben.«

Er räusperte sich. »Selbst darüber wäre ich an Ihrer Stelle nicht so sicher. Schließlich ist Ihr Mann noch am Leben.«

»Natürlich ist er am Leben! Was denken Sie denn, worum es hier geht?«

»Ich meine, es ist ja nicht so, daß Sie etwas erben. Ihnen als nächster Verwandten kann niemand das Erbe verwehren. Hat Ihr Mann ein Testament gemacht?«

»Ja.«

»Und kennen Sie seinen Inhalt?«

»Nein, es liegt bei seinem Anwalt. Aber ich bin seine Frau, ich muß alles erben, sonst gibt es niemanden.«

»Haben Sie keine Kinder?«

»Nein«, flüsterte sie und senkte dramatisch den Kopf.

»Und seine Mutter?«

»O ja. Sie wird für ihren winzigen Anteil an Fairlea Station ausbezahlt werden. Der Rest gehört mir. Aber warum fragen Sie nach dem Testament?«

Stanley Wickham machte sich ein paar Notizen. »Wenn ich Sie vertreten soll, Mrs. Holloway – und ich hoffe doch, daß ich Ihnen auch weiterhin behilflich sein kann –, dann muß ich die ganze Sachlage kennen.«

»So wie es aussieht«, murmelte sie, »werde ich Sie nicht einmal bezahlen können.«

»Eins nach dem anderen«, erwiderte er freundlich. »Zur Zeit ist es so – und bitte regen Sie sich jetzt nicht auf –, daß selbst beim Verkauf der Farm Ihre Schwiegermutter die Vollmacht über alles Geld behält.«

»Und das heißt?«

»Sie hat die Zügel in der Hand.«

»Und wenn ich Geld will, muß ich sie fragen?«

»Das ist leider so.«

»Dieses Miststück! Damit werde ich sie nicht durchkommen lassen! Sie verklagen sie, Stanley! Ich darf Sie doch Stanley nennen, oder?« Sie tupfte sich ein paar imaginäre Tränen von den Augen. »Sie sind der einzige, an den ich mich wenden kann.«

Stanley Wickham grinste. Diese Frau gefiel ihm. Sie war eine echte Schauspielerin. Er konnte es gar nicht erwarten, nach Hause zu gehen und seiner Frau zu erzählen, daß er ein Familienmitglied der berühmten Holloways als Klientin gewonnen hatte.

»Wollen Sie wirklich Ihre Schwiegermutter wegen dieser

Vollmacht verklagen, während Sie in ihrem Haus wohnen?« fragte er.

»Ja. Warum nicht?«

»Weil Sie aller Wahrscheinlichkeit nach verlieren werden, Mrs. Holloway. Vertrauen Sie mir. Die Anwälte Ihrer Schwiegermutter haben die Sache aufgesetzt, und sie scheint mir absolut wasserdicht.«

»Das kann nicht sein! Sie sind ebenso boshaft wie die Idioten auf der Bank. Ich will nichts davon hören. Verstehen Sie mich?« Stanley lehnte sich zurück und spielte mit seinem Bleistift. »Es gibt eine andere Möglichkeit.«

»Welche?«

»Haben Sie es eilig?«

»Warum sollte ich es eilig haben? Natürlich nicht. Ich kann ja nicht einmal einkaufen gehen.«

»Dann lassen Sie uns die Sache durchsprechen.«

Vivien sah in Stanleys intelligente blaue Augen, und ihr wurde klar, daß sie hier ein Juwel gefunden hatte, einen Mann, der in der Lage war, sie aus diesem Schlamassel herauszuholen. Sie unterbrach ihn nicht ein einziges Mal, bis er alle ihre Probleme dargelegt und Lösungen vorgeschlagen hatte. Stanley Wickham war zwar kein attraktiver Mann, dazu war er viel zu schmächtig und zu blaß, aber er war ein Mann nach ihrem Geschmack. Außerordentlich gewitzt!

»Sie meinen also«, sagte sie schließlich, »ich soll Vern mit nach Hause nehmen und mich weigern, die Farm zu verkaufen. Und dann können Sie diese Vollmacht rückgängig machen?«

»Sicher. In neunundneunzig Prozent der Fälle ist noch immer Besitz entscheidend. Es sei denn, Mrs. Holloway geht mit Ihnen ...«

»Das wird sie nicht«, meinte Vivien schnell. »Sie würde ihr großes Haus nie verlassen.«

»Dann wird die Vollmacht gegenstandslos. Sie und Ihr Mann

führen Ihren eigenen Zuchtbetrieb. Ich könnte die Vollmacht dann anhand mehrerer Gründe juristisch anfechten, aber das liegt nicht in unserem Interesse. Denken Sie unter allen Umständen daran, daß Sie Konfrontationen vermeiden. Sie bringen Ihren Mann einfach dahin, wo er glücklich und vielleicht mit etwas eigener Verantwortung leben kann. Er wird von den Menschen und Dingen umgeben sein, die er liebt, und Sie hoffen, daß er dadurch geheilt wird.«

»Wann kommen Sie ins Spiel?«

»Sie erwähnen mich mit keinem Wort, Mrs. Holloway. Wir werden Kontakt halten, ich berate Sie, was Sie tun und was Sie sagen sollen. Aber verraten Sie auf keinen Fall, daß Sie juristischen Beistand haben. Ich baue darauf, daß nach den eben besprochenen Maßnahmen Ihre Schwiegermutter von sich aus ihre Vollmacht zurückgeben wird, weil sie Ihre Verantwortungsbereitschaft erkennt. Sie kann auch dazu gezwungen werden, sobald Sie und Ihr Mann wieder auf Fairlea leben, aber ich denke nicht, daß das nötig sein wird. Der gesunde Menschenverstand und die reine Notwendigkeit werden diesen Schritt ganz natürlich nach sich ziehen.«

Vivien lächelte. »Ich werde sie nicht zwingen. Wenn ich mit dem alten Miststück fertig bin, wird sie denken, ich bin eine geläuterte Heilige.«

»Ja. Nun ja, verhalten Sie sich nicht allzu gerissen. Gehen Sie still nach Hause und kommen Sie offiziell zu der Einsicht, daß dies kein Leben für Ihren Mann ist, daß er zurück auf seine eigene Farm sollte, wo er in vertrauter Umgebung gepflegt werden kann.«

Ich werde es schaffen, sagte Vivien zu sich selbst, als sie die belebte Straße hinunterging und ihren Sonnenschirm drehte. Ich werde so nett sein, daß Mrs. Christiana Holloway nicht mehr weiß, wie sie heißt. Wir gehen wieder nach Hause, mein lieber Vern. Und sobald ich diese Vollmacht zurückhabe, wechseln wir die Bank. Dann führe ich die Farm, so wie ich es will, bis ich genug davon habe und sie verkaufe. Du zählst nicht mehr. Es gehört alles mir!

In der Tür der Bäckerei stieß sie in voller Fahrt mit einer Kundin zusammen.

»Sie wünschen, Madam?« Mrs. Kriedemann sah sie über einen Stapel frischer Brotlaibe hinweg an. Ihr fleischiges Gesicht war so bemehlt wie das Brot.

»Ich nehme ein Kastenbrot, bitte«, sagte Vivien und zählte die Münzen ab. »Sind Sie Mrs. Kriedemann?«

»Ja, warum?«

»Ich freue mich, Sie kennenzulernen, Mrs. Kriedemann. Ich bin Mrs. Vern Holloway. Ich glaube, Mr. Brodie Court ist mit Ihrem Sohn auf Opalsuche gegangen.«

»Das stimmt.«

»Dann muß ich es Ihnen sagen. Mein Mann ist krank. Er war auf Brodies Hilfe angewiesen und nun, da er fort ist, vermißt mein Mann ihn sehr.«

»Ach, das ist aber traurig. Ihr armer Mann. Hier, bringen Sie ihm ein paar meiner besonderen Kekse mit.« Sie legte einige Kekse mit Zuckerguß in eine Papiertüte und gab sie Vivien. »Männer mögen diese Kekse«, strahlte sie.

»Danke, das ist sehr nett von Ihnen. Ich bin sicher, sie werden ihm schmecken.« Andere Kundinnen scharten sich bereits um die Theke, aber Vivien war noch nicht fertig. »Sagen Sie Brodie bitte, wenn er wiederkommt, daß ich meinen Mann nach Fairlea Station zurückbringe. Und er würde ihn dort gern empfangen.«

»Ja, gern.« Mrs. Kriedemann mußte weiterbedienen, und da sie ihre Botschaft überbracht hatte, konnte Vivien nun auch beruhigt gehen. Ganz und gar in ihren Plan versunken, Christiana auszutricksen, hörte sie nicht mehr, wie Mrs. Kriedemann ihr hinterherrief: »Aber sie werden so bald nicht zurückkommen, Madam ...«

Der Zug dampfte Richtung Westen. Gus saß am offenen Fenster und starrte verdrießlich auf die weite Landschaft und die dunstigen blauen Hügel in der Ferne. Auf dieser Strecke gab es nicht viel zu sehen. Meile für Meile nur vereinzelte Bäume, dazu der stampfende Rhythmus der Räder. Hin und wieder sah er ein Känguruh vor der schnaubenden Lok fliehen oder Schafhirten träge um ihre riesigen Herden reiten.

Brodie lag schlafend quer über einer Bank im halbleeren Abteil. Weiter unten saß eine Frau, die sich bemühte zwei lebhafte Jungen auf ihren Plätzen zu halten, obwohl Gus sich nicht erklären konnte, warum sie deshalb so viel Aufhebens machte. Niemanden störte es. Lester spielte mit drei Männern Karten auf einem Koffer, den sie als Tisch benutzten. Gus hatte keine Lust zu spielen oder auch nur zuzuschauen, weil er wußte, daß Lester bei jeder sich bietenden Gelegenheit betrog. Er wurde aus diesem Kerl nicht schlau. Lester war ein schmächtiger Mann, und es war riskant, in solch einer Gesellschaft falsch zu spielen, aber er war unbelehrbar.

Immerhin könnten er und Brodie ihren Kameraden vor dem Schlimmsten bewahren, falls es darauf ankommen sollte.

Wenn er ehrlich war, beeindruckten seine beiden Gefährten ihn nicht besonders. Lester war ziemlich verschlagen, und Brodie hatte mehr Begeisterung als Verstand. Außerdem hatte er noch keinerlei Erfahrung mit der harten Arbeit im Bergbau, wenn er auch das Zeug dazu besaß. Nun ja, Lester konnte arbeiten, das mußte er zugeben; in diesen sehnigen Muskeln steckte viel Kraft und er konnte gut mit Hacke und Spaten umgehen.

Gus wischte sich den Ruß vom Gesicht, als der Zug in eine langgestreckte Kurve fuhr. Er dachte darüber nach, wer er selbst eigentlich sei? Und was? Ein heimatloser Kerl, der wie so viele andere über das weite Land zieht und sein Glück sucht. Diese Expedition war nicht besonders vielversprechend, aber er wollte mitmachen, weil er ohnehin nichts Besseres zu tun hatte. Das war überhaupt sein Problem und Gus wußte, daß seine Eltern recht hatten. Er sollte lieber in Toowoomba Arbeit suchen, wenn nicht in der Bäckerei, dann woanders, aber es gab keinen Beruf, der ihn reizte. Im Grunde wollte er auch kein Bergarbeiter werden und den Rest seiner Tage nach Kohle, Gold oder Opalen graben. Zu oft schon hatte er dieses schreckliche Leben mitangesehen, das für viele zur Sucht wurde, ob sie nun gewannen oder verloren. Manchmal dachte er, er sollte nach Deutschland gehen, weil er von den alten Einwanderern so viel darüber gehört hatte, aber er vermutete, daß die Reise durch ein fremdes Land, dessen Sprache man nicht beherrschte, noch deprimierender wäre als seine jetzige Situation.

Dabei fiel ihm ein, daß sein Vater ihm den Namen eines alten Freundes genannt hatte, Willi Schluter, der irgendwo in der Nähe von Charleville lebte.

»Wenn du tatsächlich gehen willst«, hatte er gesagt, »dann geh. Aber spür zuerst Willi auf. Er sucht seit Jahren schon nach Opalen, und ich weiß, daß er nicht besonders gut verdient. Rede mit ihm – und ich wette, daß du sehr schnell wieder zurückkommst.«

Es wäre ein Anfang. Die alten Schürfer waren immer noch die besten Informationsquellen und konnten einem alles Notwendige erzählen. So entschlossen, wie sie allesamt waren, hielt Gus es durchaus für möglich, daß sie Opale fanden, aber ob sie genug finden würden, um ihre Ausgaben wieder hereinzuholen, war eine andere Sache. Trotzdem, dachte er weiter, während er langsam schläfrig wurde, war es eine Beschäftigung, und so ein blitzender Funken Farbe inmitten dieser Felssteine ließ einem bestimmt das Herz in die Höhe springen.

Nach vierundzwanzig Stunden Zugfahrt hatte Brodie das Bedürfnis sich zu rasieren, aber Gus warnte ihn. »Laßt euch lieber beide einen Bart wachsen zum Schutz vor der Sonne.« Er strich sich über seinen eigenen, gut gestutzten blonden Bart. »Darum werde ich mich auch eine Weile nicht kümmern müssen, so haben wir eine tägliche Aufgabe weniger.«

Er schickte Lester zu ihren Reisebündeln im Gepäckwagen. »Bleib bei ihnen und bewach sie mit deinem Leben, besonders die Gewehre und die Munition. Alles, was man wegtragen kann, ist hier zur Mitnahme freigegeben.« Er wandte sich an Brodie. »Außer Pferde. Stiehl ein Pferd und du bist ein toter Mann.«

Das einzige, was Charleville mit Toowoomba gemeinsam hatte, war die baumgesäumte Hauptstraße. Heißer Wind blies ihnen entgegen, als sie an den Geschäften und Pubs vorbeigingen und über feilgebotene Waren stiegen, die einfach auf dem Boden ausgebreitet lagen. Nur lange Balken, an denen reihenweise träge Pferde angebunden waren, trennten die Fußgänger vom regen Straßenverkehr der Reiter und Planwagen. Ortsansässige Männer standen in Gruppen zusammen und beäugten die Neuen kritisch, und Brodie stieß Gus an.

»Hast du das gesehen? Viele von denen tragen Pistolen.«

Gus lachte. »Ja. Paß auf, daß du keinem auf die Füße trittst.«

Nachdem sie etwa eine Stunde durch die Stadt gegangen waren, hatten sie ein Pferd und einen Karren erstanden, und sie gingen zurück zu Lester, der immer noch am Bahnhof wartete.

»Na endlich!« rief ihr Freund schlecht gelaunt. »Ich dachte schon, ihr hättet mich sitzen lassen. Können wir jetzt etwas essen gehen?«

Nach dem Essen fragten sie sich zu Willi Schluter durch, der in einer Hütte am Ufer des Warrego lebte, fernab von menschlicher Zivilisation.

Zwei Hirtenhunde bellten und knurrten, als die drei Männer sich näherten, zogen sich aber zurück, als der alte Mann aus der Hütte trat.

»Wer zum Teufel seid ihr?«

Während Gus sie vorstellte, sank Brodies Mut. Er hatte einen Geschäftsmann erwartet, möglicherweise einen Juwelier, und hier stand ein wettergegerbter alter Mann mit verfilztem grauem Haar und langem Bart, der nichts weiter als einen Lendenschurz über den knochigen Hüften trug. Und es stank. Der Platz vor der Hütte, die aus verrostetem Eisen und einer Juteplane bestand, lag voller Dosen, Flaschen und Gerümpel.

»Jakob Kriedemanns Sohn, wie?« krakeelte der Alte und musterte Gus mit wachsamen blauen Augen. »Wenn ich das recht sehe, bist du meinem alten Kameraden wie aus dem Gesicht geschnitten. Hätte dich gleich erkennen müssen. Hast du Tabak bei dir?«

»Ja.« Hastig zog Gus ein Päckchen hervor und reichte es ihm.

»Guter Junge. Hab keinen mehr. Wollt ihr 'ne Tasse Tee?«

Gus ignorierte Lesters fast unmerkliches Kopfschütteln. »Danke, sehr gern.«

Willi schlug ein paarmal so kräftig gegen die Eisenwand, daß die Hütte einzustürzen drohte, aber nichts geschah, außer daß eine lächelnde Eingeborene ihren Kopf herausstreckte.

»Das ist Lena«, sagte Willi, »meine Frau.«

Es schien ihm nicht notwendig, ihr die drei Männer vorzustellen. Er sagte nur, sie solle den Kessel aufsetzen.

Sie kam heraus, zog ihr Baumwollhemd zurecht und eilte zur Feuerstelle aus Backsteinen neben einem Stapel rostiger Töpfe und Pfannen.

»Kommt rein«, meinte Willi. »Die Moskitos fressen euch sonst bei lebendigem Leibe.«

Sie folgten ihm in das stinkende Innere der Hütte und Willi lachte. »Emuöl«, erklärte er. »Ihr werdet euch dran gewöhnen. Wenn es brennt, reißen die Moskitos aus. Ich kann diese Viecher nicht ausstehen, ich schwör euch, daß sie das Fieber übertragen. Allen sag ich das, aber sie wollen mir nicht glauben. Die Schwarzen wissen es. Sie«, er nickte in Richtung der Frau,

»schmiert sich überall damit ein. Sagt auch, daß es der Haut gut tut, und das wird wohl stimmen. Sie ist fast vierzig, schätze ich, und hat so weiche Haut wie ein junges Mädchen.« Er leckte sich zufrieden über die dünnen Lippen. »Aber kommt nicht auf dumme Gedanken, Jungs. Sie schlägt euch den Schädel ein, wenn ihr sie nur anfaßt.«

Brodie starrte fassungslos auf die ungepflegte Frau. Lester grinste. Gus nickte höflich.

Die Hütte hatte einen Boden aus Lehm, ein Bett aus Juteplane auf der einen Seite und einen hölzernen Sims an der Wand gegenüber, unter einem Fenster, dessen Laden mit einem Ast offen gehalten wurde. Direkt vor der Tür stand ein Tisch mit Sitzbänken, an dem die beiden wohl gerade noch gegessen hatten. Das Eisendach über ihren Köpfen strahlte so viel Hitze ab, daß sie sich wie in einem Ofen vorkamen. Zögernd nahmen sie am Tisch Platz und Willi stellte Blechtassen vor sie hin.

»Was wollt ihr?« fragte er Gus, denn ihm war klar, daß die drei nicht ohne Grund zu ihm gekommen waren.

»Wir wollen nach Opalen suchen. Mein Vater dachte, Sie könnten uns ein paar Tips geben.«

»Verschont mich!« rief Willi. »Ich wette, ihr seid blutige Anfänger. Nichts kann ich euch sagen.«

Brodie saß mit dem Rücken zur Tür, und als er sich an die Dunkelheit gewöhnt hatte, bemerkte er die Regale an der Wand gegenüber. Er blinzelte und starrte auf die Sammlung von Dosen und Gläsern in allen Größen und Formen. Insbesondere die Gläser weckten seine Aufmerksamkeit; sie waren mit Steinen gefüllt, farbigen Steinen, schönen Steinen, meist bläulich violett, manche dunkler mit weißen Flecken, und sie bildeten einen erstaunlichen Kontrast zu ihrer elenden Umgebung.

»Was sind das?« wollte er wissen.

Aller Augen richteten sich auf die Regale.

»Meine Sammlung«, meinte Willi vage. »Die Hälfte ist nichts wert, die andere Hälfte ist vielleicht ganz gut, wenn ich es mal schaffe, sie zu reinigen und ein bißchen zu schleifen. Mit Opalen muß man verdammt aufpassen – sind wie feine Damen, man muß sie richtig behandeln.«

Lena brachte einen Kessel mit starkem Tee und goß ihn in die schmierigen Becher, die sicher seit Ewigkeiten nicht mehr gewaschen worden waren. Dann zog sie sich wieder zurück.

»Ihr habt nicht zufällig Zucker dabei, oder?« fragte Willi.

»Tut mir leid«, erwiderte Gus, »wir haben noch keine Vorräte eingekauft. Wir sind erst heute morgen in Charleville angekommen.«

»Macht nichts, man vergißt, wie er schmeckt«, sagte Willi und trank gierig.

»Könnten Sie uns ein paar Steine aus Ihrer Sammlung zeigen«, wollte Brodie wissen. »Ich hab nur einmal Opale in Brisbane gesehen, und die haben mich wirklich sprachlos gemacht.«

Willi brüllte vor Lachen. »Ich wußte es! Blutige Anfänger! Ihr könnt das gar nicht ernst meinen mit eurer Opalsuche, Jungs. Ihr seid ja noch naß hinter den Ohren, alle drei. Was für einen Opal hast du denn gesehen, Junge?«

»Na, Opale eben. Sie waren in einer Halskette. Helle Opale, aber wenn ich jetzt so darüber nachdenke, war da einer in der Mitte dunkler als die anderen.«

Er erwartete, daß Willi ihn wieder auslachte, aber statt dessen stellte der seine Tasse ab und beugte sich über den Tisch. Seine Stimme war fast ein Flüstern. »Woher? Wo kam der dunkle Opal her?«

»Ich weiß nicht. Ich hab nicht daran gedacht zu fragen.«

»Du Dummkopf! Mein ganzes Leben hab ich nach schwarzen Opalen gesucht. Ich weiß, daß es sie da draußen gibt.« Er rollte sich eine Zigarette. »Aber ich sag euch was, Jungs. Unsere Opale haben eine bessere Qualität als die aus Südamerika oder vom Balkan, also ist auch klar, daß unsere schwarzen Opale, wenn wir sie finden, die besten von allen sind.«

»Wir können von Glück reden, wenn wir überhaupt Opale von guter Qualität finden«, warf Lester ein. »Es hat keinen Sinn, nach etwas zu suchen, das es vielleicht gar nicht gibt. Eins nach dem anderen, würde ich sagen.«

»Wie du meinst«, sagte Willi leichthin. Zu gleichgültig, wie Brodie fand. Er wußte, daß er in diesem exzentrischen alten Mann eine verwandte Seele gefunden hatte, einen weiteren Menschen, der im Bann der schönen Steine stand. Gott bewahre, dachte er, daß ich jemals so ende.

»Wie lange haben Sie gesucht?«, erkundigte er sich freundlich. »Dreißig Jahre«, antwortete Willi. »Jetzt mach ich nicht mehr viel. Wenn ich drüber nachdenk, bin ich schon 'ne ganze Weile nicht mehr draußen gewesen. In Coolaminka lief es gut, mit einem halben Dutzend anderer Kerle, aber die Trockenheit hat uns vertrieben. Ein schreckliches Land, am Rand der Wüste. Uns ist das Wasser ausgegangen und jeder mußte sich allein durchkämpfen. Wenn Lena nicht gewesen wäre – sie hat mich gefunden –, hätte ich nicht überlebt.« Er erschauerte. »Ich wollte immer wieder zurück, aber die Zeit geht so schnell vorbei.«

»Was machen Sie jetzt?« fragte Gus.

»Ich bin Schleifer und Qualitätsprüfer für Opale. Der beste in diesem verdammten Geschäft, aber es gibt inzwischen zu viele da draußen. Die hören nicht auf meinen Rat, geben minderwertige Steine in den Handel, also sollen sie zur Hölle fahren. Ich würde niemals schlechte Opale für gute durchgehen lassen. Dafür sind sie viel zu schön.« Er zeigte auf Brodie. »Er hat's in sich, das seh ich in seinen Augen, so wie er meine Sammlung anschaut.«

»Was hat er?« fragte Lester eher beiläufig, da er sich nun mehr für die Opale in den Regalen interessierte.

»Den Opalbazillus.« Willi lächelte. »Es ist, als würde man

sich in die schönste Frau der Welt verlieben, aber sie ist immer außerhalb unserer Reichweite. Wenn eure Hacke auf Opal stößt, klingt und singt es. Wie Glas, sagen sie, aber für mich ist es anders.« Willi schien entrückt; sein müdes altes Gesicht leuchtete vor Begeisterung. »Ich schwöre, es ist das schönste Lied der Welt.«

Lester durchbrach die Stimmung. »Können wir Ihre Sammlung sehen?«

Willi lehnte sich zurück und musterte ihn. »Sicher kannst du das, Kumpel«, sagte er mit harter Stimme. Er griff mit der Hand unter den Tisch und zog einen Revolver hervor. »Das ist mein anderer Kumpel«, erklärte er ihnen. »Ich nenn ihn den General, und er ist immer geladen.«

»Das ist nicht nötig«, sagte Gus ruhig.

»Ihr werdet's noch lernen.« Willi grinste. »Traut niemandem. Und ich geb euch noch einen anderen Rat, da ihr ja wild entschlossen seid, nach Westen zu ziehen. Wenn ihr je auf Opal stoßt, sagt keinem davon ein Wort. Kommt nicht schreiend zurück und erzählt es der ganzen Welt. Haltet so lange den Mund, wie ihr könnt.«

»Welcher Welt?« wollte Brodie wissen. »Sind denn so viele Schürfer unterwegs? Wir wollen genau nach Westen.«

Willi griff hinter sich und nahm drei Gläser vom Regal. »Ihr denkt doch nicht im Ernst, ihr seid die einzigen, die danach suchen, oder? Jetzt seht euch das an.« Er leerte ein Glas mit kleinen weißlichen Steinen auf den Tisch. »Dies ist Kristallopal, nicht farbig genug, aber findet es und ihr seid auf der richtigen Spur.«

Brodie befühlte die rauhen Steine und gab sie den anderen weiter, während Willi das nächste Glas ausschüttete. »Diese haben feine Risse und sind nichts wert. Deshalb müßt ihr immer gut achtgeben. Behandelt Opale wie Butter.«

Die Lektion schien nicht enden zu wollen, denn Willi holte Glas um Glas und Dose um Dose mit rohen Steinen, die wertlos waren. Brodie hatte den Eindruck, daß der alte Mann sie nur zum Narren hielt und ihre Geduld auf die Probe stellen wollte. Dennoch blieben sie aufmerksam und interessiert. Der Tisch war von kleinen Häufchen ungeschliffener Steine bedeckt, von denen einige außen weiß waren und andere wie farbiges Glas aussahen.

Plötzlich fing Willi an zu lachen. »Mein Gott! Ihr seht euch jetzt schon so lange die Steine an, daß ihr gar nicht mehr richtig hinguckt.« Er nahm einen der ungeschliffenen Steine. »Nimm ihn mit nach draußen, Gus, und sag mir, was du siehst.«

Draußen im Sonnenlicht schrie Gus entzückt auf. »Kommt her und seht euch das an!«

Brodie und Lester eilten hinaus und bestaunten den hübschen Stein. Der helle Opal schimmerte am Rand leicht grünlich, und in der Mitte war er rosa mit Streifen von Rot, Blau und Gelb. Alle strahlenden Farben des Regenbogens waren in diesem Stein vereint.

»Das ist eine Yowah-Nuß«, sagte Willi. »Hab einen Eimer voll davon diesseits des Bulloo River gefunden. Alles kleine Schönheiten.«

»Sind sie etwas wert?« fragte Lester.

»Und ob.«

Er war überrascht. »Warum verkaufen Sie sie dann nicht?«

»Nie im Leben!« rief Willi. »Sie gehören mir. Ich hab mit Opalen 'ne Menge Geld verdient, und ich hatte 'ne tolle Zeit, als ich es ausgab. Aber am Ende wollte ich nicht dastehen und nichts vorzuzeigen haben von all der Arbeit. Also hab ich meine eigene Sammlung angelegt, versteht ihr?«

Seine Logik verwirrte sie, aber sie wollten den alten Mann nicht beleidigen und griffen nach den anderen Yowah-Nüssen, um ihre Schönheit zu bewundern.

»Haben Sie die selbst ausgegraben?« wollte Brodie wissen.

»Hab einen zwischen dem Schotter gefunden und dachte

mir, daß da noch mehr sind. Dann hab ich den Rest ausgegraben.«

»Bei Gott, sie sind wirklich wunderschön!«

»Findest du? Dann sieh dir mal das an«, entgegnete Willi. Er öffnete ein Leinensäckchen, nahm vorsichtig einen Opal heraus und legte ihn auf den Tisch.

»Himmel!« staunte Lester.

Ein polierter Opal funkelte sie an, ein ovaler Stein in mattem Blau und Rosa, aber mit einer Vielzahl winziger roter Punkte.

»Ich nenne ihn Sternenlicht«, meinte Willi stolz. »Nicht viele haben einen solchen Stein gesehen. Dieser Opal hat Tiefe und die Farbe des Abendhimmels. Das ist ein wahres Juwel. Dreißig Karat. Ich würde mich nie davon trennen.«

»Kein Wunder, daß Sie darauf aufpassen«, meinte Gus. »Aber der Stein sollte lieber in einem Banksafe liegen.«

»Niemals! Genausogut könnte ich ihn wieder in der Erde vergraben. Da hab ich ja nichts von ihm.«

Gus stand auf. »Ich denke, wir gehen jetzt lieber. Das war ein interessanter Nachmittag, Willi. Wir danken sehr für die vielen Ratschläge.«

»Tja, ihr Burschen. Ich wünsch euch Glück, mehr kann ich nicht sagen. Hätte gut Lust, selbst wieder rauszugehen.«

»Warum kommen Sie dann nicht mit uns?« fragte Brodie vorschnell und sah, wie Gus und Lester in der Tür stehen blieben und ihn entgeistert anstarrten.

»Ach, die alten Beine wollen doch nicht mehr«, klagte Willi.

»Sie können auf dem Karren sitzen.« Brodie wunderte sich selbst, was in ihn gefahren war, und er merkte, daß seine beiden Partner keineswegs begeistert waren. »Aber«, fügte er schnell hinzu, »ich nehme an, daß Sie Ihre Sammlung nicht allein lassen wollen.«

Willi blieb am Tisch sitzen und dachte über die Einladung nach. »Macht euch keine Gedanken über die Sammlung«, sagte er. »Ich könnt sie für 'ne Weile verstauen. Hab's schon mal gemacht. Und die Hunde könnte ich auch wo unterbringen. Wäre nicht abgeneigt noch mal loszuziehen.«

Die drei Männer warteten mit angehaltenem Atem auf seine Entscheidung und hofften, er würde ablehnen.

»Sicher! Warum nicht!« Willi grinste. »Wann fahrt ihr los?«

»Morgen. Sobald wir unsere Vorräte eingekauft haben«, erwiderte Gus.

»Gut. Ihr müßt sowieso hier lang. Ich warte vorn an der Straße.«

Als sie im Dunkeln zurück in die Stadt fuhren, verspürte Brodie den Drang, sein impulsives Angebot zu verteidigen. »Er ist Experte. Wir könnten niemand Besseren finden, der uns zeigt, wie es gemacht wird.«

»Wir brauchen niemanden mehr, der uns was zeigt«, schimpfte Lester. »Und jetzt haben wir ein extra Maul zu stopfen. Ich werde nicht für ihn zahlen. Entweder du gehst zurück und sagst ihm, er soll hier bleiben, oder du zahlst für seinen Unterhalt.«

Gus mischte sich ein »Ich hab keine Ahnung, wieso du ihn unbedingt fragen mußtest, Brodie. Ich dachte, ich hör nicht richtig. Er ist doch nicht mal in der Lage eine Hacke zu schwingen. Lester hat Recht. Du hast ihn eingeladen, du zahlst für ihn.«

»Das werde ich auch«, gab Brodie zurück, der weder Willis Spott über den Rückzieher noch seine Enttäuschung miterleben wollte.

Lester schnalzte mit den Zügeln und ließ das Pferd schneller laufen, da die Sache nun beschlossen war. »Das wird dich lehren den Mund zu halten«, lachte er. »Willi hat nichts mit unserer Abmachung zu tun. Wir teilen nach wie vor durch drei, und um den Rest mußt du dich kümmern.«

»Ich sagte doch, das werde ich! Denkt ihr lieber daran, daß er mein Partner ist und nicht eurer, wenn *er* Opale findet.«

Gus schwieg dazu, aber ihm gefiel dieser plötzliche Umschwung der Ereignisse nicht. Es war, als würden sie sich in zwei Lager teilen, und das machte ihm Sorgen. Aber er hoffte, daß sich das alles wieder regelte.

Sie blieben über Nacht in der Stadt und waren am nächsten Morgen die ersten Kunden im größten Geschäft vor Ort. Sie kauften Vorräte für drei Monate: Tee, Zucker, Mehl, Salzfleisch, Schinken, Soleier, Kartoffeln, Zwiebeln, Karotten und jede Menge Lebensmittel in Dosen. Der Händler riet ihnen, einen Fünf-Gallonen-Tank für extra Wasser zu kaufen und schenkte ihnen noch zwei riesige Kürbisse.

»Das sollte er auch«, murmelte Brodie. »Wir sind wahrscheinlich seine besten Kunden in der ganzen Woche.«

Der Mann hatte ihn gehört. »Das würde ich nicht sagen, Bursche«, brummte er zurück. »Sieh mal nach draußen.«

Im Hof fingen ein paar Männer gerade an, einen riesigen Lastkarren zu beladen, vor den zehn Ochsen gespannt waren.

»Wo geht das alles hin?« wollte Gus wissen.

»Zu einer der abgelegenen Farmen«, antwortete der Ladenbesitzer.

Gus sah sich ehrfürchtig um. Der Laden, so erkannte er, war eher ein riesiges Lager. »Sie machen ein gutes Geschäft«, meinte er beeindruckt.

»Sicher«, brummte der Besitzer.

Gus nickte und nahm sich vor, das in Erinnerung zu behalten. Charleville lag am Ende der Bahnlinie, was bedeutete, daß die Geschäfte hier jede Menge Kunden aus dem westlichen Gebiet hatten. Farmen, kleinere Geschäfte, Viehtreiber, Opalsucher ... Bei Gott, dachte er, diese Stadt muß in dem Maße wachsen, wie die Bevölkerung aufs Land zieht. Ich hätte gut Lust, auch einen solchen Laden zu führen. Aber dazu brauche ich Geld. Vielleicht werden die Opale mir dazu verhelfen.

Während die anderen beiden den Wagen beluden, fütterte

und tränkte Lester das kräftige Pferd, das Gus gekauft hatte. Er war mit seiner Wahl zufrieden. Das Pferd, genannt Mac, war ein Grauschimmel mit so breiten Flanken und stämmigen Fesseln wie ein altes Brauereipferd, aber auch nicht zu groß für einen einfachen Karren. »Du bist der richtige, Mac, mein Freund«, sagte er und ließ ihn mit seinen feuchten Lippen an seiner Wange schmusen. »Wir gehen auf Opalsuche, du und ich. Und wenn ich meinen Sack voll habe, geh ich fein nach Hause. Ein schreckliches Land für Pferde ist das, du armes Tier, wo ihr kaum einen Grashalm findet.«

Obwohl er es nie zugeben würde, hatte Lester Heimweh. Er sehnte sich nach dem ewigen Grün von Erin, nach dem weichen saftigen Gras unter seinen Füßen. »Irland«, erzählte er dem geduldigen Tier, »ist das Land, wohin alle braven Pferde kommen, wenn sie sterben. Mac, du wirst eines Tages dort landen. Bis dahin wird Lester auf dich achtgeben. Kümmere dich nicht um die anderen, sie verstehen nichts von Pferden. Halt dich nur an mich.«

Was Brodie betraf, so war er, abgesehen von der Nervosität wegen des neuen Partners, wieder aufgeregt. Jedes Mal, wenn er eine neue Kiste auf den Wagen lud, spürte er ein Kribbeln der Vorfreude. Wieder ein Schritt weiter. Und noch ein Schritt. Er wunderte sich, wie Gus und Lester so ruhig bleiben konnten. Als wollten sie nur ins nächste Dorf zum Markt fahren. Es war ein Abenteuer, das seine kühnsten Träume noch übertraf. Es würde Wochen dauern, bis sie haltmachten und einen Platz wählten, an dem sie graben würden. Gus überprüfte noch einmal sorgsam die Vorräte, dabei wollte Brodie so schnell wie möglich los. Lieber Gott! Obwohl er gut gefrühstückt hatte, knurrte sein Magen vor lauter Aufregung und Vorfreude.

Erst als sie alle oben saßen und der Karren die lange sandige Straße entlangrollte, kam er langsam zur Ruhe. Es war wie ein Wunder, daß sich alles so einfach ergeben hatte. Der Himmel war blau und eine leichte Brise trug den feinen Duft von Eukalyptus aus den umliegenden Wäldern heran.

»Dies ist ein großartiger Tag, Freunde«, rief er aus. »Ein guter Tag für unseren Start. Und ich will euch sagen, daß ich sehr glücklich bin.«

»Von deinem Glück brauchen wir jetzt auch etwas«, brummte Lester. »Fang am besten gleich an zu beten, daß der alte Willi uns vergessen hat, denn wir werden nicht zu seiner Hütte fahren und ihn einsammeln.«

Doch eine Meile weiter saß Willi am Straßenrand auf einem Baumstumpf. Er hatte sich auch passend für die Expedition mit Flanellhemd, Kniehosen und weiten Stiefeln gekleidet.

»Tag, Jungs!« rief er ihnen entgegen und warf sein Reisebündel auf den Wagen. Dann starrte er fassungslos auf die Sachen. »Was zum Teufel ist das alles? Wollt ihr Burschen einen Laden eröffnen?«

Brodie sah zu Gus, der ein wenig dümmlich dreinblickte, aber schwieg. Statt dessen beobachtete er Lena, die mit einer ausgebeulten Grastasche über der Schulter aus den Büschen gelaufen kam.

»Beeil dich, Mädchen!« rief Willi. »Dieser Reisezirkus wartet auf niemanden, ob Mann oder Frau.«

Er zog sie auf den Karren und die beiden machten es sich bequem.

Die Partner sahen einander entsetzt an. Jeder wartete, daß der andere etwas sagte oder protestierte, doch dann brach Willi das Schweigen.

»Holla-ho, Lester, mach los! Auf, auf, Ritter der Christenheit!« Sowohl er als auch Lena hatten ein breites Lächeln auf dem Gesicht, während sie auf den Beginn der Reise warteten.

Schließlich knallte Lester mit der Peitsche und Mac setzte sich in Gang. »Wer hat denn die komische Alte gefragt?« brummte er und sah Brodie wütend an.

Brodie konnte nur hilflos mit den Schultern zucken. Es war

ihm nicht in den Sinn gekommen, daß Willi die Eingeborene mitnehmen würde.

Vom Zug aus hatte Brodie die Landschaft zunächst interessant gefunden, bis sie ihm schließlich eintönig und langweilig vorkam, so daß er leicht einschlafen konnte. Aber jetzt, nach vier Tagen Reise, fernab von jeglicher Zivilisation, empfand er die grenzenlose Leere des Landes als zermürbend. Er hatte sich immer für einen Landmenschen gehalten, da er die Stadt nicht besonders mochte, aber dies war etwas anderes. Dies war eine Wildnis, durch die ein Mensch ewig hindurchwandern konnte, bis er irgendwann im Gehen starb.

Sein Mißbehagen, das er den anderen nicht zeigte, wurde durch die Geschichten über die berühmten Forschungsreisenden Bourke und Wills, die Gus zum besten gab, auch nicht gerade gelindert: Die waren irgendwo da draußen verloren gegangen, obwohl sie sich zu Beginn gut ausgerüstet hatten. Brodie war mittlerweile froh, daß Gus sich so viel Mühe mit ihren Vorräten gemacht hatte; es tat ihm kein einziger Penny leid, der dafür ausgegeben worden war, auch wenn sich Willi darüber lustig gemacht hatte. Während sie so dahinzogen, versuchte er dieses Gefühl der Niedergeschlagenheit – oder war es Angst? – zu überwinden, indem er sich daran erinnerte, daß er sich auch nichts dabei gedacht hatte, wenn er rund um Fairlea Station durch den Busch geritten war. Aber da war die Farm immerhin ein Ausgangspunkt gewesen – hier gab es nichts dergleichen. Sie hatten sogar beschlossen, an der kleinen Siedlung bei Adavale vorbeizufahren und gleich ihr Ziel anzusteuern, das sogenannte Sandsteinland oder, wie es zu Willis Zeiten hieß: den Opalgürtel.

Brodie hatte sich die Fahrt anders vorgestellt. Es gab keine richtigen Straßen, sondern nur zerfurchte Wege. Manchmal verschwand der Pfad ganz und gar unter hohem gelben Wüstengras, so daß sie auf Willis unbeirrbaren Orientierungssinn angewiesen waren – eine gute Übung für Gus, der in diesen Fällen Landkarte und Kompaß zur Hand nahm und sich mit dem alten Mann beriet.

»Lernt das Land kennen«, mahnte Willi. »Sucht nach Orientierungspunkten, abgebrannten Bäumen, Gruppen von Akazien, Bächen. Haltet immer Ausschau.«

»Bäche!« schimpfte Lester. »Dieses verdammte Land sieht flach aus, aber es ist so voll von verdammten Bächen und ausgetrockneten Flußläufen, daß man kaum vorankommt!«

Das stimmte. Jeder Tag schien nun heißer als der vorherige und machte ihre Reise über die teilweise steilen Flußufer sehr beschwerlich. An einem Flüßchen mit schneller Strömung trafen sie auf Eingeborene, die ihnen mit großer Freude halfen, Pferd und Wagen hinüberzubringen. Sie wirkten jedoch weniger erfreut, als sie erkannten, daß die weißen Männer an dieser Stelle ihr Nachtlager aufschlagen wollten.

Die männlichen Stammesmitglieder traten vor und stellten sich schweigend vor sie hin.

»Du gewöhnst dich lieber daran, ihre Frauen nicht so anzustarren«, warnte Willi Lester.

»Ich guck doch nur«, grinste Lester. »Was erwarten die denn, wenn sie splitterfasernackt herumlaufen?«

Brodie wußte, daß auch er hingestarrt hatte; noch nie hatte er so viele nackte Frauen auf einmal gesehen, noch dazu so unbefangen. Die älteren hatten flache Hängebrüste, aber die jüngeren feste, dunkelbraune Körper. Eine wahre Augenweide, dachte er.

»Meinst du, wir sollen weiterziehen?« fragte Gus nervös.

»Wenn du keinen Speer in den Eingeweiden haben willst, ja«, erwiderte Willi achselzuckend. Er nahm ein paar Dosen vom Wagen, öffnete sie mit seinem Messer und überreichte sie einem graubärtigen Eingeborenen als Friedensangebot. Dann führte er Pferd und Wagen davon, während die anderen folgten.

Brodie war aufgefallen, daß Lena keine Anstrengungen unternommen hatte, sich mit den Eingeborenen zu verständigen, und wollte den Grund dafür wissen.

»Schlechte Leute«, gab sie knapp zurück.

»Aber sie schienen doch ganz nett«, meinte er. »Sie haben uns geholfen.«

»Das war Spiel. Sie haben andere Spiele, die sind nicht so nett.«

Lena hatte sich als äußerst nützlich erwiesen. Jeden Abend, wenn sie ihr Lager aufschlugen, machte sie Feuer und kochte, und nach dem Essen räumte sie auf und packte die Sachen ordentlich zusammen. Als Gus ihr einmal helfen wollte, hielt Willi ihn davon ab.

»Laß sie. Sie hat ihre Arbeit und die macht sie gut. Sie hat mal auf 'ner Farm gearbeitet und kommt gut ohne dich zurecht.«

An diesem Tag fuhren sie noch weitere zehn Meilen, ehe sie sich zum Schutz vor der kalten Nacht inmitten einer Baumgruppe niederließen.

Wie immer verschmähten Willi und Lena das Zelt und zogen sich mit ihren Decken in die Büsche zurück, abseits der anderen.

Als sie fort waren, zog Lester seine Jacke fest um den Körper und kauerte sich neben das Lagerfeuer. »Ich hätte jetzt auch nichts gegen eine Frau, die mich warm hält«, sagte er. »Eine von den Schwarzen wär mir gerade recht gewesen – im Dunkeln sehen sie ja doch alle gleich aus. Ich frage mich, ob der alte Willi noch kann.«

»Das weiß man nie«, lachte Gus.

»Denkst du, daß dort, wo wir hingehen, auch Frauen sind?«

»Irgendwo müssen welche sein, abgesehen von den Schwarzen. Dies ist Farmland.«

Brodie, der dabeisaß und seine Pfeife rauchte, sah erstaunt auf. »Ich dachte, dies sei freies Land. Gehört es etwa jemandem?«

»Natürlich. Laut meiner Karte sind wir auf dem Land von Boogaloor Station.«

»Aber wir haben noch keine Menschenseele gesehen.«

»Wir haben Rinder gesehen. Das sind keine herumstreunenden Tiere. Die meisten haben Brandzeichen. Gott weiß, wo das Haupthaus der Farm liegt oder die dazugehörige Außenstation!«

»Was ist eine Außenstation?«

»Da wohnen ein Oberaufseher oder einige Viehhüter, die mithelfen, eine Farm dieser Größe zu bewirtschaften, manchmal bis zu einem Tagesritt vom Haupthaus entfernt.«

»Himmel«, staunte Brodie und lauschte in die Nacht. »Das ist ein ganz schön einsames Leben.«

Die Nacht war kalt und bot den dreien eine gute Entschuldigung Rum zu trinken, lange wachzusitzen und zu reden. Schließlich legten sie sich müde und zufrieden in ihr warmes Zelt.

Willi weckte sie mit lautem Schimpfen. »Was zum Teufel habt ihr hier gemacht. 'ne Party gefeiert?«

Sie stolperten nach draußen und sahen, daß ihre Sachen über den ganzen Platz verstreut lagen. Der Kochtopf, der normalerweise über der Feuerstelle hing, steckte umgedreht in der Asche, ihre Stiefel lagen im Gras, ihre Kleider hingen an den Bäumen und ihre Vorratskisten standen aufgebrochen um den Wagen herum.

»Das waren wir nicht!« rief Gus. »Was ist passiert?«

Willi begann zu lachen. »Ihr wart das nicht? Dann wette ich, daß keiner von euch Wache gehalten hat.«

»Warum?« fragte Brodie.

»Weil ihr Besuch hattet von unseren Freunden.«

»Den Schwarzen?«

Lena kam mit dem Pferd, das in der Nähe angebunden gewesen war. Sie erkannte sofort, was geschehen war. »Diese Schwarzen – haben nettes Spiel gemacht.«

Als sie die Sachen wieder einsammelten, stellten sie fest, daß die Eingeborenen ihre Vorräte geschröpft und dabei nur die Sachen mitgenommen hatten, die sie kannten: Salzfleisch, Mehl, Zucker, Salz und Kartoffeln.

Für die drei zukünftigen Schürfer war es ein schrecklicher Schlag, aber Willi nahm es philosophisch: »Es hätte schlimmer kommen können. Sie haben nur Essen mitgenommen und das kann man ersetzen.«

»Und wie?« wollte Brodie verärgert wissen.

»Ihr habt doch Gewehre, ihr könnt Wild schießen. Seid froh, daß sie nicht die Waffen und die Munition mitgenommen haben. Oder eure Ausrüstung irgendwo in den Busch geworfen! Mit den Händen zu graben wäre anstrengend geworden.«

Sie waren so wütend, daß sie auf Rache sannen, aber sie wußten natürlich, daß sie die Diebe nie einholen würden. Also blieb ihnen keine andere Wahl, als den Verlust der Hälfte ihrer Vorräte hinzunehmen und weiterzuziehen – schlecht gelaunt und mit Brummschädeln vom Rum.

Eine hoch beladene Postkutsche von Cobb and Co., gezogen von fünf Pferden, kam in einer wirbelnden Staubwolke auf sie zu. Der Kutscher grüßte, Passagiere lehnten sich hinaus um zu winken und schon war sie vorüber.

Urplötzlich änderte sich die Landschaft. Vor ihnen lag eine weite, dürre Ebene, deren einziges markantes Merkmal der viel benutzte Pfad war, der die darunter liegende schwarze Erde zeigte.

»Wie weit müssen wir da durch?« rief Lester mißgelaunt und hielt das Pferd an.

»Bevor es besser wird, wird es schlimmer«, entgegnete Willi gleichmütig.

»Dann machen wir hier Rast«, sagte Lester. »Es ist zu anstrengend für unseren Mac. Die Erde ist so weich, daß er es besonders schwer hat. Er braucht eine Pause.«

Gus war beunruhigt. »Wir haben doch erst zu Mittag Rast

gemacht. Jetzt ist es zwei Uhr – wir können nicht den halben Tag vergeuden.«

»Das ist mir egal«, meinte Lester. »Sieh nur, wie er schwitzt. Dies ist schlimmer als durch den Schlamm zu ziehen.«

Willi grinste. »Es wäre schneller, wenn wir zu Fuß gingen.«

»Dann kannst du ja verdammt noch mal laufen, Kumpel! Und nimm deine Lady mit«, rief Lester. »Dies ist keine Personenkutsche.«

Willi nahm sein Reisebündel und warf es auf den Boden. Er nickte Lena zu, die augenblicklich gehorchte und vom Wagen sprang. Ihre Tasche hielt sie fest umklammert.

»Was macht ihr da?« fragte Gus.

»Ich weiß, wann ich nicht erwünscht bin«, sagte Willi und hob sein Bündel auf. »Ihr seid ja so schlau, daß ihr bestimmt auch ohne mich weiterkommt.«

Lester beachtete ihn nicht weiter und goß Wasser in seinen Hut, um das Pferd zu tränken. Gus hingegen versuchte den Alten zu beruhigen. »Sei nicht albern«, sagte er, »und steig wieder auf den Wagen. Es wird sich schon wieder einrenken ...«

»Nenn mich nicht albern!« rief der alte Mann und marschierte auf seinen dünnen Beinen hinaus in die gleißende Hitze. Seine Frau folgte ihm.

Brodie rannte ihnen nach. »Kommt zurück. Kümmert euch nicht um Lester. Der hat immer was zu nörgeln, das hat nichts zu bedeuten.«

»Ich war von Anfang an nicht erwünscht. Ich geh allein weiter. Aber paß du nur auf, Junge. Halt dich an die anderen Schürfer, schau dir alles ab. Ich wünsch dir Glück!« Er wandte sich ab und stapfte davon, ohne sich noch einmal umzublicken.

»Gott sei Dank sind wir die los«, sagte Lester zu Gus. »Wir sind knapp an Vorräten, und jetzt haben wir zwei Mäuler weniger zu stopfen.«

Gus sah ihn wütend an. »Ist das so? Na, wenn du so froh bist, dann kannst du ja jetzt kochen, bis wir am Sandy Ridge sind.«

Ohne Willis Hilfe war Gus die nächsten Tage ziemlich nervös und verwirrt, denn die Wege und Pfade waren verzweigt und ohne jegliche Hinweisschilder. Aber schließlich erreichten sie das Barbary Creek Hotel, das nur ein baufälliges Gebäude am Ufer eines schmutzigen Wasserlaufs war. Für die Postkutschen, die dort die Postsäcke abluden und aufnahmen, war es aber eine wichtige Station. Für Gus war es der Punkt, an dem sie laut Willi Richtung Südwesten weiterfahren mußten.

»Wo sind die Menschen?« fragte Lester und sah sich verwirrt um. »Ich dachte, dies sei eine Stadt.«

»Das dachte ich auch«, erwiderte Gus. Doch das einzige Lebenszeichen waren Pferde, die auf einer Weide grasten, und der unvermeidliche Hirtenhund, der sie von der Veranda eines verlassenen Pubs aus argwöhnisch beäugte.

»Was soll's?« meinte Brodie. »Wir können hier essen und unsere Vorräte sparen. Und ich weiß ja nicht, wie das mit euch ist, Jungs, aber ich habe Durst wie ein Kamel.«

Wenige Minuten später saßen alle drei an der Bar und lauschten den Geschichten des gut gelaunten Wirts. Sie waren die einzigen Gäste und der gute Mann erzählte ausführlich von anderen Schürfern und Opalfeldern, die nur sechzig Meilen entfernt liegen sollten.

»Vor ein paar Wochen«, sagte er, »kam ein Opalhändler hier durch, mit einem Sack voller Opale, der bestimmt eine hübsche Stange Geld wert war. Vom Sandy Ridge.«

»Da wollen wir auch hin«, rief Brodie erfreut. »Denken Sie, wir haben eine Chance?«

»Warum nicht? Ist alles Glückssache, mein Sohn.«

Nach all dem, was der Wirt ihnen erzählte, hätte Brodie ein Buch schreiben können. Und ihr eigenes Unwissen hätte ein zweites gefüllt.

Bald mußten die drei Freunde erfahren, daß es am Sandy Ridge ebenfalls keine Stadt gab. Es war genau das, was sein Name sagte: ein dreißig Meilen langer zerklüfteter Sandsteinhügel. Diese Information erhielten sie dort am ersten Lager, wo etwa ein Dutzend grimmig dreinblickende Opalsucher über ihre Ankunft nicht besonders erfreut waren.

»Dies ist ein freies Land«, erklärte ihr Anführer mit leicht spöttischem Unterton. »Es liegen dreißig Meilen Schürfgebiet vor euch, wo ihr einen Platz suchen und ein Vermögen ausgraben könnt.«

»Die Nadel im weltgrößten Heuhaufen suchen, sozusagen«, murmelte Lester und starrte auf die Minenschächte, die den leicht bewaldeten Hügel bereits verunzierten. Aus der Entfernung sahen die Schächte aus wie schwarze Löcher zwischen Hunderten leuchtend weißer Gesteinsbrocken.

»Nicht anders als beim Goldsuchen, oder?« meinte Brodie.

»Kaum. Aber da zwischen den gleißenden Felsen werden wir bei lebendigem Leib gebraten.«

»Dann ziehen wir lieber weiter«, sagte Gus, doch Brodie, der an Willis Rat dachte, wollte sich nicht so leicht geschlagen geben.

»Nein. Hier fangen wir an. Das Wasserloch ist eine Quelle. Wir brauchen Wasser. Gott weiß, wie weit wir noch fahren müssen, um wieder in die Nähe von Wasser zu kommen.« Mit einem freundlichen Lächeln ging er zu den Fremden hinüber. »Sollen wir uns eine Flasche Rum teilen, Kameraden?«

»Aber gern«, sagte der Anführer und blickte zu ihrem Karren. »Wir könnten auch ein paar Kartoffeln gebrauchen. Und Rüben«, fügte er zwinkernd hinzu.

»Wie weit ist es bis zum nächsten Geschäft?« fragte Brodie.

»Zwanzig Meilen den Pfad hinunter ist ein Schürferladen, aber der hat seit Wochen schon kein frisches Gemüse mehr. Ich sehe, ihr habt da ein paar Säcke.«

»Wir sind einmal ausgeraubt worden«, sagte Brodie, nicht mehr ganz so freundlich, »und wir wären nicht besonders froh, wenn es wieder passiert, wenn du verstehst, was ich meine. Aber obwohl wir selbst wenig haben, würden wir euch einen guten Sack voll Kartoffeln und Rüben überlassen, falls wir uns entscheiden zu bleiben.«

»Falls wir euch bleiben *lassen,* sucht ihr euch ein eigenes Plätzchen und holt euer eigenes Holz.«

»Das ist fair.« Brodie sah, daß die Hütten der anderen aus Holz gezimmert waren und daß einige sorgsam geschichtete Stapel danebenstanden – einige als Feuerholz, wie er annahm, und andere, mit längeren Pfählen, zum Bauen der Schächte.

»Und ihr müßt dem Squatter gegenüber Rechenschaft ablegen«, rief einer der anderen Männer und lachte, doch der Anführer schüttelte Brodie die Hand. »Mike Ryan«, stellte er sich vor.

»Ryan?« Brodie grinste. »Bist du auch Ire?«

»Ja sicher«, meinte Ryan unbeeindruckt. »Sydney-Ire. In Bondi Beach geboren und aufgewachsen.«

»Wie meinte der eine das mit dem Squatter?« wollte Gus wissen, als sie den Wagen abluden.

»Ich weiß nicht.« Nachdenklich ging Brodie zu einem der tiefen Schächte. Er begann allmählich zu ahnen, welche Arbeit da vor ihnen lag, angefangen mit dem Fällen von Bäumen. Gus und Lester mit ihrer Goldgräbererfahrung waren nicht verwundert gewesen, daß von den Hauptschächten tiefer liegende Tunnel ausgingen, aber Brodie, der in seinem Leben kein tieferes Loch gegraben hatte als das für einen Zaunpfosten, mußte sich innerlich gut auf die kommenden mühevollen Wochen vorbereiten.

6

DER SQUATTER, DEN die Schürfer erwähnt hatten, war niemand anders als der Ehrenwerte Richter Samuel Chiswick, Besitzer der Rinderzucht Plenty Station, die sich vom Sandy Ridge über die darunterliegende Ebene bis zur natürlichen Grenze des Flusses Torrent Creek erstreckte. Letzterer war als Warnung an Reisende so benannt worden: Obwohl er in der Trockenzeit ein friedlich plätscherndes Flüßchen war, das sich kristallklar zwischen dem felsigen Grund dahinschlängelte, wurde er in der Regenzeit, wenn die Monsunregen im Norden alle Flüsse anschwellen ließen, zu einem wahren Sturzbach, trat über die Ufer und überflutete das umliegende Land. Für die Viehzüchter war es ein Segen, und sie wußten, daß sie ihr Vieh rechtzeitig an andere Stellen treiben mußten, aber für die Unwissenden war es eine gefährliche Falle.

In früheren Zeiten, als der Großvater des Richters sich auf dem Land niedergelassen und es zu einem niedrigen Preis hatte erwerben können, ehe das Gesetz die Kaufrechte für Ländereien änderte, wurde dieser Fluß noch ›Dead Man's Creek‹ genannt, da einige Männer dort ertrunken waren. Doch der Richter war der Meinung, ein solcher Name sei würdelos und würde der stolzen Geschichte der Farm nicht gerecht. Allerdings sah er es als seine Pflicht an, die Warnung beizubehalten, und betrachtete ›Torrent‹ als deutlich genug für Fremde. Nicht daß er besonders um sie besorgt war – der Richter haßte

Eindringlinge sogar und beklagte die Tatsache, daß der Süd-West-Pfad durch sein Grundstück lief, was er unbedingt ändern lassen wollte. Normale Reisende hielt das fern, nicht aber diese neue Plage der Opalsucher. Er haßte die Schürfer mehr als die Buren. Sie zerstörten alles. Sie fällten gute Bäume, belegten kostbare Wasserlöcher und verwandelten das Land in Müllhalden. Und was das Schlimmste war: Wenn sie kein Fleisch mehr hatten, schlachteten sie skrupellos seine Rinder, als sei es ihr Recht und nicht gemeiner Diebstahl. Diese Bastarde!

An diesem Abend, als er sich für das Abendessen umkleidete, seinen gestärkten Kragen und die Fliege gerade zupfte, versuchte er, nicht an diesen Abschaum zu denken, wie er die Schürfer nannte. Denn heute wurde ein besonderer Abschied gefeiert, und er war mächtig stolz. Die Familie Barclay war eigens von ihrer Farm herübergekommen, um Charlie zu verabschieden, und alles war bereit. Die Frau würde die Gäste mit ihrem Klavierspiel unterhalten, und Clover, seine Tochter, würde ein festliches Mahl auftischen.

Ein schlichtes Mädchen, seine Clover, groß, trampelhaft und kein bißchen wie ihre Mutter, aber sie war eine gute Haushälterin und hatte sich bei Abwesenheit der Eltern immer sehr um ihren Bruder gekümmert.

Als er an die verstorbene Mrs. Chiswick dachte, fröstelte den Richter. Er würde dieser Frau, Charlies und Clovers Mutter, nie verzeihen, daß sie sich selbst das Leben genommen hatte. Einfach Gift zu schlucken, als seine Karriere den höchsten Punkt erreicht hatte, und damit den größten Skandal hervorzurufen, den die Familie Chiswick je erlebt hatte!

Der Richter nahm zwei silberne Bürsten und fuhr damit über sein dichtes graues Haar. Natürlich war die Frau schon immer ein Problem gewesen; sie hatte eine starke Hand gebraucht, damit sie aufhörte über ihre eingebildeten Krankheiten zu klagen. Nach Clovers Geburt hatte Hannah sogar versucht ihm den Sex zu verwehren, aber mit starker Hand – und seinem Gürtel – hatte er dieses Problem bald gelöst. Tatsächlich hatte ihre Furcht vor ihm die Nächte sogar noch aufregender gemacht.

Sie hatte ihn nie verstanden, das war das wahre Problem gewesen. Seine Eltern hatten mit Plenty Station ausgesorgt gehabt, also war Samuel auf Druck seines Vaters hin in die Stadt gegangen und hatte Jura studiert. Es war ganz und gar nicht seine Wahl gewesen; lieber wäre er auf der Farm geblieben. Aber als guter Sohn hatte er seinen Eltern schließlich gehorcht, so wie sein Sohn Charlie es nun ebenfalls tat.

Und bei Gott, der alte Mann hatte recht gehabt, dachte Samuel bei sich, während er in der untersten Schublade seiner Kommode nach dem Lederetui mit der goldenen Uhr suchte, die er Charlie zum Abschied schenken wollte.

»Die Chiswicks können nicht immer Buschleute bleiben«, hatte sein Vater gesagt. »Wir müssen in die Welt hinaus. Du gehst in die Stadt, um Anwalt zu werden, und komm mir ja nicht ohne das Diplom zurück. Ich werde dich in anständiger Gesellschaft unterbringen und dafür sorgen, daß du immer genügend Geld hast, um dich sehen zu lassen, aber steck die Nase in die Bücher oder du bekommst es mit mir zu tun.«

Zu seiner Überraschung war ihm das Studieren nicht schwer gefallen. Er hatte schon immer ein ausgezeichnetes Gedächtnis gehabt – sicher auch infolge der Peitschenhiebe, die sein Vater ihm als Kind hatte angedeihen lassen, wenn er dessen Anweisungen nicht befolgte. Diese Fähigkeit kam ihm auf der Universität von Queensland nun sehr zugute.

Hannah McRae war ebenfalls die Wahl seines Vaters gewesen, und wie immer hatte Samuel seinen Rat befolgt. Ihre Familie war wohlhabend, sie war ein hübsches Mädchen und überzeugte Anglikanerin, so daß es am Anfang keinen Grund zur Beschwerde gab. Nicht bis er entdeckte, daß sie störrisch und launenhaft war. Sie wollte nicht akzeptieren, daß es ihre

Pflicht war, ihm fraglos zu gehorchen. Es störte ihn maßlos, daß seine eigene Ehefrau mit ihm stritt, ihm sogar widersprach, also wurden Bestrafungen nötig und bald Routine. Er zuckte mit den Schultern. Frauen wie sie verstanden eine gute Tracht Prügel am besten – sie schienen sie regelrecht herauszufordern.

Seine Mutter war so ruhig verstorben, wie sie gelebt hatte, im Schlaf, und wenige Jahre später wurde Chiswick senior bei einem Ausritt nach Sandy Ridge vom Blitz getroffen.

Statt nun eine vielversprechende Karriere aufzugeben, stellte Samuel einen Verwalter für Plenty Station ein und blieb mit seiner Familie vorerst in Toowoomba, nutzte jedoch jede sich bietende Gelegenheit, die Farm zu besuchen und seinen Besitz straff zu führen.

Richter Chiswick war erst vier Jahre am Gericht gewesen, als seine Frau beschlossen hatte aus dem Leben zu scheiden.

»Dieses verdammte Miststück!« brummte er. »So viel zu Gottes Gesetzen! Ich hoffe, sie schmort in der Hölle!«

Damals war Charlie erst fünfzehn gewesen. Er war gut in der Schule und wollte ebenfalls Jura studieren, aber sein Vater hatte andere Pläne für ihn. Charlie wurde auf die Farm geschickt, damit er lernte sie zu führen, bis er alt genug war, sie ganz zu übernehmen, und das Mädchen wurde mit einer Gouvernante ebenfalls dorthin gebracht. Es war kaum schicklich, wenn ein Mann mit seiner Tochter allein lebte. Die Leute würden reden.

Zu seiner großen Freude war er seitdem lustiger Witwer und frei von familiären Verpflichtungen gewesen, während Charlie wie ein echter Chiswick die Verantwortung für das Land übernahm. Er war jetzt dreiundzwanzig und immer noch ledig, so daß sein Vater beschloß, ihn in die Welt hinauszuschicken und ihm so die Gelegenheit zu geben, sich einen Namen zu machen, bevor er sich eine Frau nahm und eine Familie gründete.

In patriotischer Pflichterfüllung hatte Richter Chiswick von seinem Richteramt Urlaub genommen, um auf die Farm zurückzukehren und so seinen Sohn für den Militärdienst im Krieg gegen die Buren freizugeben. Ehe er Brisbane verließ, hatte der Richter seinen Einfluß geltend gemacht, um Charlie einen Offiziersrang im Bushmen's Corps zu sichern, da er wußte, daß der Bursche tapfer seine Pflicht erfüllen würde. Er nahm ein wenig Pomade, rieb die Hände zusammen, glättete sein Haar und ging nach einem letzten Blick in den Spiegel hinunter, um seine Gäste zu begrüßen.

»Du mußt nicht gehen«, sagte Clover zu ihrem Bruder. »Laß dich doch nicht von ihm da hineindrängen.«

»Natürlich muß ich. Er würde wie der letzte Idiot dastehen, wenn ich es nicht tue. Er hat extra freigenommen, damit ich gehen kann, also wird es von mir erwartet. Hilf mir packen.«

Sie ging zum Bett und schlug seinen Koffer zu. »Ich werde dir nicht helfen! Hör auf damit, Charlie! Laß ihn doch ruhig wie einen Idioten dastehen.«

Er seufzte. »Was soll ich denn tun? Hinuntergehen und allen sagen, ich hätte es mir anders überlegt?«

»Nein. Sag ihnen, daß es gar nicht deine Idee war. Sag ihnen, er ist einfach nach Hause gekommen und hat verkündet, daß du zum Militär gehst. Er benutzt dich schon wieder. Dieses Mal, um sich selbst mit Ruhm zu schmücken. Sicher ist er in Brisbane herumgelaufen und hat allen erzählt, daß die Chiswicks für England kämpfen. Es wäre mir ja egal, wenn du es wirklich wolltest, aber du meldest dich nicht freiwillig, Charlie, du wirst dazu gezwungen.«

»Bitte hör damit auf, liebste Schwester. Verstehst du nicht? Wenn ich nicht gehe, wird mein Ruf ruiniert sein, nicht nur in Brisbane, sondern auch hier. Es wird klingen, als hätte ich feige gekniffen, und das könnte ich nicht ertragen. Ich bin kein Feigling.«

»Natürlich bist du kein Feigling!« rief sie. »Guter Gott! Niemand würde so von dir denken, Charlie, niemand, der dich kennt. Hier sind genug Männer auf der Farm, die dir ihr Leben verdanken! Außerdem hast du immer gesagt, es müßte einen besseren Weg geben, die Differenzen zwischen unseren Leuten und den Buren zu schlichten, als einander umzubringen.«

»Es hat keinen Sinn, Clover. Ich ziehe in den Krieg, und daran gibt es nichts zu rütteln. Mach dir keine Sorgen um mich, ich bin ein guter Schütze, und du weißt, ich bin auch ein teuflisch guter Reiter.« Er schmunzelte. »Ich sollte wohl in der Lage sein davonzureiten, wenn nichts anderes mehr hilft, meinst du nicht?«

Clover schüttelte den Kopf. »Es ist falsch, und er hat Schuld. Erst hat er Mutter umgebracht, und jetzt ...«

»O nein! Fang nicht wieder damit an. Mutter hat sich selbst umgebracht.«

»Ja, aber nur weil er ihr das Leben unerträglich gemacht und sie tyrannisiert hat, und nicht nur das. Tante Maggie sagt, er hat sie immer geschlagen.«

Clover hatte vor Aufregung ganz rote Wangen bekommen, und ihr Haar hatte sich aus der Spange gelöst und hing ihr wirr ins Gesicht. Um sie zu beruhigen, streichelte Charlie über ihre Haare.

»Tante Maggie hat ihn nie gemocht«, sagte er ruhig. »Du solltest nicht auf sie hören.«

Clover schob ihn fort. »Warum sollte sie lügen? Sie sagt, daß sie nach Mutters Tod die Striemen auf ihrem Rücken gesehen hat. Und nicht als einzige. Sie sagt, er muß sie über Jahre hinweg geschlagen haben, und Mutter hat nie auch nur ein Wort darüber verloren.«

»Das ist nicht wahr«, gab Charlie unwirsch zurück. »Und es ist mir egal, ob sie Probleme mit Vater hatte. Mit uns hatte sie keine Probleme. Wir waren noch Kinder, und an uns hat sie nicht gedacht, oder? Sie hat uns verraten. Vater hätte nach ihrem Tod ja auch irgendeine schreckliche Frau heiraten können, die uns schlecht behandelt, aber das hat er nicht. Wir haben immer das Beste im Leben bekommen – abgesehen von einer Mutter, die uns im Stich ließ.«

Clover starrte ihn voller Entsetzen an. »Ich wußte nicht, daß du so empfindest.«

»Jetzt weißt du's«, erwiderte er scharf. »Also sprich nicht mehr über die Vergangenheit. Das Dinner wird bald beginnen, du solltest dich umziehen.«

Er brachte sie zur Tür. »Komm, sei wieder lieb, Clover. Verdirb mir nicht meinen letzten Abend.«

Sein Ausbruch hatte ihren Argumenten einen Dämpfer aufgesetzt. Aber während sie ihr Bad nahm, dachte sie wieder an seinen Militärdienst und machte sich doch wieder Sorgen. Verärgert blickte sie in den Kleiderschrank, in dem ihre wenigen Kleider nachlässig auf den Bügeln hingen. Clover interessierte sich nicht für Mode. Am Tag trug sie Hemden und Arbeitshosen, es sei denn, sie hatten Gäste, und dann reichte ein Baumwollkleid. Die Abendkleider, die sie bei ihren seltenen Besuchen in der Stadt von der Stange gekauft hatte, waren in erster Linie zweckdienlich und nichts Elegantes.

Immer noch zornig über die Entscheidung ihres Vaters, nahm sie ihr einziges schwarzes Kleid aus dem Schrank.

»Gut, ich werde das tragen«, murmelte sie. »Es wird ihnen zeigen, was ich denke. Dieser Abend heute ist kein Abend zum Feiern. Mir ist egal, was sie sagen.«

Dann bekam sie plötzlich Angst.

Schwarz?

»O Gott, nein. Das trage ich doch nur zu Beerdigungen. Es könnte Charlie Unglück bringen, und das will ich auch nicht.«

Also wählte sie etwas anderes, ein braunes Taftkleid mit Puffärmeln und hochgeschlossenem Kragen. Sie kämmte ihr langes Haar zurück, faßte es im Nacken mit einem Gummiband zusammen und befestigte darüber eine zarte braune Schleife an einer Spange. Dann zog sie die schwarzen Pumps an, die immer ihre Zehen einengten.

Sie blickte noch einmal in den Spiegel. »Das reicht.«

Clover war Charlie nicht unähnlich. Er war einsachtundachtzig groß und sie nur einsfünfundsiebzig, aber sie hatte die gleichen glatten braunen Haare, braune Augen und helle Haut. An ihm allerdings sah das Haar gut aus – an ihr, so mußte sie zugeben, war es langweilig. Sie hatte längst aufgegeben, Mädchen mit Locken zu beneiden und darüber nachzudenken, wie sie attraktiver aussehen könnte. Aber sie hatte Charlies Lächeln und kräftige, ebenmäßige Zähne. Bei ihr bemerkte es nur niemand, wogegen Charlies Lächeln umwerfend war.

Sie bleckte vor dem Spiegel die Zähne. Vielleicht gehörte es sich für junge Damen einfach nicht, wie ein Krokodil zu grinsen.

Es fiel Clover nicht auf, daß sie in Gesellschaft, wo es auf solche Dinge ankam, nur selten lächelte. Sie war drei Jahre jünger als Charlie und hatte das Leben auf der Farm von Anfang an genossen. Mittlerweile war sie ebenso tüchtig wie er und tatsächlich seine rechte Hand geworden, auch wenn ihr Vater immer noch der Meinung war, ihr Platz sei in der Küche. Aber bei gesellschaftlichen Anlässen fühlte sie sich tolpatschig und unbeholfen. Die anderen Mädchen lächelten blöde oder kicherten affektiert und langweilten sie damit zu Tode – ebenso die Männer mit ihren aufgesetzten Manieren.

Ihre ehemalige Gouvernante Mrs. Saltman, genannt Salty, hatte die Stelle als Haushälterin von Plenty Station übernommen, als Charlie der Meinung war, daß seine Schwester genug Latein und europäische Geschichte gelernt hatte. Trotzdem betrachtete die Gute es wohl immer noch als ihre Pflicht, Clover in die Arme passender Gentlemen zu treiben.

»Du willst es nicht lernen, oder?« klagte sie immer. »Du gehst wie ein Viehhüter. Du läßt dir von mir keine hübschen

Kleider bestellen. Du hast eine Figur, nach der sich die Hälfte aller Frauen sehnt, aber du willst sie einfach nicht herzeigen.«

»Ich mag diese tief ausgeschnittenen Kleider nicht«, erwiderte Clover dann. »Darin komme ich mir vor wie eine Milchkuh, die zum Verkauf feilgeboten wird. Und ich hasse es, aufgetakelt zu werden, das ist doch fauler Zauber.«

»Fauler Zauber? Wo hast du nur solche Ausdrücke her?«

»Ich höre noch ganz andere Dinge, wenn ich mit den Viehhütern hinausreite.«

Ja, nimm dich nur in acht, Richter, dachte Clover finster, während sie zur Tür ging. Wenn Charlie irgend etwas passiert, dann bekommst du es mit mir zu tun. Du hast meine Mutter in den Tod getrieben, und wenn du jetzt auch noch meinen Bruder umbringst ...

Richter Chiswick war überrascht, als seine sonst trübsinnige Tochter mit strahlendem Lächeln in den Salon kam. Sie begrüßte die Barclays, küßte die Frauen auf die Wange, schüttelte den Männern die Hand und setzte sich dann voller Stolz neben ihren Bruder an den Tisch. Ihm war nie aufgefallen, wie ähnlich seine Kinder sich sahen. Das Mädchen sah ja beinahe so gut aus wie Charlie, sie strahlte förmlich!

Warum auch nicht? dachte er weiter, während er die Gesellschaft ins Eßzimmer bat. Ihr Bruder Charlie war schließlich ein Held. Charlie würde ihnen zeigen, aus welchem Stoff Australier gemacht waren. Sie waren nicht nur arme Kolonisten, sondern kämpfende Männer eines neuen Staates, die ihre Loyalität zum Mutterland England unter Beweis stellten.

»Bei Gott!«, sagte er zu seiner Tischnachbarin, Mrs. Barclay. »Ich würde alles geben, um da draußen zu sein, wenn unsere Jungs in den Kampf ziehen.«

»O ja«, hauchte sie ehrfurchtsvoll.

Seine Tochter hatte ihn gehört. »Warum gehst du dann nicht mit, Vater?« fragte sie mit einschmeichelndem Lächeln. »Bei deinen Beziehungen könntest du doch Major werden. Oder sogar General. Die Titel kann man ja leicht holen.«

Chiswick sah sie leicht irritiert an, bevor er seine Rolle als Gastgeber wieder aufnahm, und Mrs. Barclay war zu beschäftigt, den wunderschön mit Kristall und Silber gedeckten Tisch zu bewundern, als daß sie Clovers eigenartigen Sinn für Humor bemerkt hätte.

Alle vermißten Charlie. Alle bis auf den Richter, der die Kommentare der Farmarbeiter, daß ohne Charlie alles anders wäre, einfach beiseite schob.

»Unsinn! Niemand ist unersetzlich. Es ist dasselbe wie beim Militär. Wenn ein Mann fällt, nimmt der nächste seinen Platz ein.«

Clover gefiel es, wenn ihr Vater so redete, da sie wußte, daß es den Männern auf die Nerven ging. Anscheinend war ihr Vater, der sich immer mit seinem Wissen zu allem brüstete, nun auch ein Experte für Militärangelegenheiten geworden.

Die meisten Viehhüter waren schon jahrelang bei ihnen und wußten, was zu tun war, aber der Richter schien zu denken, daß sie täglich neue Anweisungen brauchten – so als wären sie plötzlich die Kavallerie seiner privaten Armee geworden und die Rinder der Feind. Es war noch zu früh, die Tiere auszumustern, aber er verteilte nach allen Seiten Befehle dazu.

Zuerst hatten die Männer gehorcht, aber dann waren sie mit ihren Beschwerden zu Clover gelaufen.

»Ich bekomme jeden Tag eine andere Aufgabe. Nichts kann ich zu Ende bringen.«

»Sollen wir die Tiere zusammentreiben oder nur im Kreis bewegen?«

»Das Land ist trocken. Wir müssen sie da lassen, wo sie genug Futter finden.«

Nach zwei Wochen der Verwirrung gab Clover ihren ersten Befehl. »Kümmert euch nicht um ihn.«

Am nächsten Morgen, als die Sonne messinggelb über den Horizont kroch, saß sie auf ihrem Pferd, einen flachen Filzhut bis fast über die Nase gezogen und hörte zu, wie der Richter den Tagesplan vorlas.

Vorlas! Sie verschluckte sich fast vor unterdrücktem Lachen. Die Männer standen in ihrer üblichen knappen Art herum, mit zusammengekniffenen Augen, teilnahmslosen Gesichtern, das Lasso über den Schultern, Zigaretten zwischen den trockenen Lippen und hörten desinteressiert seinen Ausführungen zu. Dann, als alle Anordnungen verlesen waren, setzten sie sich auf ihre Pferde, ohne durch ein Blinzeln oder Kopfnicken auch nur anzudeuten, daß der Richter ihre Zeit verschwendet hatte, und Clover liebte sie dafür. Sie ritt ihnen nach, um sich mit ihnen zu beraten, wie Charlie es getan hätte. Sie wurde auf verschiedene wichtige Dinge aufmerksam gemacht: daß Rinder sich in einen ausgetrockneten Wasserlauf verlaufen hatten, daß zu viele auf einem bestimmten Flecken versammelt waren, daß ein gereizter Bulle fortgetrieben werden müsse, daß Rinder krank waren und versorgt werden mußten ... Sie nickte ruhig und wagte nicht die Aufregung preiszugeben, die sie überkam. Sie richteten sich tatsächlich lieber nach ihr als nach ihrem Vater, und das war ein wunderbares Gefühl. Sie wußte, daß sie Charlie nicht ersetzen konnte, aber mit Unterstützung der Männer konnte sie alles problemlos weiterlaufen lassen, bis er zurückkam. Es sei denn, der Richter fand heraus, was da vor sich ging.

Nun ja, dachte sie, während sie sich auf den Weg machte, eins nach dem anderen.

Zu ihrem Entsetzen kam ihr Vater ihr hinterher. »Wo reitest du hin?«

»Ich möchte ein paar Wasserlöcher kontrollieren. Einige trocknen aus.«

»Wo?«

»Da draußen«, erwiderte sie vage.

»Das ist keine Antwort. Wo genau? Ich komme mit dir.«

Clover seufzte. Sie hatte den Männern gesagt, daß sie in Richtung des Sandy Ridge reiten würde, und es war unklug und sogar gefährlich, die Richtung ohne Ankündigung zu wechseln, für den Fall, daß etwas passierte. Allerdings wollte sie den Richter nur ungern an die Schürfer erinnern. Clover freute sich auch nicht gerade über ihre Anwesenheit, aber sie wußte, wenn sie mehr Aufhebens darum machte, daß die Schürfer ihre Claims registrieren lassen konnten. Und das würde einen regelrechten Opalrausch auslösen, weil dann jeder von ihrem Fundort erfuhr. Außerdem war der Hügel zwar sehr malerisch, aber zu felsig, so daß diese Gegend für ihre Rinder bedeutungslos war. Clover interessierte sich im Moment mehr für die Wasserlöcher dort draußen.

»Am Seitenarm draußen, im Westen«, murmelte sie und hoffte, es würde ihn abhalten, aber er ritt weiter neben ihr, wahrscheinlich, weil er nichts Besseres zu tun wußte. Sie hatten einen langen Ritt vor sich, aber dies war leicht im Vergleich mit manch anderen Aufgaben. Ihr Vater jedoch war zu alt und ungeübt, um mit den Viehhütern zu arbeiten. Also mußte sie sich mit ihm plagen.

Schweigend ritten sie über das Land. Auch zu Hause fanden sie wenig Gesprächsstoff, da er sich nicht herabließ, Farmangelegenheiten mit seiner Tochter zu besprechen. Sie war weise genug, diese Themen nicht anzusprechen, da er ihr unweigerlich über den Mund fahren würde. Und über Charlie wollte sie lieber auch nicht sprechen. Es würde sonst nur Streit geben.

Komm nach Hause, Charlie, betete sie, als der Richter die Führung übernahm. Es ist wahrhaftig kein Vergnügen für Salty und mich, ihn im Haus zu haben. Er ist ein eingebildeter und langweiliger Dickkopf.

Sie überprüften die Wasserlöcher oder, besser gesagt, Clover tat es, während der Richter auf dem Pferd sitzen blieb und ihr Anweisungen gab, wie sie die Tiefe mit einem Stab auszuloten hatte.

»Wir sollten jetzt zurückreiten«, meinte sie. »Salty erwartet dich zum Mittagessen.«

»Hast du nichts mitgenommen?«

»Nur ein paar Sandwiches.«

»Dann teilen wir, Mädchen.«

»Es wird dir nicht reichen.«

»Unsinn. Zu meiner Zeit trugen wir nicht einmal solchen Luxus wie Sandwiches mit uns herum. Wir schossen Wildtiere, Wasservögel oder Känguruhs und ernährten uns davon. Nicht von diesem Picknickzeug.«

Nie im Leben, dachte sie. Du würdest einen halben Tag brauchen, bis du ein Tier erlegt und gebraten hast. Du lebst in einer verdammten Traumwelt.

Natürlich aßen sie gerne hin und wieder eine Mahlzeit mit frisch erlegtem Wild, aber das geschah nur, wenn sie tagelang zum Viehtrieb draußen waren, und dann gab es ein zentrales Lager mit einem Koch. Clover hatte diese Lager immer geliebt, auch wenn die Arbeit hart war, denn sie konnte unter freiem Himmel schlafen. Weitab vom Haupthaus waren jene Tage sehr aufregend, eine Abwechslung, die ebensoviel wert war wie Ferien, wie Salty immer sagte.

Der Richter stieg ab und musterte das ausgetrocknete, sandige Flußbett, während er ihre Sandwiches kaute.

»Wie lange ist das schon trocken?«

»Etwa zehn Jahre«, erwiderte sie tonlos.

»Das stimmt nicht. Bei meinem letzten Besuch bin ich auch hierher geritten, und da floß Wasser. Es hat keinen Sinn, daß du diese Aufgaben übernimmst, wenn du dich nicht auskennst. Ich werde einen Vermerk machen. Hier muß nachgegraben werden, es ist nur versandet.«

»Es wäre besser, wenn du mehr Brunnen ausheben lassen würdest.«

»Natürlich, das ist deine Lösung. Typisch für eine Frau. Lieber Geld für Brunnengräber ausgeben anstatt die Arbeitskraft zu nutzen, die ohnehin auf der Farm zur Verfügung steht, und die Flußläufe in Ordnung zu halten.«

Sie hörte nur mit halbem Ohr hin, wie er sich über dieses Thema ausließ, und überlegte, wie schwer es die Frauen haben mußten, die vor diesen Richter gebracht wurden. Plötzlich rauschte ein kühler Wind durch die trockenen Bäume und Clover merkte überrascht auf.

»Wo kam das her?« fragte sie ihn.

»Was?«

»Ich habe eine kühle Brise gespürt.«

»An so einem Tag? Das bildest du dir ein. Steig auf, wir reiten weiter.«

Clovers Laune sank. Er wollte zum Sandy Ridge. Sie war einige Male mit Charlie dort gewesen, und sie hatten es geschafft, eine freundschaftliche Regelung mit Mike Ryan zu treffen, der am Ten Mile arbeitete, dem Lager des nächstliegenden Opalfelds. Er war ein bärtiger Mann in den Fünfzigern, schätzte sie, und ein leidenschaftlicher Schürfer, der aber anscheinend nicht viel Glück hatte. Allerdings hatten die Dutzend Männer, die dort auf ihren Claims arbeiteten, ihn zu ihrem Anführer erwählt.

Die Bedingungen, die Charlie nach langen Gesprächen mit den vielen Schürfern gestellt hatte, wurden nicht immer erfüllt, aber die Männer bemühten sich die Wasserlöcher und das gute Holz zu bewahren. Manche von ihnen, wie Mike Ryan, waren zu Kompromissen bereit.

Ten Mile, das so genannt wurde, weil es zehn Meilen von den ersten Opalminen entfernt lag, war sicher die beste Ausgrabungsstelle, was allerdings nicht viel bedeutete, wie sie in Gedanken hinzufügte, doch zumindest war Ryan um Ordnung bemüht. Sie hoffte, der Richter würde dort keinen Ärger machen, so wie er es an den anderen Schürfstellen getan hatte.

Ryan war ein eigenwilliger Mensch und sich seiner Rechte wohl bewußt.

Sie mußte ihr Pferd jetzt gut antreiben, um ihrem Vater zu folgen, der zielstrebig und mit flatterndem Staubmantel auf den Hügel zuritt, den breitkrempigen Hut fest auf dem Kopf.

Als sie auf eine Anhöhe kamen, von der aus sie die Schürfstellen überblicken konnten, stieß der Richter einen Schrei aus, der sicher meilenweit zu hören war.

»Gott steh uns bei!« rief er. »Sieh dir das an! Diese Bastarde haben das Gebiet in ein verdammtes Schlachtfeld verwandelt. Es steht ja meilenweit kein Baum mehr!«

Clover mußte zugeben, daß die kahl geschlagene Landschaft ein Schandfleck war, und es schien, als wären mehr Schürfer hier als das letzte Mal. Oder vielleicht auch nur mehr Schächte.

»Sie bleiben auf ihrer Seite des Wasserlochs«, meinte sie schwach. »Sie haben es Charlie versprochen, damit sie nicht die Rinder verscheuchen, die sich hierher verirren.«

»Versprochen! Diese verdammte Bande! Es kümmert sie doch einen Dreck. Charlie war zu nachgiebig, jetzt werde ich die Sache mal in die Hand nehmen!« Er trieb sein Pferd die Anhöhe hinunter und auf das Lager zu.

Brodie sehnte sich nach Regen. Nach platschendem, prasselndem Regen nach all der Hitze und dem Staub an diesem gottverlassenen Ort. Fern im Westen glaubte er einen dunkelgrünen Schimmer über dem Horizont zu erkennen, aber er dachte, seine Augen würden ihm wieder einmal einen Streich spielen. Wenn man hier in der grellen Sonne und zwischen den weiß leuchtenden Felsen arbeitete, mußte man ständig die Augen zusammenkneifen.

»Beweg dich!« rief Gus ihm von unten zu. Brodie wischte sich den Schweiß von der Stirn und drehte an der Kurbel der Winde, um einen weiteren schweren Eimer voller Sand und

Steine heraufzuholen. Dies war ihr zweiter Schacht. Nach wochenlanger harter Arbeit hatte ihr erster Schacht immer noch keine Spur Farbe gezeigt, und auf den Rat der anderen hin hatten sie aufgegeben und mit einem neuen begonnen. Der Anfang war der anstrengendste Teil, und sie wechselten einander beim Graben des vier mal fünf Fuß weiten Schachtes in den harten Sandstein ab.

Als er einen weiteren Eimer ausschüttete, tröstete Brodie sich mit dem Gedanken, daß sie nach dem Auskleiden des Schachts mit Holz damit anfangen konnten, Tunnel zu graben, und dann wäre es kühler. Und interessanter. Er grinste. Trotz der Tatsache, daß sie beim ersten Mal kein Glück gehabt hatten, war es aufregend gewesen, zwischen dem Gestein nach Opalen zu suchen. Man wußte einfach nie, was einen erwartete. Letzte Woche war einer der anderen Schürfer in dreißig Fuß Tiefe auf Opal gestoßen und Brodie hatte darum gebeten, es sich ansehen zu dürfen.

Er war immer noch ganz überwältigt von dem Anblick, der sich ihm dort unten geboten hatte. Die ganze Wand tanzte in glitzerndem blaugrünen Licht, das von feinen schwarzen Linien unterbrochen war, die den Glanz des leuchtenden Schatzes noch verstärkten. Mit einer kleinen Hacke hatte er vorsichtig dagegengeschlagen und das magische Klingeln von Opal gehört. Er durfte sich sogar ein Stückchen herausschlagen. Bei diesem ersten Versuch war er so vorsichtig, daß seine Hände zitterten, und der Finder dieser Pracht lachte ausgelassen. Jetzt hatte Brodie es mit eigenen Augen gesehen, und nichts in der Welt würde ihn mehr aufhalten. Und wenn er hundert Schächte graben müßte!

»Willst du eine Pause?« rief er.

»Nein, ich kann noch ein bißchen«, erwiderte Gus.

Alles, was Brodie von ihm sehen konnte, waren sein Kopf und seine Schultern, die mit grauem Staub bedeckt waren. Überhaupt sahen sie mittlerweile ganz schön wild aus mit ihren zotteligen Haaren und Bärten, staubverklebter Haut und zerrissenen Kleidern, aber sie waren immer noch guter Laune und bestärkt durch das Glück ihres Kameraden.

»Wie kommt Lester voran?« wollte Gus wissen.

»Der gute Junge spaltet die Holzstämme.« Brodie lachte. Seinem Freund Lester schien das Graben nichts auszumachen, er war dabei unermüdlich wie ein Maulwurf, aber alle anderen Aufgaben haßte er. Im Schacht gab es zumindest immer die Chance auf Opal zu stoßen, und Lester wollte natürlich der erste sein, der es fand. Alles andere langweilte ihn, vor allem die Arbeit mit der Axt.

Als ob er merkte, daß sie über ihn sprachen, hieb Lester drüben bei den Bäumen seine Axt in den frischen Baumstumpf und drehte sich in Brodies Richtung, um mit erhobener Mütze und theatralischer Verbeugung kundzutun, daß seine Arbeit beendet war.

»Das war's wieder einmal«, brummte Lester und griff nach der Wasserflasche. Vollkommen ausgedörrt, schluckte er hastig das köstliche Naß hinunter. Es war besser als jeder Champagner, da war er sicher. Zwar hatte er noch nie Champagner getrunken, aber er würde es tun, flaschenweise, wenn er mit einem Wagen voller wertvoller Opale wieder in die Stadt kam.

Er und Gus waren von Ginger Crofts Fund gleichermaßen beeindruckt gewesen, als der den rot gesprenkelten, hellgrünen Opal an die Oberfläche brachte. Brodie aber war vor Aufregung fast in die Luft gesprungen und hatte sie alle amüsiert. Er war die halbe Nacht aufgeblieben und hatte Ginger mit Fragen gelöchert, bis der erschöpfte Schürfer Gus zurief, er möge Brodie fortschaffen und irgendwo eingraben.

Sobald sie von dem Fund hörten, hatte Lester versucht, einen Claim neben Ginger zu belegen, in der Hoffnung, die Opalader würde noch weiter reichen, aber er war zu spät gekommen. Die alten Hasen hatten so lange über den Fund geschwiegen, bis sie die angrenzenden Gebiete unter ihren Freunden verteilt hatten.

»Ist nur fair«, dachte Lester achselzuckend. Es war nicht anders als auf den Goldfeldern. Er würde dasselbe tun, wenn sie etwas fanden. Das Problem bei diesem Geschäft war nur, daß Opal nicht gleich Opal war – es gab wertlose und kostbare Stücke –, wohingegen Gold immer Gold blieb. Auf jeden Fall hatte er die Absicht bei Brodie zu bleiben, denn dieser Mann war ein Glückspilz. Er hatte eine freie Überfahrt nach Australien bekommen und war dann mit dem Job auf Fairlea Station ebenfalls auf die Füße gefallen, ganz zu schweigen von der reichen Frau, die ihm das Geld geliehen hatte. Lester lachte, während er einen Schwarm rosa und grauer Kakadus beobachtete, die auf einer Wiese nach Futter suchten. Die gute Frau hatte allerdings kaum Aussicht darauf, seinen Teil des Geldes zurückzubekommen, auch wenn Brodie und Gus sehr brav zahlen würden. Brodie sollte das ganze Geld auch lieber als Bezahlung für geleistete Dienste betrachten, dachte Lester vergnügt. Und es vergessen.

Hunderte weißer Kakadus kreischten von den Bäumen, die das Wasserloch umsäumten, und Lester sah staunend zu, wie sie sich in die Lüfte erhoben. Nach Pferden mochte er Vögel am liebsten, und die Vögel in diesem öden Land machten die Abwesenheit von Farben wieder wett, denn das Gras war eher gelb wie Heu als grün, und wenn man die Bäume ansah, bekam man direkt selber Durst. Die Vögel aber, von denen manche so bunt waren wie der Regenbogen, wirkten in den Bäumen wie Blüten, wenn sie nicht gerade zu Tausenden in Schwärmen herumflogen.

Dann sah er, warum die Kakadus geflohen waren. Zwei Reiter, die das Wasserloch im flachen Teil durchquerten und auf ihn zukamen, hatten sie aufgescheucht.

»Holla, eine Frau«, bemerkte er, als er die zweite Gestalt

genauer wahrnahm, und seine Augen leuchteten auf. »Die Zeiten werden angenehmer.«

Er nahm seine Mütze ab und lächelte, so nett er konnte, während der Mann auf ihn zugaloppierte.

»Was zum Teufel tun Sie hier?« brüllte er Lester entgegen.

»Auch Ihnen einen guten Tag«, entgegnete Lester. »Guten Tag, Miß.«

Das Mädchen nickte verhalten und machte eine abrupte Kopfbewegung in Richtung des alten Herrn, wie um Lester zu warnen.

»Ich hab Sie was gefragt!« rief der Mann.

»Und wer sind Sie?« fragte Lester ruhig.

»Ich sag Ihnen, wer ich bin. Dieses Land gehört mir.«

»Tatsächlich?« Lester, der gehört hatte, daß das Grundstück einem jungen und nicht üblen Burschen gehörte, war überrascht. »Dann sage ich Ihnen, daß ich hier gar nicht viel tue. Ich sitze nur so da und denke nach.«

»Wer hat das Holz gefällt?«

»Das habe ich getan. Es wird gebraucht, verstehen Sie?«

»Das ist Zedernholz!« schimpfte der Viehzüchter.

Lester betrachtete die Stämme. »Hm, könnte sein. Gutes Holz, wie es scheint, hart genug für die Schächte. Aber falls es Sie beruhigt, wir verbrennen es nicht. Ryan dort drüben sagt, es gibt bestimmte Regeln.«

»Dafür werden Sie bezahlen, bei Gott! Ich verlange, daß Sie und der restliche Abschaum von meinem Land verschwinden.«

Lester schüttelte den Kopf. »Nur mit der Ruhe. Wer sind Sie überhaupt? Haben Sie einen Namen?«

»Ich bin Richter Samuel Chiswick, und Sie sind ein Eindringling.«

»Nicht nach den Schürfgesetzen.«

»Haben Sie denn eine Schürfgenehmigung?«

»Sicher hab ich die«, log Lester. »Hinten in unserem Lager.«

»Zeigen Sie sie mir.«

»Ich muß Ihnen überhaupt nichts zeigen. Nur dem Vermessungsbeamten. Warum reiten Sie nicht einfach weiter?« Lester konnte sehen, daß Brodie Gus aus dem Schacht half. Brodie hatte bestimmt das Geschrei des alten Mannes gehört, und die beiden würden gleich herüberkommen. Weiter entfernt sah er gegen das Weiß der Felsen, daß auch die anderen Schürfer innehielten.

Er wollte Zeit schinden. »Sehr erfreut, Ihre Bekanntschaft zu machen, Miß«, sagte er, ging hinüber und strich ihrem haselnußbraunen Pferd über das seidige Fell. »Ich bin Lester O'Dowd. Und wer sind Sie?«

»Clover Chiswick«, antwortete sie, aber Lester hörte sie kaum, sondern beobachtete, wie Gus und Brodie näherkamen.

»Ich habe Mr. Chiswick, dem dieses Land anscheinend gehört, gerade gesagt, daß wir eine Genehmigung haben, hier zu schürfen«, rief er ihnen zu.

»Das stimmt«, sagte Gus schnell. »Gibt es ein Problem, Mr. Chiswick?«

»Richter Chiswick für Sie! Und ihr seid ein Pack Lügner.« Er griff nach dem Lasso, das an seinem Sattel befestigt war, und ritt zu ihrem Schacht.

»Passen Sie auf!« rief Brodie, der Angst hatte, das Pferd könnte hineinstürzen, aber in letzter Minute blieb es auf Kommando stehen, und der Richter schlang sein Lasso um die Winde, als wäre sie ein Kalb, und zog sie hinter sich her zu ihnen zurück.

»Da seht ihr, was ich von eurer Genehmigung halte«, wetterte er. »Und jetzt macht, daß ihr fortkommt, die ganze Bande, oder ich lasse morgen meine Männer kommen und eure Lager so verwüsten, wie ihr es mit meinem Hügel getan habt.«

»Wer sagt das?« Mike Ryan und die anderen Schürfer stellten sich ihm entgegen, aber der Richter ließ sich nicht einschüchtern. Er zog sein Gewehr aus dem Holster und legte auf Ryan an. »Ich sage das. Und nun zurück, ihr alle.«

Ryan starrte ihn verblüfft an. »Wo ist Charlie?« rief er zu Clover hinüber.

»Im Krieg«, antwortete sie tonlos. »Dies ist mein Vater.«

»Aber um Himmels willen, dieser verdammte alte Narr kann uns doch nicht einfach so erschießen!«

»Nein, aber ich kann euch für das Eindringen in Privatbesitz erschießen«, sagte der Richter und genoß seine Macht. »Seht ihr, was ihr hier angerichtet habt, ihr und die anderen Glücksritter hier! Ihr habt keinen Respekt vor dem Land, ihr seid nur Abschaum. Ich werde euch von hier vertreiben, je eher, desto besser.«

»Aber sehen Sie doch«, begann Ryan, »es ist alles nur eine Frage der Zeit. Wir können uns die Genehmigungen holen ...«

»Ich wußte es!«, rief der Richter aus. »Ihr habt gar keine Genehmigungen. Und ich werde dafür sorgen, daß ihr nie welche bekommt.«

»Sie und welche Armee?« rief Ryan nun zurück und trat vor. »Erschießen Sie mich doch, Sie alter Bastard! Nur zu! Und wenn Sie das tun, werden die Jungs Sie an den nächsten Baum hängen, und zwar sofort.«

Clover war entsetzt, wie die Sache sich entwickelte. Ihr Vater legte eine gefährliche Arroganz an den Tag, und dieser schmierige Kerl O'Dowd, den sie als ersten getroffen hatten, war nach dem Vorfall mit der Winde verschwunden und trat nun zwischen den Büschen hervor und hielt ein Gewehr in der Hand. Einige der anderen Männer waren ebenfalls verschwunden und Clover wußte, daß sie nicht lange raten mußte, weshalb.

»Vater«, sagte sie ruhig, »ich denke, wir sollten die Sache mit Mr. Ryan besprechen.

»Du hältst den Mund«, gab er barsch zurück. »Kümmere dich um deine eigenen Angelegenheiten. Und nun, Mr. Ryan«, fuhr er zum Anführer dieses Packs gewandt fort, »will ich Ihr Wort, daß Sie morgen von hier verschwunden sind, Sie und der ganze üble Haufen.« Angewidert sah er auf die schmutzigen, staubbedeckten Männer hinunter. »Ich befehle Ihnen zu gehen!«

»Nichts werde ich tun«, erwiderte Ryan wütend. »Und meine Männer auch nicht.«

»Dann sind Sie hiermit verhaftet«, rief der Richter in dem Wissen, daß er die Macht des Gesetzes hatte. »Sie stehen unter Arrest. Der Rest von euch, tretet zurück«, er ritt ein Stück auf Ryan zu und blieb nur wenige Fuß vor ihm stehen, das Gewehr immer noch auf ihn gerichtet, »oder ihr werdet Zeugen eines sehr bedauerlichen Unfalls.«

Er sah sich zu Clover um. »Feßle ihn.«

»Wie bitte?«

»Du hast richtig gehört. Feßle ihn!«

»Du bist verrückt!«

Für Brodie bedeutete diese Konfrontation eine überraschende Wendung. Er hatte auf Fairlea Station davon gehört, daß das Gesetz im Westen nicht viel zählte, aber hier vor ihm verkündeteten die Leute ihre eigenen Gesetze und benutzten Waffen, um sie durchzusetzen. Es erinnerte ihn an die schlimme Situation zu Hause, die er und sein Bruder Michael immer hatten vermeiden wollen. Der Bruder ihres Vaters war erschossen und ihr Onkel mütterlicherseits per Gesetz aus seiner Hütte geschleift worden, und sie hatten nie wieder etwas von ihm gehört. Hier fand das Ganze allerdings offen statt.

»Bitte warten Sie«, rief er und trat vor, als das Mädchen nach dem zusammengerollten Lasso an ihrem Sattel griff.

Doch sie nahm nicht das Lasso, sondern ihr Gewehr.

Konfrontiert mit einer weiteren Waffe, schrak Brodie zurück.

Er hörte ein Klicken, als sie das Gewehr hob. »Die Waffe runter«, sagte sie mit einer Stimme so hart wie Granit.

Ein Raunen ging durch die Männer. Köpfe fuhren herum. Im Hintergrund hörte Lester nur ihre Stimme, ohne sie zu sehen, und ließ sein Gewehr fallen. In der Eile hatte er die Munition ohnehin nicht finden können.

»Du hast mich gehört, Vater«, beharrte sie. »Laß die Waffe fallen.«

Er drehte sich im Sattel um und vergaß Ryan für einen Augenblick. »Was soll das?«

»Ich sagte, du sollst die Waffe fallen lassen.«

Er lachte auf. »Oder was, Clover?«

»Oder du hast hier schlechtere Chancen als Charlie.«

»Du bist ja vollkommen irre!«

»Dann sind wir ja schon zu zweit.«

»Du wirst mich nicht erschießen, du dummes Ding. Ich versuche hier Ordnung zu schaffen.«

In der Stille des Nachmittags klang der Schuß wie ein Kanonenschlag.

Alle duckten sich, während der Hut des Richters wie eine angeschossene Taube durch die Luft flog. Erschrocken rutschte Chiswick vom Pferd.

»Hilf Himmel!« rief Brodie und sprang vor, um ihn aufzufangen, ehe er auf den Boden stürzte.

Ryan war ebenso schnell. Er hielt Chiswicks Gewehr in der Hand, bevor der alte Mann wieder auf die Füße kam und seine Tochter wüst beschimpfte.

Sie beachtete ihn nicht. »Ich schlage vor, Mr. Ryan, daß Ihre Leute so schnell wie möglich die Genehmigungen holen.«

»So wie's aussieht, müssen wir das wohl.« Ryan grinste.

»Warte nur, bis du nach Hause kommst, du schamloses Luder!« schrie Chiswick sie an. »Es wird dir leid tun, daß du je geboren wurdest. Los, beweg dich, wir reiten nach Hause.«

Er wandte sich an Ryan. »Und Sie geben mir das Gewehr zurück!«

Doch der schüttelte den Kopf. »Lassen Sie es bei mir abholen, Mr. Chiswick.«

Brodie machte sich Sorgen um das Mädchen. »Wird es denn gehen?« fragte er sie.

Doch Clover war am Ende ihres Mutes. Sie schüttelte den Kopf. »Ich glaube nicht. Da zieht ein Sturm auf.«

Er nickte. »Das kann gut sein, Miß, bei dem, was Sie eben getan haben.«

»Nein. Ich meine ein Sandsturm.«

»Ein was?«

»Einen Augenblick, bitte.« Sie ritt zu ihrem Vater hinüber, der wütend und mit rotem Kopf auf sie wartete. »Es tut mir leid, aber du hast mir keine andere Wahl gelassen.«

»Du hast mir gedroht!«

»Sie haben Waffen geholt. Du hättest erschossen werden können.«

»O nein! Ich habe den Blick in deinen Augen gesehen. Am liebsten hättest *du* mich erschossen, du hinterhältiges Biest. Du bist jetzt auf dich gestellt. Setz ja nie wieder einen Fuß in mein Haus!«

»Ach, red doch keinen Unsinn!« fuhr sie ihn an. »Was willst du denn tun? Mich erschießen? Das wäre aber schlecht für deinen Ruf. Hier wird es keine Schwierigkeiten mehr geben. Zumindest im Moment nicht. Aber wir müssen bleiben. Ein Sandsturm kommt von Westen auf.«

Er sah zum Himmel, wo eine schwarze Wand auf sie zukam, aber auch das konnte seine Wut nicht besänftigen. »Du kannst ja bei diesem Abschaum bleiben, wo du hingehörst. Bei Gott, wenn Charlie hier gewesen wäre, hätte er dich zu Boden geschlagen.«

»Aber Charlie ist nicht hier und du bist nicht Gott. Und du solltest auch daran denken, daß ich nicht Hannah Chiswick bin, die sich von dir schlagen und tyrannisieren läßt. Um deinetwillen aber rate ich dir zu warten. Du wirst es nicht bis nach Hause schaffen, bevor der Sturm einsetzt.«

»Du bist eine verdammte Neunmalkluge!« grollte er. Dann wendete er sein Pferd und ritt davon.

Brodie konnte nicht hören, was die beiden sagten, spürte jedoch ihre Wut. Er wartete, bis die junge Frau zurückkam und abstieg. »Werden wir endlich Regen haben?« fragte er, um sie von ihren familiären Schwierigkeiten abzulenken.

»Das glaube ich kaum«, erwiderte sie. »Sie sollten hier alles dicht machen, sagen Sie das Ihren Leuten. Das ist kein Gewitter.«

Auf ihren Rat hin begannen die Schürfer sich auf den Sturm vorzubereiten, während die dunkle, bedrohliche Wand immer weiter auf sie zukam.

Lester ging zu ihr, sein Pferd am Halfter. »Sand, sagen Sie?« fragte er ungläubig, und sie nickte und löste das Tuch um ihren Hals.

»Dann brauchen die Pferde einen Schutz«, meinte er. »Da hinten ist eine Grube, eher eine breite Spalte. Ich denke, wir kriegen sie da runter.«

Clover zögerte. »Bekommen wir sie auch wieder hinaus?«
»Ja, am anderen Ende ist sie flach.«
»Gut. Ein paar Decken wären auch sehr nützlich.«
»He, Gus!« rief Lester und spürte bereits das Stechen des sandigen Windes. »Bring ein paar Decken!«

Sie rannten mit den Pferden vom Lager fort zu einer mit Felsbrocken übersäten Lichtung, die nicht aussah, als könne sie irgendwo Schutz bieten, bis sie plötzlich am Rand eines klaffenden Lochs standen, das mit Büschen umwachsen war.

»Eine Falle für jeden achtlosen Reiter«, meinte Lester, während er Mac den steilen Abhang hinunterscheuchte. »Kommen Sie«, rief er der jungen Frau zu, als sie zögerte. »Es geht schon. Hier ist genug Platz.«

Clover sah das, aber sie hatte mehr Angst vor Schlangen, die häufig in solchen Gruben lauerten. Unter normalen Umständen hätte sie nichts dazu bringen können, dort hinunterzugehen.

Der Wind hatte zugenommen und fast der ganze Himmel war nun schwarz. Clover holte tief Luft, sprang hinunter und zog das sich sträubende Pferd mit.

Nach wenigen Minuten folgten Brodie und ein anderer Mann, ein großer, blonder Bursche, und verteilten die Decken.

Sie legten den Pferden Decken über die Köpfe, wickelten sich dann selbst ein und kauerten sich unten auf dem Boden der Grube zusammen, während der Wind über sie hinwegheulte.

Clover band sich das Tuch vors Gesicht, um sich vor den Sandmassen zu schützen, die um sie herumwirbelten, und sah durch den Nebel, daß Lester sich mannhaft vor die Pferde gesetzt hatte, ihre Halfter hielt und sie beruhigte. Es tat ihr leid, daß sie ihn auf den ersten Blick als schmierigen Kerl bezeichnet hatte.

Hier in der Senke waren sie zumindest geschützt vor der vollen Kraft des Windes, nicht aber vor dem ständigen Sandregen, der auf sie niederprasselte, also drückte sie sich enger an die Wand. Sie bekam kaum noch Luft. Die beiden anderen Männer kauerten rechts und links neben ihr, und sie hörte ihre halb erstickten, verdrießlichen Bemerkungen über den Weltuntergang um sie herum.

»He, Gus!« rief Brodie. »Wie lange dauert so was?«

»Ich weiß nicht!« gab er hustend zurück.

Clover hätte ihnen wohl antworten können. Ein paar Stunden. Ein paar Tage. Aber sie war plötzlich ganz eingeschüchtert, da ihr bewußt wurde, daß sie hier mit drei vollkommen Fremden zusammensaß. Da draußen waren noch mehr fremde Männer. Und ausgerechnet die gefürchteten Schürfer! Sie wurde nervös, als sie daran dachte, daß diese Männer hier im Distrikt einen sehr schlechten Ruf genossen, und wünschte nun, sie wäre mit ihrem Vater nach Hause geritten. Oder hätte es zumindest versucht. Es war stockdunkel und man konnte sich nur allzu leicht verirren.

Sie stellte fest, daß sie sich Sorgen um ihn machte, und hoffte, er hätte genug Verstand sich rechtzeitig einen Schutz zu suchen. Dieser Narr führte sich auf wie ein Großgrundbesitzer aus alten Zeiten. Sie hatte einige haarsträubende Geschichten über ihren eigenen Großvater gehört, der nichts Schlimmes dabei gefunden hatte, Schwarze zu erschießen und weiße Viehhüter auszupeitschen, die sich ihm widersetzten. Der Richter sah nicht ein, daß die Zeiten sich seit seiner Jugend auf der Farm geändert hatten.

Clover seufzte, vergaß für einen Moment den Sturm, und schon hatte sie den Mund voll mit feinem Staub, der durch ihr Tuch drang. Sie spuckte ihn aus und dachte sehnsüchtig an die Wasserflasche, die an ihrem Sattel hing. Wenn sie danach fragte, könnte einer der Männer sie ihr vielleicht bringen, doch sie wollte ihnen keine Unannehmlichkeiten machen.

Wer waren sie überhaupt? Und wo kamen sie her? Zwei von ihnen, Lester und Brodie, sprachen mit irischem Akzent und der Stille, den sie Gus nannten, hatte einen leichten deutschen Akzent. Sie bekam einen Krampf in den Beinen und wechselte die Position, da sie sie ausstrecken wollte. Dabei rutschte ihre Decke fort, und der Sand wirbelte ihnen gnadenlos um die Köpfe. Der Sturm war jetzt noch schlimmer geworden, und ein dicker Ast krachte neben ihnen in die Grube, so daß die Pferde aufgeregt wieherten und schnaubten. Clover entschied, daß Schlangen mittlerweile ihre geringste Sorge waren. Kaum eine Schlange würde sich in dieses Chaos hinauswagen.

Der Richter schnürte seinen Staubmantel um den Kopf des Pferdes und lenkte das Tier über die Steppe, da er eine Abkürzung suchte, doch als der Sturm schlimmer wurde, stieg er ab und führte es durch die Dunkelheit. Er steuerte auf Büsche zu, die er in einiger Entfernung zu erkennen glaubte, doch beim nächsten starken Windstoß schlug das Pferd aus, buckelte und stieß ihn zur Seite.

»Verdammt!« keuchte er und kämpfte gegen den Sturm an, um die Balance zu halten.

Doch das Pferd war verschwunden, und er mußte allein und ohne das ihn stützende Gewicht des Tieres weiterkommen. Er überlegte, ob er sich flach auf den Boden legen und das Ende des Sturms abwarten sollte, aber er wußte ja nicht, wie lange er ausharren müßte, und er hatte kein Wasser. Bereits jetzt hatte er schrecklichen Durst.

»Geh zu diesen Wasserlöchern«, sagte er zu sich selbst, während er mit gesenkten Kopf weitertrottete. »Du bist ein Landmensch und kein hilfloser Städter. Du kannst es ihnen zeigen!«

Der Wind setzte ihm hart zu, und seine Stiefel waren wie aus Blei, als er durch den wirbelnden Sand schlurfte. Er vergaß, daß sein ursprünglicher Kurs ihn von den Wasserlöchern entfernt hatte, und in seinem Ehrgeiz allen zu zeigen, daß er die Gefahren des Buschs überleben konnte, vergaß er auch, daß er die Richtung verloren hatte. Der Wind hatte die Oberhand. Chiswick erfuhr inmitten dieses fürchterlichen Sturmes ein irrationales Glücksgefühl darüber, daß er, der alte Richter, gut vorankam.

»Ich werde es ihnen allen zeigen«, lachte er und spuckte Sand. »Wahrscheinlich werde ich in diesem Tempo bald zu Hause ankommen.«

Mit dem Wind im Rücken und ohne Sonne, die ihm eine Richtung wies, wurde er jedoch wieder zum Sandy Ridge getrieben, zur trockensten Ecke seines Besitzes. Ganz und gar orientierungslos, merkte er nicht, daß er in einem riesigen Wirbelwind steckte, der Tausende Tonnen von Sand aus der benachbarten Wüste aufgesogen hatte und nun mit einem Durchmesser von zwanzig, vielleicht vierzig Meilen über das

Land zog, gen Osten zu, wo er seine schwere Ladung auf eine Küstenstadt abladen würde.

Der Richter zog die Jacke aus und wickelte sie sich um den Kopf. Ihm war ohnehin heiß, da er durch die Anstrengung schwitzte, und vollkommen in seine eigenen Gedanken vertieft, hatte er die größte Sorge des Buschmanns vergessen: das Austrocknen.

Er gab Clover an allem die Schuld. Während er vorwärts stolperte, dachte er, daß er ohne Clovers Aufbegehren schon längst wieder zu Hause wäre. Er war immer noch schockiert, daß seine Tochter ihm nicht nur widersprochen, sondern ihn auch vor diesem Abschaum blamiert hatte, und überlegte sich eine angemessene Strafe. Er würde sein Testament ändern und alles Charlie hinterlassen! Nein. Das hatte er ja bereits getan. Er könnte sie von der Farm weisen. Bei Gott, das hatte er ja auch schon getan, und sie hatte sich ihm widersetzt. Wie konnte er sie fortschicken, wenn sie sich weigerte zu gehen? Sie lebte dort, seit sie ein Kind war. Salty, die Haushälterin, und all die langjährigen Viehhüter, die sie alle kannten und liebten und nicht wußten, wie undankbar sie war, könnten sich leicht gegen seinen Entschluß sträuben.

Tränen der Enttäuschung rannen über seine staubverkrusteten Wangen. Diese Teufelin hatte ihn fürs erste geschlagen. Er konnte nicht viel tun, ohne ihr wieder eine Gelegenheit zu geben, einen Narren aus ihm zu machen. Wie bei Ten Mile vor all diesem Abschaum.

Erschöpft stolperte er zu Boden. Seine Beine waren zu schwach, so daß er nicht aufstehen konnte, sondern wieder auf die Knie fiel und im Sand stecken blieb.

Richter Chiswick weinte und wußte nicht, warum. Er war sicher, das kostbare Wasserhoch war nur noch wenige Fuß entfernt, also gab es keinen Grund zur Sorge. Oder doch? Clover hatte sich ihm widersetzt, so wie ihre Mutter es in jener letzten Nacht getan hatte. Als er seinen Gürtel nahm, hatte sie ihn angeschrien. Und ihm diese abscheuliche Geschichte erzählt.

»Nicht dein Kind!« hatte sie wie eine Irre geschrien. »Nicht dein Kind. Was hältst du davon, hm?«

»Du lügst, du verrücktes Luder. Wann hast du dir diese Geschichte ausgedacht?«

Sie hatte geweint und sich ans andere Ende des Bettes verzogen.

»Du denkst, du bist so großartig. Du bist nichts! Und du warst auch nie etwas! Du weißt nicht, was Liebe ist!« Sie wurde hysterisch. »Du bist die Verkörperung des lausigen Liebhabers. Das habe ich sehr gut herausgefunden, findest du nicht? O Gott, ich hasse dich!«

Er lachte. »Wer würde dich denn schon nehmen? Du hast doch nicht mehr erotische Ausstrahlung als die Matratze, auf der du sitzt. Hab ich dir das nicht schon hundertmal gesagt?«

Sie kroch über das Bett und griff nach dem Glas Sherry, das er ihr immer als Schlaftrunk erlaubte, obwohl er wußte, daß sie im ganzen Haus die Flaschen versteckte. Hannah war eine Trinkerin. Sie war oft beschwipst, und er merkte es immer; sie sprach die Wörter dann immer besonders sorgfältig aus. Es machte ihn wütend, weil er sicher war, daß sie nur trank, um ihn zu ärgern. Welchen Grund konnte es sonst geben? Sie hatte doch alles, was sie brauchte.

Hannah stürzte den Sherry hinunter. Er schien ihr Mut zu verleihen.

»Eine Matratze bin ich also?« gab sie verächtlich zurück und schob sich eine braune Haarsträhne aus der Stirn. Sie war eine gut aussehende Frau, aber ihr langes, natürlich gelocktes Haar war ihr besonderer Reiz. Es war wundervolles Haar, das ihr bis zur Taille reichte.

»Das würde ich sagen, ja«, erwiderte er, der einem kleinen Streit nie abgeneigt war, ehe er das Unvermeidliche tun mußte. Am Ende gab sie immer nach.

Nicht so in dieser Nacht.

Zu seiner Überraschung ging sie zur Kommode und zog aus der untersten Schublade eine Flasche hervor. Halb leer. Oder halb voll, überlegte er, während ihn ihre kleine Vorstellung amüsierte. Sie war viel betrunkener, als er gedacht hatte, aber das störte ihn jetzt nicht. Es wäre dann einfacher, ihr das Nachthemd vom Leib zu reißen. Ihr Körper war für eine Frau ihres Alters noch immer attraktiv.

Die Nacht war heiß und feucht, und der Regen klatschte gegen die offenen Fensterflügel. Samuel hängte den Gürtel über das Messingbettgestell, knöpfte seine Hose auf, ließ sie fallen und kickte sie beiseite, während Hannah sich einen Drink einschenkte.

»Das war ich nicht immer«, sagte sie, prostete ihm zu und trank das Glas in einem Zug aus. »Du warst ein Fehler. Du hast mich krank gemacht. Ein junges Mädchen voller romantischer Träume. Du hast mich verletzt und gedemütigt. Und mich immer lächerlich gemacht, wenn ich einmal etwas gesagt habe. Ich wußte es nicht besser. Und ich dachte, wenn das das Eheleben ist, dann will ich nichts davon.«

»Aber du hast bald gelernt«, sagte er geduldig, da er keine Eile hatte.

»Du wärst erstaunt, was ich alles gelernt habe«, entgegnete sie. »Bevor die Kinder kamen, hast du mich hier in Toowoomba immer allein gelassen, um wochenlang deine Klienten vom Land zu betreuen. Es war eine große Erleichterung, dich los zu sein. Also bin ich zu den Teekränzchen ins Colonial Hotel gegangen.«

»Allein?« fragte er erstaunt.

Hannah lächelte gedankenversunken. »Es ist nicht mehr da, abgebrannt. Wie traurig, es war so ein schönes Hotel mit einem wunderbaren Garten.«

»Und?«

»Dräng mich nicht«, sagte sie, ein wenig lallend. »Dies ist

wichtig. Du mußt nämlich wissen, wie unwichtig du bist, Samuel. Als ich dich heiratete, war ich verzweifelt, weil ich wußte, daß ich dich nun am Hals hatte, und ich war so ein hübsches Mädchen.« Sie schüttelte traurig den Kopf und goß sich erneut ein.

»Dann habe ich mich verliebt. Ich. Kannst du dir das vorstellen?«

»Nein, kann ich nicht«, erwiderte er säuerlich.

»O ja, das hab ich.« Hannah tanzte durch das Zimmer und summte eine kleine Melodie. »Ja, das hab ich, und er war wundervoll, er hat mir gezeigt, was Liebe eigentlich bedeutet. Wie eine Ehe eigentlich sein sollte ...«

Samuel packte sie am Arm, damit sie stillstand. »Willst du etwa sagen, du hast mich betrogen?«

»Es war die schönste Zeit meines Lebens, ja, das war es«, rief sie abwehrend und riß sich von ihm los.

»Du bist betrunken!«

»Ich bin nicht betrunken!« entgegnete sie und ließ sich auf ein Bettende fallen. »Man muß doch nicht betrunken sein, um die Wahrheit zu sagen, oder? Du dachtest, ich sei deine Leibeigene, nicht wahr? Aber du hast dich geirrt. Und danach war es mir dann völlig egal, was du getan hast. Ich hatte meine Träume.«

Samuel nahm den Gürtel. »Wonach? Was meinst du?«

»Nachdem das Kind geboren war, du Dummkopf. Ich hatte solche Angst, daß du es herausfindest. Oder dir ausrechnest, wie auch immer.« Sie grinste. »Aber natürlich hast du das nie.«

»Ich weiß nicht, wovon du sprichst. Geh ins Bett.«

»Aber du mußt es endlich erfahren«, beharrte sie. »Wir können nicht so weitermachen, ohne daß du es weißt. Das Kind ist nicht von dir.«

»Welches Kind?« fragte er. »Clover?«

»Nein, du Dummkopf!« Sie lachte hysterisch. »Charlie! Charlie ist *sein* Sohn. Und nicht deiner. Wie findest du das?«

Er nahm ihr die Flasche weg. »Du lügst. Du denkst dir das nur aus.«

»O nein, das tue ich nicht«, sagte sie. »Das erschüttert dich, stimmt's? Und jetzt geh weg, ich bin müde.«

»Kannst du das beschwören?«

»Ich schwöre es dir bei jeder Bibel, mein Bester!«

Der Gürtel traf ihren Rücken, aber sie spürte es kaum.

»Wer war der Kerl?« wollte er wissen.

Sie sah zu ihm auf. »Das hättest du nicht tun dürfen. Ich wollte es dir sagen. Du solltest es wissen. Aber jetzt tue ich es nicht.«

Sie richtete sich mühsam auf und sah ihm direkt in die Augen. »Hör mir gut zu, Samuel Chiswick! Wenn du mich jemals wieder schlägst, erzähle ich es der ganzen Welt, also laß mich in Ruhe.«

Er stand da und starrte fassungslos in den Regen hinaus. Sagte sie die Wahrheit, oder log sie ihn in ihrem Rausch nur an?

Panisch versuchte er sich an die Zeit zu erinnern, von der sie sprach, aber das war Jahre her. Fünfzehn Jahre. Länger. Charlie war fünfzehn. Sein Sohn. Er war sein Sohn, und nichts von ihrem wirren Gerede konnte das ändern.

Donner krachte, und der Regen wurde stärker und tropfte von der Fensterbank auf den Zimmerteppich.

Der Richter, der im Sand kauerte, umwirbelt vom unheilvollen Sturm, konnte noch immer den Regen schmecken, den süßen Regen. Er leckte sich über die trockenen Lippen und beobachtete, wie er über die Fensterbank rann, die von der Sonne rissig geworden war und einen neuen Anstrich vertragen konnte. Er lag darunter, sah hinauf zu den wehenden, feuchten Vorhängen und fing jeden kostbaren Tropfen mit seinem Mund auf. Er freute sich an dem feinen Rinnsal, während seine Frau auf der weißen Bettdecke lag und schlief.

Als Hannah Chiswick am nächsten Morgen erwachte, war sie vor Reue wie gelähmt. Nach einem betrunkenen Abend war ihr diese morgendliche Reue nicht fremd, aber diesmal war es aus irgendeinem unerklärlichen Grund schlimmer, tausendmal schlimmer.

Sie hob den Kopf ein wenig an, aber eine Welle der Übelkeit und dazu pochender Kopfschmerz ließen sie wieder auf das Kissen zurücksinken.

O Gott, warum trinke ich? Warum tue ich mir das an? Es schmeckt mir nicht einmal. Und es hinterläßt einen so scheußlichen Nachgeschmack im Mund.

Auf dem Nachttisch stand eine Kristallkaraffe mit Wasser, und sie sehnte sich nach einem reinigenden und durstlöschenden Schluck, aber sie wagte nicht sich zu bewegen. Nicht bevor sie die Erinnerung an letzte Nacht wachgerufen hätte. Er schlief noch und nahm wie immer den größten Teil des Bettes ein, während sie sich mit einem schmalen Randstreifen begnügen mußte.

Sie erschauerte. Diese reglosen Schultern wirkten irgendwie sehr bedrohlich, und sie betete, daß er nicht aufwachen möge. Noch nicht. Nicht ehe sie Zeit gehabt hätte nachzudenken.

Sie befühlte ihren Körper. Keine neuen Striemen zu spüren, nur ein allgemeiner Schmerz, eine Müdigkeit im ganzen Körper. Sie hatten gestritten. Daran konnte sie sich erinnern. Aber sie stritten ja oft, das war nichts Ungewöhnliches.

Warum fühle ich mich dann so entsetzlich? So furchtbar verängstigt?

Das Zimmer war heiß, obwohl es erst etwa fünf Uhr war. Um diese Uhrzeit begann im Sommer die Hitze durch die geöffneten Fenster in den Raum zu ziehen.

Hannah legte eine Hand über die Augen. Sie mußte das gleißende Licht noch mindestens zwanzig Minuten ertragen, da er nicht erlaubte, daß die Vorhänge geschlossen wurden. Er brauchte frische Luft. Und ihm schien die Sonne ja nicht ins Gesicht.

Zumindest hatte es aufgehört zu regnen. Die Fensterbank war immer noch naß. Und dort war ein nasser Fleck auf dem Teppich, neben der Sherryflasche. Was war geschehen?

Verwirrt nahm sie die Hand von den Augen und starrte benommen auf den Boden.

Woher wußte ich das? Habe ich die Flasche schon vorher gesehen und nicht wahrgenommen? Die Sherryflasche lag unter dem Fenster, und da war ein roter Fleck auf dem rosengemusterten Teppich.

Eine Minute lang freute sie sich. Den Teppich hatte sie schon immer gehaßt, aber er hatte ihn für ihr ›Boudoir‹ ausgewählt. Dieser snobistische Protz. So wie er jedes einzelne Möbelstück in diesem häßlichen alten Haus ausgesucht hatte.

Daß die Flasche dalag, machte ihr angst. Sie sorgte immer dafür, daß ihre Vorräte gut versteckt waren.

Wie konnte ich sie da liegen lassen? Er muß sie gesehen haben. Warum hat er sie nicht aufgehoben? Warum hat er mich nicht gezwungen sie aufzuheben? Es sieht erschreckend aus, wenn sie so daliegt. Anrüchig. Ich weiß! Er will, daß ich sie jetzt am Morgen sehe. Als Beweis meiner Sünden, damit er mich mit seinen Anschuldigungen herunterputzen kann. Wir haben das alles schon gehabt. Aber warum habe ich die Flasche überhaupt geholt? Er muß sie gefunden haben.

Sie warf einen Blick auf den Stiernacken des Richters. Er wurde nicht mit Würde alt, er wurde nur voluminöser. Überall. Und immer eingefahrener in seiner Lebensweise, so daß das Leben mit ihm immer unerträglicher wurde. Der Gürtel hing noch immer über dem Bettgestell.

Der Gürtel. Der hat alles ausgelöst!

Aber was? Was habe ich getan?

Sie erinnerte sich vage, daß sie in der Nähe des Fensters gestanden und mit der Flasche durch die Luft gewunken hatte. Sich vor seinen Augen ein Glas eingeschenkt hatte.

O Gott, nein!

Hannah sah ihn wieder vor sich mit dem Gürtel. Wie er sie bestrafen wollte. Aber er war es, der Bestrafung verdiente. Nicht sie. Sie verabscheute sich für ihr geheimes Leben. Schämte sich für das Trinken. Schämte sich, weil ihr Mann sie schlug. Nach und nach steigerte sich ihre Reue, zwang die Erinnerung herbei, zwang sie, sich den schrecklichen Ereignissen der vergangenen Nacht zu stellen.

In ihrem Streit war es um Bestrafung gegangen. Unausgesprochen. Aber was war der Kern? Und sie hatte sich ihm widersetzt. War das so schlimm? Es war an der Zeit, würden manche sagen, wenn sie es wüßten. Niemand wußte es. Aber sie war zu weit gegangen. Sie war zu weit gegangen, weil sie ihn bestrafen wollte. Wild entschlossen in ihrer Trunkenheit, wollte sie ihn so verletzen, wie er sie verletzt hatte, all die Jahre. Und dann hatte er den Gürtel genommen. Aber es hatte nicht wehgetan. Das war seltsam. Sie hatte den Schlag nicht gespürt. Sie konnte ihn nicht einmal jetzt spüren.

Betäubt durch den Alkohol?

Hannah lächelte grimmig. Es war ein kleiner Trost.

Nein, das glaube ich nicht. Ich war zu fasziniert über den schockierten Ausdruck in seinem Gesicht. Erst wurde er weiß, dann grün. Ganz fleckig. Und ich habe weitergeredet. Es ihm gesagt. Ihn ein für allemal so klein gemacht, wie ich es nie zuvor gewagt habe. Ich habe den Richter bestraft. Ihm lebenslänglich gegeben. Ein Triumph! Oh, und ich fühlte mich gut. Wenn ich trinke, bin ich sonst immer in weinerlicher Stimmung. Wie habe ich das nur geschafft? Ich wünschte, ich könnte mich erinnern.

Gnädig wanderte die Sonne weiter. Der Raum dampfte. Die Hitze seines Körpers war unerträglich. Die Laken waren feucht, zerknittert. Draußen in der Halle schlug die Standuhr sechs. Die Haushälterin war sicher schon auf, machte den Herd an, setzte den Kessel auf und weckte die Kinder. Auch er würde bald aufstehen.

Hannah zitterte. Er würde bald aufstehen.

Sie spürte, wie kalter Schweiß zwischen ihren Brüsten hinablief. Die Flasche lag noch immer vorwurfsvoll auf dem Boden. Charlie ist sein Sohn! Nicht deiner!

Sie setzte sich abrupt auf. Schmerz fuhr durch ihren Kopf. Angst, echte, herzumklammernde Angst ließ sie ihren Morgenmantel überwerfen und ins Badezimmer laufen, wo sie sich in das neue Wasserklosett übergab und an der Kette zog, um das Grauen fortzuspülen.

Er hatte sie einmal geschlagen. Ein einziges Mal. Weil er und weil sie wußten, daß es ihr in ihrem finalen Akt der Widersetzung egal gewesen wäre, ob er ihr bei lebendigem Leib die Haut vom Leibe schlug. Wie er es oft genug angedroht hatte.

Charlie klopfte an die Tür. »Soll ich die alte Toilette hinter dem Haus benutzen?«

»Ja, mein Schatz.«

Hannah blieb auf dem Boden neben der Holztruhe sitzen, die die neue Porzellanschüssel einfaßte, und dachte, daß dies der Platz war, wo sie hingehörte. Hoffnungslose Verzweiflung schien ihr allen Lebensmut aus dem Körper zu ziehen.

Erschöpft schlurfte sie den Flur entlang bis zum Gästezimmer, ihrem besten Zimmer, mit dem Bett aus Walnußholz und den rosa Seidenvorhängen. In dem der Bürgermeister von Brisbane geschlafen hatte, als er zu Besuch kam.

Sie schloß die Tür ab, da sie Angst hatte ihm gegenüberzutreten, denn sie erinnerte sich jetzt an alles ganz genau. Sie legte sich ins Bett zwischen die frischen weißen Laken und machte sich nicht einmal die Mühe, die teure, weinrote Tagesdecke aus Seide abzunehmen.

Der Morgen zog sich unendlich in die Länge. Sie konnte

nicht schlafen. Sie wartete, bis er zur Arbeit und die Kinder zur Schule gegangen waren und die Haushälterin ihre Einkäufe machte. Niemand hatte sie gestört. Niemand geklopft. Hannah wußte, daß alle auf seine Anweisung hin handelten. Er hob sich die nächste Begegnung ganz für sich allein auf. Um sie als Schuldige zur Rechenschaft zu ziehen. Und dann? Sie konnte niemandem außer sich selbst die Schuld für die Folgen geben, die sie erwarteten. Und es war alles zuviel. Viel zuviel.

Charlies Hund, eine einsame Seele in dem stillen Haus, winselte an der Tür. Sie machte auf, und er folgte ihr dankbar in ihr Schlafzimmer, wo sie langsam und mühevoll ihr teures Kleid aus Crêpe de Chine anzog. Jede Bewegung war außerordentlich anstrengend, und die Zeit ticktackte mit der ewig wachen Uhr da draußen davon.

Sie ging ins Arbeitszimmer, schrieb hastig einen Brief, adressierte den Umschlag an Charlie und legte ihn auf das Tischchen neben seinem Bett.

Dann überlegte sie es sich anders. Wenn der Richter ihn als erster fand, würde Charlie ihn nie zu Gesicht bekommen. Sie sollte lieber sichergehen.

Sie setzte einen Hut auf, ohne ihr Haar zu richten – es war ein schönes Gefühl, es frei im Wind wehen zu lassen, als sei sie wieder jung – und lief mit der Handtasche unter dem Arm hinaus auf die Straße.

Der Erzdiakon war erstaunt, sie mit solcher Hast quer über den Rasen von der Kirche zu seiner Haustür laufen zu sehen. Auch in der größten Eile, so dachte er, sind die Wege da, um benutzt zu werden. Er zuckte zusammen, als sie über ein Blumenbeet sprang und dabei den Salbei am Rand zertrat. Am Sonntag wollte der Bischof kommen, und die Blumenbeete waren eigens zu diesem Anlaß neu bepflanzt worden.

Nachsicht, mahnte er sich selbst.

Dann: »Ah, guten Morgen, meine liebe Mrs. Chiswick. Was bringt Sie an diesem schwülen Morgen so eilig zu mir?«

Sie sah nicht gut aus. Ihr Gesicht war blaß und abgespannt, und durch den Dauerlauf war sie völlig außer Atem. »Ich bin so froh, daß Sie da sind«, keuchte sie ohne weitere Begrüßung. »Ich hatte schon Angst, Sie nicht anzutreffen. Charlie wird am Sonntag konfirmiert, nicht?«

»Ja. Charlie und einige andere junge Menschen. Gibt es etwas, das Sie deswegen mit mir besprechen wollen? Möchten Sie hereinkommen?«

»Nein. Ich meine, das ist nicht nötig.« Sie griff in ihre Handtasche und zog mit zitternder Hand einen Umschlag hervor, der an Charles Chiswick adressiert war. »Ich möchte, daß Sie Charlie das hier geben, am Sonntag.«

Der Erzdiakon sah sie verwundert an. »Sie wollen, daß ich ihm diesen Brief gebe? Ist es eine Überraschung?«

»Ja, bitte. Würden Sie das für mich tun? Es ist wichtig.«

Er gab nach. »Nun ja, natürlich, es ist ein wichtiger Tag für uns alle. Ich nehme an, daß Ihre Worte darin etwas ganz Besonderes sind.« Ein bestimmter Segen vielleicht, dachte er, von Mutter zu Sohn. Und er hat vermutlich mehr Gewicht, wenn ich ihn überreiche.

»Wenn das Ihr Wunsch ist, werde ich ihn gern erfüllen. Soll ich den Brief vor oder nach dem Gottesdienst überreichen?«

»Oh!« Seltsamerweise hatte sie darüber gar nicht nachgedacht. »Danach, denke ich. Ja, danach. Danke sehr.«

Ehe er sie zurückhalten konnte, machte sie auf dem Absatz kehrt und eilte über den Kiesweg zurück zum Gartentor.

»Gütiger Himmel!« murmelte er und blickte ihr nach. »Gütiger Himmel.«

Am Nachmittag war es etwas frischer, und der Gärtner kam in der Hoffnung, daß der Richter ihn für die paar Stunden Arbeit bezahlen würde. Bei dem Regen hatte er in dieser Woche noch nicht viel verdient, dabei wuchs in diesen langen, feuchten Sommern alles wie verrückt. Er beschloß, die hoch geschossenen Büsche am Vorderzaun zurückzuschneiden, damit der Boß es auch gleich sah, wenn er nach Hause kam.

Er ging hinter das Haus zum Werkzeugschuppen, um die Schere zu holen, und dort fand er sie. Die Herrin, tot, in ihrem eigenen Erbrochenen.

Fred Follett war ein alter Mann. Zu alt und zu weltverdrossen, um durch einen Anblick wie diesen in Panik zu geraten. Sie sah tot aus, aber er wollte sichergehen. Er kniete sich neben sie, ignorierte den Gestank und fühlte ihren Puls, legte eine Hand auf ihr Herz, nahm sein Taschentuch und wischte ihr voller Mitgefühl den Speichel vom Mund. Dann sah er sich kopfschüttelnd um.

»Was haben Sie nur getan, Lady?« sagte er ruhig.

Zwei braune Flaschen, die außer Reichweite der Kinder auf dem obersten Regal gestanden hatten, lagen nun auf dem Steinboden, ohne Korken, und aus einer tropfte noch weißes Phenyl.

»Egal, welche der beiden Sie getrunken haben«, sagte er zu der schweigenden Gestalt, »es war sicher schwer. Sie müssen sich das Ende sehr gewünscht haben, Gott sei Ihnen gnädig.« Behutsam nahm er den dunkelgrauen Rock, der sich durch die Krämpfe bis zu ihrer Taille hinaufgeschoben hatte, und zog ihn über die Knöchel, um ihr ein würdevolleres Aussehen zu verleihen. Dann holte er einen Eimer Wasser und wischte den Boden auf. »Ich muß es ja sowieso machen«, überlegte er laut. »Dann kann ich es auch jetzt gleich für Sie tun.«

Nachdem er fertig war, sperrte er den Schuppen ab und machte sich auf die Suche nach der Haushälterin.

Der Erzdiakon stattete der trauernden Familie am Samstagmorgen einen Besuch ab und fand eine Gelegenheit, den Richter allein zu sprechen.

Nachdem er dem schockierten Ehemann sein Beileid ausgesprochen hatte, erwähnte er Mrs. Chiswicks letzten Besuch.

»Im nachhinein«, so beklagte er traurig, »denke ich, daß ich der armen Frau hätte helfen können. Ich muß Ihnen gestehen, daß sie mir sehr durcheinander vorkam. Verstört, könnte man sagen. Hätte ich nur gewußt, wie verzweifelt sie war, hätte ich ihr vielleicht den nötigen seelischen Beistand leisten können.«

»Sie konnten es nicht wissen. Ich mache mir selbst Vorwürfe. Sie war in letzter Zeit sehr eigenartig«, log der Richter. »Vergeßlich. Verlor alle möglichen Sachen. Ich habe sie gefragt, ob sie etwas quält, aber sie sagte nein.«

»Gütiger Himmel! Was könnte eine Dame in ihrer Position quälen? Sie dürfen sich nicht die Schuld geben, Samuel, das wäre grausam Ihnen selbst gegenüber. Offensichtlich litt die arme Frau an einem Wahn, der sie überfiel wie eine Herzattacke. Bestimmt wußte sie nicht, was sie tat. Die Schmerzen in ihrem Kopf waren sicher unerträglich.«

Der Richter nickte. »Sie sind ein wahrer Trost, Sir. Es scheint die einzige Erklärung für solch eine sinnlose Tat.«

»Ich bin sicher, daß es so war. Der Bischof bat mich, sein Mitgefühl zu übersenden. Wie Sie vermutlich wissen, wird er zum Begräbnis am Montag anreisen. Und da ist noch etwas.« Er holte den Brief aus der Tasche. »Mrs. Chiswick bat mich, Charlie diesen Brief zu geben ...«

Samuel bekam große Augen. »Wann?«

»Nach seiner Konfirmation.«

»Nein, ich meine, wann hat sie Ihnen den Brief gegeben?« Er hielt den Atem an.

»Gestern morgen. Ich glaube, sie kam gerade aus der Kirche. Du meine Güte, in welchem Zustand muß sie gewesen sein! Ich fühle mich ganz schwach, wenn ich nur daran denke.«

»Der Brief. Was steht darin?« Während er sprach, spürte Samuel einen kalten Schauer über den Rücken laufen.

»Über den Inhalt bin ich nicht informiert. So, wie die Dinge liegen, denke ich, daß es ein Abschiedsgruß an ihren Sohn ist, das arme Kind, und sie wollte, daß ich dabei bin, um ihm Trost zu spenden.«

Samuel wünschte, er könnte diesem Dummkopf den Brief entreißen. »Niemand kann den Kindern jetzt Trost spenden«, sagte er barsch. »Ihre Mutter hat beschlossen sie zu verlassen. Damit werden sie leben müssen, genauso wie ich. Niemand kann diesen Schmerz begreifen, wenn er ihn nicht selbst erlebt hat. Es ist viel schlimmer als ein natürlicher Tod. Ich werde Charlie den Brief geben, wenn ich meine, daß er bereit dazu ist.«

Der Erzdiakon griff sich in den steifen Kragen, um ihn zu lockern, fummelte nervös am Revers seines schwarzen Gewandes und rutschte unruhig auf dem Ledersessel herum, an dem er mit seiner verschwitzten Kleidung beinahe festklebte. »Mrs. Chiswick bat mich, Charlie diesen Brief zu überreichen. Persönlich. Morgen, am Sonntag.«

»Ja, natürlich, das verstehe ich. Aber Charlies Konfirmation wird verschoben werden müssen. Wir sind in Trauer. Vielleicht bringe ich die Kinder für eine Weile hinaus nach Plenty Station. Es ist zu schrecklich für sie, in diesem Haus. Wo es passiert ist.«

»Das ist sehr vernünftig von Ihnen, Samuel. Trotzdem bin ich Ihrer verstorbenen Frau verpflichtet. Vielleicht könnten Sie Charlie morgen Abend zu mir schicken, dann kann ich zumindest ihrem Wunsch entsprechen. Ich möchte sie nicht enttäuschen, verstehen Sie?«

Der Richter erhob sich zu seiner vollen Größe. »Meine Frau hat ihre Rechte verwirkt, indem sie sich selbst das Leben nahm. Ich will nicht, daß mein Sohn sich noch mehr beunruhigt. Wie ich schon sagte, dies ist nicht der richtige Zeitpunkt, um ihn mit Worten aus dem Grab zu konfrontieren. Geben Sie mir den Brief, Erzdiakon, und erlauben Sie mir die rechte Zeit zu wählen, die Angelegenheit mit meinem Sohn zu besprechen.«

Nachdem er den Brief sicher in Händen hielt, verlor der Richter keine Zeit, den Geistlichen loszuwerden. Dann ging er in den Salon und lehnte sich mit einem Seufzer der Erleichterung gegen die verschlossene Tür. Er war schweißgebadet.

»Was zum Teufel hat sie geschrieben?« fragte er laut in den leeren Raum.

Er zündete eine Zigarre an, um seine Nerven zu beruhigen. Einen Augenblick lang hatte er gedacht, er müsse die Macht des Gesetzes walten lassen, um diesem wichtigtuerischen Naseweis das lächerliche Papier zu entreißen. Und Gott sei Dank hatte dieser Mensch ihn nicht geöffnet!

Aber warum sollte er auch. Er hätte ja neben Charlie gesessen und jedes Wort neugierig in sich aufgesogen.

Der Richter nahm einen Brieföffner vom intarsienverzierten Schreibpult am Fenster und schlitzte den Umschlag auf.

»Was hast du noch zu sagen?« wollte er wissen. »Lamentierst du über dein armseliges Leben? Darüber, wie schwer du es gehabt hast? Was für einen schrecklichen Ehemann du hattest? Das beeindruckt mich nicht im geringsten. Was meinst du, wie viele solcher Jammereien ich im Gerichtssaal schon gehört habe?«

Wieder ganz in Kontrolle seiner selbst, paffte er an der Zigarre und konnte ihre Worte fast vorhersagen.

»Und weißt du was?« sagte er. »Wenn die Briefe von Selbstmördern verlesen werden, sagen die Leute: ›Armes Ding.‹ Und dann gehen sie fort und vergessen alles. Sie vergessen, Hannah! Sie werden dich vergessen. Sie werden viel zu sehr mit dem Skandal beschäftigt sein. Ist es das, was du wolltest? Einen Skandal?«

Die ersten Zeilen ihrer hastig geschriebenen Nachricht bargen keine Überraschung. Sie entsprachen den Regeln.

Mein geliebter Charlie!
Ich schreibe dies, um dir zu sagen, daß deine Mutter dich und Clover sehr liebt.

»Natürlich tust du das, Hannah«, schnaubte er. »Deshalb hast du sie ja auch verlassen.«

Ich muß fortgehen, aber glaube bitte, daß ich immer bei euch sein werde.

Der Richter überflog die nächste Zeile und ließ sich schwer auf einen harten Stuhl fallen. »Dieses gottverdammte Luder! Kein Wunder, daß sie Charlie den Brief zukommen lassen wollte, bevor ich ihn sehe!«

Jeder Mensch, mein lieber Charlie, hat ein Recht darauf, seine Herkunft zu kennen, und deshalb möchte ich dir sagen, solange ich es noch kann, wer dein Vater ist: Vern Holloway von Fairlea Station bei Toowoomba. Und ich möchte dich um Vergebung bitten.

Vern Holloway? Dieser Dandy? Er war also der geheimnisvolle Unbekannte!

Und er hatte gedacht, daß sie ihn mit dieser trunkenen Geschichte nur foppen wollte. Dieses verdammte Miststück! Holloway wußte es vermutlich nicht einmal. Oder interessierte sich nicht dafür.

»Wie kann sie es wagen, das Charlie zu erzählen?« fauchte der Richter. »Er ist mein Sohn! Meiner!«

Im restlichen Brief versicherte sie ihm und Clover erneut ihre Liebe. Rührseliges Geschwätz.

Er riß ein Streichholz an und verbrannte Brief samt Umschlag in einem schwarzen Marmoraschenbecher.

»Charlie ist mein Sohn«, wiederholte er. »Umsonst, Hannah! Er ist mein Sohn, und niemand kann ihn mir wegnehmen. Fahr zur Hölle!«

Dennoch fühlte er sich nach dieser knappen Flucht geschwächt. Was wäre gewesen, wenn Charlie den Brief gelesen hätte? Hätte er sich auf die Suche nach Holloway gemacht? Wäre er lieber bei einem wohlhabenden Viehzüchter geblieben als bei ihm, Samuel? Und hätte der Erzdiakon seinen Mund gehalten? Samuel bezweifelte es.

Das wäre Hannahs Rache gewesen. Skandal um Skandal. Aber es hatte nicht funktioniert.

Er schloß die Tür wieder auf und drückte einen Knopf, der in die getäfelte Wand eingelassen war.

Ein Mädchen kam. »Haben Sie einen Wunsch, Sir?«

»Ja. Ich möchte gern Tee. Wo sind die Kinder?«

»Sie sind drüben bei Mrs. MacReadie. Sie sagt, sie können gern die Nacht über bleiben. Ist es Ihnen recht, Sir?«

»Ja, lassen Sie sie dort übernachten, die armen Kinder«, erwiderte er mit trauriger Stimme, und das Mädchen nickte verständnisvoll, ehe es knicksend verschwand.

7

DER GROSSE STURM war vorüber und ließ die Landschaft in einem unheimlichen, orangefarbenen Nebel zurück, den die Sonne nicht durchdringen konnte.

Gus sah auf die Uhr. Es war sechs Uhr morgens. Vor wenigen Stunden erst hatte der Sandregen nachgelassen, aber der Wind war immer noch sehr stark, als die Morgendämmerung hereinbrach und sie, über und über mit Staub bedeckt, aus der Grube kletterten. Die Bäume schwankten, Blätter und Äste wirbelten durch die Luft, aber alles war besser als ihr unbequemes Lager der letzten schlaflosen Nacht. Ihr erster Gedanke galt dem Schacht.

»Wir hätten ihn abdecken sollen«, sagte Brodie verärgert. »Jetzt ist er voller Sand.«

Lester zuckte mit den Schultern. »Das hätte auch nichts genützt. Ein paar der anderen haben es gemacht, aber die Holzlatten wurden fortgerissen und die Planen vom Sand eingedrückt.«

Gus sah sich neugierig um. Ihm war etwas eingefallen, das ihn ganz aufgeregt machte, doch er ließ sich nichts anmerken. »Die ganze Landschaft sieht anders aus«, meinte er. »Alles hat sich verändert. Wie erstaunlich!«

Die Seilwinden waren fortgerissen worden und gaben keinen Hinweis mehr darauf, wo geschürft wurde. Die Geröllhaufen waren abgetragen oder umgeschichtet worden und über allem lagen dicke Schichten des roten Sandes. Die kleine Zeltstadt am Rand des Unterholzes in der Nähe des Wasserlochs war zerstört und eine Zeltplane flatterte einsam an einem Baum.

Ihr Karren, der neben ihrem eigenen Lager am nördlichen Ende der Lichtung stand, war zwar von Sand bedeckt, aber sonst intakt geblieben.

»Also los, laßt uns baden«, sagte Brodie. »Ich wette, ich trage eine Tonne Sand mit mir herum.«

»Warte«, hielt Gus ihn zurück. »Wir können Miß Chiswick nicht dorthin mitnehmen. Die Männer sind sicher kaum angezogen. Das ist kein Platz für eine Frau.«

Sie hatte ihn gehört. »Keine Bange, Gus, den Anblick bin ich gewohnt. Aber wenn Sie mir einen Eimer Wasser bringen würden, könnte ich mich hier ein bißchen waschen. Dann muß ich weiter. Ich mache mir Sorgen um meinen Vater.«

»Hat er es wohl nach Hause geschafft?« fragte Brodie.

»Nur mit sehr viel Glück. Unsere Männer werden uns mittlerweile bestimmt schon suchen, und sie wissen nicht, daß wir ganz hier draußen sind.«

»Ich glaube nicht, daß Sie Ihrem Vater heute morgen sehr willkommen sind«, meinte Brodie. »Sind Sie sicher, daß Sie das schaffen?«

»Er wird darüber hinwegkommen.«

Sie klang nicht allzu überzeugt, also bot Brodie an, sie zu begleiten. »Ich werde mich für den Ärger hier entschuldigen«, fügte er hinzu, »und ihm die Möglichkeit geben, sein Gesicht zu wahren.«

Gus lachte. »Nehmen Sie ihn mit, Miß Chiswick. Er ist ein großartiger Redner. Er kann einem Topf den Henkel abquatschen.«

»Da wird er sich bei meinem Vater die Lippen wund reden«, entgegnete sie, »aber ich wäre Ihnen tatsächlich sehr dankbar, wenn Sie mitkämen für den Fall, daß ihm etwas zugestoßen ist. Vielleicht ist er verletzt.«

Gus dachte, daß es sehr edel von ihr war, sich um den alten Mann zu sorgen, aber Familienbande waren nun einmal stark. Sie hätte ihren Vater nie erschossen, überlegte er, aber ihr Trick hatte gewirkt, weil der Richter fest geglaubt hatte, sie sei um ihn besorgt gewesen. Wäre es hart auf hart gegangen, so hätte der alte Mann geschossen, davon war Gus überzeugt, und sie alle hätten eine häßliche Geschichte am Hals gehabt.

»Wir sind Ihnen sehr dankbar, daß Sie gestern eingegriffen haben«, sagte er. »Das mindeste, was wir tun können, ist, Sie nach Hause zu begleiten.«

Er holte einen Eimer Wasser, stellte ihn auf die andere Seite des Wagens und legte ein Handtuch, Seife und einen Kamm dazu.

»Viel können wir Ihnen nicht bieten«, meinte er lächelnd, »aber Sie bekommen, was da ist.«

Dann sprang er zu den anderen in das Wasserloch und schwamm mit ihnen in kräftigen Zügen zur anderen Seite und wieder zurück. Dabei sahen sie einige Rinder herantraben. Warum der alte Richter sich so aufregte, wollte Gus nicht in den Kopf. Die Schürfer hielten sich an die Regeln und überließen die gegenüberliegende Seite dem Vieh. Zu ihrer Seite konnten die Tiere ohnehin nicht gelangen, da der Zugang mit seinen vielen verstreuten Felsbrocken ein zu großes Risiko barg. Zudem konnten die Tiere das Wasser riechen. Sie würden nie daran vorbeiziehen und auf den Hügel steigen, wo es überhaupt kein Wasser gab und sie möglicherweise in Schächte stürzen könnten. Der Viehzüchter machte nur deshalb solch ein Theater, weil er niemandem etwas gönnte, auch das nicht, wofür er selbst keine Verwendung hatte.

Gus schmunzelte, während er im Wasser planschte und den Staub abwusch. »Mich werden Sie nicht mehr los, Mr. Chiswick«, brummte er vergnügt. »Und jetzt erst recht nicht.«

Von seinem Platz aus konnte er beide Enden des Wasserlochs sehen, das sich über etwa eine halbe Meile erstreckte.

Offensichtlich war hier vor langer Zeit einmal ein Fluß gewesen, der Kanäle durch den Sandstein gegraben hatte, um auf die andere Seite des Sandy Ridge zu gelangen.

Und deshalb waren die Opalsucher hier. Damit Opal sich bilden konnte, war Wasser nötig. Die alteingesessenen Schürfer hatten ihm erzählt, daß der Hügel wahrscheinlich durch einen Erdstoß entstanden war, und der Fluß hatte sich dann hindurchgraben müssen. Dieses Wasserloch war zurückgeblieben, weil es in einem Granitbecken lag, das der jahrhundertelangen Erosion widerstanden hatte.

Gus blickte zu der Grube hinüber, die ihnen während des Sturmes Schutz geboten hatte, und überlegte, daß sie vermutlich Teil eines der alten Kanäle war, die der Fluß gegraben hatte.

Er fand Lester im Schatten liegen. Ganz offensichtlich hatte er keine besondere Eile, an diesem düsteren Tag mit der Arbeit zu beginnen.

»Nach dem Frühstück bringt Brodie Miß Chiswick zu ihrem Haus zurück«, verkündete er.

Lester setzte sich auf. »Was soll das heißen? Kann sie nicht allein zurückreiten? Wir haben genug zu tun – den ganzen Schacht müssen wir wieder ausbuddeln.«

»Mach dir darüber jetzt keine Gedanken.«

»Warum nicht? Glaubst du, der Sand weht von allein wieder heraus? Und was ist mit Brodie? Der geht doch bestimmt nicht deshalb mit, weil er ein so gutes Herz hat. Der will ihr doch nur unter den Rock.«

Dieser Gedanke war Gus auch schon gekommen, aber er war nicht weiter beunruhigt. »Dieses Mädchen ist Brodie haushoch überlegen. Sie hat ihr ganzes Leben hier im Busch verbracht, umgeben von Männern. Solche Frauen lassen sich nicht einwickeln. Du hast sie doch gestern in Aktion erlebt.«

»Eben! Sie kann allein nach Hause reiten.«

»Nein. Ich will Brodie aus dem Weg haben. Wir gehen nämlich nicht wieder in den alten Schacht zurück. Ich möchte es woanders versuchen, aber laß uns im Moment einfach so tun, als würden wir aufräumen oder was auch immer. Da wir Brodie einfach gehen lassen, wird sich niemand weiter um uns kümmern.«

»Warum sollten sie auch?«

»Weil ich letzte Nacht etwas gehört habe. Nicht nur einmal, sondern mehrere Male, und ich wundere mich, daß ihr Kerle es nicht auch gehört habt.«

»Ich hab nur den verdammten Wind um meine Ohren pfeifen hören.«

»Da war das Singen. Das Geräusch, von dem hier alle reden. Wie unten im Schacht, als Ginger Croft auf Opal stieß. Dieses Klingeln – wie Glas. Und letzte Nacht hab ich's in der Grube gehört.«

»Das bildest du dir ein. Dir ist wohl Sand ins Hirn geweht.«

»Vielleicht, aber wir müssen der Sache nachgehen. Wir werden still und leise herumstöbern, während alle denken, daß wir auf Brodie warten.«

»Wirst du's Brodie sagen?«

»Noch nicht. Du kennst ihn ja. Er wird hinrennen, sich wie ein Irrer aufführen und alles verraten. Ich war mir in der Dunkelheit nicht ganz sicher, wo das Klingeln herkam ...«

Lester war immer noch nicht sonderlich beeindruckt. »Ich bleib drei Monate hier und keinen Tag länger. Wahrscheinlich hast du das Klirren eines Zaumzeugs gehört. Wir sollten da weitermachen, wo wir aufgehört haben.«

»Gib mir einen Tag. Wir untersuchen die Wände und den Boden der Spalte, in der wir waren, und wenn wir dann nichts finden, werde ich allein weitersuchen, wenn wir Feierabend machen.«

»Du wirst nichts finden. Wir müssen am Hügel bleiben, wie alle anderen. Ich würde sogar lieber ein Stück weiter hinten graben als hier.«

»Einen Tag«, bat Gus nochmals.

Mit Rücksicht auf das langsame alte Pferd, das Brodie ritt, ließ Clover sich Zeit und hielt Ausschau nach ihrem Vater.

Der Ire war ein charmanter Kerl, ohne Zweifel, und gewaschen sah er sogar ganz gut aus mit seinen wachen, blauen Augen und dem entwaffnenden Lächeln. Dennoch war sie mißtrauisch. Schürfer waren in ihren Augen noch immer Vagabunden. Nichtsnutze.

Die drei Männer waren ihr gegenüber sehr höflich gewesen und hatten versucht, es ihr so bequem wie möglich zu machen, aber sie wußte trotzdem, welches Risiko sie eingegangen war. Charlie hätte gesagt, daß sie vollkommen verrückt gewesen wäre, sich dort mit Fremden in eine Grube zusammenzukauern. Clover jedoch hielt sich für eine gute Menschenkennerin, und die Burschen waren ihr ungefährlich erschienen, besonders Gus.

Wart nur, bis ich Salty davon erzähle, dachte sie, während sie auf die Steppe zuritten. Ich habe zwei gut aussehende Männer an einem Tag getroffen – das muß man rot im Kalender anstreichen!

Aber sie würde Salty bestimmt nicht verraten, daß sie in der ersten Stunde dort unten mit den Männern bereit gewesen war, beim kleinsten Anzeichen von Schwierigkeiten davonzurennen. Sturm hin oder her. Sie hatte einen Instinkt für solcherlei Arten von Schwierigkeiten, aus Erfahrung. Wie damals, als sie gegen Ende eines Zusammentriebs mit zwei neuen Viehhütern allein gewesen war, nachdem jemand die Schichten getauscht hatte.

Sie war erst siebzehn gewesen. Zunächst hatte sie keine Veränderung der Männer ihr gegenüber wahrgenommen und auch keine Bemerkungen gehört. Dennoch hatte sie gespürt, daß etwas anders war, und es hatte gereicht, daß sie mit einem durchgeladenen Gewehr neben sich auf ihrer Seite des Lagerfeuers blieb und bei einer günstigen Gelegenheit kurz verschwand, um die Fußfesseln ihres Pferdes zu lösen.

Dann ging es los.

»Die Kleine hat 'ne Waffe«, lachte der eine und kam auf sie zu. »Du mußt keine Angst vor uns haben. Willst du was trinken? Wir haben 'ne Flasche hier.«

»Sie ist bestimmt das hübscheste kleine Mädchen in dieser gottverlassenen Gegend«, grinste der andere Mann. »Und gar nicht mehr so klein. Wir haben viel Zeit hier draußen. Wir können eine schöne Party haben.«

»Bleibt bloß weg von mir«, warnte sie. »Mein Bruder wird davon erfahren.«

»Ach, sieh mal an!« Die Männer schienen das lustig zu finden. »Sie will uns verraten.«

Clover konnte sich an den Rest ihrer ausfallenden und drohenden Wort nicht mehr erinnern, nur daran, daß sie einen Schuß abfeuerte, der den Wasserkessel über dem Feuer traf, was einen fürchterlichen Lärm verursachte. Einer der Männer schrie auf, aber sie wartete nicht ab, um herauszufinden, weshalb. Sie lief durch das Gebüsch zu ihrem Pferd und ritt davon, so schnell sie konnte.

Die Viehhüter tauchten nicht wieder auf, und sie war froh sie los zu sein. Curly, ein eingeborener Spurenleser von Plenty Station, untersuchte die Feuerstelle und versicherte Clover, daß sie niemanden erschossen hatte. Es waren keine Blutspuren zu sehen.

Er hatte gegrinst, als er den zerschossenen Kessel entdeckte. »Eher möglich, daß Sie sie mit heißem Wasser verbrannt haben, Missy.«

O ja. Clover war mit Männern vorsichtig, aber sie hatte gelernt, ein Gespür für die Situation zu entwickeln.

Wegen dieses Burschen Brodie machte sie sich keine Sorgen. Sie war nur etwas mißtrauisch, weil er so viele Fragen stellte. Über die Farm. Wie groß sie war. Wie viele Tiere sie hatten. Wie viele Menschen dort lebten. Und ob es noch mehr Farmen weiter westlich gab.

Als sie diese letzte Frage hörte, schämte sie sich ihres Mißtrauens. Anscheinend wußte er überhaupt nichts über das Land hier im Westen und war ganz offensichtlich beeindruckt. Er erzählte, er habe auf Fairlea Station gearbeitet, in der Nähe von Toowoomba, und fragte, ob sie es kenne.

»Ich habe von der Farm gehört und auch von den Holloways, aber persönlich kenne ich sie nicht.«

Als sie erfuhr, daß er erst seit kurzer Zeit in Australien war, verstand sie seine Neugier.

»Wollen Sie tatsächlich sagen, daß Hunderte von Meilen entfernt noch andere Farmen sind?« fragte er.

»Bis es kein Weideland mehr gibt«, erwiderte sie. »Dann beginnt die Simpson Desert, aber ich habe keine Ahnung, wie weit die reicht. Ich sollte es wissen, aber ich habe es vergessen.«

»Und was ist auf der anderen Seite?«

»Von der Wüste? Die andere Küste, nehme ich an.«

»Allmächtiger Gott! Wir sind hier so weit draußen, daß ich angenommen hatte, wir müßten bald an der anderen Seite angelangt sein. Man sagt, es dauert Tage um quer durch England zu reisen, und ich fand das schon immer sehr weit.«

»Oh, jetzt machen Sie sich aber einen Spaß, Brodie. England ist doch sehr groß.«

»Das dachte ich auch immer. Was ich nicht verstehe, ist, wie die Leute hier überhaupt an das Land herangekommen sind. Wer hat es verkauft?«

»Niemand. Die Pioniere setzten sich einfach auf ihre Pferde und Wagen und fuhren so weit, bis sie Land fanden, das noch niemand für sich beansprucht hatte. Dann blieben sie dort ein paar Jahre hocken – weshalb die Großgrundbesitzer hier heute immer noch ›Squatter‹ heißen – ohne Steuern zu bezahlen, bis schließlich ein Vermessungsbeamter kam und ihren Anspruch legalisierte.«

»Ich bin sprachlos! Ist denn noch welches übrig? Land, meine ich?«

»Keines, das es wert wäre.« Sie lachte. »Ich glaube, dafür ist es zu spät, Mr. Court.«

»Höchstwahrscheinlich«, gab er zurück. »Aber für Opal nicht.«

»Ich verstehe nicht, warum Sie da draußen bleiben. Opale sind diese ganze Schinderei und Entbehrungen doch gar nicht wert.«

»Da irren Sie sich aber. Ginger Croft, einer der Schürfer bei Ten Mile, hat kürzlich etwas gefunden.«

»Ich weiß, der Händler hat in unserem Haupthaus übernachtet. Er sagte, er hätte für alles fünfzehn Pfund bezahlt und Croft wäre überglücklich gewesen.«

»Was sagen Sie da?« Brodie brachte sein Pferd abrupt zum Stehen. »Fünfzehn Pfund?«

»Ja.«

»Sind Sie sicher?«

»Natürlich bin ich sicher. Der Händler hat uns die Opalbrocken gezeigt. Sie waren in einem Zuckersäckchen. Sehr hübsch, aber nicht sehr wertvoll.«

Brodie schwieg.

Sie sah zu ihm hinüber. Seine Gesichtszüge waren in diesem orangen Licht gut zu erkennen, auch die knochigen Schultern. Für seine Größe war er sehr dünn, aber sie nahm an, daß die harte Arbeit und die kargen Mahlzeiten jeden kräftigen Mann auf Dauer abmagern ließen.

Sie entdeckte in einiger Entfernung etwas Seltsames und ritt ein Stück darauf zu, um es genauer zu betrachten, aber es war nur ein alter Sattel. Zu alt, als daß er ihrem Vater gehört haben könnte. Wo war er nur?

Brodie holte sie ein. »Croft war ein Dummkopf«, brummte er. »Sein Opal hatte sehr viel Farbe.«

»Der Händler sagte, er hätte ihm einen guten Preis bezahlt.«

»Natürlich sagt er das. Aber fünfzehn Pfund sind sehr viel für einen Mann, der gar nichts hat. Umgerechnet sind das sechs Shilling pro Woche – mehr, als manch einer sonst verdient. Aber ich kenne ihn. Er wird alles verprassen und dann vollkommen abgebrannt zurückkehren und wieder von vorn anfangen.«

»Machen das alle Schürfer so?« fragte Clover voll echter Neugierde. Der Richter hatte ja auch immer gesagt, es seien Verschwender.

»Ich nicht! Ich mache das nicht aus Spaß. Ich bin bereits ein vermögender Mann.«

»Ach, tatsächlich?« Sie schmunzelte. Sein plötzlicher Ausbruch an Arroganz überraschte sie, da er so gar nicht zu seiner vorherigen Liebenswürdigkeit paßte. Aber er schien zu denken, daß ihre Reaktion auf Unglauben beruhte.

»Ich besitze in Irland eine Farm«, entgegnete er leicht verärgert, »und in Toowoomba ein Haus, das mir Miete einbringt. Denken Sie also nicht, wir sind alles Versager oder Nichtsnutze. Ich weiß sehr wohl, was ich tue.«

»Seien Sie doch nicht gleich gereizt! Ich wollte Sie nicht beleidigen.«

Als er nicht antwortete, zuckte sie mit den Schultern und galoppierte voraus. Männer! dachte sie. Keinen Sinn für Humor. Sitzen immer nur auf ihrem hohen Roß. Aber sie würde das nicht auch noch unterstützen. Das hatte sie noch nie getan. »Und bei Mr. Court fange ich bestimmt nicht damit an«, sagte sie zu sich selbst. »Der soll ruhig schmoren.«

Als sie die Anhöhe hinaufritten, die in ihr heimatliches Tal führte, wurden sie von zwei Viehhütern entdeckt, die sofort auf sie zugaloppierten.

»Wo ist der Richter?« rief der erste, der über den Fremden an ihrer Seite offensichtlich etwas irritiert war.

»Ist er noch nicht zu Hause?«

»Nein. Wir suchen Euch seit Sonnenaufgang.«

»Verdammt! Ich habe ihn auch nicht gesehen. Wir waren draußen am Sandy Ridge. Ich habe dort Unterschlupf gefunden, als der Sturm anfing, aber er bestand darauf, nach Hause zu reiten.«

»Wir dachten, Ihr wärt nur zu den Wasserlöchern geritten«, erwiderte er vorwurfsvoll.

»Mein Vater bestand darauf, daß wir zum Hügel reiten«, erwiderte sie. »Und er wollte bestimmt diesen Weg zurück nehmen oder hat es zumindest versucht. Wahrscheinlich ist er am Ende nur im Kreis geritten.«

Brodie unterbrach sie. »Das glaube ich kaum. Sehen Sie, da drüben!«

»Wo?« fragten alle gleichzeitig.

»Dort hinten! Da läuft ein Pferd auf Ihre Umzäunung zu. Es ist gesattelt.«

»Himmel!« rief der Viehhüter aus. Er wendete sein Pferd und ritt auf das herrenlose Tier zu.

Als er wiederkam, erkannte Clover es. »Es ist das Pferd meines Vaters. Also wo ist er?«

Clover war auf einmal sehr müde. »Ich werde es nach Hause bringen. Gebt ihr den anderen Männern Bescheid, damit sie das Gebiet durchkämmen. Das Tier ist sicher auf geradem Weg hierher gelaufen, also muß er irgendwo da draußen sein.«

Sie nickte Brodie zu. »Reiten wir los.« Sie nahm es als selbstverständlich an, daß er sie bis zum Haupthaus begleitete. Ihr fiel ein, daß sie ihn den Männern gar nicht vorgestellt hatte, aber sie machte sich im Moment einfach zu viele Sorgen um ihren Vater, als daß sie an solche Dinge denken konnte. Schuldgefühle wurden wach. Sie versuchte sich einzureden, daß seine eigene Sturheit ihn in diese Lage gebracht hatte, aber sie wußte genau, daß er ihr die Schuld geben würde.

Brodie hatte ein ähnliches Haupthaus wie in Queensland erwartet, ein langes, flaches Gebäude mit weiter Veranda, wie er es sogar in der Stadt gesehen hatte, aber dieses Haus war eine Enttäuschung.

Es war sehr groß, wie es sich für die Besitzer eines großen Grundstückes gehörte, mit zwei Stockwerken, gebaut aus Sandstein, aber es war häßlich. Die Veranda und die Balkone hatten überladen verschnörkelte Geländer. Das Dach war von kleinen Sandsteinquadern eingerahmt, wie bei einem Fort. Brodie hatte den Eindruck, daß sich jemand hier viel Mühe gegeben und keine Kosten gescheut hatte, um Eindruck zu schinden, aber das Ergebnis empfand er als höchst protzig.

Er seufzte. Der Sandstein allerdings war schön, besonders jetzt in diesem ockergelben Licht. Er leuchtete fast. Aber das Haus selbst vermittelte ihm ein Gefühl der Beklommenheit. Zwischen den graubraunen Bäumen wirkte es irgendwie tragisch, als lauerten hinter der Fassade dunkle Geheimnisse.

Eine ältere Frau erwartete sie an der Tür, schloß Clover erleichtert in die Arme und überfiel sie gleichzeitig mit unzähligen Fragen über ihren Vater.

Brodie erfuhr durch ihre Antworten, daß dies Salty war, die Haushälterin. Er wurde in einen düsteren Salon geführt.

»Mr. Court muß wieder zurückreiten«, sagte Clover, um den Fragen eine Ende zu setzen. »Aber vorher sollten wir etwas essen.«

»Kümmern Sie sich nicht weiter um mich«, meinte Brodie. »Ich kann sofort wieder aufbrechen. Sie werden jetzt viel zu tun haben. Und sich um Ihren Vater sorgen.«

Clover warf sich in einen Sessel und zog die Stiefel aus. Brodie sah, daß sie Männersocken trug.

Sie benahm sich, als ob sie ihn schon ihr Leben lang kennen würde. Er erinnerte sich an ihren Vorwurf. ›Seien Sie doch nicht so gereizt!‹ Das hatte ihn verblüfft. Er war es nicht gewohnt, daß fremde Frauen ihn anfuhren. Und überhaupt war er es nicht gewohnt, daß eine Frau sich ihm gegenüber so desinteressiert verhielt.

Clover legte ihre Füße auf ein niedriges Tischchen. »Wollen Sie etwas trinken? Ich sterbe vor Durst. Da drüben auf der Anrichte, Brodie. Tun Sie mir einen Gefallen und gießen Sie die Drinks ein. Whiskey ist in der Karaffe und Wasser in dem silbernen Krug.«

Er gehorchte. Die Aussicht auf einen guten Whiskey ließ ihn seine gekränkte Stimmung vergessen.

Sie leerte mit dem ersten Zug das halbe Glas. »Oh! Das tut gut! Danke, daß Sie mich nach Hause gebracht haben, Brodie. Bis eben habe ich nicht gemerkt, wie müde ich eigentlich bin. Wir haben letzte Nacht kein bißchen geschlafen, oder?«

Plötzlich kicherte sie los und blickte zur Tür. »Wie gut, daß Salty das nicht gehört hat. Sie würde das Schlimmste denken.«

Brodie fühlte sich in diesem großen Haus fehl am Platz. Er hatte sein Spiegelbild in einer Scheibe der Anrichte gesehen. Sein schwarzes Haar war zu lang und sein Bart ein wildes Gestrüpp. In dieser Umgebung kam er sich vor wie ein Wilder. Kein Wunder, daß die Haushälterin bei seinem Anblick das Gesicht verzogen hatte.

»Sie machen sich bestimmt große Sorgen um Ihren Vater«, meinte er, um etwas zu sagen.

Sie seufzte. »Um die Wahrheit zu sagen: Ich weiß es nicht. Wenn er nach Hause kommt, werde ich ein gehöriges Donnerwetter über mich ergehen lassen müssen, so daß ich mir wünschen werde, sie hätten ihn da draußen liegen lassen. Andererseits ist er mein Vater.«

Wenn ich an ihrer Stelle wäre, dachte Brodie, und mein Gewehr auf diesen alten Trottel gerichtet hätte, wäre ich wahrscheinlich glücklicher, wenn sie ihn mit den Füßen zuerst ins Haus tragen würden. Er überlegte, wer den Besitz dann wohl erbte.

»Ihre Männer werden ihn aber finden, oder?«

»Dank unserer eingeborenen Spurenleser ganz bestimmt. Tot oder lebendig.«

Bei dieser offenherzigen Bemerkung verschluckte Brodie sich an seinem Drink. »Sind Sie nur heute so zynisch?« fragte er, nachdem er gemerkt hatte, daß er mit ihr nicht so förmlich umgehen mußte. »Oder kommen Sie mit Ihrem Vater nicht zurecht?«

Er musterte sie, während sie ihre Antwort überlegte. Sie war keine Schönheit mit ihrem langen glatten Haar und der gebräunten Haut, und das grobe Hemd und die Hosen wirkten auch nicht gerade attraktiv, aber ihre langen Beine, die an den Knöcheln übereinandergeschlagen waren, hatten einen gewissen Reiz. Und sie hatte einen schönen Mund. Ihre braunen Augen jedoch waren kühl und direkt. Alles in allem, entschied er, war sie zwar für eine Frau zu groß, aber gut gebaut.

»Es geht nicht darum, ob ich mit ihm zurechtkomme«, sagte sie schließlich. »Ich könnte, wenn ich wollte. Aber das Problem ist, daß ich ihn nicht mag.«

»Ah, ich verstehe.«

»Nein, tun Sie nicht. Sie sind nur vorsichtig. Sie wollen nichts Falsches sagen, stimmt's?«

»Es geht mich nichts an«, entgegnete er ausweichend.

»So ist es wohl. Auf jeden Fall werde ich heute nicht mehr hinausreiten. Die Männer wissen, was sie zu tun haben. Warum bleiben Sie nicht über Nacht hier? Sie müssen auch müde sein. Wenn Sie bei Tagesanbruch losreiten, werden Sie sich besser fühlen.«

Brodie ließ sich nur zu gerne überreden. Die Gelegenheit zu einer anständigen Mahlzeit und einem bequemen Bett wollte er sich nicht entgehen lassen. Und dann war da noch Clover selbst. Er dachte über sie nach und hoffte, daß sie eine zweite Vivien wäre, die den ersten Schritt tat. Und bei Gott, er würde sie nicht zurückweisen.

Die Haushälterin zeigte ihm sein Zimmer – Charlies Zimmer, wie sie verriet, nachdem sie erfahren hatte, daß dieser Fremde ihre Clover während des Sturms beschützt hatte. Sie zeigte ihm auch das Badezimmer, wo er eine Schere fand, um seinen Bart zu stutzen sowie sein Haar, damit er ein wenig manierlicher aussah. Er nahm ein langes, heißes Bad und freute sich darauf, in gepflegter Atmosphäre mit Clover zu speisen.

Doch sie aßen in der großen, sauberen Küche, gemeinsam mit Salty. Gutes Essen, aber nichts Besonderes. Kein gedämpftes Licht und kein Wein.

Ohne Rücksicht darauf, daß Clover beim Abendessen saß, kamen und gingen die Männer, um ihr von der Suche zu berichten, um Salty um Öl für ihre Lampen zu bitten, um nach Decken zu fragen und um von Clover zu hören, wie sie dem Sturm entkommen war. Es war wie ein Essen mitten auf dem Dorfplatz, abgesehen davon, daß niemand von ihm Notiz zu nehmen schien.

Brodie bot an aufzubleiben, um auf Neuigkeiten über den Richter zu warten, aber Clover schickte ihn ins Bett. »Es gibt nichts, was Sie tun können. Ich gehe selbst auch nicht mehr hinaus, da bin ich nur im Wege. Wir werden sehr früh aufstehen, also gönnen Sie sich etwas Schlaf.«

Noch nie hatte er in einem so bequemen Bett geschlafen. Sein ganzes Leben lang hatte er sich mit einfachen Schlafkojen begnügen müssen, sowohl zu Hause als auch hier in Australien, ganz zu schweigen von seinem harten Lager draußen im Zelt.

Charlies Bett war breit und angenehm hart. Und lang genug, daß ein Mann seine Beine ausstrecken konnte, ohne die Füße über den Rand hängen zu müssen. Es war wie der Himmel auf Erden! Obwohl er versuchte sich wach zu halten, in der Hoffnung, Clover könnte doch noch ihren Kopf hereinstecken und nachsehen, ob er es auch bequem hätte – und ihm so die Gelegenheit geben, die Sache ein wenig voranzutreiben –, schaffte er es nicht. Zum ersten Mal wurde er von seinem Schicksal enttäuscht. Aber es war ja noch genug Zeit – er würde einen Grund finden wieder hierher zu kommen. Clover hatte nicht Viviens Schönheit und erregende Sinnlichkeit, aber sie war eine faszinierende Frau. Und ledig. Keine Komplikationen also.

Clover hätte gelacht, wenn sie die Gedanken ihres Besuchers hätte lesen können. Im Moment empfand sie ihr Leben als äußerst kompliziert. Sie wünschte, sie könnte von ihrem Vater wegkommen, aber sie liebte die Farm und war entschlossen zu bleiben. Sie hatte gehofft, daß Charlie in letzter Minute doch noch das tun würde, was er wollte, und nicht das, was der Richter von ihm erwartete, aber das war nicht geschehen. Schlimmer noch. Nach einigen kurzen Militärübungen war sein Regiment nach Südafrika gesegelt, wie er schrieb, wo sie nach weiterem Training in die Schlacht ziehen würden.

Schlacht! Das Wort machte ihr angst. Sie versuchte, nicht darüber nachzudenken.

Hätte Brodie mehr über die Situation nachgedacht, hätte er erkannt, daß Clover und Vivien vieles gemeinsam hatten. Beide stammten aus wohlhabenden Familien, aber beide hatten keinen Zugriff auf das Vermögen, solange dem Familienoberhaupt nicht etwas zustieß.

Die Haushälterin weckte ihn am Morgen mit einer Tasse Tee und einem heißen Toast mit Butter.

»Miß Chiswick meinte, ich solle Sie schlafen lassen«, sagte Salty. »Sie war mit den ersten Sonnenstrahlen schon draußen. Sie suchen noch immer nach dem Richter. Der arme Mann. So ein Unglück!«

Für Brodie war es eine herbe Enttäuschung. Er hatte erwartet, Clover noch einmal zu sehen, aber nun mußte er ganz ohne Abschied zum Sandy Ridge zurückreiten. Und ohne eine erneute Einladung.

Während er die fast verlassenen Farmgebäude hinter sich ließ, hoffte er, daß der alte Mann sich bei seinem Sturz vom Pferd den Hals gebrochen hätte, damit die Schürfer durch ihn nicht mehr belästigt würden. Aber sein Wunsch war vergeblich.

Auf seinem Weg kamen ihm ein paar Männer entgegen, die verkündeten, der Boß sei gefunden.

»Geht es ihm gut?« fragte Brodie mit gespielter Anteilnahme.

»Gut genug.« Sie lachten. »Er hat schlechte Laune, wie immer. Wir dachten, das Pferd hätte ihn abgeworfen, aber es ist ihm nur weggelaufen. Er ist vollkommen ausgetrocknet und hat einige Schürfwunden, aber ansonsten wird er es überleben. Der Alte ist zäh wie Leder.«

Enttäuscht machte Brodie sich auf seinen zweistündigen Weg zurück zum Hügel.

»Was zum Teufel ist denn hier los?« rief er, als er entdeckte, daß Gus und Lester einen neuen Claim markiert hatten, fünfzehn mal acht Yards um die Spalte, in der sie die Nacht verbracht hatten.

»Hier ist es leichter zu graben als da, wo wir waren«, meinte Lester leichthin.

»Ihr seid wohl verrückt geworden!« explodierte Brodie. »Kann ich nicht ein Mal weggehen, ohne daß ihr beide Mist baut?«

Zwei Männer, die vorbeikamen, nickten mitfühlend.

»Was ist mit unserem alten Schacht?« fuhr Brodie fort. »Habt ihr ihn einfach aufgegeben?«

»Der ist voller Sand.«

»Die anderen etwa nicht? Ihr hättet ihn freilegen müssen.«

»Während du dich amüsierst?« Lester grinste. »Ich hätte wetten können, daß du über Nacht bleibst. War die Versuchung doch zu groß, wie?«

»Da war nichts von dem, was du denkst!« fauchte Brodie zurück.

Wütend sprang er vom Pferd und rannte zu ihrem Zelt, wo Gus gerade Tee kochte.

»Habt ihr den Verstand verloren, unseren Schacht aufzugeben?« fragte er.

Gus überreichte ihm eine Tasse schwarzen Tee. »Gut gemacht, Brodie. Du hast genauso reagiert, wie wir es brauchen. Wir wollen nämlich nicht, daß irgend jemand da herumschnüffelt. Und jetzt beruhige dich, während ich dir alles erzähle. Wir sind auf Opal gestoßen.«

»Was? Wo?«

»In der Wand dieser Grube.«

»Das glaube ich nicht.«

»Wir wollen uns noch nicht verraten. Nicht ehe wir wissen, in welche Richtung die Ader verläuft.«

Brodie war verwirrt. Er konnte es noch immer nicht glauben. »Zeig mir, wo.«

»Nicht nötig. Dies sollte erst einmal genügen.« Er legte einige Klumpen Opal ins Gras neben ihn.

»Gott im Himmel!« Brodie schrie fast, obwohl er versuchte seine Stimme zu dämpfen. Er hob die Stücke auf. »Sind die schön. Verdammt schön! Da ist Scharlachrot drin und richtige Muster. Gott im Himmel!«

Gus lächelte. »Ich hab ihn neulich Nacht klingeln gehört. Und Lester hat ihn gefunden. Es heißt, Opal ist der einzige Edelstein, dessen Schönheit in natürlicher Umgebung am beeindruckendsten ist, und ich habe das immer akzeptiert. Bis jetzt.« Er sprang auf und schüttelte Brodies Hand. »Denn wenn er dir gehört, ist er das Allerschönste in der ganzen Welt!« Vor lauter Aufregung sprang er wild herum und tanzte.

»Wir haben es geschafft, Brodie! Wir haben es geschafft! Bisher ist es nur ein kleiner Fleck, aber es sieht gut aus.«

Der Weg von ihrem Lager bis zur Grube schien sich um

Meilen auszudehnen, als Brodie sich zwang, möglichst gelassen hinüberzuspazieren, aber dann sprang er mit einem Satz zu Lester hinunter. Tief im Felsen, oberhalb eines flachen Riffs, glitzerte und funkelte es ihm entgegen. Es stimmte also. Sie waren auf eine Opalader gestoßen!

Eine Woche lang war der Richter ans Bett gefesselt, da Salty angeordnet hatte, daß er sich richtig ausruhen mußte. Er litt an Unterkühlung, und durch den scharfen Sand schälte sich seine Gesichtshaut, aber was sie wirklich beunruhigte, waren seine Augen. Augenentzündungen waren in dieser Gegend keine Seltenheit – selbst die Eingeborenen wußten keinen Schutz gegen das grelle Licht – und Sandstürme wie der letzte waren sehr gefürchtet, da Sand als Hauptursache für die Entzündungen galt.

Sie hatte nach dem Doktor geschickt, der jedoch auch nichts weiter tun konnte, als Augentropfen und Salbe dazulassen und zu empfehlen, daß dem Richter die Augen verbunden wurden. Es hatte viel Überredungskunst bedurft, den Richter zu überzeugen, daß er im Bett bleiben mußte. Schließlich akzeptierte er die Warnung, er könnte sonst erblinden, blieb in seinem abgedunkelten Zimmer und brüllte lautstark Befehle durch das Haus.

Clover hatte erzählt, daß sie bei Ten Mile vor den Schürfern eine kleine Auseinandersetzung gehabt hätten, und die Angelegenheit als unwichtig abgetan, aber der Richter sah das anscheinend anders. Salty haßte jede Minute, die sie seine vereiterten Augen auswaschen mußte – einmal pro Stunde –, weil sie dann gezwungen war, die wütenden Beschimpfungen gegen seine Tochter und den ›Abschaum‹ anzuhören, denen er jede mögliche Form der Rache androhte, sobald er wieder auf den Beinen wäre. Sie hoffte, er würde sich bis dahin wieder beruhigen, aber es hatte nicht den Anschein.

Salty schlug Clover vor, sie könnte ja für eine Weile nach

Charleville reiten und Freunde besuchen, aber das störrische Mädchen weigerte sich. »Er wird darüber hinwegkommen«, meinte sie nur.

Doch das tat er nicht. Er weigerte sich, seine Tochter zu sehen, und verwies sie für die Mahlzeiten aus dem Eßzimmer. »Kein großer Verlust«, meinte sie achselzuckend. »Ich esse sowieso lieber in der Küche.«

Dann, nachdem sie sich eine Woche lang aus dem Weg gegangen waren, kam es zu einem fürchterlichen Streit.

»Verlaß mein Haus!« brüllte er sie an. »Du bist es nicht wert, den Namen Chiswick zu tragen!«

»Ach, halt doch den Mund, du alter Narr! Wenn ich nicht dazwischen gegangen wäre, hätte es Tote gegeben. Bewaffnete Männer mit einem Gewehr zu bedrohen! Du hast Glück, daß sie dich nicht erschossen haben, so wie du sie provoziert hast.«

»Die werde ich von meinem Grundstück verjagen!« rief er.

»Alles, was du erreicht hast, ist, daß sie ihre Claims jetzt registrieren lassen. Damit ist ihre Opalsuche legal, und es werden noch viel mehr Schürfer kommen.«

Salty stand lauschend vor der Tür. Sie hörte, wie er Clover schlug, und stürzte ins Zimmer.

Clover stand neben dem Klavier, die Hand immer noch schützend vors Gesicht gehoben. »Ich bin nicht meine Mutter«, fuhr sie ihn an. »Wenn du das noch mal tust, erschieß ich dich. In Notwehr, Herr Richter«, frotzelte sie. »Das würde sogar in deinem Gericht durchgehen. Also laß mich in Ruhe.«

»Oh, Clover, bitte!«, jammerte Salty. »Du darfst so nicht reden. Sie hat es nicht so gemeint, Richter. Sie ist überreizt.«

Clover ging zur Tür. »Du solltest ihn wieder ins Bett stekken, Salty. Er ist nicht ganz bei Trost.« Dann verschwand sie.

Das war zuviel für den Richter, der von allen Leuten Gehorsam gewohnt war. Er sank auf einen Stuhl. »Hast du das gehört, Salty?« klagte er. »Wie meine eigene Tochter mit mir spricht? Ich weiß nicht, was ich mit ihr machen soll.«

Aus dem, was Salty gehört hatte, konnte sie sich zusammenreimen, daß Clover ihn da draußen vor einer unangenehmen Situation gerettet hatte, also hatte sie wenig Mitleid mit dem alten Mann. Er war ehrlich schockiert. Clover hatte sich gegen ihn aufgelehnt und gesiegt! Es kam Salty so vor, als sei er mehr schockiert durch den Rollentausch als durch das, was tatsächlich gesagt wurde, und sie kniff die Lippen zusammen. Es wurde auch langsam Zeit, daß dich jemand zurechtweist, du alter Tyrann, dachte sie bei sich.

»Bleiben Sie nur ruhig sitzen, ich bringe Ihnen eine Tasse Tee«, sagte sie. »Clover kommt eben nach Ihnen, sie mag ebensowenig herumkommandiert werden wie Sie. Sie wird sich schon beruhigen.«

Der Richter schmollte den restlichen Tag, aber am nächsten Morgen war er schon wieder früh auf und ritt mit einer Gruppe Viehhüter los, um weitere Rinder zusammenzutreiben.

Frank Dobson, Viehhüter und ein angesehener Pferdekenner des Distrikts, war sehr darauf bedacht, zu gefallen. Er war von schlanker Statur, mit langen Beinen, langen Armen und einem langen Gesicht. ›Pferdegesicht‹ nannten ihn die anderen hinter seinem Rücken. Er war außerdem ein hinterlistiger und sauertöpfischer Geselle, ganz ohne den Humor, der sie auf dieser abgelegenen Farm bei Laune hielt.

Es ging das Gerücht, daß Slim McLure, Vormann von Plenty Station, sich überlegte, ob er in den Krieg gegen die Buren ziehen solle.

Dies war die beste Neuigkeit, die Frank je gehört hatte. Fünf Jahre arbeitete er bereits auf der Farm, und er rechnete damit, daß er bei Slims Weggang dessen Amt übernehmen würde. Und es besser machen! Daran zweifelte er keine Sekunde. Slim, so dachte er, war zu locker, zu sanftmütig gegenüber all den Burschen, die hier herumfuschten. Sie brauchten eine starke Hand und da war er genau der Richtige. Falls man ihn fragte, würde er sogar so weit gehen zu sagen, daß dieser zusammengewürfelte Haufen, einschließlich der faulen Eingeborenen, jemanden wie ihn in dieser Position begrüßen würde. Einen echten Vormann.

Als er den Richter an jenem Morgen erspähte, wie er auf die Ställe zueilte, heftete er sich sofort an seine Fersen.

»Wie schön, Sie wieder wohlauf zu sehen, Richter.«

»Wie? Ja.« entgegnete der Boß kurz angebunden. Die herzliche Begrüßung überraschte ihn ein wenig.

»Alle Achtung, das war ein geschickter Schachzug, sich während des Sturms zu verkriechen und das Pferd allein nach Hause zu schicken. Die Jungs sagen, nur ein echter Buschmann beherrscht solche Tricks.«

In diesem Moment war es Frank egal, daß alle Viehhüter, ihn eingeschlossen, den Richter für einen ausgesprochenen Narren gehalten hatten. Er hätte am Sandy Ridge Schutz suchen sollen wie seine Tochter. Nachdem er auf dem gesamten Heimweg über seine undankbare Tochter geschimpft hatte, waren alle gespannt gewesen zu erfahren, was sich zugetragen hatte, aber Clover hatte kein Wort darüber verloren. Slim dachte, sie hätten sich wohl darüber gestritten, ob sie nach Hause reiten sollten oder nicht, und sie hatte sich entschlossen zu bleiben, während ihr Vater allein losgezogen war.

»Ich bin hier draußen geboren«, sagte der Richter geschmeichelt. »Geboren und aufgewachsen. Nur weil ich meine Anwaltsgeschäfte in Toowoomba ausübe, heißt das noch lange nicht, daß ich keine Farmarbeit mehr verrichten kann. Solche Sachen vergißt man nicht. Ich hab schon viele Stürme erlebt. Feuer und Überschwemmungen auch. Erfahrung, das ist alles, was zählt, wenn's hart auf hart kommt.«

Frank war der erste der vier Männer, die der Richter an diesem Morgen auf seine Runde mitnahm.

Sie ritten in dieselbe Richtung, aus der er nach dem Sandsturm gebracht worden war.

»Wo reiten wir hin?« brummte einer der Männer.

»Wahrscheinlich müssen wir seinen Hut suchen«, grinste ein anderer.

»Er hat hier draußen ...«, begann Frank.

»Ich sag dir, was er hat! Verirrt hat er sich!« Die anderen lachten.

Frank machte ein finsteres Gesicht. »Der Boß hat eine Menge Tiere ohne Brandzeichen in einer Herde gesehen, als er hier draußen war, und die sortieren wir heute aus und bringen sie ein. Das spart uns später eine Menge Zeit.«

»Wieso? Später müssen wir dann noch mal raus und den Rest holen.«

Frank wußte, daß die anderen recht hatten, aber der Richter war der Boß und er wollte unbedingt einen guten Eindruck machen. Deshalb würde er genau das tun, was ihm befohlen wurde. Es war ihm egal, ob sie dieselbe Herde fünfzigmal ausmusterten; er hielt sich von nun an an den Richter.

Chiswick legte ein flottes Tempo vor und eine Stunde später durchkämmten sie das Gelände nach den Tieren ohne Brandzeichen.

Wie sie erwartet hatten, gab es in diesem Gebiet einige verstreute Herden, aber die Anzahl der Tiere ohne Brandzeichen war nicht besonders hoch, es waren zumeist Kälber, deren Mütter weggelaufen waren.

Die Männer murrten. »Er hat gesagt, daß auch ausgewachsene Rinder hier wild herumlaufen; wir können froh sein, wenn wir ein halbes Dutzend finden.«

Frank informierte den Richter. »Die unmarkierten Tiere, die Sie gesehen haben, müssen weiter nach Westen gewandert sein.« Das war einfacher, als ihm zu sagen, daß er sich geirrt hatte.

Der Boß ritt zwischen den Bäumen hindurch und betrachtete die zusammengetriebene Herde, deren Bullen bereits nervös schnaubten.

»Sie sind in gutem Zustand«, meinte er zu Frank. Offenbar war ihm nicht bewußt, daß sie hier ihre Zeit verschwendeten.

»Ja, das sind sie«, stimmte Frank zu.

»Dann treiben wir sie alle ein.«

Frank zögerte eine Sekunde lang. Es waren über zweihundert Rinder. Selbst wenn sie sie zusammentrieben, was sollten sie dann damit machen?

»Wo bringen wir sie denn hin?« fragte er also, um dem Richter die Chance zu geben, seine Entscheidung noch einmal zu überdenken.

»Überlassen Sie das mir«, gab der Richter kühl zurück. »Kreist sie einfach ein und treibt sie in diese Richtung.«

»Jawohl, Sir!« Frank machte kehrt, um die anderen zu informieren.

Er konnte hören, wie sie schimpften und fluchten, während sie durch das Gestrüpp ritten, die ruhigeren Tiere antrieben und den Ausbrechern nachjagten, bis sie die Herde schließlich in Bewegung brachten. Frank wußte, daß ihnen eine ganze Reihe Tiere entwischt waren, weil die Männer nur halbherzig ihre Arbeit taten, aber da der Richter es nicht merkte, war das nicht so schlimm.

»Wohin?« fragte er den Boß.

»Wir bringen sie direkt zu den Gurelbah Ponds.«

»Ja, Sir!« erwiderte Frank und ritt zu einem der anderen Viehhüter. »Wo zum Teufel sind die Gurelbah Ponds?«

Der alte Rinderhirte schob den Hut zurück und spuckte aus. »Gurelbah Ponds ist der frühere Name vom Wasserloch bei Ten Mile. Warum bringen wir sie denn dorthin? Da haben sie zwar Wasser, aber nicht viel zu fressen. Sobald wir wegreiten, werden sie umdrehen und wieder hierher zurücklaufen.«

»Ich tue nur, was mir gesagt wird.«

»Na dann. Aber mach langsam, sonst werden die Kälber niedergetrampelt.«

Mit dem Richter an der Spitze wurde der sinnlose Zug fortgesetzt.

Nach einer Weile kam es Frank so vor, als ob der Boß die Herde vom Weg abbrachte, und schließlich mußte er etwas sagen. »Paßt auf, was ihr tut«, rief er einem der Viehhüter zu, um nicht Chiswick persönlich zu kritisieren. »Haltet euch vom Hügel fern.«

Sofort fuhr der Richter dazwischen. »Bleibt in dieser Richtung. Ich gebe hier die Anweisungen, Dobson.«

»Ja, aber das Wasserloch liegt da unten. Hier oben wird es ziemlich felsig.«

Dann bereute er seine Äußerung. Der Richter sah ihn wütend an. »Kümmern Sie sich um Ihre eigenen Sachen. Hier herum geht es schneller. Ein Wasserloch, hat zwei Seiten, mehrere sogar. Es ist mein Wasserloch, und ich sehe keinen Grund, warum meine Tiere immer nur eine Seite benutzen sollen. Wenn es noch etwas zu sagen gibt, Dobson, so will ich es jetzt hören.«

Frank hatte dazu nichts weiter zu sagen. Er ritt ans Ende des Viehtriebs, um von hinten die stampfende Herde anzutreiben, die der Richter unaufhaltsam auf den Sandy Ridge zusteuerte.

Sie wurden immer schneller, und Frank rief einem Viehhüter an der rechten Flanke zu, er solle bremsen, aber niemand hörte ihn. Er trieb sein Pferd an, um an der Herde vorbeizureiten, und hatte den Richter schon fast erreicht, als er sah, wie der sein Gewehr erhob.

Sein sechster Sinn sagte ihm, was nun geschehen würde, und er vergaß ganz und gar seinen Entschluß, dem Richter blind zu gehorchen. »Nein!« schrie er laut auf.

Zu spät. Der Schuß löste bei den Leittieren augenblicklich Panik aus, und die wild gewordene, außer Kontrolle geratene Herde rannte auf den Hügelkamm zu.

Sie nannten ihre Mine ›Glühwürmchen‹ weil sie im Kerzenlicht so wunderschön leuchtete und blitzte.

Die Opalader war im Querschnitt etwa zehn Zentimeter breit und sah in dem Felsen wie ein Strom geschmolzener Farbe aus. Vor Äonen mußte genau an dieser Stelle das Wasser durch eine Felsspalte geflossen und nach und nach kristallisiert sein. Durch die Mineralien bildeten sich die Farben heraus und ließen dieses Wunder an Edelstein entstehen.

Vorsichtig klopfte Brodie den umliegenden Felsen ab, um dem schmalen, unregelmäßigen Band zu folgen, und stellte fest, daß es in leichtem Bogen nach rechts verlief.

Sobald sie ihre Claim-Markierungen geändert hatten, kamen die anderen herbeigelaufen. »Habt ihr was gefunden?«

Brodie konnte nicht mehr an sich halten. »Opal!«, rief er. »Den schönsten, den ihr je gesehen habt! Ich wußte es! Ich wußte immer, daß ich ihn finden würde.«

»Bloß, daß du ihn gar nicht gefunden hast!«, stichelte Lester grinsend. »Gus und ich waren das, während Master Brodie der Tochter des Richters schöne Augen machte.«

Sie holten ihre Schätze hervor und sonnten sich in den Glückwünschen und dem Neid ihrer Kameraden.

»Da habt ihr wahrhaftig Glück gehabt«, sagte Mike Ryan zu Lester. »Ich grabe diesen Misthaufen schon fast sechs Monate um und hab nur wertloses Zeug gefunden.«

»Glück,« wiederholte Lester versonnen. »Manche Menschen sind einfach Glückspilze. Ich würde es ihm nie ins Gesicht sagen, damit er nicht zu eingebildet wird, aber Brodie hat was. Ich schwöre, der Kerl ist in eine Wiese mit vierblättrigem Klee hineingeboren.«

»Wie meinst du das?«

»Er fällt immer auf die Füße, ohne daß er sich groß anstrengen muß. Alles gelingt ihm – ob mit der Arbeit, bei den Frauen, mit Geld ... Deshalb habe ich mich auch an ihn drangehängt, damit es vielleicht ein bißchen auf mich abfärbt.«

»Nun ja, es hat sich gelohnt.«

»Hör mal, Mike ... Brodie hat erzählt, daß Ginger nur fünfzehn Pfund für seine Opale bekommen hat. Für mich sahen die aber viel wertvoller aus.«

»Er war scharf auf das Geld. Um mehr zu bekommen, mußt du die Steine zu einem Experten bringen, der sie schleift und poliert. Und das meiste Geld kriegst du in England oder in Deutschland, wo sie sich um Opale reißen.«

Lester hütete sich, diese Information an Brodie und Gus weiterzugeben. Eines Tages hätte er seine eigene Mine, seine eigenen Opale, und dann würde ihn nichts davon abhalten, die Steine höchstpersönlich nach England zu bringen. Er grinste verschlagen. Warum sollte er sich Konkurrenz schaffen?

Die Arbeit in der Glühwürmchen-Mine ging nur langsam voran, aber sie hatten ihr Ziel immer direkt vor Augen, während sie unterhalb der Ader entlanggruben und -hackten. Die Farben ließen langsam nach, aber sie arbeiteten dadurch nur noch vorsichtiger, wenn sie die kostbaren Steine aus dem Felsen lösten.

Stundenlang saßen sie vor ihren Schätzen und debattierten über den Wert der einzelnen Stücke. Es waren keine großen Steine dabei, wie sie gehofft hatten, und ein paar waren von feinen Rissen durchzogen und daher wertlos, wie sie von Willi Schluter wußten, aber sie hatten genug gute Opale, um zwei Satteltaschen damit zu füllen. Jede Nacht packten sie die Steine aus und drehten sie im Schein der Lampe herum, um die roten, grünen und goldenen Lichtblitze zu beobachten und nach Mustern Ausschau zu halten. Gemusterte Opale mit guter Färbung waren die begehrtesten und kostbarsten.

Seit dem Sandsturm, der aus dem trockenen Innern des Landes gekommen war, hatte die Hitze zugenommen, und die Schürfer begannen am frühen Morgen mit der Arbeit und machten gegen Mittag eine Pause. Sie blieben ein paar Stunden im Schatten und sammelten Kraft für eine zweite Schicht mit Hacke und Schaufel.

An einem dieser Nachmittage, als Brodie sich gerade ausgestreckt hatte, um ein bißchen unter ihrem Wagen zu dösen, hörte er den Schuß. Zumindest kam es ihm wie ein Schuß vor. Er lauschte noch eine Weile, aber niemand sonst reagierte darauf. Alles war ruhig bei Ten Mile, und der Schuß wurde nicht erwidert.

Dann hörte er ein vertrautes Geräusch. Ein tiefes Murmeln. Einige Minuten lang wunderte er sich darüber, aber dann, als es stärker wurde, erkannte er plötzlich, was es war. Er hatte lange genug als Viehhüter gearbeitet, um den Lärm einer herantrampelnden Rinderherde zu erkennen.

Abrupt fuhr er hoch, schlug sich den Kopf an und stolperte fluchend unter dem Karren hervor.

Rinder? Hier? Wo?

Sie kamen näher. Es schien, als brächen sie durch das Unterholz hinter ihm. Aber warum?

»Jesus Christus!« brüllte er. »Das Wasserloch!«

Gus erkannte zur gleichen Zeit, was geschah. Er rüttelte Lester wach und lief zu Mac. Das alte Pferd hatte die Gefahr schon erkannt, und sobald Gus es losgebunden hatte, lief es seitlich den Hügel hinauf.

Brodie dachte zuallererst an die kostbaren Opale. Er sprang auf den Karren, kramte die Satteltaschen unter einem Stapel Vorräte heraus und rannte dann mit Lester fort, so schnell er konnte, während die wilde Herde mit gesenkten Köpfen durch ihr Lager trampelte.

Die drei Männer schrien wütend auf, als die Tiere ihren Wagen umstießen, aber noch wütender wurden sie, als sie durch den aufgewirbelten Staub hindurch sahen, daß die Glühwürmchen-Mine niedergetrampelt wurde. Ihre Mine.

Ein paar Reiter tauchten auf und versuchten verzweifelt, die Herde zu verlangsamen und sie zumindest auf dem flacheren

Teil des Hügels zu halten, damit die Tiere nicht in die Schächte stürzten. Aber die unteren Lager wurden zerstört, und die Schürfer rannten um ihr Leben, während die Rinder auf das Wasserloch zurasten, wo sie sich verteilten, stehen blieben und stumpf umhersahen, als würden sie sich selbst fragen, was hier gerade geschehen war.

Binnen weniger Minuten war alles vorbei und Brodie rannte den Abhang hinunter zur Mine. Ein riesiger Bulle lag mit gebrochenem Genick auf dem Grund ihrer ehemaligen Schürfstätte und war unter einer Schicht Erde und Gestein begraben. Als Gus und Lester den Schacht gegraben hatten, hatten sie die Erde in die Grube geleert, anstatt sie per Winde an die Oberfläche zu transportieren. Nun hatte das Gewicht der Tiere ein Übriges dazu getan, die ganze Stelle in eine flache Senke zu verwandeln. Die Markierungen waren fort. Ihre Mine war verschwunden.

Panisch griffen die Männer nach ihren Schaufeln und begannen zu graben. Doch jeder von ihnen wußte, daß es vergebens war – ihr kostbares Opal war für immer verloren.

Keuchend vor Erschöpfung stützte Gus sich auf seinen Spaten und wischte sich Staub und Schweiß vom Gesicht.

In einiger Entfernung sah er einen einzelnen Reiter, der einfach nur dasaß und ihnen teilnahmslos zuschaute. Nachdem er sich noch einmal über die Augen gewischt hatte, erkannte Gus den Mann mit seinem breitkrempigen Hut und langen Staubmantel.

»Bei Gott, das ist Chiswick!« knurrte er, warf die Schaufel beiseite und rannte zu ihrem Lager.

Er kümmerte sich nicht weiter um ihre zertrampelte Habe, sondern griff sofort nach dem Gewehr, das von der Seite des umgestürzten Wagens hing, suchte nach Munition und lud die Waffe auf dem Rückweg.

»Das war kein Zufall, Sie Bastard! Ich krieg Sie!«

Sein erster Schuß verfehlte den Richter, der daraufhin ein

Stück davonritt, um außer Reichweite zu sein, jedoch erneut provozierend stehen blieb.

Frank Dobson wußte nicht, was er jetzt tun sollte, da die Herde friedlich am Wasserloch trank. Sollte er sie weitertreiben oder nicht? Vorsichtig ritt er durch die zerstörten Lagerplätze und tat so, als hörte er die wütenden Rufe der Schürfer nicht. Charlie hätte das schon vor einem Jahr tun sollen! Er war einfach zu nachgiebig mit diesen Eindringlingen gewesen, aber der Alte wußte, was zu tun war, und verschwendete keine Zeit.

Frank war von der Gerissenheit des Richters beeindruckt und zweifelte nicht daran, daß der Boß von Anfang an gewußt hatte, was er tat, während seine Männer ihn für übergeschnappt gehalten hatten.

Der nicht, dachte Frank. Er ist der Boß, und das läßt er alle wissen. Und es ist sein Recht, seine Rinder auf seinem Grundstück herumzutreiben, wohin er möchte. Das wird die Nichtsnutze verjagen und wenn nicht, dann können wir ja jederzeit mit einer andern Herde wiederkommen.

Die anderen drei Viehhüter waren abgestiegen, wanderten durch die zerstörten Lager, hoben hier und da entschuldigend einen Topf und andere Sachen auf und ließen die Beschimpfungen über sich ergehen. Frank kümmerte sich nicht weiter um sie.

Er sah, wie einer der Schürfer den Hügel hinab auf den Richter zulief, mit einem Gewehr in der Hand. Sofort gab er seinem Pferd die Sporen und ritt zum Boß, um ihn zu schützen. Er holte den Schürfer ein, nachdem der schon einen Schuß abgefeuert, den Richter aber Gott sei Dank verfehlt hatte.

»Was soll das?« rief er.

»Ihr Bastarde habt unsere Mine zerstört!« brüllte der blonde Hüne ihn an. »Chiswick hat es euch befohlen, stimmt's?«

»Wer sagt das? Wir haben zusammengetrieben, und plötzlich hat irgend etwas die Leittiere erschreckt. Die anderen sind hinterhergelaufen, das war alles. Wir wollten sie aufhalten.«

»Einen Teufel wollten Sie! Jemand hätte totgetrampelt werden können.«

»Es ist aber niemand totgetrampelt worden, also hör mit dem Gejammere auf. Und nimm die Waffe runter, sonst muß ich sie dir abnehmen.«

»Versuchen Sie's doch!«

»Wie du meinst.« Frank zuckte mit den Schultern und ritt unbesorgt auf den Richter zu, da er wußte, daß der Schürfer ihm nicht in den Rücken schießen würde.

Der Richter lächelte Frank an, als er auf ihn zukam. Es war ein dünnes und hinterlistiges Lächeln, aber Frank war das egal; er hatte jetzt einen Stein im Brett.

»Sind die Tiere ruhig?« fragte der Richter.

»Ja, Boß. Wollen Sie, daß wir sie weitertreiben?«

»Nein, lassen Sie sie hier.«

»Die Schürfer werden sie verjagen.«

»Das bezweifle ich. Und wenn, dann nehmen sie Ihnen nur die Arbeit ab. Wenn sie sich beruhigt haben, werden die Rinder vermutlich ohnehin zurückwandern, um zu grasen. Rufen Sie Ihre Männer; wir reiten zurück.«

Ihre Männer! Frank gefiel das. Er steckte zwei Finger in den Mund und pfiff *seine* Leute zusammen.

Der älteste Viehhüter, Barney Tait, war der letzte, der sich zurückzog. Er blieb bei den zwei Burschen stehen, die auf ihren Kameraden mit dem Gewehr warteten.

»Tut mir leid, die Sache, Jungs«, sagte er und sah zu dem verunglückten Bullen hinunter. »Zumindest habt ihr jetzt ein schönes Stück Fleisch gratis.«

»Wir sollten sie alle erschießen«, fauchte der eine, das Gesicht und die Haare grau vor Staub.

»Tut das lieber nicht«, warnte Barney. »Das wäre schlecht

für euch. Dann hätte er einen Grund, um euch für lange Zeit hinter Gitter zu bringen.«

Der Dritte kam wutschnaubend zurück. »Verschwinden Sie hier«, rief er Barney zu und drohte mit dem Gewehr. »Versuchen Sie nicht mir zu erzählen, daß es ein Zufall war! Er hat die Herde absichtlich hier hinuntergetrieben.«

»Du hast recht, es war kein Zufall, falls es dir ein Trost ist, das zu wissen.«

Er ließ die Waffe sinken. »Wir werden uns an dem Mistkerl rächen. Wir werden Schürfgenehmigungen holen.«

Barney schüttelte den Kopf. »Verlaßt euch nicht darauf. Ihr müßt sie bei der örtlichen Polizei beantragen, und die wird dem Richter nicht in die Quere kommen. Sie werden es ihm vorlegen, darauf könnt ihr wetten. Es ist sein Land. Er wird den Teufel tun und das genehmigen!«

»Aber was können wir sonst machen?«

»Ich weiß nicht«, meinte Barney. »Vielleicht für Charlie Chiswicks Rückkehr beten.«

Dieses Mal war der Angriff auf ihr armseliges Hab und Gut für die meisten der Schürfer zuviel, und sie veranstalteten eine große Abschiedsfeier. Alle versammelten sich um ein großes Feuer, über dem allerbestes Fleisch, der Bulle, an einem Spieß röstete. Niemand wollte gehen, ehe er nicht seinen Teil dieses Leckerbissens genossen hatte.

Mike Ryan saß bei den Männern der zerstörten Glühwürmchen-Mine und biß von einem riesigen Steak ab.

»Hm, das ist das beste Fleisch, das ich seit Jahren gegessen habe«, meinte er, während ihm der Saft auf den Bart tropfte.

»Wir hätten uns mehr davon holen sollen, solange wir konnten«, sagte Lester, der sein erstes Steak bereits gegessen hatte und seinen Teller für das nächste Stück hinhielt. »Wir waren verrückt, die ganze Zeit Salzfleisch zu kauen, wo hier doch so viele herumlaufen.«

»Wir hätten nur einen Bullen schießen müssen«, stimmte Brodie zu. »Chiswick würde keins seiner Tiere vermissen.«

»Ja, wir hätten eher daran denken sollen«, sagte Lester. »Und jetzt schuldet er uns was.«

»Und ob!« meinte Brodie finster. »Von jetzt an werden wir immer genug Fleisch haben, das sage ich euch. Und du machst mit, Mike, oder?«

»Wenn ich hier bliebe, wäre ich der erste, der euch eins erlegt, nur um es Chiswick heimzuzahlen.«

»Gehst du etwa auch?«

»Ja. Ich hab hier kein Glück. Ich komme mit euch.«

»Aber wir gehen doch nicht«, entgegnete Brodie.

Mike sah von einem zum anderen. »Ich dachte.«

»Keine Angst. Der wird uns nicht vertreiben. Wir graben eine neue Glühwürmchen-Mine weiter östlich und arbeiten uns von da aus wieder zu unserer Ader vor.«

Gus tunkte sein Brot in die Fleischsoße. »Nein, tun wir nicht«, sagte er ruhig. »Es hat keinen Sinn, Brodie. Wir haben um die Ader herumgegraben, es war nur ein kurzer Strang.«

»Da ist nichts mehr«, fügte Lester hinzu.

»Kennt ihr denn nicht das alte Sprichwort: Wo Rauch ist, da ist Feuer? Wo also ein bißchen Opal ist, da ist noch mehr Opal.«

»Sag das mal Ginger Croft. Der hat nie mehr was gefunden.«

Brodie wandte sich an Mike. »Du weißt, daß es hier noch mehr Opal gibt. Sag es ihnen.«

»Natürlich gibt es mehr. Aber das ist Glückssache. Du kannst monatelang graben und eine Ader um Zentimeter verpassen.«

Brodie sah seine zwei Freunde an. »Seht ihr? Wir können nicht gehen!«

»Wir sind gekommen, um Opal zu finden«, sagte Gus ruhig, »und wir haben eine Menge gefunden. Du redest, als ob wir nur wertloses Zeug ausgegraben hätten, Brodie. Ein paar unserer Stücke sind sogar sehr viel wert. Gib auf, Mann. Es war deine Idee und du hattest recht. Wir werden als Helden nach Hause zurückkehren.«

»Wir kehren nirgendwohin zurück. Wir werden Glühwürmchen wieder eröffnen und auch in allen Schächten weitergraben, die diese Burschen jetzt verlassen.«

Gus schüttelte den Kopf. Bei Brodie hörte es sich an, als verließen diese Schürfer ihre Posten, statt daß sie verzweifelt aufgaben.

»Lester und ich haben darüber gesprochen, und es ist an der Zeit, daß wir uns aus dem Staub machen.«

Lester stimmte zu. »Wir sind seit Monaten hier, Brodie. Ich hab genug von diesem Steinhaufen, ich will meinen Anteil.«

»Nein. Wir gehen nicht. Versteht ihr nicht? Bares Geld liegt hier. Ein Vermögen. Sicher, wir haben gute Stücke gefunden, aber wieviel ist das schon? Das reicht doch höchstens für ein Jahr. Aber ich will mehr. Ich will einen so großen Opal finden, daß ihnen die Augen aus dem Kopf fallen! Und ich werde ihn finden. Gebt mir nur Zeit.«

»Du hast nicht einmal die letzte Ader gefunden«, meinte Lester verächtlich. »Du hast wirklich Glück, das muß man zugeben, aber dein Glück ist nur eingefangen. Irgend jemand wirft und du fängst es ein. Wie bei dem Kerl in Irland, der dich hierher geschickt hat, oder dem in Brisbane, der dich nach Fairlea gebracht hat, oder der Frau, die dir das Geld geliehen hat, oder bei Gus und mir ... Ohne uns wärst du nicht hierher gekommen. Du kommst nirgendwo alleine hin, also gib's auf, Brodie. Wir fahren nach Toowoomba zurück.«

Er sah Brodies finsteres Gesicht und fügte hinzu. »Es gibt eine Menge hübscher Mädchen in Toowoomba. Gus und ich vermissen sie. Und du hast deine Lady dort ...«

»Nein. Wir bleiben.«

Sie stritten sich ein paar Tage lang, während die anderen Schürfer zusammenpackten und abreisten, aber Brodie wollte nicht nachgeben. Schließlich waren sie überzeugt, daß Brodie das Fieber erwischt hatte, das unter Goldsuchern weit verbreitet war: Sie suchten und suchten, bis sie sich zu den anderen alten, verarmten und bemitleidenswerten Gestalten gesellten, die um die Schürfstätten herumgeisterten.

Sie sagten es Brodie sogar direkt ins Gesicht, aber er wollte nichts davon hören. »Ihr irrt euch. Ich werde mein Vermögen ausbuddeln, und keiner wird mich davon abhalten.«

»Denk an Willi Schluter«, sagte Gus. »Willst du etwa so enden?« Brodie starrte sie an.

»Versteht ihr das nicht? Willi hat dieses Leben gewählt. Er ist glücklich damit, aber das ist nichts für mich. Ich werde reich sein, das verspreche ich euch. Ich brauche nur mehr Zeit.«

»Das ginge schneller und einfacher, wenn du eine reiche Frau heiratest«, lachte Lester. »Und dafür bist du genau der Richtige! Also spiel hier nicht verrückt.«

»Ich bin nicht verrückt!« rief Brodie. Dieser Streit mit Lester schien sich in dieselbe Richtung zu entwickeln wie sein Streit mit Michael. »Ihr zwei wollt mich nur loswerden«, klagte er. »Ihr habt das von Anfang an geplant. Ihr wollt alles mitnehmen und mich hier allein zurücklassen.«

»Das stimmt nicht«, entgegnete Gus. »Wir wollen doch nur ...«

»Mein Bestes?« schnaubte Brodie. »Wie oft hab ich das schon gehört! Ihr wißt, daß ich nicht gehe, also wollt ihr mich umlegen und alle Opale mitnehmen. Ich hab euch längst durchschaut!«

Gus war noch größer als Michael, und sein Schlag spaltete beinahe Brodies Kopf. Zumindest fühlte es sich so an. Brodie lag auf dem Boden, unfähig sich zu wehren, unfähig den Kopf zu heben. Er spürte, wie sein Kiefer anschwoll, aber der restliche Kopf war von der Erschütterung noch taub.

Lester kippte einen Eimer Wasser über sein Gesicht und kniete sich neben ihn. »Hab ich dir nicht gesagt, du sollst Gus nicht wütend machen?« meinte er grinsend.

Schließlich einigten sie sich auf einen Kompromiß. Mike Ryan half ihnen bei der schwierigen Aufgabe, die Opale der Glühwürmchen-Mine in drei gleichwertige Häufchen zu teilen, da Brodie partout nicht abreisen wollte.

»Du wirst hier ganz allein sein«, warnte Mike. »Das ist gefährlich, falls du mal einen Unfall hast. Und ohne Partner an der Winde kannst du auch sonst nicht viel anfangen.«

»Doch, das kann ich«, erwiderte Brodie stur. »Ich werde jeden verdammten Millimeter eurer Schächte absuchen, sobald ich die schönsten Steine aus der Glühwürmchen-Mine geholt habe. Und es wird keine Unfälle geben. Ich bin ein ganz vorsichtiger Mann, Ryan, darauf kannst du dich verlassen.«

Sie befestigten das Rad an ihrem Karren, das sich durch den Umsturz gelöst hatte, und fuhren die zehn Meilen zum Schürferladen, um frische Lebensmittel für Brodie zu kaufen und genug für die beiden anderen, um nach Charleville zu kommen. Dann verbrachten sie den restlichen Tag mit anderen Schürfern und Reisenden über etlichen Gläsern Bier.

Als sie zurückkamen, wirkten die verlassenen Lager im Mondlicht gespenstisch, und Gus versuchte noch einmal Brodie umzustimmen.

»Du kannst hier nicht allein bleiben, du hast ja nicht einmal ein Pferd. Wir müssen den Wagen mitnehmen, zu Fuß schaffen wir das auf keinen Fall.«

»Du hältst mich wohl für einen Dummkopf«, gab Brodie zurück. »Ich habe Miß Chiswick eine Nachricht zukommen lassen, daß ich ein Pferd kaufen möchte. Mit Sattel und Geschirr. Geld ist Geld. Sie wird es verkaufen.«

»Du hast immer noch Geld?« fragte Gus erstaunt, da er wußte, daß ihr gemeinsames Geld fast aufgebraucht war.

»Das ist meine Sache«, knurrte Brodie, immer noch wütend über ihr mangelndes Vertrauen in ihn.

»Es tut mir leid, daß es so endet«, sagte Gus. »Ich mag dich, Brodie. Du rennst zwar immer mit dem Kopf durch die Wand, aber du bist ein guter Mensch. Und das zählt.«

»Ich brauche deine schönen Worte nicht, Gus Kriedemann. Geh zurück in deine Bäckerei. Du wirst es nie zu etwas bringen, weil du nicht den Mut dazu hast wie ich.« Er entfernte sich und betrachtete den hell leuchtenden Hügel unter dem von zarten Wolken umkränzten Mond.

Es tat Brodie leid, daß Gus wegging. Während ihrer gemeinsamen Zeit auf Sandy Ridge hatte er gemerkt, daß Lester, sein erster Freund, ein mieser Kerl war. Ein Dieb. Wann immer sich ein Mann beklagte, weil ihm Sachen fehlten, etwa eine Hacke oder Tabak, war Brodie sicher gewesen, daß Lester es gestohlen hatte, aber er hatte es nicht über sich gebracht, Gus davon zu erzählen, weil er an seine eigenen verzweifelten Nächte in Dublin dachte, an seine kurze Karriere als Straßenräuber. Wer im Glashaus sitzt ...

Er wünschte, er könnte es über sich bringen, Gus zu sagen, daß ... ja, was? Allein der Gedanke an freundschaftliche Worte machte ihn verlegen. Daß Gus einer der feinsten Menschen war, die er je kennengelernt hatte. Sogar nach diesem zementschweren Schlag, für den Gus sich nie entschuldigt hatte. Und das mußte er auch nicht. Brodie wußte, daß er zu weit gegangen war.

Alle Schürfer hatten Gus gemocht. Sie hatten ihn um Hilfe gebeten, einen Schwatz mit ihm gehalten oder mit ihm getrunken, nur um in seiner Nähe zu sein. Ihr Lager war nie einsam gewesen.

Eine Minute lang überlegte Brodie, wie er wohl allein zurechtkäme, aber er verscheuchte den Gedanken gleich wieder. Es war nicht verrückt zu bleiben, es war verrückt zu gehen bei all diesen Schätzen in der Erde. Er hatte im Schürferladen die

Nachricht hinterlassen, daß er jeden Samstag zum Einkaufen käme, so daß sie alarmiert wären, falls er einmal nicht auftauchte. Bis Clover das Pferd schickte, müßte er die zehn Meilen eben zu Fuß gehen.

Als Lester Mac vor ihren Wagen spannte, rief Brodie ihm zu: »Paß auf das Rad auf. Schmier es immer gut, es läuft nicht ganz rund, seit es`abgesprungen ist.«

»Es wird schon gehen«, rief Lester zurück und Brodie wandte sich an Gus.

»Was wirst du tun, wenn du nach Hause kommst? Wohin gehst du als nächstes?«

»Nirgendwohin. Ich bleibe in Toowoomba. Vom Herumreisen hab ich erst mal genug. Aber bevor ich das Geld für die Opale ausgebe – was ist mit Mrs. Holloway? Wir müssen ihr doch noch unseren Anteil zurückzahlen.«

Brodie hatte Vivien ganz vergessen. Er wollte nicht, daß Gus mit ihr sprach; womöglich fand er heraus, daß sie Brodie dreihundert und nicht zweihundert Pfund geliehen hatte. Auch wollte er Gus nichts von seinem Bankkonto in Toowoomba sagen.

»Behalt es einfach, bis ich zurückkomme«, sagte er. »Die Lady möchte bestimmt nicht, daß irgendjemand weiß, daß sie mir das Geld geliehen hat.« Er zwinkerte. »Du könntest sie in Verlegenheit bringen.«

»Das stimmt. Ich werde es meinem Vater geben und Lesters Anteil auch.« Er grinste. »Es ist besser, die Schulden gleich aus dem Weg zu räumen. Mike sagt, wir müßten jeder über hundert Pfund für die Opale bekommen, wenn wir uns nicht runterhandeln lassen. Mit dem Rest will ich vielleicht ein Geschäft eröffnen.«

Brodie war überrascht. Ein Geschäft? An so etwas hatte er nie gedacht. In Tullymore blieb man, was man war. Bauer. Ladenbesitzer. Selbst Mr. Kriedemann war Bäcker gewesen, ehe er in dieses Land kam, und hatte seinen Beruf beibehalten.

»Was für ein Geschäft?«

»Wahrscheinlich wird mein Geld nicht ganz reichen, aber ich denke, mein Vater hilft mir dabei. In Station Street gibt es ein kleines Pub, das Victoria ...«

»Du willst ein Pub kaufen?«

»Warum nicht?«

»Letzte Gelegenheit, Brodie«, rief Lester. »Steig auf, du irischer Sturkopf!«

»Nimm dich vor ihm in acht«, warnte Brodie. »Und Gott sei mit euch.«

»Wann kommst du zurück?« fragte Gus und hob sein Reisebündel auf.

»Wie soll ich das wissen?«

»Laß uns irgendetwas ausmachen. Ich will nicht wiederkommen müssen und nach dir suchen. Ein Monat? Drei Monate?«

»Drei«, meinte Brodie, »gib mir drei Monate.«

Während der Wagen den Hügel hinabklapperte, drehte er sich um und nahm eine Flasche Rum von seinen neuen Vorräten. Er goß sich einen großzügigen Schluck in eine Blechtasse und prostete sich selbst zu. »Jetzt gehört alles dir, Brodie Court, das Opal von Ten Mile wartet auf dich!«

In der Dämmerung stieg ein violetter Nebel über dem Ridge auf, und als er sich verzogen hatte, sah man einen einsamen Mann zwischen den verlassenen Minen umherwandern und die Schächte begutachten. Er war entschlossen, so viele wie möglich zu untersuchen.

»Ich brauche niemanden«, sagte er, und die Erregung stieg wieder in ihm auf. »Sie haben es mir leicht gemacht.«

Sein erster Besuch traf nach wenigen Tagen ein.

Brodie behielt dieselbe Routine bei und machte während der größten Hitze eine Pause, aber er hatte sich ein neues Plätzchen gesucht – einen kleinen Felsvorsprung, der von umliegenden hohen Felsen überschattet wurde. Von hier aus hatte er einen wunderbaren Blick auf diesen Teil von Plenty Station und erfreute sich an den gelegentlich vorbeiziehenden Tieren, die ihn daran erinnerten, daß er nicht allein auf der Welt war. Abgesehen von den Rindern, Känguruhs und Emus sah er zu seiner Überraschung auch hin und wieder eine Gruppe Eingeborener. Sie faszinierten ihn. Immer ging ein hochgewachsener Mann mit einem Speer in der Hand voran und strebte offensichtlich einem Ziel zu. Brodie fragte sich, wer sie waren und wo sie herkamen. Zu diesem Teil des Hügels kamen sie nie; Mike hatte einmal erzählt, er sei aus irgendwelchen mystisch-kulturellen Gründen für sie tabu.

An diesem Morgen entdeckte er in der flimmernden Hitze die Lichtspiegelung zweier Reiter. Sie erschienen unnatürlich hoch und dünn und standen förmlich in der Luft, bis sie plötzlich deutlich zu sehen waren und auf ihn zukamen. Brodie erkannte Clover, die ein reiterloses Pferd mit sich führte. »Ich habe Ihre Nachricht erhalten«, sagte sie. »Ein Pferd. Mit persönlicher Lieferung.«

Brodie lachte. »Wie schön! Das ist sehr nett von Ihnen. Dann wollen wir ihn einmal ansehen.«

Sie stieg ab und Brodie begutachtete den hübschen Fuchs.

»Was für ein schönes Pferd!« sagte Brodie und zögerte respektvoll, ehe er seinen glänzenden Hals und die weiche, helle Mähne streichelte. »Aber was werden Sie für ein solches Pferd verlangen?«

»Er heißt Jolly«, meinte sie. »Wir haben ihn so genannt, weil er so ein fröhliches Gemüt hat. Er ist ein zu gutes Tier für einen Viehhüter, also dachte ich, er könnte Ihnen vielleicht gefallen.«

»Das tut er, aber was kostet er? Vielleicht ist er zu teuer für mich.« Da er wie immer jeden Penny umdrehte, hatte Brodie gehofft, ein billiges Arbeitstier zu kaufen, und er bezweifelte, daß er sich dieses feine Pferd leisten konnte.

Sie schien jedoch noch nicht bereit zu sein über den Preis zu verhandeln. »Ich habe gehört, Sie sind jetzt hier allein? Was ist mit den anderen? Alle abgereist?«

»Ja, das sind sie – dank Ihres Vaters.«

»Davon habe ich auch gehört, und es tut mir sehr leid. Aber was kann ich tun? Er ist der Boß.«

Brodie dachte an ihren Streit mit dem Richter. »Wie kommen Sie zurecht?« fragte er. »Nachdem Sie sich Ihrem eigenen Vater widersetzt haben?«

»Er redet immer noch nicht mit mir, aber das ist nichts Ungewöhnliches. Plenty ist eine große Farm, ich gehe ihm aus dem Weg.«

»Das muß ziemlich schwierig für Sie sein.«

Clover zuckte mit den Schultern. »Ich erlaube nicht, daß es mich stört. Früher oder später wird er in die Stadt zurückkehren. Salty meint, er vermißt die feine Gesellschaft. In Toowoomba ist er ein hohes Tier.«

»Was ist mit Ihnen? Wären Sie nicht auch lieber in der Stadt?«

»Guter Gott, nein! Ich wüßte gar nicht, was ich da anfangen sollte. Aber wollen Sie Ihrem Gast denn keinen Tee anbieten?«

»Oh, entschuldigen Sie. Kommen Sie mit zum Lagerplatz. Ich hab gerade eine kleine Pause gemacht, ehe ich mir etwas zu essen kochen wollte. Möchten Sie mir Gesellschaft leisten?«

»Nein, Sie leisten mir Gesellschaft. Ich habe ein Mittagessen dabei: Sandwiches mit Huhn, und Salty hat Ihnen einen Teekuchen gebacken.«

Sie plauderten angeregt beim Essen an seinem Lagerplatz, den er weiter zum Wasserloch verlegt hatte, da er ja nun den besten Ort aussuchen konnte, und sie war beeindruckt, daß er allein hier lebte.

»Warum sind Sie geblieben?«

»Weil es mir gefällt. Wir sind auf Opal gestoßen, aber wir konnten nicht weitergraben, weil die Rinder unsere Mine zertrampelten. Aber das heißt nicht, daß es nicht noch mehr Opal gibt. Und ich laß mich nicht gern herumkommandieren. Ich gehe dann, wenn es mir paßt.«

»Sie sind ein sturer Kerl«, meinte sie schmunzelnd.

»Das sagt die Richtige! Denken Sie, er wird eine neue Herde hierher jagen?«

»Nein. Er hat gewonnen, und er läßt keine Gelegenheit aus, damit zu prahlen. Ein einzelner Schürfer stört ihn nicht.«

»Er weiß, daß ich noch hier bin?«

»Natürlich. Auch wenn unsere Viehhüter hier nicht herkommen, sehen sie doch den Rauch Ihres Lagerfeuers. Und die Schwarzen beobachten Sie. Die wissen immer, was los ist.«

»Guter Gott!« Brodie lächelte. »Und ich dachte, ich bin hier ganz allein auf der Welt. Dabei könnte ich genauso gut auch an einer Hauptstraße wohnen.«

Sie stand auf und stopfte sich das verrutschte Hemd in die Arbeitshose. »Ich reite lieber wieder los. Passen Sie gut auf sich auf, und wenn Sie etwas brauchen, können Sie ja zum Haupthaus kommen.«

»Was ist mit dem Pferd? Was schulde ich Ihnen?«

»Nichts. Es ist eine Art Entschuldigung. Ich habe einen Sattel, Zaumzeug und ein paar andere Sachen für Jolly gekauft; alles, was Sie tun müssen, ist, sich um ihn zu kümmern. Er braucht Bewegung; lassen Sie ihn nicht herumstehen und fett werden.«

Trotzdem beharrte Brodie noch einmal auf einer Bezahlung.

»Nein«, entgegnete sie. »Wenn Sie hier abreisen, reiten Sie sicher nur bis Charleville und nehmen dort den Zug, oder?«

»Ja, das wird dann so sein.«

»Ich möchte Jolly nicht einfach an irgendjemanden verkaufen. Behalten Sie ihn bis dahin, und ich werde Vorkehrungen treffen, daß ihn dann jemand in Charleville abholt.«

Brodie freute sich. »Dann ist es eine Leihgabe?«

»Sie können ihn auch behalten, wenn Sie wollen, aber es ist ein teuflisch langer Ritt von Charleville bis zur Küste. Eine Leihgabe erscheint mir sinnvoller.«

»Das ist wunderbar! Ich stehe in Ihrer Schuld, Clover. Ich verspreche, ich werde ihn bewegen. So kann ich auch die Landschaft hier erkunden.«

»Gut. Aber reiten Sie nicht zu weit. Fremde können sich leicht in diesem monotonen Land verirren.«

»Werden Sie wiederkommen?« fragte er, als sie auf ihr Pferd stieg.

»Störe ich Sie nicht in Ihrer Einsamkeit?«

»Ganz und gar nicht. Ich habe nicht die Absicht, als Eremit zu leben.«

Als sie fort war, klopfte er seinem neuen Pferd die Flanke. »Na, mein Bester? Was sagst du dazu? Jetzt hab ich jemanden zum Reden. Liebst du gute Unterhaltung? Und ich habe eine Freundin. Ein Mädel vom Land.«

Er beschloß seinen Tagesablauf zu ändern und eine Stunde früher mit der Arbeit zu beginnen, damit er später am Tag das Pferd ausreiten konnte. Das war ohnehin die schlimmste Zeit, wenn die Moskitoschwärme die Fliegen ablösten. Ein schöner Galopp vor Sonnenuntergang würde ihm und Jolly gut tun.

Als er sich wieder an die Arbeit machte, einen Graben um die ehemalige Glühwürmchen-Mine auszuheben, in der Hoffnung irgendwo auf die Opalader zu stoßen, dachte er über Clover nach. Diese junge Frau war kein bißchen kokett und nicht im geringsten schüchtern. Er wußte jetzt, ohne es ausprobieren zu müssen, daß diese Lady auf einen Annäherungsversuch niemals eingehen würde.

Er schnaubte. »Lady? Ich denke, mein lieber Brodie, daß

sich Miß Chiswick ganz und gar nicht als Lady erweisen wird, wenn du sie verärgerst.«

Er verspürte eine plötzliche Sehnsucht nach Vivien, nach den Armen einer Frau, und arbeitete umso schneller, um sein Verlangen loszuwerden.

Er hatte oft daran gedacht, ihr zu schreiben, sich für seine verzögerte Heimkehr zu entschuldigen, aber er wollte sie nicht kompromittieren. Ein Brief könnte ihrer Schwiegermutter in die Hände fallen, oder gar ihrem Mann.

Egal, dachte er bei sich. Wenn ich mit meinem Sack voller Opale nach Toowoomba zurückkehre, kann ich ihr als wohlhabender Mann gegenübertreten. Dann werden wir sehen, was passiert. Er hoffte, daß sie ihn vermißte.

An diesem Abend löschte er das Lagerfeuer, nahm die Laterne mit ins Zelt und schüttelte seine Decken aus. In letzter Zeit war er oft zu müde dafür gewesen war, aber es bestand ständig die Gefahr von Schlangen. In der Ecke des Zeltes bemerkte er ein Glänzen und schaute nach.

Es war sein Kompaß. Er hatte ihn Gus für die Heimreise gegeben und im Laden einen neuen bestellt, aber Gus mußte ihn verloren haben.

Nicht so schlimm, dachte er, Gus hat einen guten Orientierungssinn. Er macht keinen Fehler.

Binnen weniger Minuten war Brodie unter seinem Moskitonetz eingeschlafen, zu erschöpft, um noch an Opale oder an Vivien zu denken.

8

DIE FRAU DES Besitzers von Fairlea Station dachte sehr wohl an Brodie – aber weniger mit Sehnsucht als mit Zorn.

Dank des Ratschlags ihres Anwalts Stanley Wickham hatte Vivien ihre Schwiegermutter ausgetrickst, und nun lag die Vollmacht über Verns Vermögen in ihren Händen. Sie war die Herrin von Fairlea.

Was ihre Pläne über die Leitung der Zucht anbetraf, so hatte sie sie über Bord geworfen.

Das Leben auf dieser langweiligen Farm mit einem geistig verwirrten Mann war auch ohne die ständigen Diskussionen mit Taffy über die Führung der Geschäfte schon anstrengend genug. Aber letztendlich nahm sie an, daß er wohl recht hatte. Hauptsache war, daß Geld hereinkam, auch wenn fast alle Pferde fürs Militär bestimmt waren.

Zuerst war sie wütend gewesen, daß Christiana einen Buchhalter eingestellt hatte, ohne sie zu fragen, aber dann war sie erleichtert, daß sie zumindest diese Arbeit vom Hals hatte. Er war ein älterer Mann, ein Schulmeister im Ruhestand, und wohnte in einem flachen Anbau neben Elvies Zimmer, also störte er nicht weiter.

In ihrer neuen Rolle als Hausherrin hatte sie gleich einen großen Empfang gegeben – eine Willkommensfeier für Vern. Und von nah und fern waren alle gekommen. Sie hatte gar nicht gewußt, daß ihr Mann so viele Freunde hatte.

Die Feier sollte ein großer Erfolg werden, trotz der Tatsache, daß das Haus auf Fairlea nicht für solche Anlässe gebaut war, wie etwa Christianas Haus in Toowoomba. Vivien hatte keine Kosten gescheut und ein riesiges Zelt im Garten aufstellen lassen und Musiker sowie zusätzliche Bedienstete bestellt. Außerdem ließ sie sich die besten Schinken und andere Köstlichkeiten aus der Stadt liefern.

Um die zahlreichen Tische decken zu können, kaufte sie teures Leinen, Kristallgläser und feinstes Tafelsilber, ganz zu schweigen von den Kisten voller französischem Champagner. Alle gratulierten ihr zu dieser Pracht. Aber das war auch alles. Der Empfang war ein Reinfall. Der ganze Tag ein Desaster, von Anfang bis Ende.

Als sie Vern sahen, waren die Gäste schockiert. Er saß auf seinem Stuhl auf der Veranda, klopfte manchmal – ein leeres Lächeln auf dem Gesicht – zum Takt der Musik und starrte die restliche Zeit über ins Nichts und erkannte niemanden.

Frauen wisperten ihr zu: »Wie tapfer Sie sind. Wir hatten keine Ahnung, daß es dem armen Vern so schlecht geht.«

Männer zogen sich Stühle heran und setzten sich zu ihm. Redeten mit ihm und hofften auf eine Reaktion. Aber es kam nichts.

Die meisten spazierten gelangweilt herum. Einige verließen das Fest sogar und gingen zu Taffy und den Männern.

Sobald das Mittagsbüfett geleert war, verabschiedeten sich die Gäste nach und nach, schoben fadenscheinig als Grund die Entfernung oder andere Verpflichtungen vor, irgendetwas, nur um fortzukommen. Vivien war wütend. Sie wußte, daß all diese Leute bis zum Anbruch der Dunkelheit bleiben würden, wenn sie sich amüsierten. Empfänge dieser Art dauerten oft bis zum Abendessen. Oder gar bis zum nächsten Frühstück.

Steif stand sie auf der Verandatreppe und verabschiedete die Gäste. Sie wußte, sie würden nie mehr wiederkommen. Es waren Verns Freunde, nicht ihre, und sie konnten es nicht ertragen, ihn in diesem Zustand zu sehen.

So viel Essen war übrig geblieben, daß sie es am liebsten in ein Loch geschüttet hätte. Aber Elvie schlug vor, es unter den Arbeitern und Schwarzen aufzuteilen.

»Tu, was du willst!« sagte Vivien und ging mit einer Flasche Champagner in den Salon.

Vern kam herein. »Wo sind all die Menschen geblieben?« fragte er unsicher.

»Halt den Mund und geh zu Bett!« fuhr sie ihn an, und Elvie kam, um ihn fortzubringen.

»Wo ist Brodie?« klagte sie zum hundertsten Mal. »Wenn ich ihn erwische, bringe ich ihn um!«

Brodie würde zurückkommen, davon war Vivien überzeugt. Und er würde auch bald herausfinden, daß sie nach Fairlea Station zurückgekehrt war.

Sie war entsetzt über die Reaktion auf ihren Empfang und wußte nun sicher, daß Fairlea niemals der Dreh- und Angelpunkt des gesellschaftlichen Lebens hier draußen werden würde, weil sie mit einem Verwirrten verheiratet war. Also begann sie andere Pläne zu schmieden. Sie war hier. Sie war die Herrin und mußte niemandem gegenüber Rechenschaft ablegen. Brodie könnte wiederkommen. Sie könnte ihm Taffys Stelle geben, wenn er es wollte.

Oder er arbeitete gar nicht. Er könnte ihr Gast sein und wenn sich irgend jemand daran stieß – na wenn schon! Wen kümmerte es? Was konnten sie tun?

Bei ihrem Besuch in Toowoomba hatte sie der Bäckerei Kriedemann einen Besuch abgestattet.

»Mein Mann würde gerne wissen, ob es Neuigkeiten von Mr. Court gibt.«

»O ja«, hatte die Frau geantwortet. »Er ist mit meinem Sohn unterwegs, und es scheint ihnen gut zu gehen. Aber ich frage Sie, Mrs. Holloway: Ist das die rechte Arbeit für einen Mann?

In der Erde nach Edelsteinen zu graben? Dumme Jungen sind sie, alle drei. Sein Vater wollte, daß er hier bleibt, unser Gus, aber nein! Seinem Vater helfen? Er doch nicht!«

»Wo sind sie?«

»Irgendwo hinter Charleville. Gus hat keine Adresse angegeben. Er schrieb, sie würden bald nach Hause kommen.«

»Ach ja?« Vivien konnte ihre Aufregung kaum verbergen. Sie waren bereits Monate fort! »Würden Sie Mr. Court bitte ausrichten, daß mein Mann wieder auf Fairlea Station wohnt und ihn gerne sehen möchte? Meinem Mann geht es immer noch nicht gut, und ein Besuch von Mr. Court würde ihn bestimmt aufmuntern, da bin ich sicher.«

Die Bäckersfrau sah sie neugierig an, und Vivien hatte das Gefühl, daß die wiederholte Bitte, die vorgeblich wieder von ihrem Mann stammte, diesmal nicht mehr so glaubwürdig erschien. Aber wen kümmerte das schon? Diese Frau war ihr schließlich vollkommen egal.

»Werden Sie es ihm ausrichten?«

»Wenn ich das kann, Madam, sicher.«

Doch bisher hatte Vivien nichts von ihm gehört.

Taffy kam oft zum Haus, um bei Vern zu sitzen und ihm zu erzählen, was auf der Farm vor sich ging, egal ob er es verstand oder nicht. An diesem Abend nun kam er zu Vivien.

»Das war eine schöne Feier, die Sie dem Boß gegeben haben, Mrs. Holloway. Alle meinten, Sie hätten wahre Wunder vollbracht mit dem Essen und der Dekoration und allem. Und die Damen, mit denen ich gesprochen habe, sagten, das Büfett sei königlich gewesen.«

»Tatsächlich? Gut. Das ist zumindest etwas.«

»Für den Boß war es auch ein schöner Tag. Ich wette, er hat sich gefreut, seine alten Freunde wiederzusehen.«

»Ach, er hat sie doch gar nicht erkannt. Aber das wissen Sie ja sicher! Seine Freunde haben es Ihnen bestimmt gesagt.« Vivien mußte sich eingestehen, daß die meisten Männer sich von ihr ferngehalten hatten – abgesehen von höflicher Konversation und der ewigen Besorgnis um ihren Mann –, was bedeutete, daß sie nicht einmal herumschäkern konnte, solange Vern noch lebte. Selbst der alte Jock Channing, ein bekannter Schürzenjäger, der sie auf Festen oft bedrängt hatte, war äußerst zurückhaltend geblieben.

Taffy stand am Fenster und sah traurig zu Vern, der in einer Hängematte auf der Veranda döste. »Irgendwie denke ich, daß er doch alles mitbekommt. Tief im Innern merkt er es und erhält Trost durch die Berührungen und die Stimmen. Sie dürfen nicht verzweifeln, vielleicht wird er doch noch wieder gesund.«

»Da müßte ein Wunder geschehen.«

»Ach übrigens, ich habe im Gestütbuch vermerkt, daß die irische Stute gefohlt hat. Wir überlassen es Ihnen, einen Namen für das Fohlen zu finden. Haben Sie eigentlich etwas von Brodie Court gehört?«

»Warum sollte ich?« gab sie scharf zurück.

»Ich dachte, daß er sich vielleicht mit Mrs. Holloway in Verbindung gesetzt hat, da er in ihrem Haus in Toowoomba zuletzt arbeitete.«

»Soweit ich weiß, nein. Warum?«

»Weil die Jungs mir sagten, daß seine Frau jetzt in der Stadt wohnt.«

Vivien war wie vor den Kopf geschlagen und versuchte krampfhaft, ihre Stimme ruhig zu halten. »Seine Frau? Ich wußte nicht, daß er verheiratet ist.«

»Wir auch nicht. Aber sie ist in Toowoomba aufgetaucht, mit ihren Kindern. Ist ganz von Irland hergereist.« Er grinste. »Sie sucht nach ihm und fragt überall herum, aber von Brodie keine Spur.«

Vivien zuckte mit den Schultern und entließ ihn. »Ich weiß von nichts. Morgen früh sehe ich mir das Fohlen an.«

Die Haushälterin blickte erschrocken auf, als Vivien in die Küche stürmte. »Ist irgend etwas passiert?«

»Nein«, gab sie zurück. »Weck bitte Vern und bring ihm Tee. Er kann ja nicht den ganzen Tag herumliegen. Und wo ist der Whiskey? Die Karaffe ist leer.«

»Im Büfett im Salon ist noch eine Flasche. Ich werde sie gleich umfüllen.«

»Laß nur, das mach ich schon selber!«

»Möchten Sie Ihren Tee gemeinsam mit Mr. Vern im Eßzimmer trinken?«

»Nein! Ich sage Bescheid, wenn ich meinen Tee möchte.«

Sie machte sich nicht die Mühe, den Whiskey umzufüllen, sondern goß sich direkt aus der Flasche ein. Wütend gab sie einen Schuß Wasser dazu und nahm einen großen Schluck.

Verheiratet? Dieser verdammte Bastard! Kein Wort hat er über seine Frau gesagt! Und Kinder! Warum sucht die Frau nach ihm? Ist er ihr weggelaufen genauso wie mir?

Sie stieß die Tür mit dem Fuß zu und wanderte unruhig durch den Salon, zu aufgebracht, um sich hinzusetzen.

Stundenlang blieb sie dort, hin- und hergerissen zwischen Selbstmitleid und Wut, tröstete sich mit Whiskey und überlegte, was zu tun sei.

Mrs. Kriedemann hatte gesagt, ihr Sohn habe von irgendwo hinter Charleville einen Brief geschrieben, aber Vivien hatte natürlich nicht nach der Adresse gefragt. Irgendeine Adresse mußte er aber angegeben haben, und mit der Post nahm man es im Busch sehr genau. Selbst Briefe in die entlegensten Winkel wurden irgendwann ausgeliefert. Aber sie hatte den Eindruck gehabt, daß die Bäckersfrau diese Information absichtlich zurückgehalten hatte. Diese scheinheilige Person! Was ging es sie an, ob sie Brodie Court schreiben wollte oder nicht?

»Diesem Bastard!« fügte sie hinzu.

»Und wo ist mein Geld?« fragte sie ins leere Zimmer. »Sie hat gesagt, daß es ihnen gut geht. Das bedeutet, daß sie Opale gefunden oder die Suche aufgegeben und Arbeit angenommen haben.«

Während Brodies Abwesenheit war sie immer mehr zu der Überzeugung gekommen, daß Brodies Traum vom Reichtum eine fixe Idee gewesen war. Sie mußte verrückt gewesen sein, ihn auch noch zu ermutigen! Und ihm Geld zu leihen.

»Ich will es wiederhaben!« rief sie wütend.

Bevor sie schließlich auf der Couch einschlief – zum ersten Mal in ihrem Leben betrunken –, hatte Vivien einen Plan ausgeheckt.

Sie erwachte, schweißgebadet und mit fürchterlichen Kopfschmerzen, und hörte es aus der Küche klappern. Die frische Brise war angenehm, aber der leichte Duft von Jasmin wurde von dem Whiskey verdorben, den sie auf dem Boden verschüttet hatte.

Vivien erschrak. Sie sprang auf und schalt sich selbst. »Eine schöne Geschichte! Was tust du nur? Du wirst noch zur Säuferin. Willst du etwa so enden wie diese ewig betrunkenen Frauen, über die alle tuscheln?«

Sie räumte das Zimmer auf, füllte den Rest des Whiskeys in die Karaffe um und erschrak über ihren Konsum. »Und das alles wegen Brodie Court! Was für eine Närrin du bist. Brodie hat also eine Frau. Und du einen Mann. Na und? Das läßt sich ändern.«

Während sie über die Veranda in ihr Zimmer ging, dachte Vivien darüber nach, was sie gerade gesagt hatte. Ändern? Aber weshalb?

Als sie ihre verschwitzten Kleider ausgezogen hatte, wußte sie die Antwort. Damit ich Brodie heiraten kann, deshalb.

Sie würde ihm an diesen Bäckerladen schreiben, mit einem *Bitte nachsenden* auf dem Umschlag. Auf Fairlea Station kamen viele solcher Briefe an, die ehemaligen Arbeitern nachgeschickt wurden. Es war einen Versuch wert.

Sie würde ihm keine Vorwürfe machen. Nur einen netten Brief schreiben, um ihn wissen zu lassen, daß sie wieder auf Fairlea lebte und ihn zu einem Besuch einlud.

Seine Frau werde ich nicht erwähnen. Sie lächelte grimmig. Warum sollte ich? Vielleicht will Brodie sie ja gar nicht sehen.

Auf dem Schiff hatte Trella gehört, daß Brisbane auch die Stadt der siebenundzwanzig Hügel genannt wurde, und an diesem dritten Tag in Australien wußte sie, warum.

Die Reise hatte sie ganz und gar nicht genossen, aber sie war erleichtert gewesen, daß es Garth gefiel. Sie waren beide enttäuscht gewesen, so wenig von der weiten Welt zu sehen, da sie nur an wenigen Häfen anlegten und alle Meere um sie herum ziemlich gleich aussahen. So viele Stürme waren über sie hereingebrochen, aber sie hatte versucht, ihre Angst zu unterdrücken und an die Worte des Kapitäns zu denken, der die Stürme begrüßte und meinte, daß sie dadurch schnell vorankämen.

An einem unglaublich heißen Tag gingen sie endlich an Land. In Brisbane waren sie nun Fremde in einer fremden neuen Welt. Garth, der gerade in einem schwierigen Alter war, hatte sich auf dem Schiff ganz als der junge Mann gegeben, der sich für alles interessierte, aber hier in der fremden Stadt wurde er plötzlich wieder der kleine Junge. Ängstlich. »Wissen wir, wo wir sind, Mutter?«

»Sei nicht albern«, erwiderte Trella mit fester Stimme. »Wir wissen genau, wo wir sind. Wozu gibt es Landkarten? War deine Schule denn zu gar nichts nütze?«

Sie fand bald eine Unterkunft und zählte ihr verbliebenes Geld. Sie hatte noch sieben Pfund vom Verkauf des Hofes und die zehn Pfund von Onkel Paddy als Abschiedsgeschenk. »Los, wir suchen einen Laden mit Eiskrem«, sagte sie, da sie wußte, es würde ihn aufheitern. »Wir werden richtig schlemmen. Aber bevor wir nach Toowoomba fahren, müssen wir uns diese Stadt ganz genau ansehen, denn es ist die Hauptstadt, und du mußt alles darüber lernen.«

Doch in erster Linie wollte Trella selbst die Stadt erkunden, wollte sie wie eine Einheimische kennen. Trella war eine starke Frau, die nichts so leicht aus der Fassung brachte. Aber die Reise, das fremde Land, die fremden Gewohnheiten – das war zu viel auf einmal, und sie wollte ein Gefühl der Sicherheit und Geborgenheit entwickeln.

Drei Tage lang wanderten sie durch die Küstenstadt, stapften die Hügel hinauf, betrachteten die großen Holzhäuser, die auf hohe Säulen gestützt und von üppigem Buschwerk umgeben waren. Sie lernten die Namen der Straßen, hörten fremde Akzente und hin und wieder vertrautes Irisch, aßen im Schatten der üppigen Bäume süße Kuchen und setzten sich jeden Abend in ein billiges Lokal, das Garth entdeckt hatte, wo sie sich Fleischtorte mit Kartoffelbrei bestellten.

An jeder Straßenecke machte Trella ihren Sohn auf irgend etwas aufmerksam, damit er Dinge wiedererkannte, sich heimisch fühlte und Selbstvertrauen gewann. Am letzten Tag willigte sie ein, für drei Pence pro Person einen kleinen Privatpark zu besuchen, wo die Besucher schläfrige Koalabären und zahme Känguruhs streicheln durften. Ein schöner Abschluß ihrer dreitägigen Ferien.

In der Nacht schlief Garth tief und fest. Trella versuchte, sich über ihre Zukunft keine Sorgen zu machen, obwohl sie ständig daran dachte, daß sie von nun an für ihren Lebensunterhalt aufkommen mußten. Sie sollte so bald wie möglich eine Arbeit finden, aber zumindest war ja Brodie da, der ihr helfen konnte, falls es nötig war. Sie hatte zwar keine genaue Adresse, doch sie war sicher, daß sie ihn durch den üblichen Klatsch und Tratsch finden würde, den es sicher auch in Australien gab.

Trella lachte, als sie ins Bett stieg. Zumindest eine ihrer Befürchtungen hatte sich als grundlos erwiesen. Einige Leute in Tullymore hatten sie gewarnt, daß sie in diesem schrecklichen Land nur Schwierigkeiten haben würde. »Sie sprechen nicht einmal Englisch!« wurde ihr erzählt.

Wiederum andere hatten zwar gesagt, das stimme nicht, aber sie war nicht ganz sicher gewesen, wem sie glauben sollte. Was für eine Erleichterung, das gute alte Englisch hier zu hören! Und wie dumm von ihr, auf die Unkenrufe überhaupt gehört zu haben!

Die Zugreise ins höher gelegene Hinterland machte Trella angst. Sie war überzeugt, die Waggons würden irgendwann umkippen oder rückwärts den Hang hinunterrollen, aber für Garth war es ein großes Abenteuer. Er lehnte sich weit aus dem Abteil, um alles sehen zu können, aber Trella zog ihn immer wieder zurück.

»Wie ist die andere Stadt? Wird Onkel Brodie uns abholen? Gibt es da auch Känguruhs? Wie lange werden wir bleiben? Wo werden wir wohnen?«

Trella wußte auf keine Frage eine Antwort. »Ich weiß noch nicht. Ich muß mich umhören.«

»Bei wem? Wir kennen doch niemanden.«

»Bei Leuten. Irgendwelchen Leuten.«

Und auf diese Weise erhielt Trella auch bald den Hinweis auf eine Unterkunft. Eine Verkäuferin schickte sie in die Spring Lane, wo ein kleines Haus zu mieten sei.

Sie standen mit ihren billigen Koffern vor dem hübschen, weiß gestrichenen Haus mit einem großen Rasen davor und hohen, Schatten spendenden Bäumen dahinter.

»Das können wir uns nicht leisten«, meinte Trella enttäuscht. Sie hatte erwartet, daß ein kleines Haus dasselbe war wie bei ihnen. Eher wie ihre eigene strohgedeckte Hütte.

»Warum nicht?« wollte Garth wissen. Sie waren quer durch die träge, verschlafene Stadt gelaufen, um Spring Lane zu finden.

»Es ist zu groß«, erwiderte sie.

»Ich hab keine kleineren Häuser gesehen«, sagte er. »Sie sehen hier alle gleich aus. Und diese Straße ist so schön breit.«

»Nein. Es geht nicht.« Sie wandte sich zum Gehen, aber

eine ältere Frau, die aus dem Haus getreten war, rief sie zurück. »Suchen Sie eine Unterkunft?«

Trella nickte beschämt und wünschte, sie wären schon früher gegangen.

Die Frau humpelte auf sie zu; sie benutzte einen Gehstock. »Einwanderer, ja?«

Trella fühlte sich beleidigt. »Könnte man sagen«, erwiderte sie kurz. Den ganzen Weg über hatte sie gemerkt, wie die Leute sie anstarrten, Trella in ihrem besten schwarzen Kleid und Garth in seinem zu klein gewordenen Anzug. Hier waren alle locker und leger gekleidet, und die meisten Frauen trugen leichte Sommerkleider. Trella war bewußt geworden, daß sie arm aussahen, aber sie hatte sich trotzig versichert, daß das ja keine Schande war.

»So, so«, sagte die Frau. »Aus Irland, ja?«

»Das stimmt«, sagte Garth und trat vor. »Ist dieses Haus zu mieten, Lady?«

»Nur die Hälfte, in der anderen Hälfte wohne ich. Ich bin Mrs. Wilkinson. Möchten Sie es sich ansehen?«

»Danke, wir möchten Sie nicht stören«, meinte Trella, aber Garth zog sie am Arm. »Mutter, hast du die Lady nicht gehört? Nur die Hälfte.« Er wandte sich wieder an die Frau. »Wieviel würden Sie verlangen?«

»Nur für Sie beide?« fragte sie mißtrauisch. »Kein Mann?«

»Ich bin Witwe«, sagte Trella.

»Und ich bin fast vierzehn«, rief Garth entrüstet. Mrs. Wilkinson schmunzelte. »Und schon so ein großer Junge. Was würden Sie zu sechs Shilling die Woche sagen?«

»Es ist ein schönes Haus«, drängte Garth, so daß Trella ihre Bedenken beiseite schob und einwilligte, die eine Haushälfte anzusehen. Was für eine seltsame Art zu wohnen, dachte sie. Binnen einer Stunde waren sie untergebracht. Sie hatten zwei kleine Schlafzimmer, die auf eine geschlossene Veranda hinausführten, die als Wohnzimmer genutzt werden konnte, sowie die Mitbenutzung von Küche und Bad. Trella war glücklich – es war besser, als sie sich je hätte vorstellen können. Und so sauber. Blitzsauber.

Als Garth nach draußen lief, um den Garten zu inspizieren, teilte die neue Vermieterin ihr die Regeln mit. »Keine Männer, Mrs. Court. Das möchte ich von Anfang an klarstellen. Ich wohne gleich nebenan und wünsche keine Belästigung.«

»Das wird nicht geschehen, Mrs. Wilkinson. Wir können uns glücklich schätzen, eine so schöne Unterkunft gefunden zu haben. Wir sind erst vor wenigen Tagen in Australien angekommen.«

»Und was hat Sie hierher gebracht?«

»Mein Schwager arbeitet in dieser Gegend, aber ich weiß nicht genau, wo ich ihn finden kann. Haben Sie vielleicht von einem Mr. Brodie Court gehört?«

»Nicht daß ich wüßte.«

»Nun gut, ich werde mich umhören.«

»Ja, irgend jemand wird ihn schon kennen. Wie steht es mit dem Geld? Ich brauche die Miete jeden Montag.«

»Wir werden Arbeit suchen, der Junge und ich.« Zwei Wochen später hatten sie beide durch Mrs. Wilkinsons Hilfe Arbeit in einer Käsefabrik gefunden, Trella als Putzfrau, die die endlosen Reihen der Zuber und Fässer schrubben mußte, und Garth als Hilfsarbeiter für draußen. Er war glücklich, eine bezahlte Tätigkeit zu haben, und stürzte sich mit Begeisterung in die Arbeit, während Trella schwer schuften mußte. Die Fabrikangestellten arbeiteten von sechs Uhr morgens bis fünf Uhr abends, sechs Tage die Woche. Frauen und Jungen unter sechzehn bekamen vierzehn Shilling die Woche. Männer verdienten mehr, und das ärgerte Trella. Die anderen Frauen warnten sie davor, sich zu beschweren, da sie nichts bewirken würde außer ihrer Entlassung. Also hielt sie den Mund und nahm sich vor, so bald wie möglich eine bessere Anstellung zu suchen. Doch zumindest hatten sie über ein Pfund die Woche zum Leben und würden nicht verhungern.

Über Brodie hatte sie noch nicht viel in Erfahrung bringen können. Wann immer sie an einem Pub vorbeikam, ging sie hinein und fragte nach ihm, und einige Männer kannten Brodie sogar und wußten, daß er früher außerhalb der Stadt auf Fairlea Station gearbeitet hatte. Andere meinten, er habe eine Weile in Toowoomba gearbeitet und die Stadt verlassen, aber niemand konnte sagen, wo er sich jetzt aufhielt. Trella hinterließ bei den Wirten ihre Adresse und suchte weiter.

Sie waren eine Tagesreise vom Barbary Creek Pub entfernt, als Gus entdeckte, daß er den Kompaß verloren hatte.

»Ich kann ihn nirgends finden.«

»Was soll's?« meinte Lester. »Charleville ist schließlich eine große Stadt und nicht irgendein winziger Punkt auf der Landkarte wie Barbary Creek. Die werden wir schon finden. Wir fahren einfach drauflos.«

»Hundert Meilen?« entgegnete Gus nervös. »Auf dem Hinweg war Willi dabei, der sich auskannte.«

»Wir werden es schon schaffen. Ich bin wie eine Brieftaube, wenn Wein, Weib und Gesang am Ende der Strecke auf mich warten. Überlaß das nur dem alten Mac hier, der wird uns heil nach Hause bringen.«

Gus war da nicht so sicher. Auf diesen unmarkierten Wegen konnte man sich leicht verirren, einige von ihnen waren einfach nur Trampelpfade. Er fing an, sich Merkmale der Wälder oder Ebenen zu notieren, die sie durchquerten, und als sie am vierten Tag in der Ferne ein Haus entdeckten, beharrte er darauf, daß sie dort hinfuhren, um nach dem Weg zu fragen.

Doch es war nur ein verlassener Schuppen.

»Das ist eine Außenstation, die schon lange nicht mehr benutzt wurde«, seufzte Gus. Er stieg auf einen nahe gelegenen Hügel, in der Hoffnung, irgendwelche Anzeichen von Leben zu entdecken, aber in jede Richtung erstreckte sich vor ihm weite Steppe.

»Ich glaube, wir haben uns verfahren!« rief er Lester zu.

»Ach, Unsinn! Wir halten uns einfach nach Osten, dann müssen wir letztendlich irgendwann in dieses verdammte Meer fallen.«

»Dieses verdammte Meer ist ungefähr fünfhundert Meilen von hier entfernt, falls du dich erinnerst. Und Charleville liegt nicht an der Küste.«

»Na ja. Aber du wolltest ja der Anführer sein, also überleg dir was. Ich finde, wir sollten erst einmal unser Lager aufschlagen.«

Gus war verärgert über Lesters Sorglosigkeit und dachte an all die haarsträubenden Geschichten aus seiner Kindheit über Menschen, die im Busch verloren gegangen waren – selbst Viehhüter, die es besser hätten wissen müssen. Aber er gab sich allein die Schuld an ihrer Situation, weil er den Kompaß verloren hatte. Lester konnte nichts dafür. Außerdem war er in diesem Land aufgewachsen und Lester nur ein Einwanderer.

»Ich überleg mir was«, sagte er. »Wir müssen ja bald auf irgendjemanden treffen. Eingeborene oder ein Haus. Und halte Ausschau nach Rindern, Lester. Wo Rinder sind, ist Wasser. Unser Vorrat geht langsam zur Neige.«

Sie gelangten in hügeliges Gebiet und Lester jubelte. »Na, siehst du! Wir sind auch auf dem Hinweg über Berge gekommen. Hier sind wir richtig.«

Aber die Pfade, die sie einschlugen, führten sie schließlich zu felsigen, unbefahrbaren Abhängen.

Beide Männer waren wütend und enttäuscht, als sie den Wagen wieder umdrehen und den Hügel hinunterfahren mußten, um nach einem anderen Weg zu suchen. Als sie einen ausgetrockneten Wasserlauf überquerten, kippte der Wagen plötzlich und ein Rad brach ein.

»O Gott!« rief Lester. »Das verdammte Rad ist abgefallen!«

»Nein«, erwiderte Gus, der sofort nachschaute, »die Achse ist gebrochen.«

»Was sollen wir jetzt tun?«

»Warte, ich seh mir das mal genauer an.« Gus kroch unter den Wagen und fluchte über die spitzen Steine am Boden.

Auf einmal stieß er einen gellenden Schrei aus.

»Was hast du gemacht?« Lester lachte, da er meinte, Gus mache nur Spaß und wolle von ihren Sorgen ablenken. »Dir den Musikantenknochen angestoßen?«

»Hol mich raus«, schrie Lester. »Eine Schlange hat mich gebissen!«

»Was hast du gesagt? Wo?« Lester begriff zunächst nicht, was los war, aber dann sprang er erst einmal auf den Karren hinauf, aus Angst, ebenfalls gebissen zu werden.

Gus hatte sich inzwischen selbst unter dem Wagen hervorgekämpft und umklammerte sein Bein. »Schnell!« rief er. »Hol mir eine Aderpresse.«

»Eine was? Wo ist die Schlange?«

»Wie zum Teufel soll ich das wissen? Hilf mir!« Gus riß an seinem Gürtel. »Zieh mir die Stiefel aus! Zieh mir die Hose aus!« Er holte tief Luft, um Ruhe zu bewahren, was in dieser Situation sehr wichtig war, aber der Schmerz in seinem Bein war entsetzlich. Und Lester war so langsam! Er fummelte an seinen Schnürsenkeln herum und meinte verzweifelt: »Sie sind verknotet!«

»Schneid sie auf!« stöhnte Gus mit zusammengebissenen Zähnen. Sein Bein schien in Flammen zu stehen. »Nimm dein Messer!«

Während Lester die Stiefel auszog, griff Gus sich das Messer und schnitt das Hosenbein auf. Sein Bein war bereits angeschwollen und gerötet, mit zwei grellroten Bißwunden an der Wade. Er schlang den Gürtel oberhalb des Knies um den Oberschenkel und zog fest an.

»Halt das!« befahl er Lester. »Laß auf keinen Fall los. Zieh so fest zu, wie du kannst.«

Er fiel zurück auf den Boden und fühlte sich schwach; ob durch den Schock oder die Schmerzen, konnte er nicht sagen.

»Was für eine Schlange war das?« wollte Lester wissen und sah sich ängstlich um.

»Ich weiß nicht«, erwiderte Gus leise und kämpfte verzweifelt darum, bei Bewußtsein zu bleiben, um Lester Anweisungen zu geben. Lester kannte sich mit Schlangenbissen nicht aus. Im Moment fühlte sich sein Bein an, als müsse es platzen, aber er wagte es nicht, Lester um ein Lockern des Gurtes zu bitten. »Sie war groß«, keuchte er. »Grau, denke ich. Es war wie der Schlag einer Axt, und ich hab sie nur noch weghuschen sehen.«

Aber er wußte, daß sein Gerede über die Schlange nur Verschwendung kostbarer Zeit war, und versuchte sich zu konzentrieren.

»Gib mir den Gürtel, schlinge ihn um meine Hand. Ich halte selber fest.«

»Und was soll ich tun?« Lester war so angespannt, daß ihm der Schweiß über das Gesicht rann.

»Wasch die Wunde aus. Hol Wasser. Nein! Whiskey. Alkohol. Gieß ihn drauf. Schnell!«

Gus mußte all seine verbliebene Kraft zusammennehmen, um den Gürtel zu halten, während seine Oberschenkelmuskeln zuckten.

»Schneid die Wunde auf!« sagte er zu Lester und wunderte sich, warum er ihm das nicht schon früher gesagt hatte, bevor Lester den Whiskey darüber goß. Hatte er es ihm nicht gesagt? Er konnte sich nicht erinnern. »Sie muß bluten«, flüsterte er. »Wasch das Gift heraus. Schneid tief ins Fleisch.«

Sein Bein zuckte, als Lester das Messer in sein Fleisch stach, und Gus spürte den neuen Schmerz. Er spürte, wie sein ganzer Körper in Reaktion auf das Gift zu zucken begann und sah verschwommen Lesters entsetztes Gesicht. Aber er konnte nichts mehr sagen. Ein paar Worte noch ... »Fieber. Kommt. Viel Wasser. Kühl. Halten ...« Seine Zunge schien zu groß für seinen Mund zu sein. »Kühl.«

Er lag auf dem Rücken, starrte in die Sonne und wünschte, Lester würde ihn ins Haus bringen. Warum lag er an so einem heißen Tag überhaupt auf dem Rasen neben der Bäckerei? Er wollte Lester fragen, ob es stimmte, daß es in Irland keine Schlangen gab.

»Da gehen wir hin«, lallte er. »Wohin?«

»Hab ich dir doch gesagt. Nach Irland. Paß auf die Schlange auf! Halt sie von mir fern. Durst.« Er murmelte sinnloses Zeug und Lester schüttelte hilflos den Kopf.

»Gütiger Gott! Du fantasierst ja. Hier. Trink etwas Wasser.«

Gus genoß den Schluck wie eiskaltes Quellwasser, aber dann krümmte er sich zusammen und erbrach sich. Lester erschien ihm wie ein Monster. Er war froh, die Augen zu schließen und ihn nicht mehr zu sehen.

Lester zerrte Gus auf den Karren, und mit viel Mühe zog Mac ihr beschädigtes Gefährt in den Schatten.

»Das ist alles, was wir tun können«, sagte er zum Pferd und spannte es ab. »Der verdammte Wagen ist kaputt. Den Rest des Wegs mußt du uns tragen, Mac, aber wir werden uns abwechseln, damit es nicht zu schwer für dich wird.«

Doch im Moment kamen sie überhaupt nicht weiter. Gus war krank. Todkrank. Entweder fantasierte er in wildem Fieber oder er zitterte vor Kälte. Zwei Tage lang versuchte Lester ihn gesund zu pflegen. Er gab ihm Wasser in kleinen Schlucken und versuchte, ihn mit feuchten Lappen kühl zu halten, aber es half kaum. Gus' Gesicht glühte vor Hitze. Die Sachen waren nach kurzer Zeit bereits getrocknet, und sie hatten nicht genug Wasser.

Schließlich kletterte er auf einen Felsvorsprung und starrte hinunter auf den Teppich aus Baumwipfeln, die jeden Ausblick auf eine Straße, eine Quelle oder einen Bach verwehrten. »Dieses verfluchte, gottverdammte Land!« fluchte er. »Meile um Meile ein verdammtes Nichts!«

Am Horizont sah Lester blaue Berge im Dunst liegen, wie Gefängnismauern, und geriet plötzlich in Panik. »Hallo!« rief er. »Hallo! Ist da jemand? Könnt ihr mich hören? Hallo!«

Doch es kam nicht einmal ein Echo zurück.

Ein rostroter Falke kreiste über ihm und Lester schrie ihn wütend an. »Wo geht's lang? Du verdammter Vogel! Kannst du dich nicht nützlich machen?«

Der Vogel glitt abwärts, ließ sich vom Aufwind am Hang nach oben tragen und segelte erneut davon. Neiderfüllt sah Lester ihm nach.

»Wir müssen hier weg«, knurrte er. »Aber wo entlang?«

Er stellte sich mit dem Rücken zur Nachmittagssonne. »Das muß Osten sein«, sagte er und deutete nach vorn. »Alles, was wir tun müssen, ist zurückgehen und dann nach Osten. Das hab ich Gus die ganze Zeit schon gesagt.«

Diese Hügel sind nur kleine Höcker, entschied er aus seiner Vogelperspektive. Wir hätten nicht versuchen sollen sie zu überqueren. Wenn wir jetzt zurückgehen und auf der Ebene an ihnen entlangreiten, können wir da hinten durch den Busch nach Osten gehen.

Gus hatte zu bedenken gegeben, daß die Pfade sich in jede Richtung schlängelten und kaum einer geradewegs nach Osten verlief, da sie sich ja der Umgebung anpaßten, aber Lester sah darin jetzt kein Problem mehr. Der Wagen war kaputt, also mußten sie sich um die Pfade keine Gedanken mehr machen. Sie konnten querfeldein nach Osten reiten.

Er lief den Hügel hinunter, um Gus Bescheid zu geben, aber

dann blieb er stehen. Er hatte ganz vergessen, daß Gus ja nicht reiten konnte. Er lag immer noch schwitzend im Fieber.

»Du bist eine verdammte Last«, schimpfte Lester. »Ich kann hier nicht ewig herumhängen, und ich kann auch nicht mehr Wasser für dich verschwenden. Der Tank ist fast leer, und ich muß Mac tränken; wir müssen auf ihn aufpassen.«

Gus drehte den Kopf, und Lester erschrak. Er hatte nicht gewollt, daß Gus ihn hörte. »Geh du«, flüsterte er. »Hol Hilfe.«

Lester sah ihn nachdenklich an. »Ja. Das sollte ich wohl tun. Ich sollte losreiten und Hilfe holen. Nicht gut, daß ich hier herumhänge.«

Froh über seine Erlösung aus dieser aussichtslosen Situation, schnürte Lester sein Bündel. Dann ging er wieder zu Gus, aber der war schon wieder ohne Bewußtsein.

Lester schüttelte den Kopf. Diesmal wollte er seine Gedanken nicht laut aussprechen. Gus würde es nicht schaffen. Sein Körper war voller Gift. Er könnte ihm Wasser dalassen, aber warum es verschwenden? Gus hätte ja nicht einmal die Kraft danach zu greifen.

Und dann waren da die Opale. Gus würde seinen Anteil nicht mehr brauchen.

Lester füllte zwei Wasserflaschen aus dem Tank ab und goß den Rest in eine Schüssel für Mac. Das Pferd mußte ihn schließlich nach Hause bringen.

Er brachte es nicht über sich, einen letzten Blick auf Gus zu werfen, ehe er aufbrach. Lieber nicht, entschied er. Lieber ihn in Frieden sterben lassen, denn es würde keine Hilfe mehr geben. Sobald er Hilfe fand, wäre die für ihn selbst. Und dann würde er weiterreiten. Mit beiden Anteilen hatte er genug Geld. Warum sollte er noch jemanden zu Gus schicken; schließlich war es ja sein Fehler, daß sie sich im Busch verirrt hatten. Falls jemand fragte, konnte er sagen, daß sie sich vor Tagen bereits getrennt hätten, als der Wagen zusammenbrach. Wenn es sein mußte, würde er ihnen eben eine falsche Richtung angeben. Niemand konnte von ihm erwarten, daß er sich in diesem verfluchten Land zurechtfand.

Lester ritt den Pfad zurück, den sie gekommen waren, und wandte sich am Fuß der Hügel zunächst nach Norden. Er wollte sichergehen; nein, diesmal sollte es keine Fehler geben.

Der Ausblick vom Felsvorsprung war irreführend gewesen. Das grüne Dach der Wälder hatte Anhöhen und Mulden verdeckt, die nun sein Fortkommen behinderten, und überall lagen häßliche schwarze Baumstümpfe herum, Zeugen eines Buschfeuers vor nicht allzu langer Zeit. Lester verfluchte die Eintönigkeit des trockenen, hinderlichen Gestrüpps, während er das Pferd erst in die eine, dann die andere Richtung vorwärts trieb.

Als er nach zwei Tagen schließlich auf offenes Land kam, befand er sich auf einer mit flachen Büschen besprenkelten Ebene. Der Boden war weiß und hart, ohne auch nur eine Wasserstelle, und das Pferd ermüdete schnell. Feiner Sand wehte durch die Luft und bedeckte Lesters grimmiges Gesicht mit einer weiteren Schmutzschicht.

Er blickte zurück auf die Hügel und war überzeugt, den richtigen Weg eingeschlagen zu haben. »Wir sind an den Bergen vorbei«, sagte er zu dem Pferd. »Jetzt müssen wir nach rechts. So einfach ist das.«

Sie zogen wieder los, und das Pferd trottete auf seinem eigenen Schatten entlang, bis Lester plötzlich spürte, daß die Sonne ihm grell ins Gesicht schien.

»Verflucht! Wir gehen in die falsche Richtung! Wir kehren um und suchen uns einen Lagerplatz. Morgen früh werde ich unsere Richtung korrigieren.«

Am Morgen jedoch war es dunstig und sah nach Regen aus, und am Nachmittag hingen dichte Wolken am Himmel. Lester konnte sich folglich nicht nach der Sonne richten, aber im Moment hatte er auch mehr Sorge Wasser zu finden als seinen

Kurs. Der Boden wurde immer trockener, und Mac kam nur mit größter Mühe voran, doch Lester klopfte ihm immer wieder ermutigend auf den Hals und versprach ihm, daß sie es bald geschafft hätten.

Um sich für den beschwerlichen Weg zu entschädigen, aß Lester reichlich. Er öffnete Dosen mit Pfirsichen und Bohnen und freute sich, daß er mit niemandem mehr teilen mußte. Er kaute Salzfleisch, was ihn durstig machte, und aß die letzten Kekse, aber er machte sich Sorgen um Mac. Es gab kein Gras zu fressen, und das Pferd konnte nur die Blätter der vertrockneten Büsche abrupfen.

Er sah Tiere – Känguruhs, Emus, kleine Beuteltiere – und überlegte, ob er eins erlegen sollte. Gus hatte gesagt, in diesem Land könne man nicht verhungern, aber was sollte er ohne Wasser mit ihnen anfangen?

»Das wäre eine entsetzliche Schinderei«, überlegte er, »die Viecher ohne Wasser zu häuten.«

Das Pferd lahmte. Lester ging zu Fuß, so oft er konnte, und hinterließ eine Spur aus Blechdosen. Er hatte die Orientierung verloren und warf allen unnötigen Ballast ab, sogar das Gewehr und die Munition, nur die Opale behielt er noch.

Er kam an einem seltsam hervorstehenden Felsen vorbei, der aussah wie ein Menschenkopf, und erkannte, daß er gerade erst an solch einem Felsen vorbeigekommen war. Vielleicht vor einem Tag oder so. Er wußte es nicht mehr. Und er konnte sich auch nicht erinnern, wie lange er schon in diese Richtung marschierte, aber plötzlich ragten diese Felsen vor ihm auf. Hohe rote Felsen.

Er glitt vom Sattel und brüllte wütend los.

Das Pferd kapitulierte als erstes, als sie den Aufstieg versuchten, Schaum vor dem Maul, also gab Lester ihm den Saft der letzten Dose Pfirsiche. Wasser hatten sie keines mehr.

Er wollte den Berg wieder hinabsteigen, aber Mac buckelte und ging zu Boden, und Lester wußte, daß das Tier es nicht mehr schaffen würde. Er beschloß, schnell zurückzugehen und das Gewehr zu suchen. Das Pferd hatte einen langsamen Tod nicht verdient. Trotzdem nahm er wieder alle Opale mit für den Fall, daß er sich verlief.

Das Gewehr fand er nicht mehr, aber er schaffte es, von dem steinharten Plateau fortzukommen, und gelangte stolpernd und taumelnd nach tagelangem Fußmarsch in ein lehmiges Gebiet. Bald, so wußte er, würde dieser rissige, ausgetrocknete Lehm von Wasser überwaschen werden. Er versuchte die obersten Lehmschichten wegzukratzen, um darunter Wasser zu finden, doch da war nichts. Er mußte warten.

»Nur eine Frage der Zeit«, krächzte er und schleppte seinen schmerzenden, ausgetrockneten Körper in den Schatten eines Nadelbaumes. Dort blieb er liegen und umklammerte seine beiden Säcke mit den Opalen.

Gus hörte, wie er wegging. Er wollte noch ›viel Glück‹ rufen, aber die Worte kamen nicht heraus. Dann dachte er, er hätte sie doch gesagt. Er war nicht sicher. Fröstelnd schloß er die Augen und wartete auf den nächsten Fieberanfall, der diesen kalten Perioden normalerweise folgte.

Als er wieder erwachte, glitzerten die Sterne über ihm, so hell, daß sein Kopf wehtat. Er versuchte sich zu bewegen, wegzukommen, aber sein Körper war schwer wie Blei, und er ließ sich verwundert wieder zurückfallen. Was war nur los?

»Zu müde«, sagte eine innere Stimme. »Schlaf weiter.«

»Nein«, widersprach er verbissen und kämpfte gegen die schreckliche Müdigkeit an. Er hatte Durst und verstand nicht, warum Brodie und Lester sich nicht um ihn kümmerten. Sahen sie denn nicht, daß es ihm schlecht ging?

Er nahm alle Kraft zusammen und schaffte es schließlich, den Oberkörper aufzurichten, aber der Schmerz in seinem Bein war fürchterlich. Das brachte ihm die Erinnerung zurück. Die Schlange!

Gus wußte jetzt wieder, was geschehen war und warum er so hilflos hier lag. Er spürte, daß der Ledergürtel schlaff um seinen Oberschenkel hing. Nutzlos.

Wirklich? Langsam und beharrlich zog er an dem Gurt und endlich gelang es ihm, ihn freizubekommen. Er steckte das vor Schweiß klamme Leder in den Mund und sog daran, um seinen Durst zu stillen. Das würde bis Tagesanbruch reichen, und dann könnte er sehen, wo Lester ihm die Wasserflasche hingelegt hatte. Sie mußte irgendwo in der Nähe sein.

Die Nacht dauerte ewig, und die Morgendämmerung stieg rosa und golden vom Horizont herauf. Noch nie war Gus so froh gewesen Tageslicht zu sehen. Seine Augen wanderten über sein Krankenlager auf dem Wagen und über die abgenutzten Planken. Nichts! Panisch versuchte er sich zur Seite zu rollen, um an den Rand des Karrens zu gelangen, mußte aber bald aufgeben. Lester hatte vergessen, das Wasser neben ihn zu stellen, dieser verdammte Idiot! Es mußte irgendwo auf dem Boden sein. Vermutlich unter dem Wagen.

Erschöpft fiel er wieder zurück. Er mußte an die Wasserflasche kommen. Aber nicht jetzt. Später. Er begann wieder zu zittern. Vor Kälte.

In seinen Träumen hörte er Stimmen. Leise. Flüsternd. Und er spürte eine kalte Hand auf seinem Gesicht, wagte aber nicht die Augen zu öffnen, denn die Sonne stand hoch und die Helligkeit wäre zu schmerzhaft. Sein Körper erhob sich von den harten Planken – was für eine Erleichterung – und schwebte der Sonne entgegen.

Die Eingeborenen trugen den Mann den Pfad hinunter und bogen auf einen schmalen Pfad in Richtung der Hügel ein, der zu einem Durchgang unterhalb des Felsvorsprungs führte. So ließen sie die Hügel hinter sich und gingen nach Osten, Meile um Meile über die buschbewachsene Steppe, bis sie zu ihrem Lager in der Nähe vieler kleiner Seen kamen.

Sie übergaben ihn den Frauen und beobachteten besorgt, was sie tun würden. Sie wußten, daß dieser Fremde nach einem Schlangenbiß schwer erkrankt war und daß es ein Kampf sein würde, ihn zu retten. Die Frauen redeten aufgeregt durcheinander, während sie nach Salben und Heilpulver suchten und Wasser holten. Aber sonst herrschte im Lager Stille. Alle Arbeiten wurden eingestellt, und der ganze Stamm hockte sich vor der Hütte einer der Frauen in den Staub. Und wartete.

»Na, wenn das nicht unser junger Gus ist!«

Willi blinzelte in die Hütte. »Wie ich hörte, gibt's hier einen neuen Untermieter«, kicherte er. »Schlangenbiß, wie?«

Gus nickte. »Fast hätte es mich ganz erwischt. Aber wo kommst du denn her?«

»Ich und meine Frau, wir waren auf dem Nachhauseweg. War'n noch ein bißchen am Blackwater River. Deine Freunde hier, ein Stamm Dieri, haben mir 'ne Nachricht geschickt, daß ich mal einen Blick auf dich werfen soll. Geht's dir wieder besser?«

»Ich fühle mich noch ziemlich schwach. Gib mir deine Hand, ich möchte aufstehen.«

Die schwarzen Frauen umringten sie und lächelten schüchtern, während Willi ihm auf die Füße half.

»Du bist dürr wie 'ne Stange«, meinte Willi und stützte ihn, als sie durch das Lager zum See gingen.

Gus lächelte schwach und sank dankbar in den Schatten eines Baumes. »Du liebe Zeit! Ich scheine ja überhaupt keine Kraft mehr zu haben.«

»Laß dir Zeit. Sie sagen, du bist schon drei Tage hier. Warte noch ein Weilchen, dann kannst du wieder reisen.«

Gus nickte. »Drei Tage? Ich war nicht sicher. Ich werde diesen Menschen niemals genug danken können, daß sie mich gesund gepflegt haben. Ohne sie hätte ich nie überlebt.«

»Da kannst du sicher sein«, meinte Willi. »Wo sind deine Freunde?«

»Brodie ist noch bei Ten Mile. Wir haben es geschafft, Willi! Wir haben eine Ader hellen Opal gefunden, mit vielen erstklassigen Steinen. Schöne Stücke dabei. Warte, bis du sie siehst! Brodie konnte sich noch nicht losreißen, er wollte mehr, also ...«

»Ha! Ich wußte es! Das hab ich ihm gleich angemerkt – ihn hat das Fieber erwischt!«

»Ja, und dann wollten Lester und ich allein nach Charleville, aber auf einmal ist die Achse gebrochen, und dann kam diese verfluchte Schlange.«

»Und wo ist Lester?«

»Er ist Hilfe holen gegangen.«

Willi verdrehte ungläubig die Augen. »Lester ist also Hilfe holen gegangen? Und ich nehme an, er hat alle Opale mitgenommen, oder?«

»Ich weiß nicht.«

»Die Schwarzen haben sich gut umgesehen. Sie würden nichts in einem verlassenen Lager zurücklassen, das noch zu gebrauchen ist. Sie haben Töpfe und Pfannen mitgebracht und ein paar andere Sachen, aber sie sagen, da war weder Wasser noch etwas zu essen. Er hat dir keinen einzigen Tropfen Wasser dagelassen, also erzähl mir nicht, er hätte die Opale vergessen.«

»Ach nein, er hat sie bestimmt nicht mitgenommen.«

Willi stand auf und ging zurück, um mit den Eingeborenen zu reden. Als er zurückkam, machte er ein grimmiges Gesicht. »Sie haben wirklich alles durchsucht. Sie haben sogar die Decken mitgebracht, aber irgendwelche Beutel mit Opalen haben sie nicht gefunden. Sie wissen, wie Opal aussieht, sie sind nicht dumm. Ich schätze, Lester und deine Opale sind über alle Berge.«

Störrisch schüttelte Gus den Kopf. »So etwas würde er nie tun.«

»Mit dem Pferd wäre er schnell vorangekommen. Ihr wart ein bißchen vom Kurs ab, aber wenn er den Weg weiterverfolgt hätte, über die Hügel, wäre er bald in bewohntere Gegend gekommen, kleinere Farmen. Irgend jemanden hätte er bestimmt gefunden, der zu dir hätte zurückreiten können.«

»Vielleicht war es so«, gab Gus zu bedenken.

Willi wurde langsam ungeduldig. Er hatte diesen Lester nie gemocht und war sicher, daß er recht hatte. Achselzuckend setzte er sich wieder ans Ufer und starrte auf das Wasser. Er würde die Stammesältesten um Erlaubnis bitten, mit Lena hier zu bleiben, bis Gus kräftig genug war zu reisen. An der Kreuzung beim Langlo River könnte er ihn dann in eine Postkutsche Richtung Charleville setzen. Gus hatte zwar kein Geld, aber Willi Schluters Schuldscheine waren im Südwesten Australiens bares Geld wert, da er seine Schulden bekanntlich immer bezahlte. Damit würde Gus bis nach Toowoomba kommen.

Willi interessierte sich weniger für das Schicksal von Lester O'Dowd als für den Verbleib der Opale. Er überlegte, daß er nach Gus' Abreise ein paar schwarze Spurenleser mit in die Hügel nehmen könnte, damit sie sich beim Wagen umsahen. Dann sollten sie versuchen Lester ausfindig zu machen. Es wäre doch interessant, zu erfahren, wo es dieses irische Frettchengesicht hinverschlagen hatte.

Mit etwas Glück könnten sie die Spuren bis zu einer Stadt verfolgen. Und Willi kannte jeden Opalhändler in der näheren Umgebung. Ja, das wäre interessant, nickte er und zog an seiner Pfeife.

Als Gus im Haus hinter der Bäckerei auftauchte, war seine Mutter zu Tode erschrocken. Er war so abgemagert und schmutzig! »Mein Gott! Was hast du nur angestellt?«

Sie lief, um ihren Mann zu holen. »Jakob! Komm und sieh dir deinen Sohn an. Er steht an der Schwelle des Todes.«

»Ach, was«, rief Gus verärgert. »Ich war krank, das ist alles!«

»Du warst krank?« fragte sein Vater. »Was ist los mit dir?«

»Ein Schlangenbiß. Weiter nichts.«

Gus war nach der langen Zugreise vollkommen erschöpft. Er hatte zweiter Klasse fahren müssen, und seine zerlumpten Kleider, die zotteligen Haare und der buschige Bart hatten ihm nicht gerade zu freundschaftlichen Blicken oder aufmunternden Worten verholfen. Er war ganz und gar nicht in der Stimmung für Erklärungen, aber seinen Eltern gegenüber mußte er natürlich Rechenschaft ablegen.

Sein Vater war noch schlimmer als Willi. »Du hast Opal gefunden, sagst du, und es verloren? Ist das alles, was dabei herausgekommen ist? Du wirst nie wieder auf Schatzsuche gehen, mein Junge, du wirst hier bleiben und dir eine anständige Arbeit suchen!«

Gus löffelte einen Teller Suppe und beantwortete die Fragen, ohne zu viel zu verraten. »Ich hab die Opale nicht verloren«, beharrte er. »Lester hat sie. Wir wurden getrennt, das ist alles. Er wird schon wieder auftauchen.«

Die Haltung seines Vaters irritierte ihn. Der alte Mann schien zu denken, er sei immer noch ein kleiner Junge, der sich allein in der Welt nicht behaupten konnte, aber im Moment konnte Gus ihm auch nicht gerade das Gegenteil beweisen. Wo zum Teufel war Lester nur? Wenn er zurück zum Wagen geritten war und den leer vorgefunden hatte, mußte er wissen, daß jemand anders ihn gerettet hatte. Der nächste logische Schritt wäre, nach Toowoomba zu fahren und es herauszufinden. Gus wollte auf keinen Fall Willis Verdacht aussprechen, daß Lester mit ihrem Schatz auf und davon war. Sein Vater würde ihn nur für noch dümmer halten.

Am Nachmittag versuchte Gus zu schlafen, aber es war unmöglich. Er machte sich zu viele Gedanken über Lester. Was war, wenn er sich dort draußen verirrt hatte? Die ganze Zugfahrt über hatte er gehofft, daß Lester hier bereits auf ihn wartete und ihm in seiner üblichen dramatischen Art vorhielt, daß er verschwunden sei. Willi hatte gesagt, er würde einige Spurenleser auf die Suche schicken, aber der schien ja sicher zu sein, daß Lester ›ausgeflogen‹ war, wie er es formulierte. Also: War Lester im Busch verloren gegangen oder war er ein Dieb? Jede dieser Möglichkeiten verursachte ihm erneut Kopfschmerzen.

Er mußte unbedingt aus dem Haus! Also borgte er sich von seiner Mutter ein paar Shilling und machte einen langen Spaziergang.

Er überlegte, ob er Brodie schreiben sollte, was geschehen war, aber was sollte er sagen? Genauso gut konnte er warten, bis er Neuigkeiten von Lester hatte. Gott, wie sehr wünschte er sich, Brodie wäre mit ihnen gekommen. Dann wäre er jetzt sicher nicht in in diesen Schwierigkeiten.

In Gedanken immer noch bei Brodie, ging er in das nächste Pub. »Das wäre noch das Allerschönste«, dachte er, »daß Brodie den weltgrößten Opal findet und zu seinen anderen Funden legen kann, und ich lande wieder hier und bin total pleite.«

Ein paar Männer nickten ihm zu, aber Gus nahm sein Glas und zog sich ans Ende der Bar zurück, da er nicht in der Stimmung war, irgendwelche Fragen zu beantworten.

»He, Gus«, rief ihm da plötzlich der Wirt zu. »Bist du nicht ein Freund von diesem Iren, Brodie Court?«

»Ja. Warum?«

»Eine Lady hat nach ihm gefragt. Seine Frau, glaube ich.«

»Er ist aber nicht verheiratet.«

»Na ja, eine Mrs. Court hat jedenfalls nach ihm gesucht. Frisch aus Irland gekommen, würde ich sagen.«

Gus wurde neugierig. »Wo ist sie jetzt?«

»Ich hab ihre Adresse irgendwo auf meinem Schreibtisch. Wenn du wartest, such ich sie dir.«

Garth neckte sie und behauptete immer, sie röche nach saurer Milch. Er fand das lustig, aber Trella konnte nicht darüber lachen, weil sie wußte, daß er recht hatte. Am Samstagabend konnte sie es gar nicht erwarten, den Geruch loszuwerden. Sofort nach dem Abendessen legte sie sich in die Wanne und seifte ihren ganzen Körper samt den Haaren mit einer parfümierten Seife ein, die sie vor Garth versteckt hielt.

Als sie an diesem Samstag auf der hinteren Verandatreppe saß, dachte sie, daß ihre Mutter bestimmt schockiert gewesen wäre. Zu Hause hieß es immer, es sei schlecht für die Gesundheit, wenn man abends noch die Haare wusch. Hier aber war es für Trella der schönste Moment der Woche und ein großes Vergnügen, in einer warmen Nacht mit nassem Haar draußen zu sitzen und sich nach der langen, anstrengenden Woche in der Fabrik zu erholen. Sie hatte gedacht, daß die Arbeit in einer Käsefabrik nach der harten Arbeit auf dem Hof einfach wäre, aber sie hatte sich geirrt. Der Manager war ein Sklaventreiber, der sie jede Minute herumscheuchte und ihnen nur eine Viertelstunde Mittagspause gönnte. Arbeitsende um fünf, hatte er gesagt. Von wegen! Sie waren froh, wenn sie um sechs gehen konnten, sie und die andere Putzfrau, Deena Hobbs. Die Fabrik mußte blitzblank verlassen werden.

»Früher waren wir zu viert«, hatte Deena erzählt, »aber der neue Vorarbeiter hat zwei entlassen, um Geld zu sparen.«

Die ersten Wochen hatte Trella sich immer vollkommen erschöpft nach Hause geschleppt. Jetzt ging es schon besser, aber die lange Arbeitszeit war dennoch eine große Belastung. Auf dem Hof habe ich wenigstens nicht über jede Minute Rechenschaft ablegen müssen, dachte sie, während sie ihr Haar trocknete. Und es hatte auch niemand neben ihr gestanden, geschrien und schwere Milchkannen auf sie zugerollt, die sie beinahe umwarfen.

Sie massierte ihre Füße. Vom ständigen Waschen der Betonböden waren sie ganz wund und aufgesprungen, denn die offenen Sandalen, die der Boß für alle Angestellten angeordnet hatte, boten ihr beim Putzen keinen Schutz.

Beklag dich nicht, sagte sie zu sich selbst. Du hast Arbeit, eine schöne Unterkunft und eine nette Vermieterin. Das ist ein guter Anfang und besser, als du zu hoffen wagtest.

Garth hatte Freunde gefunden, und sogar von hier aus konnte sie die Jungen auf der Straße spielen hören, obwohl es langsam dunkel wurde. Es gefiel ihr, daß er immer noch genug Energie zum Spielen hatte. Er hatte Kricket gelernt und fand Gefallen daran, die anderen Kinder nach der Arbeit zum Spielen zusammenzutrommeln. Morgen, am Sonntag, wollte er seine Mutter zu einem Kricketspiel mitnehmen. Trella lächelte. Wie erwachsen er schon war, daß er seine Mutter ›mitnahm‹. In ihrem Nachtgebet müßte sie Michael davon erzählen.

Mrs. Wilkinson steckte ihren Kopf durch die Hintertür. »Sie haben Besuch.«

»O nein!«, rief Trella erschrocken. Ihre Haare waren noch immer feucht und durcheinander. »Wen denn?«

»Ich habe ihn gebeten, ums Haus zu gehen«, erwiderte Mrs. Wilkinson spitz, um an ihre Hausregeln zu erinnern.

Bevor sie Gelegenheit hatte, ihr Haar in Ordnung zu bringen, kam ihr Besuch um die Hausecke und blieb vor den Oleanderbüschen stehen.

»Sind Sie Mrs. Court?«

»Das bin ich«, antwortete sie und überlegte, was passiert sein konnte, daß dieser Mann nach ihr suchte. Ja, alles war bisher so einfach gewesen, da mußte doch irgend etwas schief gehen ...

»Mrs. Brodie Court?«

Sie lachte. »Guter Gott, nein! Er ist mein Schwager. Und wer sind Sie?«

»Gus Kriedemann. Brodie ist mein Geschäftspartner.«

»Tatsächlich? Freut mich, Sie kennenzulernen.« Sie wagte

sich die Stufen hinunter und streckte ihre Hand aus. »Wo, um alles in der Welt, ist er denn? Ich wußte nicht, wo ich ihn finden kann.«

»Er ist draußen im Westen. Arbeitet auf den Opalfeldern. Aber er wird wieder herkommen, wenn er fertig ist.«

Trella freute sich über diese Nachricht. »Was wissen Sie von ihm? Ich und der Junge, wir dachten, wir würden ihn hier in der Stadt finden.«

»Der Junge?«

»Mein Sohn ist bei mir«, erklärte sie.

»Ach ja. Verzeihen Sie. Ihr Mann ist verstorben. Michael. Wir hörten davon. Es tut mir leid. Und deshalb haben Sie beschlossen in dieses Land zu kommen, nicht wahr?«

»Zu Hause ging es sehr schlecht.«

Er nickte. »Meine Eltern kommen aus Deutschland. Aus demselben Grund, wie ich annehme.«

Trella mochte ihn auf Anhieb. Er hatte ein ehrliches Gesicht, soweit sie das in der Dämmerung beurteilen konnte. »Möchten Sie eine Tasse Tee?« fragte sie.

»O ja, danke.«

»Würden Sie dann bitte einen Moment warten?« Sie eilte in die Küche. »Mrs. Wilkinson, ich werde den Gentleman auf eine Tasse Tee in mein Wohnzimmer mitnehmen. Er ist der Geschäftspartner von Brodie, meinem Verwandten, den ich schon einige Zeit suche.«

Die grauhaarige Vermieterin schürzte die Lippen. »Sie kennen mein Regeln. Keine Männer.«

»Ja, ich weiß, aber ich dachte, Sie meinten zum Zwecke der Unzucht.«

»Ich wäre Ihnen sehr verbunden, wenn Sie solche Worte in meiner Küche nicht erwähnen würden.«

»Ich werde die Tassen nicht zerbrechen. Und ich biete ihm Tee an, keinen Alkohol, falls Sie Angst haben, wir könnten trinken.«

Mrs. Wilkinson stellte sich mit dem Rücken zu Trella und ging ganz und gar in ihrer Beschäftigung auf, Brot zu schneiden.

»Da, wo ich herkomme, ist es unhöflich, einen Gast vor der geschlossenen Tür stehen zu lassen, und ich möchte nicht, daß dieser Gentleman schlecht von mir denkt. Oder von Ihnen. Ich bezahle für dieses Wohnzimmer, also habe ich auch das Recht, einen Gast hereinzubitten.«

Nach einem Moment des Schweigens gab die Vermieterin widerwillig nach. »Lassen Sie ihn nicht zu spät wieder gehen.« Trella mußte schmunzeln, während sie hinauslief, um ihn hereinzubitten.

Gus Kriedemann war ein Mensch, mit dem man sich gut unterhalten konnte. Trella fühlte sich wohl mit ihm. Interessiert fragte er sie über ihre Reise aus, und sie erkundigte sich nach Brodie. Schnell war eine Stunde vergangen. Dann kam Garth vom Spielen nach Hause und staunte, daß seine Mutter Besuch hatte.

Sie wurden einander vorgestellt, und nun lauschte Garth den Berichten über seinen Onkel, während sie gemeinsam Käse und Brot zu Abend aßen.

Sie brachten Gus zum Gartentor, und Garth erzählte ihm munter von seinem Kricketspiel.

»Ich werde immer besser«, verkündete er stolz.

»Morgen nimmt er mich zu einem Spiel mit«, sagte Trella. »Sieht ganz so aus, als müßte ich die Regeln jetzt auch noch lernen.«

»Ich habe früher für unsere Stadtmannschaft gespielt«, erzählte Gus, »aber dann war ich zu oft weg.«

»Warum kommen Sie morgen nicht mit?« fragte Garth.

»Ach herrje«, lachte Trella, »Mr. Kriedemann hat bestimmt wichtigere Dinge zu tun.«

»Nein, habe ich nicht«, erwiderte er. »Ich werde kommen.«

Während er nach Hause ging, lächelte Gus gequält. Es war nur allzu wahr. Noch nie hatte er sich so überflüssig gefühlt wie jetzt, ohne die geringste Beschäftigung und vollkommen ohne eigenes Geld. Aber Trella hatte ihn aufgemuntert. Sie war eine wirklich nette Frau und sah außerdem noch gut aus mit ihrer hellen Haut und den wilden roten Locken. Seltsam, daß Brodie nie etwas von ihr oder dem Jungen erzählt hatte. Als sein Bruder starb, hatte Gus wie selbstverständlich angenommen, daß dieser ebenfalls Junggeselle gewesen war. Aber wie dem auch sei, er hatte ihr Brodies Adresse gegeben – mit der Warnung, daß ein Brief sicher lange Zeit unterwegs wäre – und sie war sichtlich erleichtert gewesen, endlich mit ihm in Kontakt treten zu können.

Gus war sehr beeindruckt davon, wie diese Frau ihr Schicksal in die Hand nahm. Sie war nicht allzu glücklich mit ihrer Arbeitstelle, aber sie nahm es gleichmütig hin und meinte, für eine Weile würde es schon gehen. »Der Junge ist glücklich und gesund, das ist die Hauptsache«, hatte sie gesagt. »Er wird hier ein besseres Leben haben.«

Das erinnerte ihn an seine Eltern. Wie oft schon hatte er ihre Geschichte gehört, wie sie innerhalb einer Woche nach ihrer Ankunft in diesem Land Arbeit gefunden hatten. In den letzten Jahren erzählten sie immer häufiger davon, um ihm sein eigenes unstetes und ihrer Ansicht nach nutzloses Leben vorzuhalten.

Trella würde ihnen gefallen, überlegte er. Sie entsprach ihren Grundsätzen von harter Arbeit, Sparsamkeit und dem Bestreben, immer das Beste zu geben.

Wie ich auch, fügte er in Gedanken hinzu. Wenn ich erst mein Startkapital habe.

Sein Traum vom Kauf des kleinen Pub hatte sich in nichts aufgelöst, und alles, was blieb, war die Sorge um Lester.

Gus beschloß Brodie zu schreiben. Er würde ihm erzählen, daß er seine Schwägerin getroffen hatte, vielleicht ermunterte ihn das ja, nach Toowoomba zurückzukehren. Und auf dem Heimweg könnte er herauszufinden versuchen, was mit Lester geschehen war. Selbst wenn er dabei die Polizei einschalten müßte. Gus hatte bereits in Charleville über diese Möglichkeit nachgedacht, aber dann hatte er gehofft, daß Lester in Toowoomba schon auf ihn wartete. Doch auch als er dort nicht war, hatte Gus den Gedanken an eine Meldung bei der Polizei wieder verworfen. Falls Lester immer noch da draußen im Busch war, würden die Eingeborenen ihn schneller finden als die Polizei. Und falls er sich mit beiden Taschen voller Opale davongemacht hatte, wollte Gus ihm nur ungern die Polizei auf den Hals hetzen.

Brodie hätte diese Skrupel nicht, da war Gus sicher. Er lachte und fühlte sich schon besser. Brodie Court würde seine eigene Mutter der Polizei ausliefern, wenn sie ihm auch nur einen einzigen Opal stibitzte!

Und ich suche mir wohl besser eine Arbeit, überlegte Gus weiter. Was für eine verdammte Enttäuschung das alles war!

Als er nach Hause kam, erzählte seine Mutter, daß sie Brodie einen Brief nachgeschickt habe. »Es würde mich nicht wundern, wenn er von dieser Mrs. Holloway war!« schnaubte sie. »Die ist doch tatsächlich hier hereinspaziert und hat nach ihm gefragt – angeblich für ihren Mann. Komische Freunde hast du!«

Gus ging in sein Zimmer. Mrs. Holloway? Wollte sie Brodie sehen oder ihr Geld? Die Erkenntnis, daß er dieser Frau auch noch Geld schuldete, war ein erneuter Tiefschlag. Das Glück hatte ihn wahrlich verlassen.

Einige Wochen später, als Brodie wieder einmal am Samstagmorgen zum Schürferladen ritt, kam der Besitzer ihm schon aufgeregt entgegen.

»He, Brodie! Hast du Geburtstag oder so was? Da sind drei Briefe für dich.«

»Für mich? Guter Gott!«

Im Laden studierte er die Umschläge. »Der ist von Gus. Sie sind also gut in Toowoomba angekommen, das sehe ich am Stempel. Aber die anderen ...«

»Wohl von irgendwelchen Ladies ...«, meinte der Besitzer mit unverhohlener Neugier.

»Vielleicht.« Brodie zwinkerte ihm zu und ging wieder hinaus. Die einzige Frau, die ihm hierher schreiben konnte, war Vivien, und er wollte nicht, daß ihm irgend jemand über die Schulter blickte. Er war schon so lange fort, daß sie womöglich wütend auf ihn war.

Er brannte darauf, den Brief von Gus zu öffnen, der ihm vermutlich von ihren erfolgreichen Opalverkäufen berichten würde, aber er wollte sich diese Überraschung bis zum Schluß aufheben.

Der erste Brief war tatsächlich von Vivien, und welch eine wunderbare Überraschung! Sie war ihm überhaupt nicht böse; es war der netteste Brief, den er je erhalten hatte. Er würde ihn immer aufheben; die Gute! Sie und Vern waren wieder auf Fairlea. Vern ging es schlechter, dem armen Kerl, und Vivien war einsam. Schrecklich einsam. Vermißte ihren lieben Brodie. Vermißte die wunderbaren Nächte, die sie zusammen verbracht hatten ...

Brodie spürte, wie er rot wurde: *Ich bedecke dich mit Küssen, mein Liebling, und sehne mich danach, daß du zurückkommst und mich wieder in deine Arme nimmst. Ich warte hier auf dich, auf Fairlea, in großer Liebe.*

Der Brief erregte ihn so sehr, daß er aufstöhnte. Er hatte es lange geschafft, nicht an die sinnlichen Nächte mit Vivien zu denken, aber jetzt war es unmöglich. Er wünschte, sie wäre bei ihm. Oh Gott, wie er sich nach ihr sehnte! Am liebsten würde er sofort zusammenpacken und direkt nach Fairlea reisen. *Heute Nacht werde ich nicht gut schlafen,* dachte er bei sich.

Der zweite Brief riß ihn aus seinen Träumen.

Er war von Trella! Sie war in Toowoomba, dieses Miststück! Was hatte sie da zu suchen? Wie konnte sie es wagen, ihm einfach hinterherzureisen und auch noch den Jungen mitzunehmen?

Brodie war entsetzt. Und wütend. Was war mit dem Hof? War er nun verkauft? Da Michael tot war, gehörte der Hof jetzt ihm, Brodie Court, und nicht ihr. Wie typisch für sie, daß sie diese Sache überhaupt nicht erwähnte. Vermutlich hoffte sie, er hätte sie vergessen. Hatte sie denn gar keinen Anstand? Es war ihre Schuld gewesen, daß er sich mit Michael überworfen hatte und vor seinem Tod nicht mehr mit ihm hatte sprechen können.

Er las ihre aufgeregten Zeilen darüber, wie sehr ihr die neue Stadt gefiel und wie glücklich sie dort waren, und schrie plötzlich auf!

Gus! Sie hatte Gus kennengelernt und hielt seinen Freund für solch einen netten Mann! Seinen Freund! Jetzt machte sie sich also auch an seine Freunde heran, um noch mehr Unheil zu stiften. Er zerriß die Seiten, verstreute die Schnipsel in den Staub und holte den letzten Brief aus seinem Umschlag.

»Oh, Himmel!« stöhnte er und setzte sich auf die Bank, die vor dem Laden stand.

»Was ist los, Brodie? Schlechte Nachrichten?« wollte ein Schürfer wissen.

»Schreckliche Nachrichten«, erwiderte er und las Gus' Leidensgeschichte laut vor.

Immer mehr Schürfer hörten ergriffen zu und überlegten, was aus Lester geworden sein könnte, wobei keiner von ihnen gute Hoffnungen hegte.

»Das reicht mir«, meinte Brodie schließlich. »Ich werde den Schacht, an dem ich gerade arbeite, schließen und für eine Weile aufhören.«

Auf dem Weg zurück in sein Lager mußte er sich eingestehen, daß es ohnehin das Beste wäre, Sandy Ridge zu verlassen. Er wußte, daß hier noch mehr Opal lag, aber er konnte es einfach nicht finden. Dafür hatte er etwas anderes gefunden.

Tatsächlich steckte es immer in seiner Tasche, aber er hatte nicht die Absicht, es irgendeinem der anderen Schürfer zu zeigen. Er erlaubte sich selbst auch nicht, zu viel zu erwarten, bis er es Willi gezeigt hätte. Er mußte noch immer viel lernen.

Sein Versprechen, Jolly zu bewegen, hatte er mit dem größten Vergnügen gehalten, und einmal kamen sie bei einem Ausritt auf ein recht ödes Gebiet, wo grober Kies anstatt guter Erde lag. Plötzlich trat Jolly mit seinen Hufen ein paar Gesteinsbrocken beiseite, die dunkel aufblitzten.

Neugierig stieg Brodie ab, hob sie auf und war überrascht, daß sie so schwer waren. Er war überzeugt, daß sie aus dem gleichen wunderbaren schwarzen Opal bestanden, das er in Willis Yowah-Nüssen gesehen hatte, aber er wagte nicht, sie weiter zu untersuchen, da er sie nicht zerstören wollte. Er hatte sich den Fundort sorgsam anhand eines riesigen toten Baumes gemerkt, der vom Blitz gespalten war, und war in sein Lager zurückgekehrt.

An diesem Abend nun setzte Brodie sich mit dem neu erworbenen Schreibblock und den Briefumschlägen hin und beantwortete seine Post. Er schrieb Gus eine kurze Nachricht, daß er nach Hause kommen werde, zuerst aber noch Willi Schluter aufsuchen und fragen wolle, ob es Neuigkeiten über Lester gebe. Den zweiten Brief, eine liebevolle Antwort an Vivien, schrieb er sorgfältiger und versprach, sie bald zu besuchen. Er brachte es nicht über sich, ebenso leidenschaftlich zu schreiben wie sie, machte aber deutlich, daß er sie vermißte, indem er das Wort ›bald‹ unterstrich.

Am nächsten Morgen packte er seine Sachen zusammen und machte sich auf den Weg zum Haupthaus von Plenty Station, in der Hoffnung, daß noch jemand anders nach Charleville oder zumindest in den Osten reiten würde. Brodie hatte keine Lust, in dieselben Schwierigkeiten zu geraten wie Gus und Lester. Und für einen einzelnen Reiter war es noch gefährlicher.

Vielleicht befand sich der Richter wieder auf dem Kriegspfad, aber Brodie hatte das Gefühl, daß er mit ihm fertig werden würde. Außerdem wollte er gern mit ihm sprechen. Es war an der Zeit, Frieden zu schließen.

Mit den Gepflogenheiten auf einer Farm vertraut, ritt Brodie zunächst am Haupthaus vorbei und zu den Ställen, wo er Jolly anband und sich unter einer Wasserpumpe wusch.

Einer der Viehhüter kam zu ihm. »Brodie Court, oder?«

»Ja.«

»Dacht ich mir. Hab Jolly erkannt. Wie geht's ihm?«

»Es ist ein schönes Pferd. Ich geb's nur ungern wieder her. Könntest du mir wohl eine Schere besorgen, der Bart hier kann's vertragen.«

»Das kannst du laut sagen«, grinste der Mann. »Komm rein und ich seh nach, was ich für dich habe.«

Brodie vermutete, daß die große Schere, die der Viehhüter anbrachte, besser für Pferdemähnen geeignet war; aber sie mußte reichen. Ohne Spiegel, nur unter Anleitung des amüsierten Mannes, stutzte er seinen Bart zu einer, wie er hoffte, ordentlichen Form zurück.

»Kann hier jemand gut rasieren?« wollte er wissen.

»Ja, der alte Barney, aber der ist im Moment nicht da.«

»Sag ihm, daß ich ihn später brauche. Ich reise in die Stadt zurück, da möchte ich dieses Gestrüpp loswerden.«

Barney war der Viehhüter, der Chiswicks Rinderattacke nicht gutgeheißen hatte. Und einmal hatte er Clover auf ihren Besuchen bei Brodie begleitet.

»Und nun«, meinte Brodie und fuhr mit den Fingern durch sein feuchtes Haar, »werde ich der Familie einen Besuch abstatten.«

Ein hagerer Mann trat vor und versperrte ihm den Weg. »Wer sagt das?«

Brodie wußte sofort, wer er war: der Mann, der damals neben dem Richter die Viehhüter angeführt hatte, Frank Dobson.

»Ein schrecklicher Mensch«, hatte Barney über ihn gesagt. »Kriecht dem Richter die ganze Zeit in den Arsch, weil er Slims Posten haben will.«

»Was geht Sie das an?« wollte Brodie von Dobson wissen.

»Wir wollen keine Fremden hier.«

»Natürlich nicht. Aber ich bin kein Fremder. Und jetzt gehen Sie mir aus dem Weg.«

»Du bist doch einer von den Schürfern«, sagte Dobson. »Der Richter will dieses Pack nicht auf seinem Grundstück haben.«

»Ach, tatsächlich?« lachte Brodie. »Und ich dachte, er liebt uns.« Er schob Dobson zur Seite und ging zu seinem Pferd.

»Das ist ja Jolly!«, rief Dobson erstaunt. »Was tust du mit diesem Pferd? Rühr ja keines unserer Tiere an!«

Entnervt drehte Brodie sich zu ihm um. »Ich kümmere mich um meinen eigenen Kram und du dich um deinen, ja?«

Dobson wandte sich an die anderen Viehhüter. »Ihr sollt hier doch auf alles achtgeben. Wie könnt ihr diesen Abschaum hereinlassen?«

»Wie hast du mich genannt?« fragte Brodie drohend.

»Abschaum, sagte ich! Ihr seid lästige Herumtreiber, lungert auf anderer Leute Land herum und seht zu, was ihr stehlen könnt. Ihr seid hier nicht erwünscht ...«

Er konnte den Satz nicht mehr beenden. Brodie hatte in letzter Zeit genug Ärger gehabt. Er versetzte Dobson einen Fausthieb, der ihn rückwärts taumeln ließ. Und zur Freude der Umherstehenden begann ein richtiger Kampf! Dobson war ein zäher Gegner, und während sie aufeinander losgingen, sah Brodie den Richter herbeikommen.

»Verdammter Mist!« murmelte er. Was wurde nun aus seinem friedlichen Gespräch mit dem Richter? Er stellte Dobson absichtlich ein Bein und schlug ihm auf den Nacken, während er fiel. Das war zwar gegen die Regeln, aber der Kampf war vorbei.

Den Richter schien es nicht weiter zu stören. Brodie hatte sogar den Eindruck, er sei enttäuscht, den Hauptteil des Kampfes verpaßt zu haben. Chiswick stupste Dobson mit seinem Stiefel in die Seite und befahl den Männern, ihn in die Pferdetränke zu tauchen.

»Sie kämpfen nicht fair«, sagte er zu Brodie, der sich ein paar Blutstropfen vom Kinn wischte.

»Ich hatte keine Wahl«, erwiderte Brodie. »Ich wollte nicht, daß Sie wieder mit einem Gewehr auf mich zielen, während ich beschäftigt bin.«

»Wer sind Sie?«

»Brodie Court ist mein Name.«

»Woher?«

»Von Ten Mile.«

»Sie sind einer von diesen verfluchten Schürfern!«

»Das war ich. Ich bin auf dem Weg nach Hause.«

»Dann verschwinden Sie.«

»Nein, warten Sie. Ich will mit Ihnen reden.«

»Warum sollte ich meine Zeit an Sie verschwenden?«

Brodie ging zu seinen Satteltaschen. »Wenn Sie mir ein wenig Zeit geben, möchte ich Ihnen etwas zeigen.«

Der Richter zog den Hut in die Stirn und kniff skeptisch die Augen zusammen. »Versuchen Sie hier keine Tricks oder Sie kommen nicht mehr lebend von meinem Grundstück. Lassen Sie das Gewehr im Holster.«

»Mein Gewehr wollte ich gar nicht holen.«

»Und ich bin an nichts interessiert, was Sie da haben könnten, Mr. Court.«

»Das werden wir gleich sehen«, entgegnete Brodie.

Unter normalen Umständen, so dachte der Richter bei sich, hätte er diesen Burschen mit einer Ladung Schrot in den Allerwertesten fortgejagt, vor allem, da er die Frechheit besaß in seine Ställe zu spazieren und sein Personal zusammenzuschlagen. Für Dobson tat es Chiswick nicht leid. Dieser Mann war ohnehin unerträglich. Ihn eine Tracht Prügel einstecken zu sehen, war ihm sogar ein Vergnügen gewesen. Aber dieser Bursche Brodie – was hatte er vor?

Seine Spione hatten ihm berichtet, daß er Clover nach dem Sturm zum Haus begleitet hatte, wo sie ihn zum Übernachten aufforderte. In seinem Haus! Dieses vermaledeite Mädchen! Wenn überhaupt, dann hätte er bei den anderen Männern in der Baracke schlafen müssen, aber sie wollte natürlich alles tun, um sich ihrem Vater zu widersetzen.

Der Richter wußte auch, daß sie Court bei Ten Mile besucht und ihm Jolly geliehen hatte. Als er das hörte, war er im ersten Moment schrecklich wütend gewesen, aber was konnte er schon tun? Sie sprachen nicht miteinander. Er sah sie kaum und wenn, dann wandte sie schnippisch den Kopf. Wie interessant, daß sie diesem Iren so viel Beachtung schenkte!

Der Richter wollte ihn nicht in sein Haus bitten.

»Kümmern Sie sich erst um das Pferd«, sagte er zu Brodie, »dann habe ich vielleicht fünf Minuten Zeit für Sie.« Er ging zu der Bank unter dem hohen Jacarandabaum und dachte nach.

Wenn Charlie nach Hause zurückkehrte, würde der Junge sich eine Frau nehmen. Mit zwei Frauen in diesem Haushalt könnte es allerdings problematisch werden, besonders wenn eine davon so störrisch war wie Clover. Ungeachtet dessen, was Hannah vor ihrem Tod geschrieben hatte, liebte er Charlie. Er wollte nicht an die wirren Worte seiner Frau glauben. Wie er oft betonte, machte eine gute Erziehung den Gentleman aus, und mit seinem Sohn hatte er da zweifellos Erfolg gehabt. Nun gut, seine Tochter war mißraten, aber sie war zu häufig in Gesellschaft rauher Männer gewesen, das war das Problem. Sie hätte in jungen Jahren auf eine Klosterschule geschickt werden müssen!

Er seufzte. In seinem Alter sollte die Tochter eine Stütze für ihn sein und keine Last. Sie war ihm ein ständiger Grund zum Ärger. Und sie hatte sich noch nie für Männer interessiert, bis dieser Court auftauchte. Ihren wenigen Verehrern hatte sie bisher immer die kalte Schulter gezeigt.

Möglicherweise, überlegte der Richter besorgt, wollte Charlie auch warten, bis seine Schwester versorgt war, ehe er sich selbst eine Frau nahm.

Nun, jetzt bot sich vielleicht eine Möglichkeit. Der Richter vermutete, daß Clover in diesen Iren verliebt war. Er war ein großer Bursche, größer als sie zumindest, und sah nicht schlecht aus, also ...

Dem Richter war es egal, daß Brodie zu diesem Abschaum gehörte – das war ihr Problem, nicht seines. Offensichtlich hatte Clover nicht genug Verstand, um zu sehen, daß sie ihr Glück auf einen Taugenichts setzte, aber sie wäre weder die Erste noch die Letzte, die diesen Fehler beging. Auf jeden Fall würde sie von hier verschwinden, ihren Vater nicht weiter belästigen und es Charlie ermöglichen, endlich selbst zu heiraten.

Nichtsdestotrotz durfte er es ihr nicht zu leicht machen, oder sie würde schon aus Prinzip wieder dagegen sein.

»Also, was wollen Sie?« knurrte er, als Brodie sich zu ihm setzte.

»Sehen Sie sich die hier einmal an«, sagte Brodie und gab ihm zwei seiner besten Opale. Sie waren klein, etwa fünf Zentimeter lang und noch genau so, wie er sie aus der Mine geholt hatte, staubig und in ihrem Mantel aus hartem Sandstein, doch zwischendrin blitzte ihre funkelnde Farbe hervor.

»Opale«, meinte der Richter achselzuckend.

»Ich nehme doch an, daß Sie sich ein wenig auskennen, Sir. Dies sind erstklassige Steine, das kann jeder sehen.«

»Und all die Mühe nicht wert.«

Brodie lächelte. »So wollen es uns diese Betrüger von Händlern glauben machen, aber ich kümmere mich nicht um ihre schlechten Preise. Ich werde viel mehr dafür bekommen.«

»Was hat das mit mir zu tun?«

»Diese Opale stammen aus der Glühwürmchen-Mine, die durch Ihre Rinder zerstört wurde.«

Chiswick grinste. »Pech für Sie, wie?«

»Nein, kein Pech. Dummheit. Von Ihnen.«

»Jetzt hören Sie mal!« ereiferte sich der Richter. »Wenn Sie gekommen sind, um mich zu beleidigen ...«

Brodie hob beschwichtigend die Hand. »Beruhigen Sie sich. Ich wollte Sie nur fragen, ob Sie ein so reicher Mann sind, daß Sie kein Geld mehr wollen? Geld, das sozusagen vor Ihrer Haustür liegt?«

»Das geht Sie gar nichts an!« fauchte der Richter, aber Brodie sah am Blitzen seiner Augen, daß sein Interesse geweckt war. »Aber ja doch. Hören Sie mir zu. Ich werde die Minen für eine Weile verlassen, aber ich komme wieder. Mit einer amtlichen Schürfgenehmigung. Dann hat es keinen Sinn mehr, daß Sie sagen, es sei Ihr Land, und mich verjagen. Ich kenne das Gesetz.« Brodie bluffte, daher sprach er gleich weiter, um dem Richter keine Möglichkeit zu geben, nachzuhaken. »Auf der anderen Seite kann ich Sie natürlich verstehen. Sie wollen nicht, daß die Schürfer Ihr Land umgraben, ohne daß Sie die Kontrolle darüber haben.«

»Ich habe jetzt Kontrolle.«

»Aber nein, haben Sie nicht. Sobald ich die Genehmigung habe, werden es alle wissen und auch herkommen. Ich schlage nun vor, ein Syndikat zu gründen, damit der Hügel systematisch und gründlich nach Opal durchsucht werden kann. Nicht wie wir es jetzt machen.«

»Wie *Sie* es jetzt machen.«

»Ja, und so haben Sie überhaupt nichts davon – nur ich, Sir. Verstehen Sie jetzt, worauf ich hinauswill?«

»Sie wollen, daß ich mich an der Opalsuche beteilige? Sie sind doch verrückt.«

»Wir gründen ein Syndikat, Sie und ich, und wir stellen Schürfer ein. Dann verdienen Sie noch an dem Land, das Sie sonst überhaupt nicht nutzen. Und ich werde weiterschürfen und die ganze Sache beaufsichtigen.«

Der Richter schwieg einen Moment und starrte auf die Opale. »Wo wollen Sie die Steine verkaufen, wenn nicht bei den Händlern am Ort?«

Brodie hatte beschlossen, daß er die Opale in England verkaufen würde, falls Willis Urteil über sie gut ausfiel. »Darüber können wir später reden«, erwiderte er vorsichtig.

»Mir scheint das doch ein erhebliches Risiko für Sie, damit zu mir zu kommen«, meinte Chiswick mißtrauisch. »Ich könnte ja auch ohne Sie ein Syndikat gründen.«

Also war er tatsächlich interessiert! Brodie ließ sich seine Aufregung nicht anmerken. »Dann würde ich mit jemand anderem auch eines gründen.« Er bluffte schon wieder, denn er kannte sonst niemanden, der sein Vorhaben finanzieren könnte. »Aber Sie müssen sich noch nicht sofort entscheiden. Ich bleibe mit Ihnen in Verbindung, und Sie können mir irgendwann Ihren Entschluß mitteilen. Ich kenne das Gebiet, also bin ich der Beste, den Sie finden können.«

Der Richter stand auf. »Woher soll ich wissen, daß ich Ihnen trauen kann?«

»Sie haben wohl eine ziemlich schlechte Meinung von uns Schürfern?«

»Und mit gutem Grund«, knurrte der Richter. »Kommen Sie mit zum Haus. Ich will noch einiges über diese Sache wissen, ehe ich auch nur darüber nachdenke.«

Als Clover am Nachmittag zum Haupthaus zurückkehrte und Jolly im Stall entdeckte, freute sich sich, daß Brodie zu Besuch gekommen war, aber als sie ihn auf der Veranda mit ihrem Vater sprechen sah, wunderte sie sich sehr.

»Was geht hier vor?« wollte sie von Salty wissen.

»Ich weiß nicht. Mr. Court redet schon seit fast einer Stunde mit deinem Vater.«

»Guter Gott! Worüber denn?«

»Sag du mir das! Ich hätte mich nicht gewundert, wenn sie sich die Schädel eingeschlagen hätten, aber sie sehen überraschend friedlich aus. Warum gehst du nicht hin und findest es heraus?«

Clover schnaubte wütend. »Du weißt genau, daß ich das nicht kann. Der Richter und ich reden nicht miteinander. Er würde sofort einen Narren aus mir machen. Er liebt es, mich in Verlegenheit zu bringen.«

»Dann geh und wasch dich. Warten wir ab, was zur Essenszeit geschieht.«

Chiswick genoß diesen kleinen Triumph über seine Tochter. Er hatte sie kommen sehen, und nun müßte sie sich benehmen und mit ihm sprechen, falls sie an dieser Unterhaltung mit ihrem Freund teilnehmen wollte. Er wußte, daß sie vor Neugierde fast umkam.

Was diesen Court anbetraf, so ergab sein Vorschlag mehr und mehr Sinn. Warum sollte er als Landbesitzer den Schürfern erlauben, den Reichtum seines Grundstücks fortzutragen, ohne daß er selbst davon profitierte?

Die Vorstellung, Clover und Court könnten zusammenkommen, amüsierte ihn. Dieser Bursche dachte wahrscheinlich, wenn er Clover heiratete, bekäme er eine Menge Geld. Was für ein monumentaler Irrtum! Sie würde nichts bekommen! Vielleicht ein schönes Hochzeitsgeschenk, wie etwa eine Standuhr, danach wäre sie von ihrem Mann abhängig. Wie es sich gehörte.

Brodie wunderte sich. Der alte Halunke lächelte sogar. Und hatte gar keine Eile mehr, ihn fortzuschicken – auch wenn er ihm keinen Drink oder auch nur eine Tasse Tee angeboten hatte. Aber es sah so aus, als könnte seine Idee vom Syndikat Wirklichkeit werden, und das war ein riesengroßer Schritt vorwärts. Er beschloß jedoch, die Gastfreundschaft des Richters nicht überzustrapazieren.

»Ich werde Sie jetzt allein lassen, damit Sie in Ruhe über alles nachdenken können, Sir. Dürfte ich wohl eine Weile in der Baracke schlafen? Ich will nach Charleville aufbrechen, sobald ich mich anderen Reisenden anschließen kann. Ich werde für mein Essen bezahlen.«

Der Richter zuckte mit den Schultern, als wolle er sich mit solchen Trivialitäten nicht weiter befassen. »Gehen Sie dort den Weg hinunter, dann kommen Sie direkt zur Unterkunft meiner Männer. Wenden Sie sich an Slim.«

Brodie machte es nichts aus, auf diese Weise entlassen zu werden. Er war mehr als erfreut über den Verlauf ihres Gesprächs. Ein Syndikat könnte die gesamten Schürfarbeiten bei Ten Mile übernehmen, und er selbst hätte Zeit, nach diesen anderen Steinen weiterzusuchen. Er nahm an, daß er dem Richter einigermaßen vertrauen konnte, und solange Chiswick fair blieb, würde auch er fair sein. Aber wehe, er würde ihn reinlegen!

Clover mußte rennen, um ihn einzuholen. »Ich hab Sie beim Haus gesehen. Sie haben mit meinem Vater gesprochen. Worüber?«

»Ach, über dies und das«, erwiderte er vorsichtig. Er wollte seine Pläne nicht durch ihren Vater-Tocher-Zwist gefährden.

»Erstaunlich!« rief sie aus. »Wie haben Sie das geschafft?«

Brodie schmunzelte. »Vielleicht war er gerade zum Plaudern aufgelegt. Aber wie geht es Ihnen? Sie sehen nett und adrett aus. Das ist das erste Mal, daß ich Sie in einem Rock sehe?«

Sie errötete. »Der ist bei der Hitze angenehmer als die schweren Hosen. Was machen Sie überhaupt hier oben? Nicht daß ich mich nicht freue, Sie zu sehen, das heißt, ich bin froh, daß Sie gekommen sind. Aber ist irgendetwas passiert?«

Brodie faßte sie am Arm. »Lassen Sie uns ein bißchen spazierengehen. Es gibt da etwas, aber ich möchte im Moment noch nicht, daß Ihr Vater davon erfährt. Ich bin auf dem Weg zurück in die Stadt.«

»Kein Wunder, daß er mit Ihnen spricht. Er wird sich bestimmt freuen, daß er jetzt alle Schürfer los ist.«

»Nur vorübergehend«, berichtigte Brodie. Er erzählte ihr von den schlechten Neuigkeiten über Gus. »Es ist seltsam«, meinte er. »Lester ist verschwunden, und ich weiß nicht, was ich davon halten soll. Gus hat einen alten Freund von uns bei einem Eingeborenenstamm getroffen, in der Nähe von Red Bull Creek. Kennen Sie den Ort?«

»Nein. Aber Barney bestimmt. Er kennt jeden Baum und jeden Strauch zwischen hier und Charleville. Was macht Ihr Freund da?«

»Er ist derjenige, der Gus weiterhalf und dann vorhatte, Lester zu suchen. Willi ist mit einer Eingeborenen verheiratet, er wird von ihnen akzeptiert.«

»Sie meinen Willi Schluter?«

»Kennen Sie ihn?«

»Jeder kennt Willi.«

»Gut. Ich dachte, ich könnte mich jemandem anschließen, der nach Charleville reitet und mir unterwegs den Weg zu Red Bull Creek weist. Wann kommt Ihr Milchhändler wieder hier durch?«

»In etwa zehn Tagen.«

»Das ist schon zu spät. Ich muß weiter. Ich nehme nicht an, daß Ihr Vater einen Mann entbehren könnte, der mich begleitet? Ich habe immerhin meine Opale bei mir, denken Sie daran.«

Clover blieb stehen und sah ihn entgeistert an. »Danach wollen Sie ihn doch nicht etwa fragen, oder?«

»Warum nicht?«

»Weil er Ihnen ins Gesicht spucken würde! Hören Sie, ich werde mit Ihnen reiten. Ihm ist es egal, was ich mache. Und wir nehmen Barney als Führer mit.«

Brodie fühlte sich in der Klemme. Wenn er das zuließe, wäre der gute Wille des Richters sicher gleich wieder zunichte. »Das kann ich nicht von Ihnen verlangen, Clover. Es wäre zu anstrengend.«

»Unsinn. Ich bin schon zigmal nach Charleville geritten. Die Kutsche ist zu langsam, sie muß dauernd Umwege fahren.«

»Es wäre nicht recht.«

»Natürlich wäre es das. Ich bin doch kein Kind mehr.« Er schüttelte den Kopf. »Ich kann das nicht annehmen, solange Sie nicht die Erlaubnis Ihres Vaters dazu haben.«

»Das brauchen wir nicht. Wir reiten bei Sonnenaufgang los. Bis er es merkt, sind wir schon meilenweit entfernt.«

»Nein. Sie fragen ihn oder Sie bleiben hier.«

»Na gut, wenn Sie darauf bestehen! Aber kommen Sie jetzt mit mir ins Haus. Sie können wieder in Charlies Zimmer schlafen.«

»Um Himmels willen, Clover! Wollen Sie Ihren Vater wieder gegen mich aufhetzen, wo ich ihn gerade so schön beruhigt habe? Er hat mir eben erlaubt, in der Baracke zu schlafen, und das ist mir recht. Lassen Sie die Dinge ruhen.«

Sie baute sich vor dem Richter auf, als er gemütlich mit einem Glas Whiskey auf der Veranda saß und seine Zeitung, den *Countryman* las. »Ich will mit dir reden!«

»Nun, das ist ja mal eine Abwechslung«, brummte er und las selbstgefällig weiter. Sicher hatte es etwas mit dem Iren zu tun.

»Mr. Court reitet morgen nach Charleville, ist sich aber über den genauen Weg unsicher.«

»Er hat den Weg hierher gefunden. Laß ihn seinen Weg zurückfinden.«

»Ich möchte auch nach Charleville, zum Einkaufen. Ich werde mit ihm reiten.«

»Ich nehme an, daß das seine Idee ist.«

»Nein. Er besteht darauf, daß ich dich um Erlaubnis frage. Warum, weiß ich auch nicht.«

Der Richter nahm sich Zeit, eine Zigarre anzuzünden. Das war ja sogar noch besser! Sie läuft ihm hinterher, dachte er amüsiert. Dieser Court ist ganz schön gerissen. Der ist ihr gewachsen.

»Ich möchte nicht, daß meine Tochter mit einem Fremden durch die Gegend reitet«, sagte er, um es ihr nicht allzu leicht zu machen. Wenn es nach ihm ginge, konnte sie sofort mit ihm in den Sonnenuntergang davonreiten. Mit etwas Glück würde sie für immer fortbleiben.

»Wir wären nicht allein, falls du dir Sorgen um das Gerede machst. Barney kann mitkommen.«

»Was willst du denn kaufen, das wir nicht schon haben?«

»Einige Sachen«, fuhr sie ihn an.

Er sah bedächtig auf den Hof hinaus und beobachtete einen Schwarm Papageien, der über den Himmel flog.

»Und?« fragte sie ungeduldig. »Kann ich gehen oder nicht?«

»Tu, was du willst.«

Tom Monk und sein Bruder Alby waren Viehtreiber. Auch ihre Vorfahren waren schon Viehtreiber gewesen. Ihr Großvater hatte früher große Herden durch den Westen geführt und auch in den Norden zu den neuen riesigen Rinderzuchten. Ihr Vater war den umgekehrten Weg gegangen und hatte die Tiere von diesen Farmen zum Markt nach Brisbane getrieben, Frau und Kinder immer dabei.

Jetzt hatten Tom und Alby ihr eigenes Unternehmen. Sie hatten sogar schon Herden vom Zentrum bis hinunter nach Adelaide gebracht, durch das trockenste Land der Erde, wie sie gerne prahlten. Aber ihre normale Strecke waren die Tausende von Meilen quer durch Queensland.

Die Besitzer von Gilpepper Station draußen am Lake Yamma Yamma wollten ihre Herde vergrößern, also wurden Tom und Alby beauftragt, tausend Tiere vom Viehmarkt in Charleville hinauszutreiben.

Nachdem sie mit dieser Aufgabe monatelang unterwegs gewesen waren, erhielten sie jeder zehn Pfund Belohnung für die unverletzte Herde. Auf dem Rückweg setzten sie ihre angeheuerten Viehtreiber an den verschiedenen Farmen in dem Wissen ab, daß sie beim nächsten Mal wieder auf sie zählen konnten, und ritten weiter gen Osten. Ohne die Behinderung durch die langsamen Rinder ritten die Brüder in bester Laune dahin. Entfernungen existierten für sie nicht; ihr Leben war die Straße. Die staubigen Viehpfade waren sie gewöhnt, und falls es einmal eine Überschwemmung gab, wußten gute Viehtreiber immer, wohin sie sich wenden mußten. Man sagte, daß die Monk-Brüder, genau wie die Eingeborenen, ihren Kompaß im Kopf hatten.

So kam es, daß dieses muntere Paar auf seinem Weg in die Stadt inmitten einer harten, trockenen Kiesebene auf die Überreste eines Pferdes stieß, die bereits von Dingos angefressen worden waren.

»Das war kein Wildpferd«, meinte Tom. »Hier ist der Sattel, darauf haben die Dingos auch schon herumgekaut, und da ist das andere Zeug.«

»Was für ein Dummkopf würde sein Pferd in dieses Gebiet reiten?« fragte Alby. »Das schneidet die Hufe des armen Tieres doch in Stücke. Warum ist er nicht drumherum geritten?«

Vorsichtig ritten sie zur Steppe zurück, da sie ihre Pferde nicht dem harten Boden aussetzen wollten.

»Eine Woche, würde ich sagen«, meinte Tom und sah sich um. »Ja. Aber wo ist der Reiter?«

»Weiß nicht. Vielleicht waren sie zu zweit. Mit noch einem Pferd. Aber ich hab hier keine anderen Spuren gesehen. Und da drüben kann man unmöglich etwas erkennen.«

Sie ließen das Rätsel auf sich beruhen und ritten durch die Büsche, um einen einfacheren Pfad in einem breiten, ausgetrockneten Flußbett zu nehmen.

»Bei Gott«, sagte Alby, während sie dahintrabten. »Ich kann mich noch an diesen Fluß erinnern, als er ein reißender Strom war. Hat uns wochenlang aufgehalten.«

»Ja, und jetzt stinkt's hier«, meinte Tom und nahm sein Pferd zurück. »Paß lieber auf, da könnte es immer noch mal schlickig sein.«

Schon oft hatten die Brüder Tiere verloren, die losgerannt waren, wenn sie in den vertrockneten Wasserläufen noch Wasser witterten, und dann in sogenannten Treibsand gesunken waren, der eigentlich zäher, tiefer Schlamm war.

Sie ritten weiter durch das trockene Flußbett, an dessen Ufer verdörrte Bäume standen, bis Alby plötzlich meinte: »Das ist kein Schlamm, der hier so stinkt.«

Tom nickte und stieg ab. Alby folgte seinem Bruder.

»O verdammt!« fluchte Tom. »Ich glaube, wir haben den Reiter gefunden.«

Die Leiche war ebenfalls von Dingos bearbeitet worden und sah entsetzlich aus.

»Wer ist das?« fragte Alby und trat ein paar Schritte zurück.

»Wie soll ich das wissen?« Tom band sich ein Tuch vors Gesicht und untersuchte die Überreste.

Er konnte keine Papiere finden, die den Toten identifizierten, nur die üblichen Sachen wie Klappmesser, Tabakbüchse und kleine Hacke. »Siehst du die Hacke? Er war ein Goldgräber. Muß aus der Wüste gekommen sein. Viele Goldgräber suchen am Rand einer großen Wüste. Erinnerst du dich an die, die wir damals auf dem Weg nach Adelaide gesehen haben?«

»Warum sollte er hier langgekommen sein?«

»Warum nicht? Es ist genauso weit südlich wie östlich vom Zentrum.« Er nahm einen Ast, um die Leiche zu untersuchen. »Jung, keine grauen Haare. Zähne in Ordnung. Kleiner Bursche. Sieh dir die kleinen Füße an!«

»Ich seh mir gar nichts an«, sagte Alby. »Wir sollten ihn begraben und weiterreiten.«

»Warte doch. Vielleicht hatte er sein Lager in der Nähe aufgeschlagen?«

Systematisch schlug Tom auf die umliegenden Büsche. »Ich finde kein Lager«, rief er Alby zu, der wieder zu den Pferden gegangen war. »Auch keine Wasserflaschen. Ich denke, der arme Kerl hat sich hier einfach hingesetzt und ist verdurstet.«

Er setzte seine Suche fort, bis er eine schwere Tasche fand und dann noch eine. »Ich hab zwei Säcke gefunden«, rief er und trug sie zu Alby. »Die Dingos müssen sie weggeschleift haben.«

»Ich geh ein Stück gegen den Wind«, meinte Alby. »Der Gestank macht mich krank.«

Als Tom die Beutel öffnete, fielen ihnen fast die Augen aus dem Kopf. »Opale!«

Er nahm ein paar Steine heraus und begutachtete sie. »Und gutes Zeug dazu. Schau sie dir an! Wie aus dem Bilderbuch. Und in allen Regenbogenfarben!«

»Was machen wir jetzt?«

»Wer's findet, dem gehört's. Der arme Kerl hier kann nichts mehr damit anfangen.«

»Na gut. Du hast einen Spaten dabei. Wir begraben ihn und machen, daß wir wegkommen.«

Tom blickte zu den Überresten des Opalsuchers zurück. »Nein. Wir lassen die Natur ihren Lauf nehmen. Der spürt nichts mehr, also wird's ihm nicht wehtun.«

»Wir begraben ihn nicht?«

»Wenn wir das tun, wird man wissen, daß wir hier waren, oder?«

»Ein guter Spurenleser merkt das auf jeden Fall ...«

»Nur wenn er danach sucht. Ich wette, wer hier vorbeikommt, der sieht ebenso wie wir, woran der Kerl gestorben ist. Es gibt keine Anzeichen von Gewalt, keine Schußwunde, keinen eingeschlagenen Schädel ...«

»Du lieber Gott, sei doch mal still! Mir wird schon ganz schlecht.«

»Was ich sagen will, ist, daß wir lieber verduften. Wir nehmen diese Taschen und reiten aber nicht nach Charleville, sondern nach Süden und über die Grenze, damit wir nicht seinen Weg einschlagen. Wir haben keine Eile, die Opale zu verkaufen. Wir sind nicht am Verhungern. Eines schönen Tages werden wir sie hervorholen, als hätten wir sie selbst irgendwo gefunden. Und das haben wir ja auch.«

»Und diesen Burschen haben wir nie gesehen?«

»Welchen Burschen?« Tom grinste. »Also los. Wenn wir uns beeilen, schaffen wir heute noch ein gutes Stück.«

Manchmal wünschte Clover, daß Brodie sich ihr gegenüber weniger wie ein Gentleman benehmen würde. Seit ihrem Aufbruch von Plenty Station hatte er schon einige Male die Gelegenheit gehabt, sein Interesse an ihr zu bekunden, aber er sagte kein Wort und berührte sie nicht einmal flüchtig.

»Denkst du, er mag mich?« fragte sie Barney.

»Sicher tut er das. Alle mögen dich, Clover.«

»Nicht so. Du weißt, was ich meine.«

»Hast du dich etwa verliebt? Deinem alten Herrn würde das aber gar nicht gefallen.«

»Das ist mir egal, es ist mein Leben. Er ist nicht verheiratet, aber glaubst du, er hat irgendwo eine Freundin?«

»Wie soll ich das wissen? Erwähnt hat er nie jemanden. Er

scheint mir zu beschäftigt damit, seinen Freund Lester zu finden, als über Frauen zu reden.«

Am Abend des zweiten Tages brachte Barney sie zum Lager der Eingeborenen am Red Bull Creek, wo sie erfuhren, daß Willi noch nicht zurückgekehrt war.

Brodie wurde ungeduldig. »In dieser Zeit hätte er schon von hier nach Brisbane kommen können!« schimpfte er.

»Denk daran, daß er zu Fuß unterwegs ist. Und sie werden sich gründlich umsehen, wenn sie nach deinem Freund suchen. Außerdem erwartet er dich ja nicht, warum sollte er also hetzen?«

»Vielleicht kommt er gar nicht wieder hierher?«

»Doch, das wird er, denn Lena ist noch hier.«

Clover unterbrach die Männer. »In diesem Fall schlage ich vor, daß wir zur Lilly Pilly Station reiten und dort warten. Wir werden sofort erfahren, wenn Willi zurückkommt.«

Die Besitzer der Farm und ihre Tochter Elizabeth freuten sich über die Gäste. Sie hatten gehört, daß ein Weißer vermißt wurde, aber auf ihrem Land hatte ihn niemand gesehen.

Clover schlief in Elizabeths Zimmer, da die beiden sich kannten, aber sie hatte nicht damit gerechnet, daß das Mädchen so interessiert an Brodie sein würde.

»Er ist ein beeindruckender Mann, Clover! Gehört er zu dir?«

»Natürlich nicht! Barney und ich helfen ihm nur, seinen Freund zu finden.«

»Und da ist nichts zwischen euch beiden?«

»Sei nicht albern!«

»Dann hast du also nichts dagegen, wenn ich mich an ihn heranmache? Er hat so schöne Augen!«

Clover litt unsäglich, als sie mitansehen mußte, wie Elizabeth Brodie in Beschlag nahm, während sie selbst den Eltern alle Neuigkeiten über ihren Freund Richter Chiswick und natürlich über Charlie erzählen mußte, der noch im Burenkrieg war.

Elizabeth nahm Brodie zu Ausritten über die Farm mit. »Du willst doch nicht mitkommen, oder?« fragte sie Clover scheinheilig.

»Nein, ich bin fürs erste genug geritten.« Das war eine Lüge, aber was sollte sie tun? Wütend wanderte sie im Haupthaus umher und wartete auf ihre Rückkehr.

Abends löste der Vater die Tochter ab und sprach mit Brodie über Rinder.

»Brodie interessiert sich sehr für die Rinderzucht«, flüsterte Elizabeth Clover zu. »Er sagt, er will eines Tages eine eigene Farm haben. Morgen zeige ich ihm unsere zwei Preisbullen, die letztes Jahr in Brisbane die Medaillen gewonnen haben.«

»Ja, ich weiß«, erwiderte Clover gelangweilt. Wenn Brodie etwas über Rinderzucht wissen will, warum fragt er dann nicht mich, dachte sie verärgert. Ich weiß mehr darüber, als diese dumme Gans je wissen wird.

Es vergingen einige Tage, ehe einer der schwarzen Viehhüter zum Haus kam und ihnen sagte, daß Willi wieder bei den Eingeborenen sei. Clover war erleichtert, als Brodie sofort wieder aufbrechen wollte.

»Es tut mir leid, Clover, aber würde es dir etwas ausmachen, wenn wir gleich weiterreiten? Ich will nicht, daß Willi sich wieder davonmacht.«

»Nein, überhaupt nicht«, sagte sie und sah lächelnd zu Elizabeth hinüber, die zwar mit Brodie geflirtet haben mochte, bisher aber noch nichts erreicht hatte.

Im Gegenzug nahm diese Clover zur Seite. »Er war sehr nett zu mir, aber ich glaube, er ist seiner Freundin treu.«

»Welcher Freundin?« fragte Clover irritiert.

»Ich weiß nicht genau, aber wenn er sich für mich nicht interessiert, muß er eine Freundin haben.«

Clover sah sie an und war geneigt, ihr recht zu geben. Elizabeth war ein hübsches Mädchen mit dunklen Locken, heller Haut und schönen Kleidern in rosa und hellbau, die eng geschnürt waren, um ihre schlanke Taille zu betonen. Brodie konnte kaum entgangen sein, wie hübsch sie war.

Gleichzeitig wurde Clover sich ihrer eigenen groben Kleidung bewußt und faßte den Entschluß, in Charleville ein paar schöne Kleider zu kaufen und nach Plenty Station schicken zu lassen. Vielleicht kam Brodie ja eines Tages zurück.

Als sie mit den beiden Männern aufbrach, war sie so deprimiert wie noch nie zuvor in ihrem Leben.

Brodie erschauerte. Lester war also tot. »Verdurstet«, hatte Willi achselzuckend gesagt, als wäre das keine Besonderheit.

Brodie versuchte, sich Lesters Tod nicht genauer vorzustellen. Es war zu schrecklich.

»Hat sich verirrt«, sagte Willi. »Ist kreuz und quer in alle Richtungen geritten. Immer wieder haben wir seine Spuren gekreuzt. Er war auf dem Weg hierher, als er aufgab. Aber von den Opalen keine Spur.«

»Er war sicher nicht in der Verfassung, überhaupt etwas zu tragen«, meinte Brodie. »Wahrscheinlich hat er sie weggeworfen.«

»Möglich, aber das bezweifle ich. Er hat sogar sein Gewehr und die Munition weggeworfen, der arme Idiot. Er hätte sich ein Tier schießen können; man müßte blind sein, um ein Känguruh zu verfehlen. Sogar roh halten sie dich am Leben. Ich vermute, er hat alles weggeworfen außer den Opalen.«

»Aber wo sind sie dann?«

»Weiß nicht. Wir haben überall gesucht. Sogar beim Pferd. Aber die Schwarzen haben mir gesagt, daß zwei Reiter das alte Flußbett hinuntergeritten sind, wo wir ihn gefunden haben. Weil der Boden so hart ist, kann man schlecht sagen, ob sie vor oder nach Lester an dem Punkt vorbeikamen.«

»Glaubst du, sie haben die Opale genommen?«

»Könnte sein. Oder Lester hat sie irgendwo versteckt. Was auch immer ... Gus kann seinen Anteil vergessen.«

Einigen Trost gab es zumindest, als Willi Brodies Steine begutachtete und sich freute, daß sie von so guter Qualität waren.

»Und jetzt sieh dir das an«, sagte Brodie und holte die zwei dunklen Steine hervor.

»Die sind wirklich interessant«, meinte Willi. »Aber ich habe nicht das richtige Werkzeug hier, um sie genau zu untersuchen. Mit einem Hammer ist das zu riskant. Nachher zerstöre ich noch einen guten Opal.«

»Schwarzer Opal?« fragte Brodie atemlos.

»Wir werden sehen. Mach dir lieber keine Hoffnungen.«

»Ich kann warten. Und ich möchte dich bitten, daß du all meine Sachen schleifst und polierst. Ich traue niemandem sonst. Würdest du das für mich tun? Ich bezahle dich auch.«

»Einverstanden«, sagte Willi. »Es wird sowieso Zeit, daß Lena und ich nach Hause kommen. Sie sagt, daß der Regen bald beginnt, und dann wollen wir hier nicht festsitzen. Wir gehen unseren eigenen Weg nach Charleville. Reite du nur mit deiner Lady voraus.«

»Sie ist nicht meine Lady«, entgegnete Brodie, erstaunt über diese Unterstellung.

»Dann sag ihr das lieber.« Der alte Mann zwinkerte ihm zu. »Sie sieht dich ganz schön verliebt an, mein Junge.«

»Clover ist nur eine Freundin. Sie hat mir das Pferd geliehen und wird es wieder nach Hause bringen, wenn ich von Charleville aus den Zug nehme.«

Willi nickte. »Eine gute Freundin ist genau das, was ein Mann braucht. Du könntest es weitaus schlechter treffen, selbst wenn du dann diesen Bastard Chiswick zum Schwiegervater hättest. Seine Frau war nett, aber er hat sie geschlagen. Sie hat sich das Leben genommen.«

»Guter Gott! Tatsächlich?«

»Ja, und verführe mir dieses Mädchen nicht und laß sie dann sitzen.«

»Du bildest dir etwas ein. In Wahrheit benutzt sie mich nur als Ausrede, damit sie mal von ihrem Vater wegkommt. Die zwei verstehen sich nicht.«

Und wieder machten er, Clover und Barney sich auf den Weg. Brodie war froh, daß er Willi gegenüber nichts von seinen Plänen mit dem Richter erwähnt hatte. Er wäre wahrscheinlich nicht begeistert gewesen. Inzwischen hatte er mehr darüber nachgedacht und hoffte nun, der Richter würde einen Pachtvertrag für zehn Hektar am Sandy Ridge ausgeben, um freie Schürfer fernzuhalten; dann könnten sie Männer für die Arbeit in den Schächten einstellen.

Als sie nach Charleville kamen, schickte Brodie ein Telegramm an Gus und informierte ihn über Lesters Tod und den Verlust der beiden Taschen. Dann schickte er ein Telegramm an Mr. Vern Holloway auf Fairlea Station, wünschte ihm alles Gute und kündigte seinen Besuch an.

Die letzte List lag ihm ein wenig im Magen, aber sie war notwendig. Er hatte keine Bedenken, sich wiederum mit Mrs. Holloway zu amüsieren und wunderte sich, warum ihm dieses absolut harmlose Telegramm ein schlechtes Gewissen bereitete.

Was Lester anging, so würden sie nun nie erfahren, ob er tatsächlich vorgehabt hatte, Hilfe zu holen oder sich mit den Opalen zu verdrücken. Und der arme Gus – all die Monate hatte er umsonst gearbeitet!

Als nächstes ging Brodie zur Polizeistation, wo er die notwendigen Dokumente ausfüllte, um Lesters Tod offiziell zu machen. Er versprach, daß Willi Schluter, der Mann, der die Leiche gefunden und begraben hatte, die letzte Unterschrift leisten würde. Dann zeigte er den Verlust oder Diebstahl zweier Taschen mit Opalen an, beschrieb den Inhalt so gut er konnte und gab sich sowie Gus Kriedemann als die rechtmäßigen Besitzer an.

Nachdem er das erledigt hatte, ging Brodie zum Barbier

und kehrte dann ins Albert Hotel zurück, wo er die anderen beiden traf.

Clover sah ihn an und lachte. »Brodie, ich hätte Sie fast nicht erkannt. So rasiert sehen Sie aus wie ein Fremder.«

»Dann warten Sie nur, bis ich mir neue Kleider gekauft habe«, lachte er. »Ich werde umwerfend aussehen.«

Sie hatten Barney überredet, auf Clovers Kosten ein Zimmer im Hotel zu nehmen, aber er lehnte es ab, mit ihnen in den Speisesaal zu gehen.

»Ich mag diese feinen Lokale nicht«, erklärte er. »Ich ziehe los und sehe, ob ich meine Freunde finde.«

Clover war erleichtert. Das bedeutete, daß sie allein mit Brodie zu Abend essen konnte, wie schön! Sie war sicher, er wußte gar nicht, wie gut er jetzt aussah. Aber sie wußte es und erwiderte stolz das Lächeln ihrer Freunde und Bekannten, während sie nebeneinander durch den Saal gingen. Sie hatte nur einen Rock und eine Bluse für die Stadt eingepackt sowie schwarze Schuhe und Strümpfe, und das reichte im Moment auch, aber am nächsten Morgen wollte sie einkaufen gehen. Sie wollte, daß Brodie sie von ihrer besten Seite sah.

Brodie, für seinen Teil, ging einer neuen Erfahrung entgegen. Noch nie zuvor hatte er in einem Hotel gegessen. Zwar wäre er viel lieber mit Barney losgezogen, aber Clover ließ ihm keine Wahl. Er war nervös und hatte den Eindruck, daß jedermann ihn anstarrte, doch er sagte sich, daß er sich besser daran gewöhnen sollte, wenn er jetzt ein reicher Mann werden würde.

Das handgeschriebene Menü enthielt keine Preise, was ihn sehr beunruhigte. Gott weiß, was das alles kostet, dachte er besorgt. Er hatte zwar immer noch Bargeld, sah aber nicht ein, daß er es an ein Lokal wie dieses verschwendete. Viviens Geld würde nicht ewig reichen.

Allerdings mußte er zugeben, daß das Essen gut war: Suppe und Steak und Brot und Buttersoße.

Clover sprach nicht viel, aber das machte Brodie nichts aus. Er hatte auf ihrem Ritt gemerkt, daß sie, wie auch Barney, stundenlang reiten konnte, ohne etwas zu sagen. Die Viehhüter auf Fairlea waren genauso gewesen: Sie ritten einfach drauflos, die Augen immer offen, ohne sich unterhalten zu müssen. Er vermutete, daß die Frauen, die auf diesen einsamen Farmen lebten, ebenso wortkarg wurden wie die Männer. In Tullymore war es schwer gewesen, bei all den Gesprächen und dem Geschwätz selbst ein Wort loszuwerden.

»Hat Ihnen das Essen geschmeckt?« wollte sie wissen.

»O ja. Sie waren sehr geduldig, Clover, daß Sie trotz der Umwege bei mir geblieben sind. Ich nehme an, daß Sie morgen wieder nach Plenty zurückkehren.«

»O nein«, erwiderte sie. »Jetzt bin ich so weit geritten, nun kann ich mir auch ein paar Tage Ferien gönnen. Dieses Hotel ist sehr schön. Ich werde mindestens eine Woche bleiben.«

Er lächelte. »Möchten Sie ein wenig spazierengehen? Wir könnten die Hauptstraße entlangschlendern.«

Während sie in der Dämmerung die Straße hinuntergingen, dachte Brodie, daß sein Freund Willi vielleicht recht gehabt hatte und Clover sich tatsächlich für ihn interessierte. Das machte ihm Sorgen. Sie war ein nettes Mädchen, keine Frage. Stark und auch intelligent. Aber an Vivien reichte sie nicht heran. Er sehnte sich sehr nach Vivien. Wäre Clover nicht so ein nettes Mädchen, hätte er sie auch schon längst auf ihr Zimmer begleitet. Wenn man einmal von ihrem männlichen Gang und dem kräftigen Kinn absah, war sie doch attraktiv mit ihren langen Beinen und den festen Brüsten, die anscheinend überhaupt kein Korsett benötigten.

Steif ging sie neben ihm. Es würde ihr nie in den Sinn kommen, meinen Arm zu nehmen, dachte er. Clover konnte nicht flirten, und sie hatte sicher noch nie einen Mann gehabt, aber er spürte dennoch, wie sie ihn anzog.

Himmel, sagte er zu sich selbst, ich lasse tatsächlich nach.

Früher hätte ich mir solch eine Gelegenheit nicht entgehen lassen.

Daß Clover noch in der Stadt bleiben wollte, war allerdings ein Problem. Offensichtlich ging sie davon aus, daß er im Hotel bleiben und warten würde, bis Willi nach Charleville kam, was noch mindestens eine Woche dauerte, aber Brodie entschied, daß er soviel Geld nicht verschleudern wollte. Er könnte mit Barney eine billige Unterkunft finden, möglicherweise mit anderen Viehhütern, aber dann wäre sie beleidigt, und er wollte ihre Gefühle nicht verletzen. Sie war ihm eine gute Freundin gewesen.

Als sie gleich bei ihrer Ankunft im Hotel für die Männer zwei Zimmer mitbuchen ließ, hatte er zunächst protestiert. »Ich bin nicht sicher, ob ich mir das leisten kann.«

»Machen Sie sich keine Gedanken, ich bezahle«, hatte sie munter erwidert.

Wäre es Vivien gewesen, so hätte er bedenkenlos eingewilligt, aber bei Clover ließ sein Stolz es nicht zu.

»Nein, nein, ich werde für mich selbst bezahlen.«

Bei dem Gedanken für eine Woche Unterkunft und Speisen in einem richtigen Hotel bezahlen zu müssen, sträubten sich ihm die Haare. Er hatte durch die Mieteinnahmen in Toowoomba zwar genügend Geld auf der Bank, aber das Geld war nicht zum Ausgeben gedacht.

Als sie sich wieder der Eingangstür des Hotels näherten, traf er eine Entscheidung. »Ich wünsche Ihnen noch eine schöne Zeit in Charleville, Clover. Besuchen Sie Freunde und amüsieren Sie sich. Ich sehe Sie dann irgendwann auf der Farm.«

»Warum? Wollen Sie schon fort?«

»Morgen früh geht ein Zug nach Brisbane, den werde ich nehmen.«

»Aber wieso? Ich dachte, Sie warten auf Willi.«

»Gus wird sich Sorgen machen. Wenn ich morgen den

Zug nehme, kann ich in Toowoomba einige Dinge erledigen und dann nächste Woche zurückkommen, um Willi zu besuchen. Ich habe nicht die Zeit nur herumzusitzen und zu warten.«

»Oh.«

Das war alles, was sie sagen konnte. Das war alles, was jemand wie Clover in solch einer Situation sagen konnte. Brodie sah ihr an, daß sie verletzt war, traurig und einsam, aber er konnte es nicht ändern. Er hatte seine eigenen Probleme.

»Kommen Sie denn zurück?« fragte sie. »Nach Plenty, meine ich?«

»Sicher. Sobald ich kann. Ich bin noch nicht fertig mit dem Schürfen.«

Er war versucht, ihr von seinem Plan mit dem Richter zu erzählen, entschied jedoch dagegen. Er hatte das Gefühl, daß sie ihn als Verräter betrachten würde, und wollte warten, bis die Dinge zwischen ihr und ihrem Vater sich möglicherweise gebessert hatten.

»Sie waren sehr nett zu mir, Clover, das werde ich nie vergessen. Passen Sie gut auf Jolly auf.«

Brodie war selbst überrascht, als er ihr einen Kuß auf die Wange gab. Ihre gebräunte Haut war weich wie Samt. »Gehen Sie jetzt nach oben. Ich werde in der Bar noch einen Drink nehmen.«

Das Schlimmste bei seiner Rückkehr nach Toowoomba war nicht, mit Gus den Tod ihres dritten Partners zu beklagen, von dem Gus entgegen Brodies Zweifel noch immer steif und fest behauptete, daß er bei seinem heroischen Versuch der Rettung umgekommen sei.

Es war auch nicht, daß Gus nun in einer Bar arbeitete und entschlossen war, nie wieder einen Fuß auf ein Goldfeld zu setzen oder auf Opalsuche zu gehen.

Es war die Neuigkeit, daß Gus mit Trella ausging! Wo Michael in seinem Grab noch nicht einmal kalt geworden war!

Brodie saß mit grimmigem Gesicht in der Küche der Kriedemanns und hörte die Geschichte seiner unverfrorenen Schwägerin, die sich ihren Weg in diese Familie erschlichen hatte. Er hörte von Jakob und Lisa Kriedemann, daß ihr Sohn sich ganz und gar verändert habe, seit er diese gute Frau kannte. Er hörte von seinem prächtigen Neffen und daß sie nun alle eine große Familie werden würden.

Eine große, verdammte Familie, dachte er wütend. Tatsächlich? Wissen sie denn, wie sie *seine* Familie zugrunde gerichtet hatte? Bruder gegen Bruder ausgespielt hatte?

Gus bat ihn, seine Opale auszupacken, und als sie auf den Eßtisch kullerten, drehten seine Eltern sie staunend herum.

»Die sind aber schön«, meinte Mrs. Kriedemann. »Und solche Steine hast du auch gefunden, Gus?«

»Das hab ich doch erzählt«, erwiderte er irritiert.

»Oh, wie schade! Aber weg ist weg«, sagte sein Vater, und Brodie tat es leid, daß er diesen netten Leuten nur schlechte Nachrichten überbringen konnte.

Am nächsten Morgen, Sonntag, rüttelte Gus ihn aus dem Tiefschlaf. »Komm, wach auf. Wir gehen zur Messe.«

»Wir machen was? Nein, ich nicht. Ich hab zwei Tage lang im Zug gesessen.«

»Du mußt mitkommen. Wir gehen alle hin. Trella und Garth auch. Sie werden sich riesig freuen dich zu sehen. Es wird eine Überraschung.«

Der letzte Mensch, den Brodie sehen wollte, war Trella, aber da er bei den Kriedemanns zu Gast war, hatte er keine andere Wahl. Wie ein unwilliger Patient wurde er von ihnen zur Kirche geschleift. Zu der Frau, die er am meisten auf dieser Welt haßte und die eines Tages dafür bezahlen würde, was sie den Courts angetan hatte.

Als wollte das Wetter seiner Stimmung entsprechen, zogen dunkle Wolken herauf, und als die Gruppe den Kirchhof erreichte, fing es an zu regnen.

Wie schicksalhaft, dachte Brodie, denn in diesem Moment kam Garth ihm entgegengelaufen und warf sich freudestrahlend in seine Arme.

»Onkel Brodie!« rief er. »Wo bist du gewesen? Wir warten schon seit Ewigkeiten auf dich!«

Brodie schmunzelte, zog Garth die Mütze ins Gesicht und neckte ihn. »Wer ist dieser Bursche? Du bist nicht Garth Court, der war nur ein kleiner Knopf.«

»Doch, ich bin es«, beharrte Garth. »Ich bin es, und ich habe eine Arbeit. Wir sind den ganzen Weg mit dem Schiff gekommen, und ich bin nicht ein einziges Mal krank gewesen ...«

Während Garth aufgeregt plapperte, spürte Brodie einen Stich. Der Junge war seinem Vater so ähnlich, mußte auch immer alles auf einmal erzählen, wie Michael es getan hatte.

Garth hing an ihm wie eine Klette, während sie sich den anderen anschlossen, die sich vor die Kirchentür drängten, um dem Regen zu entgehen. Er sah Trella lächeln und nickte ihr zu; der allgemeine Wirrwarr diente ihm als Entschuldigung, nicht zu ihr zu gehen und sie zu umarmen. Und dann begann der Gottesdienst.

Brodie wählte absichtlich eine Bank auf der gegenüberliegenden Seite und freute sich, als Garth sich von seiner Mutter trennte, um bei ihm zu sitzen. Ein kleiner Sieg, dachte er bei sich. Und bestimmt nicht der letzte!

Später, im Wohnzimmer der Kriedemanns, mußte er dann aber mit ihr sprechen oder, besser gesagt, ihre Fragen beantworten. Sie sah gut aus, das mußte er zugeben, in ihrem braunen Rock, der gestärkten weißen Bluse mit brauner Schleife am Hals und dem Hut auf ihren roten Locken. Alle außer Brodie freuten sich über diese Wiedervereinigung. Sie tranken

Tee, aßen Kuchen und zur Feier des Tages holte Jakob sogar seinen hauseigenen Wein.

Schließlich konnte sie allein mit ihm sprechen. »Es ist schön zu sehen, daß es dir gut geht, Brodie.«

Er nickte. »Vermißt der Junge seinen Vater?«

»Er wird ihn immer vermissen. Es hat ihm das Herz gebrochen, als Michael starb, Gott sei seiner Seele gnädig.«

»Aber du kommst zurecht«, meinte er mit einem Seitenblick zu Gus.

»Ist es das? Ich habe mich schon gefragt, warum du so kühl bist. Gus war sehr nett zu mir und dem Jungen.«

»Weiß er, daß du in Trauer bist? Oder ist das die neue Trauerfarbe?«

»Er weiß es«, antwortete sie ruhig, »und ich trage, was mir gefällt. Es geht dich nichts an.«

»Ach, tatsächlich? Und was ist mit meinem Hof? Was habt ihr damit gemacht?«

Sie sah ihn erstaunt an. »Michael hat ihn verkauft. Das weißt du doch. Du hast es ihm erlaubt.«

»Ich habe es Michael erlaubt und nicht dir. Er konnte meine Hälfte gerne haben, weil er mein einziger Bruder war, aber ich habe nie gesagt, daß er sie dir geben kann.«

»Hör dich nur an«, gab sie aufgebracht zurück. »Michael dein einziger Bruder? Hast du je versucht, mit ihm in Kontakt zu treten? Nein, du nicht. Du mußtest ihn noch beleidigen, indem du den Pfarrer als Mittelsperson wähltest, und du hast ihn sterben lassen ohne ein Wort des Trostes. Du bist ein harter Mann, Brodie Court, und du wirst als einsamer alter Mann enden, wenn du dich nicht änderst.«

»Niemand hat mir gesagt, daß er stirbt.«

»Hätte das etwas geändert? Du hast dich doch nie um jemanden gekümmert außer um dich selbst, und du hast dich nicht geändert. Ich werde dir die Hälfte des Hofs zurückzahlen und wenn es bis ans Ende meiner Tage dauert. In der Zwischenzeit reißt du dich aber zusammen, wenn du dich nicht auch mit dem Sohn deines Bruders entzweien willst.«

Sie stürmte davon und sprach wenige Minuten später mit Mrs. Kriedemann, als sei nichts geschehen.

Am folgenden Abend kam Brodie mit Gus zu Besuch und Trella war erleichtert, daß er sich ihre Warnung zu Herzen genommen hatte. Er brachte einen nagelneuen Kricketschläger für Garth mit, und der Junge war überglücklich. Brodie entschuldigte sich mit keinem Wort für seinen wütenden Ausbruch wegen des Hofs, und Trella beschloß, jeden Penny zu sparen und ihm das Geld zurückzugeben.

Sollte er doch daran ersticken!

Beschämt über Brodies Haltung, sagte sie kein Wort zu Gus, da sie wußte, daß er zu ihr stehen würde. Er war ein fairer Mensch. Aber wenn er versuchen würde, Brodie ins Gewissen zu reden, könnte es Ärger geben. Sie wollte nicht, daß es böses Blut zwischen den beiden gab.

Trella erschauerte. Sie und Gus gingen nicht nur zusammen aus, sie liebten einander. In ihren Gebeten erzählte sie Michael oft von ihrem neuen Leben und allem Guten, das ihr widerfuhr, weil er auf sie achtgab. »Und ich denke, daß wir bald heiraten werden und deine Familie einen guten Mann und Vater hat – nicht um deinen Platz einzunehmen, sondern um deinen Sohn so großzuziehen, wie du es dir gewünscht hättest.«

Plötzlich hatte Trella Angst vor Brodie. Angst vor dem, was er vielleicht tun könnte, um sie und Gus auseinander zu bringen. Sie wünschte, sie hätte sich nicht von ihm provozieren lassen. In Zukunft wollte sie netter zu ihm sein und alles tun, damit er sich wohl fühlte. Es würde nicht leicht sein, aber sie wollte alles tun, um Gus nicht zu verlieren.

9

DIE HERRIN VON Fairlea Station unterdrückte einen Aufschrei der Freude, als sie Verns Telegramm öffnete. Wie gerissen von Brodie! Er kam zurück! Angeblich um Vern zu besuchen, aber sie konnte zwischen den Zeilen lesen.

Sie war so aufgeregt, daß sie kaum vernünftig denken konnte. In ihrem Kopf wirbelten alle möglichen Pläne durcheinander, wunderbare Pläne. Das Geld, das er ihr noch schuldete, war ihr inzwischen nicht mehr wichtig. Sie hatte die Kontrolle über Verns Bankkonten und Investitionen, so daß die paar Hundert an Brodie keine Rolle spielten. Christiana hatte nicht einmal versucht ihre Vollmacht beizubehalten, nachdem sie wieder auf Fairlea waren – vermutlich weil sie wußte, daß sie ohnehin verlieren würde.

»Herrlich!« lachte Vivien. Christiana mußte kochen vor Wut. Sie war noch nicht nach Fairlea gekommen, schrieb Vern aber jede Woche einen langen, trübseligen Brief, den sie ihm lieber gar nicht erst zeigte, damit keine Erinnerung in seinem müden Hirn wachgerufen werden konnte. Sie wollte, daß er diese verschrobene alte Frau und auch ihre dummen Spiele vergaß. Am besten war, man ließ ihn allein. Manchmal nahm Elvie ihn zu einem Picknick mit und Vivien begleitete sie, auch wenn es schrecklich langweilig war, um zumindest nach außen hin als besorgte Ehefrau zu gelten.

Sie überlegte, ob sie der Haushälterin sagen sollte, daß Mr.

Court bald zu Besuch käme. Aber dann entschied sie sich dagegen. Die Holloways mußten sich ihrem Personal nicht anvertrauen.

Brodie hier. Bei ihr! Sie schwelgte in Tagträumen über ihr bevorstehendes Glück. Er könnte im Haus wohnen und jede Nacht bei ihr im Bett schlafen. Vivien kicherte. Nun war er an der Reihe, zu ihr ins Zimmer zu kommen!

Aber was war mit seiner Frau und dem Kind?

Vivien zuckte mit den Schultern. Er liebte sie, da war sie sicher, denn sonst würde er sie nicht auf Fairlea besuchen kommen. Wenn Brodie eine Frau am Hals hätte, die ihm wichtig wäre, hätte er nicht auf ihren Brief geantwortet.

»Gott sei Dank, daß ich ihm geschrieben habe!« freute sie sich. »Und nun kann ich alles für ihn vorbereiten.«

Aber wie? Sie müßte auf jeden Fall hier bleiben und sich um das Haus kümmern, da Elvie sonst Verdacht schöpfte. Sollte sie ihr vielleicht einige Tage freigeben?

Nein, beschloß sie. Ich will mich nicht mit Haushaltsdingen belasten. Sie muß für uns kochen – wir wollen gut essen. Und sie kann Vern von uns fernhalten.

Von uns fernhalten, wiederholte sie in Gedanken. Sie sollte sich von Vern scheiden lassen, aber vermutlich war das gar nicht möglich. Außerdem bedeutete es, daß Christiana wieder die Kontrolle über seine Finanzen bekam. Na wunderbar, dann konnte sie froh über einen Penny pro Woche sein!

Eine bessere Idee wäre es, Fairlea Station zu verkaufen. Dann könnte sie mit Vern nach Brisbane ziehen oder sogar noch weiter weg, wo niemand sie kannte. Aber Christiana würde sie nie abschütteln. Sie bat ständig darum, daß Vern sie besuchte und ganz bei ihr blieb, was Vivien beharrlich ignorierte. Früher oder später würde Christiana Holloway also auf der Türschwelle stehen, egal ob hier oder eben anderswo.

»Oh, mein Gott!« Vivien wurde schlecht bei dem Gedanken,

daß Christiana während Brodies Besuch auftauchen könnte. Es war nicht unwahrscheinlich.

»So ein Mist«, fluchte sie laut. »Alles kann passieren, wenn ich nicht endlich entscheide, was zu tun ist. Ich sollte auf der Stelle nach Toowoomba reiten und Brodie dort treffen, aber ich weiß nicht, wie ich momentan mit ihm in Kontakt treten kann. Ich muß auf ihn warten. Und ihn erst nach dieser Frau fragen. Dann sehen wir weiter.«

Um beim Personal einen guten Eindruck zu machen, nahm Vivien ihren Mann in den nächsten Wochen auf Ausritte mit und zeigte sich begeistert über die Picknicks, zu denen sie sogar Champagner mitnehmen ließ.

Elvie war entzückt. »Mrs. Holloway wird sich freuen zu hören, wie sehr Vern diese Ausflüge genießt.«

Schockartig wurde Vivien bewußt, daß Elvie Kontakt zu ihrer Schwiegermutter hielt. Und alles ausplauderte! Vivien hatte gute Lust, sie auf der Stelle zu entlassen.

Nur Geduld, ermahnte sie sich. Finde erst einen Ersatz und wirf sie dann hinaus.

Brodie wollte keine Zeit verlieren. Obwohl er immer noch im Gästezimmer der Kriedemanns wohnte, fühlte er keinerlei Verpflichtung, sie über seine Geschäfte zu informieren.

Er besah sich sein Haus und stellte fest, daß die Mieter es gut instand hielten. Dann suchte er seinen Makler auf, der auch die Miete für ihn einkassierte. Brodie hatte gehört, daß diese Burschen recht gewissenlos mit anderer Leute Geld umgingen, und stellte sich schon auf eine Auseinandersetzung ein, als er in Clem Patchetts Büro marschierte.

Zu seiner Überraschung war alles in bester Ordnung. Die Mietzahlungen, abzüglich einer Kommission für den Makler, waren bis auf den letzten Penny auf sein Bankkonto eingezahlt. Patchett bot ihm sogar eine Tasse Tee an, und Brodie kam sich sehr wichtig vor.

»Ach, übrigens, Mr. Court, das Häuschen neben Ihrem Haus ist mittlerweile zu verkaufen. Möchten Sie es nicht auch noch haben?«

»Das würde ich gerne, aber das Geld wächst nicht bei mir im Garten.«

»Aber Sie sind ein Mann, der es zu etwas bringen wird, das sehe ich. Das Haus ist solide gebaut und günstig zu haben. Die Besitzer wollen wegziehen.«

Brodie dachte an seine Opale. »Ich werde bald etwas Geld zur Verfügung haben, aber dafür habe ich eigentlich schon andere Pläne.«

»Sie müssen das Geld nicht extra besorgen«, rief Patchett aufgeregt. »Es ist doch schon da. Warum nehmen Sie für die Anzahlung nicht die bisherigen Mieteinnahmen und zahlen den Rest dann mit der Miete von beiden Häusern?«

»Kann man das machen?«

»Ich würde es für Sie arrangieren.«

»Warum wollen Sie das tun?«

Patchett lächelte. »Ich würde Kommission aus zwei Mieten beziehen anstatt aus einer. Ich bin gerade dabei, meine Verwaltungsgeschäfte auszubauen.«

»Und Sie erhalten eine Kommission aus dem Verkauf des zweiten Hauses!«

»Die müssen Sie nicht bezahlen. Halten Sie sich an mich, Mr. Court. Ich werde Sie immer gut beraten.«

Überrascht über diese Wendung der Ereignisse und sehr geschmeichelt willigte Brodie ein.

»Sie haben recht. Kaufen Sie es für mich, aber sehen Sie zu, daß es diesmal weniger als vierzig Pfund sind. Und sagen Sie ihnen nicht, wer es kauft, sonst wollen sie womöglich mehr.«

Ehe er ging, bat Brodie seinen Makler, ihm einen zuverlässigen Anwalt zu empfehlen und betrat kurz darauf zwei Häuser weiter das nächste Büro, um sich einem gewissen Stanley Wickham vorzustellen.

Der Mann war jünger, als Brodie erwartet hatte, deshalb war er am Anfang noch ein wenig mißtrauisch, aber er hörte genau zu, als der Anwalt ihm Vorschläge für das Syndikat mit Richter Chiswick unterbreitete.

»Chiswick?« Stanley war beeindruckt. »Das ist ein guter Name.«

»Genau das dachte ich mir auch. Er ist der Idee gegenüber nicht abgeneigt, aber ehe er es sich anders überlegt, würde ich mit Ihrer Hilfe gern einen Vertrag aufsetzen, den Sie ihm dann bitte schicken. Ich nehme an, daß es seriöser wirkt, wenn es von Ihnen kommt.«

»Bei einem Richter wissen Sie zumindest, daß Sie es mit einem ehrlichen Menschen zu tun haben«, meinte Wickham.

»Oh, da bin ich mir nicht so sicher. Aber ich muß es mit ihm versuchen, weil ihm das Land gehört. Ich stelle mir vor, daß das Syndikat Schürfer einstellt und ich als Minenaufseher arbeiten werde. Wir haben die Genehmigung und versorgen die Männer mit der nötigen Ausrüstung.«

»Was ist mit Essen und Unterkunft?«

»Darum kümmern sich die Männer selbst. Ich möchte, daß die Sache so einfach wie möglich läuft.«

Wickham sah ihn interessiert an. »Mr. Court, was soll die Schürfer davon abhalten, das Opal zu stehlen anstatt es abzuliefern?«

»Das kann natürlich passieren, aber es wäre meine Aufgabe, dies zu unterbinden. Belohnungen für Männer, die auf Opal stoßen, dienen in anderen Minen als Ansporn, und so könnten wir es auch machen.«

Sie sprachen eingehend über die rechtlichen Vereinbarungen zwischen Court und Chiswick, bis der Anwalt schließlich genau wußte, was sein Klient wollte.

»Wieviel Geld wird es wohl kosten, dieses Syndikat zu gründen?« fragte er Brodie zum Schluß.

»So wenig wie möglich«, antwortete Brodie. »Ich muß darüber noch genau nachdenken. Im Moment habe ich nämlich gar keins.«

Wickham war verblüfft. »Wie wollen Sie es dann anfangen?«

»Ich werde demnächst Geld bekommen. Aber ich möchte, daß Sie das Papier schon einmal so losschicken. Sagen Sie ihm, wir sollten mit vier Schürfern beginnen. Lassen Sie ihn schätzen. Es gibt noch andere Schürfer am Sandy Ridge, er wird bald ohne meine Hilfe herausfinden, was Ausrüstung und Arbeitslohn kosten. Er ist ein gerissener Bursche. Wenn alles feststeht, werde ich mich darum kümmern, wieviel ich brauche. Können Sie das für mich erledigen?«

»Gewiß. Wir werden es eine Interessenbekundung Ihrerseits nennen und sehen, was er dazu zu sagen hat.«

»Gut! Ich bin für eine Weile nicht in der Stadt. In ein paar Wochen komme ich wieder bei Ihnen vorbei.«

»Ihre Adresse, Mr. Court? Ich habe Ihre Adresse nicht.«

»Das ist einfach«, erwiderte Brodie. »Lassen Sie alles an Ihre Anschrift schicken.«

Zufrieden ging Brodie in ein Juweliergeschäft, begutachtete die Opale und fragte nach den Preisen, ohne etwas zu kaufen. Dann hörte er, daß an diesem Tag Pferderennen stattfanden, und beobachtete die Rennen bei einigen Glas Bier, ohne jedoch Geld mit Wetten zu verschwenden. Er fand einen Rennplan und vergnügte sich dabei, Pferde auszusuchen, von denen aber keines gewann, so daß er am Ende froh über den ersparten Verlust in die Stadt zurückging und beschloß, nach einem billigen Abendessen seinen Neffen zu besuchen.

Er brachte ihm Schokolade mit, setzte sich mit ihm in den Garten und erzählte Geschichten über Irland.

Garth interessierte sich jedoch mehr für seine Schatzsuche. »Gus hat gesagt, du hast schöne Opale ausgegraben. Wann kann ich sie sehen, Onkel Brodie?«

»Ich werde sie dir zeigen, wenn ich Zeit habe«, antwortete er. »Du bist jetzt ein großer Junge, Garth. Du solltest mit mir kommen. Versuch dein Glück als Schürfer. Vielleicht wirst du reich.«

»Das darf ich? Und du würdest mich wirklich mitnehmen? Wann?«

»Vorerst noch nicht. Ich muß noch ein paar Dinge erledigen.«

»Aber du sagst mir Bescheid, wenn du gehst? Versprich es mir! Du gehst nicht ohne mich. Ich kann graben. Ich kann mit einer Schaufel und mit einer Hacke umgehen. Gus sagt, es ist harte Arbeit, aber ich kann das. Du mußt mir deine Opale zeigen, damit ich weiß, wonach ich suchen soll.«

»Warte, warte!« Brodie lachte. »Ich geh doch nicht heute nacht los. Und überhaupt muß ich nach Hause. Ich bin müde. Geh du lieber auch zu Bett.«

Garth rannte ins Haus zu seiner Mutter. »Onkel Brodie sagt, ich darf mit ihm schürfen gehen!«

»Nichts dergleichen wirst du tun.«

»Aber er hat es gesagt.«

»Wo ist er? Dir solche Ideen in den Kopf zu setzen!« Trella lief nach draußen, aber Brodie war bereits gegangen.

»Ich habe ihm Kakao gekocht und Kekse gebacken«, sagte sie, »aber da er nicht reingekommen ist, kannst du sie essen.«

Garth schmollte, während er seinen Kakao trank. »Warum darf ich nicht gehen?«

»Weil du zu jung bist.«

»Ich bin nicht zu jung.«

»Doch, das bist du. Ich will nicht, daß du mit ihm durch die Wildnis ziehst.«

»Warum nicht? Ich würde ihm keine Schwierigkeiten machen.«

»Hör jetzt auf damit. Du gehst nicht und damit basta. Du hast hier eine Arbeit.«

»Aber da draußen kann ich mehr Geld verdienen. Onkel Brodie sagt ...«

»Es ist mir egal, was dein Onkel sagt. Es ist schon schwer genug für uns, hier zurechtzukommen, ohne daß du irgendwelchen Hirngespinsten hinterherläufst.«

»Ja, deshalb willst du mich hier haben! Nur weil du mein Geld willst. Meinen Lohn. Es ist dir egal, was ich möchte.«

Sie strich ihm über den Kopf. »Ach, mein Junge, das stimmt doch gar nicht. Opal suchen ist gefährlich. Ich will nicht, daß dir etwas zustößt.«

Aber er wich ihr aus. »Nichts wird mir zustoßen. Ich soll nur hier bleiben und dir immer mein Geld geben. Du bist so gemein, das bist du. Ich gehe mit Onkel Brodie. Jawohl!« Er stürmte aus der Küche.

»Der Teufel soll Brodie holen!« fauchte sie.

Salty, die sonst geduldige Haushälterin, fand Clovers schlechte Laune bald unerträglicher als die Launen des alten Richters. Sie gingen ihr beide auf die Nerven, und jede Nacht betete sie zum Herrn, er möge Charlie bald heil und gesund nach Hause schicken. Alle Freude im Haus schien mit ihm verschwunden zu sein, und es herrschte eine schreckliche Leere.

Clover und ihr Vater redeten seit ihrem Ritt nach Charleville wieder miteinander, aber statt des Schweigens mußte Salty nun ihre Streitereien mit anhören. Allerdings war sie angenehm überrascht gewesen, als eine Woche nach Clovers Stadtbesuch die neuen Kleider geliefert wurden. Endlich kümmerte sich dieser Wildfang um ein etwas damenhafteres Aussehen.

Gemeinsam hatten sie die großen Pakete ausgepackt. Clover war nicht gerade sparsam mit dem Bankkonto ihres Vaters umgegangen, denn sie hatte den Kleiderkauf ebenso ungestüm erledigt, wie sie alles anpackte.

»Das muß dich ja einige Tage in Anspruch genommen haben«, rief Salty begeistert, während sie die Seidenkleider und Taftröcke, die hübschen gestärkten Blusen und die bequemen, weichfließenden Tageskleider mit Spitzenvolants ausschüttelte und auf dem Bett ausbreitete, die neuen Schuhe davor stellte und die Hüte bewunderte.

»O ja«, stöhnte Clover dramatisch, als hätte sie regelrechte Qualen erleiden müssen, und Salty schmunzelte in sich hinein. Auch wenn Clover anderer Meinung war, so unterschied sie sich in dieser Hinsicht dennoch nicht von anderen Mädchen; bei einem Einkaufsbummel wie diesem hatte sie sich bestimmt königlich amüsiert.

Doch starrte Clover nun mißmutig auf die neue Garderobe. »Ich weiß nicht, wann ich das jemals tragen soll.«

»Es wird sicher viele Gelegenheiten dazu geben, denn jetzt hast du nicht mehr die Ausrede, du hättest nichts anzuziehen. Die Kleider sind herrlich. Zieh sie doch bitte für mich an.«

»Jetzt nicht, Salty. Das ist mir zu umständlich.«

»Dann zieh wenigstens dieses cremefarbene Musselinkleid zum Abendessen an. Ich möchte dich mal in etwas anderem sehen.«

Das Kleid war aufwendiger geschneidert als die anderen, mit einem breiten, flachen Kragen in V-Form bis hinunter zur Taille und einem gerippten Mieder. Der Rock fiel, der neuesten schlanken Mode entsprechend, gerade zum Boden und wurde nur durch eine doppelte Saumnaht beschwert.

Trotz Clovers Protest gewann die Haushälterin. Sie war fest entschlossen, das Mädchen an anständige Kleider zu gewöhnen. Sie band ihr die Satinschleife auf dem Rücken zusammen und schob sie vor den Spiegel.

»Nun sieh dir das an! Es steht dir hervorragend, Clover. Ich kann es gar nicht erwarten, dich in den anderen Sachen zu sehen!«

Clover zuckte mit den Schultern. »Hm, sieht ganz gut aus.«

»Es sieht sehr schick aus, und das weißt du. Und binde dir nicht wieder einen Zopf, dann ist der schöne Effekt verdorben.«

»Wen kümmert das schon?«

»Mich kümmert das. Setz dich hin, ich frisiere dich.« Sie fing an, Clover die Haare zu toupieren, bis sie in alle Richtungen wirr vom Kopf abstanden.

»Was tust du da?« rief Clover. »Das sieht doch lächerlich aus!«

»Sei still.« Salty nahm eine Bürste und eine Schachtel Haarnadeln und steckte einzelne geglättete Strähnen in sanften Wellen fest.

Clover starrte in den Spiegel. Ihr Haar, das sonst glatt herunterhing, schien der Schwerkraft zu trotzen und umgab in einer richtigen Frisur ihr Gesicht. Oben war es sogar in Wellen gesteckt. »O Mann!« staunte Clover. »Wie hast du das denn gemacht?«

»Ladys sagen nicht ›o Mann‹«, schalt Salty. »Und du hast doch gesehen, wie ich es gemacht habe. Du mußt lernen, dich selbst zu frisieren. Hübsch siehst du aus, Clover.«

In eine moderne, sogar attraktive Frau verwandelt, wurde Clover plötzlich schüchtern. »Ich kann doch so nicht rumlaufen.«

»Natürlich kannst du das. Und du fängst gleich damit an.«

Als diese schlanke, elegante Frau mit Salty ins Eßzimmer kam, nahm der Richter sie zunächst kaum wahr. Dann blieb er abrupt stehen, das Glas noch in der Hand, und starrte seine Tochter an. »Guter Gott! Was ist denn in dich gefahren?«

»Sie war einkaufen«, verkündete Salty stolz. »Sieht sie nicht hübsch aus?«

»Wilde Göre als Dame verkleidet«, brummte der Alte.

»Ja, etwas anders hast du dazu nicht zu sagen«, fuhr Clover ihn an. »Du hast doch nie ein gutes Wort für irgend jemanden übrig.« Sie fegte an ihm vorbei und fühlte sich überlegen, da sie merkte, daß sie ihn verblüfft hatte. »Ich denke, ich nehme auch einen Sherry.«

»Kommt etwa dein Freund zum Essen?« fragte der Richter boshaft.

»Welcher Freund?«

»Dieser Ire. Ich dachte, wir erwarten jemanden.«

»Ich weiß nicht, wovon du sprichst«, erwiderte Clover.

»Warum? Was ist passiert? Hat er dir den Laufpaß gegeben?«

Clover spürte, wie ihr die Röte ins Gesicht stieg. Sie achtete nicht weiter auf ihren Vater, sondern konzentrierte sich darauf, ein Glas Sherry aus der Karaffe zu gießen, als hinge ihr Leben davon ab.

Der Richter wandte sich lachend an Salty. »Mit ihm davongaloppiert ist sie, weil sie dachte, sie hätte endlich einen Verehrer gefunden. Kauft Kleider, als wolle sie eine Aussteuer zusammenstellen, und was passiert? Nichts.«

»Das ist noch gar nicht sicher«, protestierte Salty.

»Ach, red doch nicht. Sie kommt zurück mit einem Gesicht wie eine liebeskranke Kuh. Und warum? Weil er ihr den Laufpaß gegeben hat. Sie allein in Charleville zurückgelassen hat. Und seither kein Wort von ihm.« Er sah Clover an. »Das stimmt doch, oder? Er hat dir den Laufpaß gegeben. Dich nur ausgenutzt.«

Er und Salty duckten sich, als Clover die Karaffe durch das Zimmer schleuderte. Das gute Stück verfehlte den Richter nur knapp, landete im Kamin und zersprang.

»Du bist wirklich unerträglich!« rief Clover. »Ich werde in der Küche essen.«

Als sie hinausstürmte, drehte er sich wieder zu Salty um. »Das zum Thema ›Dame‹. Ich will jetzt mein Abendessen.«

»Holen Sie es sich doch selbst«, gab sie schnippisch zurück. »Ich kündige. Und wenn das Mädchen nur einen Funken Verstand hat, kommt sie mit mir.«

Die beiden Frauen redeten bis spät in die Nacht.

»Du kannst nicht hier bleiben«, sagte Salty. »Ich habe Sorge, daß es irgendwann zu Gewalttätigkeiten kommt.«

»Dies ist mein Zuhause. Ich lasse mich von ihm nicht vertreiben.«

»Sei doch nicht so störrisch. Du bist unglücklich hier, du kannst dein Leben nicht mehr genießen. Komm mit mir nach Toowoomba. Geh zu deiner Tante Maggie, sie hat dich immer gern gehabt. Und sie hat Geld, dir wird es an nichts mangeln.«

»Aber was ist mit dir?«

»Meine Schwester lebt in Toowoomba, erinnerst du dich nicht mehr? Da kann ich einziehen. Ich habe Geld gespart und es ist sowieso an der Zeit, daß ich mich zur Ruhe setze.«

»Und mein Vater soll gewinnen?«

»Guter Gott, Mädchen, sei vernünftig! Du kommst mit mir, das ist alles. Bis Charlie wieder da ist.«

Clovers Gesicht hellte sich auf. »Das ist es! Ich ziehe mich nur zurück, bis Charlie wiederkommt, und dann warten wir ab, was passiert. Er wird wütend sein, wie Vater mich behandelt hat.«

Zwei Tage später rollte der Wagen mit ihrem Gepäck und Clover auf dem Kutschbock die Straße hinunter. Auf Anweisung des Vormanns Slim McCure wurden die Frauen von zwei Viehhütern bis zum nächsten Farmhaus begleitet, wo sie übernachten konnten. So wollten sie in Etappen bis Charleville weiterfahren.

Ihre Abreise von Plenty Station war eine trübselige Angelegenheit gewesen. Die Männer hatten sie in stiller Wut auf den Richter verabschiedet, denn inzwischen wußten alle, was zwischen ihr und ihrem Vater vorgefallen war. Chiswick selbst blieb im Haus.

Nach einer Weile ging es Clover besser. Sie war endlich diesen mürrischen alten Mann los und der seine Haushälterin. Jemanden wie Salty würde er nie wieder finden. Wer hatte also gewonnen? Sie schnalzte mit der Zunge und stimmte ein fröhliches Lied an, während die Pferde lostrabten.

Die Kriedemanns waren der Meinung, daß Brodie wieder zu Willi Schluter aufgebrochen war, und er hatte keine Veranlassung gesehen, ihnen die Wahrheit zu sagen. Natürlich war er auf dem Weg nach Fairlea Station, nachdem er seine Opale sicher in der Bank untergebracht hatte.

Er hatte sich lieber ein Pferd geliehen anstatt auf die Postkutsche zu warten und ritt bei Tagesanbruch los. In Wirra Creek machte er Halt, um dem Pferd eine Pause zu gönnen und seinen eigenen Durst im Pub zu löschen. Es waren wenig Gäste da, und Brodie setzte sich mit einem Krug Bier und einem Sandwich auf die Veranda hinaus, um das Krankenhaus gegenüber zu betrachten.

Hier hatten er und Vivien ihren Mann zur Behandlung nach seinem Unfall hingebracht. Brodie überlegte, ob es Vern Holloway jetzt wohl besser gehen würde, wenn sie ihn damals nach Toowoomba gefahren hätten, anstatt den beiden Frauen hier zu vertrauen. Hätten die Ärzte in Toowoomba ihn und seinen Verstand heilen können?

»Vermutlich nicht«, murmelte er und kaute auf dem holzartigen Rindfleischsandwich herum. »Wenn er nicht wie ein Kavallerieoffizier durch den Fluß hätte reiten wollen, dann wäre er jetzt noch gesund.«

Vivien, so erinnerte er sich, hatte sich schrecklich aufgeführt und in alle Richtungen dumme Anweisungen gegeben, aber auf dem Nachhauseweg hatte er die wahre Vivien kennengelernt, und das war der Anfang gewesen. Ihr gemeinsamer Anfang. Brodie erinnerte sich an das erste Mal, da er sie gesehen hatte, damals am Hafen in Brisbane, als er Holloway die Pferde brachte.

Nie hätte ich mir träumen lassen, daß wir eines Tages ein Liebespaar sind. Daß wir dazu bestimmt waren, dachte er, denn das war es. Schicksal! Und jetzt reite ich besser weiter.

Eine Windmühle, die sich dunkel gegen einen rosa gefärbten Himmel absetzte, knarrte, als er vorbeiritt. Er nahm eine Abkürzung über das offene Land, um noch vor der Dunkelheit am Haupthaus einzutreffen. Er erinnerte sich noch gut an die Pfade, die er als einfacher Viehhüter immer geritten war, als ihr Angestellter.

Wie die Zeiten sich geändert haben! freute er sich. Mrs. Holloway persönlich wird mich erwarten und nicht der Pöbel in der Baracke.

»Halt! Wer ist da?« Ein Viehhüter, der Wachdienst hatte, kam Brodie entgegengeritten.

»Brodie Court. Ich bin ein Freund der Familie. Sind Sie neu hier?«

»Ja«, antwortete der Reiter überrascht. »Tut mir leid. Wir haben nicht viele Besucher, und die meisten Leute halten sich um diese Zeit an die Straßen.«

Brodie erwähnte nicht, daß er hier gearbeitet hatte. Dieser Kerl würde das wahrscheinlich früh genug herausfinden. »Ich kenne den Weg«, erwiderte er nur.

»Ich komme mit Ihnen«, sagte der andere, immer noch mißtrauisch, und begleitete Brodie bis zum Haus.

Brodie verglich die ordentlichen weißen Zäune mit den groben Gattern, die auf Plenty Station die Viehherden umgaben, und die vereinzelten Tiere, die sie sahen, mit den riesigen Herden, die über Chiswicks Besitz verteilt waren. Fairlea, so erkannte er, war nur ein winziges Gut gegenüber Plenty. Und früher dachte ich, es sei die größte Farm auf Gottes Erdboden!

Leichter Nebel hing über dem Tal und schimmerte rosa vom Licht der letzten Sonnenstrahlen, was die dunkle Baumreihe am Flußufer verschwommen wirken ließ. Alles war so still, und das Klappern der Pferdehufe wirkte auf Brodie wie das Ticken der Zeit. Er trieb sein Pferd zum Galopp an, um die Anspannung zu lösen, die sich in ihm aufgebaut hatte. Aus irgendeinem Grund fühlte er sich unwohl, als er sich dem Tor zum Wohnhaus näherte.

Der Viehhüter nahm sein Pferd in Obhut. Brodie öffnete das Tor und marschierte mit betont festen Schritten den Sandweg zum schwach erleuchteten Haus hinauf, um Sicherheit zu gewinnen.

Noch ehe er die Verandatreppe erreichte, kam Vivien ihm entgegengerannt. Aufgeregt warf sie sich ihm in die Arme.

»Du bist es! Ich habe mich schon gewundert, wer um alles in der Welt so spät noch angeritten kommt. Oh Gott, Brodie! Wie schön dich endlich wiederzusehen!«

Sie umarmte und küßte ihn – direkt vor dem Haus ihres Ehemannes!

Brodie wollte sie sanft abschütteln, doch sie beschwichtigte seine Sorgen. »Keine Angst! Vern ist schon im Bett und die Haushälterin auf ihrem Zimmer.« Sie zog einen Schmollmund. »Sieh nur, wie einsam ich bin. Was für ein einsames Leben ich führe.«

Sie liebten sich, heimlich, leidenschaftlich, eingeschlossen in ihrem Zimmer, um aufzuholen, was sie in der langen Zeit der Trennung versäumt hatten, berauschten sich an ihrem Wiedersehen, schworen sich ewige Liebe.

»Ich bin erschöpft«, meinte Brodie schließlich. »Und etwas zu essen könnte ich auch vertragen.«

»Jetzt doch nicht«, schmollte sie und kuschelte sich sanft an ihn.

Brodie schmunzelte. »Für dich mag das schön und gut sein, meine Liebe. Aber ich habe heute nichts gehabt außer einem trockenen Sandwich. Na los, Frau. Steh auf und mach deinem Mann Essen.«

Sie briet ihm Steak und Eier, stellte Bier dazu, und während er aß, unterhielten sie sich. Vivien war überrascht und erfreut, daß er tatsächlich Opale gefunden hatte. »Hast du mir welche mitgebracht?«

»Jetzt noch nicht. Ich muß sie zuerst polieren lassen, dann schenke ich dir einen.«

»Der dreihundert Pfund wert ist?« fragte sie schelmisch.

»Natürlich«, erwiderte er lässig. »Ich habe es gut getroffen, aber meine Partner hatten Pech.« Er erzählte von Gus und Lester und Vivien erschrak.

»Ich hab dir ja gesagt, daß es da draußen gefährlich ist. Ein schreckliches Land. Versprich mir, daß du nie wieder dorthin gehst, Brodie. Versprich es mir.«

»Das kann ich nicht. Dort sind noch mehr Opale, Liebes. Wir haben nur die Oberfläche angekratzt. Ich werde mit Richter Chiswick ein Syndikat gründen, weil ich auf seinem Land geschürft habe.«

»Richter Chiswick!« Vivien war beeindruckt. »Mein Gott, diese Familie ist sehr angesehen. Ich habe ihn einige Male in Toowoomba getroffen. Sie sagen, seine Frau war sehr viel jünger als er, aber sie ist gestorben. Eine ganz seltsame Sache, kann ich mich erinnern. Sie waren Freunde von Vern.«

»Ja, nun verstehst du wohl, warum ich bald wieder zurück muß. Diese Gelegenheit kann ich mir nicht entgehen lassen.«

»Ich will nichts davon hören. Es macht mich krank, wenn du weg bist. Warum bleibst du nicht in Toowoomba, damit ich dich besuchen kann?«

»Und hänge den ganzen Tag herum? Komm, erzähl mir lieber von dir. Was hast du so gemacht?«

»Überhaupt nichts. Warte nur, bis du Vern siehst, dann verstehst du, wie schrecklich es für mich ist. Ich wünschte, ich könnte einfach zusammenpacken und mit dir gehen, Brodie.«

»Ich habe eine bessere Idee. Warum gehen wir nicht einfach wieder ins Bett?«

Vivien wartete den zärtlichsten Moment dieser Nacht ab, um einige wichtige Fragen zu stellen.

»Wo wohnst du in Toowoomba?«

»Bei den Kriedemanns, hinter der Bäckerei, in ihrem Gästezimmer.«

»Sind da noch andere Leute?«

»Nur Gus und seine Freunde. Er ist in der Stadt aufgewachsen.«

»Keine Frauen, wie ich hoffe.«

Er lachte. »Mein Liebling. Ich habe gar keine Zeit für Frauen. Ich bin erst seit wenigen Tagen zurück und werde auch wieder aufbrechen, wenn mein Besuch hier vorüber ist.«

»Dann hast du also nicht irgendwo eine Ehefrau versteckt?«

»Was für eine Frage! Wie kommst du darauf?«

Vivien küßte ihn. »Los, sag's mir. Wenn ich frei wäre, würdest du mich dann heiraten? Sei ehrlich.«

»Sicher würde ich das.« Er nahm sie fest in die Arme. »Du und ich, wir sollten tatsächlich heiraten. So ist das kein Leben.«

»O Brodie, wie ich dich liebe!« Vivien war entzückt, aber sie hatte ihren Argwohn über die andere Frau noch nicht überwunden. Kein Mann sollte sie für dumm verkaufen. Auch nicht Brodie. Sie holte tief Luft. »Ich habe gehört, daß eine Frau in der Stadt ist, die behauptet, deine Frau zu sein, und das hat mich beunruhigt.«

»Meine Frau?« Er war ehrlich erstaunt. »Ach, warte mal. Eine Mrs. Court ist da, meine Schwägerin, die Frau meines verstorbenen Bruders. Sie ist unerwartet aufgetaucht. Aber ich will nicht über sie sprechen, denn ich mag sie nicht besonders.«

»Was für eine Erleichterung! Konkurrenz könnte ich nicht ertragen, es ist schlimm genug, daß du so weit weg bist. Wann werden wir wieder zusammen sein, mein Geliebter?«

»Wenn ich genug Geld habe, um mich irgendwo niederzulassen.«

Vivien lag ruhig neben ihm, während er in den Schlaf fiel. Verdammte Christiana, fluchte sie innerlich. Ich dachte, ich könnte Fairlea verkaufen, aber ich habe vergessen, daß sie noch immer einen Anteil besitzt. Sie wird nie zustimmen, solange Vern noch am Leben ist. Ich kann erst verkaufen, wenn Vern gestorben ist, aber womöglich überlebt er mich noch. Das ist nicht fair. Es ist einfach nicht fair!

Zumindest konnte sie Brodies Schwägerin dankbar sein, ob er sie nun mochte oder nicht. Wäre sie nicht gewesen und hätte das Gerücht in Gang gesetzt, daß Brodie verheiratet war, hätte Vivien nie den Brief an Brodie geschrieben. Und ihn damit zurückgeholt.

In Zukunft, beschloß sie, will ich immer genau wissen, wo Brodie ist, damit ich ihm schreiben kann, wann immer ich will, ohne zu dieser neugierigen Bäckerin rennen zu müssen. Außerdem kann mir niemand verbieten, einige Tage Ferien zu machen. Ich könnte Brodie auch besuchen.

Doch auch dieser Gedanke deprimierte sie. Was würde Brodie in der Zwischenzeit tun? Er war ein sehr attraktiver Mann. Früher oder später würde er eine andere Frau treffen, und was wäre dann mit ihr? Aus den Augen, aus dem Sinn!

Das darf nicht geschehen, entschied sie. Es darf einfach nicht.

Brodie genoß den Tag auf Fairlea Station. Er und Vivien mußten wegen der Angestellten sehr vorsichtig sein; sie gab sich noch distanzierter und gebieterischer als sonst, und Brodie amüsierte sich darüber.

Er hatte weniger als eine Stunde im Gästezimmer geschlafen, ehe er zur großen Überraschung der Haushälterin in die Küche kam.

»Sie sind es, Brodie! Was machen Sie denn hier?«

»Ich wollte den Boß besuchen, aber er war schon im Bett. Mrs. Holloway hat mir ein Abendessen gekocht und mich im Gästezimmer schlafen lassen.«

»Das habe ich schon gemerkt und mich gefragt, wer da

wohl schläft.« Sie rümpfte die Nase. »Ich frage mich, warum sie mich nicht gerufen hat, damit ich Ihnen etwas herrichte.«

»Sie wollte Sie nicht mehr stören.«

»Ach, tatsächlich?« gab sie zurück und Brodie wußte, daß sie diese Frau nicht getäuscht hatten. Aber was sollte es schon?

»Könnte ich eine Tasse Tee haben?« fragte er.

»Ja. Setzen Sie sich hin. Ich komme sofort wieder, ich wollte eben Tee und Toast zu Mr. Vern bringen.«

»Oh, darf ich das machen?«

»Nein, danke. Mr. Vern hat nie Besuch empfangen, ehe er nicht gewaschen und angezogen war, und ich möchte es so beibehalten.«

»Wie geht es ihm?«

»Mrs. Holloway hat es Ihnen doch sicher erzählt. Nicht gut.«

Sie verschwand mit dem Tablett, und als sie wiederkam, schenkte sie Brodie eine Tasse Tee ein. »Möchten Sie hier frühstücken oder in der Kantine?« fragte sie.

Der Hinweis war deutlich, doch Brodie antwortete leichthin: »Wie Sie möchten, aber natürlich würde ich Ihre Kochkunst bevorzugen.«

Sie servierte ihm ein gutes Frühstück aus Porridge, Kotelett, Schinken und Bratkartoffeln in der Küche – was, wie er wußte, für einen Gast dieses Hauses eine bewußte Beleidigung war. Doch er nahm es gleichmütig hin, denn das Essen war viel zu gut.

Danach spazierte er zu den umliegenden Farmgebäuden, wo einige der Männer sich zur Arbeit rüsteten und die Pferde sattelten.

Alle waren erfreut, ihn zu sehen, machten Scherze über seinen Aufstieg vom Viehhüter zum Gast, aber sie wußten, daß er sich in der Stadt sehr um den Boß gekümmert hatte, und sahen in seinem Besuch nichts Verdächtiges. Natürlich interessierten sich alle für seine Opalsuche und waren fasziniert, daß er tatsächlich etwas gefunden hatte.

»Nun ja, reich bin ich noch nicht«, meinte er bescheiden, »aber auf dem besten Weg dazu.«

»Ich hab's immer gewußt«, rief Patrick, der Stallmeister. »Hab ich euch nicht gesagt, daß der Bursche es zu etwas bringt, wenn er mit dem Opalsuchen einmal anfängt?«

»Wo ist Taffy?« wollte Brodie wissen.

»Der ist mit ein paar Pferden zur Mountjoy Station geritten«, sagte Patrick. »Überschlägt sich bald vor Arbeit, der Bursche, jetzt, wo der Boß nicht mehr kann. Schuftet wie ein Sklave. Er ist jetzt Verwalter, aber er braucht einen Vormann, der ihn unterstützt.«

»Warum holt er sich keinen?«

»Weil sie keinen Vormann bezahlen will. Wir sind viel zu wenige, so sieht's aus. Vier von uns sind in den verdammten Krieg gezogen, und bisher haben wir nur zwei Ersatzmänner bekommen.«

»Warum sagt er ihr nicht, daß er einen Vormann braucht?«

»Das hat er ja, aber Mrs. Geizhals will davon nichts hören. Für sich selbst gibt sie gern Geld aus, aber wenn es um die Farm geht, ist sie so verschlossen wie die Bank am Sonntag.«

Schließlich kehrte Brodie zum Haus zurück und fand Vern und die Haushälterin auf der Veranda.

Brodie war schockiert. Holloway sah grau und abgezehrt aus, und seine Kleider hingen ihm schlaff um den Körper. Er saß in einem großen Korbstuhl und beobachtete Brodies Herannahen mit leerem Gesichtsausdruck.

»Guten Tag, Sir!« rief Brodie mit gespielter Fröhlichkeit. »Wie geht es Ihnen?«

Die laute, tiefe Stimme schien sein Interesse zu wecken, und Holloway erwiderte Brodies Handschlag und nickte zum Gruß.

Brodie plapperte weiter. »Also, ich muß sagen, Sie sehen

wirklich gut aus. Darf ich mich für eine Weile zu Ihnen setzen?«

Die Haushälterin trat zurück, als Brodie einen Stuhl heranzog. »Sie kennen mich doch«, sagte er. »Der alte Brodie! Wir sind oft ausgeritten, auf dem Grundstück Ihrer Mutter. Sie wissen schon. In Toowoomba. Ein schöner, großer Park war das, hohe Bäume und Wiesen und Gärten, mit dem schönsten Blick über die Ebene.« Er sah zu Elvie auf. »Es ist ein wunderschönes Grundstück, gerade so schön wie die Landschaft in Irland, meinen Sie nicht auch?«

Elvie merkte, daß sie absichtlich in die Unterhaltung mit einbezogen wurde, und antwortete eifrig: »Ja, so sagt man. Es ist eine echte Sehenswürdigkeit.«

»Ja, das ist es und Fairlea auch. Es tut wirklich gut, hierher zurückzukommen und all die schönen Pferde zu sehen, Sir.«

Das war kein Theater. Brodie hatte tatsächlich großes Mitleid mit dem Mann. Er war geduldig, sprach mit Holloway, als sei alles in Ordnung, als würden sie nur von Mann zu Mann über die Pferde, die Farm und das Wetter reden.

»Wir hatten viel Regen«, erzählte die Haushälterin, um ihren Teil beizutragen. »Die Flüsse schwellen an wie in alten Zeiten.«

»Wo sind seine Karten?« wollte Brodie wissen.

Sie schürzte die Lippen. »Madam meinte, man sollte ihn damit nicht mehr belästigen.«

»Ach was. Wir würden gern ein Spielchen machen, und ich wette, Sie können sie finden.«

Er zog einen Tisch herbei, nahm die Karten und legte sie aus. Holloway schien das Spiel vergessen zu haben, drehte aber hin und wieder mit seinen dünnen, blassen Händen eine Karte um. Schließlich erschien Vivien in dunklem Reitkostüm und sah von Kopf bis Fuß malerisch schön aus.

Brodie schmunzelte und dachte an Clover in ihren Arbeitshosen. Wie würde sie wohl in solch eleganter Kluft aussehen?

Nie im Leben würde Clover in so weiblicher Kleidung herumspazieren. Auf ihrer Farm gab Clover sich vollkommen praktisch und nüchtern.

»Guten Morgen, alle zusammen«, sagte Vivien und Brodie verkniff sich amüsiert die Bemerkung, daß es beinahe schon Mittag war.

»Würden Sie wohl mit mir ausreiten, Mr. Court?« fragte sie ihn. »Ich habe morgens gern etwas Bewegung.«

Brodie, der bei ihrem Erscheinen aufgestanden war, setzte sich wieder hin und täuschte Gelassenheit vor. Was dachte sie sich nur? Hatte sie vergessen, daß der offizielle Grund seines Besuchs ihr Mann war? Sicher wußte sie doch, daß Elvie, die mittlerweile neben ihm saß und mißbilligend dreinblickte, die seltsamen Ereignisse der gestrigen Nacht durchschaut hatte.

»Mrs. Holloway«, erwiderte er, »zwar würde ich liebend gern mit Ihnen ausreiten und mir um alter Zeiten willen alles wieder einmal ansehen, aber ich denke, ich bleibe jetzt lieber hier beim Boß.«

Er sah, daß sich Elvies hartes Gesicht entspannte, weil er Holloway seinen alten Titel gönnte und weil er als ehemaliger Viehhüter seinen Platz nicht vergessen hatte, auch wenn er jetzt Gast in diesem Haus war.

Vivien schlug ungeduldig mit der Gerte auf ihren Rock. »Ich reite nur bis zum Fluß, Mr. Court, das wird nicht den ganzen Tag dauern.«

»Ich bin sicher, daß es sehr nett sein würde«, entgegnete er ruhig und erhob sich erneut, um sie zu verabschieden, »aber ich werde bald wieder abreisen. Ich muß in die Stadt zurück.«

»Was?« Wütend fuhr sie herum. »Warum diese Eile?«

»Geschäfte, leider. Ich habe einen Mann bestellt, der meine Opale schleift und poliert. Er wird mittlerweile in Charleville eingetroffen sein, also muß ich ihn aufsuchen.«

»Sie werden doch zumindest zum Essen bleiben?« fragte

Elvie, und Brodie nickte. »Danke, ja, falls Mrs. Holloway nichts dagegen hat.«

»Tun Sie, was Sie wollen! Wir werden das Roastbeef essen, Elvie.«

»Ist schon in Arbeit, Madam.«

Da ihr nichts anderes übrig blieb, rauschte die Herrin von Fairlea davon.

Vern hatte von alledem anscheinend nichts mitbekommen, also sammelte Brodie die Karten ein. »Ich glaube, er hatte genug«, meinte er ruhig. »Vielleicht sollte ich ein wenig mit ihm spazierengehen.«

»Das wird ihm sicher gefallen«, sagte Elvie. »Aber sagen Sie, haben Sie tatsächlich Opale gefunden?«

»O ja«, erwiderte Brodie und berichtete glücklich über sein liebstes Thema.

Elvie lauschte fasziniert, als er seine Abenteuer beschrieb, und unterbrach kein einziges Mal, bis er Plenty Station erwähnte.

»Gehört die immer noch den Chiswicks?«

»Ja. Kennen Sie sie? Eine riesige Farm, über zweitausend Quadratmeilen, heißt es.«

»Ich habe davon gehört. Ich kannte die Familie. Vor langer, langer Zeit.«

Elvie bereitete das Mittagessen vor. Sie kochte immer ein üppiges Mahl, wenn Gäste im Haus waren, da sie wußte, daß die Landluft hungrig machte. Und am Abend hatten alle schon wieder genug Hunger für ein Vier-Gänge-Menü. Ihr machte es nichts aus. Elvie kochte gern und Besucher waren in diesen Tagen selten. Außerdem gab sie sich um Verns willen immer noch große Mühe mit dem Servieren, auch wenn der Gast nur ein ehemaliger Arbeiter war. Sie war immer noch mißtrauisch seinetwegen und wegen dieses niederträchtigen Frauenzimmers, aber es verwirrte sie, daß er von Abreise gesprochen hatte, wo Mrs. Holloway ihn doch offensichtlich noch hier behalten wollte.

Aber seine Geschichten über Plenty Station waren interessant gewesen. Stimmen aus der Vergangenheit. Die Kinder waren groß geworden, Charlie und Clover. Charlie war im Krieg. Und der Richter war draußen und leitete die Farm. »Und viel Glück dabei!« schnaubte sie.

Was für eine Zeit das gewesen war! Als Vern sich unsterblich in eine verheiratete Frau verliebt hatte!

Elvie war kurz nach dem Tod von Christianas Mann zu den Holloways gekommen. Sie gehörte mit zur Familie, wenn man dieses Biest nicht mitzählte, das sie nur tolerierte.

Hannah Chiswick! Sie war eine Schönheit gewesen, da gab es keinen Zweifel. Die Hälfte aller Männer in Toowoomba hatte sich in sie verliebt, doch geheiratet hatte sie den alten Samuel – sicher auf Wunsch ihrer Eltern. Wahrscheinlich hatte ihr sowieso keiner der anderen Verehrer gefallen. Bis sie Vernon Holloway kennenlernte.

Aber zu spät. Sie war verheiratet.

Christiana bekam bald Wind von der Affäre und war sehr verärgert, aber Vern wollte nichts hören. Er war vollkommen verrückt nach ihr, und es war ihm egal, wer es wußte. Er drohte mit ihr fortzulaufen.

Doch Christiana war schon immer eine vernünftige Frau gewesen: Sie wechselte die Taktik und wurde seine Vertraute, hörte ihm betroffen zu, wenn er erzählte, wie schwierig es für ihn war. Für sie beide. Dennoch blieb Christiana bei ihrer Überzeugung, daß die beiden sich trennen mußten, und war entsetzt über die Neuigkeiten.

»Hannah ist schwanger, Mutter. Es ist mein Kind. Jetzt müssen wir fortgehen. Ich denke, London wäre für uns das Beste.«

»Unmöglich!« erwiderte sie. »Und wenn du nicht an dich selbst denkst, dann denk an das Kind, den unehelichen Bastard von Vern Holloway. Ein Skandal wie dieser bleibt über Generationen hinweg ein Schandfleck der Familie.«

Tagelang stritt sie mit ihm, appellierte an sein Ehrgefühl als Gentleman, damit er sich zurückzog, ehe die Sache noch schlimmer wurde. Als er langsam mürbe wurde, ließ Christiana die junge Frau zu sich kommen und nahm sie ins Gebet. Sie gab keinem von ihnen die Schuld, aber sie beharrte darauf, daß Hannah die Affäre sofort beendete.

»Wenn Sie Vern lieben, tun Sie ihm das nicht an. Wenn Sie das Kind lieben, haben Sie Mitleid mit ihm.«

Verzweifelt vertraute Christiana sich Elvie an. »Ich glaube, sie wird auf mich hören. Gott, ich hoffe es! Ich habe den Verdacht, daß sich keiner der beiden bewußt ist, wie rachsüchtig Samuel Chiswick sein kann. Und er ist ein sehr gerissener Anwalt, deshalb ist er ja so erfolgreich. Ich würde es ihm zutrauen, daß er das Kind als sein eigenes deklariert, nur um das Gesicht zu wahren. Und was wäre dann mit den beiden?«

»Vielleicht könnten Sie Vern für eine Weile fortschicken, damit er darüber hinwegkommt«, schlug Elvie vor.

»Daran habe ich auch schon gedacht, aber er will nichts davon hören. Vielleicht ist es jedoch an der Zeit, daß er mehr Verantwortung übernimmt. Ich werde mich darum kümmern.«

Fairlea Station war Verns Entschädigung für Hannah gewesen. Sie hatte Christianas Rat angenommen und beschlossen, bei ihrem Mann zu bleiben. Obwohl es Vern das Herz brach, konnte er nichts dagegen tun.

Christiana kaufte Fairlea für ihn, und er bekam viel zu tun. Elvie erbot sich freiwillig als Haushälterin, eine Entscheidung, die sie nie bereute. Sie liebte das Leben auf der Farm ...

»Bis jetzt«, murmelte sie, als sie den Tisch deckte. »Bis jetzt, wo der arme Mr. Vern den Unfall hatte und *sie* alles in die Hand nimmt ...«

Mehr und mehr war die Hausherrin dazu übergegangen, allein zu essen anstatt mit ihrem Mann im Eßzimmer. Seine Koordinationsfähigkeit wurde immer schlechter, also setzte Elvie sich neben ihn und half. Sie schnitt ihm das Essen immer schon klein, bevor sie es servierte, aber trotzdem ließ er Dinge fallen oder verwechselte Zucker und Salz. Kleinigkeiten, die Elvie nicht weiter störten, seine Frau jedoch zur Raserei brachten.

Heute, als Brodie neben seinem Gastgeber saß, hatte Vivien keine andere Wahl. Sie mußte mit ihnen am Tisch Platz nehmen. Elvie schmunzelte in sich hinein. Es war eine trübselige Stunde; Brodie versuchte Konversation zu betreiben, Mr. Vern konzentrierte sich auf sein Essen und Madam war schlechter Laune und sagte fast gar nichts. Elvie war nicht überrascht, als Vivien darauf bestand, ihren Gast zumindest bis zur Wegkreuzung zu begleiten, als er sich verabschiedete. Sie hatte das Gefühl, daß Brodie Court für seine Weigerung mit ihr auszureiten eine Strafpredigt erhalten würde.

Und so war es.

»Wie kannst du es wagen, mich zum Narren zu machen?« giftete sie ihn an, als sie vom Wohnhaus fortritten. »Ich bat dich, mit mir auszureiten, und du hast mir praktisch das Wort abgeschnitten.«

»Was blieb mir denn anderes übrig? Offiziell war ich hier, um deinen Mann zu besuchen. Sollte ich ihn denn überhaupt nicht sehen?«

»Du hättest ja nicht schon so früh zu gehen brauchen. Ach, du kümmerst dich überhaupt nicht um mich.«

Brodie stieg ab und half ihr vom Pferd. »Natürlich tue ich das. Aber es wäre nur allzu offensichtlich gewesen, wenn ich länger geblieben wäre. Deiner Haushälterin kannst du nichts vormachen.«

»Ach, verschon mich! Die werde ich sowieso bald entlassen.«

»Sie ist nicht die einzige auf Fairlea, die Augen im Kopf hat, Liebes. Du kannst dir keinen Skandal leisten. Außerdem hatte ich Mitleid mit dem Boß.«

»Ach, wirklich? Und wem nützt das etwas? Er hat dich nicht einmal erkannt. Und was ist mit mir? Hat denn niemand Mitleid mit mir?«

Er legte den Arm um sie. »Jetzt, wo ich weiß, wie die Dinge liegen, kann ich dir gar nicht sagen, wie leid du mir tust. Es muß sehr schwer für dich sein, so zu leben. Wäre es nicht besser, du würdest ihn wieder zu seiner Mutter bringen?«

»Ganz bestimmt nicht! Dann kann sie wieder die Kontrolle übernehmen. Sie ist eine hinterlistige alte Hexe. Solange ich hier bleibe, bin ich vor ihr sicher.«

»Und was wäre, wenn du einfach gehst? Niemand weiß von mir. Taffy könnte die Farm führen, er arbeitet gut. Du könntest sagen, das sei alles zuviel für dich.«

»O ja, natürlich. Und alles verlieren? Darüber habe ich auch schon nachgedacht.«

Brodie machte sich Sorgen. Sie tat ihm wirklich leid. »Gib mir ein wenig Zeit, um Geld aufzutreiben«, meinte er, »dann versuchen wir es einfach. Du gehst von hier fort und lebst mit mir.«

»Wann wird das sein?«

»Ich weiß nicht. Es wird ein bißchen dauern. Aber ich will dich, mein Liebling. Wenn ich dich nicht als Ehefrau haben kann, dann eben so – wir werden zusammenleben.«

Vivien klammerte sich an ihn. »Ich kann es nicht ertragen, daß du mich wieder verläßt. Warum bleibst du nicht einfach hier, und alle sollen sich zum Teufel scheren?«

»Du weißt, daß das nicht geht. Die Männer mögen Vern viel zu gern, sie würden es uns nie verzeihen.« Er küßte sie. »Ich werde dich vermissen.«

Sie lag in seinen Armen, und er haßte es, sie zurücklassen zu müssen. »Ich werde nicht wieder herkommen, Liebling, es ist viel zu riskant. Kannst du mich nächstes Mal in Toowoomba besuchen?«

»Natürlich kann ich das. Ich muß ja nicht ständig bei ihm

sein. Ich kann in einem Hotel wohnen. Und schreib diesmal an mich, nicht an Vern. Niemand würde es wagen, meine Post zu öffnen. Ich will mir nie wieder solche Sorgen um dich machen müssen. Versprich mir das.«

Er lächelte. »Ich verspreche es. Du weißt, wo ich bin – wieder auf den Opalfeldern bei Ten Mile.«

»Ich liebe dich so sehr, Brodie«, flüsterte sie, küßte ihn und zog seine Hand auf ihre Brust. »Du mußt dich nicht so beeilen. Spürst du nicht, wie sehr ich dich brauche?«

Es war schwer, ihr zu widerstehen. Obwohl er den langen Ritt vor sich hatte, blieb Brodie bei ihr, knöpfte ihr die Bluse auf, streichelte ihre weiche Haut, küßte sie voller Leidenschaft und wußte gleichzeitig, daß es ein Fehler war. Aber er konnte jetzt nicht aufhören und wenn sein Leben davon abhinge! Er drängte sie gegen einen Baum, preßte sich an sie und sah dann plötzlich aus dem Augenwinkel eine Bewegung.

Ein Reiter kam die Straße entlang und hielt an, um sie zu beobachten.

»Himmel, nein!« stieß er hervor. »Das ist Taffy, dein Verwalter.«

Hastig ließ er von ihr ab und zog sich, so gut es ging, die Kleider zurecht, aber Taffy trieb sein Pferd an und galoppierte davon. Er hatte genug gesehen.

Vivien kicherte. »Es hätte schlimmer sein können! Wir hatten ja erst angefangen.« Sie sah sich um. »Er ist weg. Vergiß ihn einfach!«

Aber Brodie war die Lust vergangen. »Nein, ich muß zurück nach Toowoomba.«

»Mach dir um ihn keine Sorgen. Wenn er Schwierigkeiten macht, werfe ich ihn einfach hinaus.«

»Guter Gott, Vivien! Wenn es dich so wenig beunruhigt, dann solltest du gleich mit mir kommen. Es ist passiert; jetzt werden alle über uns Bescheid wissen.«

»Ich kann nicht.«

»Dann verstehe ich dich nicht. Erst sagst du, du willst mit mir gehen, und ich erkläre, daß ich nicht genug Geld habe. Dann entscheide ich, daß es Zeit für dich ist, zu gehen, und du machst einen Rückzieher. Es ist ja auch nicht so, daß ich ganz und gar mittellos bin. Ich habe in Toowoomba ein kleines Häuschen, wo du erst einmal wohnen könntest.«

Selbst unter diesen Umständen konnte Brodie sich nicht dazu überwinden, die Wahrheit zu sagen. Seine Geschäfte waren seine Privatsache. Während er sprach, merkte er entsetzt, daß er durch das Angebot eines seiner Häuser Miete verlieren würde. Geld, um das zweite Haus zu finanzieren.

Frauen! dachte er erbost. Sie machen dich so verrückt, daß du nicht mehr weißt, was du tust.

Ihre Antwort war dann eine um so größere Erleichterung, und er liebte sie dafür.

»Du bist so gut«, meinte sie traurig. »Aber du mußt mir nichts vormachen. Wenn du in Toowoomba ein Haus hättest, würdest du nicht bei dieser deutschen Familie wohnen. Ich will nicht, daß du dich für mich in Unkosten stürzt, vor allem, wenn es nicht nötig ist. Die Holloways sind sehr reich, Brodie, und ich wäre dumm, wenn ich jetzt ginge. Gib mir Zeit, um Vorkehrungen zu treffen?.«

»Was für Vorkehrungen?«

»Überlaß das nur mir. Du siehst, daß mein Leben hier hoffnungslos ist. Ich muß mich irgendwie mit Christiana einigen. Sie liebt Vern über alles, also soll sie ihn pflegen. Wir könnten eine finanzielle Abfindung für mich vereinbaren.«

Nachdem sie sich verabschiedet hatten, ritt Vivien mißmutig zum Wohnhaus zurück. Brodie war so lieb. Ein einfacher Mann mit einem Herz aus Gold. Das gefiel ihr so an ihm. Und die Tatsache, daß er großartig und ein wunderbarer Liebhaber war! Er würde nicht den schwerfälligen Ehemann spielen, wie Vern es getan hatte. Er würde alles tun, um sie zufriedenzustellen. Wenn sie erst einmal Geld hätten, könnten sie und Brodie ein wunderbares Leben führen.

Aber wie? Vereinbarungen mit Christiana? Nie würde sie sich darauf einlassen. Nein, die einzige Möglichkeit, von Vern loszukommen, wäre eine Scheidung. Aber mit welcher Begründung?

Wie die alte Schreckschraube wohl reagieren würde? Sie bekäme einen Anfall, wenn ich ihren geliebten Sohn einfach sitzen ließe!

Und was dann? Christiana würde sie sofort vor die Tür setzen und Vern hätte sein ganzes Vermögen für sich, beziehungsweise für Christiana, die, ohne weitere Nachkommen, das ganze Geld wahrscheinlich einer Stiftung vermachen würde.

O nein! dachte Vivien. Trotz Brodies tapferem Angebot habe ich ein Recht auf mehr. Und wenn er durch einen glücklichen Zufall auch noch Geld durch seine Opalsuche macht, um so besser.

Eines Tages würden Mr. und Mrs. Brodie Court sehr reich sein!

Brodie hingegen fühlte sich sehr niedergeschlagen. Er kam mehr und mehr zu der Überzeugung, daß seine Beziehung zu Vivien zum Scheitern verurteilt war. Er verstand ihre Situation und wußte nur zu gut, daß die alte Mrs. Holloway niemals auch noch Geld dafür zahlen würde, wenn Vivien ihren Sohn im Stich ließe. Und er konnte Vivien noch nicht das Leben bieten, das sie gewohnt war – selbst sein Angebot mit dem Häuschen klang im Nachhinein töricht. Keine zehn Minuten hätte sie es in solch einer Unterkunft ausgehalten. Warum sollte sie es auch?

Es begann zu regnen. Brodie schlug den Kragen hoch und zog den Hut tief ins Gesicht, während sein Pferd gleichmäßig weitertrabte. Es schien so, als läge sein alleiniges Glück in den

Opalen. Nichts anderes funktionierte richtig. Lester war tot. Gus hielt sich lieber an Trella als an ihn. Er hatte tatsächlich keine anderen Freunde auf der Welt als diese magischen und faszinierenden Opale.

»Schlimmer als Frauen«, brummte er und fühlte sich schon bei dem Gedanken an seine Steine besser. »Aber verdammt noch mal einträglicher.« Er freute sich auf den Besuch bei Willi in Charleville, wo sie endlich seine beiden neuen Steine genauer untersuchen konnten. Außerdem würde Willi seine kostbaren Funde von Ten Mile schleifen und polieren. Alle Gedanken an Vivien und ihre Probleme waren wie weggewischt, als er sich vorzustellen versuchte, was seine Opale wohl wert waren. Und zwar nicht bei den freien Händlern, die die Opalfelder abgrasten – diese Betrüger! – oder bei den Juwelieren in Toowoomba oder Brisbane, sondern in Europa!

Brodie hatte seinen kleinen jüdischen Freund Abe Rosenstein in Dublin nicht vergessen. Hatte der ihn nicht gebeten an ihn zu denken, wenn sich günstige Möglichkeiten ergaben? Brodie wollte einen Versuch unternehmen, indem er Abe die besten Opale schickte, die Willi aus seiner Sammlung aussuchen würde. Vielleicht den Stein, auf dessen irisierendem blaugrünem Hintergrund Myriaden von roten und goldenen Punkten glitzerten. Ein wunderschöner heller, leuchtender Opal, so groß wie sein Daumennagel, wenn er gut geschliffen wurde, und Willi war genau der richtige Mann dafür!

Willi fing an, die zwei letzten Steine zu bearbeiten, indem er vorsichtig mit dem Messer die Erdkruste entfernte.

»Raus mit dir!« schrie er Brodie an. »Du nimmst mir das Licht, wenn du so dicht auf mir draufhockst. Geh weg!«

Also wartete Brodie voller Ungeduld, und die Erregung über Willis vorherige Arbeit an seinen anderen Stücken machte ihn noch nervöser. Seine staubigen Steine waren in wunderschönste Opale verwandelt worden, die auf dem Tisch glänzten und leuchteten wie Trauben aus Feuer. Dies war das erste Mal, daß Brodie die Umarbeitung eines Opals zu solcher Perfektion miterlebte, und er war überwältigt vor Glück.

Daß er all diese kostbaren Steine besaß, die nun sorgsam in drei Klassen eingeteilt wurden, war solch ein Triumph, daß er sich für die ganze harte Arbeit belohnt fühlte! Er konnte es gar nicht erwarten, wieder zu den Minen zurückzukehren.

Ich wußte es, sagte er zu sich selbst. Ich habe nie daran gezweifelt. Und wenn ich sie Gus erst einmal gezeigt habe, wird er bestimmt nicht mehr in der Stadt herumlungern wollen. Er weiß, daß es da draußen noch viel mehr davon gibt.

Mit Lesters Tod und dem Verlust seiner Opale hatte Gus den Mut verloren. Er arbeitete jetzt als Barmann – ein Job, in dem er es zu nichts bringen würde. Brodie hatte das Gefühl, daß Trella dahintersteckte, als Gus es ablehnte, wieder auf die Opalfelder zurückzukehren, weil sie ihn bei sich in der Stadt behalten wollte. Das war typisch für sie. Sie sah nicht weiter als bis zu ihrer Nasenspitze und wollte ihren Schwager sicher zusätzlich noch ärgern.

»Aber das wird anders sein, wenn er meine Opale erst sieht!« murmelte Brodie. »Dann hat sie nichts mehr zu melden.«

Brodie schnitt eine Grimasse. »Und Chiswick denkt auch, er hätte mich besiegt. Aber das werden wir noch sehen.«

Stanley Wickham hatte vom Richter eine Antwort auf Brodies Vorschlag hinsichtlich des Syndikats erhalten, war jedoch nicht allzu optimistisch.

»Das ist ein harter Mann, Brodie. Er verlangt, daß das Syndikat mit einem Startkapital von zweitausend Pfund gegründet wird. Können Sie die Hälfte davon aufbringen?«

»Unmöglich«, hatte Brodie erwidert. »Und was passiert nun?«

»Brauchen Sie denn tatsächlich so viel Startkapital?«

»Natürlich nicht, dieser alte Narr. Ich hätte es wissen müssen; er versucht zu bluffen, damit er alles allein übernehmen kann.«

Wickham sah ihn interessiert an. »War es nicht schon ein Risiko, ihn überhaupt zu fragen?«

»Das schon, aber es war mir wichtiger, ihn auf meiner Seite zu haben als gegen mich. Er hat eine hohe Meinung von sich selbst, dieser Richter, und offenbar eine schlechte von mir. Wenn er Krieg will, so soll er ihn haben.«

»Was wollen Sie tun?«

»Nicht ich. Sie. Ich möchte, daß Sie Zeit gewinnen. Schreiben Sie zurück, ich sei einverstanden, aber machen Sie auf Lücken in dieser Vereinbarung aufmerksam – was Sie wollen, nur um ihn zu besänftigen. Wenn er denkt, daß ich tatsächlich mit tausend Pfund einsteige, ist er verwirrt ...«

»Sie wollen ihn zwingen, Farbe zu bekennen?«

»Genau. Aber er wird jetzt Geld wittern, und das hält ihn für eine Weile bei der Stange. Ich brauche nur etwas Zeit.«

Nun, da er vor Willis Hütte auf- und abtigerte, faßte er neues Selbstvertrauen. Der letzte Monat bei Ten Mile ohne neue Funde hatte ihm jegliche Energie geraubt und ihn unsicher werden lassen, ob er nicht den Wert seiner Steine aus der Glühwürmchen-Mine möglicherweise überschätzt hatte.

»Du hattest den Glauben an dich verloren«, brummte er, »und bist deshalb zum Richter gelaufen.«

Aber er wußte, daß dies nicht der einzige Grund war. Er wollte ein größeres Unternehmen starten, um Sandy Ridge gründlich zu durchsuchen. Chiswick, so hatte er gehofft, könnte die notwendige Hilfestellung geben, damit er die Kosten nicht allein zu tragen hätte und der Richter ihm nicht in die Quere käme – aber nein, der Alte kam sich weiß Gott wie gescheit vor.

»Willst du den ganzen Tag da draußen bleiben?« rief Willi, und Brodie rannte in die Hütte.

»Bist du fertig? Zeig sie mir.«

Stolz deutete Willi auf die beiden Steine, die er auf einen Fetzen schwarzen Samt in die Mitte des Tisches gelegt hatte.

Brodie riß die Augen weit auf. »Das sind sie?«

Zuerst sah er das funkelnde Scharlachrot, dann eine Vielfalt blitzender Farben, als hätten auf dem Tuch kleine Explosionen stattgefunden, denn der Hintergrund war verschwunden. Schwarz auf Schwarz!

»Schwarze Opale?« staunte er.

»Aber sicher!« Willi grinste.

»Allmächtiger Gott!« Brodie setzte sich hin, um sie besser betrachten zu können.

Der kleinere war rund und etwa so groß wie ein Sixpence-Stück. Dunkles Smaragdgrün schwebte mit dem Rot wie auf einem goldgesprenkelten Vorhang inmitten des mysteriösen Schwarz. Der andere war oval und doppelt so groß und ließ Brodies Atem stocken. Er lief damit nach draußen, drehte und wendete ihn im Sonnenlicht.

»An manchen Stellen ist das Schwarz in Wirklichkeit blau«, rief er. »Sieh es dir an, Willi! Hast du jemals in deinem Leben ein so dunkles Blau gesehen? Es leuchtet. Und daraus kommt das hellere Blau, dann die Grüntöne und schließlich werden sie rot. Oh, mein Gott! Was hab ich da bloß gefunden?«

»Fünfundzwanzig Karat, dieser hier, und der andere vierzehn.«

»Und wieviel sind sie wert?«

Willi zuckte mit den Schultern. »Nicht viel, fürchte ich. Sie sind schön, meiner Meinung nach die besten von all deinen Steinen, aber nicht zu verkaufen. Jedenfalls nicht für viel Geld.«

Brodie war entsetzt. »Das glaube ich nicht! Sieh ihn dir doch an! Das ist ein Wunder! Ein echtes Juwel!«

»Und jeder Schürfer würde dasselbe sagen, aber wir wollen ihn nicht kaufen, sondern verkaufen und schwarze Opale sind nicht gefragt.«

»Aber was ist mit dem einen, den ich in Brisbane gesehen habe?«

Willi nickte. »Wenn ich mich recht erinnere, sagtest du, daß er zwischen hellen Opalen eingefaßt war, als Kontrast, was vermutlich das Beste ist.«

»Aber es sind seltene Steine«, beharrte Brodie.

»Das können dir die Händler sicher bestätigen. Wie ich hörte, haben ein paar Schürfer im Süden, hinter der Grenze an einem Ort namens Lightning Ridge, auch schwarze Opale gefunden, aber sie werden sie nicht los.«

»Noch nicht«, meinte Brodie finster. »Was ist, wenn sie mehr finden und schwarze Opale beliebter werden?«

»Wir werden sehen«, erwiderte Willi.

Brodie war froh, daß er daran gedacht hatte, Willi eine Flasche Whiskey mitzubringen. Er brauchte einen Drink, um seine Enttäuschung hinunterzuschlucken, aber immer wieder nahm er Willis Vergrößerungsglas und betrachtete seine schwarzen Opale. »Der größere hier«, sagte er, »sieh mal hinein. Ich kann alle Farben eines Feuers darin erkennen, deshalb werde ich ihn ›Wüstenfeuer‹ nennen und den kleinen ›Sonnenuntergang‹. Was meinst du?«

»Gute Idee«, antwortete Willi. »Sie sind verdammt schön. Ich wußte, daß es sie da draußen irgendwo gibt. Bravo, mein Junge! Du hast es geschafft!« Er nahm sie in die Hand. »Ich sehe sie an und überlege mir, wie viele Millionen von Jahren es gedauert hat, bis sie solche Farbe erhielten, und wie viele andere Mysterien noch tief in unserer Erde verborgen liegen.« Er seufzte. »Ich werde nie müde sie anzusehen. An deiner Stelle würde ich sie nicht verkaufen.«

»Ich werde mehr finden. Ich hätte gut Lust, morgen zum Lightning Ridge aufzubrechen, aber jetzt bleibe ich erst einmal hier. Im Sandy Ridge ist auch immer noch Opal, da bin ich sicher. Meinst du, es gibt auch noch mehr schwarze Steine am selben Ort?«

»Schwer zu sagen. Es könnten auch die einzigen gewesen sein. Schick ein paar Schwarze auf die Suche, sie haben schärfere Augen als wir. Und dann ...«, er grinste, »mußt du graben. Wie ich dich kenne, wirst du an diesem Feld auf keinen Fall vorbeigehen, ob du nun weitere Opale darauf findest oder nicht.«

»Ich kenne keine Schwarzen.«

»Himmel, du bist wie alle anderen. Die Schwarzen sind hier! Es ist ihr Land. Du gehst jeden Tag an ihnen vorbei, aber dir würde nicht im Traum einfallen, ihnen auch nur die Uhrzeit zu sagen.«

Brodie schämte sich. Auf keinen Fall wollte er Willi beleidigen.

»Ich sag dir was«, fuhr Willi fort. »Geh zurück zum Ridge. Ich werde Lena bitten, dir ein paar ihrer Freunde zu schicken, und sie suchen für dich. Aber bezahl sie dafür, Mister, und nicht mit Tabak. Sie haben genauso ein Recht auf Geld wie wir, vor allem seit sie ihre Jagdgründe verloren haben.«

»Ich werde sie bezahlen, keine Sorge. Und was schulde ich dir für deine Arbeit?«

»Fünfundzwanzig Pfund, aber wenn du sie jetzt nicht parat hast, kannst du sie mir ein andermal geben.«

»Zehn jetzt und den Rest schicke ich dir nach.«

»Nein. Bring es persönlich. Ich möchte wissen, wie es dir geht.«

Brodie betrachtete nun die anderen Opale, die Willi sorgsam eingewickelt und in einem kleinen Lederbeutel verstaut hatte. »Was meinst du, wieviel ich dafür bekomme, wenn ich sie direkt zu einem Juwelier bringe?«

»Nicht unter tausend Pfund.«

»Was? Du machst Witze!«

»Einige deiner erstklassigen sind pro Stück fast hundert Pfund wert.«

Brodie fing an zu lachen. Er lachte, bis ihm die Tränen über das Gesicht liefen, und Willi gluckste mit ihm. Er dachte, dies sei Brodies Reaktion auf den unverhofften Gewinn, aber dann erzählte Brodie ihm vom Richter. Daß Chiswick tausend Pfund verlangt hatte, die er jedoch nicht besaß. Und jetzt hatte er das Geld, aber der Richter sollte keinen Penny davon sehen.

»Das war gar keine so schlechte Idee«, meinte Willi. »Zugegeben, Chiswick ist ein Halunke, aber er könnte dir nützlich sein. Ihm gehört das Land – also biete ihm die Hälfte an.«

»Wenn ich das Geld letzte Woche gehabt hätte, vielleicht. Aber jetzt habe ich einen besseren Plan. Chiswick hat den Zug verpaßt.« Er nahm den Beutel mit den Opalen an sich. »Was wird wohl passieren, wenn ich die Steine vor ein paar abenteuerlustigen Schatzsuchern auf den Tisch lege? Denkst du, sie werden für mich arbeiten?«

»Du wirst wahrscheinlich umgerannt werden«, grinste Willi.

In der Nacht, als Brodie von Willi aus nach Charleville zurückritt, regnete es in Strömen, und alle Menschen schienen zu feiern, was gut zu seiner Stimmung paßte. Die Pubs in der Stadt waren voll, und zwischen all dem Stimmengewirr und Gesang hörte Brodie das Klingeln der Kassen. Er kam am Freudenhaus vorbei, sah zu den herausgeputzten Frauen und ihren Kavalieren hinüber, die über die Veranda schlenderten, und überlegte, ob er sich dort ein wenig vergnügen sollte. Doch dann fiel ihm ein, daß er einen Beutel voller Opale mit sich führte, die er auf keinen Fall verlieren durfte. Um diese Uhrzeit konnte er sie nirgends sicher verstauen.

Als er am Albert Hotel vorbeiritt, dachte er an Clover. Wirklich ein nettes Mädchen. Sie wäre schockiert, wenn sie wüßte, daß er ein Freudenhaus auch nur in Erwägung zog. Doch das Albert war ihm zu teuer. Sicher, er könnte gleich am Morgen einen Opal verkaufen, aber er wollte sie alle mit nach Brisbane nehmen, um den besten Preis zu erzielen. Das Albert Hotel hielt er für Verschwendung, ob man nun Geld hatte oder nicht. Er suchte sich eine billige Unterkunft am dunkleren Ende der Stadt und ging früh zu Bett.

Das Dach war undicht und Kakerlaken krabbelten über den Fußboden, doch das störte Brodie nicht. Er nahm seinen Lieblingsstein aus der Sammlung, den besten der hellen Opale, den Willi in eine schöne, fast rechteckige Form geschliffen hatte und der auf so weiche Art leuchtete, daß man fast meinte, er müsse beim Berühren nachgeben. Doch der Stein war fest und hart.

»Du, meine Schönste«, sagte er, »kommst nach Dublin. Zu Abe Rosenstein. Ich werde meine erstklassigen Steine nicht alle verkaufen, bevor Abe dich nicht gesehen hat. Irgendwie habe ich das Gefühl, daß man in diesem Land die Opale als viel zu selbstverständlich erachtet. Warum soll ich es also nicht weiter weg versuchen?«

Obwohl ihm der Gedanke fast das Herz brach, beschloß Brodie, den kleineren der schwarzen Opale ebenfalls mitzuschicken, seinen ›Sonnenuntergang‹. Er mußte den wahren Wert auskundschaften. Natürlich wußte er, daß er mit Abe ein Risiko einging, denn der konnte leicht beide für sich einstekken oder ihn mit dem Preis betrügen, aber vielleicht dachte er auch, es seien nur Probestücke. Wie sollte er wissen, daß es die besten Steine waren, die Brodie zu bieten hatte? Und in seinem Begleitschreiben würde Brodie genau das andeuten: daß es nur Probestücke waren.

Er nickte zufrieden. Ich denke, der alte Abe wird bei ihrem Anblick durchdrehen! Das ist mal was anderes als sein langweiliger Krimskrams.

Doch zunächst war es Gus, der beim Anblick der Opale auf seinem Küchentisch fast durchdrehte. Er schrie vor Entzücken auf und hämmerte an die Wand, damit seine Eltern kamen und sie sich auch ansahen.

»Sie sind wunderbar!« rief er. »Willi versteht sein Geschäft wirklich. Sieh sie dir an, Vater! Willi hat sie geschliffen und poliert. Es ist wie ein Wunder! Bei Gott, du bist ein Glückspilz, Brodie! Was sagst du, Mutter?«

»Darf ich einen anfassen?« fragte sie nervös.

»Na los«, meinte Brodie. »Sie gehen nicht kaputt.«

»Aber es darf kein Wasser drankommen, habe ich gehört«, entgegnete sie.

»Das sind Märchen, Wasser tut ihnen nichts.« Er legte ihr einige Steine in die Hand, die sie ehrfurchtsvoll anstarrte. »Gott in seiner Güte zeigt uns, was für wirkliche Schönheit es gibt.«

»Aber er macht es uns nicht allzu leicht«, lachte Brodie.

»Und er kann sie uns auch leicht wieder wegnehmen«, fügte Gus bitter hinzu.

Brodie klopfte ihm auf die Schulter. »Denk nicht mehr daran. Du hast den Schlangenbiß überlebt, und du hattest Glück, daß du gerettet wurdest. Es gibt mehr Opale da draußen. Wenn ich aus Brisbane zurückkomme, machen wir uns wieder auf den Weg.«

Er sah, wie Mrs. Kriedemann die Stirn runzelte, tat aber so, als bemerke er es nicht, und sammelte seine Opale wieder ein. »Ich muß wieder los, ich habe viel zu tun.«

Nicht ohne einiges Unbehagen vertraute Brodie die beiden auserwählten Opale der Frachtgesellschaft an und schickte dann per Telegramm an Abe Rosenstein die Nachricht, daß ein Päckchen mit interessantem Inhalt auf dem Weg zu ihm nach Dublin sei. Danach schrieb er noch einen ausführlicheren Brief an ihn, in dem er die Situation erklärte und darum bat, daß er als sein Agent den bestmöglichen Preis für seine Opale herausschlagen solle und daß noch mehr folgen würden. Er schlug eine Kommission von fünf Prozent vor und nahm an, daß Rosenstein ihn noch weiter heraufhandeln würde.

Nachdem das erledigt war, suchte er in der Stadt nach Bergarbeitern, indem er in den Pubs anfragte. Am späten Nachmittag hatte er zehn Schürfer in der Gaststube eines Pubs um sich herum versammelt.

»Um Opalsuche geht es?« fragte einer der Männer. »Ich hab bisher nur nach Gold gesucht.«

»Sie werden es bald lernen«, erklärte Brodie.

»Wo liegt es denn?«

»Bei Ten Mile, am Sandy Ridge. In der Nähe von Charleville.«

»Das ist verdammt weit von Charleville weg«, brummte ein anderer.

Brodie lachte. »Ihr könnt nicht erwarten, daß es gleich um die Ecke auf der Straße liegt.«

»Ten Mile ist ausgeschöpft«, meinte ein dritter.

Doch Brodie schüttelte den Kopf. »Glauben Sie das ja nicht, mein Freund, oder Sie werden die Chance Ihres Lebens verpassen.«

Er nahm seine Opale aus dem Beutel, legte sie auf den Tisch und sofort erhielten sie angemessene Bewunderung. Die Männer beugten sich staunend und verzückt darüber.

»Wo die herkommen, gibt's noch viel mehr. Also, wer ist dabei?«

»Was kriegen wir?«

Brodie erklärte, daß er genaue Landkarten von Ten Mile besaß. »Ich bezahle eure Lizenzen, wenn ihr mitkommt und eure Claims eintragen laßt. Wir sollten so viel Land wie möglich abstecken.« Er zwinkerte ihnen zu. »Wo wir schon dabei sind, nehmen wir auch noch ein paar Scheinlizenzen mit. Jeder kann für sich in seiner Mine arbeiten, aber wenn ihr mit zum Team gehört, müßt ihr an mich verkaufen. Ich gebe euch einen besseren Preis als jeder dieser Halunken, die Leute wie uns nur ausbeuten.«

»Warum müssen wir dann über Sie arbeiten? Warum kann ich nicht allein für mich schürfen?« wollte ein Mann wissen.

»Wenn wir von einem Lager aus arbeiten, sparen wir Geld bei der Ausrüstung, beim Essen und allem anderen«, erklärte Brodie. »Und ich will euch die Wahrheit sagen. Die Schürfer, die schon dort waren, sind nicht weggegangen, weil der Ridge ausgeschöpft ist, sondern weil der Squatter sie weggejagt hat.« Zufrieden hörte er ihr aufgebrachtes Knurren.

»Aber uns wird er nicht verjagen. Ihm mag zwar das Land gehören, aber wir werden mit den Lizenzen winken. Beim letzten Mal hatte keiner von uns die Papiere, das hat ihn wild gemacht.«

»Wem gehört das Land denn?«

»Richter Chiswick.«

»Dieser Bastard!« Brodies Zusammenkunft uferte in wilde Geschichten über den Richter aus, so daß er die Männer beschwichtigen mußte. »Wir dürfen keine Zeit verlieren. Wenn ihr mitmachen wollt, müßt ihr mit mir zum Vermessungsamt kommen, um eure Claims eintragen zu lassen. Dann lassen wir die Papiere auf der Polizeistation abstempeln, um ganz sicherzugehen. Später können wir über die Einzelheiten sprechen.«

»Was passiert, wenn wir kein Opal finden?« wollte jemand wissen.

»Das wissen die Götter«, entgegnete Brodie. »Aber was ist das für eine Frage an einen Schürfer? Ist es nicht das, worum es überhaupt geht?«

»Wer nicht wagt, der nicht gewinnt«, stimmte ein stämmiger Mann zu. »Ich bin dabei, Brodie. Laßt uns gehen, Jungs.«

Am nächsten Tag fuhr Brodie nach Brisbane, marschierte von einem Juweliergeschäft zum nächsten und verhandelte über jeden einzelnen Stein. Er war fest entschlossen, den bestmöglichen Preis herauszuschlagen. Er blieb über Nacht und begann am folgenden Morgen von neuem, diesmal mit den besten Steinen zuerst, um die Käufer zu überraschen. Er hatte jetzt einen Mindestpreis, das fanden sie schnell heraus, aber er handelte weiter und trieb ihre Angebote mit jedem neuen Stein in die Höhe. Wenn die Verhandlungen ins Stocken gerieten, brach er ab und ging zum nächsten Laden.

Natürlich erzählte er keinem, daß er mit mehreren Juwelieren verhandelte, sondern gab bei jedem Rückzug vor, sich ›die Sache zu überlegen‹. Das ließ ihm die Möglichkeit, zum besten Angebot zurückzukehren.

Er notierte sich alle Zahlungen in einem kleinen Büchlein, addierte sie, und als er wußte, daß er tausend Pfund zusammenhatte, hörte er auf. Zu diesem Zeitpunkt waren immer noch sechs seiner besten Steine übrig, die er zusammen mit seinem ›Wüstenfeuer‹ sicher in einer Bank verwahren wollte, bis er Nachricht von Abe Rosenstein erhielt. Vielleicht stellten sie dann seine erste Lieferung nach Übersee dar. Vorerst wußte nur Willi, daß er schwarze Opale gefunden hatte, und dabei sollte es auch bleiben.

Selbst jetzt, da er genug Geld besaß, sah Brodie keinen Grund es hinauszuwerfen. Er schlief die Nacht in demselben billigen Gasthaus und nahm am nächsten Morgen den Zug zurück nach Toowoomba.

Es war an der Zeit, mit Gus zu reden und ihn aus Trellas Fängen zu befreien. Gus war sein Freund, er hatte einen Verlust erlitten, und jetzt konnte er sich davon erholen. Brodie hatte bereits eine Schürfgenehmigung auf den Namen Gus Kriedemann erworben und ihm einen guten Claim zugeteilt. Sie wären ein gutes Team, und während Gus ein Auge auf Ten Mile warf, konnte sein Partner Brodie sich um sein eigenes Feld kümmern. Und weiter nach schwarzen Opalen suchen.

10

TRELLA HATTE SORGEN. Große Sorgen. Es kam ihr so vor, als sei von dem Tag an, da Brodie in der Stadt aufgetaucht war, alles schief gelaufen. Zwar war er selbst nicht direkt der Grund dafür, aber in gewisser Weise hing er auch damit zusammen. Alles in allem war er eine schreckliche Enttäuschung gewesen.

Da sie zur selben Familie gehörten, hatte sie ein herzliches Willkommen von ihm erwartet und auch eine helfende Hand, aber nicht, daß er ihr die kalte Schulter zeigte, als sei sie nur gekommen, um ihm zur Last zu fallen.

Oh, sicher, dachte`sie, er spuckt große Töne über die paar Shillinge und die wenigen Stunden, die er für Garth aufbringt, und der Junge ist auch noch dankbar dafür. Er mag Gus, aber Brodie ist sein Onkel, sein Held.

Garth schoß zur Zeit sehr in die Höhe und brauchte ständig neue Hosen, so daß Trella Mühe hatte genügend Geld aufzubringen. Es war schon seltsam! In Tullymore, wo sie wenig zu essen gehabt hatten, waren ihr Sohn und der Rest der Familie für alles dankbar gewesen, was auf den Tisch kam. Hier aber, in einem Land, wo es mehr als genug zu essen gab und die Familien am Sonntagabend soviel wie früher die ganze Woche zur Verfügung hatten, war Garth ständig hungrig. Er aß sogar die Vorräte auf, wann immer sie den Rücken kehrte. Doch es es war nicht nur Garth – auch sie selbst kaufte inmitten all der Geschäfte mit ihren schönen Auslagen mehr, als sie sollte. Alles kostete Geld, und obwohl sie beide hart arbeiteten, reichte es dennoch nicht.

Trella hatte ihrem Sohn vorgeschlagen, daß sie in eine billigere Unterkunft ziehen und sich ein Zimmer teilen könnten, aber er war entsetzt gewesen.

»Ich bin zu alt, um mit meiner Mutter ein Zimmer zu teilen«, rief er. »Du würdest mich lächerlich machen. Mir gefällt es hier. Frag lieber Mrs. Wilkinson, ob sie uns Miete nachläßt.«

Trella versuchte es, aber ihre Vermieterein blieb hart. »Ich muß auch leben. Sie verwöhnen den Jungen zu sehr, das ist Ihr Problem. Geben Sie ihm weniger Geld und nicht mir. Und wenn Sie so schlecht bei Kasse sind, fragen Sie doch Ihren Freund Mr. Kriedemann, der kommt oft genug zu Besuch.«

Niemals würde sie Gus fragen. Er war so nett und verdiente selbst nur wenig in der Bar. Trella behielt ihre Sorgen für sich.

Die Arbeit in der großen Käsefabrik war noch immer furchtbar anstrengend. Überall wurde sie gebraucht, und sie wusch und schrubbte, bis ihre Hände vollkommen aufgesprungen waren. Die großen Milchkannen mußten sauber sein, wenn die Farmer ihre Milch brachten, damit sie gegen die vollen Kannen eingetauscht werden konnten; Bottiche, in denen die Reste der Käsemasse eintrockneten, waren nur sehr schwer zu reinigen; und außerdem mußten die Bänke und Fußböden geschrubbt werden. Noch dazu wurde Trella immer gerufen, um an den Maschinen auszuhelfen, wenn jemand krank war, oder um die schweren Käselaibe zu stapeln, zu legen, zu wenden – was immer der Manager verlangte.

Dann, als sie einmal sein Büro reinigte, entdeckte sie innen an der Tür ein festgepinntes Schreiben. Normalerweise hing sein weißer Kittel an einem Haken darüber, aber heute war er nicht da, deshalb blinzelte sie neugierig auf den Zettel, während sie den Fußboden auffegte. Doch bald lehnte sie den Besen gegen die Wand und studierte den Inhalt des Blatts mit höchster Aufmerksamkeit.

»So, so! Wer hätte das gedacht!« murmelte sie, als sie feststellte, daß es sich um eine Mitteilung der Gewerkschaft handelte, in der die Arbeitsstunden und Bezahlung aller Arbeiter festgesetzt wurden. Trella wußte zwar nichts über Gewerkschaften, aber sie vermutete, daß irgendeine offizielle Organisation diese Regeln aufgestellt haben mußte.

»Sonst wären sie nicht hier«, sagte sie in den leeren Raum, während sie die einzelnen Punkte nochmals studierte.

»Jungen unter sechzehn, Frauen und Mädchen«, las sie laut, »erhalten ein Minimum von fünfzehn Shilling und zwei Pence pro Woche.«

»Und wir bekommen nur vierzehn Shilling die Woche!«, rief sie empört aus.

Verärgert las sie, daß die Männer mindestens einundzwanzig Shilling pro Woche erhalten sollten, und sah sich dann ängstlich um, ob auch niemand kam, der sie erwischen könnte.

»Höchstens achtundvierzig Wochenstunden« las sie flüsternd um sich die Zahlen einzuprägen, »für Arbeiter unter sechzehn sowie Frauen und Mädchen! Um Himmels willen, was geht hier vor?«

Sie rechnete ihre eigenen Arbeitsstunden zusammen. Zwölf Stunden pro Tag, sechs Tage die Woche. »Zweiundsiebzig Stunden sind das, die wir arbeiten! Das muß ich klären!«

Wieder zurück in der Halle, erkundigte sie sich nach diesen Regeln.

»Das ist Gewerkschaftskram«, erfuhr sie. »Hängt schon seit Jahren da. Niemand kümmert sich darum.«

»Aber es sieht aus wie ein Gesetz! Da ist ein Regierungswappen drauf und es heißt ›Mindestlohn‹. Wir Frauen werden jede Woche um einen Shilling und zwei Pence betrogen. Das ist doch eine Menge Geld.«

Zur Mittagszeit hatte Trella ein paar Frauen um sich versammelt. »Denkt doch mal so«, erklärte sie ihnen. »Wenn wir Frauen eigentlich nur achtundvierzig Stunden arbeiten dürfen, dann bekommen sie vierundzwanzig Stunden von uns umsonst.«

»So ist es eben«, seufzte ein junges Mädchen. »Sie sagen, wir können froh sein, daß wir überhaupt Arbeit haben.«

»Nein, warte!« beharrte Trella. »Vierundzwanzig Stunden sind die Hälfte von achtundvierzig. Die Überstunden, die wir arbeiten, sind also nochmal die Hälfte von dem wert, was wir verdienen sollten. Sieben Shilling und sechs Pence. Demnach müßten wir zweiundzwanzig Shilling und acht Pence bekommen. Versteht ihr jetzt?«

Eine Frau lachte. »Gib's auf, Trella. Kannst du dir etwa vorstellen, daß sie uns mehr als ein Pfund die Woche bezahlen?«

»Kaum, aber ich denke, daß wir mindestens fünfzehn Shilling für eine Achtundvierzigstundenwoche bekommen sollten.«

Es gab mehr Gelächter. »Viel Glück.«

»Es steht da schwarz auf weiß«, rief Trella aufgebracht. »Wir sollten nur acht Stunden am Tag arbeiten, Montag bis Samstag.«

»Und wie sollen wir da unsere Arbeit schaffen?« gab eine grauhaarige Frau zurück. »Wir sind ja jetzt schon überfordert.«

»Das stimmt«, gab Trella zu, »aber sie müssen eben mehr Leute einstellen.«

»Erzählen Sie das Mr. Ringrose«, meinte die Frau grimmig. »Sie sind eine Unruhestifterin, Mrs. Court, und ich will nichts damit zu tun haben. Mit welchem Recht fangen Sie hier mit diesem Gewerkschaftsgeschwätz an?«

»Ich habe vorher nie etwas davon gehört«, erwiderte Trella hitzig. »Heute habe ich die Regeln entdeckt, und jetzt will ich mehr darüber wissen, weil ich glaube, daß wir betrogen werden.«

»Der Meinung bin ich auch«, sagte eine andere Frau. »Und ich werde in Mr. Ringroses Büro gehen und es mir selbst ansehen.«

Es wurde für die Frauen ein kleiner Spaß, heimlich in das Büro zu schlüpfen, wenn Mr. Ringrose unterwegs war, und sich die Mitteilung anzusehen. Binnen kürzester Zeit war es das Hauptgesprächsthema, das zu hitzigen Diskussionen und Streitereien unter den Arbeiterinnen führte. Einige waren dafür, es zu ignorieren, andere stimmten Trellas Meinung zu.

»Aber was können wir tun?« wollten sie wissen.

»Wir schicken Trella zu ihm, damit sie es ihm sagt«, schlug eine vor, doch davor wurde Trella gewarnt.

»Er würde sie auf der Stelle entlassen«, hörte sie und wußte, daß sie recht hatten.

»Ich will erst mehr darüber erfahren«, entschied sie. »In der Stadt gibt es einen Arbeiterverein, dort werde ich hingehen und fragen. Irgendjemand muß doch etwas wissen.«

»Aber das ist ein Männerverein«, meinte ihre Freundin Deena empört. »Da kannst du nicht hingehen.«

»Ach nein?« Trella lachte.

Auf dem Heimweg versuchte Deena noch einmal es ihr auszureden. »Du bist neu hier, Trella. Laß es sein. Ich arbeite seit drei Jahren in der Fabrik und habe so etwas schon mal erlebt. Letztes Jahr versuchten einige Männer mehr Lohn zu verlangen, aber sie wurden sofort gefeuert. Wir können nichts tun.«

Doch Trella ließ sich nicht von ihrem Vorhaben abbringen. Sie klopfte an die Tür des Vereins und fragte, ob sie einen Gentleman der Gewerkschaft sprechen könne. Wie sie von der Tür aus sehen konnte, war der Vereinsraum nichts weiter als ein verrauchtes Billardzimmer, in dem ein Haufen Männer dem Spiel folgten. Eine Weile dachte sie, man hätte sie vergessen, aber dann kam ein großer, schlanker Mann zu ihr vor die Tür.

»Suchen Sie jemanden, Miß?«

»Ich wollte mit einem Gewerkschafter sprechen.«

»Wenn ich Ihnen helfen kann? Ich bin Tom Gilbert, aus der Scherer-Gewerkschaft.«

»Oh! Scherer ... Ich glaube nicht. Sehen Sie, ich arbeite in der Käsefabrik und wollte darüber etwas wissen.«

Er nickte höflich. »Haben Sie Schwierigkeiten?«

»Nicht wirklich. Da ist nur etwas, das ich nicht verstehe.«

»Und das wäre?«

Sie erzählte von der Mitteilung im Büro des Vorarbeiters. »Eine Liste mit Regeln und Bestimmungen. Wie nennen Sie das?«

»Die Arbeiterschutzgesetze.«

»Und das sind richtige Gesetze?«

»Aber sicher.«

Sie lächelte und war zufrieden. »Das war alles, was ich wissen wollte.«

»Warten Sie. Was ist mit diesen Gesetzen?«

»Darin steht etwas anderes als unser Boß sagt. Wir arbeiten länger, als wir laut diesen Bestimmungen dürfen, und wir bekommen weniger Geld. Das will ich dem Boß sagen.«

»Nein, tun Sie das nicht. Seien Sie nicht dumm.«

»Aber Sie haben doch gesagt, es ist Gesetz, oder nicht? Muß er denn dem Gesetz nicht gehorchen?«

»So einfach ist das nicht. Sie könnten Ihren Job verlieren, also halten Sie sich lieber da raus. Ich werde dem Vorsitzenden Ihres Gewerkschaftsrats einen Tip geben, und der läßt Ihrem Boß dann einen Besuch abstatten. Ringrose ist das, oder?«

»Ja, Sir. Kennen Sie ihn?«

»Nicht persönlich, aber ich habe von ihm gehört. Also, ich muß jetzt wieder hinein. Überlassen Sie die Sache ruhig mir und zerbrechen sich nicht mehr Ihren hübschen Kopf.«

Trella war verwirrt. Würde dieser Gewerkschaftsrat sich tatsächlich um die Zustände in der Käsefabrik kümmern? Gilbert schien allerdings ein anständiger Mann zu sein. Zweifellos wäre es besser, seinen Rat anzunehmen und abzuwarten, was nun geschah.

Etwa eine Woche später, als Trella, die nicht gerade ein geduldiger Mensch war, ihre Hoffnung auf Hilfe von der Gewerkschaft schon fast aufgegeben hatte, gab es Aufruhr in der Fabrik. Es hieß, daß der Fremde, der unten im Ladehof mit den Arbeitern sprach, ein Gewerkschaftsbeauftragter war!

»Das war dein Werk!« klagte Deena sie an. »Du hast nach ihnen geschickt!«

»Sei still!« entgegnete Trella. »Laß mich sehen.« Sie lief zum Fenster und erwartete einen Mann in Uniform zu sehen, der das Gesetz vertrat, aber der Fremde war nur ein hagerer Mann mit Glatze, der gewöhnliche Arbeitskleidung trug.

»Der wird bei Mr. Ringrose nicht weit kommen«, meinte sie verzagt. »Sie hätten doch jemand Eindrucksvolleren schicken können!«

»Was macht er?« wollte Deena wissen.

»Er fragt sie aus, glaube ich. Schreibt in sein Buch. Und jetzt redet er mit Garth; ich hoffe, der Junge benimmt sich manierlich, er ist ganz schön aufsässig in letzter Zeit.« Sie lief zur Zentrifuge zurück, die sie gerade geputzt hatte. »Er kommt!«

Mit gesenkten Köpfen und scheinbar in ihre Arbeit vertieft beobachteten sie, wie der Fremde mit den anderen Fabrikarbeitern sprach, bis er zu Trella kam.

»Ihr Name, bitte?« Er war ein streng aussehender Mann mit stahlblauen Augen.

»Trella Court«, antwortete sie nervös. »Und wie werden Sie bezahlt?«

»Vierzehn Shilling die Woche, Sir.«

»Sie arbeiten von fünf bis achtzehn Uhr?«

»Das ist richtig, Sir.«

Er sah von seinem Buch auf. »Sie sind Irin?«

»Ja, Sir.«

»Dacht ich mir«, murmelte er. »Schönen Gruß von Tom.« Und mit einem Zwinkern wandte er sich an Deena. Mr. Ringrose kam aus seinem Büro gestürzt. »Wer zum Teufel sind Sie?«

»Jock McKie, Gewerkschaft. Ich seh mich nur mal um.«

»Nie von Ihnen gehört! Wir verhandeln mit Mr. Moore.«

»Ja, ich weiß über ihn Bescheid. Er ist abgesetzt worden, und jetzt bin ich Ihr Mann. Hier sind meine Papiere.« Ringrose schnappte sich die Unterlagen. »Kommen Sie in mein Büro.«

»Wenn ich hier fertig bin«, erwiderte McKie ruhig. »Es dauert nicht mehr lange.«

Die beiden Männer stritten sich lange und heftig, mit einer Abschrift der Bestimmungen zwischen sich auf dem Tisch.

»Sie sind klar und deutlich«, sagte McKie, »also hören Sie auf sich herauszureden. Sie sind schon lange genug damit durchgekommen.«

»Könnten wir uns nicht einigen?« fragte Ringrose. »Nur Sie und ich. Ein bißchen teilen hier und da? Für die ganze Mannschaft wird gut gesorgt.«

McKie lehnte sich mit finsterem Gesicht vor. »Springen Sie mit mir nicht um wie mit Moore und Konsorten, oder ich lasse Ihre Fabrik gleich schließen! Also, was ist?«

»Sie müssen mir Zeit geben. Ich kann das nicht allein entscheiden, ich muß zum Aufsichtsrat gehen. Denen wird es gar nicht gefallen, daß Sie einfach hereinschneien und Befehle erteilen.«

Der Gewerkschafter seufzte. »Das hat nichts mit Ihnen oder mir oder denen zu tun! Der Mindestlohn ist strikt festgesetzt. Sie bezahlen die Männer nicht ausreichend und die Frauen beuten Sie schlichtweg aus.«

Ringrose schlug mit der Faust auf den Tisch. »Die Frauen!

Ich wußte es! Es war dieses Irenweib, stimmt's? Sie hat vom ersten Tag an Ärger gemacht und zufriedene Leute aufgehetzt.«

»Ich weiß nichts von einer Irin, also hören Sie auf, einen Schuldigen zu suchen. Um Sie geht es, Ringrose, Sie müssen die Arbeitsstunden und Löhne in Einklang mit den anderen Fabriken bringen. Ganz zu schweigen von den sanitären Einrichtungen, die werden wir auch überprüfen.«

Ringrose kaute auf seiner Pfeife. »Wir dürfen das nicht überstürzen. All die Extra-Ausgaben werden uns kaputtmachen.«

»Das bezweifle ich, aber ich lasse mit mir verhandeln. Wir können Bedingungen festlegen.«

»Zum Beispiel?«

»Sie sprechen mit dem Aufsichtsrat. Eine schrittweise Lösung geht in Ordnung. Kommen Sie nächste Woche zu mir mit Lohnerhöhung und weniger Arbeitsstunden. Nach sechs Monaten legen Sie mir weitere Verbesserungen vor und in zwölf Monaten läuft Ihre Fabrik genau so, wie es hier steht.« Er klopfte mit dem Zeigefinger auf die Arbeiterschutzgesetze.

»Darauf werden sie nicht hören. Das ist zu früh. Verstehen Sie denn nicht, daß alle arbeitslos werden, wenn die Fabrik schließen muß?«

»Ich habe Ihre Bilanzen gesehen, Freundchen, also kommen Sie mir nicht damit. Wenn die Fabrik pleite geht, dann nur aufgrund Ihres schlechten Managements. Denken Sie darüber nach.«

Sie saßen eine Weile schweigend da, bis Ringrose es erneut versuchte. »Für Sie ist das einfach, wenn Sie hierher kommen und mit den Arbeitsgesetzen winken. Aber die Aufsichtsräte sind einflußreiche Bürger von Toowoomba. Vor denen könnten Sie nicht so auftreten.«

»Das stimmt – solange ich nicht mit Boykott drohe«, erwiderte McKie ruhig. »Keine Lieferungen. Kein Bahntransport.

Und was im Hafen liegt, wird verrotten. Das wäre nur der Anfang.«

»Na gut. Ich rede mit ihnen.«

»Fein, und nun zu den Details.«

Bevor er sich verabschiedete, fragte McKie noch: »Wie heißt diese Irin, die Sie erwähnten?«

»Trella Court.«

»Aha. Hören Sie, diese Verhandlungen betreffen Gewerkschaft und Arbeitgeber, damit haben einfache Arbeiterinnen nichts zu tun. Wenn mir zu Ohren kommt, daß diese Frau entlassen wird, haben Sie einen Streik am Hals, noch ehe der Tag vorbei ist. Haben Sie mich verstanden, Ringrose?«

Wie aus heiterem Himmel erhielt jeder in der Fabrik ein paar Shilling mehr Lohn und das Fabrikhorn ertönte um vier anstatt um fünf Uhr. Letzteres machte allerdings nicht viel Unterschied, da die unerledigte Arbeit trotzdem getan werden mußte.

Die Arbeiter waren glücklich, aber Trella verwirrt. »Dieser Kerl hat mich hängen lassen«, sagte sie zu Deena. »Wir bekommen noch immer nicht unsere Rechte.«

»Es ist ein Anfang«, meinte Deena. »Sei dankbar.«

»Ich schätze, du hast recht. Aber das nächste Mal, wenn ich McKie sehe, frage ich ihn, warum.«

»Wenn ich du wäre, würde ich den Mund halten. Der Boß durchbohrt dich seither mit seinen Blicken. Ich glaube, er weiß Bescheid.«

Trella war sich darüber nicht sicher, bis ihr mitgeteilt wurde, daß sie nun auch die Toiletten reinigen müsse.

»Aber das macht Wally doch«, sagte sie. »Es ist Männerarbeit.«

»Nicht mehr«, erklärte der Vorarbeiter verärgert. »Er wurde entlassen.«

Alles, was sie erreicht hatte, waren ein paar Shilling mehr und ein schlechter Ruf in der Fabrik, weil alle der Meinung waren, sie hätte die Entlassung des alten Mannes auf dem Gewissen, der schon seit Jahren in der Fabrik gearbeitet hatte.

Mit all diesen Problemen auf ihren Schultern wußte Trella nicht, an wen sie sich wenden sollte. Garth war sehr empfindlich, was die Fabrik anging; er wußte, daß seine Mutter sich unbeliebt gemacht hatte, und schwankte zwischen Loyalität ihr gegenüber und der schlechten Meinung seiner Kollegen.

Sie seufzte. Zumindest hatte Ringrose sie nicht entlassen. Ein paar Frauen hatten ihr gesagt, er sei ihr gegenüber bereits mißtrauisch gewesen, bevor der Gewerkschaftsmann auftauchte.

Garth kam zum Abendessen und setzte sich ohne ein Wort an den Tisch.

»Ich habe Lammeintopf gekocht«, sagte Trella. »So, wie du es gerne magst. Mit vielen großen Stücken und Minzsoße.«

Er nickte und griff nach dem Brot. »Wo ist die Butter?«

»Wir haben keine mehr. Du brauchst keine Butter zum Eintopf.«

»Ich mag aber Butter dazu«, erwiderte er böse.

»Ach, komm schon. Deswegen mußt du doch kein langes Gesicht ziehen. Was ist los?«

»Nichts.«

»Was bedeutet, wenn ich dich so ansehe, daß doch etwas ist. Raus mit der Sprache.«

»Warum mußt du die Toiletten putzen?« murmelte er und starrte auf seinen Teller.

»Irgendjemand muß es doch tun«, entgegnete sie achzelzuckend.

»Auch die von den Männern?« ereiferte er sich. »Du solltest solche Dreckarbeit nicht machen müssen. Sie lachen über dich.«

Trella gab ihm etwas auf den Teller und setzte sich. »Machst du dir Sorgen um mich oder um die Meinung der anderen?«

Als er nicht antwortete, versuchte sie einen Witz zu machen. »Die Kuhställe zu Hause waren manchmal ganz schön dreckig, mein Sohn. Hier in der Fabrik ist es längst nicht so schlimm. Meistens spritze ich sie nur mit einem Schlauch aus.«

»Weiß Onkel Brodie davon?« erwiderte er giftig. Trella blinzelte erstaunt. »Was hat das mit ihm zu tun?«

»Er würde nicht wollen, daß einer aus der Familie solche Arbeit tun muß.«

»Aber warum denn nicht, um Himmels willen?«

»Weil er ein bedeutender Mann ist. Gus sagt, er hat ein Vermögen an Opalen gefunden und er holt noch mehr. Gus sagt, niemand kann Brodie mehr aufhalten.«

Trella lachte. »Und du meinst, Brodie würde es kümmern, was ich mache?«

»Natürlich. Er hat jetzt eine Menge Schürfer, die für ihn arbeiten.«

»Woher weißt du das?«

»Auf dem Heimweg habe ich bei Gus vorbeigeschaut. Er hat es mir gesagt.«

Garth ging oft auf einem kleinen Umweg an dem Hotel vorbei, wo Gus arbeitete, und bekam dort ein Glas Ingwerlimonade. Trella freute sich, daß die beiden sich so gut verstanden – Brodies Pläne machten sie allerdings nervös.

»Nur weil es Brodie gut geht, bedeutet das nicht, daß er sich darum kümmert, wie es mir geht. Was hat Gus noch erzählt?«

»Er sagt, daß Brodie ihn wieder mit auf die Opalfelder nehmen will.«

Trella hielt den Atem an. »Und was sagt Gus dazu?«

»Er geht nicht. Er ist verrückt! Onkel Brodie versucht für uns alle das Beste zu tun ...«

»Daß ich nicht lache! Wer sagt das?«

»Brodie. Er hat es mir selbst gesagt. Und er hat auch gesagt, ich soll ihn Brodie nennen und diesen Onkelkram vergessen.«

Sie betrachtete ihren hübschen Sohn mit seinen dunklen Haaren und unschuldigen Augen und verspürte Mitleid. »Brodie ist sehr geschickt. Du mußt nicht alles glauben, was er so erzählt.«

»Warum nicht?« meinte Garth erbost. »Du magst ihn nicht, das ist alles. Du bist eifersüchtig auf ihn.«

»Sei nicht albern. Ich bin nicht eifersüchtig. Und es wird noch lange dauern, bis der Tag kommt, da Brodie Court sich um jemand anders kümmert als sich selbst.« Sie sah Garths ungläubigen Blick und fuhr fort.

»Brodie ist also solch ein guter Kerl, ja? Und was tut er? Quartiert sich bei den Kriedemanns ein, wo er keinen Pfennig bezahlt. Breitet seine Opale auf ihrem Tisch aus, daß ihnen die Augen aus dem Kopf fallen!«

»Das hab ich doch gerade gesagt.«

»Sei still! Jetzt hör zur Abwechslung einmal mir zu. Gus war sein Partner. Der andere Mann ist gestorben, und Gus hat seinen Anteil verloren, aber er hat die ganze Zeit mit Brodie gearbeitet. Hart gearbeitet. Was glaubst du, wie er sich fühlt, wenn Brodie mit seinen Opalen herumprotzt und Gus nichts anderes hat als Schulden?«

»Gus macht das nichts aus«, schmollte Garth.

»Darum geht es nicht. Findest du nicht, daß Brodie ihm ein paar Steine hätte abgeben können? Nur ein paar, um ihm weiterzuhelfen? Aber nein! Das würde ihm nicht im Traum einfallen.«

»Er muß es ja auch nicht!«

»Natürlich muß er nicht, aber es besteht ein großer Unterschied zwischen deinem Vater und deinem Onkel. Dein Vater hätte Gus ohne Murren die Hälfte abgegeben. Und wäre glücklich dabei gewesen. Vergiß mir ja deinen Vater in deinem Nachtgebet nicht, und ich bete darum, daß du ein so guter Mensch wirst wie Michael Court. Jetzt iß.«

Sie wußte, daß Garth nicht überzeugt war, aber so waren

Kinder nun mal. Sie hatten ihre eigene Meinung und Mütter in ihren Augen keine Ahnung. Trella war froh, daß Brodie sich außerhalb der Stadt befand, und hoffte, er würde fortbleiben und ihren Gus – oh bitte, lieber Gott! – in Ruhe lassen.

Als Brodie fort war, fühlte Vivien sich noch einsamer als zuvor. Manchmal dachte sie, sie müsse ebenso verrückt werden wie ihr Mann.

Gestern, als sie wie immer allein ausritt, war sie drauf und dran gewesen, sich auf ihr Pferd zu setzen und für immer von diesem Ort zu verschwinden. Zur Hölle mit Fairlea und den langweiligen Angestellten und auch mit Vern! Er war kein Ehemann mehr, und trotzdem war sie mehr an seine Farm gekettet als je zuvor. Sie wünschte, er wäre tot. Das würde alle Probleme lösen.

Brodie hatte zwar angeboten für sie zu sorgen, aber es wäre ein großer Fehler gewesen, dies anzunehmen. Vivien wußte, daß an Flucht nicht zu denken war, gleichgültig wie schwer ihr das fiel.

Die Nacht war kühl, und sie saß im Salon und blätterte zum x-ten Male einen Stapel Frauenzeitschriften durch.

Die Haushälterin klopfte an die Tür. »Mr. Vern schläft, Madam. Brauchen Sie noch etwas, bevor ich zu Bett gehe?«

»Nein.«

»Brauchen Sie noch Feuerholz?«

»Nein.«

»Sie vergessen doch nicht, daß wir Mr. Vern morgen ein Picknick versprochen haben?«

Vivien stöhnte verärgert auf. »Nein, ich vergesse es nicht, obwohl er es vermutlich schon vergessen hat!«

»Also dann, gute Nacht.«

»Ja, gute Nacht.« Diese Frau war wie eine Klette, schrecklich! Die einzige Zeit, in der Vivien sich ein wenig unbeobachtet fühlte, war, wenn Elvie auf ihr Zimmer ging.

Mürrisch starrte sie in das Kaminfeuer. Jemand sollte Vern von seinem Unglück erlösen. Man sollte solchen Menschen etwas geben, dachte sie düster, damit sie friedlich einschliefen und nie mehr aufwachten.

»Aber was?« murmelte sie vor sich hin. »Wer weiß so etwas? Ich sicher nicht.«

Im Abstellraum standen einige Flaschen mit der Aufschrift ›Gift‹, die Vivien schon öfter bemerkt hatte, jedoch nicht anzufassen wagte. Sie hatte schlimme Geschichten über Frauen gelesen, die ihre Männer vergiftet hatten, sie waren immer überführt worden, und außerdem fand sie so etwas gräßlich. Solche Frauen mußten verrückt sein. Und grausam. Sie hatte ein Pferd gesehen, das an den giftigen Beeren eines Strauches geknabbert hatte, und es war furchtbar qualvoll gestorben.

Dennoch überlegte sie weiter, was sie tun könnte, um dieser schrecklichen Situation, in der sie gefangen war, ein Ende zu bereiten.

Sie goß sich einen Schluck Brandy ein, um ihre Laune zu bessern.

Ob du willst oder nicht, sagte sie sich selbst, es gibt nur eine einzige Lösung. Vern würde dir keine Vorwürfe machen. Er wäre froh diesem Leben zu entkommen. Wenn er erkennen könnte, was aus ihm geworden war, ein Mann ohne Würde, dann spränge er von der nächsten Klippe.

Elvie, so fiel ihr ein, hatte alle Gewehre aus der Eingangshalle fortgeräumt. Vielleicht befürchtete sie, Vern könnte sich etwas antun. Wie schade, daß sie sich nicht um ihre eigenen Sachen kümmerte! Es wäre einfach für Vern, mit seinen Gewehren einen Unfall zu erleiden. So etwas passierte ständig.

Mist! Es wäre so einfach gewesen. Vern war wie ein kleines Kind und tat, was man ihm sagte. Sie hätte ihn nur zu seinen vertrauten Gewehren schicken müssen ...

Niedergeschlagen trank Vivien ihren Brandy aus, ging auf die Veranda und starrte hinaus in die Nacht.

Am nächsten Morgen weckte Elvie sie mit dem Frühstückstablett in den Händen. »Mr. Vern freut sich schon auf das Picknick. – Er hat es nicht vergessen«, fügte sie fröhlich hinzu.

»Wir können nicht gehen«, entgegnete Vivien träge. »Es ist zu naß. Die ganze Nacht hat es geregnet.«

»O nein. Der Regen hat aufgehört. Die Sonne scheint, und es ist ein wunderbarer Tag. Wir können den Einspänner nehmen und feste Decken einpacken. Ich habe auch schon die Angelschnüre bereitgelegt. Er liebt doch das Angeln und jetzt, wo der Fluß wieder viel Wasser führt, sind viele Männer dort.«

»Na gut, ich stehe gleich auf«, meinte Vivien säuerlich.

Als Elvie gegangen war, knabberte sie an einem Toast. »In Wirklichkeit angelt nicht nur Vern gern, sondern sie auch. Elvie ist geradezu verrückt danach«, sagte sie ins leere Zimmer. »Und das ist nur eine Ausrede, damit sie sich amüsieren kann.«

Sie trank ihren Tee und stellte das Tablett auf den Fußboden. Da sie nach der unruhigen Nacht noch müde war, schlummerte sie wieder ein, doch dann wurde sie von schlimmen Albträumen aufgeschreckt. Markerschütternde Schreie gellten noch durch ihren Kopf, während sie schnell aus dem Bett sprang und zur Waschschüssel rannte, um das Gesicht immer wieder mit Wasser zu benetzen und die schlimmen Träume zu vertreiben.

»Das muß der Brandy gewesen sein«, entschied sie und stellte sich mißmutig vor ihren Kleiderschrank, um ein passendes Kostüm auszusuchen.

»Allzu viel habe ich nicht dafür bekommen«, sagte Brodie zu Gus, »denn ich mußte ja Mrs. Holloway ihr Geld zurückgeben und Willi bezahlen und alles andere.« Während er sprach, fiel ihm ein, daß er Willi die Wahrheit sagen müßte, damit sie den echten Wert der Steine von vornherein richtig einschätzen konnten, aber er sah keinen Grund, warum er jemand anderem von seinem Erfolg erzählen sollte. Nicht einmal Gus.

»Wenn es nicht so viel war, warum willst du dann zurück?«
»Weil ich jetzt weiß, worum es geht.«
»Wir wußten auch, worum es ging, Brodie, sonst hätten wir die Opale ja gar nicht gefunden.«
»Du bist wirklich ein schwieriger Mensch! Verstehst du denn nicht, daß wir es dieses Mal ganz anders anfangen? Ich schulde niemandem mehr etwas, und ich kann eine Ausrüstung kaufen, ohne auf das Geld achten zu müssen.«
»Wozu sind all die anderen Leute nötig?«
Brodie hatte seinen Waffenstillstand mit dem Richter nicht erwähnt. Sein Freund würde sein Vorhaben vielleicht nicht gutheißen. »Sicherheit durch Überlegenheit. Sie alle haben jetzt Schürfgenehmigungen und werden sich von Chiswick nicht einschüchtern lassen. Und es ist Platz genug; wir können nicht alles allein ausgraben, du und ich.«
»Ich hab dir doch gesagt, daß ich nicht mehr mitkomme.«
»Aber ich brauche dich. Wir müssen einen Aufseher im Lager haben, und du bist der richtige Mann dafür.«
»Warum einen Aufseher? Sie brauchen keinen Aufseher, um auf ihren eigenen Claims zu schürfen.«
Brodie seufzte. »Weil sie mir zugesagt haben, daß sie alle Opale an mich verkaufen.«
»Aha! Jetzt kommen wir der Sache schon näher. Ich dachte doch, daß etwas dahintersteckt. Du würdest nie aus reiner Herzensgüte die Männer zu Ten Mile mitnehmen, das wußte ich.« Er lachte. »Mach nur, Brodie. Es ist deine Sache. Du bist der Boß.«

Egal was Brodie sagte, Gus blieb ablehnend.

»Es ist Trella, stimmt's?« meinte Brodie wütend. »Sie hat dich schon unter der Fuchtel.«

»Halt Trella da raus! Ich treffe meine eigenen Entscheidungen.«

»O ja. Aber ich wette, sie ist froh, daß du in dieser dummen Bar bleiben willst. Sie freut sich wie ein Kind, daß sie unsere Partnerschaft kaputtmacht.«

»Welche Partnerschaft?« fragte Gus. »Wir haben uns getrennt, erinnerst du dich? Wir sind losgefahren, du bist geblieben. Du bist doch wie besessen, Brodie, du weißt gar nicht, was Partnerschaft bedeutet, außer daß sie dir nützen soll.«

»Ach, und Lester wußte das?«

»Die Wahrheit über Lester werden wir nie erfahren. Ich ziehe es vor, nicht mehr darüber zu reden, da er sich nicht verteidigen kann. Jetzt muß ich wieder arbeiten.« Er ging zur anderen Seite der Bar, um Gäste zu bedienen, und ließ Brodie vor seinem Bierglas sitzen.

Ich vermute, ich muß jemand anderen finden, der sich um alles kümmert, dachte der bei sich, als er die Bar verließ. Ich brauche einen Mann, der Ten Mile leitet, während ich das neue Opalfeld untersuche. Gus war so fest entschlossen in der Stadt zu bleiben, daß Brodie keine Veranlassung gesehen hatte ihn einzuweihen. Warum auch? »Ich habe es gefunden, das ist meine Sache«, brummte er.

Er blieb noch so lange in der Stadt, bis er eine Antwort des Richters auf die Änderungsvorschläge durch Brodies Anwalt erhielt. »Er hat selbst noch etwas geändert, oder?«

Stanley Wickham nickte. »Nichts Besonderes, bis auf eine Sache. Er will einen seiner Farmleute als Aufseher einsetzen. Er hat Ihren Namen durchgestrichen und sich das Recht vorbehalten, einen eigenen Mann zu nennen.«

Brodie zog einen Stuhl heran und schaute dem Anwalt ins Gesicht. »Das ist das Schlimmste, was passieren konnte. Ich dachte nicht, daß er so hoch pokert. Aber ich vermute, daß er glaubte, er hätte mich an der Angel.«

»Wissen Sie«, fuhr er fort, »das war eigentlich der wichtigste Punkt, über den wir uns geeinigt hatten. Meine Idee, meine Kenntnisse über die Schächte bei Ten Mile – sein Land. Ein fairer Handel. Wir gaben uns die Hand darauf. Nun, soviel zum Wort eines Ehrenmannes! Geben Sie mir jetzt einfach ein paar Wochen Zeit, dann schreiben Sie ihm und blasen die ganze Sache ab.«

»Ich soll ihm schreiben, daß Sie nicht mehr verhandeln wollen?«

»Ja. Beenden Sie die Verhandlung. Ich habe meine eigenen Vorkehrungen getroffen.« Er erklärte, daß er Schürfer mit legalen Papieren angeheuert hatte, die bei Ten Mile arbeiten würden. »Wenn wir jetzt auf Opal stoßen, springt nicht mehr ganz so viel dabei heraus, wie es sonst gewesen wäre, aber zumindest habe ich den Daumen drauf.«

»Wieso denn, wenn alle in ihren eigenen Minen arbeiten?«

»Sie haben eingewilligt ihre Steine an mich zu verkaufen, und sie werden ihr Wort halten.«

Wickham war überrascht. »Können Sie sich das denn leisten?«

»Vor ein paar Wochen konnte ich das noch nicht«, grinste Brodie, »aber seit dieser Woche, ja. Mein Schiff ist eingelaufen, könnte man sagen.«

Brodie war bester Stimmung. Seine Schürfer waren zum Aufbruch gerüstet. Alles war bereit, daß er bei Ten Mile und Umgebung nach den Opalen suchen konnte. Ein Gedanke ging ihm aber nicht aus dem Kopf. Vivien. Der kurze Besuch auf Fairlea hatte sein Verlangen nach ihr gesteigert, und er dachte fast ständig an sie. Er wünschte, er wäre länger geblieben.

Ein Mann muß nicht ganz bei Sinnen sein, wenn er nicht mit ihr ins Bett will, dachte er, als er an ihre letzte leidenschaftliche Nacht dachte.

Er fragte sich, ob sie ihm wohl auf halbem Weg entgegenkommen würde. Er hatte nicht genug Zeit, um von Ten Mile aus bis ganz nach Toowoomba zu fahren, aber Charleville wäre ein Kompromiß. Sie könnte den Zug nehmen und in einem Hotel wohnen; frech genug war sie dazu.

Entzückt über die Aussicht auf ein paar schöne Nächte mit Vivien als Abwechslung zu den künftigen Monaten nur unter Männern, teilte er ihr seinen Plan in einem Brief mit. Er wußte, daß sie sich nicht darum kümmern würde, was die Leute in dem kleinen Provinznest über sie dächten. Sie könnten einige wunderschöne Tage haben.

Zumindest war er jetzt sicher, daß seine Briefe ohne Umwege zu ihr gelangen würden, deshalb schrieb er seine liebevollen Worte an sie direkt.

Während er zur Bäckerei zurückging, überlegte er, ob er sie tatsächlich liebte. Er war sich nicht so sicher, ob er sie heiraten würde, selbst wenn sie frei wäre; sie war ziemlich launisch und sehr fordernd. Aber ihre Liebesspiele waren wundervoll und er genoß jede Minute.

Garth wartete vor dem Laden auf ihn und kaute an einem Stück Honigkuchen.

»Du meine Güte! Du wirst ja jeden Tag größer«, rief Brodie fröhlich. »Was macht die Arbeit?«

»Langweilig! Ich hasse sie. Gus sagt, du gehst zurück auf die Opalfelder. Wann?«

»Morgen.«

»Du hast versprochen, daß du mich mitnimmst.«

»Ja, aber du hast doch deinen Job.«

»Das ist egal, ich kann gehen. Ich könnte sofort mitkommen.«

»Aber was würde deine Mutter dazu sagen?«

»Sie sagt, ich darf nicht.«

»So ist das eben mit Müttern.«

»Aber wenn du mit ihr redest, muß sie mich fortlassen. Ich kann arbeiten, Brodie, ich bin stark. Ich tue alles, was du willst.«

»Ja, da draußen gäbe es genug für dich zu tun. Und da Gus

nicht mitkommt, könnte ich dich gut gebrauchen, aber wenn deine Mum nein sagt, hat es keinen Sinn, sie überreden zu wollen. Sie würde mir nie zuhören.«

Schließlich setzte Brodie dem Gespräch ein Ende. Er klopfte dem Jungen auf die Schulter. »Ein andermal, wenn du älter bist«, sagte er. »Und jetzt lauf nach Hause, Garth. Ich besuche dich, wenn ich wieder zurück bin.«

Er sah seinem Neffen nach, wie er mit hängenden Schultern davontrottete. Heute abend wird es Streit geben, dachte er bei sich. Aber sie wird ihn nicht herumkommandieren können wie seinen Vater. Der hier hat mehr von mir geerbt.

Voll freudiger Erwartung auf die bevorstehende gute Zeit trafen sich Brodie und seine Schürfer am nächsten Morgen am Bahnhof – von Garth keine Spur. Diese Runde hat seine Mutter gewonnen, dachte Brodie. Und er vergaß die beiden.

Durch den gekrümmten Flußverlauf war am gegenüberliegenden Ufer eine kleine Bucht entstanden. In der Trockenzeit sank der Wasserpegel so weit ab, daß die Sandbänke das tiefe Loch vom Hauptstrom abtrennten und so ein stehendes Gewässer bildeten. Durch die Regenfälle wurden die Sandbänke überspült, und die Bucht war wieder mit dem rauschenden Hauptstrom verbunden. So wurde die von Laubbäumen überdachte Bucht ein Angelparadies für die Leute von Fairlea Station.

Wie Vivien es erwartet hatte, steuerte Elvie direkt auf diese Stelle zu.

Sie lehnte es ab, sich auf die Decken zu setzen, die Elvie ausgebreitet hatte, sondern nahm lieber in ihrem Segeltuchklappstuhl Platz. Elvie packte die Picknickkörbe aus, und Vern legte gehorsam jedes Stück, das sie ihm reichte, auf das Leintuch.

Danach wurden die Angelruten und Köderdosen ausgepackt, und Elvie nahm Vern an die Hand.

»Kommen Sie, Mr. Vern, wir gehen hier hinunter, dort können wir uns hinsetzen und ein paar schöne Fische fangen.«

Vivien lauschte ihrem Geplapper und beobachtete, wie Elvie Verns Angelhaken mit einem Köder versah und ihm die Rute in die Hand drückte.

Was für ein Theater, dachte Vivien erbost. Vern schien überhaupt nicht zu wissen, was er tun sollte.

Sie schraubte eine Flasche Ingwerlimonade auf, goß sich ein Glas davon ein und wünschte, sie hätte daran gedacht, eine Flasche Wein einpacken zu lassen. Zumindest hätte das den Tag ein wenig erträglicher gemacht. Es war schön hier. Und abgeschieden. Das nächste Mal, wenn Brodie zu Besuch kommt, werde ich *ihn* zu einem Picknick hierher mitnehmen, überlegte sie. Das wäre herrlich romantisch.

Elvie riß sie aus ihren Gedanken: »Er scheint heute kein Interesse zu haben.«

»Ach, versuchen Sie's einfach weiter. Wir haben ja genug Zeit.«

»Ich glaube, er hat wieder eine seiner Launen«, zischte Elvie.

Vivien wußte, daß Elvie sie gleich auffordern würde hinunterzugehen und zu helfen, und um dem zu entkommen, sprang sie auf. »Ich gehe spazieren.«

Unglücklicherweise hatte Vern diese Mitteilung verstanden. Er ließ seine Angelrute fallen, so daß Elvie schreiend danach griff, und kam das Ufer hochgelaufen. »Ich auch!« rief er wie ein kleines Kind.

»Na gut«, sagte Vivien erbost, gab sich aber nicht die Mühe ihm zu helfen. »Komm mir nach.«

Mit Vern im Schlepptau ging sie den Weg am Flußufer entlang. Ich nehme ihn ein Stückchen mit, und dann bringe ich ihn wieder zu Elvie zurück, beschloß Vivien. »Schließlich war es ihre Idee. Sie kann sich um ihn kümmern, während ich in Ruhe spazieren gehe.«

Sie hob ihre Röcke, während sie über den matschigen Pfad die Böschung hinaufstieg, von wo man einen schönen Ausblick zum Fluß hatte. Das Wasser stand sehr hoch, stellte sie fest, und die Anwohner konnten sich freuen, da sie sich doch immer über Wassermangel beschwerten. Wenn es noch mehr regnet, dachte sie, werden wir bald eine Überschwemmung haben.

Sie war fast oben angelangt, als sie plötzlich abrutschte und voller Schreck nach einem Ast griff, den sie aber verfehlte.

Doch Vern fing sie auf.

»Guter Gott!« rief sie und sah ängstlich auf den tiefen, reißenden Fluß unter sich. »Ich wäre beinahe hineingefallen.«

Er lächelte matt, hatte aber nichts zu sagen. Vivien überlegte, ob er wohl bewußt oder nur durch einen Reflex gehandelt hatte. Doch dann zuckte sie mit den Schultern, weil sie keine Lust hatte, seine Gedankengänge zu entschlüsseln. »Wenn er überhaupt welche hat«, fügte sie leise hinzu.

Das nächste Stück ging abwärts und Vivien war vorsichtiger. Sie hatte genug von diesem großen Mann, der hinter ihr hertrabte, als wäre er jetzt ihr Aufpasser. Sie drehte sich abrupt um und beinahe stießen sie zusammen. »Wir gehen wieder zurück.«

Vern nickte und plötzlich nahm er sie in die Arme und küßte sie

Peinlich berührt versuchte sie sich von ihm zu lösen, doch er hielt sie fest. »Vivien«, flüsterte er und küßte sie auf die Stirn, die Wangen, während ihm Tränen über das Gesicht rannen.

»Nein, Vern, nicht!« rief sie und stieß ihn fort. »Das darfst du nicht.«

Er trat zurück, sah sie zärtlich an und schien ganz klar denken zu können.

»Es tut mir leid«, sagte er und verwirrte sie damit noch mehr.

»Ist schon gut. Dreh dich um und wir gehen zurück. Elvie wartet schon auf uns.«

Sie kletterten den Hang wieder hinauf, und diesmal ging Vern voran und sah sich immer wieder nach ihr um, ob sie auch folgte. Als er die höchste Stelle erreicht hatte, blieb er stehen und genoß lächelnd den Ausblick auf den Fluß.

»Geh weiter«, drängte sie. »Du bist mir im Weg.«

Das waren die letzten Worte, die Vivien an ihren Ehemann richten konnte. Er gab keine Vorwarnung. Eben noch standen sie zusammen dort oben und plötzlich ... war er verschwunden!

Vivien schrie und griff nach ihm, aber er war gesprungen, absichtlich, weit hinaus in den Fluß.

Er war gesprungen!

Schreiend lief sie das Ufer hinunter, um mitzuhalten, und rief immer wieder seinen Namen. Einen Augenblick lang sah sie ihn zwischen den wirbelnden braunen Wassern auftauchen, dann war er fort.

Vivien rutschte aus und fiel in den Schlamm, doch sie rappelte sich hoch und rannte weiter in der Hoffnung, ihn wieder zu sehen. Sie kletterte über einige Felsen und schrie seinen Namen, während das Wasser um sie herumrauschte.

»Was in Gottes Namen geht hier vor?« wollte Elvie wissen, die völlig außer Atem angelaufen kam. »Wo ist Mr. Vern?«

»Im Fluß!« kreischte Vivien. »Er ist gesprungen! Er ist im Fluß!«

Verzweifelt rannten sie beide am Ufer entlang, rutschten aus und liefen weiter, riefen, suchten, weinten ...

Zur Beerdigung auf Fairlea Station kamen sie von überall her, zu Pferd, mit Kutschen und Wagen. Sie standen ruhig und ergeben in kleinen düsteren Gruppen draußen im Garten und an der langen Auffahrt und warteten auf Anweisungen. Anweisungen von Christiana Holloway, dachte Vivien finster, während sie sie vom Fenster aus beobachtete, und nicht von ihr, der trauernden Witwe. Ihre Schwiegermutter war mit ihren Zofen angereist, um die Sache zu übernehmen. Die Männer hatten Verns Leiche eine Meile flußabwärts gefunden und von dem Augenblick herrschte ein Durcheinander. Überall waren Leute herumgelaufen oder zumindest kam es Vivien so vor, die hilflos dabeistand und nicht wußte, was sie tun sollte. Was von ihr erwartet wurde.

Jemand mußte Christiana verständigt haben, denn am darauf folgenden Nachmittag kam sie angefahren und saß stundenlang mit versteinertem Gesicht neben dem Leichnam ihres einzigen Sohnes, ohne Vivien zu beachten.

Nachdem sie das Totenzimmer wieder verlassen hatte, nahm sie die Dinge in die Hand. Ein Arzt wurde gerufen, um den Totenschein auszustellen, danach ein Geistlicher, ein Leichenbestatter und sogar die Polizei – obwohl Vivien keine Ahnung hatte, was ausgerechnet die hier zu suchen hatte. Wie auch immer – sie hatte bei alledem nichts zu sagen. Nicht ein einziges Mal wurde sie nach ihrer Meinung gefragt, wie etwas zu regeln sei. Nicht ein einziges Mal wandte sich ein Angestellter an sie. Es war, als würde sie gar nicht existieren.

Das Haus summte vor Geschäftigkeit wie ein Bienenstock. Aus dem Nichts erschienen schwarze Vorhänge, die im Salon aufgehängt wurden, wo der schwarze, polierte Sarg aufgestellt war, und schwarze Bänder zierten die weißen Verandapfosten. Die Frauen arbeiteten ruhig und methodisch in der Küche, um sich auf den Ansturm der Trauergäste vorzubereiten, während auf dem Hof hinter dem Haus Tische aufgestellt wurden.

Kochend vor Wut zog Vivien sich in ihr Zimmer zurück. Einen anderen Platz gab es für sie nicht. Auf dem Hügel unterhalb des Obstgartens wurde ein Grab ausgehoben, und ein paar Männer schlugen einen Pfad zu der Stelle frei. Alle andere Arbeit auf der Farm war eingestellt, so daß die Stallarbeiter in den Ställen herumlungerten und Vivien weder ausreiten noch spazierengehen konnte, ohne auf irgend jemanden zu stoßen.

Unruhig ging sie in ihrem Zimmer auf und ab und fing an, ihre Zukunft zu planen. Es war traurig, was mit Vern geschehen war, aber er hatte die Entscheidung selbst getroffen. Und nun, da sie über den anfänglichen Schock hinweg war, gab es vieles zu bedenken.

Wenn die Beerdigung vorüber und Christiana weg war, wollte Vivien selbst einige Dinge erledigen. Zunächst würde sie Brodie schreiben, daß er sofort nach Fairlea kommen solle. Dann wollte sie Verns Anwälte aufsuchen und sich eine genaue Aufstellung über sein Vermögen geben lassen. Als seine Witwe würde sie alles bekommen. Christiana war bereits eine wohlhabende Frau, also würde Vern ihr kaum etwas vermacht haben.

Als erstes würde sie die Farm verkaufen, mit allem Drum und Dran. Das wird einen schönen Batzen Geld einbringen, dachte Vivien und fühlte sich sofort viel besser. Verns Bankkonto war ebenfalls gut gefüllt, und er hatte Aktien und Wertpapiere. Wie die funktionierten, würde sie nie verstehen, aber die Anwälte sollten sie verkaufen, dann hätte sie Bargeld, und das kannte sie.

Schon am frühen Morgen kamen die ersten Trauergäste, und um nicht übergangen zu werden, stellte Vivien sich in ihrem besten schwarzen Kleid zur Begrüßung auf die Veranda. Alle murmelten ihr Beileid, manche umarmten sie auch und weinten hemmungslos, und Vivien führte sie zu ihrer Schwiegermutter, die pompös im abgedunkelten Salon saß.

Was für eine Schande, daß sie die Trauergäste in diesem Haus empfängt, dachte Vivien wütend. Das große Haus in Toowoomba wäre für solch einen Empfang ideal und die feine Dame in ihrem Element gewesen.

Immer mehr Menschen kamen, bis es schließlich Zeit für die Trauerfeier wurde, und Vivien zog sich wieder auf ihr Zimmer zurück, um auf Christianas Signal zu warten.

Dann erschien der von Pferden gezogene Leichenwagen am Tor, und der Sarg wurde hinausgetragen.

Von dem Moment an, da Christiana aufgetaucht war, hatten die beiden Frauen kaum ein Wort miteinander gesprochen.

Vivien hatte es versucht. Bei der ersten Gelegenheit hatte sie Christiana am Arm berührt und gesagt: »Es tut mir so leid, Christiana.«

»O ja, natürlich!« hatte Christiana erwidert. Nichts weiter. Nicht ein mitleidvolles Wort an die Witwe.

Nun gut. Wenn sie es so will, dachte Vivien bei sich, dann sei es eben so. Jetzt bin ich sie auch los. Sie hat mich nie gemocht, und das beruht auf Gegenseitigkeit, also bringen wir das Ganze hinter uns, dann kann ich sie vergessen.

Ein Gentleman trat vor und nahm Viviens Arm, als sie hinausging und sich hinter den Leichenwagen stellte. Christiana folgte, neben sich zwei ihrer Freunde, und die Prozession konnte beginnen.

Als die Trauerfeier begann, stand Vivien verloren da, umklammerte ihr Gesangbuch und verspürte große Trauer. Sie erwartete Mitleid von der versammelten Menge, aber als sie aufsah, erhielt sie einen Schock. In den Augen einer Frau gegenüber erkannte sie unverhohlene Verachtung.

Verwirrt starrte sie zurück, bis die weißhaarige Frau den Kopf wandte.

Während sie neben dem Pfarrer stand, der laut betete, wurde Vivien sich immer mehr der mißtrauischen Blicke bewußt, die ihr verstohlen zugeworfen wurden. Sie sah, wie die Leute flüsterten. Sie dachte, daß sie vielleicht nicht betroffen genug aussah, also drückte sie ein paar Tränen hervor und tupfte sich mit einem Taschentuch über die Augen.

Die Gesänge schienen endlos zu dauern. Die Elstern in einem nahen Baum hielten das Ganze wohl für ein Fest und stimmten mit ihren schrillen Stimmen ein.

Derselbe Gentleman, der sie begleitet hatte und an dessen Namen Vivien sich nicht erinnern konnte, trat vor und hielt die Grabrede, nahm von seinem vielgeliebten Freund Abschied. Da Christiana plötzlich von einem Weinkrampf geschüttelt wurde, schniefte auch Vivien pflichtschuldig unter dem Schleier in ihr Taschentuch. Aber sie machte sich Sorgen. Irgend etwas stimmte nicht.

Sie war dankbar, daß der Pfarrer den restlichen Tag über bei ihr blieb, denn nur wenige Trauernde schienen sich der Witwe nähern zu wollen, wohingegen Christiana von einer ganzen Reihe treuer Freunde Beistand erhielt.

Doch schließlich, als die Sonne langsam dem Horizont entgegenwanderte, brachen die Trauergäste auf, verabschiedeten sich höflich von Mutter und Witwe, und auch der Priester verließ das Haus.

Auf die Bitte des Arztes hin ging Vivien ins Eßzimmer, um die Papiere zu unterzeichnen. Unter gemurmelten Beileidsbekundungen überreichte er ihr den Totenschein.

Vivien las ihn aufmerksam durch. »Warum haben Sie nicht Selbstmord geschrieben? So ist er doch gestorben.«

»Wir schreiben niemals Selbstmord auf den Totenschein, Mrs. Holloway. Wir müssen die Todesursache vermerken, und das war Tod durch Ertrinken.«

»Oh, ich verstehe. Danke sehr. Gehen Sie jetzt?«

»Ja.«

»Ich werde Sie hinausbegleiten. Es war eine schlimme Zeit für uns, aber ich danke Ihnen, daß Sie so freundlich waren.«

Er machte einen unbehaglichen Eindruck. »Machen Sie sich bitte keine Mühe, ich finde allein hinaus. Sergeant Cleary möchte Sie gerne noch sprechen.«

»Weshalb?«

»Nur eine Formsache, kein Grund zur Beunruhigung.«

Es klopfte an der Tür und der Sergeant trat ein, ein stämmiger, rothaariger Mann mit grobem Gesicht und sanftem Lächeln. »Hätten Sie wohl etwas Zeit für mich, Mrs. Holloway?«

»Gewiß. Treten Sie ein.«

Sie setzten sich an den Tisch, und er nahm sein Notizbuch heraus. »Ich wollte Sie vorhin nicht stören, Mrs. Holloway, aber ich muß ein paar Dinge klären. Könnten Sie mir wohl genau sagen, was am Fluß vorgefallen ist?«

Sie seufzte. »Das habe ich doch so vielen Leuten erzählt. Sicher wissen Sie das alles schon.«

»Natürlich weiß ich das, aber ich muß es noch einmal von Ihnen hören. Für das Protokoll, verstehen Sie?«

»Welches Protokoll?«

»Polizeiberichte. Selbstmord ist eine ernste Angelegenheit. Gegen das Gesetz, wie Sie vermutlich wissen.«

»Das wußte ich nicht.«

»Nun ja, also ...« Er leckte an seinem Bleistift und hob erwartungsvoll die Augenbrauen.

Langsam erzählte Vivien ihre Geschichte, und er machte sich eifrig Notizen.

»So, nur um zu sehen, ob ich alles richtig verstanden habe, gehen wir das noch einmal durch, Mrs. Holloway. Sie sagen, er sei gesprungen. Sind Sie sicher, daß er nicht ausgerutscht ist?«

»Ganz sicher.«

»Und Sie standen einfach da, als er sprang?«

»Was sollte ich sonst tun? Es blieb keine Zeit ...«

»Keine Zeit ihn aufzuhalten?«

»Das habe ich doch gerade gesagt.«

»Warum, glauben Sie, ist er gesprungen?«

»Vielleicht, weil er alles satt hatte.«

»Aber Sie sagten vorher, daß Elvie versucht hätte, ihn zum Angeln zu bringen, aber er habe nicht gewußt, was er tat. Daß er überhaupt nicht verstand, was er tun sollte.«

»Das stimmt.«

»Tatsächlich war Mr. Holloway lange Zeit in solch einer Verfassung gewesen. Sein Unfall hat ernsthafte geistige Schäden bei ihm hinterlassen, könnte man sagen?«

»Ja.«

»Er konnte also keine Entscheidungen treffen?«

»Normalerweise nicht.«

»Aber diesmal tat er es. Er entschied, sich in den Fluß zu werfen, also sprang er?«

Unter dem Tisch krampfte Vivien nervös die Hände zusammen. Wie lange würde das noch so weitergehen? Dieser Sergeant verwirrte sie. Schon beim ersten Mal, als sie alles erzählte, hatte er sie ständig unterbrochen und nachgefragt, und jetzt schien er es immer noch nicht begriffen zu haben. »Ja, er sprang.«

»Und Sie hatten nicht die geringste Ahnung, daß das geschehen würde? Es ist nichts davor passiert, das Sie hätte warnen können? Er war nicht anders als sonst?«

»Nein. Das heißt ...«

»Das heißt was?«

»Nun ja, er versuchte mich zu küssen. Ich meine, er hat mich geküßt. Er hat mich umarmt ...«

»Und was taten Sie?«

»Ich, ich stieß ihn fort.«

»Ihr Ehemann versuchte Sie zu küssen, und Sie stießen ihn fort?«

Sie wurde verlegen. »Ja. Es war einfach nicht recht. Ich meine, es hat mich durcheinander gebracht. Vern war nicht in der Lage zu erkennen, was er tat.«

»Aber er war in der Lage zu springen?«

»Sie verstehen nicht. Er war wie ein Kind. Daß er mich plötzlich küßte, war schrecklich. Irgendwie verkehrt.« Der Sergeant kramte seine Pfeife hervor. »Stört es Sie, wenn ich rauche?«

Vivien sackte auf ihrem Stuhl zusammen. Das bedeutete, daß dieser neugierige Sergeant keine Eile hatte. Mißmutig nickte sie.

»Also«, sagte er schließlich und zog an der Pfeife, »zu dem Zeitpunkt, an dem er ... hm, sprang, waren Sie böse auf ihn?«

Sein Zögern machte ihr angst. Was ging hier vor? »Ich verwahre mich gegen Ihre Art der Befragung, Sir!« sagte sie. »Mein Mann ist gesprungen. Sie sollten bei dieser Feststellung nicht zögern.«

»Verzeihen Sie mir«, lenkte er ein. »Aber Sie waren allein mit ihm, und nach eigener Aussage waren Sie böse auf Mr. Holloway. Sie machen es mir schwer.«

Wie oft sollte sie es ihm denn noch erklären? Sie drehten sich im Kreis. Er wollte doch nicht etwa andeuten, daß sie etwas damit zu tun hatte?

Oh, mein Gott! Sie preßte ihre Fingerknöchel gegen die Lippen, damit diese Worte ihr nicht entfuhren. War es das, was er dachte? War das der Grund für all die mitleidslosen Gesichter um sie herum? Dachten etwa alle, sie hätte es getan?

»Elvie war da«, sagte sie verzweifelt. »Sie wird es Ihnen bestätigen.«

Er beugte sich wieder über sein Notizbuch. Neu, wie sie bei dieser Gelegenheit bemerkte, mit blauem Einband. »Mrs. Smith war nicht da. Sie kam erst später, als sie Sie rufen hörte.«

»Ich habe nicht gerufen! Ich habe um Hilfe geschrien!«

»Mrs. Smith sagte aus, daß Sie schlechter Stimmung waren. Daß Sie den ganzen Morgen über an Ihrem Mann herumnörgelten.«

»Das ist nicht wahr.«

»Sie sagte, Sie hätten es abgelehnt, Mr. Holloway beim Angeln zu helfen.«

»Das ist doch Unsinn. Ich wußte, daß er es nicht konnte.«

»Wegen seiner Geistesschwäche?«

»Ja!« erwiderte sie verärgert.

»Und dennoch sahen Sie dabei zu, als er die Entscheidung traf, in den Fluß zu springen?«

»Ich sagte Ihnen doch, ich konnte ihn nicht aufhalten. Und ich lehne es ab, das alles noch einmal durchzukauen. Wenn Sie es nicht verstehen, dann schlage ich vor, daß Sie jemand anderen finden, der in der Lage ist, einen Bericht zu schreiben. Gibt es sonst noch etwas?«

Er lehnte sich zurück. »Es tut mir leid, wenn ich Sie beleidigt habe. Bitte haben Sie Geduld mit mir. Soll ich Ihnen eine Tasse Tee bringen lassen?«

»Nein.«

»Dies ist eine sehr traurige Zeit für Sie, ich weiß, und ich möchte mich entschuldigen, daß die Umstände mich dazu zwingen, Ihnen das anzutun, aber ich habe nur noch wenige Fragen. Möchten Sie lieber später damit fortfahren?«

»Um Himmels willen, nein!« Vivien war durch den freundlichen Tonfall des Sergeant etwas besänftigt. Sie dachte an Vern. Wenn er sich schon im Fluß ertränken mußte, warum hatte er das nicht irgendwo allein getan? Oder vor Elvie, damit *sie* jetzt all diese Fragen beantworten mußte?

»Wie war Ihre Beziehung zu Ihrem Ehemann?« fragte er plötzlich.

»Wie bitte?«

»Mit Ihrem verstorbenen Ehemann. Ihre Beziehung?«

»Guter Gott! Es gab keine Beziehung, wenn ich Sie richtig verstehe.«

»Ja, das meinte ich.«

»Wie könnte es irgendeine Art von Beziehung zwischen einer Frau und einem geistig verwirrten Mann geben?«

»Ich verstehe«, sagte er leise. »Nun sagen Sie mir: Ist es wahr, daß Sie einen Geliebten haben?«

Vivien starrte ihn an, sprachlos.

»Ich brauche eine Antwort, Mrs. Holloway. Ich bin nicht

hier, um darüber zu urteilen, sondern nur um den Sachverhalt von Mr. Holloways Tod zu untersuchen.«

»Wer hat Ihnen das gesagt?« entfuhr es ihr.

»Einige Leute.«

»Das ist nicht wahr.«

»Einen Gentleman namens Brodie Court?«

»Nein. Und ich würde gern wissen, wer dieses boshafte Gerücht verbreitet hat!«

»Das ist nicht wichtig.«

»Für mich schon! Warum soll ich mir diese Lügen anhören?«

Er zuckte mit den Schultern. »Die Leute reden. Ich muß dem nachgehen.«

»Was mich betrifft, so sind Sie der Sache jetzt ausreichend nachgegangen. Ich habe genug. Ich habe Ihnen den ganzen Vorfall geduldiger erzählt, als sie es verdient haben, und nun ist Schluß! Sie können gehen.«

Der Sergeant war verblüfft. Viele Leute stürmten, mit all den Fragen konfrontiert, aus dem Zimmer, doch diesmal wurde er hinausgeschickt. Er machte seine Pfeife aus, schloß sein Büchlein und sah sie mit ernstem Gesicht an. »Mrs. Holloway, bestätigen Sie fest und unwiderruflich, daß Ihr Mann aus eigenem Antrieb in den Fluß gesprungen ist?«

»Ja, das tue ich.«

»Nun gut. Danke für Ihre Unterstützung. Und ich möchte mich nochmals bei Ihnen entschuldigen, Mrs. Holloway. Das alles muß sehr anstrengend für Sie gewesen sein.«

Vor der Tür holte er tief Luft und schüttelte den Kopf. Er hatte eine harte Nuß zu knacken, und mehr würde er aus ihr nicht herausbekommen. Es war eine knifflige Situation. Schon möglich, daß Vern Holloway gesprungen war. Andrerseits kam es der Witwe ganz gelegen, daß er aus dem Weg war. Obwohl der Sergeant es sich nicht hatte anmerken lassen, war er der Meinung, daß dies kein Leben für eine so gutaussehende und junge Frau wie sie war.

Er sah in seinen Aufzeichnungen nach. Holloway war mit fünfundvierzig Jahren gestorben, also mußte er auch bei der Heirat ein ganzes Stück älter gewesen sein als sie. Auch in weniger hoffnungslosen Situationen als dieser war es schon schwer genug für einen Mann, eine jüngere Frau zu halten. Er blätterte weiter zurück und stellte überrascht fest, daß Vivien dreißig war.

»Alle Achtung!« murmelte er halblaut. »Ich hätte dieses hübsche Ding mit dem hellen weichen Haar und den großen blauen Augen nicht älter als Mitte zwanzig geschätzt.«

Doch zurück zur gegenwärtigen Frage. Wie jeder zugegeben hatte, mußte das letzte Jahr für die Frau sehr schwer gewesen sein. Sie hatte genug Motive dafür, Holloway aus dem Weg zu räumen. Zwei Personen hatten darauf beharrt, daß dieser Brodie Court, der sie vor kurzem besucht hatte, ihr Liebhaber war. Hatte der ebenfalls seine Hand im Spiel? Saß er im Hintergrund und zog die Fäden? Könnte sein. Auch er hatte viel zu gewinnen.

Mrs. Christiana Holloway erwartete ihn auf der Veranda. »Und?«

Diese Frau machte ihn nervös. Sie war hier sehr angesehen, wie man ihm bereits zu Anfang mitgeteilt hatte, und sie scheute sich nicht, das Zepter zu schwingen.

»Ich habe Mrs. Holloways Aussage aufgenommen«, sagte er bedeutungsvoll.

»Und?«

»Und sie besteht darauf, daß Mr. Holloway sich selbst das Leben nahm.«

Christianas Gesicht wurde hart. »Ich sagte Ihnen bereits, daß mein Sohn so etwas nie getan hätte.«

»Im Normalfall sicher nicht, Madam, aber es ist bekannt, daß er nicht im Besitz seiner normalen Geisteskraft war.«

Der Sergeant lehnte sich gegen das Geländer. »Ich denke nicht, daß irgend jemand von uns qualifiziert ist, darüber eine

Meinung abzugeben, selbst wenn wir zu der Zeit dabei gewesen wären. Wir müssen uns an Mrs. Holloways Aussage halten.«

»Das ist doch lächerlich! Verstehen Sie nicht, daß er wie ein kleines Hündchen war? Er hätte ihr gehorcht, wenn sie ihm befohlen hätte zu springen.«

Vivien war vom Eßzimmer in den Salon gegangen und konnte dem Gespräch durch das geöffnete Fenster lauschen. Sie hielt den Atem an und hörte ihr Herz klopfen. »Dieses Biest!« flüsterte sie. »Wie kann sie es wagen, mich zu beschuldigen?«

»Ich halte das für sehr unwahrscheinlich«, erwiderte der Sergeant. »Und es hilft uns nicht weiter, wenn wir solche Mutmaßungen anstellen.«

»Ach nein? Dann höre ich eben auf mit den Mutmaßungen«, blaffte Christiana. »Diese Frau lügt. Sie hatte genug Gründe, um sich aus dieser Ehe zu befreien. Ihr fehlt das nötige Rückgrat, um sich ihrer Verantwortung zu stellen. Sie hatte keinerlei Mitleid mit meinem Sohn, das kann Ihnen jeder bestätigen, und er war ihr nur lästig. Ich bin überzeugt, daß sie meinen Sohn gestoßen hat, und es ist Ihre Pflicht, dafür zu sorgen, daß sie damit nicht davonkommt.«

Die darauf folgende Stille war unerträglich. Vivien wollte hinausrennen, diese schreckliche Frau anschreien, dem Sergeant erzählen, daß Christiana sie nie gemocht hatte, aber sie stand wie angewurzelt da, und panische Angst trieb ihr eiskalte Schweißtropfen auf die Stirn.

»Haben Sie mich gehört, Sir?« fragte Christiana.

»Ja, Mrs. Holloway, ich habe Sie gehört.«

»Und was gedenken Sie zu tun?«

Er seufzte hörbar. »Ich werde meinen Bericht zu gegebener Zeit an den Inspektor weiterleiten.«

Vivien sah ihm nach, wie er zu den Ställen ging. Die dunkle Uniform wirkte noch immer bedrohlich. Ihr erster Gedanke war, ihm nachzulaufen, aber sie entschied, daß es wohl besser wäre, nichts weiter zu sagen. Er hatte Christianas Meinung nicht zugestimmt. Ihm nachzujagen und ihre Unschuld zu beteuern könnte ihn nur verärgern oder ihn Verdacht schöpfen lassen. Doch ehe er seinen Bericht nicht abgegeben hatte, hing Christianas Anschuldigung wie ein Damoklesschwert über ihr.

Sie lief durch das Haus zur Seitenveranda und war erleichtert, ihn fortreiten zu sehen. Zumindest stellte er im Augenblick keine Nachforschungen mehr an. Aber was war, wenn er sich bereits entschieden hatte? Und sie für schuldig befand? Vivien schüttelte den Kopf. So darf ich nicht denken. Ich lasse mich nicht verrückt machen und schon gar nicht von diesen beiden hinterlistigen Frauen.

Mit diesem Gedanken marschierte sie in die Küche. Elvie war allein und trank ruhig eine Tasse Tee.

»Mrs. Holloway wird morgen früh abreisen«, verkündete Vivien.

»Das glaube ich nicht«, entgegnete Elvie. »Sie fühlt sich noch nicht wohl genug zum Reisen.«

»Wie ich sagte, wird Mrs. Holloway morgen früh abreisen. Bitte teile ihr mit, daß ich sie nicht mehr im Haus haben möchte. Und du kannst auch gehen, Elvie. Du bist entlassen!«

Am Morgen waren sie fort. Vivien war absichtlich im Bett geblieben, obwohl sie liebend gern eine Tasse Tee getrunken hätte. Doch Elvie hatte ihr sicherlich nichts vorbereitet. Da sie ihnen nicht die Genugtuung geben wollte, sie durch die Vorhänge spähen zu sehen, blieb sie einfach zwischen den aufgetürmten Kissen sitzen und lauschte ihrem Aufbruch.

Dann sprang Mrs. Vivien Holloway aus dem Bett und rauschte durch das Haus, das, wie sie feststellte, in tadellosem Zustand und endlich frei von der grimmigen Haushälterin und ihrer Schwiegermutter war. Nun war Vivien stolze Besitzerin dieser schönen Farm!

Der Herd war noch heiß, also machte sie sich selbst Tee und Toast und las während ihres Frühstücks in der Küche eine Zeitschrift. Sie fühlte sich stärker. Christianas und Elvies Anwesenheit hatten ihr Selbstvertrauen untergraben. Jetzt tat es ihr leid, daß sie sich Christiana nicht widersetzt hatte. Sie hätte ihr androhen können sie zu verklagen, wenn sie weiterhin solche falschen Anschuldigungen gegen ihre Schwiegertochter verbreitete. Aber das konnte sie ja immer noch machen! Sie hatte einen Anwalt. Stanley wußte bestimmt, was zu tun war.

Sie kleidete sich an und setzte sich an den Schreibtisch, um einige Briefe aufzusetzen. Sie brauchte nur noch hier zu bleiben, bis Verns Anwalt kam und sie eine Antwort von Brodie erhielt.

Ihr gemeinsames Leben konnte nun beginnen, und dieser Gedanke war so aufregend, daß Vivien beschloß, den restlichen Tag über ihre Sachen zusammenzusuchen, ehe sie Fairlea für immer verhieß. Endlich.

11

TEN MILE WAR wieder zum Leben erwacht. Alte Schächte wurden eröffnet, neue Minen angelegt. Einige der Bergarbeiter hatten Partner mitgebracht, und Brodie war darüber sehr froh. »Je mehr, desto besser«, sagte er und erinnerte sie an die Abmachung, daß er das Vorkaufsrecht für ihre Funde hatte.

Die Minen erstreckten sich über eine halbe Meile auf dem Hügel aus Sandstein und am Wasserloch hatten sie das Hauptlager errichtet. Man hörte das Schlagen der Hacken und das Quietschen der Winden, und die Suche nach den geheimnisvollen Steinen begann erneut. Aus Tradition und Ehrfurcht vor der Glücksgöttin wurden an jedem Schacht Schilder mit dem Namen der Minen an Pfählen in den Boden gerammt.

Brodie notierte sich sorgsam jeden Namen – Shamrock, Vier Asse, Kleine Schönheit, Letzte Chance und so weiter – und gab Ratschläge zur Ortswahl, wann immer er konnte. Er wußte, daß die anfängliche Begeisterung sich bald legen und die weniger schönen Seiten der Suche überwiegen würden. Schweiß, Strapazen und Enttäuschungen waren harte Lehrmeister. Doch sie hatten seine Opale gesehen und wußten, daß dies ein guter Platz zum Schürfen war. Alles andere war ungewiß.

Als sich schließlich alle eingerichtet hatten und erste Streitereien über Claims geschlichtet waren, beschloß Brodie einen neuen Schacht südlich seiner alten Mine anzulegen, den er ›Glühwürmchen Zwei‹ nannte. Er schlug Ted Price, einem kleinen, aber zähen Mann, vor, sein Partner zu werden. Der nickte nur. Er war in den Vierzigern, halb kahl, und eine weiße Narbe verlief über seiner Wange bis hin zum Mundwinkel, was ihm ein bösartiges Aussehen verlieh. Einige der Männer mahnten Brodie, vorsichtig mit Price zu sein und behaupteten, die Narbe stamme aus einer Schießerei bei Bathurst, wo er einen Mann getötet habe.

»Der war im Zuchthaus«, sagten sie, aber Brodie sah die starken Muskeln unter seiner gebräunten Haut, und das war ihm wichtiger als ein Stammbaum.

Der Schürfer für seinen Teil war Brodie sehr dankbar, auch wenn er es nie im Leben zugegeben hätte, und stolz darauf, vom Boß – wie Brodie bald genannt wurde – auserwählt worden zu sein. Er arbeitete hart und gut. Auch er war zuvor nur in Goldminen gewesen und wollte schnell lernen und dem Boß zeigen, daß der eine gute Wahl getroffen hatte. Bei Einbruch der Dunkelheit zog er sich jedoch in sein eigenes Lager zurück; er war ein Einzelgänger, der sich im Gebüsch nahe des Weges einen Verschlag gebaut hatte.

Obwohl Plenty Station riesig war, wußte Brodie, daß die Neueröffnung von Ten Mile früher oder später bekannt werden würde, und er war schon gespannt darauf, vom Richter zu hören.

Sie hatten bereits die harte Oberschicht durchdrungen und einen fast fünfzehn Fuß tiefen und gut gestützten Schacht gelegt, als drei Viehhüter angeritten kamen und sich prüfend umsahen.

Brodie pfiff die anderen Schürfer zusammen für den Fall, daß es Ärger geben sollte, und sie bauten sich geschlossen vor den Besuchern auf.

Wie es das Schicksal wollte, war Frank Dobson darunter.

»Du wirst es nie lernen, wie?« rief er Brodie zu. »Schaff

dieses Lumpengesindel von unserem Land, bevor der Richter davon erfährt!«

»Wer sind Sie, uns Lumpengesindel zu nennen?« rief einer der Schürfer aufgebracht.

Doch Brodie winkte ab. »Keine Sorge, Freunde. Es gibt kein Problem.« Er wandte sich an die Reiter. »Sie können dem Richter sagen, daß wir hier sind, und dem Gentleman unsere Grüße bestellen. Diesmal sind wir alle legal hier, und wir haben Lizenzen, um das zu beweisen. Also haut ab.«

»Was für Genehmigungen?« schnaubte Dobson. »Zeig her.«

»Wir müssen Ihnen gar nichts zeigen. Wir werden sie dem Landbesitzer zeigen, wenn er hierher kommt, aber nicht seinem Lakaien.«

Dobson lachte. »So ein Fetzen Papier hilft euch auch nicht weiter. Hat er euch erzählt, wie wir die letzte Truppe losgeworden sind? Und das werden wir wieder schaffen.«

»So, so«, meinte Brodie ruhig. »Nun, das ist eine andere Sache. Aber meine Freunde sind alle bewaffnet, denken Sie daran. Wenn Sie wieder eine Herde auf uns hetzen, werden wir bereit sein und schießen.«

»Den Teufel werdet ihr tun! Dafür landet ihr sofort im Zuchthaus!«

»Das werden wir sehen«, gab Brodie zurück. »Und jetzt verschwinden Sie und lassen uns weiterarbeiten.«

Die anderen Viehhüter wendeten gelangweilt ihre Pferde zum Gehen, also konnte Dobson ihnen nur folgen.

»Ich komme wieder!« rief er. »Verlaß dich drauf!«

»Wir sind hier«, erwiderte Brodie lachend.

Der Richter fühlte sich in den letzten Tagen nicht besonders wohl. Das Reiten macht mir zu schaffen, vermutete er, und jetzt ist die anstrengendste Zeit des Jahres.

Ich bin nicht mehr so jung wie einst, dachte er bei sich,

während er hinunterging und sich unter einen der Bäume setzte. Er hatte sich den Tag freigenommen und die Zeit für das Studium der Geschäftsakten genutzt, aber selbst das hatte ihn ermüdet.

Clover und Salty hatten ihn nicht so hilflos zurückgelassen, wie sie vermutlich gehofft hatten. Eine der Arbeiterfrauen war froh gewesen, hier als Haushälterin arbeiten zu dürfen, um in der Nähe ihres Mannes zu sein, und sie machte ihre Sache recht gut. Tatsächlich war es auf Plenty jetzt verdammt friedlich, ohne die aufsässige Clover. Gut, daß er sie los war.

Und ihren Freund hatte er sicher auch das letzte Mal gesehen.

Courts Anwalt, irgend so ein Frischling, hatte ihm einen Brief geschrieben, daß Court von der geplanten Partnerschaft zurücktrat.

Der Richter prustete vor Vergnügen. »Dem hab ich's gezeigt. Konnte nicht Schritt halten. Aber er kann nicht sagen, ich hätte unsere Abmachung gebrochen; ich wollte nur ein paar Änderungen anbringen. Wenn ihm das nicht gepaßt hat, dann war das seine Sache.«

Aber gab es denn noch Opal bei Ten Mile? Das war die brennende Frage. Chiswick hatte darüber nachgegrübelt, seit Court ihm diesen Vorschlag unterbreitet hatte. Der Ire schien überzeugt, daß noch etwas zu holen war, und deshalb war der Richter auch zunächst auf die Sache eingegangen, um dann in Ruhe darüber nachdenken zu können. Courts Idee war gut gewesen; eine organisierte Suche durch eine Horde Schürfer konnte leicht ein Vermögen hervorbringen.

Andererseits konnte es sich auch als ein Schuß in den Ofen erweisen. Das war ein Grund gewesen, warum der Richter tausend Pfund Beteiligung von Brodie Court gefordert hatte. Schließlich war es sein Land – warum sollte er investieren und dann gar nichts davon haben? Er hätte schon dafür gesorgt, daß sie zuerst das Geld des Iren ausgegeben hätten, und wenn dann keine Opaladern entdeckt worden wären, hätte er alles abgeblasen.

Aber jetzt war Court raus aus dem Geschäft, und die endgültige Entscheidung lag bei ihm. Er konnte entweder alles vergessen oder die Schürfrechte selbst beanspruchen. Er bekam es mit der Angst. Was war, wenn jemand anders ihm zuvorkam und mit einem Vermögen davonspazierte?

»Ich werde es tun!« verkündete er, holte tief Luft und setzte sich aufrecht. »Es wird nicht viel kosten. Ich übergebe meinen eigenen Leuten die Verantwortung und hole mir ein paar Bergarbeiter aus Charleville. Niedriger Lohn und eine Prämie bei Fund, das reicht. Die Zeiten sind schlecht, ständig kommen irgendwelche Landstreicher und wollen Arbeit. Die arbeiten jetzt für fast gar nichts.«

Er schlug sich mit der Hand auf das Knie. »Bei Gott! Charlie wird nicht schlecht staunen, wenn er nach Hause kommt und erfährt, daß ich nebenbei noch ein Bergwerk betreibe. Das hätte Charlie schon längst tun sollen, anstatt diese Schmeißfliegen unsere Bodenschätze rauben zu lassen.«

Zufrieden wischte er sich den Schweiß vom Schnurrbart und grinste. »Da muß sich einer schon auskennen, um zu wissen, wie der Hase läuft.«

Er blickte auf und sah Frank Dobson durch das Seitentor kommen.

»Kommen Sie!« rief er ihm zu. »An Sie habe ich gerade gedacht. Ich habe einen Job für Sie, Dobson.«

»Tatsächlich, Sir? Was denn?«

»Sie werden Schürfer«, meinte Chiswick jovial. »Ich schicke Sie zu Ten Mile.«

»Sie wissen schon davon?«

»Wovon?«

»Court und seine Leute. Sie sind zurück. Ich wollte Ihnen gerade sagen, daß sie wieder bei Ten Mile schürfen.«

Der Richter spürte einen stechenden Schmerz in der Brust und sein Gesicht wurde puterrot.

»Geht es Ihnen gut, Richter?« erkundigte sich Dobson, als Chiswick die Lehne der Steinbank umklammerte.

»Natürlich geht es mir gut!« keuchte er und stieß einen kräftigen Rülpser aus, um den Schmerz zu lindern. »Eine verdammte Magenverstimmung, das ist alles. Der Pudding, den diese Frau kocht, kann ein Schiff versenken. Lassen Sie mich einfach wieder zu Luft kommen.«

Nach einer Weile, während der Viehhüter höflich wartete, ging es ihm allmählich wieder besser. »Also, was ist da los bei Ten Mile?«

»Die Schürfer sind zurück. Eine ganze Truppe und überall sind wieder die verdammten Rattenlöcher im Ridge. Der Ire, dieser Court, ist bei ihnen und rotzfrech dazu.«

»Haben Sie ihn aufgefordert zu gehen?«

»Das haben wir, aber sie sagen, sie hätten jetzt die Schürfrechte.«

»Haben Sie sie gesehen?«

»Nein. Sie meinten, wir hätten kein Recht dazu. Dieser Hundesohn Court besaß sogar die Frechheit zu sagen, daß Sie sie selbst überprüfen sollten. Jemand anderem zeigen sie sie nicht.«

»Guter Gott! Und Sie haben sie davonkommen lassen?«

»Wir wußten nicht, was wir sonst tun sollten.«

»Ich sag Ihnen, was Sie tun sollen«, fauchte der Richter. »Halten Sie den Mund, während ich nachdenke.«

Court hatte ihn also hereingelegt! Hatte sich von ihrer Vereinbarung zurückgezogen und gleichzeitig seine eigenen Schürfer zusammengetrommelt. Aber wie konnte er es sich leisten, sie zu bezahlen?

»Wie viele Bergarbeiter sind das da draußen?«

»Mindestens ein Dutzend.«

Der Richter kam nicht auf die Idee, daß Brodie seinen Plan

geändert haben könnte. Er dachte immer noch an seinen Vorschlag, Schürfer einzustellen, und deshalb war er überzeugt, daß Brodie ihm die ganze Sache vor der Nase weggeschnappt hatte. Und das machte ihn fuchsteufelswild.

»Dieser Bastard!« rief er aus. »Ist Ihnen klar, daß jeder Penny aus diesen Minen in seine Tasche fließt? Wie konnte er all die Claims bezahlen? Das will ich wissen. Haben Sie ihn gefragt?«

»Nein.«

»Das zeigt nur, was für ein verdammter Idiot Sie sind! Diese Schürfer haben nicht mehr Rechte als Sie. Sie sind nichts weiter als seine Arbeiter!«

Er schrie und tobte den ganzen Weg bis zum Haus, während Dobson hinter ihm hertrottete.

»Sie haben uns gedroht«, sagte Dobson, um sich zu verteidigen. »Court sagte, wenn wir wieder die Rinder hinuntertreiben, werden sie sie erschießen.«

Der Richter fuhr herum. »Er würde meine Rinder erschießen?« Er war schockiert. Niemand in dieser Gegend würde es wagen, der Chiswick-Familie zu drohen. »Dafür wird er büßen, das schwöre ich.« Er ließ sich in seinen Sessel auf der Veranda fallen. »Holen Sie mir einen Brandy.«

»Ich kriege den Bastard«, brummte er. »Dem werde ich den Inspektor vom Vermessungsamt auf den Hals hetzen und die Polizei. Ich werde sie alle davonjagen.«

Aber was war, wenn Court es tatsächlich fertig gebracht hatte, Schürflizenzen zu erhalten? Gerichtliche Verfügungen, das wußte er nur zu gut, waren langwierig und aufreibend. Es wäre möglich, daß sie ewig weiterarbeiteten, ehe diese Papiere als ungültig erklärt werden konnten.

Und in dieser Zeit könnten ein oder mehrere Schürfer auf Opal stoßen, reiche Opaladern. Der bloße Gedanke verursachte ihm Übelkeit. Er wußte jetzt, daß er recht gehabt hatte, dem Iren nicht zu vertrauen. Dieser Bastard hatte ihn nur eingelullt. Ihn und Clover. Was wußte sie wirklich von alledem?

Mißtrauen stieg in ihm auf, während er seinen Brandy hinunterstürzte und Frank für den nächsten losschickte.

Dann, etwas ruhiger, wandte er sich an den Viehhüter. »Holen Sie sich etwas zu trinken. Ich will mit Ihnen reden.«

Angesichts der Beleidigungen durch Brodie Court beschloß der Richter, nicht auf die Meinung der Polizei oder der Vermessungsbeamten zu warten. Dies war Chiswicks Land, und das schon seit Generationen. Und er, Richter Chiswick, war hier das Gesetz. Je eher Brodie Court diese Lektion lernte, desto besser.

»Ich sage Ihnen, was Sie tun«, meinte er zu Dobson. »Nur Sie und noch ein anderer. Suchen Sie sich jemanden, der den Mund halten kann, und es springen ein paar Pfund für Sie beide raus.«

Er erklärte seinen Plan und Dobson grinste. »Das sollte reichen«, sagte er beeindruckt. »Sie dürfen sich von diesem Abschaum wirklich nichts gefallen lassen. Überlassen Sie das nur mir.«

Ted Price hörte sie kommen. Von seinem Lager aus hörte er die Hufe wie Trommelschläge durch die stille Nacht hallen. Er kroch leise ins Gebüsch, denn Ted war ein vorsichtiger Mann. Als das Geklapper näher kam, verlangsamten sich die Schritte der Pferde. Zwei, vermutete er nach angestrengtem Lauschen. Dann blieben sie stehen.

Immer noch im Schutz der Büsche, kroch er auf sie zu und dachte, es müßten Kavalleristen sein, die hinter einem armen Teufel her waren. So hatten sie ihn damals auch erwischt, waren im Dunkeln zu seinem Lager geschlichen. Die hier waren zwar nicht hinter ihm her, so viel war klar, aber vielleicht war einer der anderen Schürfer auf der Flucht.

Er war versucht, Alarm zu schlagen, damit ihr Opfer fliehen

konnte, aber als die beiden Männer in Sichtweite kamen, erkannte er überrascht, daß es nur zwei Viehhüter waren – die nichts Gutes im Schilde führten, da war er sicher. Vielleicht wollten sie etwas stehlen. »Das werden wir ja sehen«, murmelte er leise und ließ sie an sich vorbeischleichen, nachdem sie ihre Pferde angebunden hatten.

Die Männer gingen auf dem Pfad zum Ridge, also ging Ted in die andere Richtung, zu ihren Pferden. Er sprach ruhig mit den Tieren, während er ihnen die Sättel und Zaumzeuge abnahm und sie ins Gebüsch legte, dann gab er jedem einen festen Klaps. »Nach Hause, Jungs! Lauft schon«, rief er lachend und die aufgescheuchten Pferde galoppierten in die Nacht.

»Jetzt wollen wir mal sehen, was die Herrschaften vorhaben«, sagte er. »Denn sie kommen hier nicht mehr weg, soviel ist sicher.«

Als er halbwegs am Ridge war, hörte er auf einmal mehrere laute Donnerschläge durch die Luft hallen.

»Himmel!« rief er und rannte los. »Was war das?«

Aber er wußte es nur zu gut, denn er kannte dieses Geräusch aus seinen Goldschürfertagen.

»Dynamit!« brüllte er. »Verdammt noch mal, sie legen Dynamit!«

Nachdem sie ihren Auftrag erledigt hatten, liefen die beiden Männer den Pfad zurück zu ihren Pferden. Doch sie liefen in etwas hinein, das sich wie eine Ziegelmauer anfühlte. Frank Dobson mußte einen harten Schlag ins Gesicht einstecken, der andere einen Hieb in den Magen.

Ted zerrte Frank fluchend auf die Füße und schlug ihn erneut. »Wer zum Teufel seid ihr?« rief er. »Und was zum Teufel habt ihr da gemacht?«

Aber Frank, der Blut und Zähne ausspuckte, war nicht in der Lage eine Antwort zu geben. Und schon kamen die übrigen Männer angelaufen.

»Es ist meine Schuld«, klagte Ted. »An Dynamit hab ich überhaupt nicht gedacht. Ich konnte sehen, daß sie nicht bewaffnet waren, also dachte ich, sie könnten außer Herumschnüffeln nichts anrichten.«

»Du hast deine Sache gut gemacht«, sagte Brodie. »Wir waren so durcheinander nach dem Lärm, daß sie ungeschoren davongekommen wären, hättest du sie nicht gefaßt.«

»Aber verdammt noch mal! Dynamit in Opalminen! Alle guten Steine sind jetzt bestimmt zerbröckelt! Ist viel Schaden entstanden?«

»Wir müssen bis Tagesanbruch warten«, meinte Brodie. »Es ist zu gefährlich, jetzt dort herumzulaufen. Ich glaube, die Vier-Asse-Mine hat das meiste abgekriegt. Die beiden Männer dort hatten allerdings Glück. Der junge Jacky und sein Freund arbeiten oft die ganze Nacht durch, und sie haben heute nur eine Ausnahme gemacht, weil sie zu erschöpft waren. Sie hätten umkommen können.«

»Glaubst du, die Kerle haben einen Auftrag ausgeführt?« fragte Ted.

»Ganz bestimmt. Da steckt der alte Chiswick dahinter. Und er wird dafür bezahlen. Bei Gott, er wird bezahlen! In Zukunft wird es hier keinen Ärger mehr geben.«

Am nächsten Morgen machten die Schürfer sich auf, den Schaden zu begutachten, während Dobson und der andere Viehhüter an ihren Baum gebunden blieben. Sie hatten Angst und verlangten freigelassen zu werden, da sie nur auf Anordnung ihres Bosses gehandelt hätten.

»Ihr haltet den Mund, bis wir uns um euch kümmern«, sagte Brodie. »Ein paar der Burschen würden euch am liebsten sofort aufhängen, und es wäre nicht unbedingt schade um euch, also seid lieber still.«

Das Dynamit war willkürlich auf das Feld geworfen worden und hatte einige Bäume entwurzelt, aber die einzige Mine, die ernsthaften Schaden davongetragen hatte, war die Vier Asse.

Einige der erfahrenen Bergarbeiter hielten sie für nicht mehr sicher.

»Tut uns leid, Kumpel«, sagten sie zu Jacky und seinem Partner, »aber die müßt ihr aufgeben.«

»Aber die Stützen stehen noch«, widersprachen sie. »Der Schacht ist frei. Wir könnten runtergehen und weitergraben.«

»Sie wissen, wovon sie sprechen«, widersprach Brodie. »Also haltet euch daran. Es ist ein Wunder, daß der Schacht intakt geblieben ist. Das Dynamit ist hineingefallen und dort unten explodiert. Die Felsen sind vielleicht gesprungen und wenn ihr weitergrabt, könnt ihr verschüttet werden.«

Als er ihre Enttäuschung sah, wandte er sich an die anderen Männer. »Was meint ihr? Helfen wir den beiden, woanders einen zweiten Schacht zu graben? Es hätte jeden von uns treffen können.«

In diesem Fall waren sich alle einig, doch einige Männer streiften mürrisch durch das Lager, als Brodie verkündete, er wolle die beiden Gefangenen der Polizei übergeben und ihr die Sache überlassen.

»Eins sag ich dir«, rief Jacky erbost und mit funkelnden Augen, »wenn wir in der Vier Asse auf Opal gestoßen wären, hätte ich sie eigenhändig aufgeknüpft!«

»Chiswick trifft genausoviel Schuld«, rief ein anderer. »Ich schlage vor, wir besuchen sein Haus. Zahlen wir es ihm mit gleicher Münze zurück! Wir lassen sein Vorratshaus und ein paar seiner Schuppen hochgehen.«

»Dann haben wir die Polizei am Hals«, widersprach Brodie.

»Und wenn schon! Auge um Auge. Sie würden gar nicht hinsehen.«

Einer der Schürfer kam mit einer Reitpeitsche. »Eins nach dem anderen«, knurrte er. »Zieht die Burschen aus und wir verpassen ihnen fünfzig Hiebe, ehe wir sie losbinden. Dann kümmern wir uns um die Schuppen seiner Lordschaft. Wir wollen hier keine Polizei.«

Brodie dachte an die Zerstörung seiner Glühwürmchen-Mine und war versucht zuzustimmen. Er hatte kein Mitleid mit den Viehhütern – Auspeitschen wäre noch zu gut für sie, sie hätten jemanden umbringen können –, aber er wollte die Männer durch nichts von ihrer Opalsuche abhalten.

»Hört mich an!« rief er, als die Stimmen lauter wurden. Einige der Männer waren so aufgebracht, daß sie nach einem Stück Eisen suchen wollten, um die Gefangenen zu brandmarken. »Chiswick ist nicht nur Landbesitzer, er ist auch Richter. Wenn wir uns auf eure Weise rächen, wird er den längeren Arm haben, und ich wette, wir verlieren den Kampf. Und es gibt noch andere Farmbesitzer hier draußen, bei denen wir auch nicht sehr beliebt sind. Sie werden hinter Chiswick stehen, und wenn sie alle auf uns losgehen, sind wir erledigt.«

Ted Price stimmte zu. »Brodie hat recht. Wir sind hier, um Opal zu suchen. Wir können es uns nicht leisten, die Farmbesitzer gegen uns aufzuhetzen. Ich würde sagen, wir bringen diese zwei Halunken zum Schürferladen und verständigen die Polizei.«

»Und was dann?« rief einer.

»Wir erstatten Anzeige gegen sie und ihren Boß.«

»Aber Chiswick wird alles abstreiten und davonkommen.«

Brodie nickte. »In diesem Punkt hast du recht, das muß ich zugeben. Aber er wäre erst einmal mit Erklärungen beschäftigt. Und wenn wir das Gerücht verbreiten, daß wir uns rächen wollen, dann werden der Richter und seine Leute nervös. Das ist wohl das Beste, was wir tun können.«

Brodie ließ darüber abstimmen und erreichte so wieder Frieden im Lager. Er ließ die verängstigten Viehhüter sofort von zwei Freiwilligen zum Laden bringen, weil er befürchtete, die Schürfer könnten es sich noch einmal anders überlegen.

»Du bist ein fairer Mensch«, meinte Ted, als sie wieder in ihrer Mine arbeiteten.

»Eigentlich nicht«, erwiderte Brodie und schlug seine Hacke

in den Felsen. »Wenn ich der Meinung wäre, daß ich damit durchkäme, würde ich sein Haus eigenhändig in die Luft jagen.«

Der Vormann von Plenty Station mußte seinen Bericht wiederholen, da der Richter nicht zu hören schien.

»Zwei Männer werden vermißt«, sagte er also nochmals. »Ich weiß nicht, wo sie hingeritten sind, Richter. Sie sind mitten in der Nacht aufgebrochen.« Er schob den Hut zurück und kratzte sich am Kopf. »Abgehauen sind sie nicht, denn ihre Sachen sind noch da. Ohne seine guten Stiefel würde Dobson nie verschwinden, die sind sein ganzer Stolz.«

»Haben Sie die Viehtreiber zusammen, um die ersten Herden einzuholen?« erkundigte sich der Richter.

Slim runzelte die Stirn. Normalerweise nahm der Richter immer alles ganz genau – wenn er sah, daß die Männer mit dem Frühstück trödelten, machte er ihnen die Hölle heiß –, aber heute schien er völlig gleichgültig. Vielleicht fühlte er sich nicht gut.

»Ich nehme an, daß die beiden irgendwann wieder auftauchen werden«, fuhr Slim fort, »und dann sollen sie in der Kantine putzen. Wir mustern heute die Tiere im Wasserlaufgebiet aus, nahe der Grenze, und wir sind fast fertig, so daß Sie sich nicht die Mühe machen müssen mitzukommen.«

Bleib hier, dachte Slim. Bleib bloß hier, du verdammter alter Plagegeist. Ein wilder Bulle lief da draußen herum und verursachte Aufruhr. Vor zwei Tagen hatte er ein Pferd angegriffen, und der Reiter konnte von Glück reden, ohne Verletzungen davongekommen zu sein. Das letzte, was Slim da draußen brauchte, war dieser alte Narr. Er hatte Charlie versprochen, auf seinen alten Herrn aufzupassen, aber es war nicht leicht, mit einem Mann umzugehen, der lange in der Stadt gelebt hatte. Er schien zu glauben, diese große Farm sei ein privater Park, in dem zahme Tiere lebten.

»Was haben Sie gesagt?« fragte der Richter abwesend.

»Wir mustern Rinder an der Grenze zu Tremaynes Grundstück aus«, wiederholte Slim. »Wir müssen uns mit seinen Männern einigen, wem welche Tiere gehören, und sie warten sicher schon. Besser, ich reite gleich los.«

»Ja. Lassen Sie sich nicht übers Ohr hauen. Tiere ohne Brandzeichen sind unsere. Ich bleibe heute hier.«

»In Ordnung«, sagte Slim erleichtert.

Der Richter sah ihm nach und brachte dann sein Pferd zurück in den Stall.

Wo zum Teufel war Dobson? Chiswick war die halbe Nacht aufgeblieben, weil er auf seine Rückkehr gewartet hatte. Er und sein Mann hätten vor Sonnenaufgang längst zurück sein müssen. Verdammte Idioten! Waren sie etwa so dumm gewesen, sich selbst in die Luft zu jagen?

Er ging zurück zum Haus, stürmte in die Küche und rief seine Haushälterin. »Bringen Sie mir eine Tasse Tee. Und etwas Rosinenkuchen.«

»Wir haben keinen Rosinenkuchen«, erwiderte sie.

»Dann eben Teegebäck.«

»Das ist auch aus. Sie haben es gestern aufgegessen.«

»Hab ich nicht!« fauchte er. »Ich habe es weggeworfen, weil es vertrocknet war! Backen Sie neues!«

»Ich hab auch nur zwei Hände!« gab sie verärgert zurück und schimpfte vor sich hin, während der Richter in den Salon marschierte.

Er setzte sich auf die Couch, legte die Füße hoch, schob ein Kissen unter den Kopf und wartete auf Dobson. Bald war er eingeschlafen, und sein Ärger und seine Enttäuschung griffen auf seine Träume über.

»Sie haben Ihren Tee nicht getrunken«, sagte die Frau anklagend. »Ich wollte Sie nicht aufwecken. Das Gebäck ist jetzt auch kalt.«

Er rappelte sich hoch und merkte, daß er ganz verschwitzt war.

»Da sind zwei Männer, die Sie sprechen wollen«, sagte sie und der Richter wurde mit einem Schlag hellwach.

»Das wird auch verdammt Zeit«, brummte er. »Schicken Sie sie rein.«

Da er Dobson und den anderen Rinderhirten erwartete, machte er sich nicht die Mühe aufzustehen. Seine Füße waren in den festen Reitstiefeln eingeschlafen, und der Richter ärgerte sich, daß er die Schuhe nicht ausgezogen hatte, ehe er sich hinlegte.

Als die beiden Männer eintraten, ihre Mützen in der Hand, starrte Chiswick sie verdutzt an. Er sah ihre blitzblanken Stiefel, die schnittigen Reithosen und die schmucken Offiziersuniformen. Militäruniformen. Mit schwarzen Armbinden.

Langsam kam er auf die Füße und streckte die Hand aus. Das Herz schlug ihm bis zum Hals. Er bat die Männer sich zu setzen, bot ihnen etwas zu trinken an, rief die Frau, beobachtete ihre Gesichter und spürte die Angst wie Eiswasser von seinen Füßen heraufkriechen.

Als die beiden Schürfer zurückkamen, wurden sie mit Fragen überschüttet.

»Habt ihr sie ausgeliefert?«

»Was hat die Polizei gesagt?«

»Sind diese Halunken im Gefängnis?«

»Haben sie's zugegeben?«

»Weiß die Polizei, daß Chiswick dahintersteckt?«

Seit dem Ereignis waren mehrere Tage vergangen, und die Schürfer hatten Zeit gehabt sich zu beruhigen, so daß sie nun, nach der Beantwortung ihrer Fragen, mehr oder weniger zufrieden waren. Die Polizei war sofort nach ihrer Benachrichtigung in den Schürferladen gekommen und hatte den Anschlag sehr ernst genommen. Dobson und sein Kumpan waren auf dem Weg ins nächste Gefängnis, das sich in der kleinen Stadt

Glenfrew befand, ehe sie zum Zentralgefängnis in Charleville gebracht wurden.

Die beiden Männer hatten Post und Zeitungen aus dem Laden mitgebracht und dadurch Brodie eine lang ersehnte Abwechslung beschafft.

Ein Brief von Vivien war auch dabei.

Brodie zog sich in eine stille Ecke zurück, um in Ruhe lesen zu können.

Sie muß sehr in Eile gewesen sein, dachte er, als er die Handschrift sah, die kreuz und quer in schiefen Zeilen über das Blatt lief – ganz anders als bei ihren letzten, liebevollen Briefen.

Doch sobald er ihre Worte las, wußte er warum. »Guter Gott! Vern ist tot, der arme Kerl. Ertrunken. Jetzt hat ihn der Fluß am Ende doch noch bekommen.«

Vivien ließ sich nicht weiter darüber aus, wie es dazu gekommen war. Der restliche Brief war ein einziger Schmerzensschrei über den Schock, den sie erlitten habe, ihre schreckliche Einsamkeit und ihre Sehnsucht nach Brodie. Er solle sofort nach Fairlea Station zurückkehren, da sie ihn unbedingt brauche, um sie zu trösten.

Irritiert stopfte Brodie den Brief in die Tasche. Was dachte sie sich nur? Wie konnte sie erwarten, daß er sofort aufsattelte und Ten Mile verließ? Er hatte doch gerade erst angefangen.

Außerdem gab es Anstandsregeln. Ein Mann müßte schon sehr abgebrüht sein, wenn er nach solch einem Unglück einfach in das Haus eines toten Mannes marschierte.

Er entschied, daß Viviens wirrer Brief nur eine erste Reaktion auf Verns Tod war. Natürlich war sie verstört, aber mittlerweile hatte sie sich bestimmt schon wieder beruhigt. Für sie und Vern hatten die Qualen ein Ende. Jetzt würde sie all diese Witwenangelegenheiten erledigen müssen. Brodie grinste. Der Herrgott hatte eingegriffen und ihre Probleme gelöst. Sie hatte bekommen, was sie wollte. Sie war frei und zudem eine wohlhabende Frau. Die Farm war ein Vermögen wert.

Vivien hatte vergessen, das Datum aufzuschreiben, aber der Brief war vermutlich ein paar Wochen alt, wenn man bedachte, wie lange die Post bis an dieses Ende der Welt brauchte. Inzwischen hatte sie sich bestimmt wieder gefangen. Er würde sie gern sehen, denn er vermißte sie auch.

Noch heute würde er ihr antworten, sein Beileid bekunden und versprechen, daß er sie bald besuchen werde, daß es aber noch Monate dauerte, bis er in die Zivilisation zurückkehrte. Das würde er ihr ganz deutlich sagen. Sie mußte verstehen, daß er seine eigenen Geschäfte führte und nicht einmal die offenen Arme einer reichen Witwe ihn davon abbringen konnten. Brodie war mehr denn je entschlossen, sein eigener Herr zu sein und nicht ein armer Kerl, der am Rockzipfel einer Frau hing. Dann hätte ja niemand Respekt vor ihm, am wenigsten er selbst.

Er suchte gerade ein Notizbuch zwischen seinen Sachen, um eine Seite herauszureißen, als Ted ihn rief.

»He, Brodie. Hast du nicht gesagt, daß du mal auf Fairlea Station warst?«

»Ja. Wieso?«

»Hier in der Zeitung steht, daß der Besitzer, ein Mr. Vern Holloway, verstorben ist. Kanntest du ihn?«

»Ja«, erwiderte Brodie ein wenig schuldbewußt, da er Viviens zerknitterten Brief in der Tasche spürte.

»Unter mysteriösen Umständen«, fügte Ted neugierig hinzu. »Es heißt, die Polizei untersucht den Fall.«

»Zeig her!« Brodie schnappte sich die Zeitung und überflog die ersten Zeilen über den angesehenen Rinder- und Pferdezüchter, um weiter unten etwas über die mysteriösen Umstände zu erfahren. Die Geschichte nahm die Hälfte der dritten Seite ein und beschrieb das Familienpicknick am Fluß, bei dem Mr. Holloway sich angeblich das Leben genommen habe.

Selbstmord? Davon hatte Vivien nichts erwähnt. Sie hatte nur geschrieben, daß er ertrunken war.

Dennoch, hieß es in dem Bericht weiter, *lehnt die Polizei es ab, eindeutig Stellung zu beziehen, da die Untersuchungen über Mr. Holloways vorzeitigen Tod noch nicht abgeschlossen sind. Ein Unfall wird allerdings ausgeschlossen. Seine Witwe, Mrs. Vivien Holloway, und seine Mutter, Mrs. Christiana Holloway aus Toowoomba, stehen natürlich unter Schock ...*

»Himmel!« entfuhr es Brodie. »Was geht da vor sich?« Er hatte ganz vergessen, daß sein Partner dabeistand.

Ted zuckte mit den Schultern. »Na ja, wenn es kein Unfall ist und auch kein Selbstmord, dann geht es um etwas Ernsteres.«

»Zum Beispiel?« fragte Brodie.

»Zum Beispiel, daß ihn jemand geschubst hat.«

Brodie las den Bericht erneut. Über Verns Geisteszustand vor seinem Tod stand nichts da. Wußten sie nicht, daß bei einem Mann in seiner Verfassung alles möglich war?

Er gab die Zeitung zurück. »Nein, behalt du sie«, sagte Ted. »Ich muß ein paar Werkzeuge nachschleifen.«

Brodie wünschte, er könnte sie verbrennen. Er hatte keine Lust, über diese mysteriösen Umstände nachzudenken, denn wenn Vern nicht Selbstmord begangen hatte, richtete sich jeder Verdacht gegen Vivien. Oft genug hatte sie sich darüber in Rage geredet, daß sie Vern los sein wollte und an ihn gefesselt war, weil sie sonst kein Geld bekommen würde. Niemand anders auf Fairlea hätte dem armen Menschen ein Leid angetan ...

»Allmächtiger Gott!« stöhnte er. Warum hatte sie ihm nicht geschrieben, wie Vern gestorben war?

Weil sie dich nicht beunruhigen wollte, erkannte er. Sie wollte nur, daß du kommst und ihre Hand hältst. Und dann in diesen Schlamassel hineingezogen wirst, weil Taffy und die Haushälterin mit dem Finger auf dich zeigen! Der Polizei gegenüber vielleicht sogar andeuten, daß du allzu freundlich zur Missus warst. Aus diesem Blickwinkel konnte Verns Tod sogar geplant erscheinen. Kein Wunder, daß sie so durcheinander war!

Als er am Nachmittag wieder an die Arbeit ging, war Brodie verwirrt und wußte nicht, was er denken sollte, doch Ted und er fingen an, Tunnel im rechten Winkel zum Schacht zu graben, und das lenkte ihn für eine Weile von seinem Problem ab. Er hatte freiwillig die erste Schicht übernommen und hieb im Kerzenlicht auf die solide Felswand ein, immer darauf gefaßt, im nächsten Moment das verräterische Glitzern des Opals zu entdecken.

In dieser Nacht verbrannte er Viviens Brief. Laß die Dinge ruhen, beschloß er. Er würde erst antworten, wenn die Luft wieder rein war. Außerdem konnte er immer behaupten, er hätte den Brief gar nicht bekommen. Es war jetzt für sie beide am besten, wenn er sie in Ruhe ließe – ein Brief von ihm konnte schon verdächtig sein. Brodie ärgerte sich, weil sie ihn nicht gewarnt hatte, aber er nahm an, daß ihr erster Gedanke einfach ihm gegolten hatte. Ihrem einzigen guten Freund.

Die Nacht war kalt und glasklar. Brodie konnte nicht schlafen. Er holte sich eine Flasche Rum und starrte über die zerfurchte Landschaft im Mondlicht. Unter ihm lag die graue Steppe endlos weit. Er hing der Erinnerung an Vern Holloway nach, seinen ersten Boß in dieser neuen Welt, der immer gut zu ihm gewesen war. Und an Lester, seinen ersten Freund, der nun auch schon tot war.

»Der Tod kommt dreimal«, sprach er einen alten Aberglauben aus. »Wer ist der Nächste?«

Und die Antwort sollte nur wenige Tage später folgen.

Der Tod von Vern Holloway war das Stadtgespräch von Toowoomba, und jeder hatte seine eigene Meinung dazu. Die Gerüchte breiteten sich sogar bis zur Tanzveranstaltung der Handwerkergesellschaft aus.

Auch Trella hörte davon, aber sie kannte die beteiligten Personen nicht und amüsierte sich viel zu gut, um weiter darauf zu achten. Dies war der erste Tanzabend seit ihrer Ankunft, und mit dem großen, gut aussehenden Gus an ihrer Seite war sie im siebten Himmel. Unendlich glücklich.

Es war die jährliche Zusammenkunft der deutschen Einwandererfamilien, die sich damals als Farmer und Ladenbesitzer auf den Darling Downs niedergelassen hatten, und ein Riesenspaß! Die Kapelle bestand aus lustigen Männern, die eine Polka nach der anderen auf ihren Blasinstrumenten spielten. Die Menschen waren lustig und vergnügt. Selbst Garth gefiel es, und er merkte wohl, daß die jungen Mädchen ihn heimlich beäugten. Nur tanzen wollte er nicht.

»Na los, versuch's einfach«, drängte Trella.

»Nach dem Essen«, erwiderte er. Schob es hinaus. Wollte sich drücken. Trella wandte sich lachend an Gus. »Er hat das Büfett entdeckt und all diese Cremetorten. Noch nie hab ich solch ein Festessen gesehen. Bevor ich gehe, muß ich mir ein paar Rezepte besorgen – ich würde nur zu gern wissen, wie sie diese großen Würste machen, die auf dem kalten Büfett liegen.«

»Ich weiß es«, sagte Gus. »Und ich werde es dir zeigen. Ich bin ein guter Koch.«

»Ach was, du und Koch!« rief Trella ungläubig.

»Es stimmt. Ich kann kochen. Wenn du mich heiratest, wirst du das schon noch merken. Dann wird es dir leid tun, daß du mich jetzt ausgelacht hast.«

»Dann will ich versprechen nicht zu lachen«, entgegnete sie fröhlich. Und stutzte. »Was hast du da gerade gesagt?« Ihr Herz klopfte schneller. Plötzlich war sie nervös und schüchtern wie all diese kleinen, herausgeputzten Mädchen. Hatte sie ihn richtig verstanden?

»Du siehst heute abend sehr hübsch aus«, sagte er leise. »Das Kleid ist schön, es steht dir gut.«

»Ach, das.« Sie sah an ihrem gewagt ausgeschnittenen, cremefarbenen Seidenkleid hinunter, mit den Rüschen am Mieder und den langen Volants am Saum. »Das hab ich gekauft.« Mit ihrem letzten Ersparten.

»Es sieht aus, als wäre es nur für dich gemacht.« Er berührte ihr rotes Haar, das so hochgesteckt war, wie die Ladenbesitzerin es ihr gezeigt hatte, mit einem Band aus winzigen Seidenröschen. »Sehr elegant. Ich bin so stolz auf dich.«

Trella wurde rot. Sie betrachtete diesen lieben, gut aussehenden Burschen und wußte nicht, was sie sagen sollte. Eine Frau unterbrach sie und sprach mit Gus. Dann drehte sie sich zu ihr. »Sind Sie nicht Mrs. Court?«

»Das bin ich.«

»Dann kennen Sie doch Vivien Holloway. Wie ist sie so?«

»Wer?«

»Vern Holloways Witwe.«

Trella sah zu Gus. »Ich weiß nicht. Ich habe heute abend so viele Menschen getroffen. Sollte ich sie kennen?«

»Ihr Schwager kennt sie ganz offensichtlich«, erwiderte die Frau, etwas spitz.

»Da hinten stellen sie sich gerade für das Essen an« sagte Gus. »Komm, Trella, wir müssen Garth finden.« Er nahm Trella am Arm und ging mit ihr weg. »Du mußt wissen, daß der Ruf von Brodies Freundin ein wenig zweifelhaft ist.«

»Brodies was? Ich wußte gar nicht, daß er eine Freundin hat?«

»Na ja, du kennst doch Brodie. Da weiß die rechte Hand nicht, was die linke tut.«

»So langsam fange ich an zu glauben, daß ich Brodie überhaupt nicht kenne. Wer ist diese Freundin?«

Obwohl Gus nicht wollte, gelang es Trella, die Geschichte aus ihm herauszulocken.

»Er hatte eine Affäre mit einer verheirateten Frau?«

»So ganz genau kann ich das auch nicht sagen, aber sie waren gute Freunde, und die Lady hat uns das Startkapital für unsere Opalsuche geliehen. Ich schulde ihr immer noch meinen Teil.«

»Das ist ja eine schöne Freundin!« Trella verzog das Gesicht. »Ich hab das Gerede über sie gehört. Sie ist die Frau, die ihren Mann umgebracht haben soll.«

»Das sind nur Gerüchte. Er war ein sehr kranker Mann.«

»Oh, das tut mir leid. Aber Brodie ist draußen im Westen. Wieso ist er in die Sache verwickelt?«

»Er hat sie besucht, bevor er aus Toowoomba abgereist ist.«
»Hat er dir das gesagt?«

»Das mußte er nicht. Er hat sich ein Pferd geliehen und war für ein, zwei Tage fort. Wohin sollte er sonst geritten sein, wenn nicht nach Fairlea Station?«

»Wie ist sie denn so?« Trella merkte, daß sie die Worte der Frau wiederholte. Neugierde war ansteckend.

»Ich habe sie nie gesehen. Aber meine Mutter.« Er schmunzelte »Abneigung auf den ersten Blick. Sie ist ein paar Jahre älter als Brodie, aber das hat ihn nicht gestört. Anscheinend ist sie sehr attraktiv.«

»Und deshalb wird Brodies Name jetzt in die Sache hineingezogen?«

»Es scheint, daß sie nicht besonders diskret waren. Aber mach du dir darüber keine Sorgen, Trella. Brodie mochte Vern Holloway wirklich sehr.«

»So sehr, daß er seine Frau verführte?«

»Solche Sachen können kompliziert sein. Ich wollte nur sagen, daß ... Brodie mochte ihn. Er tat ihm leid. Er hätte ihm nie etwas angetan. Dafür lege ich meine Hand ins Feuer.«

Sie küßte ihn auf die Wange. »Brodie verdient gar keinen so guten Freund wie dich.«

»Ach, Brodie ist schon in Ordnung. Er weiß nur noch nicht

genau, wer er eigentlich ist. Aber was ich eigentlich wissen wollte, ehe diese geschwätziges Person uns unterbrach, war, ob du meinst, daß ich einen guten Ehemann abgebe?«

Trella war den Tränen der Rührung nahe. Sie hatte noch nicht einmal bei Michaels Beerdigung geweint, was zu einigen bösen Blicken und Tuscheleien geführt hatte, aber sie war zu erschüttert gewesen und hatte Angst vor der Zukunft gehabt. Und nun ...

»Laß uns für eine Minute hinausgehen«, sagte er freundlich. »Komm, nimm meine Hand, während wir uns durch die Menge schieben.«

Glücklich faßte sie seine Hand.

Der Hauptmann trat vor und faßte den Richter am Arm. »Sind Sie in Ordnung, Sir?«

»Völlig in Ordnung.« Der Richter schüttelte ihn ab und stellte sich hochmütig vor den Kamin, unter das Portrait seines Vaters. Charlies Großvater. Er hatte es nicht nötig, daß diese Frischlinge ihn bemitleideten. Dies war eine Prüfung. Zeit zu beweisen, aus welchem Holz die Chiswicks geschnitzt waren. Charlie war in den Krieg gezogen, tapfer und stolz. Und nun hatte er sein Leben für Königin und Land geopfert, wie so viele im ruhmreichen Dienst des Empire.

Innerlich schluchzte er auf. Doch er unterdrückte den Schmerz und schob das Kinn vor. Im Glas des Portraits sah er sein Spiegelbild. Seltsam, wie sehr er seinem Vater ähnelte! Es war ihm noch nie so aufgefallen. Er sah auf das kleinere Foto von Charlie am Rand des Kaminsimses. Charlie mit seinen feinen Gesichtszügen.

Er räusperte sich und berührte den silbernen Rahmen. »Charlie schickte mir dieses Foto, bevor er nach Südafrika segelte. Er sah gut aus in seiner Uniform.«

»Ja, Sir. Er sah gut aus.« Sie sprachen gleichzeitig, der Leutnant und sein Hauptmann. Junge Burschen. Glatt rasiert.

Geschniegelt. Weiche, schmale Hände. Wütend überlegte er, ob sie wohl je den Kampf erlebt hatten oder nur Bürohengste waren, die hin und wieder einen Auftrag wie diesen bekamen. Dem Vater die schlechte Nachricht zu übermitteln. Und er überlegte, wie andere Männer wohl damit fertig wurden.

»Ich möchte natürlich mehr Details erfahren«, sagte er schließlich. »Wo genau fand die Schlacht statt?«

Sie sahen einander an. Nervös. Standen vor ihm wie Schuldige auf der Anklagebank. Offensichtlich würden sie lieber sitzen, aber das wollte er nicht erlauben. Sie hatten eine traurige Aufgabe zu erfüllen, und sie sollten es mit Würde tun. So viel war das Militär Charlie schuldig. Der Richter erschrak, als er, trotz aller Anstrengung seine Aufregung zu verbergen, ein Zittern in seiner Stimme hörte. »Hat er gelitten? Ich meine, wurde er verwundet? Ich habe schlimme Sachen über diese Feldlazarette gehört, und bei Gott, wenn mein Sohn nicht die bestmögliche Pflege erhielt, werden Sie noch von mir hören!«

Die Worte hallten in seinem Kopf immer noch nach. »Meine traurige Pflicht ist Ihnen mitzuteilen, Sir, daß Ihr Sohn Charles Barfrew Chiswick sein Leben lassen mußte ...« Der Richter konnte sich nicht mehr erinnern, welcher der beiden es gesagt hatte und wann und wo es geschehen war. Nur daß Charlie gefallen war. Er war sicher gewesen, daß Charlie durchkommen würde. Selbst als Kind hatte Charlie nie Angst gehabt. Er hatte die wildesten Pferde geritten und die stärksten Bullen gejagt. Und wie geschickt! Himmel, was war er geschickt gewesen! Der Richter deutete auf die Silberkelche und Trophäen in der Glasvitrine, seine Gedanken schweiften ab.

»Charlie war ein Prachtkerl. Er hat all diese Trophäen gewonnen. Bester Schütze im Distrikt.«

»Ja, Sir«, erwiderte der Leutnant, beugte sich über einen Lederordner und zog einige Papiere hervor. »So steht es auch hier in den Unterlagen. Captain Chiswick erhielt höchste Auszeichnungen bei Wettkämpfen innerhalb des Regiments ...«

Der Richter wurde etwas milder gestimmt. »Tatsächlich? Lassen Sie mich sehen. In seinen Briefen hat er das nie erwähnt, wissen Sie? Aber das war typisch für ihn, er war nie ein Angeber.«

»Wenn Sie sich vielleicht setzen wollen, Sir? Ich habe hier Papiere ...«

»Oh, natürlich! Bitte nehmen Sie auch Platz.«

Sie setzten sich nebeneinander auf das Sofa, wirkten jedoch kein bißchen entspannter als vorher und beugten sich über die Kuriertasche, die nun geöffnet auf dem Mahagonitisch vor ihnen lag.

Der Richter setzte sich in seinen eigenen Sessel. Er thronte über ihnen und fühlte erneut väterlichen Stolz. Er hatte es immer gewußt. Charlie war ein guter Soldat.

»Er genoß höchstes Ansehen.«

Der Richter stutzte, als die beiden Soldaten zustimmten. Hatte er etwa laut gedacht?

»Darüber besteht kein Zweifel, Sir«, sagte der Leutnant. »Wir haben diesbezüglich eine Reihe Aussagen. Von seinen Männern.«

»Das ist sehr freundlich von Ihnen.« Aufgeregt, neugierig, sah er auf die Papiere, in denen die beiden blätterten. Er sehnte sich nach dem Trost, den sie ihm geben könnten. Nach einem kleinen Trost.

Der Leutnant blickte auf. Schob einen Finger in den Kragen. Er hatte einen großen Adamsapfel, der nicht genau zu wissen schien, wo er hinsollte.

»Sir«, begann er. Unsicher. »Wußten Sie, daß Ihr Sohn Pazifist war?«

»Pazi ... was? Was ist das?«

»Ein Gegner des Krieges.«

»Wohl kaum. Wer wäre denn gegen diesen Krieg? Die Buren müssen auf ihre Plätze verwiesen werden. Charlie wußte das. Er hat sich freiwillig gemeldet. Ein Mann, der dagegen ist, würde wohl kaum freiwillig in den Kampf ziehen. Was soll diese Bemerkung?«

»Wir haben Beweise, Sir, und es tut mir sehr leid, das sagen zu müssen, aber es scheint, daß der Krieg Captain Chiswick ernüchterte.«

Während er diesen unfaßbaren Worten zuhörte, wurde dem Richter klar, daß dieser Bursche nicht einfach ein Soldat war. Und sein Begleiter auch nicht.

»Welchen Dienstgrad haben Sie?« fragte er barsch.

»Ich bin Rechtsanwalt, Sir, für die Rechtsabteilung des Militärs, und Captain Connelly arbeitet für den Geheimdienst.«

»Wie können Sie es wagen, mit solchen Anschuldigungen in mein Haus zu kommen?«

»Unter normalen Umständen, Sir, hätten wir das auch nicht getan«, entgegnete der Leutnant ruhig. »Aber in Anbetracht Ihrer Position wurden wir instruiert, Ihnen alle Details des Kriegsgerichts vorzulegen. Ich kann Ihnen nicht sagen, wie sehr ich dies bedaure. Insbesondere, da absolut kein Zweifel darüber besteht, daß Captain Chiswick ein guter Mann war, der seinen Prinzipien treu blieb.«

»Das sind doch alles verdammte Lügen!« rief der Richter. »Ein Haufen gottverdammter Lügen. Charlie wäre nie desertiert. Wer war sein Verteidiger?«

»Einer seiner besten Freunde. Ich glaube, Sie kennen ihn: Captain Raymond Hindmarsh. Ein hervorragender Anwalt. Aber ihm waren die Hände gebunden.«

»Ach, papperlapapp! Ich werde dafür sorgen, daß er seinen Posten verliert!«

Während er tobte, wurden immer mehr Papiere mit Lügen und fadenscheinigen Behauptungen aus der Kuriertasche gezogen.

Chiswicks Magenverstimmung wurde schlimmer. Seine Brust fühlte sich an wie Beton, aber er kämpfte dagegen an. Begutachtete jede Seite der Akte. Las jede noch so kleine Notiz. Drohte mit gerichtlichen Schritten. Drohte mit Verfahren gegen die Männer, die über Charlie zu Gericht gesessen hatten. Sich gegen ihn verschworen hatten.

»Verdammte Engländer!« schrie er. »Die suchen nach einen Sündenbock, weil sie ihren Krieg nicht gewinnen können!«

»Nur einer war Engländer«, warf der Hauptmann ein. »Die beiden anderen waren Australier. Es gab keine stichhaltige Erklärung seiner Unschuld, Sir.«

»Man hätte mich informieren müssen.«

Richter Chiswicks Herz verkrampfte sich, als er all die Papiere noch einmal durchging. Wie hatte Charlie ihm das nur antun können? Da, in seiner eigenen Handschrift, lag der Beweis. Eine Nachricht an seinen Oberst, ehe er desertierte. Dieser verdammte Narr! Kein Versuch der Verteidigung. Keine Entschuldigung. Nur diese dumme Notiz:

Sir, ich bedaure, daß ich nicht in der Lage bin mit dieser Sache fortzufahren. Es sind alles Bauern, so wie ich. Ich sollte nicht hier sein. Charles Chiswick.

»Und das ist alles?« eiferte sich der Richter. »Wovon spricht er da? Bauern! Wir sind keine Bauern, wir sind Landbesitzer und Rinderzüchter. Generationen von Rinderzüchtern. Dies ist eine der größten Farmen im Süden dieses Landes. Plenty Station ist berühmt für ihr Rindfleisch.«

»Vielleicht war es nur eine Redewendung, Sir«, murmelte der Hauptmann.

»Ach was, eine Redewendung!« keuchte Chiswick außer Atem. »Das ist eine absichtliche Beleidigung mir gegenüber, gegenüber allem, wofür die Chiswicks stehen! Und dieser verdammte Narr hat sich selbst das Exekutionskommando auf den Hals gehetzt. Wo haben sie ihn geschnappt?«

»In Kapstadt, Sir. Ich nehme an, er wollte nach Hause. Hat als Seemann angeheuert.«

»Er dachte doch wohl nicht, er wäre willkommen gewesen!« rief der Richter und wirbelte die Papiere auf den Fußboden. Er war so erregt, daß er nur noch japste. »Bringen Sie mir einen Brandy! Dort drüben!«

Da war Brandy. Da war die Frau aus der Küche. Sie lösten seinen Kragen, versuchten zu helfen. Versuchten den Mann zu beruhigen, der hier offensichtlich einen Schlaganfall erlitt.

»Sprechen Sie nicht, Sir«, warnte der Leutnant. »Bleiben Sie ruhig, wir holen einen Arzt.«

Aber der Richter war noch nicht fertig. Er umklammerte die Hand des Leutnants. »Kein Chiswick, niemals«, preßte er mit zusammengebissenen Zähnen hervor. »Kein Chiswick. Nicht mein Sohn. War es niemals. Hören Sie mich?«

»Ja, Sir«, sagte der Leutnant und dachte, daß der arme alte Mann seinen Sohn, das schwarze Schaf der Familie, enterben wollte.

»War es nie!« beharrte der Richter und fiel zu Boden.

Zwei Frauen kamen. Schwarze Frauen. Mutter und Tochter. Fragten nach Brodie. Das Mädchen war groß und mager, mit scheuem Lächeln und großen, leuchtenden Augen. Ihre Mutter, so stellte Brodie bei ihrem Näherkommen fest, war dreimal so breit, kräftig und gedrungen, aber mit den gleichen wunderschönen Augen. Wimpern wie Vorhänge.

»Was kann ich für euch tun, Ladys?« fragte er und achtete nicht auf die Pfiffe seiner Kollegen hinter sich.

Die ältere Frau kam sofort zur Sache und erklärte in unbeholfenem Englisch, wer sie seien und daß sie gekommen wären, um nach Opal zu schürfen. Willi habe sie – Ida und Pally – geschickt.

Brodie schüttelte den Kopf. »Er sollte uns ein paar Männer schicken.«

Ida verschränkte die Arme vor der Brust, baute sich breitbeinig vor ihm auf und demonstrierte so, daß sie nicht vorhatte wieder zu gehen.

Brodie kratzte sich den Kopf und starrte sie an. »Ich weiß davon nichts«, sagte er und überlegte, was er mit ihnen anfangen sollte.

»Du kannst nicht zahlen?« fragte sie traurig, als hätte sie Mitleid mit ihm. »Macht nichts. Wir suchen trotzdem nach Steinen.«

»Das ist es nicht.« Er merkte, wie die anderen ihn interessiert anstarrten.

»Du kannst zahlen?« Sie strahlte und entblößte dabei eine Reihe blitzend weißer Zähne. »Wie viel?«

»Ich weiß nicht«, meinte er ausweichend. »Ich hab keine Ahnung.« Dabei merkte er, zu spät, daß sie sich hiermit als eingestellt betrachteten.

»Zehn Shilling!« verkündete Ida und klopfte ihm auf die Schulter um den Vertrag zu besiegeln.

Wie er später erfuhr, waren zehn Shilling für Ida eine königliche Summe, ob sie nun für einen Tag, eine Woche oder ein Jahr gezahlt wurden, da die Schwarzen für ihre Arbeit auf den Farmen normalerweise gar kein Bargeld erhielten.

Um etwas Zeit zu gewinnen, wollte er sie ausfragen. »Wo kommt ihr her?«

Sie zeigte mit dem Finger in eine Richtung. »Missus Tremayne Station.«

»Arbeitest du da?«

Ida nickte. »Ich und Pally.«

»Werden sie euch nicht vermissen?«

Sie sah ihn verwirrt an. »Wir gehen zurück. Irgendwann.«

Die anderen Schürfer hatten genug gehört. Frauen blieben Frauen. Sie riefen Brodie zu, er solle seine Ladys vorstellen, und machten allerlei schlüpfrige Bemerkungen. Er drehte sich wütend um, damit sie aufhörten, aber Ida kam ihm zuvor. Sie hob ihnen ihre geballte Faust entgegen, beschimpfte sie und überrascht zogen sie sich zurück.

Am Ende willigte er ein sie einzustellen und mußte bei dem

Gedanken schmunzeln, daß seine ersten Angestellten zwei schwarze Frauen waren. Das war weit von der Schürfertruppe entfernt, die er zusammen mit dem Richter hatte einstellen wollen, aber es war ein Anfang.

Und sehr wahrscheinlich ein sinnloses Unterfangen. Er würde die beiden ein paar Tage dabehalten, ihnen die zehn Shilling geben und sie wieder nach Hause schicken.

Aber was sollte er mit ihnen anstellen?

»Wollt ihr in mein Lager kommen?« fragte er. Aber Ida schüttelte den Kopf und sah sich mißtrauisch um. »Nein, Boß. Wann fangen wir an.«

»Morgen früh. Ich bringe euch zu einem anderen Platz. Nicht hier.«

Sie nickte und markierte mit dem Fuß einen Punkt im trockenen Boden. »Morgen früh sind wir wieder hier.« Dann nahm Ida ihre Tochter am Arm und marschierte auf die Büsche zu.

»Habt ihr Proviant?« rief er ihnen nach.

Die beiden sahen ihn mit ausdruckslosen Gesichtern an und verschwanden.

»Das waren Freunde von Freunden, nichts weiter«, erklärte er den neugierigen Männern am Abend. »Wollten mich besuchen. Morgen bringe ich sie nach Tremayne Station zurück.«

Vorsichtshalber packte er ein bißchen Proviant für sie ein. Salzfleisch, Kekse, Tee, Zucker, seine letzten Äpfel. Es war armselig, aber bei Ten Mile hatte keiner der Männer gegen Ende der Woche mehr zu essen, weil die neuen Lebensmittel immer am Wochenanfang geholt wurden.

Bei Tagesanbruch standen die beiden genau am vereinbarten Punkt. Brodie fühlte sich ein wenig hilflos mit diesen schwarzen Frauen. Mit allen Schwarzen.

Nachdem er ihnen einen guten Morgen gewünscht hatte, wobei Pally kichern mußte, versuchte er ein wenig Konversation. Da war die Frage des Transports. Drei Personen und nur ein Pferd. Sie hatten einen langen Weg vor sich, mindestens fünfzehn Meilen bis zu der Stelle, wo er die schwarzen Opale gefunden hatte. Brodie hatte keine Lust zu Fuß zu gehen, aber es blieb ihm wohl keine andere Wahl.

»Wollt ihr Ladys reiten?« fragte er.

Ida stieß ein schrilles Gelächter aus, und wie auf Kommando fiel einer der seltsamen Vögel dieses Gebiets mit ein, krakeelte los und streckte seinen häßlichen schwarzen Kopf zwischen den Büschen hervor.

Sie kamen überein, daß Brodie reiten sollte, und er kam sich vor wie Napoleon, der seine Truppen anführt.

Irgendwann wurde es Ida zu schnell. Sie lief zu Brodie und schickte ihn voraus. Er hatte keine Gelegenheit zu widersprechen. Ida versetzte seinem Pferd einen Schlag, und es preschte los. Brodie achtete auf die Umgebung; vor ihm hügeliges Land ... ein ausgetrockneter Wasserlauf mit Felsbrocken ... silbrige Bäume mit dichten Blättern und vollen, gelben Blüten. Akazien, vermutete er und ritt weiter.

Endlich sah er es: den gespaltenen Baum und die trockene, weiß leuchtende Kiesebene.

Unfähig der Versuchung zu widerstehen stieg er ab und führte das Pferd mit der Hand, suchte zentimeterweise den Boden ab, drehte Brocken und Steine mit dem Stiefel herum und dann, vorsichtiger, mit einem Stecken. Er war so vertieft in seine Suche, daß er sich nur mit Mühe losreißen konnte, um sein Pferd in den Schatten zu bringen. Dann suchte er weiter und vergaß die Zeit.

Er hörte nicht einmal die Frauen kommen.

Ida machte Feuer, und Brodie setzte sich hin, um mit ihnen Tee zu trinken, wozu sie seinen Kessel und seinen Emailbecher benutzten, den sie herumreichten.

»Ich lasse euch den Kessel und den Becher da«, sagte er. »Aber es gibt hier kein Wasser.« Er sah sich den öden, grauen Flecken genauer an. Vermutlich war dies das äußerste Ende vom Sandy Ridge, niedriger gelegen als Ten Mile und so abgetragen, wie es der gesamte Ridge irgendwann in tausend Jahren einmal sein würde. Er sah in die ruhigen Gesichter der beiden Frauen, die mit ausgestreckten Beinen auf der gegenüberliegenden Seite des langsam erlöschenden Feuers saßen. Und schwiegen.

Ihre Geduld schien im Einklang mit diesem Land zu stehen, als sei Zeit hier fremd, und Brodie kam sich vor wie ein Eindringling.

»Kein Wasser«, wiederholte er und flüsterte dabei ohne ersichtlichen Grund.

Ida schaute ihn an und deutete in eine Richtung, wo ein paar Bäume auf den Überresten eines Sandsteinfelsens standen. »Wasser hier.«

Brodie nickte. Er hoffte, daß sie recht hatte. »Ich lasse euch das Essen hier und den Kessel und den Becher. Wenn ihr etwas braucht, kommt einfach zu mir. Hört ihr?« fügte er schmunzelnd hinzu, und sie lachten.

»Zwei Tage«, sagte er. »In zwei Tagen komme ich zurück. Und paßt auf, das Land gehört zu Plenty Station. Wenn ihr Schwierigkeiten bekommt ...«

Ida starrte ihn verwundert an. »Dies ist nicht Plenty. Dies ist Missus Tremayne Land.«

»Gehörte es denn vorher den Chiswicks?«

»Nein. Den Schwarzleuten.«

Brodie schluckte betreten. Es war ihm peinlich, daß er gefragt hatte.

Ida lehnte sich zurück und redete in ihrer eigenen Sprache mit ihrer Tochter. Ihr Gesicht war ernst und Brodie hoffte, daß er sie nicht verärgert hatte.

»Alles in Ordnung?« fragte er Pally.

Das Mädchen senkte den Kopf und murmelte: »Sie sagt, alle Seelen weinen drüben auf Plenty. Großes Weinen.«

Es schien das Ende ihres Gesprächs zu sein, also kümmerte er sich wieder um das Geschäft. »Hat Willi euch gesagt, wonach ihr hier suchen sollt? Hat er euch gesagt, daß ihr nach den schönen Steinen suchen sollt?«

»Opal«, schnaubte Ida verächtlich. »Ich habe Opal gesehen. Ich zeige ihn Pally.«

Brodie grinste. »Ja, das wird ein großartiger Tag, wenn du tatsächlich etwas findest, um es ihr zu zeigen. Ich gehe jetzt.«

Er schwang sich auf sein Pferd und sah sich kopfschüttelnd um. Sie saßen immer noch reglos am selben Platz und starrten stumm auf die Hügel.

Zwei Tage später, am Samstagmorgen, kam er zurück und stellte zufrieden fest, daß die beiden dunklen Gestalten wie Feldarbeiter über dem kargen Boden hockten. Nur gab es auf diesem Feld keine Ernte. Sie hatten einen Haufen Steine zusammengesucht, die einen interessanten Eindruck machten, aber nichts davon sah wie Opal aus.

»Na gut«, meinte er, »es war einen Versuch wert.« Er überreichte ihnen eine Zehn-Shilling-Note, was er für diese geringfügige Arbeit als übertrieben empfand, aber er konnte es sich nicht leisten, Willi Schluter zu beleidigen.

Ida nahm den Schein, wickelte ihn in ein Blatt und schob ihn tief in ihren Beutel aus Riedgras.

»Na, das war's dann wohl«, sagte Brodie und dankte ihnen, konnte aber nicht widerstehen, selbst noch ein paar Stunden dort zu verbringen, Steine umzudrehen und alles genau zu begutachten. Die beiden Frauen hockten sich neben ihn und sahen gleichermaßen interessiert zu.

Schließlich gab er es auf. »Es hat keinen Zweck! Wir verschwenden unsere Zeit.« Er verabschiedete sich höflich und ritt zurück zu Ten Mile, irritiert darüber, daß er wieder kostbare Zeit verloren hatte. Er und Ted hatten bisher zwar noch keinen Schimmer Farbe entdeckt, aber Ten Mile war immerhin ein anerkanntes Opalfeld.

Im Lager gab es einige Aufregung: Zwei der Männer waren auf Opal gestoßen. Brodie schluckte seine Enttäuschung hinunter – er hätte beinahe selbst diese Stelle gewählt – und lief zur Goodwill-Mine, um den Schürfern zu gratulieren und das Opal mit eigenen Augen zu betrachten.

Es war eine schöne Ader irisierenden, hellen Opals, das im Kerzenlicht leuchtete, und alle waren tief beeindruckt und fühlten sich angespornt, noch härter zu arbeiten.

Sie feierten noch immer, als die Männer mit den Vorräten aus dem Laden zurückkamen und ebenfalls Neuigkeiten parat hatten.

Ted fand Brodie in der Goodwill-Mine, wo er den beiden Männern bei der Arbeit zusah.

»Seid vorsichtig«, sagte er. »Macht langsam. Tragt immer nur ein wenig ab! Erst drumherum! Mit den Fingern! Vorsichtig!«

»Schaff ihn hier raus!« riefen sie Ted zu. »Er ist so aufgeregt, daß er uns ganz nervös macht.«

Widerstrebend kletterte Brodie die Leiter hoch. Er hoffte, die beiden wußten, was sie taten. Er selbst fühlte sich schon wie ein alter Hase.

»Vom Richter werden wir keinen Ärger mehr bekommen«, meinte Ted lakonisch. »Der ist tot.«

»Was ist passiert? Hat ihn jemand erschossen?«

»Schlimmer, würde ich sagen. Sein Sohn ist im Krieg gefallen. Alle im Laden reden davon. Der Schock war zu groß für den alten Kerl. Hat einen Anfall bekommen.«

Brodie war ebenfalls schockiert. »Die arme Clover. Sie hat so viel von ihrem Bruder gehalten. Ihr ganzes Leben schien darauf ausgerichtet, daß er wiederkommt.«

»Ist sie die Tochter?«

»Ja. Ich sollte zu ihr reiten. Sie ist ein nettes Mädchen. Hat mir mehr als einmal geholfen.«

»Das kannst du dir sparen. Sie ist gar nicht da. Sie ist in der Stadt. Die Farm ist ohne Führung. Keine Familie mehr.«

»Sie haben einen guten Vormann.«

»Wird der uns Schwierigkeiten machen?«
»Nein.«
»Wie heißt das Mädchen noch mal?«
»Clover. Clover Chiswick.«
»Ja, das ist sie. Ihr gehört das Ganze jetzt. Sie vermuten, daß alle Farmersöhne von hier bis sonstwo anreisen werden, um sie zu heiraten.«

»Das könnte gut sein«, meinte Brodie abwesend und ging davon.

Es war eine Schande! Alle sprachen gut über Charlie Chiswick. Brodie dachte an Michael. Warum hatten sie sich nicht schon vor Jahren aufgerafft und waren ausgewandert? In diesem trockenen Klima hätte Michael nie Lungenentzündung bekommen. Und was hätten sie für Spaß gehabt! Sie beide, als Partner, mit ihren eigenen Minen. Zusammen hätten sie jetzt bestimmt schon ein Vermögen verdient. Und Michael wäre noch am Leben.

Arme Clover. Es war hart, den einzigen Bruder zu verlieren.

Clover wußte zu diesem Zeitpunkt noch nicht, daß sie nicht nur Plenty Station geerbt hatte, sondern auch die Erbin von Fairlea Station war. Die Anwälte hatten viel zu tun, um alles zu klären.

Holloways Witwe war schockiert, als sie von Verns Anwälten, Abercrombie und Söhne, hörte, daß es ihnen unmöglich sei, ihrer Aufforderung Folge zu leisten nach Fairlea zu kommen.

Statt dessen solle sie sich zu einem festgesetzten Zeitpunkt in ihrem Büro in Toowoomba einfinden. Die Herren wollten sie nach Abschluß der Formalitäten über den Inhalt des Testaments in Kenntnis setzen.

»Was für Formalitäten?« ereiferte sie sich. »Wie können Sie es wagen, mich so hinzuhalten? Mein Mann ist tot, und ich will das Testament sofort hören!«

Zunächst dachte Vivien nicht, daß sie einen eigenen Anwalt benötigen würde. In ihren Augen war das Verlesen des Testaments eine einfache Sache, und je eher es geschah, um so besser, denn dann konnte sie Fairlea endlich verkaufen und sich um ihre anderen finanziellen Angelegenheiten kümmern.

In der Zwischenzeit war Christiana Holloway häufig Besucherin der Kanzlei Abercrombie.

Bei ihrem ersten Besuch war auch sie aufgebracht. Ungeduldig saß sie in dem schmuddeligen Büro, starrte auf den abgewetzten Teppich und die häßlichen grün gestrichenen Fenster. Es war wieder einmal typisch, daß Abercrombie auf einer Seereise in die Alte Welt unterwegs war, wenn sie ihn brauchte, jetzt mußte sie sich mit seinem Sohn auseinander setzen. Abercrombie senior wäre nicht so auf Zehenspitzen herumgeschlichen. Er hätte dieses verschlagene Weibsbild Vivien sofort in seine Schranken verwiesen.

Sie nestelte an den russischen Nerzschwänzen über ihren Schultern herum, rutschte in ihrem schweren schwarzen Kleid auf dem Stuhl hin und her und drehte die Ringe an ihren Fingern, bis sie es nicht länger aushielt. Sie klopfte mit ihrem Gehstock auf den Boden und rief: »Mr. Abercrombie! Ich bitte Sie! Augenblicklich!«

Er kam zu ihr ins Zimmer gestolpert, dünne blonde Haarsträhnen wehten um seinen steifen Kragen, und an einem der blassen Augen hatte er einen nervösen Tic.

»Es tut mir so leid, daß ich Sie warten lassen mußte«, keuchte er, »aber der Polizeibericht wurde uns eben erst ausgehändigt. Diese Dinge dauern eine Weile, doch man hat mir versichert, daß sie mit ihren Nachforschungen sehr gründlich waren und ihre Schlußfolgerung...«

»Wie lautet die Schlußfolgerung?« wollte sie unumwunden wissen.

»Sie glauben, daß Mr. Holloway sich tatsächlich selbst das Leben genommen hat.«

Eine Woge des Mitleids für ihren Sohn überkam Christiana, doch sie hielt sich gefaßt aufrecht. »Und diese Frau kommt so einfach davon?«

»Mrs. Holloway«, sagte er nervös. »Ich verstehe, daß es eine sehr schwere Zeit für Sie war und natürlich immer noch ist, aber es gibt keinen Beweis für einen anderen Verlauf des Geschehens.«

»Es gibt auch keinen Beweis dafür, daß Vern absichtlich in diesen Fluß gesprungen ist. Verstehen die denn nicht, daß sie durch seinen Tod nur gewinnen konnte? Haben die nicht bedacht, daß diese Frau vollkommen schamlos eine Affäre mit einem Mann hatte, der bei den Angestellten von Fairlea wohl bekannt war?«

Während der junge Mr. Abercrombie sich entschuldigte, fiel Christiana schlagartig ein, daß Vern ja selbst eine Affäre mit einer verheirateten Frau gehabt hatte, ehe er Vivien traf. Sie seufzte und dachte an das sehnsüchtige, traurige Gesicht von Hannah Chiswick, die nun schon lange tot war. Hannah war jedoch eine gute Frau gewesen, die Vern von ganzem Herzen liebte, und als die Zeit kam, hatte sie das Richtige getan. Nicht so diese Hexe von Schwiegertochter, an die er schließlich geraten war. Sie war das herzloseste Biest, das man sich nur vorstellen konnte.

»Nichts wird mich je davon überzeugen, daß sie nicht für Vernons Tod verantwortlich war. Können wir denn nichts weiter tun?«

»Ich fürchte nein.«

»Sie haben den Totenschein hier? Und da steht Tod durch Ertrinken?«

»So ist es.«

»Dann will ich nichts mehr von Selbstmord hören. Dieses Wort soll nie mehr erwähnt werden.«

Er krümmte sich in seinem Stuhl zusammen, schob Papiere hin und her. »Ich fürchte, das wird kaum möglich sein. Sie wissen doch, die Zeitungen. Sie stürzen sich geradezu auf solche Geschichten.«

»Wie bitte? Sie meinen, jeder weiß davon?«

»So scheint es.«

»Darum werde ich mich kümmern«, erklärte sie. »Ich bin eine wichtige Teilhaberin des *Chronicle* – wenn sie das drukken, bekommen sie es mit mir zu tun. Ich werde sofort dorthin gehen, wenn ich bei Ihnen fertig bin. Die Vorstandsmitglieder sind alles Freunde von mir. Also, ich muß mich beeilen – wenn Sie jetzt bitte das Testament verlesen würden! Das heißt«, fügte sie sarkastisch hinzu, »wenn es nicht noch weitere Hindernisse gibt.«

Abercrombie verzog ängstlich das Gesicht. »Zuerst muß ich Mrs. Vivien Holloway verständigen, damit sie ebenfalls anwesend sein kann.«

»Sie können sie gern benachrichtigen, aber ich werde nicht in einem Raum mit ihr sitzen, also können Sie mir das Testament auch gleich vorlesen. Ich bin nicht auf das Vermögen meines Sohnes angewiesen, aber wenn er mir als seiner Mutter irgend etwas vermacht hat, so habe ich ein Recht es zu erfahren. Außerdem besitze ich einen kleinen Anteil an Fairlea Station.«

In Gegenwart dieser furchteinflößenden Frau beschloß Abercrombie junior den Weg des geringsten Widerstands zu gehen.

Er zog das Testament aus einer Schublade, hüstelte, während er die Seiten auseinanderfaltete, und begann mit den für Mrs. Christiana Holloway wichtigsten Punkten.

»An meine Mutter, Christiana Holloway, gehen Familienporträts und ähnliche Dinge mit persönlichem Wert aus meinem Wohnhaus auf Fairlea Station bei Toowoomba.«

Christiana nickte, froh darüber, daß sie diese geschätzten Stücke behalten durfte. »Wann hat er das Testament aufgesetzt?« wollte sie wissen.

Er sah auf die letzte Seite. »Vor zwei Jahren.«

»Danke«, erwiderte sie mit feuchten Augen.

»Mr. Holloway gibt Ihnen dazu Anteile zurück, die Sie seiner Aussage zufolge für ihn gekauft haben, als er mit der Zucht begann. Sie sind hier aufgelistet und betragen nach heutigem Wert etwa zwanzigtausend Pfund.«

Sie nickte. »Ja, ich habe ihm einiges gekauft, für schlechte Zeiten. Aber er hätte es mir nicht zurückgeben müssen.« Insgeheim freute sie sich. Es würde Viviens Vermögen mindern.

Abercrombie fuhr fort: »Außerdem hinterläßt er etwas für seine Haushälterin und den Vormann der Farm, Taffy ... Der richtige Name steht hier irgendwo.«

»Lassen Sie mich sehen.« Sie streckte die Hand aus und nahm das Testament ehrfurchtsvoll an sich. Der Anblick von Verns vertrauter Handschrift war zu viel für sie. Die Seiten noch in der Hand, suchte sie nach ihrem Taschentuch, während ihr die Tränen über die Wangen liefen. »Verzeihen Sie bitte«, flüsterte sie. »Es geht mir gleich wieder besser.«

»Lassen Sie sich Zeit«, meinte er freundlich. »Soll ich Ihnen eine Tasse Tee holen?«

»Nein, danke.«

Als sie wieder klar sehen konnte, überspielte sie ihre Verlegenheit, indem sie mit gesenktem Kopf die erste Seite überflog.

»Gütiger Gott!«

Abercrombie schluckte. »Mein Vater hat das Testament beglaubigt«, sagte er, um sich zu verteidigen. »Und es wurde von zwei unserer Angestellten bezeugt. Der Inhalt ist recht ungewöhnlich. Ich hoffe, diese Neuigkeiten regen Sie nicht noch mehr auf, Mrs. Holloway.«

»Warum sollten sie mich aufregen?« meinte sie und starrte gebannt auf die Worte. Vivien würde nicht arm sein – er hatte ihr seine Aktien und Wertpapiere hinterlassen sowie die Konten zweier Banken. Aber nicht das Grundstück. Nicht Fairlea.

»Seiner Frau hat die Farm nie gefallen«, sagte sie zur Erklärung. »Das wußte er.«

»Oh, ich verstehe.«

»Nein, Sie verstehen nicht. Mein Sohn war ein guter, verantwortungsbewußter Mann. Hier steht ein anderer Name, und ich bin sicher, daß Sie neugierig sind. Ich möchte, daß dieses Testament wortgetreu vollstreckt wird, haben Sie mich verstanden? Der hier erwähnte Gentleman ist mein Enkelsohn. Ich wußte davon. Seine Mutter hat es mir gesagt. Doch um einen Skandal zu vermeiden und auch zum Wohle des Kindes blieb sie bei ihrem Mann, Richter Chiswick. Vern konnte nichts weiter tun als sich zurückzuziehen. Dasselbe galt natürlich auch für mich. Vern und ich haben nie wieder darüber gesprochen, obwohl ich Ihnen jetzt gestehen kann, daß ich Charlies Heranwachsen immer verfolgt habe.« Sie lächelte wehmütig und fühlte sich erleichtert, endlich darüber reden zu können. »Ich sah mich selbst als gute Fee, wissen Sie, die da gewesen wäre, sobald er mich gebraucht hätte. Doch das war nie notwendig. Es wurde gut für ihn gesorgt, und er ist zu einem stattlichen Mann herangewachsen. Ich war immer sehr stolz auf ihn. Das klingt sicher sehr dumm, nicht wahr, wo er mich alte Frau doch gar nicht kennt?«

»Nein, ganz und gar nicht«, erwiderte Abercrombie freundlich.

»Nun gut.« Sie steckte ihr Taschentuch wieder in die Handtasche und ließ sie zuschnappen. »Zumindest wird Fairlea Station in guten Händen sein. Vern muß das gewußt haben. Letztendlich hat er seinem Sohn doch noch zum Recht verholfen. Es wird Gerede geben, aber das ist mir jetzt gleichgültig.« Sie erhob sich zum Gehen, doch der junge Anwalt hastete schnell um den Tisch. »Gehen Sie noch nicht, Mrs. Holloway. Bitte. Setzen Sie sich wieder.«

Sie kam seiner Bitte nach. »Was, um alles in der Welt, ist

mit Ihnen los, Sir? Sie sehen ja aus, als hätten Sie ein Gespenst gesehen.«

Er nahm ihre Hand, eine allzu vertrauliche Geste, wie er wußte, aber was sollte er sonst tun? »Mrs. Holloway. Sie haben es noch nicht gehört? Es tut mir ja so schrecklich leid, daß ich es Ihnen sagen muß, aber Charlie Chiswick ist ... Ich meine, er war im Krieg. Und ist gefallen. In Südafrika. Sein Name stand heute auf der Liste.«

»Allmächtiger Gott!« rief sie aus. Und weinte. Noch nie in ihrem Leben hatte Christiana sich so schrecklich allein gefühlt. Sie weinte um ihren Sohn und um seinen Sohn, beweinte das grausame Schicksal zweier junger Männer und konnte gar nicht mehr aufhören zu weinen und zu schluchzen.

Abercrombie junior ließ eine Kutsche kommen, brachte Mrs. Holloway persönlich nach Hause und übergab sie den treu sorgenden Händen der Haushälterin. Als die Kutsche wieder abfuhr, dachte er mit Blick auf das imposante Haus, daß es eine Schande war, daß es außer der alten Lady keine weiteren Familienangehörigen gab. Diese Schwiegertochter konnte man ja nicht mehr dazuzählen. Offensichtlich wurde sie abserviert, aber er hatte keinerlei Mitleid mit ihr. Es gab zu viel Gerede. Und auch ihre Briefe waren seltsam. Er überlegte, ob man wohl je die Wahrheit über Vern Holloways Tod erfahren würde.

Dann, als die Kutsche wieder in die Stadt einfuhr, erinnerte er sich seiner Pflichten als Vollstrecker von Vern Holloways Testament. Da Charlie tot war, mußte er dessen Testament oder nächsten Familienangehörigen ausfindig machen. Sehr wahrscheinlich gab es ein Testament, denn den meisten Männern wurde geraten, ihre Sachen zu ordnen, ehe sie in den Krieg zogen. Die Adresse lautete Plenty Station bei Charleville, irgendwo im Westen. Abercrombie hatte den Brief an Charlie Chiswick bereits aufgesetzt gehabt. Nun mußte er sich weitererkundigen.

Er fragte sich, wie Mrs. Vivien Holloway wohl reagieren würde, wenn sie erfuhr, daß jemand anders Fairlea Station geerbt hatte. Nicht gerade begeistert, vermutete er. Eigenartig, was sich in Testamenten so alles offenbarte! Irgend so ein komischer Kauz hatte neulich seine Rinderfarm seinem Pferd hinterlassen, woraufhin der Neffe hingegangen war und das Tier erschossen hatte. Damit war die Sache erledigt gewesen. Und in einem anderen Fall waren die beiden Erben bereits verstorben gewesen, aber da ging es um eine sehr alte Frau.

Er dachte wieder an Vivien Holloway und hoffte, sie würde keinen Ärger machen, wenn sie von dem Testament erfuhr. Es war nicht seine Aufgabe, ihr zu sagen, daß sie eine Anfechtung hundertprozentig verlieren würde. Dafür würde ihre Schwiegermutter schon sorgen, ganz zu schweigen von den mächtigen Chiswicks.

»Nein«, murmelte er vor sich hin. »Du bleibst lieber schön still, mein Guter.«

Dies war auch der Rat, den Stanley Wickham Vivien gab, als er ihre Geschichte hörte.

Vivien war in die Stadt gefahren, hatte sich im besten Hotel einquartiert und selbstbewußt Verns Anwälte aufgesucht. Abgesehen von ihrem Ärger über die Verzögerung, war sie in guter Stimmung gewesen. Seit dem Tod ihres Mannes waren einige Wochen vergangen, und von der Polizei hatte sie nichts mehr gehört. Nicht ein einziges Wort. Also war es klar, daß sie trotz Christianas verleumderischen Geschwätzes den Selbstmord akzeptiert hatten. Die Zeit der Sorgen war endlich vorbei und Vivien freute sich auf ihr neues Leben.

Als ihr der Inhalt des Testaments vorgelesen wurde, saß sie zunächst wie erstarrt, dann explodierte sie. »Das akzeptiere ich nicht! Der Mann war verrückt, jeder wußte das! Er hatte keine Ahnung, was er da tat!«

Abercrombie wies darauf hin, daß das Testament schon vor

Mr. Holloways Unfall aufgesetzt worden war, als er noch im Vollbesitz seiner geistigen Kräfte war.

»Das ist doch unmöglich! Hier ist eine Verschwörung im Gange. Vern hatte niemals einen Sohn. Das hätte ich gewußt.« Sie schnappte sich das Testament, las es und schleuderte es über den Tisch. »Ich werde Sie verklagen! Euch alle werde ich verklagen!«

Der Anwalt blieb ruhig sitzen, legte die Hände auf den Schreibtisch und preßte die Fingerspitzen aneinander, so wie er es bei seinem Vater gesehen hatte, und hörte mehr interessiert als besorgt zu, während er darauf wartete, daß ihre Wut nachließ, damit er die Sache hinter sich bringen konnte. Aber sie war nicht bereit, so leicht aufzugeben.

»Wer ist dieser Charles Chiswick überhaupt? Etwa der Sohn von Richter Chiswick? Der wird doch sicher auch etwas zu dieser empörenden Geschichte zu sagen haben. Er wird auf meiner Seite stehen. Oder will er sich meine Farm ebenfalls unter den Nagel reißen? Wo leben diese Leute?«

Geduldig erklärte der Anwalt, daß er bei seinen Bemühungen, das Testament zu vollstrecken, weitere Erkundigungen eingezogen habe. »Charles Chiswick ist im Krieg gefallen. Die Nachricht von seinem Tod war zu viel für seinen Vater, dessen Gesundheit bereits angeschlagen war. Er starb an einem Herzanfall. Wir mußten das Testament von Mr. Charles Chiswick einsehen. Er hat alles seiner Schwester hinterlassen, und somit geht Fairlea Station in den Besitz von Miß Clover Chiswick über.«

»Den Teufel wird es! Ich will mehr über diesen angeblichen Sohn wissen!«

Sie saß da und kaute an ihrem Daumen, während er ihr die näheren Umstände erklärte.

»Sie sagen also, er hatte einen unehelichen Sohn. Weiß seine Mutter denn davon?«

»Mrs. Holloway hat es bereits bestätigt.«

»Nun, ob es stimmt oder nicht, sie würde alles bestätigen, um mich zu schädigen. Und was sagt diese Clover Chiswick?«

»Ich erhielt eine Antwort von ihrer Tante, die schrieb, daß Miß Chiswick sich nach all den tragischen Ereignissen im Moment noch nicht mit diesen Dingen befassen möchte.«

»Ach, tatsächlich? Es scheint niemanden zu kümmern, daß auch ich ein tragisches Schicksal erlitten habe, als ich den schrecklichen Tod meines Mannes mit ansehen mußte. Ich zähle hier wohl überhaupt nicht. Ich werde klagen!«

»Mrs. Holloway, ich schlage vor, Sie nehmen sich ein paar Tage Zeit, um über alles nachzudenken. Unseren Schätzungen zufolge werden Sie ein Einkommen von etwa zweitausend Pfund pro Jahr haben. Das ist nicht wenig. Die Investitionen sind absolut sicher.«

»Aber ich habe kein Zuhause mehr.«

»Mit dieser Summe können Sie sich problemlos ein neues schönes Zuhause finanzieren.«

»Was Sie für schön halten, ist sicher nicht das Passende für mich.«

Vivien wandte sich wieder einmal an Stanley Wickham. Sie war überzeugt, daß er Fairlea für sie zurückgewinnen könnte.

»Ich will, daß Sie sie verklagen«, verkündete sie wütend.

»Wir können anfechten, aber nicht klagen«, entgegnete er. »Aber jetzt beruhigen Sie sich erst einmal, Mrs. Holloway, und erzählen mir alles.«

Als er alle Einzelheiten erfahren hatte, schüttelte er den Kopf. »Zunächst einmal sind Sie im Testament nicht übergangen worden. Sie sind gut davongekommen. Nicht so gut, wie Sie erwartet hatten, und dafür haben Sie mein Mitgefühl. Vielleicht hätten wir eine Chance gehabt, wenn Charles Chiswick nur ein Freund gewesen wäre. Aber er war nicht nur ein Blutsverwandter, sondern sogar der Sohn.«

»Sie stehen also auch auf deren Seite!«

»Keinesfalls. Mir entgeht auf diese Weise das Honorar, das

ich durch die Anfechtung des Testaments von Ihnen bekommen würde. Aber ich bin überzeugt, daß Sie nicht gewinnen können; Sie würden Ihr Geld verschwenden.«

Wütend auf ihn, wütend auf alle, stürmte Vivien ins Hotel zurück und überlegte, was sie als nächstes tun sollte. Sie dachte daran, einen anderen Anwalt zu beauftragen, aber Stanleys Warnung über die Geldverschwendung hatte sie doch beeindruckt. Da sie nichts Besseres zu tun hatte, schrieb sie einen bösen Brief an Brodie, beklagte sich, daß er nicht geantwortet hatte, und teilte ihm ihre neue Adresse mit.

Nachdem sie den Brief aufgegeben hatte, überlegte sie, daß Brodie vielleicht schon auf dem Weg hierher war. Um so besser, dachte sie achselzuckend. Die Angestellten auf Fairlea wußten, wo sie zu finden war, und würden es ihm sagen.

Die Enttäuschung über den Verlust der Farm war riesig und nagte an ihr, während sie auf die endgültige Vollstreckung des Testaments wartete. Aber die Annehmlichkeiten des Hotels besänftigten sie ein wenig – es war schön, sich zur Abwechslung einmal bedienen zu lassen, durch die Geschäfte bummeln zu können und mit den Paketen in ihre schöne Suite zurückzukehren. Es kümmerte sie nicht, daß sich alle nach ihr umdrehten, wenn sie den Speisesaal betrat. Vivien fühlte sich wie eine Berühmtheit und kleidete sich entsprechend. Zumindest war sie jetzt diese schreckliche Christiana los und konnte tun, was ihr gefiel.

Wenn Brodie käme, würde sie darauf bestehen, daß auch er hier wohnte. Sie würde ihm neue Anzüge kaufen, und er könnte mit ihr gemeinsam im Speisesaal essen. Da würden sie aber staunen! Er sah so gut aus; sie konnte schon die getuschelten Bemerkungen der Leute über das schöne Paar in der Ecke hören. Sie war jetzt auch frei zu heiraten und überlegte bereits, wo sie ihre Hochzeitsreise verbringen könnten. Sydney wäre ideal.

Wie in Trance empfing Clover die beiden Offiziere. Sie nahm ihre Beileidsbekundungen zu den Todesfällen entgegen. Sie hörte die Geschichte über den Zusammenbruch des Richters und ihre beschwörenden Beteuerungen, daß sie dem Vater so taktvoll wie möglich die tragische Botschaft von Charles' Tod überbracht hätten.

Sie hofften, sie werde verstehen, wie entsetzt sie über den Verlauf der Dinge ...

»Wir verstehen«, sagte ihre Tante. »Sie taten nur Ihre Pflicht. Eine schwierige Pflicht. Es gibt keinen geeigneten Zeitpunkt, jemandem so etwas beizubringen. Und keine schonende Weise. Mein Schwager war ein impulsiver Mann, leicht erregbar ...« Sie goß Tee ein und bot den Gästen mit Butter bestrichenes Teegebäck an. Das Klirren des Porzellans erschien Clover in der Stille des Raums wie ohrenbetäubender Lärm.

Wie in Trance hörte sie sie sagen, daß die Art und Weise, wie Charlie zu Tode gekommen war, nicht publik gemacht würde – um seiner Familie und um der Moral willen.

»Moral?« fragte ihre Tante leise und mit eisiger Stimme.

Da fiel Clover ein, daß diese Männer schon einmal dagewesen waren. Daß sie die Umstände erklärt hatten, die zu Charlies Tod führten, aber sie hatte nichts anderes wahrgenommen, außer daß er tot war. Reichte das denn nicht?

Jetzt kam es ihr langsam zu Bewußtsein. Ein Exekutionskommando. War es das gewesen?

»Er ist nicht in der Schlacht gefallen«, sagte sie plötzlich. »Sie haben ihn erschossen! Sie haben Charlie einfach erschossen!«

»Es ist furchtbar traurig«, sagte ihre Tante und ergriff ihre Hand. »Es waren nicht diese Gentlemen, sie sind genauso entsetzt wie wir, da bin ich sicher.«

»Er wollte nicht in den Krieg ziehen«, flüsterte Clover ihr zu. »Charlie wollte nicht gehen, aber *er* hat ihn dazu gedrängt.

Er wollte sich damit brüsten, daß sein Sohn im Krieg war. Was Charlie dachte, war ihm egal.«

»Ja, meine Liebe«, sagte ihre Tante, um sie zum Schweigen zu bringen.

»Machen Sie sich keine Sorgen wegen meines Vaters«, sagte sie kühl. »Ich bin froh, daß er tot ist. Das erspart mir die Mühe.«

»Meine Liebe, du weißt nicht, was du sagst.« Ihre Tante wandte sich an die Offiziere. »Es war ein fürchterlicher Schock für sie.«

»Natürlich«, sagten sie, stellten hastig ihre Tassen ab und wollten aufbrechen. »Es tut uns sehr leid, Miß Chiswick.«

Da der Richter auf Plenty Station begraben lag und Charlie in einem entfernten Land, traf ihre Tante Vorkehrungen für Gedenkgottesdienste in Toowoomba und hatte dabei Mühe zu erklären, warum es zwei getrennte Gottesdienste sein sollten. Zuerst für Charlie und zwei Tage später für den Richter.

Clover war beim zweiten nicht zugegen und wurde mit der Erklärung entschuldigt, daß sie durch die Ereignisse zu aufgewühlt sei. Jeder verstand.

Sie schien keine Eile zu haben, nach Plenty Station zurückzukehren, zu ihrem rechtmäßigen Besitz. Niemand drängte sie Toowoomba zu verlassen, damit sie sich wieder fangen konnte.

»Ich werde mit ihr gehen, wenn sie bereit dazu ist«, sagte Salty, ihre alte Haushälterin. »Sie hat Charlie vergöttert. Es wird schwer für sie sein da draußen, wo sie weiß, daß er nie mehr zurückkommt. So viele Erinnerungen.«

Doch es bedurfte noch anderer Erklärungen, und als Clover so weit war, daß sie Charlies Namen ohne Tränenausbruch über die Lippen brachte, ging sie zu Salty. »Wußtest du, daß er nicht Charlies Vater war?«

»Nein, meine Liebe, das wußte ich nicht«, sagte Salty. »Es war ein Schock für mich.«

»Wußte es mein Vater denn?«

»Der Richter hat nie zu jemandem ein Wort gesagt, aber nach Aussage dieser Offiziere wußte er davon. Zuerst verstanden sie es nicht, aber als dieses Testament eröffnet wurde, Mr. Holloways Testament, da wurde es ihnen klar.«

»Was hat er ihnen gesagt? Und warum?«

»Ich weiß es nicht, Clover. Vergiß es einfach. Vielleicht verspürte er so kurz vor seinem Tod einfach das Bedürfnis etwas zu sagen.«

»Und Charlie war mein Halbbruder? Ich wünschte, Mutter wäre noch am Leben, dann könnte ich ihr auf die Schulter klopfen, weil sie so mutig war, direkt vor seiner Nase eine Affäre zu haben.«

»Wirklich, Clover, so solltest du nicht reden.«

»Ich weiß, Salty, aber dieser Aspekt tröstet mich ein wenig. Charlie war ein Kind der Liebe; vielleicht war er deswegen ein so liebenswerter Mensch. Ich dagegen bin eine echte Chiswick, ich muß kämpfen. Kein Wunder, daß ich nie mit dem Richter ausgekommen bin. Ich bin ihm zu ähnlich.«

»Nein, das bist du nicht! Deine Mutter und Charlie hatten großen Einfluß auf dich, also enttäusche sie jetzt nicht. Bleib, wie du bist, das ist gut genug, wenn du mich fragst. Aber jetzt etwas anderes. Abercrombies warten darauf, daß du die Papiere unterzeichnest.«

»Wegen Fairlea Station? Ich will es nicht. Ich komme mir vor, als hätte ich es unter Vorspiegelung falscher Tatsachen bekommen. Ich kannte Vern Holloway ja nicht einmal.«

»Du solltest seiner Mutter einen Besuch abstatten.«

»Eines Tages, ja«, erwiderte Clover. »Aber im Moment habe ich andere Dinge zu tun.« Sie seufzte. »Wenn ich es schaffe, nicht mehr alle naselang loszuheulen.«

»Ja, meine Liebe. Du hast viel zu tun. Du mußt die Anwälte aufsuchen, und der Vormann von Fairlea Station ist in der Stadt und wartet auf deine Anweisungen. Du kannst diese Leute nicht länger hinhalten. Sie werden sich fragen, was los ist.«

»In Ordnung. Morgen. Ich mache das alles morgen.«

»Und dann könnten wir ja noch nach Fairlea Station hinausreiten, bevor du wieder nach Hause fährst.«

Clover krampfte die Hände zusammen. »Nein. Ich kann dort noch nicht hingehen. Ich muß erst meinen Respekt erweisen?«

»Wem?«

»Charlie.«

»Ach, Clover. Was willst du denn tun?«

»Ich fahre nach Südafrika. Ich werde Charlies Grab finden und ihm ein anständiges Begräbnis verschaffen. Er soll ein Denkmal bekommen, das sie so schnell nicht vergessen werden. Ich habe schon darüber nachgedacht, was ich draufschreiben lasse. Etwa: ›Hier liegt ein Mann, der für seine Prinzipien sterben mußte.‹ Mir wird schon noch etwas einfallen.«

»Aber das kannst du nicht, Clover! Du kannst doch nicht nach Südafrika fahren, dort ist Krieg.«

»Warum nicht? Alles, was man können muß, ist schießen, und darin bin ich verdammt gut«, sagte sie bitter.

»Sei nicht dumm. Du kannst dort nicht hin, allein als Frau.«

»Niemand kann mich aufhalten. Ich lasse Charlie nicht unbekannt auf irgendeinem Friedhof liegen. Er war kein Deserteur, er war nur zu ehrlich für sie.«

Einen Monat später brach das Linienschiff *Cathay* von Sydney aus nach England auf, via Kapstadt. Miß Clover Chiswick war an Bord.

12

JE MEHR SIE fluchten, desto mehr mußte Brodie lachen. Sie verfluchten die Hitze und den Staub und die Blitzgewitter, die den Himmel so heftig zerrissen, daß die Erde bebte. Sie verfluchten die Regengüsse, die dann folgten und den Ridge aufweichten und verschlammten und die Schächte überfluteten. Sie beschwerten sich über das Essen, die Fliegen und die Einsamkeit, und sie stritten untereinander über die lächerlichsten Kleinigkeiten. Dennoch arbeiteten sie weiter, weil mittlerweile drei Minen Opal hervorbrachten.

Ted war in Glühwürmchen Zwei auf eine Ader gestoßen.

»Warum nie ich?« schimpfte Brodie mit gespielter Enttäuschung. »Egal wieviel Zeit ich in diesem Loch verbringe, nie darf ich den Triumph des Entdeckers verspüren! Beim letzten Mal waren es auch meine Partner.«

Aber er beschwerte sich nicht. Die Steine, die sie herausklopften, waren von bester Qualität, und sie suchten begeistert nach mehr.

Wie versprochen kaufte Brodie alle Opale, die bei Ten Mile gefunden wurden. Er zahlte insgesamt dreihundert Pfund, und als ein Opalhändler vorbeikam, der von ihrem Glück gehört hatte, erlaubte er ihm ein Angebot zu machen.

Alle Schürfer versammelten sich, als der Händler die Steine begutachtete, und sie atmeten erleichtert auf, als er Brodie einhundertdreißig Pfund anbot.

»Mehr kann ich dafür nicht zahlen«, sagte er. »Der Markt für Opale ist im Moment nicht besonders gut.«

»Dann verkaufe ich nicht«, sagte Brodie und klopfte ihm auf die Schulter. »Aber Sie haben mir einen großen Gefallen getan. Trinken Sie etwas, bevor Sie weiterreiten.«

Die Männer nahmen sich einen Tag frei, um bei den Zureiterwettkämpfen dabeizusein, die in der Nähe des Schürferladens stattfanden. Bei ihrer Ankunft stellten sie fest, daß es eine richtig festliche Angelegenheit war: Farmbesitzer, Viehhüter, Schürfer und andere Gäste kamen aus allen Richtungen, um bei dem Spaß dabeizusein. Sogar Frauen waren da – für die vereinsamten Männer ein besonders erfreulicher Anblick, und sie stachen einander in Höflichkeiten gegenüber den Ladys aus.

Brodie erkundigte sich nach Clover, erfuhr jedoch, daß sie noch immer nicht nach Plenty Station zurückgekehrt war.

»Sie kommt aber wieder«, sagte der Viehhüter, »wenn es ihr besser geht. Slim leitet unterdessen die Farm.«

Es war ein großartiger Tag mit Wettspielen, jeder Menge Bier und heftigen Anfeuerungsrufen, als die noch wilden Pferde durch den Staub jagten und ihre Reiter abzuwerfen versuchten.

Einer der Schürfer, der gern über den Durst trank, wie Brodie schon bemerkt hatte, wollte unbedingt auch in den Ring gehen. Er hielt sich zwölf Sekunden lang oben, dann wurde er abgeworfen und brach sich ein Bein. Abgesehen von verkaterten Köpfen war dies die einzige Verletzung.

Da kam plötzlich eine Frau wütend auf Brodie zugerannt. »Sind Sie Brodie Court?«

»Ja, Ma'am.«

»Dann schicken sie doch bitte meine Schwarzen zurück.«

»Welche Schwarzen?«

»Ich bin Mrs. Tremayne. Von der Farm neben Plenty. Zwei meiner Schwarzen werden vermißt, und ich hörte, daß sie bei

Ihnen sind. Sie sollten sich was schämen! Schicken Sie sie zurück oder ich verständige die Polizei.«

Brodie war überrascht. »Na, so was. Sprechen Sie etwa von Ida und Pally?«

Sie drohte mit ihrer Reitgerte. »Also haben Sie sie?«

»Nein. Glauben Sie mir. Nichts dergleichen. Willi Schluter ... Sie kennen ihn doch? Er hat sie geschickt, damit sie ein bißchen für mich suchen ... Steine begutachten.« Er gab acht nicht zu sagen, wo. »Sie waren überhaupt nicht in meinem Lager, sondern an anderer Stelle, wo sie nichts fanden, so daß ich ihnen nach zwei Tagen ihr Geld gab und sie wieder fortschickte.«

»Sie haben sie bezahlt?« fragte sie ungläubig.

»Willi sagte, ich solle sie bezahlen. Das habe ich getan.«

»Ich wünschte, er würde sich um seine eigenen Sachen kümmern. Du lieber Gott! Sie könnten inzwischen überall sein. Habe ich Ihr Wort, daß Ihnen nichts zugestoßen ist?«

»Natürlich«, beharrte er. »Wir haben ihnen bestimmt nichts getan. Aber sagen Sie: Wissen Sie vielleicht die Adresse von Miß Clover Chiswick? Ich würde ihr gern mein Beileid bekunden.«

»Damit werden Sie warten müssen, Mr. Court. Ich glaube, sie ist nach England gefahren. Das arme Mädchen! Wollen wir hoffen, daß so ein schöner, langer Urlaub die beste Medizin ist. Es heißt, daß sie vollkommen verstört war.«

Er nickte. »Das kann ich gut verstehen.«

Die Sonne stieg grell und unerbittlich im Osten auf, als die lauthals krakeelenden Männer in ihr Lager zurückkehrten und jeglichen Gedanken an Hacke und Hammer von sich schoben. Irgend jemand trug das Bündel mit der Post, das ihm am frühen Morgen anvertraut worden war, aber in seinem betrunkenen Zustand vergaß er es. Achtlos warf er es neben Brodies Zelt in den Staub, wo es unbemerkt liegen blieb.

Brodie litt ebenso wie die anderen. Es war schon ewig her

gewesen, daß er so viel getrunken hatte, und sein Kopf dröhnte. Er warf sich auf seinen Schlafsack, um den Kater auszukurieren.

Stunden später wachte er auf. Im Lager war es ungewöhnlich still. Um einen klaren Kopf zu bekommen, ging er zum Wasserloch, zog sich aus und watete in das eiskalte Wasser.

Während er sich abtrocknete, mußte er lachen, als er an Viviens haarsträubende Idee dachte, ihn hierher zu begleiten. Sie hätte ganz schön für Aufruhr gesorgt, dachte er bei sich, mit all den Männern hier.

Die Schürfer auf anderen Opalfeldern, das wußte er, waren nicht so gut dran wie sie bei Ten Mile. Die meisten hatten überhaupt kein Wasser, und sie mußten es kaufen und durften nichts verschwenden.

»Die Frauen!« fiel es ihm plötzlich ein. »Ida und Pally! Wo sind sie nur?«

Als er sein Pferd gesattelt hatte, überkamen ihn Zweifel, aber er entschied dennoch, an der Stelle nachzusehen, wo er sie abgesetzt hatte.

Ida stand neben ihrem Unterschlupf am Baum. Steif getrocknete Tierhäute hingen von umstehenden Bäumen und auf glimmenden Kohlen garte irgendein Fleisch.

»Wo bist du gewesen?« fragte sie scharf.

Er hob entschuldigend die Hände. »Es tut mir leid. Ich dachte, ihr wärt nach Hause gegangen. Ich meine, ich wollte, daß ihr nach Hause geht. Seid ihr die ganze Zeit hier geblieben?«

Sie zeigte auf etwas. In einiger Entfernung erkannte er Pally, die über dem steinigen Boden hockte.

»Mrs. Tremayne sucht euch, Ida. Sie möchte, daß ihr nach Hause kommt. Sie hat sich Sorgen gemacht.«

»Wir sind beschäftigt.«

»Aber jetzt ist es Zeit nach Hause zu gehen.«

»Du willst nicht unsere Steine? Du willst sie nicht sehen?«

Da er sie nicht beleidigen wollte, folgte er ihr zu dem kleinen Steinhaufen, den sie aufgeschichtet hatten, und setzte sich hin, um ihn zu begutachten.

»Ihr seid fleißig gewesen«, sagte er und tat erfreut, während er überlegte, wieviel er ihnen jetzt wohl zahlen müßte. »Diese Steine sind alle sehr schön.«

Sie lächelte und schien erleichtert.

Um ihr eine Freude zu machen, drehte er die Klumpen farbigen Sandsteins herum und beschloß aus Höflichkeit einige mitzunehmen.

Nach und nach untersuchte er die Steine und legte alle Fehlsteine mit einigen Ausnahmen auf einen Haufen, bis er plötzlich auf einen kleinen Stein stieß, in dem dasselbe dunkle Opal glänzte, das er vorher hier gefunden hatte. Es blitzte zwar nur etwa mandelgroß aus der Kruste von Dreck und Sandstein hervor, aber es war da.

Glücklich hielt Brodie es ihr hin. »Sieh nur, Ida, was du gefunden hast!«

Sie spuckte darauf und polierte den Stein an ihrem Hemd. »Gutes Zeug, ja?«

»Ganz bestimmt«, sagte er, obwohl er nicht sicher war, daß er jemals etwas dafür bekommen würde. Nun hatte er also drei Steine und war genauso weit wie zu Anfang. Er wußte nicht, ob sich das Schürfen hier lohnte oder nicht.

Selbst als er einen weiteren Stein entdeckte, der etwas größer war, konnte er sich nicht entscheiden. Dies war ein hartes, trockenes Gebiet, und Schürfen wäre Schwerstarbeit. Er seufzte, als er die Steine untersuchte, kantige und glatte Steine, einige schwer, andere leicht.

Weiter unten im Haufen lag ein Stein, der schwer anzuheben war. Brodie stellte sich hin, da seine Beine langsam einschliefen, und griff unter den Brocken, um ihn freizubekommen. Er war schwerer, als er erwartet hatte – vielleicht Eisenstein?

Der Stein war etwa dreißig Zentimeter lang, und er schmunzelte bei der Vorstellung, wie die beiden Frauen ihn hierher geschleppt hatten.

Als er ihn schließlich hervorgezogen hatte, kullerten die anderen Steine auseinander und verursachten eine Staubwolke. Brodie mußte niesen und zog sein Taschentuch heraus. Der Staub machte ihm in letzter Zeit zu schaffen.

Dann betrachtete er die glatte Seite des Steins. Und erstarrte. Genau in der Mitte, auf einer Fläche, die etwas größer war als seine leicht gespreizte Hand, glänzte schwarzer Opal.

»Gütiger Himmel!« rief er aus. »Was ist das denn?« Die schillernden Farben leuchteten dreidimensional unter der Oberfläche.

»Das ist eine Schönheit!« sagte Ida.

Er nickte. »Für mich ist es eine Schönheit. Es ist mir egal, was sie sagen. Ich finde, schwarzer Opal ist schöner als alle anderen.«

Ehrfürchtig wischte er mit der Handfläche über das Prachtstück, drehte es nach allen Seiten und bewunderte den Glanz der Farben, der durch die Sonne noch verstärkt wurde.

»Wo hast du den gefunden, Ida?«

»Ich zeig es dir. Drüben beim Wasser.« Sie stieß einen schrillen Pfiff aus, um Pally zu rufen, und ging hinüber ans Ende der steinigen Fläche, wo Brodie einen schmalen Wasserlauf erwartete oder zumindest ein kleines Wasserloch. Doch es sickerte nur etwas Wasser aus dem Rand einer flachen Mulde. Es war kalt und stammte vermutlich aus einem alten artesischen Brunnen.

»Hier?« erkundigte er sich und betastete die glitschige Wand.

»Nein.« Sie ging an ihm vorbei zu einer Stelle, wo sich kleine knorrige Büsche an ein Stück Felsen klammerten.

»Der Mond hat es mir gezeigt«, berichtete sie. »Dieser Stein glänzt schön in der Nacht.«

Brodie konnte nur verwundert den Kopf schütteln. Hatte Willi ihm nicht gesagt, daß Opal nur dort gefunden wurde, wo früher einmal Wasser war, vor langer, langer Zeit? Er brauchte in erster Linie Wasser, um zu entstehen.

Der Steinhaufen barg keine weiteren Schätze mehr, aber Brodie gratulierte ihnen überschwenglich.

»Wieviel schulde ich euch jetzt?« wollte er wissen. Was immer sie verlangten, er würde es gerne zahlen. Er hatte zwar kein Geld bei sich, aber er könnte es ihnen zur Farm nachschicken.

Die zwei Frauen sahen einander an und brachen in Gelächter aus. »Du verrückter Mann«, kicherte Ida. »Du hast vergessen. Du hast uns viel Geld gegeben.«

»Wir gehen nach Hause?« fragte Pally schüchtern. Offenbar hatte sie von ihrer langweiligen Arbeit genug.

»Ja, geht nach Hause. Aber sagt ihnen nichts von den Steinen, hört ihr?«

Ida verstand, was er meinte. »Geheimnis«, sagte sie zu Pally.

Als sie mit ihm zu seinem Pferd gingen, sagte Brodie: »Ich wünschte, ich hätte ein Geschenk für euch, aber ich habe nichts bei mir.«

Ida ging zu seinem Pferd. »Das ist eine gute Wasserflasche«, meinte sie gerissen.

»Sie gehört dir«, meinte Brodie lachend und band die Flasche los. »Und jetzt geht ihr nach Hause, ja?«

Mit den zwei kleineren Steinen in der Tasche und dem großen Brocken auf dem Schoß, ritt Brodie davon. Eine halbe Meile vor dem Lager suchte er sich eine einprägsame Stelle unter einem blühenden Eukalyptusbaum, wickelte die Steine in seine durchgewetzte Satteldecke und vergrub seinen Schatz.

Ted war verärgert. »Du solltest die Post nicht so fahrlässig hinschmeißen, die Jungs werden böse, wenn ihre Briefe verlorengehen.«

»Welche Post?«

»Das Bündel lag neben deinem Zelt. Zwei Briefe für dich. Den Rest habe ich schon verteilt.«

Brodie war so glücklich, daß er nicht weiter nachforschte, wer die Post in den Dreck geworfen hatte. Er nahm gern die Schuld auf sich.

Niemand fragte, wo er gewesen war. Niemand kümmerte sich um ihn. Alle waren zu beschäftigt, wieder an die Arbeit zu kommen.

Er nahm die Briefe, die beide von Vivien stammten, und zog sich mit seiner Pfeife zurück. Dies war ein großartiger Tag! Er wünschte, Gus wäre hier. Jetzt mußte er unbedingt kommen und ihm bei der neuen Mine helfen. Schwarzer Opal, davon war Brodie überzeugt, würde auf dem Markt bald mehr wert sein als heller Opal. Es mußte einfach so sein.

Viviens erster Brief stammte aus einem Hotel in der Stadt, und ihre selbstmitleidige und gebieterische Art machte ihn wütend. Sie hatte also Haus und Hof verloren, wie es so schön hieß – na und? Da war sie nicht die einzige. Wobei ihm einfiel, daß Trella ihm bisher noch keinen Penny bezahlt hatte. Er würde ihr durch seinen Anwalt eine Rechnung schicken lassen; mal sehen, wie ihr das gefiel! Und Vivien war schließlich doch noch mit einem Haufen Geld davongekommen, wie sie ihm im nächsten Absatz stolz erzählte. Sie schien sich nicht entscheiden zu können, ob sie das Spiel nun gewonnen oder verloren hatte.

Was ihn betraf, hatte sie sich allerdings entschieden. Sie verlangte, daß er sofort zu ihr zurückkehrte, und ließ sich in langen, klagenden Passagen darüber aus, daß er nichts von sich habe hören lassen.

Brodie biß auf das Mundstück seiner Pfeife und riß ihren

zweiten Brief auf, in dem er noch mehr Gejammer dieser Art erwartete.

Und richtig, so fing es wieder an. Sie war ganz allein, sie wartete auf ihn, sie war verletzt, weil er nicht sofort gekommen war, um sie zu trösten.

Worüber? fragte er sich. Über den Schmerz, daß sie einen dicken Batzen Geld geerbt hatte? »Sie vergißt wohl, mit wem sie spricht.«

Zum ersten Mal schrieb sie etwas zu Verns Tod. Sie erklärte, die Polizei habe seinen Selbstmord akzeptiert, woraufhin das Testament vollstreckt werden konnte. Aber kein Wort darüber, was wirklich geschehen war.

Brodie zuckte mit den Schultern. Das waren also die mysteriösen Umstände. Er war froh, daß die Sache abgeschlossen war.

Fast wollte er gar nicht mehr weiterlesen. Viviens Leben, das sich nun um das Hotel drehte, schien ewig weit entfernt zu sein. Vielleicht, dachte er, war unsere kleine Episode auf Fairlea der Schwanengesang. Aus den Augen, aus dem Sinn? Für mich scheint es jedenfalls so zu sein. Obwohl ich vor noch nicht allzu langer Zeit verrückt nach ihr war.

Er sah wieder auf den Brief. Vielleicht gehst du mir damit auch einfach nur auf die Nerven, mein Schatz. Ein Mann mag es nicht, wenn er herumkommandiert wird wie ein Schuljunge. Komm her! Tu dies! Und nie ein Wort darüber, wie es mir vielleicht gehen könnte. Und wenn ich in einen Schacht falle und mir das Genick breche – Vivien wäre alles egal, solange ich nur nach Toowoomba komme!

Plötzlich fiel sein Blick auf das Wort ›Heirat‹.

»Verdammt noch mal, Frau!« stöhnte er. »Ich kann jetzt nicht heiraten. Ich hab viel zuviel zu tun mit dem neuen Feld und allem. Warum ist sie nicht mit dem zufrieden, was sie hat? Wo sie doch erst Witwe geworden ist.«

Erschüttert bis ins Mark, las er den letzten Satz noch einmal.

Die Arroganz war verschwunden. Sie war lieb und freundlich. Zuckersüß.

Mein Liebster, du sollst wissen, warum ich dich so vermisse. Ich erwarte ein Kind. Von dir. Aber ich mache mir keine Sorgen. Wir werden bald zusammen sein und glücklich, denn ich liebe dich so sehr. Wir werden von hier fortgehen, nach Sydney, fort von den neugierigen Blicken. Alle sagen, es sei eine schöne Stadt. Wir werden dort ein wundervolles Leben haben.

In der Morgendämmerung des nächsten Tages leuchteten die Wolken über dem Horizont orange und golden gegen den blauen Himmel und sahen so sehr wie die Farben der Opale aus, daß Brodie ganz unglücklich wurde, weil er in nächster Zeit nicht mehr suchen würde. Doch er hatte keine andere Wahl. Er mußte nach Toowoomba zurückkehren und Vivien heiraten.

»Sydney kann sie vergessen«, knurrte er, während er zusammenpackte. »Als meine Frau wird sie dort leben, wo ich es will.«

Ted war ganz und gar nicht erfreut über seinen Aufbruch. »Jetzt muß ich allein arbeiten. Du verläßt die Mine, ehe sie vollständig ausgeschöpft ist. Steht mir alles zu, was ich jetzt noch finde?«

»Ich verlasse die Mine nicht. Ich muß in Toowoomba etwas Dringendes erledigen. Außerdem können die Opale, die ich bisher gekauft habe, auch nicht ewig hier herumliegen. Ich muß sie schleifen und polieren lassen, damit ich sie verkaufen und wieder neue Steine bezahlen kann.«

Schießlich einigte er sich mit Ted unter der Bedingung, daß Ted seine Rolle als Käufer übernahm. »Nimm alles, was sie finden, und bewahre es auf, bis ich zurückkomme. Ich werde nur ein paar Wochen fortbleiben.«

»Das ist ein langer Weg für dich allein mit all den Steinen.«

Brodie nickte. »Ich weiß. Aber ich werde es wie die anderen Händler machen und in Barbary Creek auf eine Postkutsche nach Charleville warten.«

»Es kann eine Woche dauern, bis die nächste Kutsche kommt.«

»Dann warte ich eben eine verdammte Woche. Ich hab keine andere Wahl! Kümmere du dich hier um alles.«

Willi legte den dicken Brocken Opal auf den Tisch und lief ehrfurchtsvoll ein paarmal drumherum.

»Ein schönes Stück!« sagte er. »Verdammt schön! Entweder nichts wert oder ein Vermögen. Wer weiß?«

»Ich weiß es und du auch.«

»Ja, aber ob die anderen es wissen?«

»Mach dir darüber keine Sorgen. Was kannst du damit anfangen?«

»Ich könnte ihn ganz lassen, um ihn auszustellen oder einem Fürsten für seine Sammlung zu verkaufen. Oder ich verarbeite dieses Prachtstück zu den schönsten Steinen, die du je gesehen hast.«

»Ja, zerschneide ihn.«

»Es wäre zu schade ...«

»Das ist kein Gold. Ich könnte ihn nie als Ganzes verkaufen, oder?«

»Stimmt.«

Brodie berührte ihn ehrfürchtig. »Es ist wahrhaftig eine Schande, aber ich will Geld verdienen. Was würde einen Käufer davon abhalten, ihn zu zerschneiden?«

»Nichts. Sobald du ihn verkaufst, ist es nicht mehr dein Stein.«

Er ließ alle Opale, die er den Schürfern abgekauft hatte, bei Willi und wäre am liebsten dageblieben, weil er sich von ihm bestätigen lassen wollte, daß er mit den Preisen keine Fehler gemacht und der Händler sich geirrt hatte. Dies war das erste

Mal, daß er Steine gekauft hatte, und Willis Urteil würde ihm in Zukunft sehr helfen.

»Ich bin für einige Tage in Toowoomba ... Vielleicht auch länger, ich weiß noch nicht.« Er schwieg. Er hatte keine Ahnung, wie lange das alles dauern und was als nächstes geschehen würde. Die Vorstellung der Heirat mit Vivien bedrückte ihn zutiefst. Es trübte seine Freude über die Neuigkeiten, die er Gus überbringen wollte. Er konnte es kaum erwarten, ihm die schwarzen Opale zu zeigen, die Willi bald anfertigen würde.

Müde und staubig von der langen Reise stieg er aus dem Zug. Die Reise mit der Postkutsche über die zerfurchten Wege im Busch war zwar anstrengend, jedoch eine interessante Erfahrung gewesen. Brodie hatte es vorgezogen, neben dem Kutscher zu sitzen und dessen Geschichten zu hören. Danach war die Fahrt im Zug schlichtweg langweilig gewesen. Er hatte versucht zu schlafen, aber die Sorge um Vivien hatte ihn wach gehalten. Er versuchte sich einzureden, daß er froh sein müsse. Sie bekamen ein Kind, vielleicht sogar einen Sohn. Aber wie es schien, konnte ihn nichts über die Zerstörung seiner Pläne hinwegtrösten.

Toowoomba war sehr belebt. Auf der Hauptstraße herrschte reger Verkehr der Pferdewagen und auf den Bürgersteigen tummelten sich die Fußgänger. Brodie wich Ladys aus, deren Hüte so groß wie ihre Sonnenschirme waren. Er sah Gentlemen in feinen Anzügen und marschierte hinter einer Gruppe Soldaten her.

Nach der Stille im Busch kam er sich hier vor wie in einem summenden Bienenstock. Und alle waren in Eile.

Er betrat Viviens Hotel und wartete in der prächtig ausgestatteten Halle, während ein Bursche mit der Nachricht zu ihr geschickt wurde.

Sein Herz machte einen Satz, als sie die Treppe herunterkam. Sie sah umwerfend aus in ihrem schwarzen Kleid und mit dem großen schwarzen Hut, unter dem ihre blonden Locken hervorlugten.

Natürlich war sie noch in Trauer, erinnerte er sich selbst, aber Schwarz stand ihr hervorragend.

Sie trat auf ihn zu und streckte die Hand aus. »Mein Bester. Wie schön, daß Sie gekommen sind.« Sie wandte ihr hübsches kleines Gesicht zu ihm auf und flüsterte: »Wir werden beobachtet. Laß uns nach draußen gehen.«

Auf der Straße wurde sie zutraulicher. »Oh, Brodie, Geliebter, ich wußte, du würdest kommen! Warte nur, bis ich dir erzählt habe, was ich alles durchmachen mußte. Eine schreckliche Zeit liegt hinter mir, und die Leute verbreiten gemeine Sachen über mich. Die abscheulichsten Lügen! Christiana, natürlich. Sie steckt dahinter. Sie hat mich immer gehaßt.«

Vivien schäumte über vor Redelust und Brodie begriff, daß sie die ganze Zeit sehnsüchtig auf jemanden gewartet hatte, mit dem sie reden konnte. Und dieser Jemand war nun endlich da.

Sie führte ihn an einen ruhigen Ort im Botanischen Garten und schlang in einer stillen Ecke die Arme um seinen Hals. »Gott sei Dank, daß du da bist. Hast du mich vermißt?«

Brodie küßte sie und all seine Leidenschaft war wieder da, alle seine Zweifel zerstreut. Er zog sie an sich, schob den Hut aus dem Weg, hielt ihre schlanke Taille fest und begehrte sie von neuem, als hätte er noch nie die Freuden der Liebe mit ihr genossen.

»Ja, ich habe dich vermißt, mein Liebling. Aber hier ist es nicht schön. Laß uns in dein Hotelzimmer gehen und die Tür verschließen.«

»Noch nicht, Geliebter«, flüsterte sie und kitzelte mit der Zunge sein Ohr.

»Doch, jetzt«, forderte er drängend.

Vivien zog sich zurück. »Nein, Brodie. Wir müssen reden.«

»Wir haben genug geredet.« Und er erstickte ihren Protest mit einem weiteren Kuß.

Doch sie entwand sich ihm und von da an ließ seine Begierde mehr und mehr nach. Vivien hatte ihrer beider Leben verplant, ohne sich auch nur das Geringste um seine Bedürfnisse zu kümmern.

Enthusiastisch schilderte sie ihre Pläne, ohne dabei sein zunehmendes Unbehagen zu bemerken. Brodie hörte höflich zu.

Er sollte sich ein Zimmer im Hotel nehmen, damit sie heimlich zusammensein konnten, bis das Geld dem Testament entsprechend verteilt war.

»Sie brauchen ewig dazu, aber so ist das eben mit Anwälten. Ich habe den Schock immer noch nicht verwunden, daß ich Fairlea nicht bekommen soll, deshalb versuche ich, einfach nicht mehr darüber nachzudenken. Jeden Tag rechne ich mit der Überschreibung der Konten und Wertpapiere. Und was dich betrifft, Brodie, so kann ich dir ja jetzt sagen, daß ich beinahe in Ohnmacht gefallen wäre, als ich dich sah.«

»Warum? War es solch eine Überraschung?«

»Nein, Geliebter. Aber in diesen häßlichen alten Anzügen kannst du hier unmöglich herumlaufen. Und du mußt dich rasieren lassen, ich habe dich noch nie so ungepflegt gesehen. Und das in der Halle meines Hotels!«

»Ich habe tagelang kaum geschlafen.«

Sie lachte schrill und gab ihm einen spitzen Kuß auf die Wange. »Liebling, das verstehe ich natürlich, aber jetzt bin ich ja da, um mich um dich zu kümmern. Wir gehen sofort in ein Geschäft und kaufen dir anständige Kleidung. Das wird bestimmt lustig. Und dann gehen wir ins Hotel zurück. Ich bezweifle, daß sie dir ein Zimmer geben würden, mit deiner ausgebeulten Hose und Jacke.«

Vivien nahm sein bedrohliches Stirnrunzeln und das wütende Blitzen seiner Augen nicht wahr, sondern plapperte weiter über ihre Zukunftspläne, für deren Ausarbeitung sie ja genug Zeit gehabt hatte. Sie würden nach Sydney umziehen und ...

»Du hast das Kind noch gar nicht erwähnt«, unterbrach er sie.

»Das brauche ich auch nicht, Liebling. Es wird in Sydney geboren.« Sie sah zu ihm auf. »Sag mir bloß nicht, du zweifelst daran, daß du der Vater bist.« Ihre Stimme klang schrill. »Du weißt, daß zwischen Vern und mir nichts mehr war.«

»Ich zweifle an gar nichts.«

»Was dann?«

»Wo, sagtest du, sollen wir heiraten?«

»In Brisbane. Ich kann es kaum erwarten, von hier fortzukommen. Für immer. Ich werde nie mehr zurückkehren.«

»Ich verstehe.« Er nickte. Ihm war endlich aufgefallen, daß Vivien ihn immer noch wie ihren Diener behandelte. Gut, vielleicht auch wie ihren Liebhaber, aber trotzdem immer noch wie einen Diener. Wie einen ehemaligen Viehhüter und Angestellten ihres verstorbenen Mannes. Sie schien der Meinung zu sein, daß er sich wie der glücklichste Mann auf Gottes Erdboden fühlen müßte. Und wenn schon nicht Dankbarkeit, so sollte er wenigstens Gehorsam an den Tag legen. Brodie kochte vor Wut. Er wollte es ihr sagen, aber er war unfähig, das alles zu erklären, ohne sie daran zu erinnern, daß er tatsächlich einmal ihr Diener gewesen war. Und das ließ sein Stolz nicht zu. Schließlich war er jetzt ein vermögender Mann. Er versuchte es. »Vivien. Ich bin ein Geschäftsmann. Ich habe auch Dinge zu erledigen. Ich handle mit Opalen ...«

Kichernd unterbrach sie ihn. »Ach Brodie, sei doch vernünftig. Du mußt jetzt nicht mehr als Schürfer arbeiten, das ist ein fürchterliches Leben. Im Moment müssen wir uns um Geld keine Sorgen machen. Und wenn wir erst in Sydney sind, wirst du schon ein angemessene Arbeit finden. Da habe ich volles Vertrauen in dich, mein Liebling. Spürst du das nicht?«

Er schüttelte den Kopf. »Nein.«

»Ach, du bist nur müde. Wie dumm von mir, daß ich gar nicht an deine lange Reise gedacht habe. Die nächsten Tage kannst du dich entspannen und dann ...«

Brodie betrachtete versonnen ein Beet blühender Rosen. Ihre Farben, von hellgelb über gold und rosa bis samtrot, waren ebenso üppig wie ihr Duft. Er hörte Vivien nicht mehr zu. Weiter hinten, im Kontrast zum Grün der Gärten, entdeckte er das leuchtende Blauviolett eines ausladenden Jacarandabaumes – des Baumes, der ihm nach seiner Ankunft in Brisbane als erstes aufgefallen war.

Farben, dachte er. Farben begeistern mich. Es wäre schön, wenn ich malen könnte. Sogar die Vögel sind hier bunt herausgeputzt.

Vivien zog ihn am Arm. »Komm, Brodie. Wir müssen gehen.«

Er seufzte tief. »Ach so. Ja, wir gehen. Aber ich habe auch noch etwas zu sagen. Wenn du darauf bestehst, werde ich mir neue Kleider kaufen – aber allein. Und ich werde nicht im Hotel wohnen, ich habe eine andere Unterkunft.«

»Aber, Brodie ...«

Er hob abwehrend die Hand. »Laß mich ausreden. Jetzt bin ich dran. Du bereitest alles für eine Hochzeit in Toowoomba vor; wir werden die Zeremonie in aller Bescheidenheit durchführen. Ich habe keine Zeit, um dafür irgendwo anders hinzufahren.«

»Das ist nicht fair«, schmollte sie. »Ich will hier weg.«

»Dann kannst du mit mir nach Charleville gehen, ich suche uns dort ein Haus. Das ist schon der halbe Weg bis zu den Opalfeldern, so daß ich dich öfter besuchen kann. Bis hierher wäre es zu weit.«

Sie stritten eine Stunde lang. Vivien weinte. Brodie versuchte ihr begreiflich zu machen, daß er mit der Opalsuche gut verdienen würde, wenn sie ihm nur die nötige Zeit ließe. Aber sie wollte nichts davon hören.

»Willst du mich nun heiraten oder nicht?« fragte er schließlich entnervt.

»Natürlich will ich das.«

»Warum fängst du dann nicht endlich an, dich wie eine Ehefrau zu benehmen?«

»Aber das tue ich doch, Liebling. Wir könnten zusammen so glücklich sein, wenn du nur auf mich hören würdest. Wir können nicht in einem Provinznest leben, Brodie. Das ist kein richtiges Leben.« Sie küßte ihn leidenschaftlich. »Bring mich ins Hotel zurück und dann erledige deine Sachen. Wir reden später noch einmal darüber.«

Er wollte diese Ehe nicht, aber er durfte Vivien nicht im Stich lassen. Allerdings durfte er auch nicht zulassen, daß sie die Kontrolle über sein Leben übernahm. Sie mußten sich irgendwie einigen.

Voller Schuldgefühl ging er zu seiner Bank, sah sich seine dort deponierten Opale an und steckte die beiden schönsten in seine Tasche. Einer war für Vivien, als Friedensangebot, der andere für Mrs. Kriedemann, weil sie immer so nett zu ihm gewesen war und ihn in ihrem Haus hatte übernachten lassen.

Dann suchte er seinen Makler auf und erfuhr, daß die beiden Häuser nach wie vor Geld einbrachten.

»Sehen Sie sich bei Gelegenheit nach einem dritten um«, sagte er. »Möglicherweise brauche ich noch ein Haus.«

Als nächstes ging er zu seinem Anwalt Stanley Wickham.

Stanley war erfreut ihn zu sehen. »Ein Telegramm ist für Sie gekommen, vor ein paar Tagen erst. Aus Dublin. Von einem gewissen Rosenstein.«

»Wo ist es?« fragte Brodie aufgeregt. »Was steht drin? Hat er die Opale erhalten, die ich ihm geschickt habe?«

»Warten Sie, ich suche es. Sie wissen, daß Richter Chiswick gestorben ist?«

»Ja.« Ungeduldig beobachtete er, wie Wickham seine Akte hervorzog.

»Gibt es noch Probleme mit den Opalfeldern?«

»Nein, keine mehr.« Er las das Telegramm:

Paket erhalten. Qualität exzellent. Nach Abzug der Kommission 295 Pfund angewiesen. Käufer warten gespannt auf mehr. Gut gemacht. Rosenstein.

»Haben Sie das gelesen?« rief Brodie. »Er hat sie verkauft. Den schwarzen Opal auch. Von wegen es gibt keinen Markt dafür! Ha, ich werd's ihnen zeigen!«

»Was für ein schwarzer Opal?«

»Ach, natürlich, Sie wissen ja gar nichts. Dann kommen Sie mit mir, und ich erzähle Ihnen alles. Wir müssen feiern! Warum hat Abe mir nicht gesagt, wieviel er für den schwarzen Stein bekommen hat? Jetzt weiß ich nicht, welcher von beiden mehr wert war.«

»Ich verstehe das alles nicht. Sie haben mir nichts von einem Telegramm gesagt, das für Sie kommen würde.«

Brodie blieb im Türrahmen stehen. »Um ehrlich zu sein, Stanley, habe ich niemandem von Rosenstein erzählt, aus Angst, ich könnte mich lächerlich machen, weil ich die Opale an jemanden schicke, den ich kaum kenne.« Er grinste. »Aber es hat sehr gut funktioniert. Jetzt nehmen Sie Ihren Hut. Ich möchte, daß Sie einen Freund von mir kennenlernen. Er ist Barkeeper in einem Pub weiter unten an der Straße.«

»Sieh mal an, wer hätte das gedacht?« rief Gus. »Du bist's, Brodie! So früh hab ich dich gar nicht zurückerwartet. Ist alles in Ordnung?«

»Natürlich. Gus, dies hier ist Mr. Stanley Wickham, ein Anwalt. Er wird sich um unsere Geschäfte kümmern.«

»Unsere Geschäfte!« lachte Gus. »Du gibst niemals auf!« Er streckte die Hand aus und stellte sich Stanley vor.

»Heute geht alles auf mich«, sagte Brodie, und Gus starrte ihn verwundert an.

»Tja, Stanley, dann bestellen Sie mal was Feines! Das ist ein seltenes Ereignis.«

Brodie schmunzelte. »Jetzt macht er sich noch lustig. Aber warten Sie, bis er meine Geschichte gehört hat. Dann werden wir sehen, wer zuletzt lacht.« Er freute sich, Gus nach all seinem Unglück bei so guter Laune zu sehen. Er beobachtete, wie sein Freund das Bier zapfte und ihnen die Krüge hinstellte, und dachte, daß dieser Mann nicht hinter einer Theke stehen sollte, in diesem gestreiften Hemd und mit Mittelscheitel im glatt gekämmten blonden Haar. Gott hatte ihm einen kräftigen Körper geschenkt, und er sollte seine Muskeln im Busch zum Einsatz bringen.

Mit kindischer Freude über ihre staunenden Gesichter erzählte Brodie seine Neuigkeiten: daß das Opalfeld bei Ten Mile Erträge brachte, daß er die Rolle des Händlers übernommen hatte und, mit gesenkter Stimme, damit keiner der anderen Gäste ihn belauschen konnte, daß er schwarzen Opal gefunden hatte.

»Aber den kannst du nicht verkaufen, Brodie«, wandte Gus ein.

»Hier nicht, mein Junge. Aber ich hab ein Exemplar nach Dublin geschickt, zu einem Freund, und da wird er gekauft, wie ich heute erfahren habe. Und auch für helle Opale bekommen wir da drüben eine ganze Menge mehr als hier.«

Stanley staunte, und Gus freute sich mit ihm, aber Brodie wollte mehr als das. Er wollte ihn dazu bringen, wieder mit ihm auf Opalsuche zu gehen.

»Willi arbeitet gerade an den Steinen«, fügte Brodie hinzu. »An den hellen und schwarzen. Komm doch einmal mit nach Charleville, Gus. Du mußt dir ansehen, was Willi aus dem großen Brocken gemacht hat.«

»Ich weiß nicht«, meinte Gus. »Ich kann hier jetzt nicht weg.«

Sie erzählten und diskutierten über ein paar weiteren Krügen Bier, dann mußte Stanley zurück in sein Büro gehen, aber Brodie blieb noch.

»Du hast deine neue Mine ›Glühwürmchen Zwei‹ genannt? Wie läuft sie?« erkundigte sich Gus.

»Ganz gut. Wir haben allerdings noch nicht viel gefunden, die erste Ader ist erschöpft.«

»Aber könnte dasselbe nicht auch auf diesem anderen Feld passieren? Du hast diesen einen großen Stein, aber du könntest noch jahrelang graben und nichts mehr finden.«

»Wenn jeder so denken würde, gäbe es keine Opale, kein Gold und auch sonst nichts, was man suchen muß. Komm schon, Gus. Wir müssen es versuchen, das kann man doch nicht einfach da liegen lassen. Wir könnten reich werden.«

»Du hast doch jetzt einen Partner. Warum nimmst du ihn nicht mit auf das neue Feld?«

»Weil er sich nicht wie ein Partner verhält. Wir graben zusammen den Schacht, aber jetzt, wo ich gehen mußte, will er alle Opale, die er in der Zwischenzeit ausgräbt, für sich selbst.«

Gus nickte. »Da kannst du aber nicht viel machen.«

»Deshalb will ich ihn ja auch bei Ten Mile lassen, während wir zwei nach den schwarzen Opalen suchen. Vielleicht müssen wir gar nicht so viel graben. Der Stein, den die Schwarzen gefunden haben, stammte von einer Felsbank, und dort müssen wir suchen. Du kannst dir doch solch eine Gelegenheit nicht entgehen lassen!«

Gus seufzte. »Es klingt sehr verlockend. Aber ich kann nicht. Trella würde es nicht gefallen.«

»Was hat sie damit zu tun?«

»Wir werden heiraten.«

Brodie besaß genügend Selbstbeherrschung, um angenehm überrascht zu erscheinen. Dies war nicht der richtige Zeitpunkt, um sich zu ärgern. Er murmelte seine Glückwünsche, verschluckte sich fast dabei, und dann lachte er. »Na und? Ein verheirateter Mann braucht auch Geld. Ich muß es wissen. Denn ich werde auch heiraten.«

Eine große Uhr an der Wand schlug fünf, und Brodie fiel ein, daß er Vivien versprochen hatte in ihr Hotel zu kommen – nachdem er sich in neue Kleider geworfen hatte, die ihren Ansprüchen gerecht wurden. Aber er hatte nicht mehr daran gedacht, und nun waren die Geschäfte geschlossen. Er zuckte mit den Schultern. Morgen. Er würde sich morgen darum kümmern.

»Wer ist die Glückliche?«

»Mrs. Vivien Holloway.«

Gus war mehr als überrascht. Und besorgt. »Aber sie ist doch erst Witwe geworden.«

Es entstand eine Pause, die Gus nutzte, um andere Gästen zu bedienen. Als er zurückkam, war er ganz verlegen. »Ich schulde ihr immer noch meinen Anteil.«

»Nein, tust du nicht. Das habe ich erledigt. Vergiß es. Vivien und ich werden heiraten, sobald wir die Sache in die Wege geleitet haben, und dann fahre ich zurück nach Ten Mile. Warum ist das solch ein Problem für dich? Du bist ja noch nicht einmal verheiratet.«

Gus sah ihn verblüfft an. »Du willst in ein paar Tagen schon heiraten? Brodie, es ist deine Sache, aber meinst du nicht, es wäre besser, noch ein wenig zu warten? Um ihret- und um deinetwillen? Es gab eine Menge Gerede. Vern Holloway hat sich das Leben genommen, indem er in einen reißenden Fluß sprang, aber es geht immer noch das Gerücht, sie hätte ihn gestoßen. Du weißt ja, wie die Leute so sind. Wäre es nicht vernünftiger, zu warten?«

»Wir können nicht«, entgegnete Brodie. »Sie erwartet ein Kind von mir.«

»Ach so ... na dann«, meinte Gus schwach. »Natürlich. In diesem Fall tut es mir leid, daß ich mich eingemischt habe.« Er schüttelte Brodie die Hand. »Dann gratuliere ich dir doppelt.«

Die Bar wurde voller, also machte Brodie sich auf den Weg zur Bäckerei, wo er der überraschten Mrs. Kriedemann einen wunderschönen, irisierenden blauen Opal schenkte und auf Gus wartete.

Vivien war zu nervös, um böse zu sein. Sie hatte einen schrecklichen Nachmittag hinter sich. Aus Gewohnheit war sie direkt in die Kirche gelaufen, die auch Holloways immer besuchten, und sprach einen jungen Kaplan an.

»Hätten Sie wohl Zeit für mich?« flüsterte sie.

»Gewiß, Madam. Ich bin sofort bei Ihnen.«

Während sie wartete, geriet Vivien in Panik. Sie hatte Angst, daß plötzlich Christiana oder eine ihrer Freundinnen auftauchen und ihr Ärger machen könnte.

Als sie sich dann vorstellte und der Kaplan ihren Namen erkannte und sein Beileid aussprach, schloß sie ernüchtert die Augen. Natürlich war er überzeugt, die Witwe suche seinen geistlichen Beistand, und lud sie eifrig ins Pfarrhaus zu einer Tasse Tee ein.

Hastig entschuldigte sich Vivien, daß sie leider nicht genügend Zeit habe und ging.

Kurz entschlossen ging sie zum Gericht und fragte einen glupschäugigen jungen Beamten: »Können Sie mir sagen, wie man eine staatliche Hochzeit arrangiert?«

»Eine was?« fragte er zurück, was sie ein wenig irritierte.

»Es ist doch möglich, daß Leute, die nicht kirchlich heiraten wollen, hier die Ehe schließen können oder etwa nicht?«

»Wer will heiraten?« wollte er wissen und ein paar Köpfe fuhren herum.

Vivien richtete sich stolz auf und starrte auf diesen unfähigen, pickelgesichtigen Burschen mit seinem dreckigen Kragen hinunter. »Ich habe *Sie* etwas gefragt und wollte nicht selbst ausgefragt werden. Führt hier irgend jemand Eheschließungen durch?«

Er nickte. »Manchmal. Nicht sehr oft. Warum wollen Sie das wissen?«

»Es muß doch Formulare dafür geben«, schnaubte sie wütend.

»Ja, das würde ich meinen.«

»Dann holen Sie sie gefälligst«, zischte Vivien.

Seine Stimme hallte durch die dunkle, mahagonigetäfelte Eingangshalle, als er sich zu seinen Kollegen umdrehte. »Weiß jemand etwas über Eheschließungen? Wo sind die Formulare?« Vivien zuckte innerlich zusammen, als eine Diskussion darüber begann und diverse Schubladen aufgezogen wurden.

Eine Frau kam zu ihr. »Mrs. Holloway, nicht wahr? Ich habe Sie schon lange nicht mehr gesehen. Das mit Ihrem Mann tut mir sehr leid. Er war ein so netter Mensch.«

»Danke«, erwiderte Vivien kurz angebunden, in der Hoffnung, die Frau würde verschwinden.

»Sie erinnern sich nicht an mich?«

»Ich fürchte nein.« Vivien starrte weiter geradeaus.

»Ich bin Dorothy Campbell.«

»Ach ja, natürlich. Wenn Sie mich jetzt bitte entschuldigen wollen, ich bin im Moment sehr beschäftigt.« Sie trommelte mit den Fingern auf die Theke, und ein älterer Mann eilte herbei. »Würden Sie bitte dafür sorgen, daß sich der junge Mann beeilt?«

»Aber sicher. Sie brauchen Informationen über eine staatliche Eheschließung? Kommen Sie doch in mein Büro, ich lasse die Unterlagen holen.«

Dorothy Campbell sah ihr interessiert nach. »Sie hat sich überhaupt nicht an mich erinnert«, raunte sie ihrer Freundin zu. »Sie war eine Patientin meines verstorbenen Mannes. Ich war im Krankenhaus in Wirra Creek, als sie Vern Holloway damals brachten, nach seinem Unfall. Himmel, wie hat sie sich aufgeführt!«

»Sie scheint sehr arrogant zu sein.«

»Schlimmer als das. Behandelt jeden wie Dreck. Und als der Ehemann nicht mehr gut genug für sie war, hat sie sich an einen Viehhüter herangemacht.«

»Noch vor seinem Tod?«

»Deshalb war die Polizei ja auch so mißtrauisch. Und nun erkundigt sie sich hier über Eheschließungen. Warum wohl?«

»Sie will doch bestimmt nicht selbst heiraten. Sie ist doch noch in Trauer.«

»Aber wer denn sonst?« gab die Arztwitwe zurück. »Ich traue ihr das durchaus zu. Diese Frau ist zu allem fähig – ich weiß etwas über sie.«

»Was denn?«

»Das erzähle ich dir später. Aber ich bin sicher, Christiana Holloway würde auch gern wissen, was hier vor sich geht. Wir könnten ihr auf dem Heimweg einen Besuch abstatten. Ich empfinde es als meine Pflicht, ihr endlich alles zu sagen.«

»Sollen wir wieder hineingehen und die Verhandlung weiter anhören?«

»Nein. Das kann warten. Dein Mann ist doch Gerichtsdiener. Geh und such ihn. Er weiß alles, was hier vor sich geht. Finde heraus, was sie vorhat.«

Als Vivien das Gerichtsgebäude verließ, war sie sehr erleichtert, von diesem zuvorkommenden Mann erfahren zu haben, daß hier ohne großes Aufsehen Ehen geschlossen werden konnten. Sie bemerkte nicht, daß Dorothy Campbell immer noch still in einer Ecke der Eingangshalle saß.

Als es dunkel wurde, zündete sie die Lampen in dem kleinen Wohnzimmer an, das zu ihrer Suite gehörte. Da sie das Essen hierher bringen lassen wollte, ein romantisches Essen zu zweit, hatte sie sich auch umgezogen und trug statt des schwarzen Trauerkleids ein Abendkleid aus weißer Baumwolle.

Dieses Kleid war ein wahrhafter Traum, tief ausgeschnitten, mit Zierbändern aus rosa Satin, aufgestickten rosa Röschen und einem Unterkleid aus rosa Satin, der dem weißem Stoff einen rosa Schimmer verlieh. Sie trug das Haar offen, und die langen blonden Locken fielen ihr bis über die Schultern. Immer wieder ging sie ins Schlafzimmer hinüber und stellte sich verzückt vor den großen Spiegel. Noch nie hatte sie besser ausgesehen, und die schönen Diamantohrringe paßten besonders gut dazu. Wie konnte Brodie sich nur für Opale begeistern, wo es echte Edelsteine wie diese gab?

Aber wo war er?

Ungeduldig entkorkte sie den Champagner, füllte ein Glas und prostete sich selbst zu, während sie am Fenster stand und auf die Straße blickte.

Um sieben war er noch immer nicht da.

Ein Zimmermädchen klopfte. »Um wieviel Uhr wollen Sie das Essen serviert bekommen, Madam?«

»Wenn ich es Ihnen sage.«

»Abendessen gibt es noch bis acht Uhr. Ich dachte, ich sage es Ihnen lieber.«

»Gehen Sie an die Rezeption und erinnern Sie sie daran, daß mein Gast sofort zu mir geschickt werden soll.«

Das Mädchen knickste. »Ja, Madam.«

Nach drei Gläsern Champagner war sie immer noch nervös. Wo blieb er nur? Ihr Verlobter. Alle Papiere, die er unterzeichnen mußte, lagen auf dem kleinen Tisch.

Was war, wenn er es sich anders überlegt hatte?

Aber nein. Das würde Brodie ihr nicht antun. Oder doch? Sie wußte, daß sie am Morgen zuviel geredet hatte. Viel zuviel. Aber sie war so erleichtert und aufgeregt gewesen, so überaus glücklich, daß er sie heiraten wollte, daß es nur so aus ihr herausgesprudelt war. All ihre Pläne, ihre Träume, ihre Freude, daß sie nun endlich heiraten konnten! Sie würde es ihm erklären. Sie würde sich entschuldigen und ihm sagen, daß sie zum Plappern neigte, wenn sie aufgeregt war. Er würde es verstehen.

Aber was, wenn sie ihn beleidigt hatte?

Er hatte sich ein wenig gekränkt angehört. Nein, irritiert. Hatte ein paar Einwände gehabt.

Sie würde ihm sagen, daß sie nicht streiten durften. Alles würde gut werden. Weil sie ihn wirklich liebte. Wie wahnsinnig.

Ach, warum mußte ich das alles nur gleich herausplaudern? schalt sie sich selbst, während sie auf und ab ging. Ich hätte doch warten können. Ein Mann will nur hören, wie sehr man ihn liebt. Brodie ist so naiv, daß er überhaupt nicht weiß, wie ungemein attraktiv er ist. Wie wunderschön, mit seinen blitzenden Augen und dem umwerfenden Lächeln. Sie wurde fast ohnmächtig, wenn sie daran dachte, daß er gleich hier sein würde. Zum ersten Mal ohne irgendwelche Sorgen.

Vivien schenkte sich noch ein Glas Champagner ein und kicherte. Zumindest bin ich schon in der richtigen Stimmung, wenn er kommt. Vielleicht will er gar nichts essen!

Was ist, wenn ich ihn mit meiner Bitte um anständige Kleidung beleidigt habe?

»Brodie ist kein Narr«, murmelte sie. »Bestimmt weiß er, daß er nicht am Empfang vorbeikommt, wenn er sich nicht ein wenig herrichtet. Guter Gott, er konnte von Glück sagen, daß ich überhaupt mit ihm in den Park gegangen bin! Er sah ja aus, als sei er direkt aus seiner Mine gekommen, mit diesen dreckigen Kleidern und dem Stoppelbart. Die Leute in der Halle unten haben ihn ganz schön angestarrt.«

Sie seufzte. Vielleicht konnte er sich keine neuen Kleider leisten? Hatte sie ihn verschreckt?

»Nein«, sagte sie in den leeren Raum. »Dazu ist er zu selbstbewußt. Wenn er es sich nicht leisten könnte, hätte er es mir gesagt.«

Vivien erkannte, daß dies der Brodie war, den sie liebte. Er scherte sich einen Dreck darum, was andere dachten. Er tat, was ihm gefiel. Er hatte sich nicht im mindesten für das Gerede um ihre Person interessiert. Hatte es nicht einmal erwähnt. Es war ihm einfach egal, genau wie ihr.

Aber was war, wenn er Zweifel an ihrer überstürzten Heirat hegte?

Wie konnte sie ihm erklären, daß Verns Tod, der Verlust der Farm und all die schrecklichen Gerüchte sie vollkommen aufgezehrt hatten? Nie zuvor hatte sie sich so verloren und verängstigt gefühlt. Statt sich als trauernde Witwe dem Trost von Freunden und Verwandten hingeben zu können, hatte sie diese schrecklichen Verleumdungen hören müssen und war geschnitten worden. Sie hatte keine Gelegenheit gehabt zu erzählen, daß Vern sich tatsächlich selbst das Leben genommen hatte und daß sein Tod ein Schock für sie gewesen war, weil niemand sie besucht und danach gefragt hatte. Nicht eine Menschenseele.

Vivien begann zu weinen. Sie hatte diese grausame Behandlung nicht verdient. Sie hatte nichts Schlimmes getan.

Und der einzige wahre Freund, den sie hatte, war Brodie Court. Er hielt zu ihr. Selbst als sie ihm geschrieben hatte, daß sie schwanger war.

Oder *weil* sie es ihm geschrieben hatte?

Was für einen Unterschied machte das schon? Sie läutete, und als das Mädchen kam, bestellte sie das Essen ab und ließ sich noch eine Flasche Champagner bringen.

»Er ist gekommen oder etwa nicht?« Vivien starrte hinaus auf die Lichter. Sie kannte ihn gut. Andere Männer würden sich vermutlich aus dem Staub machen, wenn sie eine solche Nachricht erhielten, aber nicht so Brodie. Trotz seiner haarsträubenden Ideen über den schnellen Reichtum durch diese blödsinnigen Opalminen, hatte er dennoch ein Gewissen.

Und deshalb hatte sie sich diese Geschichte auch ausdenken müssen. Ohne sie wäre Brodie irgendwann einmal in die Stadt zurückgekehrt und hätte gesagt, daß sie sehr wohl in der Lage sei, auf sich selbst aufzupassen. Was ja auch stimmte – bis zu einem gewissen Grad.

Männer wie er konnten einfach nicht verstehen, was für ein Schock es gewesen war, von der Spitze der Gesellschaft hinunter auf den Boden gestoßen zu werden, ohne daß jemand zu ihr gehalten und sie getröstet hatte.

Nach der Heirat könnte sie eine Fehlgeburt haben. Die Treppe hinunterfallen oder so etwas und ihm sagen, daß sie das Baby verloren hatte. Männer kannten sich mit solchen Dingen ja nicht aus.

Als das Zimmermädchen mit dem Champagner kam, änderte Vivien ihre Meinung.

»Nehmen Sie ihn fort. Ich will ihn nicht mehr.«

Zum Teufel mit Brodie! Er hätte ihr zumindest eine Nachricht zukommen lassen können. Sie verschloß die Tür, zog das hübsche Kleid aus und hängte es in den Schrank.

Die ganze Nacht jedoch lag sie wach in ihrem großen Bett und wartete auf das diskrete Klopfen an der Tür, das nicht kam.

Warum zum Teufel mußte Gus unbedingt Trella mit nach Hause bringen, ausgerechnet heute? Wie sollte er mit ihm über das Geschäft reden, wenn sie dabei war?

Sie kam herein, als gehörte die Wohnung ihr, umarmte ihre zukünftigen Schwiegereltern und begrüßte ihn freundlich.

»Wo ist Garth?« erkundigte er sich. Diese Frau sollte zu Hause sein und ihrem Sohn das Essen kochen. Der Junge arbeitete ebenso hart wie sie.

»Er ist zu einem Freund gegangen.« Sie lachte. »Er wird immer selbständiger – ein richtiger junger Mann.«

Mrs. Kriedemann holte ihren Opal hervor und alle bewunderten ihn.

»Ein schöner Stein«, sagte Gus. »Das war sehr nett von dir,

Brodie. Und mir mußt du einen für Trella heraussuchen. Zu einem guten Preis, mein Freund, kein Wucher.«

»Wenn du mit mir kommen würdest, könntest du ihr einen ganzen Eimer voll mitbringen.«

Er beobachtete, wie Gus und Trella Blicke tauschten. Er sah nicht den Protest, den er erwartet hatte, sondern die Liebe, die sie füreinander empfanden. Zärtlichkeit und Vertrauen. Sein Herz machte einen Satz, als Gus seine Verlobte auf die Wange küßte und ihre Hand nahm.

Brodie war eifersüchtig. Er sah bei ihnen eine Liebe, wie er selbst sie sich immer erträumt hatte. Aus irgendeinem Grund war es bei ihm und Vivien nicht so. Außerhalb des Bettes hatten sie eigentlich nichts, was sie verband. Sehr wenig Gefühl, dachte er bitter. Aber vielleicht wurde das besser, wenn sie erst einmal verheiratet waren. Dann gab es keine Heimlichkeiten und kein Versteckspiel mehr; sie konnten offenherzig miteinander umgehen.

Als hätte sie seine Gedanken gelesen, platzte Mrs. Kriedemann stolz heraus: »Wissen Sie denn, daß Gus und Trella heiraten werden?«

»Ja, Gus hat es mir gesagt.«

»Ach, wir sind ja so glücklich«, sagte sie. »Jakob und ich könnten nicht glücklicher sein, bei solch einer wunderbaren Schwiegertochter. Ich liebe Hochzeiten.«

Trella lächelte. »Und es gibt nicht nur eine, sondern zwei. Sei nicht so schüchtern, Brodie. Wie ich höre, trittst auch du vor den Altar.«

Er sah den warnenden Blick, den Gus ihr zuwarf, doch es war zu spät. Mrs. Kriedemann strahlte. »Was höre ich da? Soll ich die guten Nachrichten etwa als letzte erfahren? Brodie, wo ist dein Mädchen? Warum hast du sie nicht mitgebracht?«

»Sie werden sie noch früh genug kennenlernen.« Er zuckte mit den Schultern und dachte daran, daß Vivien vermutlich wutschnaubend im Hotel auf ihn wartete. Wäre er doch nur schon wieder bei Ten Mile!

»Aber wer ist sie? Ein Mädchen aus der Stadt? Kennen wir sie?« Ach, zum Teufel mit ihnen! Brodie fragte sich, warum ihre Fragen ihm überhaupt etwas ausmachten. Vivien, diese wunderschöne Frau, wurde seine Braut sein, jawohl!

»Vivien Holloway«, verkündete er mit fester Stimme. Beinahe aggressiv. »Ich glaube, Sie kennen sie, Mrs. Kriedemann. Aus dem Geschäft.«

Es folgte ein unangenehme Stille.

»*Mrs.* Holloway?« fragte Mrs. Kriedmann dann langsam.

Trella versuchte die Situation zu retten. »Ich bin sicher, sie ist sehr nett. Ist es nicht so, Brodie?«

Er nickte. »Ja, das ist sie. Und wenn Sie mich jetzt bitte entschuldigen wollen – ich muß gehen.«

»Wo willst du hin?« fragte Gus besorgt. Hatten sie seinen Freund beleidigt? War er schuld gewesen, weil er seiner Verlobten die Neuigkeit erzählt hatte?

Brodie lächelte gezwungen. »Was glaubst du wohl? Vivien erwartet mich schon. Ich bin spät dran.«

Er ging nicht in ihr Hotel. Er ging ans andere Ende der Ruthven Street, setzte sich in eine Bar und kippte einen Whiskey nach dem anderen. Noch nie im Leben hatte er sich so hilflos und ausgeliefert gefühlt – nicht einmal damals in Dublin, wo er Straßenräuber gewesen war. Doch an diesen Lebensabschnitt wollte er sich lieber nicht erinnern.

Und warum fühlte er sich so? Wo sich doch alles so gut für ihn entwickelt hatte? Wo er nur noch einen Schritt davon entfernt war, ein reicher Mann zu werden? Er hatte vorgehabt, Jakob Kriedemann zu erzählen, wie gut es ihm ging, und natürlich sollte Gus dabei sein. Schwarze Opale würden sich gut verkaufen! Denn nichts auf der Welt war so schön wie sie. Er wünschte, er hätte ein Exemplar dabei, um es den Kriedemanns zu zeigen.

Aber was nützte es schon? Sie waren alle viel zu beschäftigt mit ihrem Geschwätz über Hochzeiten. Warum verstanden sie nicht, daß ein Mann mehr im Leben erreichen mußte als das? Die Kriedemanns, ja, die hatten es gut getroffen. Waren von irgendwoher aus Deutschland gekommen und hatten hier ein neues Leben aufgebaut. Aber Jakob Kriedemann hatte einen Beruf, er war Bäcker. Warum sahen sie nicht ein, daß Brodie keinen richtigen Beruf hatte, sondern nur Landarbeiter war und das Beste aus seiner Muskelkraft machte, wenn er da draußen in den Schächten arbeitete?

Und was war so schlimm daran, daß er Gus wieder dabeihaben wollte?

Und was ging es sie alle an, wen er heiratete?

»Nie wieder gehe ich dahin zurück«, sagte er. »Ich brauche sie nicht.«

»Was haben Sie gesagt?« fragte das Mädchen hinter der Theke. Sie war schlank, mit einem scharf geschnittenen Gesicht und üppigen schwarzen Locken.

»Sie haben Zigeunerhaar«, sagte er. »Schönes Haar.«

Sie füllte sein Glas nach. »Das hab ich schon oft gehört, aber noch nie habe ich Zigeuner gesehen.«

»Ich glaube, sie würden Sie sofort mitnehmen.« Er lächelte und nahm den anderen Opal aus der Tasche. »Was halten Sie davon?«

Sie nahm den Stein in die Hand, drehte ihn herum und begutachtete ihn. »Schön. Wo stammt der her? White Cliffs?«

»Nein, näher.«

»Sind Sie Opalsucher?«

»Ja.«

»Es muß großartig sein, die Hand auszustrecken und solch einen kostbaren Stein direkt aus der Erde zu holen«, sagte sie.

»Einfach das schönste Gefühl auf der Welt.«

Sie erschauerte. »Da bekomme ich ja direkt eine Gänsehaut. Sind Sie von hier?«

»Nein. Ich bin von nirgendwo.«

»Sie sind doch nicht Lazarus«, meinte sie grinsend. »Es gibt genug andere, die tot sind. Sie klingen, als ob Sie sitzen gelassen wurden.«

Er trank seinen Whiskey, erleichtert in den Nebel der Trunkenheit zu tauchen. »Wenn es doch so wäre!« rief er aus. »Aber ich muß eine Frau heiraten, die einen Gentleman aus mir machen will.«

»Das ist doch keine Sünde«, lachte das Mädchen. »Stecken Sie lieber den Opal weg, bevor ich meine Manieren vergesse.«

Er schob ihn in die Tasche zurück. »Und es gibt eine andere Frau«, fügte er finster hinzu, »deren einzige Bestimmung im Leben ist, mir Ärger zu machen.«

Brodie hatte nicht bemerkt, daß das Mädchen weggegangen war. »Diese Trella«, brummte er. »Ich hätte ihnen irgendwann schon von Vivien erzählt. Wenn ich es für richtig gehalten hätte. Aber sie mußte ja damit herausplatzen. ›Sei nicht so schüchtern, Brodie!‹« äffte er sie nach. »Trella, dieses gerissene Biest, hängt an Gus dran wie ein Blutegel und versucht mich vor seinen Eltern lächerlich zu machen.«

Das Mädchen wischte über die Theke. »Wir schließen, Sir.«

»Dann will ich noch einen Drink.«

»Tut mir leid, wir schließen jetzt.«

»Kommen Sie, seien Sie doch nicht so hart.« Er warf ein paar Münzen auf die Theke.

Ein stämmiger, rothaariger Schlägertyp baute sich neben ihm auf. »Du hast gehört, was sie gesagt hat, Freundchen. Du hattest genug. Raus!«

Brodie schüttelte den Kopf. Es stimmte. Er hatte genug. Von den Menschen. Von dieser Stadt. Davon, nicht gut genug für Vivien zu sein. Und sie war nicht gut genug für die Kriedemanns. Und jetzt gab ihm dieser Kerl zu verstehen, sein Geld sei nicht gut genug.

Er holte aus und schlug dem Rausschmeißer ins Gesicht. Es

war ein sauberer Schlag mitten aufs Kinn, der den Burschen in die andere Ecke der Bar taumeln ließ, wo er mit dem Kopf an einen Stuhl stieß und gleich sitzen blieb. Brodie war wieder nüchtern oder zumindest dachte er das. Er fühlte sich gut, denn endlich konnte er seine angestaute Wut ablassen.

Er tänzelte durch den Raum und hob die Fäuste. »Na, kommt schon! Wer ist der Nächste? Wer will es mit Brodie Court aufnehmen? Ein fairer Mann in einem fairen Kampf.«

Gesichter erschienen im Türrahmen, verschwommen, teilnahmslos, argwöhnisch. Das Mädchen schob ihm einen Whiskey hin. »Hier. Trinken Sie und verschwinden Sie dann. Schnell.«

Ihre Stimme klang mitleidig und ihre Augen leuchteten dunkel. Brodie leerte das Glas in einem Zug. »Ah! Was für ein liebes Mädchen du bist. Dich sollte ich heiraten.«

Am nächsten Morgen erwachte er mit einigen Beulen und Prellungen im Gefängnis.

Wieder nüchtern und voller Reue begrüßte Brodie seinen Retter Stanley Wickham, der anscheinend dachte, diese Eskapade sei die Folge seines Glückstaumels gewesen.

»Bei Gott, Brodie, wenn Sie feiern, dann aber richtig, wie?«

»Hören Sie bloß auf. Wo kann ich mich waschen? Und ich muß mir neue Kleider kaufen.«

Kurz vor Mittag trat Brodie als ordentlicher Geschäftsmann gekleidet aus dem Warenhaus. Zumindest hatte ihm das der Verkäufer, der ein Freund von Stanley war, bestätigt.

Brodie hatte sich noch nie im Leben weniger als Geschäftsmann gefühlt als im Augenblick. Sein Anzug war so neu und steif, daß er beim Gehen fast ebenso quietschte wie seine neuen glänzenden Schuhe. Die schwarze Bandkrawatte schnürte ihm beinahe die Luft ab, und mit der Melone auf dem Kopf kam er sich vor wie ein Idiot. Die grauen Handschuhe, die seine Erscheinung angeblich komplettiert hätten, hatte er rundheraus abgelehnt. Als ob er nicht schon genug Geld ausgegeben hätte!

Zaghaft klopfte er an Viviens Tür und ging im Kopf noch einmal seine Ausreden durch, weshalb er letzte Nacht nicht erschienen war.

Keine Reaktion. Vielleicht war sie ausgegangen. Er war versucht, sofort auf dem Absatz kehrtzumachen und die unvermeidliche Konfrontation aufzuschieben. Doch plötzlich wurde die Tür geöffnet und Vivien stand da, prächtig gekleidet in ein bauschiges Kleid aus schwarzer Seide mit kleinen Knöpfen vom Kragen bis zu ihrer schlanken Taille. Die blonden Locken fielen offen über ihre Schultern.

»Brodie!« rief sie aus, als sei sie überrascht ihn zu sehen. »Himmel, was siehst du schmuck aus! Komm herein!« Sie nahm seinen Arm, zog ihn in die Suite und schloß die Tür. »Laß dich ansehen! Du siehst aber gut aus. Wer hat den Anzug ausgesucht? Keine Frau, hoffe ich!« Sie neckte ihn lächelnd.

Er nahm den Hut vom Kopf, aber sie protestierte, er solle ihn wieder aufsetzen. »Er sieht schick aus. Steht dir gut. Na, du ungezogener Junge, wo bist du letzte Nacht gewesen?«

»Der Anzug«, log er. »Er war erst heute morgen fertig und ich wollte nicht in meinen alten Lumpen ankommen, so daß du dich für mich schämen mußt.«

»Natürlich, mein Liebling. Ich wußte, daß es einen wichtigen Grund gab. Und jetzt warte eine Minute, bis ich meinen Hut geholt habe, dann gehen wir hinunter zum Mittagessen.«

Brodie war durch diesen herzlichen Empfang schlagartig von seinen Sorgen befreit und sah sich im Zimmer um. Er legte die Arme um Vivien. »Jetzt, wo ich hier bin«, flüsterte er, »sollten wir da nicht lieber die Gelegenheit nutzen?« Er nickte in Richtung des Doppelbetts, das er durch die geöffneten Schlafzimmertüren sah.

Vivien kicherte. »Nein. Nicht jetzt, Liebling. Wir sind beide ausgehbereit angezogen, also laß uns zuerst essen und dann wieder herkommen. Die Küche hier ist ausgezeichnet.«

Das erinnerte Brodie daran, daß er sehr hungrig war, auch wenn er die Mahlzeit gern hätte ausfallen hassen ... Aber da sie ihm wegen letzter Nacht keine Szene gemacht hatte, wollte er zumindest jetzt ihren Wünschen entsprechen.

Er genoß das hervorragende Essen – geröstetes Huhn mit diversen Beilagen –, aber den langen Nachmittag in trauter Zweisamkeit genoß er noch viel mehr. Zum ersten Mal konnten er und Vivien sich ohne Zeitdruck und ohne Furcht vor Entdeckung hingebungsvoll lieben.

»Ich komme mir vor, als wären wir schon verheiratet«, sagte er, als sie in ein seltsames Gewand gekleidet durch das Zimmer ging. Es war so dünn, daß er sich fragte, warum man es überhaupt hergestellt hatte, aber Vivien sah traumhaft schön darin aus, und der Anblick ihres leicht verhüllten Körpers erregte ihn aufs neue.

Sie blieben zusammen, bis es dunkel wurde und er die Lampen anzünden mußte. Und sie redeten. Am vorigen Tag war alles schief gelaufen, heute wollten sie es wettmachen.

Brodie war nicht sonderlich erfreut über eine Heirat auf dem Standesamt, aber als er von ihren Versuchen hörte, eine kirchliche Hochzeit zu bestellen, verstand er, warum es nicht anders ging. Hatte er nicht dasselbe im Haus der Kriedemanns erlebt? Diese unausgesprochene Mißbilligung?

»Macht nichts«, sagte er. »Wenn erst alles geregelt ist, können wir später immer noch kirchlich heiraten. Für mich ist das wichtig.«

»Für mich auch. Aber zunächst einmal heiraten wir mit so wenig Aufsehen wie möglich. Der Beamte sagte mir, es dauert nur ein paar Minuten. Mußt du wirklich wieder in den Westen reisen?«

»Ich hasse es, zu gehen, aber es muß sein.«

Vivien war sanft und zurückhaltend; zur Abwechslung hörte sie ihm einmal zu, als er von den Opalen erzählte und von Abe Rosenstein. Schließlich zog er sie an sich und lachte. »Erstaunlich, was so ein bißchen Liebesspiel ausmacht. Gestern dachte ich, wir würden uns am Ende die Köpfe abreißen.«

»Es war mein Fehler. Ich war so aufgeregt, daß ich mir den Mund fusselig geredet habe. Aber, Brodie, ich will hier nicht wohnen bleiben. Nicht hier, wo Christiana uns ständig über den Weg laufen könnte. Und du weißt ganz genau, daß ich mich in Charleville auch nicht wohl fühlen würde. Ich gehöre nun einmal nicht in eine Provinzstadt.«

»Natürlich nicht, Liebes. Wir werden uns ein Haus in Brisbane suchen. Der Zug fährt von Charleville aus direkt nach Brisbane, da muß ich nicht umsteigen und kann eher bei dir sein, als wenn du hier wohnst.«

»Kommt Sydney denn gar nicht in Frage?« fragte sie bettelnd.

»Auf keinen Fall. Aber wir verbringen dort unsere Ferien. Und nun mach dir keine Sorgen mehr, mein Liebling. Ich baue dir ein schönes, stattliches Haus in Brisbane, und wir füllen es mit einer großen Kinderschar. Wir werden eine große Familie.« Er fuhr mit der Hand über ihren Bauch. »Hast du gemerkt, daß ich sehr behutsam war, um den Kleinen nicht zu stören? Ich sage, es wird ein Junge, und wir nennen ihn Michael.«

Jetzt ist die Gelegenheit, dachte Vivien ängstlich. Sag es ihm. Doch sie fürchtete sich zu sehr. Davor, ihn zu verlieren. Davor, daß die Wahrheit jeden möglichen Ehemann abschrecken könnte. Alle wollten sie scharenweise Kinder.

Sie schlüpfte aus dem Bett und wanderte in ihrem durchsichtigen Negligé durch das Zimmer.

»Soll ich dem Mädchen klingeln und uns eine Flasche Wein und das Abendessen nach oben bringen lassen?« lenkte sie geschickt vom Thema ab. »Das wäre doch herrlich. Nur wir zwei.«

»Geht das denn?«

»Natürlich geht das. Wir lassen es uns im Wohnzimmer servieren. Wenn du hier drinbleibst, mußt du dich nicht einmal anziehen. Gefällt dir die Idee?«

»Ich habe das Gefühl, ich bin im Himmel«, sagte er lachend und räkelte sich auf der seidenen Bettwäsche.

Später ließ Brodie sich ganz gelassen in das Zimmer neben Mrs. Vivien Holloway eintragen und achtete dabei weder auf die argwöhnischen Blicke des Empfangschefs noch auf die Kosten. »Das ist das Leben«, sagte er zu sich selbst, als er mit dem Schlüssel in der Hand die Treppe hinaufstieg.

Er griff in seine Brusttasche. Zumindest war er letzte Nacht nicht ausgeraubt worden; den Opal hatte er bei seinem Einkauf gleich in den neuen Anzug gesteckt. Er betrat sein Zimmer, sah sich anerkennend um und klopfte dann an die Verbindungstür, die zu Viviens Wohnzimmer führte.

Vivien hatte sich umgezogen. Sie sah hübscher aus denn je in ihrem rosa Seidennachthemd, das sich ebenso weich und verführerisch anfühlte wie ihre wohlgeformten Brüste.

»Brodie Court also«, sagte Christiana und humpelte mit Hilfe des Gehstocks, den sie seit ihrem leichten Herzanfall nach Verns Tod benötigte, zu ihrem großen Ledersessel.

»Ja«, bestätigte Elvie. »Das ist der Name, den sie in das Formular eingetragen hat. Er heiratet sie. Ich wußte doch, daß da etwas läuft.«

Christiana seufzte. »Eigentlich mochte ich den Burschen ganz gern. Er schien sich wirklich um Vern zu sorgen. Und er prahlte nie damit, ihn gerettet zu haben. Er war der Meinung, daß jeder anständige Mensch das getan hätte.«

»Aber er ist kein anständiger Mensch.«

»Damals war er es. Und Menschen ändern sich nicht so sehr, also hat er den Anstand auch jetzt noch in sich. Aber was sieht er nur in ihr?«

»Das möchte ich nicht gern laut aussprechen.«

»Nun, aber im Vergleich zu ihr scheint er sehr naiv zu sein.«

»Mrs. Holloway, ich weiß nicht, warum Sie ihn verteidigen. Ihr Problem ist, daß Sie immer zu gut von den Menschen denken.«

»Das stimmt nicht«, gab Christiana zurück. »Von Vivien habe ich niemals gut gedacht. Und von dieser aufdringlichen Mrs. Campbell mit ihren Geschichten halte ich auch nicht besonders viel.«

»Aber sie hat die Wahrheit gesagt.«

»Diese Wahrheit hätte ich damals gern erfahren. Und Vern auch. Wie konnte Dr. Campbell es wagen, solche Informationen vor dem Ehemann zu verheimlichen? Und es mißfällt mir, daß diese Frau es ebenfalls wußte – das ist Privatsache. Wie sehr habe ich mir ein Enkelkind gewünscht, das ich verwöhnen kann!«

Sie blickte hinaus in den Park, ohne etwas wahrzunehmen. Der schöne Ausblick bedeutete ihr schon lange nichts mehr.

»Sie muß mich für eine alte Närrin gehalten haben«, sagte sie bitter. »Ich habe oft mit ihr über Enkel gesprochen. Wenn sie mir nur die Wahrheit gesagt hätte, wäre alles anders gewesen. Eine Frau kann doch nichts dafür, wenn die Natur es ihr versagt, Kinder zu gebären. Aber nein, sie mußte lügen. So war sie eben, genau wie bei ihrer Affäre mit Court.«

»Es ist mehr als eine Affäre«, schnaubte Elvie. »Wie dreist von ihr, den Geliebten so bald nach ... ich meine so schnell zu heiraten.«

»Eine Affäre könnte ich ja noch verstehen. Aber warum will sie ihn unbedingt heiraten? Sie sind so verschieden wie Tag und Nacht. Sie will sich immer nur schön anziehen und feiern.«

»Ich muß zugeben, daß er gut aussieht«, meinte Elvie, »und er hat einen gewissen Charme. Als er Mr. Vern draußen auf Fairlea besuchte, wäre ich ihm beinahe auf den Leim gegangen. Er hatte so gar nichts Überhebliches an sich. Ließ mich die Karten holen, wie Sie es immer getan haben, und behandelte den Boß mit Respekt. Erst als Taffy kam und mir erzählte, was er gesehen hatte, wußte ich, daß ich von Anfang an recht gehabt hatte.«

Christiana hob abwehrend die Hand. »Ja, das alles habe ich bereits gehört. Court ist jünger als sie, nicht wahr?«

»Ja, etwa fünf Jahre, vermute ich. Aber er rennt geradewegs in sein Verderben.«

Christina setzte sich aufrecht in ihren Sessel. Ihr Gesicht war ernst. Sie konnte dieser Frau verzeihen, daß sie ihre Unfruchtbarkeit verschwiegen hatte. Sie hätte ihr auch ihre Affären verzeihen können, wenn man die Umstände bedachte, doch Vivien hatte es zu weit getrieben. Vivien hatte ihren Sohn ermordet. Er war nicht gesprungen, sie hatte ihn gestoßen, um sich von der Last zu befreien. Mit Court hatte das nichts zu tun gehabt. Nach langem Überlegen hatte Christiana das auch der Polizei gesagt. Sie war alt genug, um eine gute Menschenkenntnis zu haben. Court war ein listiger Fuchs, aber kein Mörder. Ihrer Schwiegertochter hingegen war das zuzutrauen. Sie war kalt, selbstsüchtig und zu allem fähig.

Aber hatte die Polizei ihr geglaubt? Natürlich nicht. Es gab keine Beweise. Sie hatten eine Weile gezögert, dann aber zugunsten dieser niederträchtigen Person entschieden, die durch Verns Tod nur gewinnen konnte. Jetzt war sie frei zu tun, was ihr beliebte.

Und nun wollte sie ihren Liebhaber ehelichen. Den Mann, mit dem sie Vern in seinem eigenen Haus betrogen hatte. Den jungen Iren, der das Blut und Feuer seiner Vorfahren in sich trug – und sicher viele Kinder wollte ...

Christiana hegte einen heimlichen Verdacht, was der Anlaß zu dieser übereilten Hochzeit sein konnte. Sie hoffte, daß sie mit ihrer Vermutung recht hatte, denn dann sollte Vivien bald vor einem Problem stehen.

»Ich frage mich«, sagte sie, »was da mit den beiden tatsächlich vor sich geht. Warum solche Eile mit der Hochzeit? Diese Mrs. Campbell erzählte, daß Vivien eine stille Heirat wolle, so bald wie möglich, oder?«

»Ja, das hat man ihr auf dem Gericht erzählt.«

»Aber warum?«

Elvie schnitt eine Grimasse. »Vielleicht dachte sie, daß er ihr sonst davonläuft.«

»Ja, daran habe ich auch gedacht. Er ist der Spatz in der Hand für eine Frau wie sie, mit ihren körperlichen Unzulänglichkeiten. Aber was ist *sein* Grund?«

Elvie nahm ihre Stickarbeit auf. »Bei jeder anderen würde ich vermuten, daß die Braut in anderen Umständen ist. Aber bei Vivien geht das ja nicht.«

»Nein, eigentlich nicht.« Christiana drehte die Ringe an ihren Fingern. »Wie ich hörte, sind die Besitzer der Bäckerei Freunde von Mr. Court.«

»Die Kriedemanns?«

Christiana nickte. »Ich denke, wir sollten der Köchin eine Freude machen und frisches Brot kaufen gehen. Und vielleicht haben wir ja Glück und Mr. Court läuft uns über den Weg. Laß die Kutsche fertigmachen, Elvie.«

Betrübt starrte Vivien auf ihre Garderobe. »Oh, mein Gott, ich kann doch nicht in Schwarz heiraten!«

Brodie, der geduldig im Wohnzimmer wartete, blickte von seiner Zeitung auf. »Dann tu's doch nicht.«

»Aber ich bin doch noch in Trauer und habe nur schwarze Sachen hier – außer dem weiß-rosa Baumwollkleid, das auf keinen Fall geht. All meine schönen Kleider sind in den Truhen im Lager.«

»Dann müssen wir eben hingehen und etwas heraussuchen.«

»Das geht nicht. Ich weiß ja gar nicht, was wo ist. Und alles müßte ausgelüftet werden. Muß ich denn wirklich Schwarz tragen?«

»Ich sagte doch, zieh an, was dir gefällt.«

»Vielleicht könnte ich ein dunkelgraues Kleid finden oder ein marineblaues mit etwas Weiß daran, aber dann habe ich nichts Passendes dazu. Keinen Hut, keine Handschuhe. Herrje, ich hoffe, ich finde noch etwas. Ich hasse es, in letzter Minute einkaufen zu müssen.«

Er lachte. »Aber es ist doch noch genug Zeit. Du hast den ganzen Tag, Liebes.«

Vivien seufzte. »Du verstehst das nicht. Vielleicht muß etwas geändert werden. Ich sollte sofort losgehen.« Sie zog noch ein paar Hüte aus den Schachteln. »Nein, ich sollte etwas Neues tragen. Das bringt Glück. Bete darum, daß ich ein passendes Kleid finde.«

»Ach, dabei fällt mir etwas ein.« Brodie stand auf und überreichte ihr den Opal. »Hier ist ein kleines Hochzeitsgeschenk. Und wo der herkommt, gibt es noch jede Menge mehr.«

Vivien betrachtete ihn. »Ach, das ist aber nett, Brodie!« Dann legte sie den Stein achtlos in ihr Schmuckkästchen und steckte sich eine Diamantbrosche an die schwarze Jacke.

»Soll ich mitkommen?«

»Um Himmels willen, nein! Du darfst mein Kleid nicht vor der Hochzeit sehen.« Sie schnappte sich ihre Tasche und die Handschuhe und lief zur Tür.

Ehe sie ging, drehte sie sich noch einmal um. »Du liebe Zeit! Der Ehering! Vergiß den Ring nicht, Brodie, und kauf auf jeden Fall Gold.«

»Ich dachte, den kaufen wir zusammen.«

»Vielleicht haben wir keine Zeit mehr. Hier!« Sie zog einen Silberring vom Finger. »Nimm den, damit du die richtige Größe weißt.«

Brodie lächelte amüsiert. »Was immer du sagst.«

Er dachte an seine Opale. Aufgrund Abes begeisterter Reaktion hatte er beschlossen alle Steine, an denen Willi jetzt arbeitete, nach Dublin zu schicken – in mehreren Paketen für den Fall, daß etwas verloren ging oder gestohlen wurde. Damit blieben ihm nur noch die vier Steine, die er in der Bank gelagert hatte. Bei den vielen Ausgaben hatte er wohl keine andere Wahl, als sie an einen Juwelier vor Ort zu verkaufen. Eine schreckliche Verschwendung, wie er dachte, da er sonst viel mehr dafür bekommen würde.

Er spähte in Viviens Schmuckkästchen. Der Opal lag klein und verloren zwischen all den anderen Sachen, den Ringen, Broschen und Armbändern. »Sie war nicht besonders beeindruckt über das Geschenk«, murmelte er halblaut, aber dann dachte er, daß er vermutlich den falschen Zeitpunkt gewählt hatte, wo sie doch so in Eile gewesen war. Später würde er ihr den Stein noch einmal zeigen. Er schloß das Kästchen, verstaute es in einer Schublade und zog Kleidungsstücke darüber. Er wunderte sich, daß eine Frau solche Kostbarkeiten offen herumliegen ließ.

»Heute muß ich sicher feilschen. Vielleicht kann ich für einen kleinen Opal einen Ehering erwerben, das wäre ein guter Tausch.«

Als er den Hut aufnahm, ärgerte er sich noch immer über den Verlust, den er erleiden würde. Dann fiel ihm ein, daß Abes Geld auf dem Weg zu Stanleys Büro war. Na, komm schon, alter Junge, sagte er zu sich selbst, sei wieder fröhlich. Das ist erst der Anfang. Und vergiß nicht Stanley zu sagen, daß er das Geld gleich zur Bank bringen soll.

Wie es den Männern bei Ten Mile wohl erging? Seltsam: Bei allen Genüssen hier vermißte er das Opalfeld, vermißte er die ständige Hoffnung auf den Glückstreffer.

Brodie betrachtete die Melone in seiner Hand und warf sie verächtlich auf den Stuhl zurück. »Die macht einen Mann zum Idioten«, entschied er, als er das Hotelzimmer verließ.

Die beiden Frauen spazierten langsam die Straße entlang und betrachteten die Auslagen in den Schaufenstern. Christiana haßte es, den Gehstock benutzen zu müssen, da sich sofort alle Freunde und Bekannten mitleidig nach ihrer Gesundheit erkundigten, und widmete sich deshalb lieber den Schaufenstern, um diesen Fragen zu entgehen.

Elvie hielt ihr die Tür zur Bäckerei auf und das nervöse Blinzeln der rotbäckigen Frau hinter der Theke verriet ihr, daß sie sie erkannte.

»Ich liebe den Duft von Bäckereien«, sagte Christiana, »so warm und beruhigend.«

»Ja, ich bekomme sofort Hunger«, stimmte Elvie zu. »Ich liebe warmes Brot.«

»Wir möchten zwei Brote, bitte«, verkündete Christiana. »Und ein halbes Dutzend Ihrer feinen Kekse. Nein, ein ganzes, bitte.«

»Gewiß, Mrs. Holloway«, sagte die Bäckerin und eilte sich, ihren Wünschen nachzukommen.

Christiana nickte freundlich. »Wir mögen Ihr Brot sehr. Sind Sie Mrs. Kriedemann?«

»Ja, Ma'am. Soll ich die Kekse in eine Schachtel tun?«

»Wenn Sie so nett wären. Wo wir schon einmal hier sind, Mrs. Kriedemann, darf ich wohl fragen, ob Sie einen ehemaligen Angestellten von mir kennen: Mr. Brodie Court?«

Die Hände der Frau zitterten so stark, daß sie einen der Kekse fallen ließ. »Ja«, murmelte sie. »Ich kenne Brodie.«

»Wie schön. Wo kann ich ihn finden?«

»Ich weiß nicht. Wir haben ihn seit ein paar Tagen nicht mehr gesehen.«

»Haben Sie keine Idee, wo ich ihn finden könnte?«

»Er hat eine Schwägerin, Mrs. Court. Vielleicht weiß sie es.«

»Und wo finde ich sie?«

Mrs. Kriedemann gab ihr die Adresse. »Aber sie ist jetzt nicht zu Hause. Sie arbeitet.«

»Ah, ich verstehe. Nun, macht nichts. Wenn Sie Mr. Court sehen, richten Sie ihm bitte meine Grüße aus.«

»Das werde ich tun. Ja, Ma'am.«

Mit dem eingewickelten Brot und der Keksschachtel traten die zwei Frauen wieder auf die Straße, und Christiana dachte, daß die arme Frau sicher froh war, sie los zu sein.

»Sie weiß von der Hochzeit«, flüsterte Elvie ihr zu.

»Ja, das glaube ich auch, und so wie sie aussah, war sie nicht besonders glücklich darüber.« Christiana seufzte. »Wo wir schon einmal hier sind, können wir auch ein wenig einkaufen gehen. Verlier ja das Brot nicht.«

Wenig später blieb Elvie vor der Tür des Juweliergeschäfts stehen und bewunderte die glitzernden Schmuckstücke im Schaufenster, während Christiana in den Laden ging, um ihre Ringe ändern zu lassen.

Er drehte sich nicht um, als die Ladenglocke ertönte, aber Christiana erkannte ihn sofort. Sie hob die Augenbrauen und lächelte in sich hinein, während sie zu dem hohen, vergoldeten Stuhl hinüberging und sich setzte.

Der Gentleman, der ihn bediente, sah auf. »Guten Morgen, Mrs. Holloway. Ich werde Ihnen sofort zu Diensten sein.«

Brodie fuhr herum, freudige Überraschung im Gesicht. Dann stutzte er und stammelte eine Begrüßung.

Die falsche Mrs. Holloway, dachte sie belustigt, aber sie neigte den Kopf. »Guten Morgen, Brodie.« Sie deutete auf die Opale, die auf einem Samttuch ausgebreitet lagen. »Also haben Sie gefunden, wonach Sie gesucht haben?«

Er blickte auf seine Steine. Ihre Frage bereitete ihm noch mehr Unbehagen. »Ja, Ma'am«, murmelte er ohne aufzusehen.

Da nun eine gute Kundin im Geschäft war, wollte der Juwelier ihn schnell abfertigen. Er hob einen Ehering hoch. »Haben Sie sich entschieden? Ich würde diesen hier empfehlen.«

Noch nie hatte Christiana einen Mann in solcher Verlegenheit erlebt, aber sie hatte nicht die Absicht, es ihm leichter zu machen. So geschmacklos es auch sein mochte, aber jetzt hatte sie die Gelegenheit, Viviens Spiel aufzudecken.

»Wann ist die Hochzeit, Brodie?« fragte sie und zwang ihn somit, sich wieder zu ihr umzudrehen.

Er blinzelte irritiert, und Christiana bemerkte, daß er lange und dichte Wimpern hatte, was noch zusätzlich zu seinem guten Aussehen beitrug, denn er war tatsächlich ein schmucker Mann. Sie hatte ihn bisher nur in Arbeitskleidung gesehen, aber in seinem feinen Anzug wirkte er geradezu umwerfend.

»Sie wissen davon?« krächzte er.

»Natürlich. Vivien ist immer noch meine Schwiegertochter.« Er öffnete den Mund und schloß ihn wieder. Dann wandte er sich an den Juwelier. »Ich nehme ihn. Bitte wickeln Sie ihn ein.«

Der Juwelier sammelte die Opale ein, nahm den Ring und ging zum anderen Ende der Theke.

Bedächtig zog Christiana ihre Handschuhe aus.

»Ich wünsche Ihnen alles Gute, Brodie.«

Er war so dankbar für ihre freundlichen Worte, daß er sich ein wenig entspannte. »Danke, Mrs. Holloway. Wissen Sie, es hat mir schrecklich leid getan, als ich von Verns Tod erfuhr. Wäre es unangebracht, wenn ich Ihnen hier mein Beileid ausspreche?«

»Ganz und gar nicht«, erwiderte sie mit finsterem Blick. Wie konnte er es wagen? »Nicht unangebrachter als meine guten Wünsche für Sie. Unter diesen Umständen. Aber ich hoffe, Sie werden ein gutes Leben haben.«

»Danke.« Er schluckte und blickte zum Juwelier hinüber, ob er ihn wohl retten würde, aber der Mann war noch beschäftigt.

»Ich vermisse Vern sehr«, fuhr sie fort. »Es wäre nicht so schlimm, wenn es Enkelkinder gäbe, aber da Vivien keine

Kinder bekommen kann, blieb mir auch dieser Trost verwehrt.«

Sie sah, wie die Farbe aus seinem Gesicht wich. »Wann sagten Sie noch, daß die Hochzeit stattfindet?« fragte sie wieder.

»Morgen«, knurrte er grimmig. »Ich muß jetzt gehen.« Er hob die Hand zur Stirn, wo normalerweise der Hut gesessen hätte, und ging zum Juwelier, wo er ungeduldig mit dem Fuß auf den Boden klopfte, während er auf sein Päckchen wartete. Die Banknoten wurden ihm vorgezählt, und Brodie stopfte sie in die Tasche. Beim fluchtartigen Verlassen des Geschäfts wäre er beinahe mit Elvie zusammengestoßen, die gerade zur Tür hereinkam.

»Haben Sie gesehen, wer das war?« rief sie, doch Christiana legte unbeeindruckt ihre Ringe auf die Theke und sah den Juwelier an.

»Sie sind mir zu weit geworden«, sagte sie ruhig. »Können Sie da etwas machen?«

Als Vivien fröhlich mit ihren Paketen in die Suite kam, wartete Brodie bereits auf sie.

»Ach herrje, was für ein Tag! Aber ich habe ein schönes Kostüm gefunden, in Dunkelblau. Du darfst es allerdings noch nicht sehen.«

Brodie war nicht in der Stimmung für Höflichkeiten. Er folgte ihr ins Schlafzimmer, wo sie die Sachen auf das Bett warf.

»Ach, geh doch weg«, rief sie, »du verdirbst ja alles.«

»Es ist bereits alles verdorben«, brummte er.

»Wovon sprichst du?«

»Es war alles eine Lüge, nicht wahr? Eine gottverdammte Lüge.«

»Was war eine Lüge?«

»Das Baby. Du erwartest überhaupt kein Kind!«

»Um Himmels willen! Wie kommst du denn darauf?«

Es gab Tränen. Verleugnung. Mehr Lügen. Mehr Tränen. Dann Wut. Und einen fürchterlichen Streit, als die Wahrheit ans Licht kam.

In seinem ganzen Leben war Brodie noch nie so wütend gewesen.

»Wenn du ein Mann wärst«, rief er, »würde ich dich zu Boden schlagen. Du bist eine Betrügerin und eine Lügnerin, und du hast kein bißchen Respekt vor mir.«

Sie bettelte und schluchzte, und als es nichts half, verlangte sie erbost, er müsse sie heiraten. »Ich werde nicht zulassen, daß du mich sitzen läßt. Es ist zu spät, ich habe alles arrangiert.«

»Dann mußt du eben alles wieder absagen«, erwiderte er hart. »Du konntest es einfach nicht erwarten, wie? Du mußtest mich nach deiner Pfeife tanzen lassen, als wäre ich irgendein armer Idiot ohne eigenen Verstand.«

Er nahm die Schachtel mit dem Ehering und legte sie auf die Kommode. »Den hab ich für dich gekauft, also kannst du ihn auch haben.«

Als er zur Tür ging, lief Vivien ihm nach. »Du kannst nicht gehen, Brodie. Du darfst nicht! Ich liebe dich doch!«

Sie warf sich an ihn, aber es war zu spät.

»Diese Art von Liebe brauche ich nicht«, schnaubte er. »Laß mich los.«

Er schlug die Tür hinter sich zu und stürmte in sein eigenes Zimmer, um zu packen und endlich zu verschwinden. Fort von ihr, fort von diesem Ort und den Demütigungen, die er durch sie hatte erdulden müssen.

»Die Hochzeit ist abgeblasen«, teilte er Gus mit.

»Warum? Was ist passiert?«

»Nichts Besonderes. Wir sind uns über manche Dinge eben uneinig. Ich werde sie nicht wieder sehen.«

»Ich vermute, es ist das Beste.«

Brodie war deprimiert. »Ich scheine nicht viel Glück zu haben.«

»Kein Glück? Du hast doch jede Menge Glück mit deinen Opalen.«

»Ich habe in dieser Stadt schon genug Zeit und Geld verschwendet. Ich fahre zurück. Komm doch mit mir. Ich hole jetzt meine Sachen bei deinen Eltern ab.«

Gus lachte. »In diesem Aufzug werden sie dich bestimmt nicht erkennen.«

»Den Anzug werde ich wahrscheinlich nie mehr tragen.«

»Dann kannst du ihn mir ja für meine Hochzeit leihen. Es ist ein schöner Anzug.«

»Man braucht mehr als einen Anzug für eine Hochzeit«, schnaubte Brodie verächtlich. »Man braucht Geld, viel Geld, um eine Frau glücklich zu machen. Komm doch mit. Du mußt dir unbedingt ansehen, was Willi aus meinen Opalen gemacht hat.«

Gus zögerte. »Ich könnte mir ein paar Tage freinehmen, um dich bis nach Charleville zu begleiten. Die Opale würde ich tatsächlich gerne sehen.«

»Es wäre deine einzige Chance«, drängte Brodie. »Von dort aus schicke ich sie nämlich direkt nach Dublin weiter.« Er war überzeugt, daß, hätte Gus erst einmal den halben Weg zu den Opalfeldern hinter sich, der Rest einfach sein würde.

Nicht so einfach für ihn war seine nächste Begegnung mit Mrs. Kriedemann, die meinte, er wäre bereits für die Hochzeit gekleidet.

»Ich werde morgen wieder in den Westen fahren«, sagte er und versuchte ihr nicht in die Augen zu sehen.

»Mit Ihrer Braut?«

Er schüttelte den Kopf. »Es tut mir leid, wenn ich Sie verwirre, aber die Hochzeit findet nicht statt.«

»Guter Gott! Ihr jungen Leute! Ich kann nicht sagen, daß ich sehr traurig darüber bin, Brodie. Bleiben Sie denn zum Abendessen?«

»Wenn ich darf?«

»Natürlich.« Sie beschloß, nicht weiter über die Angelegenheit zu sprechen, und hoffte, daß die unglückselige Liaison bald vergessen sein würde. Sie hielt es auch nicht für notwendig, ihn über Mrs. Holloways Besuch zu informieren. Je weniger er von dieser Familie sah, desto besser.

Brodie war froh, als er sich in ihrem Gästezimmer einschließen und den feinen Anzug ablegen konnte. Er hatte sich überall zum Narren gemacht und würde noch eine Weile darunter leiden.

»Verdammte Frauen!« schimpfte er und warf sich aufs Bett. »Sie sind der Fluch meines verdammten Lebens! Jetzt fehlt mir nur noch, daß Trella Gus ausredet, mit mir zu fahren.«

Sie versuchte es. Gus ging auf dem Nachhauseweg bei ihr vorbei, um ihr die Neuigkeiten zu erzählen.

»Mußt du denn unbedingt fahren?« wollte sie wissen.

»Die Opale, die Brodie gefunden hat, sind etwas ganz Besonderes. Verstehst du nicht: Geschliffen und poliert sind sie echte Schmuckstücke. Ich werde ja nicht lange fort sein.«

»Das sagst du jetzt, aber ich kenne Brodie. Er wird dich wieder zu diesem gottverfluchten Ort mitnehmen.«

»Ich habe doch auch etwas zu sagen«, erwiderte er irritiert.

»Aber dieser ganze Aufwand, nur um ein paar Steine zu sehen! Sie gehören dir nicht einmal. Und denk ja nicht, er schenkt dir irgendetwas! Brodie Court würde seiner eigenen Großmutter kein Lächeln schenken.«

»Und was war mit dem Opal für meine Mutter? Das war einer seiner besten Steine. Oder hast du das schon vergessen? Ich wünschte, du wärst nicht so kritisch mit Brodie. Er tut sein Bestes.«

»Sicher tut er das. Und was war das für ein Theater mit dieser Mrs. Holloway? Wollte er sie des Geldes wegen heiraten? Vielleicht hat sie ihn durchschaut?«

»Nein, es war nichts dergleichen.« Gus fiel ein, daß Brodie gesagt hatte, Vivien sei schwanger. Daß er sie heiraten müsse. Aber was war geschehen? Vermutlich würde er die Antwort in ein paar Tagen erfahren, wenn Brodie besserer Laune war.

»Also, was war es dann?«

»Das geht weder dich noch mich etwas an«, erwiderte er leicht verstimmt, da er Brodies Vertrauen nicht mißbrauchen wollte. »Ich gehe jetzt.« Er küßte sie. »In ein paar Tagen bin ich zurück.«

»Ich hoffe es«, meinte Trella mißmutig.

Während der Zug Richtung Westen fuhr, entspannte Brodie sich mehr und mehr. Wurde sogar fröhlich. Besonders, als er zwei Pfund beim Kartenspiel gegen ein paar Scherer gewann.

Schließlich kam Gus auf die geplatzte Hochzeit zu sprechen, aber Brodie zuckte nur mit den Schultern. »Es war eben keine gute Idee.«

»Scheint mir auch so, aber was ist mit dem Baby?«

Brodie starrte auf sein Spiegelbild im Fenster, hinter dem die Nacht lag. »Da war kein Baby.«

»Sie war nicht schwanger? Woher weißt du das? Hat sie es dir gesagt?«

»Nicht sie. Ich habe es von jemand anderem erfahren.«

Sein Freund war verblüfft. Dann begann er zu lachen. »Willst du etwa sagen, sie hat dich reingelegt? Dich, der immer so schlau ist und der mir immer sagt, man solle niemandem trauen? Dich hat sie an der Nase herumgeführt?«

»Ich finde das gar nicht lustig!«

»Dein Gesicht hätte ich sehen mögen, als du es erfahren hast.«

»Nun, ich habe es herausgefunden und damit ist die Sache erledigt. Und wenn du irgend jemandem davon erzählst, bringe ich dich um!«

»Kein Wort darüber«, versprach Gus grinsend und zog die

Mütze über das Gesicht, um ein wenig zu schlafen. »Kein Wort!« Doch Brodie war es, der zuletzt lachte, als sie Willi besuchten, der noch immer über den hellen Opalen saß.

»Die sehen gut aus«, sagte Brodie. »Aber hast du mit den schwarzen auch schon angefangen?«

»Konnte nicht widerstehen«, antwortete Willi. »Hier, sieh nur, eine wahre Augenweide!« Er holte ein schwarzes Holztablett mit einem funkelnden Haufen schwarzer Opale, die auf dem dunklen Hintergrund wie Feuer glänzten.

»Dies sind erstklassige Steine, Brodie, sogenannte Erzopale. Ich hab schon davon gehört, sie aber noch nie gesehen. Dein Brocken war aus Sandstein mit Eisen drin, und Gott weiß, was noch allem, und die Ader lag darin eingebettet wie in einen Kokon.« Er fuhr fort, die verschiedenen Schliffarten zu beschreiben und warum er sie wo angewandt hatte, aber die beiden hörten ihm kaum zu.

Gus hob einen glatten, schmalen Stein auf. »Unglaublich! Sie sind einzigartig, oder was meint ihr?«

»Im Moment ja«, sagte Willi. »Ein Bekannter von mir kam vor ein paar Tagen auf ein Schwätzchen vorbei. Er fährt runter zum Lightning Ridge, weil das Gerücht geht, daß sie dort karrenweise schwarze Opale ausbuddeln.«

»Warum geht er in den Süden, wo sie doch auch hier in Queensland finden kann?« wollte Gus wissen.

Willi grinste. »Du glaubst doch nicht etwa, ich hätte ihm gesagt, wo die hier herkommen? Brodie hätte mir das Fell über die Ohren gezogen!«

»Wieviel Karat?« erkundigte sich Brodie und nahm einen Opal.

»Etwas über vierzig«, antwortete Willi. »Dieser hier hat etwa dreiundzwanzig«, fügte er hinzu und zeigte auf einen anderen. »Es ist ein wahres Vergnügen, sie anzusehen«, sagte er stolz. »Als ob man ins Feuer guckt, man sieht alles Mögliche darin. Sie werden dir ein Vermögen bringen, Brodie – falls du die Händler dazu bringen kannst, nicht nur die hellen Opale zu beachten.«

»Das habe ich bereits.« Brodie berichtete über seinen Erfolg in Dublin. »Hier sind sie vielleicht noch nicht in Mode, aber das ist mir jetzt egal. Ich habe einen Händler in Dublin, dem ich diese Opale sofort schicken werde. Dort wird man ihrem wahren Wert gerecht.«

Brodie zog eine Flasche Whiskey zum Feiern hervor und eine zweite für Willis eigenen Gebrauch. Während sie anstießen und sich unterhielten, starrte Gus immer wieder fasziniert zu dem Tablett mit den schwarzen Opalen hinüber. Brodie zwinkerte Willi zu, der den Hinweis verstand.

»Und du bist nicht daran interessiert, auch welche auszugraben, Gus? Wo dein Freund hier der einzige ist, der weiß, wo sie zu finden sind?«

»Interessiert ist er wohl«, sagte Brodie listig, »aber er ist jetzt auch dressiert. Er heiratet nämlich und darf nicht mehr auf Opalsuche gehen, stimmt's, Gus?«

»Niemand hält mich davon ab, das sagte ich dir bereits. Ein Familienvater braucht ein regelmäßiges Einkommen, und ich habe jetzt einen guten Job.«

»Er ist Barkeeper«, meinte Brodie verächtlich.

Willi zog an seiner Pfeife. »Das ist nichts Verkehrtes. Das Problem ist nur, daß du es vom falschen Standpunkt aus betrachtest, Gus. Ich wette, wenn deine Freundin diese Schmucksteine sehen könnte, wäre sie begeistert. Frauen lieben Juwelen, und die hier sind erstklassig.«

»Wie viel, glaubst du, bekomme ich dafür?« fragte Brodie um es Gus noch schmackhafter zu machen.

»Keine Ahnung. Ich weiß nicht, ob dein Händler ehrlich ist und sich nicht mit der ganzen Ladung aus dem Staub macht ...«

»Aber den ersten Steinen nach zu urteilen? Zusammen mit den hellen.«

»Weit über tausend, würde ich sagen. Aber diese Erzopale, die großen, haben keinen festen Preis.«

»Tausend *Pfund?*« fragte Gus schwach.

»Natürlich. Dein Freund hier ist schon ein reicher Mann.«

»Ach was«, meinte Brodie durchtrieben. »Das hier ist erst der Anfang. Da kommt noch viel mehr.«

Gus schüttelte den Kopf. »Trella wird mir das nie verzeihen.«

»Natürlich wird sie.« Brodie lachte. »Schreib ihr einen Liebesbrief. Sie wird schon noch da sein, wenn du zurückkommst!«

Brodie konnte es kaum mehr erwarten. Er hatte seinen alten Partner wieder.

13

AN EINEM WINDIGEN Samstagnachmittag stellten sich die Arbeiter der Käsefabrik in Toowoomba an der Kasse an, um ihren Lohn zu erhalten. Wenn sie vom Fenster des Kassenhäuschens fortgingen, nickten oder grinsten sie Trella zu oder sahen sie einfach nur neugierig an. Alle hatten eine Lohnerhöhung zwischen einem und fünf Shilling erhalten, und alle wußten, daß diese Irin der Grund dafür war.

Doch niemand sprach mit ihr darüber, zumindest nicht auf dem Werksgelände, da Alf Ringrose im Hintergrund stand und sie beobachtete.

»Sieh dir sein Gesicht an«, flüsterte Trella einer Freundin zu.

»Er sieht aus, als hätte er eine Ratte verschluckt, und das wegen der paar Shilling.«

Glücklich steckte sie ihren Lohn in die Tasche.

»Du denkst wohl, du bist davongekommen«, murmelte Ringrose vor sich hin, während sie über den Hof eilte. »Du hast einen Narren aus mir gemacht, hast mich beim Vorstand in ein schlechtes Licht gerückt, und deine Gewerkschaftsbrüder sagen, ich darf dir nichts anhaben. Das werden wir ja sehen.« Er räumte seinen Schreibtisch auf, nahm seinen Hut, verließ das Büro und ging die Holztreppe hinunter. Auf halbem Weg blieb er stehen und blickte in den Maschinensaal hinab, wo die Arbeiter alles für den Feierabend vorbereiteten. Sie sollten wissen, daß er immer wachsam war und keine

Schlampereien duldete. Dann ging er an den Kühlräumen vorbei, um die Fabrik durch den Seitenausgang zu verlassen.

Die Männer schlossen gerade die Laderampen und räumten den Hof auf, wo Kisten aufgestapelt waren und Spülbecken zum Abholen bereitstanden.

»Nanu, man hört nicht ein Wort des Dankes«, rief er mit gespielter Fröhlichkeit. »Hat denn niemand von euch die Lohnerhöhung bemerkt?«

Er sah erleichtertes Grinsen und hörte Dankesrufe, die jedoch nicht von Herzen kamen. Ein Jahr zuvor war das Mindestgehalt um ein Pfund gekürzt worden, um die landesweite Depression aufzufangen, und die zwei kleinen Lohnerhöhungen der letzten Monate hatten diesen Verlust kaum wettgemacht. In Erinnerung an die guten alten Zeiten sahen diese Männer also keinen Grund für Dankbarkeit. Außer um in diesem Moment den Boß nicht zu verärgern.

»Ihr müßt jetzt alle noch schwerer arbeiten«, sagte er, »um die Lohnerhöhung hereinzubringen. Und wir werden einige Änderungen vornehmen.«

Die Männer, die die Fabrik gerade verließen, blieben stehen.

»Ja«, fuhr er seufzend fort. »Heutzutage bekommt man eben nichts geschenkt. Auch wir müssen auf jeden Penny achten. Die Lohnliste ist ganz schön lang.«

Die Gesichter verrieten ihre Anspannung. Niemand bewegte sich. Sie schienen den Atem anzuhalten. Ein Vogel kreischte in den Bäumen hinter ihnen.

Da heulte die Fabriksirene auf. Ringrose zuckte mit den Schultern und drehte sich um. Er hatte seine Beute erspäht.

Während alle auf das Tor zugingen, kreuzte er wie zufällig den Weg des jungen Court.

»Auf ein Wort«, sagte er und zog ihn am Ohr.

Der Junge, der zu einem kräftigen Burschen herangewachsen war, verzog das Gesicht. »Ja, Sir?«

»Wir haben hier ein Problem auf dem Hof«, meinte Ringrose mit freundlichem Lächeln. »Zu viele Männer und zu wenig Arbeit.«

Garth Court sah ihn überrascht an. »Ich dachte, es sei jetzt genau andersherum, wo doch die Fabrik in Haverston geschlossen hat und alle Farmer zu uns kommen.«

Der Manager runzelte die Stirn. Dieser Bursche hatte ein ebenso großes Maul wie seine Mutter. Er hatte zwar recht, aber wie konnte er sich erdreisten, einem Vorgesetzten zu widersprechen? »Offensichtlich verstehst du nicht, wie eine Fabrik dieser Größe geleitet wird«, gab er barsch zurück. »Wir müssen sparen. Und wir versuchen fair zu sein. Wer zuletzt kommt, geht zuerst.«

Der Junge war verwirrt. »Ich verstehe Sie nicht.«

»Das heißt, du bist dran. Du kannst gehen.«

»Wollen Sie damit sagen, ich bin entlassen?«

»Nicht ganz entlassen«, meinte Ringrose gleichmütig. »Nur vorübergehend. Du kannst jetzt gehen.«

Der Junge starrte ihn eine Minute lang entgeistert an. Dann sah er sich verstohlen um, als hoffte er, daß niemand ihr Gespräch belauscht hätte, drehte sich um und lief zum Tor hinaus.

Garth war entrüstet. Verletzt und beschämt darüber, daß man ihn entlassen hatte.

Mißmutig machte er sich auf den Weg zu Gus, aber als er am Pub ankam, fiel ihm ein, daß Gus ja mit Onkel Brodie in den Westen gefahren war. Sie hatten ihn ebenfalls zum Narren gehalten. Brodie hatte versprochen ihn mitzunehmen und wieder war er ohne ihn gefahren.

Wenn sie nur ein paar Tage gewartet hätten!

Während er nach Hause marschierte, überlegte Garth, warum man ihn entlassen hatte. Er hatte doch nichts verbrochen. Es war einfach unfair.

In seiner Tasche klimperte das Geld. Auch er hatte diese Woche mehr Lohn bekommen.

Ach ja, die Lohnerhöhung! Alle wußten, daß seine Mutter dem Manager die Gewerkschaft auf den Hals gehetzt hatte. Und dies war nun Ringroses Art, es ihr heimzuzahlen. Er entließ nicht sie, sondern ihren Sohn. Es war alles ihre eigene Schuld. Wenn sie den Mund gehalten hätte, wäre er noch in der Fabrik. Die anderen hatten gut lachen mit ihrer Lohnerhöhung.

Am Abend verlor Garth kein Wort über die Sache. Und auch am nächsten Tag erzählte er nichts, sondern ging mit Trella zum Gottesdienst und ließ sie dann allein, da er wußte, daß sie vor Montag nichts darüber erfahren würde. Allein und verärgert wanderte er durch die Stadt und überlegte, was zu tun sei. Er mußte irgendwo anders Arbeit finden.

Mußte er wirklich?

Er war rechtzeitig zum Abendessen zurück, aber sie merkte trotzdem bald, daß etwas nicht stimmte.

»Was ist mit dir, Garth? Bist du krank? Du hast den ganzen Tag kaum ein Wort gesprochen?«

»Ich bin nicht krank«, gab er mürrisch zurück. »Was ist es dann?«

»Nichts.«

»Das klingt mir aber nicht nach nichts.«

»Laß mich in Ruhe.«

Das tat sie. Und Garth schlich im Haus herum und unterdrückte seine wachsende Aufregung. Jetzt wußte er, was zu tun war.

Am nächsten Morgen verließ er vor ihr das Haus, damit sie dachte, er ginge zur Arbeit. Doch er schlich zurück, versteckte sich und wartete, bis sie aus der Tür kam.

Als die Luft rein war, schlüpfte er wieder ins Haus und packte seine Sachen in einen kleinen Koffer. Aus der alten Teedose, in dem sie das Geld aufbewahrte, nahm er genau den Lohn, den er am Samstag erhalten hatte, und hielt sich für einen ehrlichen Mann, weil er keinen Penny mehr nahm. Er durchstöberte die Vorratskammer, schmierte sich ein paar Brote, schob sie in den Koffer und zog seine Jacke über.

Ehe er ging, schrieb er noch eine Nachricht:

Liebe Mutter. Ich bin entlassen worden, also gehe ich auf Opalsuche. Dein dich liebender Sohn Garth.

Er legte sie auf den Küchentisch unter den Zuckertopf und war bereit. Zeit zu gehen.

Am Bahnhof kaufte er sich eine Fahrkarte nach Charleville, und eine Stunde später war er bereits auf dem Weg.

Er wußte nicht genau, wie er von dort aus nach Ten Mile gelangen sollte, aber er würde es schon noch herausfinden. Ich kann ja fragen, dachte er. Irgendwer wird's schon wissen.

Hungrig machte er sich über seine Brote her. Ihm fiel ein, daß er in Dalby Richtung Westen umsteigen mußte – Gus hatte ihm so oft von der Reise erzählt, daß Garth das Gefühl hatte, die Strecke auswendig zu kennen. Wen kümmerte schon dieser dumme Job? Dies war ein richtiges Abenteuer, weil er sein Leben selbst in die Hand nahm, und wenn er erst in den Minen arbeitete, würde er es Brodie schon zeigen. Er würde der beste Schürfer werden, den sie je hatten.

Garth sah sich um und lächelte. Warum war er nicht schon viel früher auf diese Idee gekommen?

Die Montage waren immer sehr anstrengend. Vor der Fabrik standen die Ochsenkarren und Pferdewagen Schlange, und einige Farmer hielten ihre Schwätzchen, während andere ins Büro stürmten, um über die Milchpreise zu streiten, ehe sie ihre Verträge verlängerten. Schwere Milchkannen wurden vorgerollt und den wartenden Händen der Fabrikarbeiter übergeben.

Trella arbeitete mit gesenktem Kopf und achtete nicht mehr auf das Klappern der Kannen und das Summen der Zentrifugen, während sie mit dem Schlauch von Kanne zu Kanne eilte. Sie hatte ihren Rock über die Knie gezogen und ein Baumwolltuch um die Haare geschlungen. Nach einer Weile hatte sie den Eindruck, daß dieser Montagmorgen anders war als andere, aber als sie sich umsah, schien alles normal, und sie arbeitete weiter wie immer.

Erst am Mittag erfuhr sie, daß ihr Sohn nicht zur Arbeit erschienen war. Sie lief nach draußen, um nach ihm zu suchen, und erfuhr, daß keiner der Männer ihn gesehen hatte.

»Hat wohl Urlaub genommen, wie?« meinte einer von ihnen grinsend.

»Urlaub werd ich ihm geben«, murmelte sie und machte sich Sorgen, daß der Manager es herausfinden könnte. Ganz sicher würde er es herausfinden.

Doch Ringrose tauchte nicht auf, um sich nach Garth zu erkundigen, also arbeitete sie den restlichen Tag über still und ruhig vor sich hin, um ja keine Aufmerksamkeit auf sein Fehlen zu ziehen.

Als sie nach dem wie üblich langen, harten Tag mit der Arbeit fertig war, hatte sie schreckliche Kopfschmerzen von all ihren Sorgen. Wo konnte Garth nur sein? Er hatte doch auf dem Weg keinen Unfall erlitten? Ihr fiel ein, daß sie ihn nicht auf der Landstraße gesehen hatte, aber er nahm oft die Abkürzung über die Wiesen. War er hingefallen und hatte sich verletzt? Oder hatte ihn der alte Bulle von der Cartwright-Farm angegriffen? Sie eilte in der Dämmerung nach Hause, eine Minute voller Angst und die nächste voller Wut.

Dann fand sie seine Nachricht.

Sie stand wie erstarrt. Entlassen? Wann? Und warum? Er war ein guter Arbeiter, das sagten alle.

Er war also zu Brodie gelaufen! Dieser verdammte Narr! Wie wollte er seinen Weg dorthin finden? Ten Mile lag Hunderte von Meilen entfernt im Busch. Verärgert lief sie zu den Schränken, um nachzuprüfen, ob er wirklich seine Sachen mitgenommen hatte, dann setzte sie sich müde auf einen Stuhl. Sie würde am nächsten Morgen mit dem Manager sprechen, aber was konnte sie bis dahin unternehmen? Nichts.

»Bei Gott«, sagte sie laut. »Brodie schickt ihn besser gleich wieder nach Hause, sonst bekommt er es mit mir zu tun.«

Aber sie wußte, das würde er nicht tun. Brodie hatte den Jungen immer ermutigt mit auf Opalsuche zu gehen und würde ihn schon allein deswegen dabehalten, um sie zu ärgern.

Die ganze Nacht hindurch wälzte sie sich im Bett hin und her und dachte an diesen Lester, der sich im Busch verirrt hatte und umgekommen war. Welche Chance hatte ein Junge wie Garth da draußen in der Wildnis? Wenn bloß Gus zu Hause wäre! Er wüßte, was man tun müßte. Aber nein, der mußte sich ja unbedingt die Opale ansehen, verdammt noch mal! Ein schlechtes Beispiel für den Jungen, das war er.

Bei Tagesanbruch kamen ihr neue Sorgen in den Sinn. Ohne Garths Lohn würde sie die Miete nicht mehr zahlen können. Sie sprang aus dem Bett und leerte die Teedose aus: Garth hatte seinen Lohn mitgenommen. Er hatte also zumindest Geld bei sich, aber anscheinend hatte er nicht darüber nachgedacht, wie sie jetzt zurechtkommen sollte. Sie hatte noch ein paar ersparte Shilling im Geldbeutel, aber die würden nicht lange reichen.

Müde und erschöpft klopfte sie am nächsten Morgen an Ringroses Büro. Sie wußte, daß sie auf keinen Fall die Beherrschung verlieren durfte.

»Mr. Ringrose, warum haben Sie meinen Sohn entlassen?«

Er sah sie verächtlich an. »Wer sagt, daß ich das getan habe?«

»Er selbst.«

»Er ist am Sonnabend von der Arbeit weggelaufen, aber das scheint Sie nicht weiter zu beunruhigen, wie? Und nun denken Sie, ich hätte ihn entlassen. Das ist die dümmste Ausrede, die ich je gehört habe. Ist er heute da?«

»Nein. Warum sollte er, wenn Sie ihn entlassen haben?«

»Das ist seine Geschichte. Aber Sie können ihm sagen, daß er jetzt entlassen ist.«

»Mein Sohn lügt nicht.«

»Wollen Sie etwa behaupten, daß ich lüge?«

»Nein, Sir, ich versuche nur herauszufinden, was geschehen ist.«

»Dann versuchen Sie das bei der Arbeit. Es sei denn, Sie denken auch daran zu gehen.« Die Drohung war deutlich. Trella verließ das Büro, um ihn nicht noch mehr gegen sich aufzubringen. Sie hoffte inständig, daß Gus helfen konnte. Morgen wollte er spätestens zurück sein.

Garth marschierte in das Büro von Cobb and Co. »Ich möchte eine Fahrkarte nach Ten Mile. Für die Postkutsche.«

»Das liegt nicht auf unserer Route«, erwiderte der Mann unfreundlich.

»Aber im Zug hat man mir gesagt, daß von hier aus eine Kutsche nach Ten Mile fährt.«

Der Mann steckte seinen Kopf durch die hintere Tür. »Kennt einer von euch Ten Mile?«

»Das ist beim Opalfeld«, sagte ein Stimme. »Barbary Creek liegt am nächsten.«

»Da will ich hin.« Garth freute sich, daß alles so einfach war.

»Na schön, mein Sohn, das macht vier Shilling und sechs Pence.«

»Ja, Sir.« Garth gab ihm das Geld. »Um wieviel Uhr fährt die Kutsche ab?«

»Du meinst wohl, an welchem Tag? Freitag als nächstes; also mußt du noch ein wenig warten. Sie fährt immer montags und freitags. Sei pünktlich um sieben Uhr früh da.«

Garth wanderte eine Weile ziellos durch die Stadt. Er brauchte eine Unterkunft, aber er war nicht unbedingt erpicht darauf, Geld auszugeben. Es war warm und sonnig, aber die

Leute im Zug hatten ihm erzählt, daß es nachts sehr kalt werden konnte. Vor einer Schmiedewerkstatt blieb er stehen und beschloß, daß es einen Versuch wert war.

»Brauchen Sie eine Aushilfe?« fragte er.

Der Schmied sah auf. »Suchst du Arbeit?«

»Nein, Sir, ich suche einen Platz zum Schlafen, bis die Postkutsche abfährt. Aber ich arbeite gern für Sie, wenn Sie mich hier schlafen lassen.«

»Ohne Lohn?«

»Ja, Sir.«

»Na gut, einverstanden. Bring mir eins von den Brauereipferden da draußen, während ich das Feuer schüre.«

Am Freitag bestieg er zusammen mit vier anderen Passagieren, zwei Pärchen, die Postkutsche. Die Sitze waren hart und der Staub wirbelte durch die offenen Fenster ins Innere, aber die Fahrt durch den Busch war sehr aufregend. Die Haltestellen, so erkannte er, wurden nicht durch Entfernungen bestimmt, sondern durch das Vorhandensein von Wasser, und während die Pferde getränkt wurden, konnten sich die Passagiere die Beine vertreten und Tee trinken. Zeit schien hier in der Einöde keinerlei Bedeutung zu haben. Die Post wurde an einsamen Gasthöfen und Läden abgeliefert, Neuigkeiten wurden ausgetauscht und Garth fühlte sich wohl, da alle Leute nett waren und niemand sich zu wundern schien, was er hier draußen so ganz allein zu suchen hatte.

Warum auch? fragte er sich nicht ohne Stolz. Ich bin kein kleines Kind mehr. Belustigt dachte er an all die anderen in der langweiligen Käsefabrik, die jeden Tag dasselbe machten. Er war dem entkommen und würde nie mehr dorthin zurückkehren. Das wußte er.

Eine Fähre brachte sie über einen breiten Fluß, und am gegenüberliegenden Ufer wartete eine andere Postkutsche. Da es schon spät war, übernachteten sie in dem einzigen Gasthaus.

Am Mittag des nächsten Tages wurde er langsam ungeduldig und fragte sich, ob diese Wege wohl jemals ein Ende haben würden. Gus und Brodie hatten erzählt, daß es ein weiter Weg bis Ten Mile war, aber inzwischen schien es ihm mächtig weit. Schließlich war er überzeugt, Barbary Creek verpaßt zu haben, traute sich aber nicht nachzufragen und blickte nur nervös auf die eintönige Landschaft hinaus.

Dann kam eine weitere Verzögerung. Am Barbary Creek, wo Garth endlich abgesetzt wurde, hielt der Kutscher sich nicht lange auf, weil er die nächste Haltestelle vor Einbruch der Dunkelheit erreichen wollte. Er schlang etwas Brot und Käse hinunter, nahm zwei Gläschen Rum, wechselte die Pferde und scheuchte die anderen Passagiere wieder in die Kutsche. Sie hatten Garth gesagt, wohin sie fuhren, doch die eigenartig klingenden Namen konnte er sich nicht merken. Er winkte ihnen nach, bis die Kutsche im Staub verschwand.

Auf eine seltsame Weise fühlte er sich beraubt. Reisen war ein einsames Geschäft. Man traf Leute, unterhielt sich mit ihnen, lernte sie kennen und dann waren sie wieder verschwunden. Wie damals auf dem Schiff. Er überlegte, was wohl aus den anderen Jungen geworden war, mit denen er sich auf der Überfahrt von Irland angefreundet hatte. Keinen von ihnen hatte er je wiedergesehen.

»Wo willst du hin, Junge?« erkundigte sich die Frau des Gastwirts.

»Nach Ten Mile, Missus.« Er hob den Koffer auf. »Könnten Sie mir sagen, in welche Richtung ich gehen muß?«

»Du willst zu Fuß gehen?«

»Ja, Missus.«

»Das ist aber ganz schön weit. Du wirst dich verirren.«

»Ich werde es schon finden. Sagen Sie mir nur die Richtung.«

Sie seufzte. »Das ist bei Tage schon schwer genug zu finden, aber um diese Uhrzeit? Du wirst eine Glocke um den Hals brauchen.«

Garth war verwirrt. Er hatte gedacht, daß dies die nächste Poststelle für Ten Mile war und das Dorf nur wenige Meilen entfernt lag. »Wieso eine Glocke?«

Sie war eine große, hagere Frau mit einem langen Gesicht, und ihr fröhliches Lachen überraschte ihn. »Ach mein Junge, komm erst einmal mit hinein und dann überlegen wir, was zu tun ist.«

Sie überzeugte ihn, daß er auf keinen Fall zu Fuß gehen konnte. »Es ist zu weit für einen Neuling. Es gibt einen Weg, aber wir hatten in letzter Zeit ziemlich viel Regen, so daß man ihn nicht mehr erkennen kann. Du wirst ihn nicht von den Viehpfaden unterscheiden können, und wenn du dort marschierst, stehst du plötzlich im Nichts.«

»Wie wär's mit einem Pferd? Könnten Sie mir ein Pferd leihen?«

»Das wäre dasselbe, außerdem können wir keines hergeben. Nein. Du bleibst einfach hier und wartest, bis jemand aus der Gegend vorbeikommt. Hin und wieder kommen Burschen, meist von den Farmen, die die Post holen und weiterverteilen.«

»Wann?«

Sie rieb sich den Nacken. »Irgendwann. Du wartest am besten auf den Kerl, der den Schürferladen und Plenty Station beliefert. Der kommt ziemlich nah an Ten Mile vorbei. Wir haben keinen extra Postsack für die Leute. Was willst du dort eigentlich?«

»Meinen Onkel besuchen. Brodie Court. Kennen Sie ihn?«

»Sicher. Der kam vor einer Weile hier vorbei, Richtung Osten. Ist er denn schon wieder zurück?«

Garth war beunruhigt. Was sollte er tun, wenn Brodie noch gar nicht wieder bei Ten Mile war? »Ich hoffe es. Sie haben ihn nicht gesehen?«

»Nein, aber das heißt gar nichts. Er könnte sich in Charleville ein Pferd genommen haben und geritten sein.«

Garth riß vor Bewunderung die Augen auf. »Das ist aber ein weiter Weg zu reiten. Über hundert Meilen!«

»Mit dem Pferd geht es schneller, und ich finde es auch bequemer als die alte Postkutsche.«

Garth mußte drei Tage bei ihnen bleiben und wurde mit jeder Stunde ungeduldiger, aber seine Gastgeber waren freundlich und lehnten auch eine Bezahlung für seine Übernachtungen ab. »Du könntest aber Holz hacken«, schlug der Wirt vor. »In diesen kalten Nächten tut ein warmes Feuer gut.«

»Ich hab's gewußt!« meinte Brodie zu Gus. »Jedes Mal wenn ich den Rücken drehe, passiert es! Ich bin aber auch ein Pechvogel!«

»Ach, hör doch auf! Nach dem, was ich bei Willi gesehen habe, hast du Glück für zehn. Komm, sehen wir nach, was Ted gefunden hat!«

Gus freute sich, daß der letzte Fund bei Ten Mile aus Glühwürmchen Zwei stammte. Dadurch fühlte er sich mehr beteiligt und überzeugt, daß es das Richtige gewesen war, wieder hierher zu kommen, selbst wenn Trella ihm eine Weile böse sein würde. Und wieder über den vertrauten Ridge zu gehen, war an sich schon ein Abenteuer. Auch ihn hatte es erneut gepackt, da bestand kein Zweifel.

Obwohl er ein wenig enttäuscht gewesen war, daß Brodie so bald wieder auftauchte und er nun mit ihm teilen mußte, konnte Ted seine Aufregung kaum verbergen. Sowohl Gus als auch Brodie waren sich einig, daß die Opale erstklassig waren, hell mit glitzernden Regenbogenfarben wie aus der ersten Glühwürmchen-Mine, und Ted freute sich, daß Brodie als Käufer zur Stelle war und ihn ausbezahlen würde.

»Wir können hier jetzt nicht aufhören«, sagte Brodie. »Die schwarzen Opale müssen warten.«

Gus war derselben Meinung. »Ja, es wäre verrückt, jetzt

nicht weiterzumachen. Ted ist erst wenige Meter mit dem Tunnel vorgedrungen. Aber wie passe ich in eure Mannschaft?«

Brodie rief Ted dazu. »Seit ich gegangen bin, ist niemand auf Opal gestoßen, aber dein Fund wird sie anspornen, deshalb machen wir alle weiter. Du hast deinen Spaß gehabt, aber deine Ader ist erst einmal versiegt. Willst du trotzdem weiter in dieser Mine arbeiten?«

»Und ob ich das will!«

»Gut, dann kommt Gus als Partner dazu.«

Ted runzelte die Stirn. »Ich weiß nicht recht.«

Brodie warf ihm einen drohenden Blick zu. »Du vergißt, daß ich hier der Boß bin, und was ich sage, gilt. Mein Freund ist dabei. Aber Gus und ich, wir haben es ziemlich eilig.«

»Warum?« fragte Ted.

»Weil er in der Stadt eine Freundin hat.« Brodie zwinkerte Gus zu. »Und rechtzeitig zur Hochzeit zurück sein muß.«

Gus nickte, um diese kleine Lüge zu unterstützen, da er wußte, daß Brodie einem anderen Schürfer den wahren Grund niemals verraten würde.

»Also«, fuhr Brodie fort, »werden wir rund um die Uhr arbeiten. Wir müssen dort unten sowieso Kerzen einsetzen, also vergeuden wir Zeit, wenn wir schlafen. Mit drei Männern im Team können wir aber in Schichten arbeiten. Und wir teilen durch drei«, fügte Brodie hinzu, ohne Ted zu fragen, der keine andere Wahl hatte als zuzustimmen.

Gus war klar, daß dies Brodies Art war, Ted dafür zu bestrafen, daß er die Regeln der Partnerschaft gebrochen hatte. Und falls Ted sich auflehnte, wäre er draußen.

Sie verloren keine Zeit. Um zehn Uhr nachts kauerte Gus im engen Tunnel, bearbeitete den Sandstein vorsichtig mit seiner kleinen Hacke und den Fingern, lauschte auf den Klang von Kristall und war in seinem Element. Nichts war schöner als dieses Gefühl der unterdrückten Erregung, weil man jede Sekunde auf Opal stoßen konnte.

Er achtete nicht auf die staubige Luft, den modrigen Geruch der Erde oder den Schweiß, der ihm in die Augen lief. Er nahm weder die beinahe unwirkliche Stille wahr, die nur durch sein monotones Meißeln durchbrochen wurde, noch die Krämpfe, mit denen sich seine Muskeln gegen die unnatürlich geduckte Haltung wehrten. Er war vollkommen glücklich damit, durch sein Geschick der Erde ihre Geheimnisse zu entlocken. Gleichzeitig war er sich bewußt, daß die Erde sich auch wehren konnte. Sie konnte den Eindringling ebenso leicht zerstören, wie sie ihm die schönsten Schätze der Welt schenken konnte.

Seine Eltern hatten ihm viele Mythen erzählt, darunter auch den von Gäa, der Mutter der Erde, und hier unten mußte er wieder an sie denken. Sie kümmerte sich nicht um die Menschen; sie war Hüterin dieses Planeten, und wenn sie beschloß, Erdbeben, Überschwemmungen oder Feuersbrünste zu schicken, so hatte sie ihre Gründe dafür.

Eigenartig, überlegte er, während sein rechter Arm immer mehr schmerzte, daß die Aborigines eine ganz ähnliche Philosophie hatten. Sie glaubten an Geister, nicht aber an einen Gott. Diese Erde war Anfang und Ende ihrer Religion, wenn man sie überhaupt so nennen konnte. Sie sahen sich selbst als Hüter und Pfleger ihrer Schätze und folgten streng und getreu den Gesetzen der Natur, der Erde.

Auf seinen Reisen hatte Gus sich oft zu den Eingeborenen gesetzt und ihren Geschichten gelauscht, auch ihrer Traurigkeit. Diese Menschen beeindruckten ihn sehr, und er fragte sich, warum ihm die Ähnlichkeit zum Mythos der Gäa nicht schon eher aufgefallen war. Er sollte zusammen mit Trella diese Leute aufsuchen. Sie könnten mit einem Zelt durch das Land reisen, als Hochzeitsreise, mitten durch den Busch. Trella hatte in diesem Land nur zwei Städte gesehen. Es würde ihr bestimmt gefallen.

Er war traurig darüber, daß sie so hart arbeiten mußte. Seine Frau sollte eigentlich gar nicht arbeiten müssen. Wenn er wieder auf Opal stieße und diesmal gut darauf aufpaßte, könnte er vielleicht einen Landgasthof kaufen. Und sie würden glücklich bis an ihr Ende dort leben.

Garth liebte er wie einen eigenen Sohn. Der Junge könnte mit ihnen kommen und das Geschäft lernen. Sie würden eine richtige Familie sein.

Gus griff nach oben, um einen Stein über seinem Kopf zu lösen, als plötzlich mehrere Steine herunterstürzten. Er lehnte sich zurück und blickte ängstlich umher.

»O nein, bitte nicht«, sagte er und dachte an Gäa. »Ich will dir nichts Böses, also sei still.«

Vorsichtig kroch er zurück und mußte mit ansehen, wie eine kleine Lawine von Steinen sich löste und das Ende des Tunnels auffüllte, in dem er gearbeitet hatte.

Als der Einsturz vorüber war, machte er sich wieder an die Arbeit, diesmal mit einer Schaufel, um die Steine aufzuschichten, damit sie mit der Winde zur Oberfläche gezogen werden konnten. Dann untersuchte er die Wände des Tunnels.

Er entschied, daß sie die Mine mit Holzpfeilern stützen mußten, ehe sie weiterarbeiten konnten, und kletterte nach oben, um seine Muskeln zu dehnen und sich dann geeignete Pfähle zu suchen.

Brodie erwachte durch die Schläge der Axt und war überrascht, Gus zu sehen.

»Du kommst gerade recht«, sagte Gus. »Ich hatte einen kleinen Einsturz. Hilf mir mit dem Holz, wir brauchen da unten mehr Stützen.«

»Noch kein Opal?«

»Nein Brodie.« Gus lachte. »Und ja, es geht mir gut.«

Die Vermieterin reagierte sehr verständnisvoll. »Ihr Junge ist nach Charleville gefahren. Ich bin zum Bahnhofsvorsteher gegangen, und er konnte sich an ihn erinnern.«

»Danke für Ihre Mühe«, erwiderte Trella. »Aber wie kommt er von dort aus weiter? Er kennt sich in der Wildnis doch nicht aus.«

»Es ist ja nun auch nicht das Ende der Welt.«

»Oh, für mich schon. Ich habe schreckliche Angst um ihn.«

»Guter Gott! Ihr jungen Frauen seid viel zu ängstlich. Ihr solltet euren Männern mehr vertrauen!«

»Aber Garth ist noch ein Kind«, rief Trella. »Er ist zwar schon groß, aber immer noch ein Kind!«

»Ach was! In seinem Alter habe ich auf einer Farm gearbeitet, mit meiner kleinen Schwester am Rockzipfel, wir waren Waisenkinder, und was hab ich hart gearbeitet, so eine Milchfarm ist kein Zuckerschlecken ...«

Trella, die die Geschichte schon mindestens ein Dutzend Mal gehört hatte, saß wie betäubt und starrte in ihre Teetasse. Sie wußte, daß Mrs. Wilkinson auf Gus anspielte, als sie vom Vertrauen in die Männer sprach. Immer war sie auf seiner Seite gewesen, wenn es um die Opalsuche gegangen war, und hatte gesagt, daß Frauen sich nicht in die Geschäfte der Männer einmischen sollten.

»Wenn er nun einmal schürfen gehen will, warum stellen Sie sich ihm in den Weg?« hatte sie gefragt. »Er ist ein guter, gottesfürchtiger Mann, und Sie werden ihn nicht verlieren, wenn Sie ihn ziehen lassen.«

Nun, da Gus ja offensichtlich mit Brodie nach Ten Mile gefahren war, verließ Trella ganz und gar der Mut. Wegen Gus hatte sie keine Angst; aber Brodie, mit all seinen schönen Reden, hatte wieder einmal gewonnen. Und diesmal hatte er sich auch ihren Sohn geschnappt.

Jeden Tag erwartete sie einen Brief von Gus, in dem er ihr seine geänderten Pläne mitteilte, aber von Garth würde sie so bald wohl nichts hören.

Sie hielt sich von der Bäckerei fern, da sie sich scheute zuzugeben, daß sowohl Gus als auch ihr Sohn sie verlassen hatten. Daß Garth einfach davongelaufen war, ohne ein Wort, nur mit einer kurzen, herzlosen Nachricht. Warum hatte er ihr nicht gesagt, daß er entlassen worden war? Sie hatte Ringrose keine Sekunde lang geglaubt. War sie eine so schlechte Mutter, daß ihr Sohn sich ihr nicht anvertrauen konnte? Wußte er nicht, wie sehr sie ihn liebte? Sein Schmerz war ihr Schmerz. Aber die Entlassung war für ihn natürlich eine Entschuldigung gewesen, Brodie hinterherzufahren. Seinem Helden.

Zweifel nagten an ihr. Trella fürchtete, daß sie sich zu strikt gegen das Schürfen aufgelehnt hatte. Hätte sie mehr auf Gus und seine Träume hören sollen? Aber was hatten diese Träume bereits gekostet? Ein Mann war tot, und Gus hatte nur um Haaresbreite überlebt. Und nach all den Jahren der Gold- und Opalsuche – was hatte er da vorzuweisen? Nichts! Warum sah er das nicht ein? Er hatte selbst gesagt, daß nur sehr wenige Glückliche Erfolg beim Schürfen hatten. Es war schlimmer als das Glücksspiel, dieses Schürfen. Gut, Brodie gehörte zu diesen Glücklichen, aber dachte Gus denn, daß dessen Glück auf ihn abfärben würde?

Trella bezweifelte es. Sie wünschte, sie hätte Gus erzählt, was für ein selbstsüchtiger Mensch ihr Schwager war, der niemand anderem auch nur eine Unze Glück gönnte.

Der Brief kam, wie sie es sich gedacht hatte. Voller Liebesbekundungen und Entschuldigungen und Versprechen, daß dies das allerletzte Mal sei. Trella kamen die Tränen. Sie hatte so lange gekämpft, daß sie sich für zu stark hielt, um ihnen nachzugeben, aber die Süße seiner Worte ließ sie aufschluchzen, weil sie diesen närrischen Mann so sehr liebte.

Die Tage und Nächte zogen sich endlos dahin, und obwohl sie versuchte, hoffnungsvoll und sogar fröhlich zu sein, krochen immer wieder Ängste in ihr hoch, wilde Ängste, die in ihre Träume drangen und ihr Herz umschlossen wie eine eiserne Faust.

Endlich konnte Garth aufbrechen. Er verabschiedete sich per Handschlag von seinen Gastgebern am Barabary Creek, versprach, sie wieder zu besuchen und kletterte auf den Karren des Postboten, um die letzte Etappe seiner Reise anzutreten.

Doch wieder kam es anders, als er erwartet hatte. Der Karren, beladen mit Postsäcken, Kisten, verschiedenen Werkzeugen und anderen Arbeitsgeräten, war auf dem Weg zum Schürferladen, den Garth unmittelbar bei Ten Mile vermutet hatte, doch so war es nicht. Nachdem sie einige Stunden einen holprigen Buschpfad entlanggefahren waren, hielt der Mann plötzlich an. »Hier mußt du aussteigen, Sohn.«

Garth sah sich um. Da war nichts! Um ihn herum nur endlose, buschbewachsene Steppe. Er mußte an das üppige Grün von Toowoomba denken, an die blühenden Bäume und die Eintönigkeit der Landschaft hier vermittelte ihm das Gefühl, in ein riesengroßes Labyrinth geraten zu sein, ohne Ausweg.

»Keine Bange«, sagte der Kutscher. »Siehst du den Weg da? Der führt direkt zum Ridge, du kannst es nicht verfehlen. Geh einfach drauflos, es ist nur etwa eine Meile entfernt.«

»Und am Ridge, da ist Ten Mile?«

»So ist es, mein Sohn. Viel Glück!« Er schnalzte mit der Zunge, der Karren setzte sich in Bewegung, und Garth blieb allein zurück.

Als er den Weg entlangmarschierte, seinen Koffer in der Hand, kam er sich vor wie der einzige Mensch der Welt. Ein Dingo huschte aus dem Busch und beobachtete den großen Burschen mit seinem Filzhut auf dem dunklen Lockenkopf und der zugeknöpften Jacke. Garth versuchte zu lächeln. Ein Reisender in seinen besten Kleidern und mit Gepäck sah hier in dieser Wildnis bestimmt wie eine Fata Morgana aus. Kein Wunder, daß das Tier ihn anstarrte.

Es war das erste Mal, daß er einen Dingo aus der Nähe sah. Ein schönes Tier, nicht so groß, wie er gedacht hatte, sondern nur etwa so groß wie ein Hund, mit scharfen, wißbegierigen Augen.

»Komm her, Hund!« rief er, da er sich nach Gesellschaft sehnte, und streckte die Hand aus, doch als er näher kam, drehte der Dingo sich um und verschwand wieder im Busch. Garth marschierte weiter und erwartete an jeder Wegbiegung einen Menschen zu erblicken, doch überall war nur Busch. Er kam sich vor wie im Limbus, dem Ort zwischen Himmel und Hölle, und dachte an seine Mutter. Er wünschte sich, er hätte sich nicht so davongeschlichen. Er hätte ihr sagen sollen, daß er entlassen worden war und beschlossen hatte, zu den Opalfeldern zu reisen. Angesichts seiner Beharrlichkeit hätte sie nichts tun können, um ihn aufzuhalten. Sie hätte vielleicht mit ihm geschimpft, das konnte sie gut, aber am Ende hätte sie ihn gehen lassen. Doch reuevolle Gedanken nutzten ihm auf diesem langen, einsamen Pfad wenig, also riß Garth sich zusammen, beschleunigte seine Schritte und blickte hoffnungsvoll nach vorn. Bald hätte er es ganz allein bis nach Ten Mile geschafft, so hoffte er zumindest. Eine stolze Leistung für einen jungen Mann.

Auch Gus hegte reuevolle Gedanken. Er hoffte, daß Trella ihm vergeben würde. Er hatte Brodie zwei Opale für sie abkaufen wollen und war überrascht gewesen, als Brodie sie ihm einfach zuwarf.

»Hier! Gib sie ihr!«

»Himmel, Brodie! Was soll das denn?«

»Ich bin schließlich ein Verwandter, oder nicht?«

»Ja, aber ich hatte immer den Eindruck, daß du Trella nicht magst.«

»Ich bin nicht gerade verrückt nach ihr«, gab Brodie zu.

»Dann will ich auch nichts für sie geschenkt haben!«

Brodie war die Sache peinlich. »Jetzt hörst du dich schon an wie sie. Ich denke, sie ist ganz in Ordnung. Aber irgendwie benimmt sie sich mir gegenüber immer merkwürdig.«

»Ach, und ich finde, daß du dich ihr gegenüber merkwürdig benimmst.«

»Überhaupt nicht.«

»Das sagst du! Ich nehme die Opale, aber unter einer Bedingung. Wenn wir wieder in der Stadt sind, bist du nett zu ihr.«

»Gütiger Gott! Was ist denn hier los? Ich versuche ihr ein Geschenk zu machen und du stellst Bedingungen. So etwas habe ich mein ganzes Leben noch nicht gehört!«

»Wäre es denn so schwer? Wir werden eine neue Familie. Deine Familie und meine. Das ist eine gute Mischung. Und wenn du heiratest, wird unsere Familie wieder wachsen. Ich will, daß wir alle zusammenbleiben, verstehst du das denn nicht?«

»Das reicht jetzt«, brummte Brodie. »Du hättest Priester werden sollen. Geh zurück zum Lager und bete, daß ich gleich auf eine gute Ader stoße. Ich will nicht, daß uns jemand bei den schwarzen Opalen zuvorkommt.«

Er kletterte den Schacht hinunter, zündete eine Kerze an und begann zu arbeiten. Hier im stillen Tunnel war ein guter Platz zum Nachdenken. Sein Geschenk, die Opale, hatten nichts mit Trella zu tun. So sehr er es auch versuchte, kam er nicht über Vivien hinweg. Er konnte sie einfach nicht vergessen. Sein spontanes Angebot hatte mehr mit Vivien zu tun. Es war ein Friedensangebot an eine andere Frau anstelle seiner Angebeteten.

Ich war ihr gegenüber zu hart, dachte er, während er die steinige Wand bearbeitete. Noch nie habe ich jemanden so vermißt, wie ich sie vermisse.

Sie hatte ihn also belogen – na und? Und davor? War er je glücklicher gewesen? Waren sie nicht beide überglücklich verliebt gewesen, damals? Sie hatte ihn dasselbe gefragt, und sie hatte dabei geweint.

Aber er, in seinem Stolz, hatte sie beiseite geschoben. Und wie er sie beschimpft hatte!

»Gott im Himmel!« stöhnte er. »War das alles nötig? Du bist doch auch kein Heiliger. Was war mit deinen Geschichten über den reichen Großgrundbesitzer in Irland? Was würde sie sagen, wenn sie wüßte, daß sie einen ehemaligen Straßenräuber heiraten wollte? Und was ist mit dem Geld, das du ihr entlockt hast? Und ihr von Anfang an nie zurückzahlen wolltest?«

Brodie wand sich innerlich bei dem Gedanken, Gus oder irgend jemand anderem zu erzählen, daß er Vivien immer noch liebte. Er wollte es nicht einmal sich selbst eingestehen. Doch es hatte dieses Streits und seiner Endgültigkeit bedurft, damit er die Dinge im rechten Licht sah: Und nun ging er es immer wieder durch, jedes Wort, jede Träne, jede Grausamkeit, weil er sie einfach nicht vergessen konnte. Egal wie sehr er sich anstrengte – sie war da. Nicht als Übeltäterin, sondern als Zeugin seiner eigenen Heuchelei.

Während er arbeitete, mit den Händen im Dreck wühlte, suchte und horchte wie ein blindes Tier, kämpfte Brodie mit sich, debattierte, stritt, verteidigte sie, verteidigte sich, und immer war sie da, seine schöne blonde Geliebte. Was er mit ihr erlebt hatte, würde er nie mit einer anderen erleben können. Niemals.

Und nur weil sie etwas getan hatte, was er sich nie getraut hätte. Sie hatte versucht, ihn durch eine Lüge zu halten. Einen Mann wie ihn. Vern hatte sie gut versorgt zurückgelassen. Sie war eine hübsche Frau. Sie würde keine Schwierigkeiten haben, einen anderen Mann zu finden.

Was machte es schon aus, wenn sie keine Kinder haben könnten. Wenn sie Lungenentzündung bekommen hätte, wäre er ja auch bei ihr geblieben und hätte den Helden gespielt. Was machte so etwas schon aus, wenn ein Mann eine Frau liebte und den Rest seines Lebens mit ihr verbringen wollte?

Er zweifelte nicht einen Moment daran, daß die schwarzen Opale ihm den Reichtum bringen würden, von dem er als Bauer in Tullymore nicht einmal zu träumen gewagt hätte. Er hatte es von dem Tag an gewußt, da er mit sicherer Hand zu jener Kette aus Opalen in Brisbane geführt worden war.

Sie könnten ein Haus bauen. Brisbane, Sydney. Wo immer sie wollten. Und sie könnten reisen. Er würde seine hübsche Frau in die ganze Welt mitnehmen, sogar nach Tullymore.

Aber er hatte keine Frau. Keine Vivien.

Brodie stieg aus seiner Gruft der Reue wieder auf, mürrisch und mißgelaunt. Da dies für Männer, die voller Hoffnungen in diese Schächte hinabstiegen, nichts Ungewöhnliches war, ließen die anderen ihn in Ruhe.

Ted löste ihn ab, und Gus war auf die Jagd gegangen, seine regelmäßige Nachmittagsbeschäftigung, so daß Brodie allein sein Salzfleisch und ein paar Kekse aß, ehe er eine Entscheidung traf.

Er suchte sich Stift und Papier und schrieb an Vivien.

Es fiel einem Mann schwer zu sagen, daß es ihm leid tat, und es war auch nicht leicht, die richtigen Worte dafür zu finden. Noch schlimmer war es, um Verzeihung bitten zu müssen, aber mit viel Entschlossenheit und nicht wenigen durchgestrichenen Sätzen war es schließlich geschafft. Brodie verschloß den Umschlag sorgsam und steckte ihn dann in einen zweiten Umschlag, den er an Stanley Wickham adressierte.

Er war sicher, daß Vivien das Hotel inzwischen verlassen hatte, deshalb bat er Stanley, den Brief unverzüglich an sie weiterzuleiten. Gleichzeitig kündigte er weitere Zahlungen für seine Opale an und forderte Stanley auf, das Geld auf sein Bankkonto einzuzahlen.

Er beschloß den Brief mit besten Grüßen als sein treuer Freund Brodie Court, da er Wickham, der nicht viel älter war als er selbst, inzwischen recht lieb gewonnen hatte.

Dies war das letzte Mal, daß Stanley Wickham etwas von seinem Klienten Brodie Court persönlich hörte.

»Was zum Teufel hast du hier zu suchen?«

Entsetzt starrte Gus auf die Figur, die über den staubigen Hügel auf ihn zumarschiert kam, im Sonntagsanzug und sogar mit der gepunkteten Frackschleife, die bei den Jungen gerade modern war. Als er Garth erkannte, war er zunächst sprachlos und alles andere als erfreut. Es war auf keinen Fall die Begrüßung, die Garth erwartet hatte.

Garth war ebenso überrascht, Gus hier vorzufinden. »Ich dachte, du wärst schon wieder zu Hause«, stammelte er.

»Nun, das bin ich nicht. Ich bin hier. Und jetzt erzähl mir, was los ist.«

Garth stellte seinen Koffer ab. »Ich bin entlassen worden.«

»Was meinst du damit, entlassen? Was hast du angestellt?«

»Nichts. Ringrose erzählt mir, daß sie sparen müßten, und als nächstes sagt er, ich kann gehen.«

»Hast du deinen Lohn bekommen?«

»Ja, sicher. Wo ist Brodie?«

»Da unten.« Gus nickte in Richtung des dunklen Schachts hinter sich.

»Laß mich sehen«, meinte Garth eifrig, aber eine eiserne Hand packte ihn am Arm.

»Nein, das wirst du nicht. Warte. Wie kommt es, daß deine Mutter dir erlaubt hat zu gehen?«

»Laß mich los, Gus, du tust mir weh. Es ist ihr egal.«

Gus ließ ihn los, versperrte ihm aber den Weg. »Sie hat dir also ihren Segen gegeben, ja? Dich geküßt und auf Opalsuche geschickt? Das klingt aber gar nicht nach Trella.«

Garth druckste herum. Er blickte über die trockene, häßliche Landschaft und suchte nach einer Möglichkeit, das Thema zu wechseln. Aber ihm fiel nichts weiter ein, als daß Gus die Wahrheit früher oder später ohnehin erfahren würde.

»Ich hab ihr eine Nachricht hinterlassen«, murmelte er. Gus nickte verärgert. »Das glaube ich schon eher! Und was soll ich jetzt mit dir machen?«

»Du brauchst überhaupt nichts zu machen. Ich bin hergekommen, um zu arbeiten.«

»Den Teufel wirst du tun! Du wirst wieder nach Hause fahren, sobald ich mir überlegt habe, wie wir das anstellen.«

»Nein, das werde ich nicht! Brodie hat gesagt, ich kann jederzeit mitmachen. Ich werde für ihn arbeiten.«

»Ach, sei still! Nimm deinen Koffer und komm mit.«

Garth wünschte, er könnte mit Brodie reden, aber nun folgte er erst einmal brav Gus, in der Hoffnung, daß der es sich nach einer Weile anders überlegen würde. Wieso war er überhaupt hier? Garth war sicher, daß er seiner Mutter versprochen hatte, nach ein paar Tagen wieder zurück zu sein. Doch er war schlau genug, Gus auf diesen Punkt nicht hinzuweisen. Er war ohnehin schon verstimmt.

Ihr Lager war recht bescheiden. Ein kleines Zelt und eine Hütte aus frisch gefälltem Holz und Buschwerk für Vorräte und Ausrüstung auf einer Lichtung. Daneben war die Asche eines Lagerfeuers, über dem ein angekohlter Wasserkessel hing, und eine gezimmerte Bank. Außerdem lagen ein paar Kisten herum, die vermutlich als Stühle dienten.

»Ich weiß nicht, wo wir dich unterbringen sollen«, brummte Gus. Und er brummte weiter, während er Feuer machte, Kartoffeln wusch und sie in den Kessel warf.

Garth nahm die Mütze ab und auch die Schleife – er kam sich reichlich dumm vor in seinem guten Anzug. Die wenigen Männer, denen sie begegnet waren, hatten ihn angegrinst. Sie waren ein bärtiger, verdreckter Haufen. Echte Opalsucher! Garth war beeindruckt. Selbst Gus, der sonst immer so ordentlich aussah, war in Lumpen gekleidet wie sie, trug einen stoppeligen Bart und hatte verfilzte Haare. Garth war entschlossen zu bleiben.

Er stand etwas hilflos herum, während Gus kochte und dabei ständig sein Kommen kritisierte. Er tat so, als würde er zuhören, und beobachtete, wie Gus den Speck zerschnitt und ihn mit halbierten Zwiebeln in einer Pfanne anbriet.

»Brot ist in einer Dose im Schuppen«, sagte Gus. »Hol es und bring ein halbes Dutzend Eier mit.«

Es war die beste Mahlzeit, die Garth je gegessen hatte! Er fühlte sich großartig, selbst in der Gesellschaft eines murrenden Mannes.

Gus kochte gerade Tee in einem anderen Kessel, als Brodie zu ihnen stieß.

»Was sehen meine müden Augen da?« rief er mit breitem Grinsen. »Wo kommst du denn her, Neffe Garth?«

»Ich bin allein hierher gereist.«

»Alle Achtung!« Er klopfte Garth auf die Schulter. »Gibt er dir gut zu essen?«

»Ein köstliches Mahl«, schwärmte Garth. »Gus ist ein guter Koch.«

»Erzähl ihm, was du mir erzählt hast«, brummte Gus, während er neuen Speck zerschnitt.

»Was denn?« fragte Brodie.

»Von seiner Mutter und daß sie nicht weiß, daß er hier ist. Er ist einfach weggelaufen.«

»Sie hätte es mir nicht erlaubt!«

Brodie zog sein Flanellhemd aus und schüttelte den Staub ab. »Und was soll ich da machen? Er ist nun mal hier.«

»Du kannst ihn wieder nach Hause schicken.«

»Und dann?« rief Garth. »Ich habe keine Arbeit mehr, Brodie. Es war sowieso kein guter Job.«

»Beruhige dich, Gus. Wenn der Junge bleiben will, laß ihn bleiben. Machen wir einen Mann aus ihm.«

»Und was ist mit Trella?«

Brodie grinste. »Schreib ihr einen Brief, erkläre es ihr. Darin hast du doch mittlerweile Übung.«

Gus fuhr herum. »Werd nur nicht frech, Brodie!«

»Ach, beruhige dich. Ich hab keine Zeit für solche Streitereien. Laß den Jungen bleiben.«

»Nur so lange, bis ich einen Antwortbrief von seiner Mutter

habe«, entgegnete Gus, »und wenn sie will, daß er nach Hause fährt, setze ich ihn höchstpersönlich in die nächste Kutsche.«

»Das ist nicht fair!« rief Garth.

Gus beachtete ihn nicht. »Und bis er Trellas Erlaubnis hat zu bleiben, arbeitet er in keinem Schacht!«

Ein weiterer Mann kam, und Garth wurde Ted Price vorgestellt, der nicht besonders glücklich schien. »Ihr bringt doch nicht schon wieder einen neuen Partner, oder?«

»Nein«, meinte Brodie, »er ist unser General der allgemeinen Drecksarbeit.« Er dachte bereits weiter. Garth war genau zum richtigen Zeitpunkt aufgetaucht. Wenn sie bald nach dem schwarzen Opal suchten, könnte er zusammen mit Gus in dem neuen Schacht arbeiten, während er selbst sich weiter um Ten Mile kümmerte. Er hatte ohnehin schon überlegt, wie er an zwei Orten gleichzeitig sein sollte.

Später nahm er Garth beiseite. »Tu das Richtige, Junge. Schreib deiner Mum selber einen Brief. Ich schätze, solange Gus hier ist, wird sie dich auch bleiben lassen. Vor allem, wenn du keine Arbeit mehr hast.«

Die Schürfer nannten ihn den ›General‹, was sie für einen großen Scherz hielten. Aber Garth machte sich nichts daraus. Er durfte endlich in die Minen gehen, wenn auch nur als Gast. Er wünschte sich nichts sehnlicher, als selbst dort arbeiten zu dürfen, aber Gus hatte es verboten. Garth hatte Teds Fund aus Glühwürmchen Zwei gesehen, den er sehr beeindruckend fand, aber es war dennoch nur ein schwacher Trost.

Seine Aufgaben schienen kein Ende zu nehmen. Er mußte Holz hacken, kochen, waschen, das Lager aufräumen, die Pferde bewegen und pflegen und alles Mögliche, was den anderen so einfiel. Gus erlaubte nicht, daß er ein Gewehr trug, und ließ ihn nicht einmal allein auf Truthahnjagd gehen. Die Arbeit, die ihn am weitesten in die Nähe eines Schachts brachte, war das Drehen einer Seilwinde, um schwere Eimer voller Sand und Gestein hochzuhieven.

Zwei Wochen später hatten sie noch immer nichts von Trella gehört, aber wie die anderen meinten, war das nichts Ungewöhnliches; hier brauchte eben alles seine Zeit. Er ritt mit Brodie zum Schürferladen, um neue Vorräte zu holen, über neue Funde von anderen Schürfern am Ridge zu hören und den Geschichten der Farmarbeiter zu lauschen.

Garth beschloß, eigene Werkzeuge zu kaufen und Brodie war einverstanden. »Hast du denn Geld?«

»Ein bißchen. Aber du schuldest mir noch das Geld für die zwei Wochen Arbeit.«

Brodie sah ihn verwundert an. »Was schulde ich dir? Niemand hier bekommt Geld, es sei denn, er stößt auf Opal.«

»Aber ich hab doch gearbeitet.«

»Das haben alle anderen auch«, meinte Brodie grinsend.

»Aber das ist nicht fair. Wie soll ich Opal finden, wenn du mich nicht in eine Mine gehen läßt?«

»Hier draußen ist nichts fair. Die meisten der Burschen werden nie etwas finden. Sie arbeiten wie die Tiere, bis ihnen das Geld ausgeht, und dann suchen sie noch weiter, bis sie fast verhungert sind – manche von ihnen jedenfalls. Am Ende müssen sie zu Fuß zurücklaufen. Nicht nur bis Charleville, sondern ganz nach Osten. Willst du immer noch dein letztes Geld für Werkzeug ausgeben?«

»Ja.«

»Also gut.« Er ging durch den Laden. »Laß uns sehen, was es hier günstig zu holen gibt.« Er drehte sich mit einem seltsamen Lächeln zu Garth um. »Hier gibt es immer etwas von anderen Schürfern, die ihre Ausrüstung verkaufen mußten, um nach Hause zu kommen.«

Schweren Herzens erlaubte Trella ihrem Sohn, bei Ten Mile zu bleiben. Sie glaubte nicht einen Moment daran, daß die Erde ihnen ihre Schätze preisgeben würde – ihrer Meinung nach war es gescheiter, zu Hause zu bleiben und auf Pferde zu setzen. Sie dachte an das Gerede über Mr. Hadley-Jones damals in Tullymore, der angeblich ein Spieler gewesen war und seine Frau ganz krank gemacht hatte vor Sorge. Aber der war zumindest reich gewesen.

Mit Gus oder Garth war das anders. Sie verschwendeten nur ihre Zeit, die sie damit verbringen könnten, ihren Lebensunterhalt zu verdienen. Und an allem war Brodie schuld.

Nichtsdestotrotz schrieb Trella ihrem Verlobten einen fröhlichen Brief, da sie Angst hatte, zu sehr als Nörglerin zu gelten. Sie bat ihn nicht, auf Garth achtzugeben, da sie meinte, der Junge müsse nun selbst die Verantwortung für sein Leben übernehmen. So wie Gus es ihr geschildert hatte, war das Leben da draußen sehr hart. Mit etwas Glück, so hoffte sie, hatte Garth bald genug davon und würde von allein zurückkommen.

Sie erwähnte nicht, daß sie ebenfalls fürchten mußte, ihre Stellung zu verlieren. Ringrose wollte es ihr heimzahlen. Er beschwerte sich über ihre Arbeit, hetzte andere Arbeiter gegen sie auf – was nicht schwer war, da sie allesamt Angst hatten, ihre Jobs zu verlieren – und provozierte sie absichtlich, indem er in der Fabrik über sie und ihre roten Haare Witze riß. Trella wußte, daß es nur eine Frage der Zeit war, bis er zu weit ging und sie zurückschlagen würde.

Und was sollte dann aus ihr werden? Eine Last für Gus Kriedemann, der seine Arbeit inzwischen sicher auch schon verloren hatte?

Sie sagte sich immer wieder, daß sie aufhören müsse sich Sorgen zu machen, daß Gus auch ihr Freund war und nicht nur ihr Geliebter, der sie nie als eine Last betrachten würde. Dennoch hatte sie immer wieder Albträume, aus denen sie schweißgebadet und zitternd vor Angst erwachte.

Auch Stanley Wickham beantwortete seine Post. Brodie Courts Brief an seine Klientin Mrs. Vivien Holloway war ungeöffnet zurückgeschickt worden mit dem Vermerk, sie lebe jetzt in Brisbane und wünsche keinen weiteren Kontakt zu Mr. Court.

Den Scheck von Brodies Händler in Dublin hatte Wickham pflichtschuldig auf das Konto seines Klienten eingezahlt. Es war ein gutes Zeichen, denn Brodie hatte ihm und seinem Freund Gus damals im Pub erzählt, er wolle noch mehr Opale nach Dublin schicken.

Dieser Court war ein seltsamer Bursche. Trotz all seiner Jovialität und seines breiten irischen Lächelns ließ er sich nie in die Karten sehen. Dieser Brief an Vivien Holloway war interessant gewesen. Stanley hätte ein Jahresgehalt dafür gegeben, ihn öffnen zu dürfen! Er war nicht immun gegen Gerüchte, und obwohl Brodie nie über sie gesprochen hatte, nicht einmal an seinem letzten Tag in der Stadt, wußte Stanley genauestens über den Skandal zwischen ihm und Vivien Holloway Bescheid. Und dann hatte er nur noch gehört, daß die beiden vorgehabt hätten zu heiraten, aber keiner von ihnen beim Gericht erschienen sei.

Alle Angestellten hatten neugierig auf sie gewartet, so hieß es, und eine außergewöhnlich hohe Anzahl von Stadtbewohnern war an jenem Tag mit diversen Anliegen beim Gericht erschienen, sogar ein Reporter, aber nichts war geschehen.

Brodie Court war schlechter Laune gewesen, erinnerte er sich nun im Nachhinein, als er an seinem letzten Tag in das Büro seines Anwalts gestürmt kam. Er hatte gesagt, er werde so bald nicht wieder in die Stadt kommen, und Stanley gebeten, sich um alles Finanzielle zu kümmern. Erst da erfuhr Wickham, daß Court zwei Mietshäuser im älteren Teil der Stadt besaß.

Sorgfältig ging er Courts Akten durch und lächelte in sich hinein. »Das hier ist erst der Anfang«, murmelte er. »Ich denke, daß Mr. Court und ich eine lange und lohnende Partnerschaft vor uns haben.«

Es schien, daß die Vorhersagen des jungen Anwalts sich als richtig erwiesen, als in der darauf folgenden Woche ein Telegramm von Abe Rosenstein eintraf, das Brodie darüber informierte, daß seine Opale eingetroffen und so hervorragend seien, daß sie versteigert würden.

Kurz darauf teilte ihm ein weiteres Telegramm mit, daß die Steine von einem Mr. Louis C. Tiffany aus New York gekauft worden seien, einem Hersteller und Händler exquisiter Schmuckwaren. Ein Scheck über 3729 Pfund nach Abzug der Kommission sollte folgen.

Stanley konnte die aufgeregten Schreie der Kunden vom anderen Ende der Welt beinahe hören. Da er wußte, daß Brodie ein Geheimniskrämer war, behielt er die ganze Sache für sich. Brodie wäre sicherlich nicht begeistert darüber, wenn er jedermann auf den Wert seiner Opale aufmerksam machen würde, insbesondere der schwarzen Opale, von denen Stanley selbst noch nie einen gesehen hatte.

Binnen kürzester Zeit erhielt er allerlei Briefe: von Mr. Rosenstein, der sich nach weiteren Lieferungen erkundigte, sowie von George Kunz, dem Einkäufer von Tiffany, New York, der irgendwie Namen und Adresse des Opalsuchers ausfindig gemacht hatte.

Stanley war daher der erste, der erfuhr, welchen Eindruck australische Opale auf dem Weltmarkt hinterließen. Er fing an, sich eingehender damit zu beschäftigen und fand heraus, daß die vormals berühmtesten Opale aus Mexiko stammten, die Feueropale, die jedoch im Vergleich zu den australischen nicht irisierten. Ihnen fehlte der verwirbelte, regenbogenartige Glanz, das überraschende Element sozusagen. Über schwarze Opale fand er jedoch nichts, und da wußte er, daß Brodie auf einen Schatz gestoßen war, der die Welt im Sturm erobern würde.

All seine Briefe an Brodie wurden an ihn zurückgeschickt, aber in der Zwischenzeit investierte er viel Geld in schwarze

Opale von Lightning Ridge, da er niemals herausfand, wo Courts schwarze Opale herstammten, die Erzopale.

Seine Kanzlei florierte, doch nur wenige wußten, daß Stanleys Reichtum tatsächlich von dem Verkauf schwarzer Opale an den Händler Abe Rosenstein herrührte.

14

EIN WEITERER FUND bei Ten Mile!
Das wurde auch langsam Zeit, dachte Garth, während er herbeirannte, um die vollen Eimer zu bestaunen. Seit vier Wochen war er hier, und nichts Interessantes war geschehen. »Das kann wochenlang so weitergehen«, hatte Ted ihm erst gestern gesagt. »Nur nicht ungeduldig werden. Entweder es ist da unten was oder nicht. Die einzige Möglichkeit es herauszufinden ist graben.«

»Ja, wenn man graben darf«, meinte Garth verärgert.

Seine Mutter hatte ihm erlaubt, drei Monate zu bleiben. Nicht länger. Also war er mit dem Brief gleich zu Brodie gelaufen und hatte ihn gefragt: »Wo fange ich an?«

»Du hast doch schon angefangen.«

»Ich meine nach Opal zu suchen. Ich habe doch das Werkzeug und alles.«

»Alles zu seiner Zeit«, erwiderte Brodie. »Hier ist kein Platz für dich. Aber«, fügte er geheimnisvoll hinzu, »warte noch ein Weilchen. Du, ich und Gus, wir eröffnen eine neue Mine.«

»Wo?« Garth war begeistert.

»Das ist noch ein Geheimnis. Niemand weiß, daß wir auch nur daran denken, also halt bloß den Mund. Mach einfach mit dem weiter, was du sonst auch tust.«

Schön und gut, dachte Garth, während ein langweiliger Tag dem nächsten folgte, aber so verschwende ich kostbare Zeit.

Ich sollte jetzt auch da unten sein und nach diesem sagenhaften Opal suchen. Garth war überzeugt, daß er ihn finden würde. Er träumte von dem Tag, da alle ehrfurchtsvoll staunten, wenn er, Garth Court, die schönsten Opale aus der Erde barg, die sie je gesehen hatten. Er würde eine Legende unter den Schürfern werden!

Wenn sie ihn nur endlich suchen ließen!

Der Schürfer saß neben Brodies Zelt und sortierte seine Steine, während Brodie aufmerksam zusah und hin und wieder ein interessantes Stück aufhob, es abstaubte und die Farben begutachtete.

»Was ist das alles wert?« wollte Garth wissen und hockte sich daneben.

»Der wahre Wert ist schwer zu bestimmen«, meinte Brodie. »Das hängt erst einmal vom Geschick des Schleifers ab. Danach sind Größe und Karat ausschlaggebend, aber letztendlich zählt die Schönheit, die der Käufer darin sieht.«

»Wie weißt du dann, was du jetzt kaufen mußt?«

Brodie nickte dem Schürfer zu. »Wir beide kennen uns genug aus, um die Steine einzuschätzen. Ich kaufe seine erst- und zweitklassigen Steine, wenn wir uns schließlich geeinigt haben, welche was sind. Dann zahle ich den geschätzten Preis.« Er drehte sich zu Garth und fügte leise hinzu: »Nachdem ich ein bißchen gehandelt habe.«

Sie handelten eine Ewigkeit, also wanderte Garth davon. Am Ridge gab es einige Minen, die verlassen worden waren, und Garth sah sich neugierig um und überlegte, welche davon Brodie wohl wieder in Betrieb nehmen wollte. Wie lustig wäre es, wenn er ihm zuvorkommen würde!

Am Morgen war der Ridge fast menschenleer, weil die meisten Männer unter der Erde arbeiteten oder sich ausruhten. Es wäre leicht für ihn, ein wenig auf eigene Faust zu graben. Wie oft hatte er schon von Männern gehört, die in verlassenen Schächten geschürft und nach wenigen Fuß auf Opal gestoßen waren? Das alles gehörte mit zur ewigen Geschichte von Enttäuschung und Glück.

»Wenn er nur noch ein, zwei Tage gewartet hätte«, meinten die anderen dann voller Mitleid mit dem ersten Schürfer, »dann wäre er ein reicher Mann geworden.«

Garth hatte all diese Geschichten schon unzählige Male gehört, und nun sah er sich neugierig auf dem Ridge um.

Als erstes untersuchte er Glühwürmchen Eins, aber der Schacht war zerstört; schon nach wenigen Metern konnte er mit Hilfe seiner Laterne sehen, daß die zersplitterten Holzpfähle unter Erde und Felsschotter begraben lagen. Auch die nächsten Minen waren trotz der Holzstützen mit Erde aufgefüllt. Garth dachte bereits, daß er sich möglicherweise eine unlösbare Aufgabe gestellt hatte, als er an eine Mine kam, deren Name auf dem Schild daneben noch zu lesen war: DIE VIER ASSE.

»Toller Name«, murmelte er grinsend. »Darauf wäre ich nie gekommen.«

Er sah sich um, aber niemand war zu sehen, und so schob er die Planken beiseite und spähte in den Schacht. Die Seitenstützen waren intakt, und der Schacht wirkte ziemlich tief. Enttäuscht stellte Garth fest, daß er eine Leiter brauchte um mehr zu sehen. Die Leitern, die die Schürfer benutzten, waren zumeist dünne Baumstämme mit aufgenagelten Sprossen. Andere waren solider gebaut und direkt an den mit Holz ausgekleideten Wänden des Schachts befestigt, sobald die Mine Ertrag brachte. Garth beschloß, daß er in diesem Stadium noch keine solche Mühe aufwenden mußte; er wollte einfach nur hinuntergehen und sehen, was dort unten lag.

Während er das Feuerholz hackte, legte er sich alle brauchbaren Stücke beiseite, und bald hatte er seine Leiter fertig.

In der Nacht trug er sie durch den Busch und zu ›seiner‹ Mine. Er schob die Planken beiseite und ließ die Leiter in den Schacht sinken. Erschrocken stellte er fest, daß sie in der Tiefe verschwand – sie war zu kurz gewesen. Er tastete danach, konnte sie aber nicht finden, und da er nicht riskieren wollte, durch eine Laterne auf sich aufmerksam zu machen, blieb ihm nichts anderes übrig als bis zum nächsten Morgen zu warten.

Brodie, Gus und Ted arbeiteten in Schichten, und fast ständig lief ihm einer von ihnen über den Weg. Doch sobald Brodie sein Frühstück gegessen und sich in sein Zelt verkrochen hatte, bot sich für Garth die Möglichkeit, unbemerkt davonzuschleichen. Ted war in seinem eigenen Lager weiter unten am Hang und Gus beim Arbeiten in der Mine.

Die Leiter stand nicht allzu tief und Garth schlug am Rand des Schachts zwei Pflöcke in den Boden, an denen er sich festhielt, bis er die obersten Sprosse der Leiter erreichen konnte.

Einige der Bretter an der Wand des Schachts hatten sich gelöst, aber Garth beachtete sie nicht weiter, sondern sah sich am Boden der Grube um, in der nach rechts ein Tunnel abzweigte. Garth war schrecklich aufgeregt! Dies war jetzt seine Mine! Ohne Licht tastete er sich den Tunnel entlang und riß sich dabei Splitter von den Holzlatten in die Hand. Es ging sehr tief in die Erde, der Tunnel wurde allmählich enger und Garth erreichte das Ende. Hier würde er anfangen. So bald wie möglich. Wann immer sich die Gelegenheit dazu bot, arbeitete Garth von nun an dort unten mit seiner Hacke und einer Kerze. Er trug die Wand ab, schürfte, kratzte, buddelte und war überzeugt, daß er irgendwann auf seinen Schatz stoßen würde.

Er dachte nicht einen Augenblick darüber nach, warum die Bretter an den Wänden des Schachts abgesprungen waren. Und in seiner Eile, ans Ende des Tunnels zu gelangen, bemerkte er auch nicht die unheilvollen Risse in der Decke oder die schief stehenden Holzpfosten in der Mitte. Er war zu beschäftigt mit seinen Träumen. Manchmal, wenn er ungeduldig über seinen nur langsamen Fortschritt wurde, hieb er einmal kräftig mit seiner Hacke in die Wand und spähte erwartungsvoll in die entstandenen Klüfte, ob er nun endlich das ersehnte Glitzern entdeckte.

Doch schon bald mußte er seine Arbeit für ein paar Tage unterbrechen, da es im Lager neue Aufregung gab.

Es war früh am Morgen und ein kalter, tiefer Nebel hing über dem Ridge. Garth kauerte fröstelnd am Feuer und war froh, daß Brodie losgegangen war, um frisches Wasser zu holen.

Brodie war ein seltsamer Mann, dachte er. Launisch. Mürrisch und bärbeißig, aber er konnte auch freundlich sein. Wie eben.

»Bleib sitzen und halt dich warm«, hatte er gesagt, den Eimer hochgehoben und Garths Aufgabe übernommen.

Gus kam mit strahlendem Lächeln aus der Miene. Er war immer guter Dinge. Selbst dann, wenn er in eine dieser endlosen Streitereien mit Brodie verwickelt war. Er konnte sehr lustig sein und schien es zu genießen, Brodie auf die Palme zu bringen.

»Was hältst du davon?« fragte er jetzt.

Garth drehte den Stein herum, den Gus ihm gegeben hatte, und sah auf einer Seite einen Streifen glitzernder, bunter Farben. »Das ist Opal, oder?«

»Darauf kannst du wetten!« Gus lachte.

»Woher hast du den?«

»Psst. Brodie kommt. Sag kein Wort.« Er legte den Stein auf die Bank und ging weg.

Brodie, der an diesem Morgen nicht sehr gesprächig war, nickte ihm zu, füllte den Kessel und die Wasserflaschen auf und wanderte im Lager herum – überall, nur nicht in der Nähe der Bank, so daß Gus ihn schließlich dorthin locken mußte.

»Schneidest du mir etwas Brot ab, Brodie?«

»Ja, gleich.« Selbst jetzt nahm er sich Zeit, suchte das Messer, untersuchte seine Klinge. »Das Messer ist stumpf«, murmelte er. Doch schließlich ging er zur Bank, schob den Stein beiseite, setzte das Messer an – und erstarrte.

»Wo kommt der denn her?« fragte er, hob den Stein hoch und betrachtete den opalisierenden Streifen.

»Was meinst du denn, wo er herkommt?« fragte Gus zurück. Er grinste über das ganze Gesicht.

»Wie zum Teufel soll ich das wissen?«

»Was hältst du von Glühwürmchen Zwei?«

»Wie bitte?«

»Du hast mich genau gehört.«

Brodie rieb sich die Augen. »Der stammt aus Glühwürmchen?«

»Das ist nur eine Probe. Willst du den Rest sehen?«

»Na los, gehen wir!« rief Brodie aufgeregt.

Garth sprang auf und wollte mitgehen, aber Brodie, der immer sehr vorsichtig war, beharrte darauf, daß er zuerst das Feuer löschte.

Sie ließen ihn in die Mine hinuntersteigen, um den Opal zu sehen, erlaubten ihm jedoch nicht, selbst welchen aus der Wand zu lösen.

»Überlaß das Gus«, sagte Brodie. »Je vorsichtiger, desto besser. Wir wollen nichts kaputtmachen.«

Garth wünschte, er könnte ihnen sagen, daß er in seiner eigenen Mine geübt und schlichte Steine so vorsichtig aus der Wand gezogen hatte, als seien es kostbare Opale. So aber hielt er sich im Hintergrund und sah zu, wie Gus einen Stein nach dem anderen aus der Wand holte.

Ted war hocherfreut. »Ich wußte, daß da noch mehr zu finden ist«, rief er. »Gott weiß, wie weit die Ader diesmal reicht.«

Für Garth bedeutete es, daß die drei Männer noch mehr Zeit in ihrer Mine verbringen und so bald nicht mit der neuen beginnen würden, wie Brodie es angekündigt hatte. Er seufzte. Jetzt dauerte es also noch länger, bis er ihr echter Partner wurde.

Dann kann ich ja weiter in meiner Mine arbeiten, tröstete er sich.

Doch am Wochenende gab es ein fürchterliches Unwetter am Ridge. Sturm und heftige Regenfälle richteten viel Schaden an. Brodies Zelt wurde niedergerissen, und Garth erging es unter seiner Plane nicht viel besser, denn der Regen troff hindurch, als schliefe er mitten in einem Wasserlauf. Alle waren schlecht gelaunt und durchgefroren in ihren nassen Kleidern, und das Feuer zischte und rauchte, wenn sie die feuchten Holzscheite verbrannten. Als die Sonne schließlich wieder durchkam, dauerte es einige Zeit, bis alles wieder aufgeräumt und die durchweichten Kleider und Decken getrocknet waren.

Bald lief alles wieder normal, und Garth atmete auf. Er eilte davon, um seine Mine zu begutachten und konnte erleichtert feststellen, daß der Boden zwar schlammig, das meiste Wasser jedoch schon wieder versickert war.

Unten im Tunnel war es ebenfalls sehr schlammig und durch die Decke tropfte Wasser, aber Garth dachte, daß das nur normal war bei den Tonnen von Regen!

Er kümmerte sich nicht um die feuchte Kälte, sondern schlug den Kragen hoch und machte sich wieder an die Arbeit.

Nach dem Sturm war dies ein strahlender und schöner Tag – besonders für die drei freudestrahlenden Männer von Glühwürmchen Zwei. Das Blau der Opale paßte hervorragend zum leuchtend blauen Himmel über dem Schacht, der gelegentlich von opalisierenden Farbtupfern durchzogen wurde, wenn Sittiche vorbeiflogen.

Nach dem satten Grün Irlands war Brodie dieses Land zunächst farblos erschienen. Unendlich weit und trist.

»Aber der Herr macht es anderweitig wett«, murmelte er, während er am Boden des Schachts unter der Seilwinde stand und den Eimer füllte, »und schmückt die öde Landschaft mit diesen bunten Vögeln.« Dann schmunzelte er in sich hinein. »Und hier unten liegt der beste Schmuck – alle Farben, die ein Mensch sich nur wünschen kann.«

Er richtete sich auf und rief zu Gus in den Tunnel: »Na, wie geht's?«

Die Opalader war nach wenigen Fuß zu Ende gewesen, doch Gus hoffte, sie an anderer Stelle wiederzufinden.

Brodie zog am Seil, und Ted, der oben stand, kurbelte den Eimer an der Winde hinauf. »Ist schon was zu sehen?«

»Nein«, rief Brodie und kletterte nach oben. »Aber ich bin am Verhungern. Ich werd mal nachsehen, was der Junge heute gekocht hat.«

»Er ist nicht da«, erwiderte Ted. »Ich war vorhin an eurem Lager, um Schmiere für die Winde zu holen, aber Garth war nicht zu sehen.«

»Wo, zum Teufel, ist er?« Verärgert marschierte Brodie über den Ridge zu ihrem Lager und hoffte, der Junge hätte inzwischen mit seiner Arbeit begonnen. Normalerweise sollte er mittags etwas kochen, meistens Eintopf, aber jetzt war es schon fast zwei Uhr und noch nicht einmal das Feuer an. Brodie konnte sich also nicht einmal eine Tasse Tee kochen. Er hatte sich schon sehr daran gewöhnt, einen eigenen Koch zu haben, nachdem der Junge sich eingearbeitet hatte, und die Aussicht, jetzt selber etwas kochen zu müssen, machte ihn augenblicklich noch hungriger. Er beschloß, sich an Salzfleisch und vertrocknetes Brot zu halten, vielleicht auch etwas Käse, holte die Sachen aus ihrem Vorratsschuppen und legte sie auf die Bank.

Dann wollte er etwas Feuerholz hacken, aber da ertönte ein schriller Pfiff vom Ridge und Brodie fuhr herum.

Es war Ted. Er winkte und rief ihm aufgeregt etwas zu.

Gus hatte die Ader wiedergefunden – etwa zwei Fuß höher als die vorige, was an einer kleinen Erdverschiebung lag. Eine Linie weißen Lichts verlief wie ein schmales, glitzerndes Rinnsal quer über die Wand und wurde zum Ende des Tunnels hin noch weiter.

Die drei Männer kauerten sich in der Enge zusammen, jubelten, berührten den Opal, strichen den Staub fort und versuchten, die Dicke der Ader zu bestimmen.

»Ich bin dran«, sagte Brodie und spuckte in die Hände. »Laßt mich an die kleinen Lieblinge!«

»Nein, ich mache weiter«, protestierte Gus.

Ted schüttelte den Kopf. »Laß es sein, Gus. Du schläfst ja bald im Stehen ein. Jetzt kommt Brodies Schicht.«

»Ja, geht ihr lieber und sucht den Jungen«, meinte Brodie. »Sagt ihm, er soll mir ein Sandwich und ein paar hartgekochte Eier herunterbringen.«

Draußen an der Luft streckte Gus Arme und Beine aus. »Wo ist Garth?«

»Hab ihn nicht gesehen.«

Gus hob die Arme dankbar der warmen Sonne entgegen. »Er kann nicht weit sein. Komm erst einmal in unser Lager und trink ein Bier mit mir. Wir müssen feiern.«

»Zu einem Bier sag ich nicht nein.« Ted lächelte glücklich. Er hatte beschlossen, daß dies seine letzte Arbeit sein würde. Sobald die Mine erschöpft war, wollte er sein Geld nehmen und verschwinden. Hör einmal im Leben dann auf, so dachte er, wenn du die Taschen voll hast.

Sie saßen vor dem Zelt, prosteten sich zu und beurteilten die Qualität des neuen Opals, bis Gus sich schließlich doch Sorgen um Garth machte.

»Wo ist er nur, zum Teufel? Es sieht ihm nicht ähnlich, einfach wegzulaufen. Er hat doch zu kochen.«

»Vielleicht streikt er ja. Hat die Hausarbeit satt.«

Gus lachte. »Nicht vor dem Essen. Der läßt keine Mahlzeit ausfallen.« Er stand auf und trat mit dem Fuß in die Asche des Feuerplatzes. »Alles kalt. Hier ist seit heute früh kein Feuer mehr gemacht worden.«

»Denkst du, er ist jagen gegangen?«

»Womit denn? Die Gewehre sind alle im Schuppen. Verdammt noch mal! Ich muß ihn wohl suchen gehen.«

Ted blieb im Lager, bis er sein Bier getrunken und sich an der Aussicht auf eine rosige Zukunft genug ergötzt hatte, dann beschloß er, zu seinem eigenen Lager zu gehen und noch schnell etwas zu essen, ehe er Brodie im Tunnel half.

Ganz in Gedanken versunken lief er direkt an der Vier-Asse-Mine vorbei.

Garth hatte vorgehabt, nur eine Stunde lang zu arbeiten. Dann hätte er noch genug Zeit, um die Kartoffeln, Zwiebeln und den Rest der Rinderlende zu schneiden und einen Eintopf zu kochen. Außerdem wollte er versuchen, Brot in ihrem kleinen Ofen zu backen. Es sah immer ganz einfach aus, wenn Gus das machte, nur mit Mehl und Wasser.

Während er in dem Loch weitergrub, das er am Ende des Tunnels aus der Wand geschlagen hatte, versuchte er sich zu erinnern, ob noch andere Zutaten nötig waren. Dieses krustige, flache, ungesäuerte Brot war in letzter Zeit seine Lieblingsspeise geworden, vor allem, wenn es mit goldenem Sirup bestrichen war. Schon bei dem Gedanken wurde ihm der Mund wäßrig.

Mit dem Graben kam er gut voran. Er hatte in Hüfthöhe ein Loch in die Wand gehauen und sich so einen Sims geschaffen, auf den er sich aufstützen konnte, während er sich langsam vorarbeitete. Er trug sowohl die Seiten als auch die Decke ab und schob die Erde und das Geröll einfach auf den Boden des Tunnels, wo er stand. So würde er später auch ohne Schwierigkeiten tiefer in den Tunnel gelangen, in den er jetzt Kopf und Schultern stecken konnte. Irgendwann mußte er seine Höhle zwar auch nach unten hin erweitern, weil er sonst nicht genug Licht bekam, aber im Moment reichte es noch.

Allerdings hatte er noch kein Opal gefunden. Aber es gab Opal hier im Ridge, das war oft genug bewiesen worden. »Und er kann auch hier liegen«, sagte er und wischte sich den

Staub vom Gesicht. »Irgendwo hinter diesen Wänden liegt er und wartet auf mich. Wenn ich nur darauf stoßen würde, diesen bunten Schimmer endlich sehen könnte, dann würde ich sie alle überraschen!«

Einen kurzen Moment lang dachte er, ein Zittern zu spüren, so als hätte jemand ganz in der Nähe einen schweren Wagen vorbeigerollt, und er hielt inne und lauschte. Aber es war nichts weiter zu hören. Er griff nach der Kerze, blickte hinter sich den Tunnel entlang und starrte auf die dunklen Wände.

»Wahrscheinlich hab ich mir das nur eingebildet«, sagte er und drehte sich wieder um. »Noch ein paar Minuten, dann muß ich sowieso gehen.«

Es gab keine weitere Warnung mehr. Die Mine stürzte so schnell ein, fast geräuschlos, daß Garth nur noch die Hände über den Kopf heben und vorwärts in die Nische tauchen konnte in der Hoffnung, der kleine Hohlraum könnte ihn schützen. Doch die Felssteine brachen tonnenschwer auf seinen Körper hinunter. Er spürte einen schmerzhaften Schlag, dann nichts mehr. Es war vorbei. Er schaffte es, den Kopf zu heben und die Hände zu bewegen, aber sein Körper war von der Hüfte abwärts in Erde und Schutt vergraben, und er konnte sich nicht rühren.

Voller Angst lag er in der rabenschwarzen Dunkelheit, eingeklemmt in sein kleines Luftloch. Er hörte sich selbst schreien, aber der Schall prallte sofort wieder von der Wand ab und fuhr ihm selbst durch Mark und Bein. Also hörte er auf. Die Dunkelheit war das Schlimmste. Überall Schwarz. Er begann zu weinen, aber hörte bald auch damit auf. Nur Feiglinge weinten. Dann fing er an, mit seiner kleinen Hacke, die er in der Hand behalten hatte, an der vorderen Wand zu kratzen in der Hoffnung, daß er in dieser Richtung weiterkommen könnte, doch er vergaß, daß der untere Teil seines Körpers zwischen Felsen feststeckte. Dennoch versuchte er es, und er betete und dachte daran, wie böse seine Mutter sein würde. Dann dachte er, er wäre auf Opal gestoßen ... aber er war zu müde, um sich zu freuen.

Ted begnügte sich mit einer Dose Bohnen und einer Dose Pfirsiche als Mittagsmenü, die er schnell hinunterschlang, und machte sich dann sofort wieder auf den Weg zur Mine, um zu sehen, wie weit Brodie gekommen war. Hoffentlich war die Ader nicht schon wieder versiegt. Er war der Meinung, daß er diesmal wirklich einen großen Sack voller Steine verdient hätte.

Er ging auf die brachliegende Vier-Asse-Mine zu, als er plötzlich über fremde Unebenheiten stolperte. Er sah genauer hin und bemerkte die Erdsenkung, ein Netzwerk von Rissen im unkrautbedeckten Boden.

»Der Regen«, murmelte er achselzuckend und ging weiter.

Er war schon ein paar Meter hinter der Mine, als ihm plötzlich bewußt wurde, was er dort gesehen hatte. Die Mine war offen. Jemand hatte die Planken vom Eingang entfernt.

Neugierig lief er wieder zurück.

Er starrte auf die grob gezimmerte Leiter, die im Schacht lehnte. »Himmel! Wer ist denn so verrückt da unten reinzugehen?«

Dann entdeckte er an einer Sprosse den alten Wollschal, den er Garth vor ein paar Tagen geschenkt hatte, als es so regnete. »Halt deine Brust warm«, hatte er dem Jungen gesagt, »ihr Iren seid sehr anfällig für Erkältungen.«

Sofort kletterte er die Leiter hinunter und sah unten nur eine Mauer aus Felssteinen. Er rief laut und hoffte auf eine Antwort, doch als nichts kam, kletterte er blitzschnell wieder nach oben und lief zum Lager.

»Einsturz in der Vier Asse«, rief er zwei Schürfern zu, denen er begegnete, während er verzweifelt nach Gus suchte und als er den nicht fand, nach Brodie.

Er schrie Brodie in der Mine zu: »Komm, ich glaube, der Junge ist in der Vier Asse eingeschlossen!«

»Was?« schrie Brodie zurück, ließ aber sofort alles stehen und liegen und rannte Ted hinterher.

Mehrere Schürfer kamen dazu und bald hatten sie auch Gus aufgespürt. »Hast du den Jungen schon gefunden?«

»Nein.«

»Dann komm am besten mit zur Vier Asse, Kumpel. Ted glaubt, er ist da unten, und Brodie dreht gleich durch.«

Brodie war bereits dabei, den Tunnel auszugraben, als Gus kam. Vielleicht lag er ja genau darunter.

Noch nie in seinem Leben hatte Gus solch panische Angst gespürt, aber Brodie hatte alles unter Kontrolle und bearbeitete unermüdlich mit seiner Schaufel die scheinbar undurchdringliche Wand aus Felsbrocken.

»Woher weißt du, daß er da drin ist?«

Brodie biß die Zähne zusammen, der Schweiß lief ihm über das Gesicht. »Woher wissen wir, daß er es nicht ist? Hast du ihn gesehen?«

»Nein. Aber ...«

»Jemand hat diese Mine geöffnet. Frag schnell herum, ob jemand etwas darüber weiß.«

Als er die dünne Leiter hinaufstieg, gaben einige Sprossen unter seinem Gewicht nach, aber er hievte sich an die Oberfläche und lief zu den anderen Männern, die bereits Schaufeln anbrachten. »Wer ist da unten? Wer hat die Mine aufgemacht?«

Doch sie schüttelten nur die Köpfe.

Daraufhin wurde die Rettungsaktion von beiden Seiten verstärkt. Niemandem mußte gesagt werden, daß die Mine eine Gefahrenzone war; die Männer kamen mit Stützplanken und Pfosten aus anderen Minen herbeigelaufen, da keine Zeit blieb neues Holz zu schlagen. Ted und ein paar Männer hoben einen neuen Schacht aus, während die anderen Brodie und Gus halfen, den eingestürzten Schacht freizuräumen.

»Gütiger Himmel!« wiederholte Brodie immer wieder, fast

weinend. »Er kann da nicht drin sein, oder? Das ist verdammt noch mal ein kompletter Einsturz!«

»Wenn er irgendwo angeln gegangen ist, bring ich ihn um«, keuchte Gus, aber im Herzen wußte er, daß Garth dort unten lag.

Der Platz zum Schaufeln reichte nur für sie beide und sie ließen es nicht zu, daß jemand anders sie ablöste. Mit wilder, panischer Entschlossenheit kämpften sie sich zentimeterweise vorwärts, und die anderen Männer trugen hinter ihnen Eimer für Eimer die Erde und den Schotter weg.

Sie stießen an die Holzpfosten, die auf halbem Weg im Tunnel gestanden hatten, und richteten sie auf. Vor ihnen lag noch immer eine Mauer aus Geröll.

»Sie werden nicht halten«, sagte Brodie.

»Doch, das werden sie. Jetzt ist es nicht mehr weit.« Gus lehnte sich mit dem Rücken gegen einen Pfosten, drückte ihn senkrecht und hielt mit beiden Händen den horizontalen Balken nach oben. »Mach weiter, Brodie!«

»Gott im Himmel«, rief ihm einer der Männer zu. »Du kannst das nicht halten. Du wirst euch beide umbringen. Warte, bis wir mehr Pfosten geholt haben.«

Doch Gus weigerte sich zu warten, während Brodie unterhalb seiner Arme wie ein Irrer in die Wand hieb.

Es gab eine neue Erschütterung und obwohl jeder wußte, daß er eigentlich wegrennen sollte, hörte keiner auf zu arbeiten.

Der andere Rettungstrupp war erfolglos geblieben. »Das war der verdammte Regen«, meinte ein Schürfer. »Der und das Dynamit damals. Hier ist alles so weich wie ein Schlammloch.«

Das Wasser sickerte noch immer aus der Tunneldecke und einem der Männer wurde es zuviel. »Ich geh hier raus«, sagte er. »Wir wissen nicht einmal sicher, ob der Junge da drin ist, und wenn, dann ist er sowieso erledigt.«

Brodie befürchtete das auch. Seine Schaufel war so schwer, als müsse er Beton wegschaffen. Jedes Mal, wenn er in die Wand stieß, betete er um ein Wunder, während er über sich Gus keuchen hörte, der den Balken hielt und wußte, daß es nun um drei Leben ging. Jeden Moment rechnete Brodie damit, daß auch ihnen alles auf den Kopf stürzte.

»Mehr Pfosten!« rief er, während er weiterarbeitete. »Wir brauchen mehr Stützen.«

»Sie holen welche«, hörte er eine Stimme. »Ruh dich eine Weile aus, Brodie. Ich übernehme.«

Aber Brodie konnte nicht aufhören. Wie lange war der Junge schon hier drin? Vielleicht lag er in einem Luftloch und war noch am Leben. Eine schwache Hoffnung, aber es gab keine Zeit zu verlieren.

»Holt die Stützpfosten aus Glühwürmchen«, rief er. »Es ist egal, ob sie einstürzt. Jemand soll sie holen!«

Da hörte er ein Jammern. Direkt aus der Wand vor ihm. Einen Laut! Eine Stimme!

»Hast du das gehört?« schrie er. »Er ist da drin! Halt durch, Junge, halt durch da drin! Wir sind hier, wir holen dich gleich raus.«

Er schaufelte weiter und nahm nichts anderes um sich herum wahr. Ein weiterer Mann stellte sich Gus gegenüber und hielt mit ihm den Balken fest, während Ted sich weiter oben weigerte, die Stützpfosten seiner kostbaren Glühwürmchen-Mine herzugeben und statt dessen den Schacht erweiterte und die verschütteten Pfosten der Vier Asse ausgrub.

Jetzt konnten mehrere Männer graben. Zuerst fanden sie Garths Stiefel und dann gruben sie mit Hilfe ihrer Hände den Jungen aus, während erleichterte Rufe laut wurden. Er war am Leben.

Brodie trug ihn nach draußen, und als die beiden Männer, die den Balken gehalten hatten, schließlich wegsprangen, stürzte der hintere Teil des Tunnels erneut ein. Gus war so erschöpft, daß auch er hinausgetragen werden mußte, was bei seiner riesenhaften Statur nicht einfach war, und alle lachten, um die Anspannung loszuwerden.

Brodie legte den armen Jungen auf eine Plane und deckte ihn mit den Decken zu, die ihm von allen Seiten gereicht wurden. Er hörte, wie jemand sagte: »Hol einen Arzt!«, und wenige Minuten später das Getrappel von Pferdehufen.

Die Augen des Jungen glitzerten eigenartig.

»Alles wird wieder gut«, sagte Brodie und wischte seinem Neffen über die Stirn. »Du bist ein tapferer Bursche.«

»Es tut mir leid, Onkel Brodie.« Die Stimme war nur noch ein Flüstern.

»Wir bauen eine Trage«, bot jemand an.

Und dann kam Gus und fiel auf die Knie. »Ach, Garth«, sagte er, »du hast uns einen schönen Schrecken eingejagt.«

Garth hielt seine Hand. »Sagt meinen Eltern, daß ich sie liebe«, hauchte er. Anscheinend hatte er vergessen, daß Michael tot war.

Gus legte dem Jungen eine Hand an das Gesicht und Garth hielt sie fest und lehnte seine Wange gegen die Handfläche. Er lächelte. »Es tut nicht weh«, flüsterte er, wie um Gus zu trösten.

»Wie geht es ihm?« fragte Gus besorgt und sah voller Entsetzen, daß Brodie weinte.

»Er ist solch ein guter Junge«, schluchzte Brodie leise. »Das bist du doch, nicht wahr?«

Eine Sekunde lang leuchteten die Augen erwartungsvoll auf, dann erstarb ihr Licht.

Voller Panik beugte Gus sich über ihn, suchte nach seinem Atem, seinem Leben. Er hob Garths Kopf, legte ihn sich auf den Schoß und umarmte ihn, während die Männer sich betreten zurückzogen.

»Sein Rücken war gebrochen.« Brodie weinte nun ganz offen. »Ich wußte es, als ich ihn hochtrug. Deshalb hatte er auch keine Schmerzen.«

Eine Stimme hinter ihnen begann, das Vaterunser aufzusagen, und die Männer nahmen ihre Mützen ab und zerknüllten sie in ihren Händen. Gus und Brodie kauerten neben der Leiche von Garth Court, den sie nicht aufgeben konnten.

Da war immer noch die Mine. Während Gus und Brodie in ihrem Lager blieben und Totenwache hielten, arbeitete Ted ohne Unterlaß. Er arbeitete so lange, bis die Ader erschöpft war und er auf Felsen stieß, der nur mit Dynamit gesprengt werden könnte. Dann brachte er alle Opale zu Brodie.

Inzwischen war ein Arzt gekommen und hatte den Totenschein ausgestellt. Jetzt warteten sie auf den Leichenwagen, denn Brodie wollte nichts anderes zulassen. Es wird ihn ein Vermögen kosten, vermutete Ted, aber Brodie hatte den Burschen fast umgebracht, der vorgeschlagen hatte, die Leiche auf einem Karren bis Charleville zu bringen. Noch nie hatte Ted zwei Männer gesehen, die durch einen Tod so erschüttert waren, aber vielleicht lag es daran, daß es noch ein Junge gewesen war.

Er war überrascht, als Brodie seine Trauer unterbrach, sich hinsetzte und die Opale in drei Teile teilte. Er war so ernst wie immer, aber als Ted fragte, was er ihm für seinen Anteil geben wolle, sagte Brodie nur: »Wieviel willst du?«

Blitzschnell verdoppelte Ted seine ursprüngliche Schätzung.

Ohne zu zögern schrieb Brodie ihm einen Scheck für die Bank of Queensland aus, den er in Charleville oder Toowoomba einlösen könne.

Da er nie zuvor einen Scheck gesehen hatte, war Ted ein wenig mißtrauisch, aber die anderen Männer versicherten ihm, daß es in Ordnung sei.

»Brodie könnte auf Baumrinde schreiben, und du würdest dein Geld bekommen«, versicherten sie ihm.

Da auch er in Richtung Osten wollte, beschloß Ted, Gus

und Brodie und den Leichenwagen zu begleiten, was ein seltsamer Zug war, denn die Pferde waren mit Federn geschmückt und der Mahagonisarg in schwarz-silbernes Tuch gehüllt.

Gus und Brodie verließen den Ridge für immer. Alle wußten es, auch wenn es nie ausgesprochen wurde, und Ted hielt es für eine nette Geste der Schürfer, daß sie eine Ehrenreihe bildeten, an der der Leichenwagen vorbeizog.

In letzter Minute rief Brodie ihn beiseite. Er überreichte Ted seinen eigenen Anteil Opale, eingewickelt in ein altes Hosenbein, da es hier draußen kaum Taschen gab.

»Gus sieht gerade nicht hin«, sagte er. »Aber ich will sehen, wie du zu seinem Pferd gehst und ihm das in die Satteltasche steckst. Diesmal will ich keinen Fehler machen.«

»Aber das sind doch deine«, protestierte Ted.

»Nicht mehr.« Brodies dunkle Augen füllten sich mit Tränen, und Ted war sicher, daß er sie nicht sehen sollte, also drehte er sich um und schob die Opale in Gus' Satteltasche, während der sich von seinen Freunden verabschiedete.

Brodie Court verabschiedete sich von niemandem.

Ted kletterte mit auf den Kutschbock des Leichenwagens, und sie fuhren los. Gus und Brodie ritten hinterher.

Bei der ersten Wegbiegung lenkte Brodie sein Pferd Richtung Westen.

»Wo willst du hin?« rief Gus ihm nach, doch Brodie sah nicht mehr zurück.

Gus bestand darauf, daß sie auf ihn warteten, aber nach einer Weile meinte Ted: »Gib's auf, Kumpel. Ich schätze, der ist weg.«

»Aber wohin denn?« Gus verstand nicht.

»Wer weiß das schon?« gab Ted achselzuckend zurück.

Trellas Schreie waren die ganze Straße entlang zu hören.

Freunde kamen herbei, um sie zu trösten. Um Gus Kriedemann zu trösten, der den Sarg den ganzen Weg aus dem Westen und zu Father Monaghans Kirche gebracht hatte.

Gus war in der Stadt wohlbekannt, und die Nachricht über das Unglück verbreitete sich, noch ehe die Mutter davon erfuhr. Er hatte sie auf den Stufen ihres Hauses erwartet, da er ihr diese schreckliche Neuigkeit lieber in der Vertrautheit ihrer Wohnung mitteilen wollte als in der Fabrik.

Als sie ihn sah, rannte sie auf ihn zu und warf sich ihm in die Arme. »Oh, Gus, mein Liebling! Du bist zu Hause! Wie schön, dich endlich wiederzusehen. Und ich in meinen Arbeitskleidern sehe fürchterlich aus! Du hättest mir die Gelegenheit geben sollen mich zurechtzumachen.«

Er küßte sie. »Für mich siehst du immer schön aus.«

Sie lachte, während sie ins Haus gingen. »Du bist mir ein Schmeichler! Ist Garth auch da?«

Ihre Frage schien die Luft um sie herum gefrieren zu lassen, denn ihr wurde plötzlich eiskalt, als sie sah, daß seine Eltern auch dabei waren und auf sie warteten, neben ihrer Vermieterin – sie alle hatten aschfahle Gesichter. Sie streckten die Hände nach ihr aus, ganz langsam, so schien es, und alles drehte sich, und die Worte kreischten, obwohl sie nur flüsterten, und jemand schrie. Trella wünschte, das alles würde aufhören, alle würden gehen und ihre Lügen wieder mitnehmen.

In der Kirche war alles voll verschwommener Gesichter, Unmengen von Blumen und dem vertrauten Geruch von Weihrauch, und dort war der Sarg, so nah, mit seinen silbernen Griffen. Geschwächt und benommen wie sie war, dachte Trella, daß sie es verwechselt hätten, daß dies Michael war und nicht Garth, ihr geliebter Sohn.

Doch schließlich, als sie ihn zu Grabe trugen, wußte sie, daß sie ihn verloren hatte, ihren gemeinsamen Sohn. Sie hatte Michael enttäuscht. Würde er ihr vergeben?

Wochenlang blieb Gus an ihrer Seite.

»Wird sie jemals darüber hinwegkommen?« fragte er seine Mutter.

»Nein, aber sie wird sich wieder fangen. Gestern sagte sie, sie wolle wieder zur Arbeit gehen. Sie halten ihre Stelle frei.«

»Ihre Freundlichkeiten kommen zu spät. Sie geht nicht wieder dorthin zurück, dafür werde ich sorgen.«

Brodie war nirgends zu sehen, aber Gus verstand das. Ein Mann mußte seine Trauer auf seine eigene Art bewältigen. Er hatte Brodies Opale in seiner Satteltasche gefunden und vermutete, daß sie für Trella gedacht waren, sagte ihr jedoch nichts davon, da Trella nicht über Brodie sprechen wollte. Sie schien ihn für Garths Tod verantwortlich zu machen und zuckte zusammen, sobald sein Name erwähnt wurde. Gus seufzte. Darüber würde sie auch hinwegkommen müssen; niemand trug die Schuld am Tod des Jungen. Und es hatte keinen Sinn darüber zu sprechen, was gewesen wäre, wenn. Unfälle geschahen überall und immerzu. Er hatte nicht die Gelegenheit gehabt, ihr zu sagen, daß Garth noch am Leben wäre, wenn er auf ihn und Brodie gehört und sich an seine Aufgaben gehalten hätte. Wahrscheinlich würde er es ihr nie sagen. Es war zu grausam. Und es würde so klingen, als wollten er und Brodie sich rechtfertigen.

In Charleville hatte Gus die Opale an Willi Schluter geschickt, und nun wartete er ungeduldig auf ihre Ankunft. Er hatte nicht die Zeit, sie über Abe Rosenstein in Dublin verkaufen zu lassen, wie Brodie es erwarten würde, denn er brauchte das Geld dringend. Sobald die Steine verkauft waren, wollte er Trella heiraten.

Dann erhielt er überraschend einen Brief vom Direktor der Bank of Queensland, der ihn zu einem Besuch aufforderte. Gus hatte mit der Bank nichts zu schaffen und dachte, es müsse ein Irrtum sein.

Nach dem Besuch bei der Bank rief er seinen Vater aus der

Bäckerei zu sich und legte vor ihm einige Papiere auf den Tisch. »Sieh dir das mal an.«

»Was ist das?« fragte Jakob besorgt. Offizielle Dokumente machten ihm angst.

»Das sind die Besitzurkunden von zwei Häusern, hier in Toowoomba. Und sie sind auf meinen Namen ausgestellt.«

»Wie ist das möglich? Wo hast du das Geld her?«

»Das hab ich nicht. Brodie war in der Stadt.«

»Hast du ihn gesehen?«

»Nein. Es scheint, daß er nur kurz hier war und sofort wieder verschwunden ist.«

Jakob war entsetzt. »Ohne Trella einen Besuch abzustatten?«

»Ich denke nicht, daß er dazu in der Verfassung war.«

»Aber warum war er dann überhaupt hier?«

Gus lächelte traurig. »Vermutlich, um reinen Tisch zu machen. Er war immer sehr verschlossen, man wußte nie, was er als nächstes vorhatte. Ich hatte keine Ahnung, daß der Kerl zwei Häuser besaß, nur wenige Blocks von hier entfernt.«

»Und was hat das mit dir zu tun?«

»Offensichtlich ist er zu seiner Bank gegangen und hat Geld abgehoben. Er hatte eines der Häuser noch nicht ganz abbezahlt, also tat er das und ließ dann die Häuser auf meinen Namen überschreiben. Der Bankdirektor erledigte den Rest.«

»Zwei Häuser! Gott im Himmel! Warum sollte ein Mann zwei Häuser herschenken? Du kannst sie nicht behalten!«

»Ich kann sie genausowenig zurückgeben, aber ich kann dafür sorgen, daß sie in der Familie Court bleiben. Das ist es, was er wollte.«

»Erwartet er, daß du seine Gedanken liest?«

»Nein, sicher nicht. Er erwartet, daß ich tue, was er sagt. Er war schon immer gern der Boß.«

»Ihr seid schon verrückt, ihr beiden!« meinte Jakob.

»Vielleicht. Aber ich will nicht, daß Trella etwas davon erfährt. Da ich jetzt viel Geld durch den Verkauf der Opale habe, will ich sie in dem Glauben lassen, daß die Häuser daher stammen.«

Gus erwähnte nicht, daß der Bankdirektor ihn nicht nur freudig als neuen, gewinnbringenden Kunden begrüßt, sondern ihm auch ein Geheimnis anvertraut hatte: Mr. Court habe die Überweisung von dreihundert Pfund an Mrs. Vivien Holloway veranlaßt. »Vermutlich war er mit dieser Person befreundet«, fügte er leicht verächtlich hinzu.

Er fragte sich, was das wohl für dreihundert Pfund waren. Die ursprüngliche Leihgabe waren zweihundert Pfund gewesen, aber die hatte Brodie nach eigener Aussage doch längst zurückgezahlt. Hatte er sich später noch einmal Geld geliehen? Vermutlich.

Gus ging in das Gästezimmer, in dem immer noch Sachen von Brodie lagen, darunter auch der feine Anzug. Er lächelte. »Danke, mein Freund«, sagte er. »Ich werde auf sie aufpassen. Nimm es dir bitte nicht zu sehr zu Herzen. Du mußt eines Tages zurückkommen, damit ich dir danken kann.«

Er setzte sich aufs Bett und zündete eine Zigarette an. »Die Opale, zwei Häuser und ein Hochzeitsanzug. Du hast deine Schulden mehr als bezahlt, wenn es solche Schulden überhaupt je gegeben hat. Aber wo zum Teufel bist du?«

An diesem Abend nahm er eine verzagte Trella in die Arme. »Geht es dir besser?«

Sie schüttelte den Kopf.

»Nun, das muß es aber. Ich habe mit Pater Monaghan gesprochen, und ich möchte den Hochzeitstermin festsetzen.«

»Für welche Hochzeit?«

»Unsere Hochzeit.«

Sie brach in Tränen aus und schob ihn fort. »Wie kannst du jetzt an solche Dinge denken?«

»Weil ich dich zu meiner Frau machen möchte. Weil du mich nicht sitzen lassen kannst. Und weil wir es uns jetzt leisten können zu heiraten.«

»Mit Blutgeld!« schrie sie. »Aus den Minen!«

»Nein«, erwiderte er ruhig. »Ich war bereits Schürfer, bevor wir uns kennenlernten.«

Sie schwieg und Gus wartete lange Zeit auf eine Antwort. Schließlich deutete er ihr Schweigen als Weigerung, die Anschuldigung zurückzunehmen und stand auf. »Solange du das in deinem Herzen hast, ist dort kein Platz für mich. Und keine Zukunft für uns.«

»Du verstehst nicht«, klagte sie. »Ich würde eine Hochzeit nicht durchstehen.«

»Ich dachte nur an eine kleine familiäre Zeremonie, keine große Feier, aber das ist jetzt nicht der Punkt. Du mußt überhaupt nichts durchstehen.«

Draußen spielte eine Mundharmonika eine traurige Melodie und Gus schluckte. »Was kann ich sonst noch tun?«

»Geh nicht. Es tut mir leid. Ich hätte das nicht sagen sollen. Es war grausam. Ich hab es nicht so gemeint. Aber ich wollte mit dir reden Gus. Über die Hochzeit. Alles hat sich geändert. Ich kann dich nicht mehr heiraten.«

»Warum nicht?«

Sie wandte sich um und starrte aus dem Fenster auf die üppigen weißen und rosa Oleanderbüsche vor dem Haus. »Weil ich hier nicht länger bleiben kann. Ich habe mich entschieden. Ich fahre nach Hause.«

Er war verwirrt. »Nach Hause? Wohin?«

»Nach Irland. Tullymore. Dort gehöre ich hin. Ich hätte niemals von dort weggehen sollen.«

Es half kein Bitten, Betteln, Reden. Trella blieb fest, sie hatte sich entschieden.

Täglich besuchten sie Garths Grab; sie wollte so oft wie möglich bei ihm sein, ehe sie Australien für immer verließ.

»Deine Mutter hat mir versprochen, sich um das Grab zu kümmern«, sagte Trella zu Gus. »Dafür bin ich sehr dankbar.«

Gus konnte nur nicken. Was für großartige Pläne hatte er für sie drei gehabt! Für Garth war es zu spät, aber doch sicher nicht für zwei Menschen, die einander liebten!

Als sie an ihr Gartentor kamen, hatte Gus ebenfalls eine Entscheidung getroffen. »Ich bringe dich nach Hause, Trella.«

Sie starrte ihn an. »Nach Irland?«

»Ja.«

»O nein, das kann ich nicht von dir verlangen.«

»Du verlangst es ja auch nicht. Ich biete es dir an. Wir fahren zusammen.«

»Aber ich habe nicht vor, wieder zurückzukommen.«

»Das ist gut. Ich habe nicht vor, dich zu verlassen.«

»Aber was willst du dort machen?«

»Wir könnten ein Pub kaufen. Ich wollte schon immer ein kleines Pub, und es heißt doch, die irischen Pubs hätten immer genug Gäste.«

»Das stimmt.« Sie lächelte. Es war nur ein schwaches Lächeln, aber es war ein Anfang.

Gus Kriedemann und seine Braut segelten mit dem Linienschiff *Otago* nach England, das genau an dem Tag in Brisbane in See stach, als die blauvioletten Jacarandabäume zu blühen begannen.

15

NACH ZWEI LANGEN Jahren in der Ferne war Clover Chiswick froh, wieder nach Hause zu kommen. Ihre Entschlossenheit hatte am Ende über die Bürokratie gesiegt. Obwohl der Krieg bereits vorbei war, als sie in Südafrika ankam, gaben ihr die Militärpersonen nur widerwillig Auskunft oder Unterstützung. Und als sie Charlies Grab endlich gefunden hatte, gab es ganz offene Feindseligkeit gegenüber ihrem Plan, seine Überreste in ein richtiges, eigenes Grab zu überführen.

Sie schienen zu denken, Clover wolle ihn auf einem Soldatenfriedhof begraben lassen, und als sie sagte, daß dies ihr Bruder niemals gewollt hätte, waren sie noch unfreundlicher. Doch sie blieb hartnäckig, und am Ende stand sie an seinem Grab auf einem kleinen Friedhof am Rand von Johannesburg. Es wurde von einem weißen Grabstein bedeckt.

Hier liegt ein tapferer Mann stand über seinem Namen und den Daten in den polierten Granitstein eingraviert. Clover hatte absichtlich keinen Hinweis auf seinen Militärdienst geben wollen.

»So ist es gut, Charlie«, sagte sie finster. »Und auf der Farm werde ich genauso einen Stein aufstellen, damit du nach Hause kommen kannst.«

Danach fuhr sie nach London. Ihre Freunde dort ermutigten sie, länger zu bleiben, und nahmen sie auf Reisen quer durch England und über den Kontinent mit, doch die ganze Zeit über sehnte sie sich nach Hause.

Als sie genug von den großen Städten und exklusiven Hotels hatte, ging sie in ein Frachtbüro und buchte eine Suite für sich allein an Bord des nächsten Schiffes Richtung Sydney.

Der Angestellte zwinkerte der großen, schlanken Frau zu. »Ganz allein, Miß? Suiten sind doch aber für zwei Personen.«

»Ich glaube, es wäre bestimmt angenehm, eine Suite für mich allein zu haben. Ich habe eine Menge schöner Kleider, die ich tragen möchte, ehe ich wieder zu Hause bin.«

Er zuckte mit den Schultern. Es gab schon seltsame Leute. Aber sie bezahlte anstandslos den vollen Preis einer prächtigen Suite an Bord der *Indiana,* also war es ihm egal.

Ihre Tante und Salty waren überglücklich, sie endlich wiederzusehen, aber Clover blieb nicht lange in Toowoomba. Ihre erste Pflicht, so dachte sie, war es, die berühmte Rinder- und Pferdezucht Fairlea Station zu besuchen.

Es war ein schönes Anwesen und wurde von seinem Verwalter Taffy sehr gut geführt.

»Fairlea war für meinen Bruder bestimmt«, erklärte sie ihm. »Ich weiß nicht, ob er es behalten hätte oder nicht. Ich bin jetzt lange genug von meiner eigenen Farm weg gewesen; ich will nach Hause. Da mir die Vorstellung nicht behagt, eine Farm zu haben, auf der ich nicht selber wohne, habe ich mich entschlossen, Fairlea zu verkaufen. Ich hoffe, Sie denken nicht zu schlecht von mir.«

»Ganz und gar nicht, Miß. Es ist Ihre Entscheidung.«

»Wenn es nicht so weit von Plenty Station entfernt wäre, würde ich es ja behalten«, fügte sie entschuldigend hinzu, »aber es liegen Welten dazwischen. Plenty ist weites und rauhes Land, und es gibt immer noch Ecken, die ich nicht kenne.« Sie schmunzelte. »Und wir könnten noch viel mehr Rinder halten. Wenn Sie jemals hier weggehen wollen, Taffy, kommen Sie zu mir.«

»Ich werde daran denken, Miß.«

Eine weitere Pflicht wartete auf sie. Obwohl sie nicht sicher war, wie sie empfangen werden würde, da sie es so lange hinausgeschoben hatte, wollte sie Mrs. Christiana Holloway einen Besuch abstatten.

Als sie an der Tür des schönen Hauses klingelte, sah Clover sich neugierig um. Sie überlegte, ob es wohl möglich wäre, vor ihrem Haus auf Plenty ebenfalls einen so schönen Garten anzulegen anstelle der staubigen alten Rinderpferche. Etwas von der Eleganz und Kultur, die sie auf ihren Reisen erlebt hatte, war hängen geblieben.

Ein Mädchen ließ sie ein und führte sie durch das Haus in einen großen Salon mit herrlichem Ausblick auf die Landschaft. Während sie auf Mrs. Holloway wartete, bewunderte sie die gediegene Einrichtung des Zimmers mit seinen erlesenen Möbelstücken und dem großen Flügel in einer Ecke. Welch guter Geschmack, dachte sie bei sich. Ihr Haus auf Plenty dagegen war völlig planlos errichtet worden; ein Raum nach dem anderen war über die Jahre angebaut und die Einrichtung mehr im Hinblick auf Brauchbarkeit als auf Schönheit gekauft worden.

Wenn ich die Dinge erst einmal geordnet habe, dann baue ich ein neues Haus, beschloß Clover. Ein richtig schönes Haus.

Sie stand auf, als Mrs. Holloway eintrat, und hoffte, daß sie in ihrem grauen Kostüm aus französischer Seide und mit cremefarbenem Revers bestehen würde. »Ich bin Clover Chiswick«, stellte sie sich beinahe stotternd vor.

Die kleine, leicht untersetzte Frau in ihrem schwarzen Kleid erinnerte Clover an eine wachsame Kropftaube.

»Ich weiß, wer Sie sind«, erwiderte sie. »Was kann ich für Sie tun?«

»Ich dachte, es wäre nett, mit Ihnen zu reden.«

»Warum? Was wollen Sie?«

Clover war bestürzt. Anscheinend hatte sie einen schrecklichen Fauxpas begangen. Charlie war der Enkel dieser Frau gewesen, ein Blutsverwandter. Dachte sie etwa, daß Charlies Schwester gekommen war, um noch mehr Erbschaft einzufordern, als sie schon bekommen hatte? Mrs. Holloways kühler Empfang schien darauf hinzudeuten. Oder mißfiel ihr die Tatsache, daß Fairlea Station, ein Besitz der Holloways, über Charlie an Clover gelangt war?

Immer noch stehend, beschloß Clover, daß ein schneller, würdiger Abgang das Beste wäre. Zum Teufel mit dieser Frau! Dann fiel ihr ein, warum sie gekommen war. Sie griff in ihre Handtasche und holte einige Fotos hervor, die in weißes Tuch eingewickelt waren. »Ich will Sie nicht länger aufhalten«, sagte sie und streckte der Frau die Fotos entgegen. »Ich dachte nur, Sie würden die gerne sehen wollen.«

Mrs. Holloway nahm ihr das flache Paket argwöhnisch aus der Hand. Als wäre es ein Anspruch auf ihr verdammtes Haus, dachte Clover erbost.

»Es sind Fotos von Charlie«, sagte sie barsch. »Aber wenn Sie sie nicht wollen, können Sie sie ja zurückgeben!«

»Oh.« Mrs. Holloway wurde zugänglicher. Sie löste das Band und wickelte die Fotos aus. »Setzen Sie sich, mein Kind. Warum haben Sie sie gebracht?«

Clover wurde allmählich wütend. »Es sind Fotos Ihres Enkelsohnes – meines Bruders. Ich bin die einzige Hinterbliebene meiner Familie und Sie die einzige aus Ihrer. Ich gebe zu, daß wir nichts weiter gemeinsam haben als diese Fotos, aber ich dachte, es wäre nett, wenn wir uns kennenlernen.«

Mrs. Holloway betrachtete das große Foto von Charlie in Uniform und seufzte. Sie sah zu Clover. »Verzeihen Sie mir bitte. Ich habe eine schwere Zeit hinter mir. Meine ehemalige Schwiegertochter drangsaliert mich seit Jahren wegen finanzieller Unterstützung. Es ist sehr zermürbend.«

Die alte Frau setzte sich, dann beugten sie sich über die Fotos. »Dieses letzte«, erklärte Clover, »ist von Charlies

Grab. In Südafrika. Ich wollte Ihnen davon erzählen und hatte gehofft, Sie würden verstehen, warum ich es tun mußte.«

Den restlichen Morgen saßen die beiden Frauen zusammen und redeten. Clover hörte die Geschichte von Vern und ihrer Mutter. Christiana erfuhr mehr über ihren Enkel und gleichzeitig über diese junge Frau, die nichts weiter von ihr wollte, als das Andenken an ihren toten Bruder zu bewahren.

»Möchten Sie zum Mittagessen bleiben?« fragte sie, da sie das Mädchen nicht so schnell wieder verlieren wollte.

»Danke, sehr gern.«

Im Verlauf des Nachmittags wurde der Grundstein zu einer lang andauernden Freundschaft gelegt.

»Werden Sie mir schreiben?« fragte Clover beim Abschied.

»Natürlich werde ich das. Und Sie müssen mir versprechen, daß Sie mich immer besuchen kommen, wenn Sie hier in der Stadt sind.«

»Ich verspreche es. Und wenn Sie mich jemals brauchen, werde ich sofort kommen. Wir müssen zusammenhalten, Sie und ich. Vern und Charlie hätten das sicher gewollt.« Clover küßte sie zum Abschied auf die Wange. »Außerdem habe ich Arbeit für Sie. Ich habe vor, ein neues Wohnhaus auf Plenty Station zu bauen und brauche Ihren Rat für die Einrichtung. Werden Sie mir helfen?«

»Ich wäre entzückt, meine Liebe.«

Christiana vergaß Clover Chiswick niemals. Mit den Jahren wurde sie zu der liebevollen Tochter, die Christiana sich immer gewünscht hatte. Ihre Briefe waren amüsant und ihre Besuche, oft für mehrere Wochen, eine große Freude. Christiana dankte dem Herrn, daß er ihr jemanden geschickt hatte, um den sie sich kümmern konnte.

Freunde und Nachbarn versammelten sich auf Plenty Station, um eine Begrüßungsfeier zu veranstalten, die Slim, der Verwalter, anläßlich Clovers Rückkehr organisiert hatte, und niemand wurde enttäuscht.

Sie war überwältigt von diesem herzlichen Empfang und es folgte ein typisches, zwei Tage dauerndes Fest mit Pferderennen, Grillfest und Tanz im großen Heuschuppen.

»Ich dachte, ihr hättet mich schon vergessen«, meinte sie lachend.

»Und wir dachten, du würdest einen Ehemann mit nach Hause bringen«, gaben sie zurück.

Eifrige Mütter betätigten sich als Heiratsvermittlerinnen, denn Clover Chiswick, so wußten sie, war jetzt eine wohlhabende Frau. Sie hatte nicht nur zwei Farmen geerbt, sondern auch das gesamte andere Vermögen des Richters, das laut der offiziellen Schätzung, die wie üblich in der Zeitung veröffentlicht wurde, überaus beeindruckend war.

Hin und wieder gab es Gerede über Vern Holloway und Clovers Mutter, doch alle waren darauf bedacht, dieses Thema in Clovers Nähe nicht anzusprechen.

Sie hatte sich verändert, da waren sich alle einig. Sie war offen und freundlich zu jedermann und freute sich ganz offensichtlich über ihre Heimkehr. Doch als sie am Pferderennen der Frauen teilnahm, das sie mit Leichtigkeit gewann, und ihren Hut in die Luft warf, mußten alle lachen. In gewissen Dingen war sie auch die alte geblieben.

Sobald das Fest vorüber war, gesellte sie sich im Morgengrauen zu Slim und inspizierte mit ihm zusammen die Herden.

»Ich bin froh, daß du zurück bist«, sagte er. »Plenty Station ohne einen Chiswick im Sattel war irgendwie nicht das richtige. Bleibst du hier?«

»Ja, und ich kann dir gar nicht sagen, wie schön es ist, endlich wieder zu Hause zu sein.«

Clover heiratete niemanden. Es gab ein paar Techtelmechtel, aber daraus entstand nichts weiter. Sie folgte Christianas Rat und überließ das alte Wohnhaus Slim und seiner Familie. Für sich selbst baute sie ein neues Haus auf einer Anhöhe mit Blick über das Tal, umgeben von Gärten, die das Haupthaus mit dem kleineren Gebäude für Gäste verbanden. Doch die Leitung der Farm war das Wichtigste. Sie arbeitete eng mit Slim zusammen und stellte Männer ein, die neue Zäune bauten und Brunnen aushoben – sogar einen Tierarzt nur für die Farm.

Clover war regelmäßiger Gast bei Viehmärkten und Züchterversammlungen in Charleville, wo die Männer schnell lernten, die Meinung einer Frau nicht gering zu schätzen.

Mit vierzig Jahren war sie die angesehene Besitzerin einer der besten Rinderfarmen im Westen, obwohl manche sie auch als alte Jungfer bezeichneten. Clover hörte davon, aber es machte ihr nichts aus; sie war viel zu beschäftigt, um sich zu ärgern.

Dann kam der heftige Sandsturm, schlimmer als alle, die sie je erlebt hatten. Die Sonne war tagelang nicht sichtbar, der Sand drang in die Häuser und hinterließ überall eine feine Staubschicht, und die Rinder stoben in alle Richtungen davon, was für ein großes Durcheinander sorgte.

Clover war mit den Männern draußen und suchte nach den entlaufenen Tieren. Sie kamen an den Minen bei Ten Mile vorbei, die lange schon verlassen lagen, und ritten über die Grenze von Plenty Station hinaus, um eine kleine Herde einzufangen, die dorthin ausgerissen war.

Fluchend folgten sie den Spuren der Rinder an den Rand einer steinigen Ebene, nur um festzustellen, daß die Tiere sich westlich in den Busch geschlagen hatten.

Und dort fand sie ihn.

Sie bemerkte den Rauch eines Lagerfeuers und ritt neugierig mit einem Viehhüter hinüber, um sich umzusehen.

Es war ein primitives Lager an einem tiefen, zugewachsenen Wasserlauf: einfach ein umgestürzter Baumstumpf, an dem getrocknete Felle befestigt waren. Weitere Felle hingen zum Trocknen neben einer erkalteten Feuerstelle.

»Ein Eingeborener?« fragte der Viehhüter.

»Ich glaube nicht«, erwiderte Clover nachdenklich.

Ein großer Mann mit verfilztem Haar und struppigem Bart kam aus dem Busch und rieb sich die Augen, die vor Entzündung tränten. »Was wollen Sie?« knurrte er.

»Was tun Sie hier, sollten wir eher fragen«, gab der Viehhüter zurück.

»Ich kümmere mich um meine eigenen Sachen«, entgegnete der Einsiedler und schlurfte zu seinem Lager.

»Sie sollten lieber aufpassen, wenn Sie hier draußen Feuer machen, Mister.« Der Viehhüter schien einen Streit provozieren zu wollen, doch Clover hob abwehrend die Hand und stieg vom Pferd.

»Reiten Sie weiter, ich kümmere mich darum.«

»Weiterreiten? Ich kann Sie doch nicht allein lassen. Was ist, wenn er ...«

»Keine Bange. Ich sagte, Sie können weiterreiten!«

Er zuckte mit den Schultern, ließ sein Pferd wenden und ritt langsam und widerstrebend in den Busch, wobei er sich immer wieder besorgt umsah.

Sie ging zur Feuerstelle und trat mit dem Fuß in die Asche. »Sie könnten Ihrem Gast wenigstens eine Tasse Tee anbieten, Brodie Court.«

Er erstarrte. »Wer sind Sie?«

»Sie wissen genau, wer ich bin. Lassen Sie mich Ihre Augen ansehen.«

»Die sind in Ordnung!« erwiderte er unfreundlich. »Das kommt nur vom Sturm.«

»Nein. Eine Augenkrankheit wird nicht innerhalb weniger Tage so schlimm wie bei Ihnen. Ich koche Wasser.«

Sie spürte seine Verwirrung, als er hinter ihr stand, während sie Feuer machte, aber sie achtete nicht weiter darauf. »Was haben Sie all die Jahre gemacht?« erkundigte sie sich.

»Bin gereist.«

»Wohin?« Clover konnte sehen, daß seine Augen ernsthaft geschädigt waren. Sie mußte sein Vertrauen gewinnen. Hier konnte er nicht bleiben.

»In den Norden. Ganz in den Westen. Und in den Süden«, antwortete er brummig, ohne richtig Auskunft zu geben.

»Sie müssen viel vom Land gesehen haben.«

»Mehr als die meisten.«

»Und was hat Sie wieder hierher gebracht?«

»Meine Füße.«

Sie lachte. »Ärgern Sie mich nicht, mein Freund, ich bin immer noch leicht reizbar.«

Clover erschauerte, als sie sah, wie er nach dem Holzstumpf hinter sich tastete, ehe er sich hinsetzte. Er mußte fast blind sein.

»Wissen Sie, wer ich bin?« fragte sie beinahe entschuldigend. »Ich nahm an, daß ...«

Er hob die Hand. »Sie hatten schon immer eine autoritäre Stimme. Immer noch auf Plenty?«

»O ja, es gehört mir jetzt; eine lange Zeit schon. Ich habe viel verändert. Sie sollten kommen und es sich ansehen.«

»Ja, irgendwann einmal.«

Er wehrte sich dagegen, daß sie ihm die Augen mit dem heißen Wasser auswusch, aber sie bestand darauf. »Nehmen Sie Ihre Hände weg und lassen Sie mich das machen. Ich kenne mich mit dieser Entzündung aus. Haben Sie irgendeine Salbe oder Borwasser?«

»Nichts davon hat genützt. Das wird schon von allein besser. Es war der verdammte Sturm, weshalb es schlimmer geworden ist.«

Also hatte er die Kuren versucht, dachte sie, während sie mit den pulverigen Überresten von Teeblättern aus einer Blechdose Tee kochte. Brodie war am Ende seines Wegs angekommen.

Er saß ruhig neben ihr, trank den schwachen, ungesüßten Tee und begann schließlich zu reden. »Ich hätte Ihnen gern geschrieben, als Ihr Bruder starb, weil ich wußte, daß Sie an ihm hingen. Aber man sagte mir, Sie wären verreist.«

»Ja.« Sie seufzte. »Charlies Tod war ein schrecklicher Schlag für mich. Aber ich bin nach Südafrika gefahren und habe ihn richtig beerdigt, mit einem richtigen Grabstein.«

»Das haben Sie getan?« Zum ersten Mal zeigte er sich interessiert, und das wollte sie ausnutzen.

»Soll ich Ihnen mehr davon erzählen?«

»Sie sollten lieber weiterreiten«, meinte er nach einer langen Pause.

»Ich hatte gehofft, daß Sie mich besuchen kommen.«

Das breite Grinsen war immer noch da, versteckt hinter dem Gestrüpp des bereits angegrauten Bartes. »Vielleicht, eines Tages.«

»Was ist mit jetzt?«

»Geht nicht.«

»Natürlich geht das. Sie befinden sich auf dem Grundstück meines Nachbarn.«

»Das weiß ich. Ich bin ja nicht dumm.«

Oder blind, dachte sie. Noch nicht. »Dann wissen Sie auch, daß sie ein Lagerfeuer hier nicht gutheißen würden. Der Busch ist trocken wie Zunder, und ein einziger Funke könnte alles in Brand setzen.«

»Dann ziehe ich eben weiter.«

»Gut. Kommen Sie doch eine Weile zu mir nach Plenty. Ich könnte Gesellschaft vertragen.«

Sie stritten und Clover gewann. Sie stritten darüber, wer ihr Pferd reiten sollte, und Brodie gewann. Er hatte nichts bei sich, das er mitnehmen wollte, abgesehen von zwei Zuckersäcken voll kleiner Steine, die er unter keinen Umständen zurücklassen wollte.

»Was ist das?« wollte sie wissen.

»Proben.«

»Wovon.«

»Gestein.«

»Suchen Sie immer noch nach Opal?«

»Hab ich schon vor Jahren aufgegeben.«

»Wo kommen die dann her?« fragte sie, da sie ihr Pferd nicht gern mit diesem Schotter beladen wollte.

»Von hier«, antwortete er. »So hatte ich etwas zu tun. Zu etwas anderem bin ich nicht mehr zu gebrauchen.«

Entnervt starrte sie auf die Säcke. »Sind sie wirklich die Mühe wert, Brodie? Woher wissen Sie, daß sie etwas taugen?«

Er band einen Sack am Sattel fest und warf den anderen über die Schulter. »Sie meinen, wie kann ich das sehen? Na ja, wenn Sie alle Zeit der Welt haben, dann können Sie lernen, auf das Klirren des Kristalls zu hören. Es ist nicht der Wert der Steine, der zählt, es ist ihre Musik. Ich hatte fast vergessen, wieviel Spaß das macht.«

Die Viehhüter starrten sie entgeistert an, als ihr Boß ins Lager zurückkam und ein verwahrloster Einsiedler neben ihr herhumpelte.

Als der Arzt eintraf, hatte Clover ihrem Gast bereits die Haare geschnitten und ihn rasiert, so daß er wieder menschlich aussah. Auch mit den grauen Strähnen ist er noch immer ein gut aussehender Mann, dachte sie. Sein Gesicht war schmaler und hatte schärfere Züge bekommen.

Als er mit seiner Untersuchung fertig war, die eine Ewigkeit zu dauern schien, nahm der Arzt Clover beiseite. »Er ist unterernährt, aber kräftig genug. Was seine Augen betrifft ...«, er schüttelte den Kopf, »das linke Auge ist schon zu beschädigt. Offensichtlich hat er sich die Entzündung in der westlichen Wüste zugezogen. Ihr Mr. Court ist ganz schön herumgekommen. So wie er es beschreibt, ist er kreuz und quer durch das Land gereist, hat Minen aufgesucht und ist weitergezogen.«

»Ohne Erfolg?«

»Das ist das Seltsamste dabei. Er sagt, er hat immer genug verdient, um weiterzureisen. Das ganze Vergnügen sei das Finden der Steine gewesen. Aber vielleicht wollte er nur angeben.«

»Das denke ich nicht. Er ist ein sehr widersprüchlicher Mensch.«

»Stimmt. Und das ist sein Problem. Er hat Ärzte in Perth und Adelaide aufgesucht, wollte ihre Diagnosen aber nicht akzeptieren. Er sagt, es seien alles Versager gewesen. Ich glaube, er hat nie wirklich verstanden, was sie ihm sagten. Für diese Augenkrankheit gibt es kein Heilmittel, aber in seinem anderen Auge, dem rechten, hat sich grauer Star gebildet. Aber es war natürlich ein Schock zu erfahren, daß er erst vollkommen blind werden sollte, bis sie ihm helfen könnten.«

»Aber er ist nicht blind.«

»Ich weiß. Und das sind auch die guten Nachrichten. Wir können die Katarakt jetzt entfernen.«

»Und er wird mit dem rechten Auge wieder sehen können?«

»Das sollte er.«

»Guter Gott! Ich danke Ihnen, Doktor. Das sind ja gute Nachrichten. Aber was müssen Sie für eine Engelsgeduld haben! Ich habe kaum ein Wort aus ihm herausbekommen.«

Der Arzt lächelte. »Das überrascht mich nicht. Seine Blindheit beschämt ihn zutiefst. ›Bin so nutzlos wie ein Stück Holz‹, sagt er. Es ist ihm peinlich, daß Sie ihn so sehen.«

Clover seufzte. »Als ob es mir etwas ausmachte! Er ist ein alter Freund. Können Sie ihn operieren?«

»Nein. Wir werden ihn zu einem Spezialisten bringen. Ich bin nicht sicher, ob Brodie mir glaubt, also sorgen Sie bitte dafür, daß er hier bleibt.«

»Das ist alles so wunderbar! Und machen Sie sich keine Gedanken über die Kosten. Ich werde alles bezahlen.«

Der Arzt war überrascht. »Er ist nicht gerade arm, Clover.

In einem seiner schmutzigen alten Säcke hat er Bündel von Geld. Er hat mich bereits bezahlt.«

»Warum lebt er dann da draußen wie ein Einsiedler?« meinte sie verwundert.

»Er sagt, als seine Augen schlechter wurden, ist er einfach in das Land zurückgegangen, das er am besten kennt.«

»Damit er sich zurechtfindet, meinen Sie?«

»Ein blinder Mann kann im Busch nicht überleben, ein Weißer sowieso nicht. Nein, ich denke, er ist das letzte Jahr einfach seiner Nase nachgegangen, irgendwohin. Er hatte das Interesse am Leben verloren, da es nur noch Dunkelheit bedeutete. Und dann kamen Sie daher.«

»Das war nur Zufall.«

»Nun, er ist ein Glückspilz. Sie haben ihn gerade rechtzeitig gefunden.«

Einen Monat, nachdem die Katarakt entfernt worden war, stellte Brodie überglücklich fest, daß er auf dem Auge wieder sehen konnte.

»Dem Herrn sei Dank!« jubelte er. »Und den wunderbaren Händen von Mr. McDowell. Sie werden ihm meinen Dank ausrichten, ja, Doktor?«

»Das werde ich, Brodie. Und er hat mir ein Geschenk für Sie mitgegeben. Eine Klappe für Ihr blindes Auge.«

Brodie nahm sie entgegen und hielt sie mit den Fingerspitzen von seinem Körper weg, als könnte sie ihn beißen. »Das werde ich nie tragen!« Er wandte sich an Clover. »Hast du so was schon mal gesehen? Sieht doch idiotisch aus, wenn ein Mann damit wie ein betrunkener Pirat herumläuft.«

»Sie müssen sie ja nicht tragen«, meinte der Arzt. »Es war nur so ein Gedanke.«

Aber Clover hatte andere Gedanken. Sie hielt Brodie einen Handspiegel vor. »Sieh dir das lieber genau an, bevor du die Augenklappe wegwirfst.«

Der Arzt erschrak. »Ich halte das nicht für nötig, Clover«, warnte er.

»O doch«, erwiderte sie bestimmt. »Es wird ihm helfen sich zu entscheiden.«

Zum ersten Mal konnte Brodie sehen, was die Augenkrankheit mit seinem linken Auge angestellt hatte. »Oh, Himmel!«, stöhnte er. »Das sieht ja schrecklich aus. Gar keine Farbe mehr.«

»Stimmt«, meinte Clover. »Und wenn du eine Augenklappe trägst, sieht dein Gesicht normal aus.«

Sie grinste, als Brodie sofort die Klappe über das Auge zog. »Ich trage das aber nur, um dir zu gefallen«, brummte er. »Ich muß mir das schlimme Auge ja nicht ansehen ... Und jetzt ...« Er griff in seine Tasche und holte zwei Klumpen glitzerndes Silber hervor. »Einer für Sie, Doktor. Sieht aus wie ein Korkenzieher, also lassen Sie ihn in keiner Bar liegen. Und deinen, Clover, könnte man zu einer Brosche verarbeiten oder so etwas.«

»Gütiger Gott!« rief der Arzt. »Das wäre doch nicht nötig gewesen, Brodie.«

»Wo haben Sie die her?«

»In einer Silbermine gefunden, auf meinen Reisen.«

»Danke«, sagte Clover. »Es ist ein schönes Stück. Und schwer wie Blei.«

»Schwer wie Silber«, korrigierte Brodie.

Als der Arzt gegangen war, wandte er sich an Clover. »Am besten reise ich jetzt auch weiter. Es war schrecklich nett von dir, mich die ganze Zeit aufzunehmen.«

»Du mußt noch nicht gehen. Ich will dir doch noch die Farm zeigen.«

»Ach, komm schon! Du hast Mitleid mit mir und willst mich retten wie eine verlorene Seele.«

»Warum sollte ich Mitleid mit dir haben? Du bist doch vollkommen gesund. Ich lade dich einfach nur ein, eine Weile zu bleiben. Ich kann Gesellschaft gebrauchen.«

»Es tut mir leid, aber ich muß gehen.«

»Wohin?«

Er schob die Augenklappe zurecht. »Wieso ist das wichtig?«

»Meinst du nicht, du wirst langsam ein bißchen zu alt, um ständig durch die Gegend zu ziehen?«

Sie stritten. Sie stritten immerzu, aber Brodie blieb. Bald setzte er sich wieder aufs Pferd und bestand darauf, sich nützlich zu machen, nachdem er seine Anwesenheit zunächst mit dem Vormann besprach.

»Ich wollte mich nicht aufdrängen«, meinte er, und der Mann nickte anerkennend.

»Ein Freund von Clover ist auch mein Freund«, erwiderte er. »Es freut uns alle, daß Sie wieder wohlauf sind, und auf einer Farm dieser Größe können wir immer einen Mann gebrauchen.«

Einige Zeit später sagte Clover zu ihm: »Ich habe gehört, was bei Ten Mile passiert ist. Mit deinem Neffen. Bist du deshalb durch den Busch gezogen?«

»Ich kann mich nicht erinnern«, erwiderte er barsch.

»Himmel!« schnaubte sie. »Du bist ein verdammter, streitsüchtiger, alter Hammel.«

»Und ich stelle fest, daß deine Ausdrucksweise sich bei all deinem vornehmen Getue nicht geändert hat.«

»Ich habe kein vornehmes Getue!«

»Das denkst auch nur du! Übrigens sind die beiden Brunnen unten an der großen Weide ausgetrocknet. Da jetzt die Trockenzeit kommt, sollten noch mal alle Brunnen überprüft werden.«

»Warum reitest du dann nicht los und tust es?«

Brodie lachte. »Warum reiten wir nicht beide?«

Nach einiger Zeit nahm Clover ihre Geschäfte wieder auf, ging zu den Versammlungen der Züchtervereinigung und verließ die Farm oft wochenlang, um Freunde in Charleville oder

Toowoomba zu besuchen, aber Brodie blieb lieber auf Plenty Station. An der Außenwelt hatte er kein Interesse mehr.

An ruhigen Abenden saßen sie nach dem Essen auf der Veranda und blickten in den Sternenhimmel. Manchmal redeten sie oder stritten, manchmal schwiegen sie und genossen die Anwesenheit des anderen.

Sie heirateten nie. Alte Leute meinten, sie lebten wie Bruder und Schwester, so als hätte Clover einen neuen Charlie gefunden. Jüngere Leute jedoch bezweifelten das und zwinkerten einander zu, wenn sie von ihnen sprachen. Doch niemand wußte es genau.

Als Clover Chiswick mit dreiundsechzig Jahren starb, geschah das nicht durch einen Sturz vom Pferd, wie alle erwartet hätten, da sie immer noch über die Farm ritt wie mit zwanzig, sondern still und ruhig im Schlaf, und ihr Freund Brodie Court betrauerte sie tief.

Er hielt das Haus in dem Zustand, in dem sie es verlassen hatte, besonders ihr ordentliches Schlafzimmer, und obwohl er der Haushälterin erlaubte, ihre Kleiderschränke auszuräumen, ließ er die Sammlung ihrer breitkrempigen Hüte an der Wand hängen.

Er ließ den gleichen Grabstein anfertigen, der zum Andenken an Charles Chiswick auf dem kleinen Friedhof von Plenty lag und bereits verwitterte, so daß Bruder und Schwester gemeinsam in Erinnerung bleiben konnten.

Er sorgte dafür, daß die Farm so weitergeführt wurde, wie Clover es gewollt hätte, als erstklassige Rinderfarm. Clovers Testament war sehr einfach gewesen: All ihren Besitz vermachte sie ihrem treuen Freund Brodie Court.

16

1948

»MEINE GÜTE!« RIEF Stanley aus. »Ich wußte gar nicht, daß er noch am Leben war.«

»Nun, offensichtlich ist er es jetzt nicht mehr«, erwiderte Angus Wickham grinsend, und sein Vater drehte sich nach ihm um.

»Werd mir ja nicht frech, junger Mann! Entweder stellst du dich absichtlich dumm oder du bist nicht in der Lage, eine einfache Bemerkung zu begreifen. Wo ist sein Testament?«

Angus runzelte die Stirn. »So wie es aussieht, gibt es kein Testament. Er ist ohne einen letzten Willen gestorben. Aber ich werde mich darum kümmern, du brauchst dir deswegen keine Sorgen zu machen.«

Stanley Wickham, Gründer der Anwaltskanzlei, hatte sich vor einigen Jahren zur Ruhe gesetzt – sehr zu Angus' Erleichterung. Aber diese Erleichterung war leider nur von kurzer Dauer gewesen. Wann immer ihm danach war, tauchte der alte Mann in seinem ehemaligen Büro auf, in dem jetzt Angus arbeitete, und stöberte in den Dokumenten herum, ohne auch nur zu fragen.

Stanley war davon überzeugt, daß er eine Hilfe war, daß sein Rat gebraucht wurde. Sein Sohn hingegen sah seinen Eifer als Einmischung an, sagte aber nichts.

»Ich mache mir keine Sorgen«, meinte Stanley nun von oben herab. »Ich bin nur interessiert zu erfahren, wer sein Vermögen erben wird.«

»Irgend jemanden wird es schon geben. Wir werden seinen nächsten Verwandten aufstöbern.«

»Ich würde vorschlagen, daß du einen Schritt nach dem anderen unternimmst und erst einmal die Akten durchgehst.«

»Warum sollte ich das tun?«

»Weil Brodie Court einer meiner ersten Klienten und zudem ein guter Freund von mir war.«

»Ach, tatsächlich? Ja, dann könnte etwas in den Archiven zu finden sein.«

»Es würde dir nicht einfallen mich zu fragen?«

»Doch ... ja ... Wann hast du ihn zuletzt gesehen?«

Stanley hüstelte, um Zeit zu schinden. Wie lange war das her? Fast ein halbes Jahrhundert. Aber das wollte er lieber nicht zugeben. »Vor ziemlich langer Zeit. Weißt du was? Überlaß diesen Fall doch einfach mir. Ich werde den Erben ausfindig machen, das ist eine interessante Übung für mich.«

»Vater, wir bezahlen Leute, die diese Arbeit übernehmen.«

»Ihr macht was? Ihr habt wohl mehr Geld als Verstand! Aber wenn du darauf bestehst, kannst du mich ja auch bezahlen. Jetzt laß mich sehen. Wo ist er gestorben? Und wann? Ich werde gleich mit der Sache anfangen.«

Die nächste Überraschung kam, als Stanley seine Absicht kundtat, nach Plenty Station zu fahren, weil er hoffte dort einen Hinweis auf Brodies nächsten Angehörigen zu erhalten.

»Warum machst du dir nur diese Mühe, Vater? Wir können doch eine Anzeige aufgeben.«

»Und alle möglichen falschen Antworten bekommen? Nein, davon will ich nichts hören. Der Bruder deiner Frau, Donald, hat sich freundlicherweise bereit erklärt, mich mit dem Auto hinzufahren. Er ist ein Agent für Viehzuchtbetriebe und will bei der Gelegenheit eine Bestandsaufnahme von Plenty Station machen.«

»Das ist eine lange und beschwerliche Fahrt«, protestierte Angus. Doch Stanley war fest entschlossen.

Er mußte zugeben, daß die Fahrt tatsächlich höchst anstrengend war. Die Hitze und der Staub führten zu mehreren Pannen, weil der Kühler kochte wie ein Teekessel. Hinter Charleville blieben sie einige Male im Sand stecken, und auf der holprigen Straße platzte ein Reifen. Schließlich mußten sie sich von echter Pferdestärke zur nächstgelegenen Rinderfarm abschleppen lassen, wo man sie aufnahm, bis die Reparaturen erledigt waren. Hin und wieder fragte Stanley sich, ob die inzwischen abgeschafften Postkutschen von Cobb and Co. nicht doch ein schnelleres Transportmittel gewesen wären ...

Die Gastfreundschaft der Farmleute in dieser einsamen Gegend war jedoch sehr tröstend und beruhigend und gab Stanley die Gelegenheit, mehr über Clover Chiswick zu erfahren, die hier ziemlich bekannt gewesen war. Bei einem ihrer Besuche in Toowoomba hatte seine Kanzlei auf ihre Bitte hin ihr Testament aufgenommen.

»Dir ist wohl nicht in den Sinn gekommen diese Tatsache mir gegenüber zu erwähnen?« hatte Stanley geschimpft, als er seine Nachforschungen über die Herkunft von Brodies Reichtum begann.

»Nein, warum auch? Miß Chiswick hinterließ all ihren Besitz einer einzigen Person, also gab es keine Schwierigkeiten. Der Name dieser Person war mir unbekannt, und niemand hat das Testament angefochten.«

»Aber ich hätte den Namen erkannt, wenn du ihn mir gesagt hättest! Gütiger Himmel, Angus, dies ist eine ungeheure Verantwortung! Clover Chiswicks Besitz belief sich auf über eine Million Pfund, und in der Zeit bis zu Courts Tod ist das bestimmt noch mehr geworden. Wenn man dich so hört, meint man, es ginge hier um eine kleine Farm auf den Downs.«

Angus zuckte mit den Schultern. »Du hast jetzt leicht reden. Was hättest du denn getan?«

»Wenn ich gesehen hätte, daß Brodie Court der Erbe ist, wäre ich der Sache weiter nachgegangen und hätte dafür gesorgt, daß er ein Testament verfaßt. Dann säßen wir jetzt nicht in diesem Schlamassel. Sieh dir das an!« Er winkte mit der Liste der Vermögensaufstellung. »Es geht nicht nur um das Grundstück, da sind auch Bankkonten und Wertpapiere. Und wie ich hörte, ist kaum ein Penny davon angerührt worden, seit sie starb. Brodie Court war einer der reichsten Klienten, die wir je hatten, und du hast dir nicht einmal die Mühe gemacht Kontakt mit ihm aufzunehmen?«

»Ich habe ihn ja nie gesehen«, verteidigte sich Angus. »Er unterschrieb die notwendigen Papiere für den Transfer, schickte sie zurück und unsere Rechnung wurde umgehend bezahlt.«

»Und du hast ihm nicht unsere weiteren Dienste oder unseren Rat angeboten? Nicht zu fassen! Was soll nur aus unserer Kanzlei werden? Ihr seid viel zu nachlässig, ihr jungen Leute. Ein Mann wie er ... du hättest ihn aufsuchen müssen.«

»Ich wollte mich nicht einmischen. Ich hatte gehört, daß er ein ziemlicher Eigenbrötler war.«

»Du hattest gehört, so, so!« wiederholte Stanley erbost. »Hättest du nicht wenigstens darum bitten können, daß er dir sein Testament zur Verwahrung schickt?«

»Aber er hatte doch kein Testament.«

»Gott im Himmel! Du hättest ihm ja auch raten sollen, eins aufzusetzen, und der Kontakt wäre da gewesen. Wer weiß, was daraus entstanden wäre? Aber wie dem auch sei – wer sagt, daß es kein Testament gibt?«

»Jeder sagt das, sowohl seine Angestellten als auch seine Freunde von der Nachbarsfarm. Sie haben das ganze Haus durchsucht. Und beim Registrator gibt es auch keinen Eintrag.«

»Nun, darum werde ich mich kümmern.«

Es hatte Stanley kaum überrascht, daß Brodie als reicher

Mann gestorben war – die Art und Weise jedoch, wie dieser Reichtum zustande gekommen war, hatte ihn erstaunt. Immer hatte der Ire damit geprahlt, daß seine Opale ihn reich machen und ihm Glück bringen würden, und das hatten sie anscheinend auch, aber es war weit mehr aus ihm geworden als ein Opalhändler.

Im Laufe der Jahre war Stanley als Opalsammler und Investor selbst zu den Opalfeldern in New South Wales und Queensland gefahren, immer auf der Suche nach Brodie, aber niemand hatte ihn gekannt. Im Westen von Queensland gab es Minen, in denen heller Opal gefördert wurde, und am Lightning Ridge lag der schöne und begehrte schwarze Opal. Aber irgendwo da draußen, wo Brodie geschürft hatte, gab es auch diese wundersamen schwarzen Erzopale – doch offensichtlich hatte er dieses Geheimnis mit ins Grab genommen.

»Aber sie sind da«, überlegte Stanley. »Eines Tages wird wieder jemand darüber stolpern – jemand mit Brodies Glück.«

Brodie hatte also als guter Freund und treuer Kamerad der berühmten Clover Chiswick auf Plenty Station gelebt.

Wie war es dazu gekommen?

Seine Gastgeber auf der Rinderfarm hinter Charleville konnten ihm da auch nichts Genaueres berichten, aber es gab Gerüchte. Während sie erzählten, fiel der Name Fairlea Station und Stanley setzte sich plötzlich kerzengerade. Natürlich! Vivien Holloway!

Was war aus Vivien Holloway geworden? Sie hatte Fairlea an den unehelichen Sohn ihres Mannes verloren. Niemals würde Stanley ihren Wutausbruch vergessen!

Die Farmersleute konnten die Geschichte von da an weitererzählen, und das Mosaik setzte sich langsam zusammen.

Der uneheliche Sohn war Charlie Chiswick gewesen, der vor langer Zeit im Burenkrieg sein Leben gelassen hatte. Zwei Weltkriege hatten die Erinnerung an diesen blutigen Kampf zwischen Engländern und Südafrikanern beinahe ausgelöscht.

»Erinnern Sie sich an den alten Richter Chiswick?« fragte ihn die alte Farmersfrau, die in Erinnerungen versunken vor ihrem Portwein saß.

»O ja«, lachte er.

»Was glauben Sie, wer seine Farm geerbt hat? Seine einzige Tochter – Clover. Denn Charlie war ja tot.«

Stanley lehnte sich wieder zurück. »Oh, ich verstehe. So langsam fängt das alles an, Sinn zu ergeben.«

»Und der Rest«, fügte sie lachend hinzu und knuffte ihrem Mann in die Rippen, »erzähl ihm den Rest. Geld kommt zu Geld, wie es so schön heißt.«

Der weißhaarige Farmer erinnerte sich. »Clover und Christiana Holloway wurden gute Freundinnen. Clover fuhr oft mit uns nach Toowoomba – zu Pferderennen, Viehmärkten ... Sie wissen schon. Und immer wohnte sie bei Christiana in dem schönen großen Haus oben auf der Anhöhe. Kennen Sie es?«

»Ja.«

»Wem gehört es jetzt?«

»Ich weiß nicht. Es hat über die Jahre mehrmals den Besitzer gewechselt.«

»Ein wunderschönes Haus«, schwärmte der Farmer. »Früher sind wir dort immer tanzen gegangen.«

»Das spielt jetzt keine Rolle«, unterbrach ihn seine Frau. »Erzähl weiter.«

»Ja doch, ja«, entgegnete er beleidigt. »Sehen Sie die Verbindung, Mr. Wickham? Der junge Charlie war Clovers Bruder und Mrs. Holloways einziger Enkel, wenn auch unehelich. Also kamen die zwei Frauen zusammen. Clover hatte sehr früh ihre Mutter verloren und Christiana ihren einzigen Sohn. Das verband sie zu einer innigen Freundschaft.«

»Und so ...«, drängte seine Frau.

»Und so kam es, daß die alte Lady nach ihrem Tod alles Clover hinterließ.«

»Gütiger Gott!« meinte Stanley und dachte, daß sein Sohn eine gehörige Tracht Prügel verdient hatte, weil er so wichtige Klienten einfach ignorierte.

»Es ist schon eigenartig«, meinte die Frau lachend. »Clover war der letzte Mensch auf der Welt, der einen Penny von der alten Mrs. Holloway gebraucht hätte. Sie wurde nur noch reicher. Ich meine, sie hatte Fairlea und Plenty, was ja auch nicht gerade kleine Farmen sind, und dann kam das ganze Holloway-Vermögen dazu. Und wenn man bedenkt, daß sie sich eigentlich nichts aus Geld machte!«

»Was war sie für ein Mensch?«

»Eine Amazone! Interessierte sich mehr für Pferde und Rinder als für Menschen. Und dieses freche Mundwerk! Sie war nicht unbedingt eine Person, mit der man Streit haben wollte.«

»Na ja ... ich weiß nicht«, meinte ihr Mann verträumt. »Ich erinnere mich an Clover als kleines Mädchen. Groß und blond. Ein hübsches Mädchen. Und geradeheraus. Ich mochte sie. Sie nannte die Dinge beim Namen, aber das ist ja nichts Schlechtes.«

»Kannten Sie ihren Freund, Mr. Court?«

»O ja. Wir trafen ihn, aber nicht oft. Nur auf der Farm. Er war gern allein. Ist nie in die Stadt gefahren oder war bei Veranstaltungen dabei.«

»Er trug eine Augenklappe«, sagte die Frau. »Er war auf einem Auge blind.«

»Er war was? Davon hatte ich gar nichts gehört!«

»Die Augenkrankheit«, meinte sie. »Gerüchte besagen, daß Clover ihn zuerst aus Mitleid aufnahm, weil beide Augen angegriffen waren und er so gut wie blind war. Aber sie zog einen Spezialisten hinzu – wer außer Clover würde einen Spezialisten eigens aus Brisbane hierher kommen lassen? Jedenfalls rettete der Spezialist ein Auge, und danach ist Court einfach geblieben.«

»Kannte sie ihn denn schon vorher?«

»Manche Leute sagen ja. Aber Clover war kein Mensch, der sich anderen erklärte. Sie nicht. Manchmal lachte sie und meinte, Brodie könne uns beim Abendessen nicht Gesellschaft leisten, weil er mit seinem Hobby beschäftigt sei, aber ich glaube, das war nur eine Ausrede. Wir waren alle neugierig auf ihn, und vermutlich war es ihr peinlich.«

»Clover und peinlich?« meinte ihr Mann dazu. »Niemals! Er war ihr Gast. Es war ihr egal, wie lange er blieb, und es war ihr verdammt egal, was die Leute darüber dachten.«

Als sie am nächsten Tag aufbrachen, blickte Donald argwöhnisch auf die staubige Straße, die vor ihnen lag. »Denkst du, wir schaffen den restlichen Weg ohne Unterbrechung?«

»Ich hoffe es«, sagte Stanley und setzte die Schutzbrille auf. »Unsere Gastgeberin meinte, wir sollten anrufen, wenn wir angekommen sind, sonst würde sie ein paar Reiter losschikken, um uns zu suchen.«

»Das ist ja sehr tröstlich. Zumindest werden wir unser Leben nicht auf einer staubigen Landstraße aushauchen. Wenn man das hier überhaupt so nennen kann ... Du hast gestern ja noch stundenlang mit diesen Leuten geredet. Hast du etwas Neues erfahren?«

»O ja. Sehr interessante Hintergrundinformationen. Eine tolle Geschichte. Aber mir fehlt immer noch ein großes Stück aus der Zeit, als ich Brodie zum letzten Mal gesehen habe, bis zu dem Tag, als er auf Plenty Station auftauchte. Er war nicht mit Miß Chiswick verheiratet, und es gibt definitiv keine Nachkommen. Die Leute hier draußen wüßten sonst genau darüber Bescheid.«

»Angus meinte, du hättest nicht hier rausfahren sollen. Er hätte inserieren können, um den nächsten Angehörigen zu finden.«

»Ja, das hätte er getan. Er hat überhaupt keinen Sinn für Abenteuer! Fahr schneller, Chauffeur!«

Der Verwalter von Plenty Station lieferte weitere Informationen über Brodie Court. »Er war bereits hier, als ich eingestellt wurde. Mein Vorgänger, als Vormann damals, hatte sich eine Farm weiter im Norden gekauft. Als Miß Clover starb, war ich fünf Jahre lang Vormann gewesen, und Brodie beförderte mich zum Verwalter. Ich hatte nichts anderes erwartet, aber es war eine schlimme Zeit für uns alle. Sie war eine Frau, auf die man wirklich stolz sein konnte. Und dann ist sie den einen Tag noch frisch und munter und am nächsten Tag ist sie tot. Einfach weg. Im Schlaf gestorben.«

»Es muß ein großer Schock gewesen sein!«

»Das war es.«

»Wie hat Brodie reagiert?«

»Was erwarten Sie? Der arme Kerl war am Boden zerstört. Er konnte es nicht glauben. Dann, nach der Beerdigung, hat er seine Sachen zusammengepackt und gemeint, er wolle gehen.

›Das hat doch keine Eile‹, hab ich gesagt. ›Vielleicht komme ich ja mit dir. Die neuen Besitzer wollen mich vielleicht gar nicht. Wenn sie erwachsene Söhne haben, muß der Vormann gehen.‹ Aber er war fest entschlossen zu gehen, der dumme Kerl.

›Gib mir ein Pferd‹, hat er gesagt, ›und ich bin weg.‹

›Wohin willst du denn?‹ hab ich gefragt, aber er meinte nur: ›Nirgendwo Bestimmtes. Vielleicht nach Westen.‹

Als nächstes hören wir, daß Clover die ganze Farm und alles Brodie hinterlassen hat. Was haben wir uns gefreut! Clover hatte uns nicht enttäuscht. Aber er war nur verblüfft. Überhaupt nicht beeindruckt.

›Warum hat sie das bloß gemacht?‹ hat er immer wieder gefragt.

Aber ich hab zu ihm gesagt, daß er jetzt dableiben müsse. Wir haben hier viele Angestellte und viel zu tun. Ich mußte ihn fast dazu zwingen, all die Papiere zu unterschreiben, die sie ihm schickten, und dann gehörte alles ihm.«

»Hat er sich denn um die Farm gekümmert?«

»Ja, sicher. Das hatte er ja auch schon vorher getan. Er kannte das Grundstück in- und auswendig. Er mußte sich nur daran gewöhnen, daß sie nicht mehr da war. Er war ein guter Boß, das können Sie mir glauben. Und ein guter Mensch.«

»Ich glaube Ihnen«, sagte Stanley. »Ich kannte Brodie Court persönlich.«

»Tatsächlich?« Auf dem wettergegerbten Gesicht des Verwalters zeigte sich ein warmes Lächeln. »Dann brauche ich Ihnen über seinen Charakter ja nichts weiter zu erzählen.«

»Nein. Aber wie ist er gestorben?«

Der Verwalter starrte ihn an. »Das wissen Sie nicht? Es war hier überall in den Zeitungen. Aber die großen Städte interessieren sich wohl nicht besonders für unsere Lokalnachrichten.«

»Vermutlich nicht«, meinte Stanley. »Wir bekamen Nachricht über die Bank, da wir Miß Chiswicks Testament aufgesetzt hatten. Die Banken sind immer interessiert.«

»Das sind sie.« Der Verwalter wollte lachen, aber dann spiegelte sein Gesicht plötzlich große Trauer wider. »Brodie hat meinem Sohn das Leben gerettet. Der war in einen Brunnen gefallen. Er ist erst zwei. Brodie hörte davon und kam angelaufen. Ich war nicht zu Hause und meine Frau vollkommen hysterisch. Der alte Brunnen ist ziemlich tief und zum Glück ausgetrocknet. Sie hörte, wie unser Sohn da unten weinte, und ließ den Eimer runter und rief ihm zu, er solle hineinsteigen, aber selbst wenn er es verstand, hatte er einfach zu viel Angst.«

»Hat Brodie ihn dann geholt?«

»O ja.« Der Verwalter seufzte. »Er stieg in den Brunnen hinunter, als wäre das gar kein Problem, und rief ihnen dann zu, sie sollten den Eimer runterlassen. Er hatte offensichtlich einige Schwierigkeiten, den Jungen in den Eimer zu setzen, weil er so hoch oben hing, und so dauerte es eine Weile, aber er war ja sehr groß und schaffte es dann auch. Sie zogen den Jungen hoch und ließen das Seil wieder zu Brodie runter.«

Der Verwalter hielt inne und sah Stanley hilflos an. »Es hat keinen Sinn, irgend jemandem die Schuld zu geben. Es waren nur die Frauen und ein paar junge Burschen da, sie waren schrecklich aufgeregt und versuchten ihr Bestes. Wenn Brodie ein wenig gewartet und ihnen vor seinem Abstieg gesagt hätte, was sie tun sollen, wäre vielleicht alles gut gegangen. Aber als dann endlich die Männer kamen, war es schon zu spät.«

»Was ist passiert?«

»Sie hatten alle an der Winde gezogen, um den Jungen hochzuholen, und das war auch gut gegangen. Sie waren so aufgeregt darüber, daß er nicht verletzt war, bis auf ein paar Beulen und blaue Flecke, daß sie mit Brodie natürlich dasselbe versuchten. Meine Frau hat den Schock noch immer nicht verwunden. Bei seinem Gewicht hätten sie ein Pferd holen müssen um ihn hochzuziehen, aber daran dachten sie nicht. Sie zogen ihn über die Winde hoch und hatten ihn schon fast oben. Dann ging die Winde kaputt. Er starb durch den Sturz.«

»Gütiger Gott«, murmelte Stanley.

»Er liegt da oben auf dem kleinen Friedhof begraben, und wir haben genauso einen Grabstein bestellt wie die anderen, damit es ordentlich aussieht. Die *Western Chronicle* hat einen langen Artikel über ihn veröffentlicht und ihn sehr gewürdigt. Es hieß dort, der Besitzer von Plenty Station habe sein Leben gegeben, um einem Jungen zu helfen, der in einen Schacht gefallen war ...«

»Aber er ist doch in einen Brunnen gefallen.«

»Ja. Es war ein Fehler, aber ich denke, es macht keinen Unterschied. Es tut mir leid, daß ich nie die Gelegenheit hatte ihm zu danken, aber meine Familie wird Brodie Court niemals vergessen.«

Stanley faßte den Verwalter am Arm und ging mit ihm zum

Haus zurück. »Ich bin sicher, er hätte Ihren Dank nicht gewollt. Zumindest wußte er, daß es dem Jungen gut ging.«

»Vermutlich haben Sie recht. Er mochte es nie, wenn viel Aufhebens um ihn gemacht wurde.«

Sie öffneten das Gartentor und Stanley blieb stehen. »Es ist ein fantastischer Blick über das Tal vom Haus aus, und ich habe heute morgen schon gemerkt, daß man sich in diesem wunderbaren Garten ganz abgeschirmt fühlt. Ich kann sie fast spüren, Brodie und Miß Chiswick.«

»O ja, sie haben diesen Garten geliebt. Brodie hat selbst viel daran gearbeitet – er sagte immer, er sei der geborene Bauer, nur um sie zu ärgern. Er nannte sogar ihre Rinderfarm einen Bauernhof, aus Spaß!«

»Köstlich!« Stanley schmunzelte. »Mir scheint, sie waren einander sehr ähnlich. Irgendwann haben die beiden sich gefunden, ohne daß wir die Gründe dafür kennen, und ihre Seelenverwandtschaft erkannt. Sie waren voneinander unabhängig und doch zusammen. Beide sehr zurückgezogene Menschen. Hat Brodie nie erwähnt, wo er herkam? Abgesehen davon, daß er offensichtlich Ire war?«

»Nein, Mr. Wickham. Nie.«

»Und hatte er jemals Besuch?«

»Nein, Sir. Gibt es noch etwas, das ich Ihnen zeigen kann?«

»Ich denke nicht. Ich habe seine Papiere im Büro durchgesehen, konnte aber nichts Persönliches finden. Keine Briefe, Fotografien, nichts. Mit meiner Suche nach seinem nächsten Anverwandten bin ich nicht weitergekommen, es gibt keinerlei Hinweise. Es ist fast so, als hätte er überhaupt nicht hier gelebt.«

»Abgesehen von seinem Hobbyraum.«

»Seinem was?«

»Er hielt sich oft in einem Schuppen hinten am Haus auf. Ich glaube, er war Amateurmineraloge. Miß Clover nannte es seinen Hobbyraum. Er hielt ihn immer verschlossen und wollte nicht, daß jemand hineinging. Es ist ein staubiger Raum mit vielen herumliegenden Gesteinsbrocken. Nichts Wertvolles.«

Stanley wurde allmählich müde. Die trockene Hitze war zuviel für ihn, aber jetzt klang es auf einmal mehr nach dem Brodie, den er gekannt hatte. Vielleicht hatte er in diesem Arbeitszimmer einen Hinweis hinterlassen, der Stanley weiterbrachte, also mußte er nachsehen.

Der Schuppen roch modrig, und der Verwalter öffnete die Fenster oberhalb der langen Bänke, die mit Staub und Gesteinsproben bedeckt waren. Es knirschte auf dem Boden, als sie hineingingen.

»Er war nicht unbedingt der sauberste Arbeiter«, meinte Stanley und schob einen Schemel beiseite. »Es ist ja fast so, als ob man in eine Höhle kommt. Ich sehe mich mal um.«

Er begutachtete die Steine und Kristalle, die in verschiedene Formen geschliffen und poliert worden waren, und andere, die in ihrem natürlichen Zustand dalagen. »Sie sind schön, und einige von ihnen haben interessante Farben und Muster, aber ich glaube nicht, daß sie etwas wert sind.«

»Armer Brodie. All die Arbeit für nichts.«

»Das denke ich nicht«, entgegnete Stanley. »Brodie hätte auf den ersten Blick gewußt, daß diese Steine hier nichts wert sind.« Er faltete ein Ledertuch auseinander, in dem blitzblanke Schleifwerkzeuge lagen, und betrachtete dann nachdenklich die Hunderte von Steinen, die Brodie bearbeitet hatte. »Wissen Sie, was ich glaube? Daß er an denen nur geübt hat. Es dauert eine lange Zeit, bis man ein guter Opalschleifer wird, und Fehler kosten viel Geld. Für einen Mann mit nur einem Auge war das natürlich noch schwieriger. Dennoch«, er zuckte mit den Schultern, »beantwortet das nicht meine Frage. Offensichtlich hatte er mit Schreibarbeit nicht viel im Sinn. Ich sehe keinen einzigen Notizzettel. Wieder eine Sackgasse.«

Als sie den Schuppen verlassen wollten, sah Stanley sich ein letztes Mal um. »Was ist in der Schublade?«

»Welcher Schublade?«

»Unter der Bank da hinten?«

»Ich weiß nicht, die hab ich noch nie bemerkt.«

Es war eine lange, niedrige Schublade und Stanley staunte, wie leicht sie zu öffnen war. Er zog sie ganz heraus und schob die Steine auf der Bank zur Seite, um die Lade daraufleben zu können. Dann lachte er. »Aha! Jetzt kommen wir der Sache schon näher!«

Die Schublade war mit weichen Musselintüchern angefüllt, aber obenauf lagen einige Klumpen ungeschliffener Opale.

»Schwarzer Opal!« rief der Verwalter aus.

»Ja! Sehen Sie nur die tiefdunkle Farbe. Dies sind Stücke von dem seltenen Erzopal.« Er lief mit ihnen ans Licht. »Sie sind fabelhaft! Das ist es, woran er tatsächlich arbeiten wollte.«

»Arbeiten *wollte* ist gut!« rief der Verwalter ihm zu. »Sehen Sie, was ich gefunden habe!«

Er hatte die Musselintücher entfernt und darunter, gebettet auf Baumwolle, lagen drei Reihen exquisiter, geschliffener Opale.

»Gütiger Gott im Himmel!« flüsterte er ehrfurchtsvoll. »Sie müssen ein Vermögen wert sein! Und sehen Sie! Jeder hat einen Namen!«

Stanley wagte kaum sie zu berühren und starrte sie verzückt an, während der Verwalter die Namen auf den kleinen Kärtchen las.

»Das ist Clovers Handschrift«, sagte er. »Sie hatte eine sehr saubere Schrift. Und oh! Dieser große Opal heißt *Plenty!*«

Stanley erschauerte, als der Verwalter ihm den Stein gab, und studierte fasziniert die Namen, die Brodie seinen edlen Mineralen gegeben hatte. »Der Name ist genau richtig für diesen großen und wunderbaren Stein«, sagte er und legte ihn zurück. »Und hier haben wir den *Papagei!* Sehen Sie nur in den Stein, ich könnte schwören, ich sehe die Umrisse eines Papageis.«

»Dieser hier«, fuhr der Verwalter fort, »dieser rot-goldene heißt *Glory*« Er beugte sich vor und studierte die Namen nochmals. »Hier ist einer, der heißt *Tullymore*. Ich wette, das ist auch eine Farm irgendwo.«

»Es sind alles erstklassige Steine«, murmelte Stanley, immer noch überwältigt.

»Warum hat er sie in eine Schublade gesteckt? Warum hat er sie nicht verkauft?«

»Weil sie ihm gehörten«, erwiderte Stanley ruhig. »Er liebte Opale, er war fasziniert von ihnen.«

Schließlich entschied er, daß er die Opale in die Stadt mitnehmen und als Teil der Erbschaft schätzen lassen würde. »Ich gebe Ihnen eine Quittung«, sagte er zum Verwalter, der froh war, die Verantwortung los zu sein.

Vorsichtig wickelte der alte Mann jeden Opal ein und steckte sie zwischen die Falten eines Musselintuchs, doch als er zum letzten Stück kam, sah er etwas auf dem Boden der Schublade liegen. Nur ein Blatt Pergamentpapier. Der letze Wille von Brodie Court.

Bezeugt von Clover Chiswick.

Obwohl dieses Testament offensichtlich aus der Zeit stammte, da Brodie nur seine Opale besaß, reichte es für Stanleys Zwecke ganz und gar aus.

In guter Gesundheit und normaler geistiger Verfassung vermache ich hiermit all meine weltlichen Güter meiner Schwägerin Trella Kriedemann aus Tullymore, Irland.

Kriedemann! Stanley war überrascht. Seine erste private Begegnung mit Brodie Court kam ihm in den Sinn, als wäre es gestern gewesen. An jenem Tag hatte Brodie ihn in ein Pub mitgenommen, um seinen Freund Gus Kriedemann zu treffen. Er hatte den Namen behalten, da die Kriedemanns lange Zeit eine Bäckerei in der Stadt hatten, die es mittlerweile jedoch nicht mehr gab.

Hatte Gus etwa Brodies Schwägerin geheiratet? Wie war das zustande gekommen? Und warum waren sie jetzt wieder in Irland? Oder waren sie es nicht?

»Noch ein Geheimnis«, murmelte er.

Als er den Schuppen schließlich verließ, grinste Stanley von einem Ohr zum anderen und drückte die kostbaren Steine an seine Brust.

»Ich kann es kaum erwarten, das Gesicht meines Sohnes zu sehen!« rief er aufgeregt. »Ich habe das Testament gefunden! Er wollte eine Anzeige aufgeben. Ha! Das hätte ihm überhaupt nichts genützt! Nun, das wird ihn lehren, auf seinen Vater zu hören!«

Der alte Mann summte vor sich hin, während er an einem Sonntagnachmittag mit seinem neuen Morris durch die stillen Straßen von Limerick fuhr. Er fühlte sich ausgezeichnet. Die Suche nach Brodies nächstem Verwandten hatte ihm eine perfekte Ausrede verschafft, in die Alte Welt zu reisen.

Angus hatte natürlich wie immer versucht, ihm die Sache auszureden. »Was soll das Ganze? In Irland gibt es doch auch Anwälte. Ich kann jemanden beauftragen, uns zu vertreten.«

»Ach, kannst du das? Und wieder Geld verschwenden? Und wer sagt, daß diese Trella Kriedemann noch am Leben ist? Und wenn nicht? Wer ist der nächste Verwandte? Ich ziehe es vor, Brodies Angelegenheiten persönlich zu erledigen.«

»Guter Gott, Vater! Du hörst dich an, als wäre er dein bester Freund gewesen! Ihr hattet nicht einmal mehr Kontakt.«

»Ich war der erste Anwalt, den er beauftragte, seine Geschäfte zu führen. Er vertraute mir seine Post und sein Geld an, das für ihn aus Dublin kam. Ich fühlte mich durch sein Vertrauen geehrt, und jetzt kann ich ihm etwas zurückzahlen, indem ich mich darum kümmere, daß diese Sache ordentlich erledigt wird. Hast du dich je gefragt, warum Clover Chiswick am Ende zu uns kam und ihr Testament bei uns verwahren ließ? Obwohl es in Charleville auch Anwälte gibt?«

»Sollte ich das denn?«

»Das würde ich meinen. Ich glaube, daß Brodie irgendwann mit ihr über mich gesprochen hat, und deshalb kam sie her. Weil unsere Kanzlei diesen Mann kannte, der außerhalb der Farm keinerlei Freunde oder Bekannte mehr hatte.«

Angus zuckte mit den Schultern. »Eine Vermutung.«

»Aber logisch. Jedenfalls habe ich mich entschieden. Ich werde mit dem Schiff nach London fahren und von dort aus nach Irland, um dieses Dorf Tullymore zu suchen.«

»Du bist verrückt! Der Krieg ist gerade erst vorbei. London ist zerstört. Die Reise wird zu anstrengend für dich sein.«

Stanley lachte. »Willst du mir etwa sagen, daß eine sechswöchige Seereise in der ersten Klasse eines Luxusdampfers anstrengender ist als diese holprige, sechshundert Meilen lange Fahrt nach Plenty Station? Ich freue mich auf die Reise, und es tut mir nur leid, daß deine liebe Mutter nicht mehr lebt, um mich zu begleiten. Wir hatten uns immer eine Fahrt nach England gewünscht, aber der Krieg kam dazwischen, und jetzt ist es zu spät für sie.«

Angus konnte dieser Entschlossenheit nichts mehr entgegensetzen, und am Ende war er sogar begeistert über die Idee seines Vaters.

»Wahrscheinlich ist er froh mich los zu sein«, brummte Stanley vor sich hin. Er hatte die Fahrt nach Plenty Station überlebt. Er hatte die Reise nach England genossen und war dankbar, daß seine Bridgekenntnisse ausreichten, um ihm ständig Gesellschaft zu bescheren. Er hatte das Auto in London gekauft und erfreut festgestellt, daß er aufgrund der neuen Exportgesetze zur Förderung der Wirtschaft die Mehrwertsteuer nicht zu zahlen brauchte. Der Morris war ein echtes Schnäppchen.

Dann war er quer durch England gefahren und hatte die Autofähre nach Irland genommen. Er näherte sich immer mehr seinem Ziel Tullymore.

»Ich und zu alt?« Dieses Abenteuer schien ihn kontinuierlich jünger zu machen – so wohl hatte er sich seit Jahren schon nicht mehr gefühlt. Langsam fing er an sich zu fragen, warum er überhaupt in den Ruhestand gegangen war.

Er nahm ein Zimmer in einem kleinen Hotel und war dort bald der Mittelpunkt des Interesses. Das neue Auto, selbst ein so bescheidener Wagen wie der Morris Major, und sein australischer Akzent machten die Leute neugierig. Sie alle schienen Verwandte in Australien zu haben und wollten etwas über sie wissen. Der Wirt staunte, daß er quer durch England gefahren war – wegen der langen Entfernung, so bemerkte Stanley, und nicht wegen seines Alters. Das machte ihn noch glücklicher. Niemand fand etwas Seltsames daran, daß ein siebzigjähriger Mann diese lange Reise allein antrat.

Als sie nach seinem Beruf fragten, erzählte Stanley, er sei Anwalt. Sein Ruhestand, so beschloß er in diesem Moment, war aufgehoben.

Am nächsten Morgen erkundigte er sich nach der Straße Richtung Tullymore, da er es zwar auf der Landkarte gefunden, jedoch festgestellt hatte, daß die Straßenschilder in diesem Land recht unzuverlässig waren. Dann brachte er seine Sachen in den Wagen und wollte gerade losfahren, als ein beleibter Polizist mittleren Alters auf ihn zugerannt kam.

»Sir!« rief er aus. »Es heißt, Sie fahren nach Tullymore?«

»Ja.«

»Würde es Ihnen wohl etwas ausmachen, mich mitzunehmen? Mein Fahrrad ist endgültig kaputt. Ich hab ja schon immer gesagt, daß sie mir endlich ein neues geben müssen.«

»Aber gern«, erwiderte Stanley. »Ich würde mich freuen.«

Sergeant Jim Corrigan war ein redseliger Bursche und eine wunderbare Reisebegleitung. Er machte Stanley auf Sehenswürdigkeiten aufmerksam und erzählte die Lebensgeschichten der Anwohner, aber es dauerte nicht lange, bis er mit seinen Fragen herausrückte.

»Sie sind Anwalt, Mr. Wickham?«

»Ja.«

»Und Sie haben Verwandte in Tullymore?«

»Nein. Um die Wahrheit zu sagen, ich bin auf Geschäftsreise.«

»Sie sind den ganzen langen Weg aus geschäftlichen Gründen hergekommen?« Corrigan wurde verständlicherweise immer neugieriger. »Was für Geschäfte führen Sie denn nach Tullymore?«

»Ich versuche, eine Frau ausfindig zu machen.«

»Keine Verbrecherin, wie ich hoffe.«

»Himmel, nein. Ich muß diese Dame einfach finden, und wenn sie noch am Leben ist, können Sie mir wahrscheinlich am besten dabei helfen. Kennen Sie eine Frau namens Trella Kriedemann?«

»Trella! Sicher kenn ich die. Sie ist hier in der Gegend gut bekannt. Eine gute Frau, vielleicht ein wenig streitsüchtig ... Ich kann Sie zu ihrem Hof dirigieren. Er liegt im Tal, auf dieser Seite des Dorfes. Jetzt, wo ich darüber nachdenke«, fuhr Corrigan fort, »der alte Gus Kriedemann ist auch Australier. Kennen Sie ihn?«

Stanley bejahte und konnte seine Aufregung kaum mehr verbergen. Er hatte es geschafft. Er hatte Trella gefunden.

»Sie hatten lange Zeit ein Pub drüben in Kilburn«, erzählte Corrigan weiter. »Es lief sehr gut, und als sie sich zur Ruhe setzten, kauften sie sich diesen Hof. Es heißt, Trella sei hier sogar aufgewachsen, sie war eine Grogan, und es gibt hier viele Grogans. Meine Mutter ist auch mit denen verwandt. Aber was wollen Sie denn von Trella?«

»Nur ein paar Worte wechseln. Erkundigungen einziehen, Sie wissen schon.«

»Nein, eigentlich nicht. Sie haben doch keine schlechten Nachrichten für sie?«

»Das glaube ich kaum.«

»Gute Nachrichten dann?«

»Liegt Tullymore da vorn?« lenkte Stanley vom Thema ab.

»Ja. Biegen Sie hier ab. Nach links, Sir.«

»Wohin?«

»Es geht ein Stückchen zurück. Wir haben die Abzweigung ins Tal vorhin verpaßt. Passen Sie auf, daß Sie hier nicht stekken bleiben, es ist ein bißchen feucht.«

Stanley fuhr auf einer malerischen Landstraße durch das weite, grüne Tal und mußte – nicht ohne Bedauern – erkennen, daß er am Ende seiner Reise angekommen war. Wenn ein Fall abgeschlossen war, egal ob erfolgreich oder nicht, fühlte er sich immer ein wenig deprimiert. Jetzt mußte er wieder eine lange Reise antreten und diesmal nur, um nach Hause zurückzukehren. Oder sollte er vorher vielleicht noch nach Schottland fahren und nach seinen Ahnen forschen?

»Wir sind da!« rief Corrigan. »Dies ist das Haus.«

Stanley parkte den Wagen an einer langen Hecke neben dem niedrigen Gartentor und scheuchte dabei zwei Hunde auf, die miteinander um die lautstarke Verteidigung ihres Reviers konkurrierten.

Der Polizist stieg sofort aus, weil er sich die Gelegenheit nicht entgehen lassen wollte, diese scheinbar wichtige Begegnung einzuleiten. Er sah Trella in ihrem Garten arbeiten und begrüßte sie. »Mrs. Kriedemann, darf ich Sie stören? Hier ist ein Gentleman, der Sie sprechen möchte. Aus Australien!«

Sie war älter, als Stanley erwartet hatte, aber die Jahre vergingen ja auch so schnell. Sie stand auf, sah ihn neugierig an, wischte ihre Hände an der Schürze ab und strich sich die grauen Haarsträhnen aus dem Gesicht, um sie unter eine gestrickte

Wollmütze zu schieben, die Stanley an einen Teewärmer erinnerte. Trella Kriedemann strahlte allerdings wenig Wärme aus.

»Was wollen Sie?« fragte sie nicht besonders freundlich.

»Mr. Wickham möchte mit Ihnen sprechen«, rief Corrigan in das Hundegebell hinein.

Als sie auf ihn zukam, sah Stanley trotz der Falten in ihrem Gesicht, daß sie einmal eine hübsche Frau gewesen sein mußte.

»Kenne ich Sie?« wollte sie wissen und sah ihm fest und direkt ins Gesicht.

»Nein, Madam, ich wollte mit Ihnen über Mr. Brodie Court sprechen.«

»Ach! Was will er denn jetzt?«

»Mrs. Kriedemann, ich habe die traurige Aufgabe Ihnen mitzuteilen, daß Mr. Court im November letzten Jahres verstorben ist.«

»Oh.« Sie schien eine Minute darüber nachzudenken. »Es tut mir leid, das zu hören.«

»Er war Ihr Schwager, wenn ich richtig informiert bin?«

»Das war er. Der Bruder meines ersten Mannes, Michael Court, der hier in Tullymore begraben liegt.«

»Und er war früher Opalsucher, ist das richtig?«

Ihr Gesicht wurde starr, die Augen kalt. Sie drehte sich um und scheuchte die Hunde fort. »Ja«, erwiderte sie grimmig. »Ist das alles, was Sie wissen wollten?« Das Gartentor war noch immer verschlossen.

»Nicht ganz. Es gibt einen Nachlaß.«

»Einen Nachlaß?« wiederholte sie. »Und was hat das mit mir zu tun?«

Corrigan zitterte innerlich vor Ungeduld. »Anscheinend haben Sie etwas geerbt, Trella.«

Trella blieb unbeeindruckt. »Ach, hören Sie auf! Ich habe Brodie seit dreißig Jahren nicht mehr gesehen. Länger sogar.«

»Das macht keinen Unterschied«, erklärte Corrigan. »Sie müssen Mr. Wickham anhören. Er ist so weit hergekommen, um Sie zu sehen.«

»Was ist das für ein Nachlaß? Geld?« fragte sie Stanley. »Hat er uns Geld hinterlassen?«

»Ja. Deshalb bin ich hergekommen, Mrs. Kriedemann. Sie sind die Alleinerbin.«

Trella starrte ihn entgeistert an. »Sie treiben doch keine Scherze mit mir, oder?«

»Gütiger Himmel, nein!«

»Was ist denn mit seiner eigenen Familie? Haben die nicht eher ein Anrecht darauf als ich?«

»Mr. Court hatte keine Familie. Er hat nie geheiratet.«

Stanley atmete erleichtert auf, als sie plötzlich grinste. »Er hat nie geheiratet? Brodie? Sind Sie da sicher? Er war ein Charmeur und kam bei Frauen gut an. Sagen Sie nicht, daß er keine abgekriegt hat?«

»Es ist ein wenig kompliziert«, erwiderte Stanley, der langsam müde wurde, ihr dieses Erbe aufzudrängen. »Vielleicht könnte ich ja hereinkommen und Ihnen alles erklären.«

»Das ist nicht nötig, Mr. Wickham. Da suchen Sie sich am besten jemand anderen. Brodie hat uns bereits eine Starthilfe für unser Leben gegeben, wenn man das so sagen kann. Wir wollen nichts mehr von ihm. Gus und ich haben alles, was wir brauchen.«

Schnell fuhr Corrigan dazwischen. »Ist Gus zu Hause? Vielleicht können wir mit ihm reden?«

»Er ist nicht hier, sondern bei meiner Tochter.«

»Dann werden wir ihn holen«, schlug Corrigan vor, aber Stanley war gar nicht begeistert.

»Wirklich, Mrs. Kriedemann«, protestierte er. »Ich muß das mit Ihnen klären. Es geht um sehr viel Geld.« Er sah hilflos auf die Aktentasche, die er um die halbe Welt geschleppt hatte. »Sie müssen Papiere unterschreiben.«

»Ich sagte Ihnen bereits«, entgegnete sie, »ohne Sie beleidigen zu wollen, daß wir das Geld nicht brauchen.« Sie wandte sich ab, rief die Hunde und drehte sich dann noch einmal um. »Geben Sie es meiner Tochter. Sie kann es gebrauchen, ich nicht.« Und damit verschwand sie im Haus.

Corrigan seufzte. »Wir fahren lieber los und suchen Gus.«

Sie fuhren durch das Dorf, an der Kirche vorbei, die auf dem höchsten Punkt der Anhöhe stand, und eine gewundene Straße hinunter zu einem Haus in gregorianischem Stil, das inmitten einiger umgepflügter Felder stand.

»Früher war das ein schönes Haus«, erzählte Corrigan, »aber jetzt fällt es beinahe auseinander. Gus ist ständig hier und repariert etwas. Es heißt, dort wurden früher große Gesellschaften gegeben, sehr vornehm, Ladies und Gentlemen kamen in ihren Kutschen von weit her, um zu feiern.« Er machte eine ausladende Geste und verursachte fast, daß Stanley von der Straße abkam. »Dieses Grundstück, über etliche Meilen, bestand nicht nur aus Weideland. Ich hab Gemälde gesehen. Es gab schöne Gärten und Miniaturseen und dahinter die Höfe der Pächter.« Er schnalzte traurig mit der Zunge. »Aber dann kamen sehr schlechte Zeiten für die Familie. Haben nach und nach alles verloren bis auf das Haus und ein paar Felder. Man erzählt sich, die Männer waren allesamt Spieler.«

Als der Wagen sich dem Haus näherte, faßte Corrigan Stanley am Arm. »Spannen Sie mich nicht so auf die Folter. Als Sie sagten, daß Sie Anwalt sind und daß kein Verbrechen im Spiel ist, dachte ich mir schon, um was es geht, und ich hatte recht, oder?«

»Sie hatten recht«, antwortete Stanley lächelnd.

»Ich hörte, man hat gestern im Hotel darum gewettet, was Sie hier wollen. Ein paar Männer meinten, ein reicher Onkel in Australien sei gestorben und hätte jemandem in Tullymore eine Schaffarm hinterlassen. Stimmt das so?«

»Wie Sie bereits gehört haben, war es kein Onkel, sondern ein Schwager.«

»Und er hat Trella eine Schaffarm hinterlassen?«

»Nicht genau.«

»Herrje, Mr. Wickham, Sie machen aber ein Geheimnis daraus! Sie wissen, daß ich es früher oder später doch erfahren werde. Ich platze bald vor Neugier. Um wieviel geht es hier? Sie haben doch sicher nicht wegen ein paar Pfund den weiten Weg hierher gemacht.«

Stanley öffnete die Fahrertür und zögerte. Auch er platzte bald vor Aufregung, es endlich jemandem erzählen zu können. Trellas Reaktion war ganz und gar verkehrt gewesen. Er hatte erwartet, an ihrer Freude und Aufregung teilhaben zu können, aber ihr Desinteresse war eine riesige Enttäuschung gewesen. Was war, wenn der Rest der Familie ebenso reagierte? Am Ende müßte er ihnen das Erbe aufdrängen wie ein lästiger Hausierer. Selbst wenn es nur die Opale gewesen wären, nur die *Erz*opale, korrigierte er, hätte er Freude und Überraschung erwartet, aber alles andere noch dazu ...

Er drehte sich zu Corrigan um. »Haben Sie je von einer Cattle Station gehört?«

»Ist das ein Bauernhof? Mit Kühen?«

Stanley mußte lachen. Er dachte daran, wie Brodie Clover immer geneckt hatte. Jetzt war er so aufgeregt, daß er nicht mehr an sich halten konnte. »Mit ungefähr dreißigtausend Rindern«, gluckste er. »Oder mehr. Ich habe es vergessen. Trella hat eine riesige Rinderfarm geerbt, vollständig ausgerüstet und gut im Geschäft, mit einem schönen Wohnhaus.«

»Gütiger Gott im Himmel!« flüsterte Corrigan ehrfurchtsvoll. »Warum haben Sie mir das nicht schon gesagt, als wir am Pub vorbeifuhren? Darauf hätten wir trinken können. Wie groß ist eine Farm, auf der man so viele Rinder halten kann?«

»Etwa tausend Quadratmeilen. Sie heißt Plenty Station.«

»Was für ein passender Name!« rief Corrigan aus.

»Und da ist noch mehr«, fügte Stanley hinzu.

»Noch mehr? Was kann da noch sein?«

Langsam wurde Stanley wieder nüchtern. »Ich erzähle das jetzt am besten Gus.«

»Wie ist ein Bursche von hier zu so viel Geld gekommen?« beharrte Corrigan.

»Das ist eine lange Geschichte.«

Eine Frau Ende dreißig öffnete die Tür. Sie hatte langes blondes Haar und große blaue Augen.

»Ist irgend etwas passiert?« fragte sie nervös, als sie Corrigan in seiner schwarzen Uniform mit den Silberknöpfen sah.

»Nichts Schlimmes, Bridie«, antwortete er. »Wir suchen deinen Vater.«

»Ich hole ihn.« Immer noch mißtrauisch lief sie ins Haus und Corrigan übernahm es, Stanley hineinzubitten. Sie gingen durch die Eingangshalle und an der Treppe vorbei in einen langgestreckten Raum, der nur spärlich eingerichtet war, dessen hohe Decke mit dem ausgebleichten blau-goldenen Anstrich jedoch immer noch von dem früheren Reichtum erzählte. Stanley spähte in die angrenzenden Räume und sah mit eigenen Augen den schlechten Zustand und die kargen, praktischen Möbelstücke. »Ein schönes Haus«, meinte er dennoch anerkennend.

»Hab ich's Ihnen nicht gesagt? Aber niemand konnte es sich leisten, es zu renovieren. Bis jetzt.« Corrigan klopfte ihm auf die Schulter. »Bis Sie hier auftauchten. Sie sind ein Geschenk des Himmels, Mr. Wickham, wahrhaftig. Das sollten wir feiern.«

Der Anwalt legte seine Aktentasche förmlich auf den Tisch und wartete. Er hatte ein schlechtes Gewissen, weil er vor Corrigan private Familienangelegenheiten ausgeplaudert hatte, und hoffte, der Polizist würde sich nun nicht verplappern.

Dann betrat Gus Kriedemann den Raum, und Stanley erkannte ihn auf Anhieb. Statt des blonden Haarschopfes hatte er jetzt eine Glatze und seine Haut war sehr viel blasser, als Stanley sie in Erinnerung hatte, aber dies war zweifellos der große, kräftige Barmann, den er in Toowoomba kennengelernt hatte. Gus ging mit ausgestreckter Hand auf Stanley zu, als Corrigan sie einander vorstellte.

»Wahrscheinlich erinnern Sie sich nicht an mich«, begann Stanley.

»Nein, tut mir leid.«

Gus sprach ohne Akzent – ohne die geringste Spur von Akzent. Nachdem er sich allmählich an den etwas schwerfälligen irischen Akzent gewöhnt hatte, war Stanley zunächst überrascht, aber dann fiel ihm ein, daß Gus ja Australier war wie er selbst.

»Brodie Court hat uns in einem Pub in Toowoomba miteinander bekannt gemacht«, sagte er schmunzelnd. »Sie waren der Barmann, und ich war gerade Brodies Anwalt geworden.«

»Guter Gott!« Gus musterte ihn aufmerksam. »Sie waren das also. Es tut mir leid, aber ich habe kein gutes Namensgedächtnis.«

»Stanley. Brodie stellte mich als Stanley vor. Er war damals bester Laune.«

»O ja, das war er. Sie sind eine echte Stimme aus der Vergangenheit. Bridie, könntest du uns wohl einen Drink bringen? In der Küche steht eine Flasche Whiskey, ein guter irischer. Ich weiß, der Sergeant hätte sicher nichts gegen ein Gläschen einzuwenden. Was ist mit Ihnen, Mr. Wickham?«

»Stanley.«

»Gut, also Stanley.«

»Sehr gerne.«

Die Tochter setzte sich höflich etwas abseits auf einen Stuhl, während die Männer redeten oder besser: während Stanley redete und immer wieder vom gleichermaßen aufgeregten Corrigan unterbrochen wurde. Fassungslos hörte Gus zu.

Stanley erklärte ihm kurz, warum er persönlich nach Tullymore gereist war. »Ich war wohl etwas sentimental«, gab er zu, »aber Brodie hat mich als erster auf Opale aufmerksam gemacht, und ich habe ebenfalls sehr gut daran verdient. Aber ich mochte ihn auch und wollte diese Sache persönlich zu Ende bringen.«

»Also hat er Trella etwas Geld hinterlassen«, meinte Gus schließlich, während Stanley Corrigan zuzwinkerte, damit er still bliebe.

»Ja, nun ...«

»Das war nett von ihm. Brodie war ein bemerkenswerter Mann.«

»In welcher Hinsicht?«

»Er sah Schönheit in Farben. Er war ganz fasziniert von Farben, deshalb war er auch so sehr hinter den Opalen her. Er war wie so ein Laubenvogel. Sie wissen ja, die holen sich alles in ihre Nester, was blau ist. Er liebte Farben. Wir schufteten wie verrückt in diesen Minen, und er sagte: ›Seht euch diesen Sonnenuntergang an!‹ Aber wir wollten im Grunde nichts weiter als etwas zu essen und zu trinken. Der Sonnenuntergang interessierte uns gar nicht.«

»Ja, das paßt zu ihm«, sagte Stanley. »Wir haben in einer seiner Schubladen die wunderschönsten Erzopale gefunden, die man sich nur vorstellen kann.«

»Tatsächlich«, staunte Gus ehrfürchtig. »Sie haben sie doch nicht verkauft, oder? Ich würde sie nämlich sehr gerne sehen.«

»Ich kann sie nicht verkaufen. Sie gehören Trella.«

»Gütiger Gott, die hat er ihr auch hinterlassen? Hatte er denn keine Familie?«

»Nein, er hat nie geheiratet.«

»Das überrascht mich. Aber andererseits war Brodie der ehrgeizigste Mensch, den ich je in meinem Leben getroffen habe. Was immer er sich vornahm, das tat er auch. Niemand konnte ihn davon abbringen, nicht einmal eine Frau. Er tat immer genau das, was er wollte. Einige Leute meinten, er wäre egoistisch, aber das lag nur an seinem Starrsinn. Andere meinten, er hätte das sprichwörtliche Glück der Iren, aber ich sehe in diesem Land nicht besonders viel Glück.«

»Kannten Sie eine Frau namens Clover Chiswick?«

»Ja. Von Plenty Station. Wir haben dort geschürft und Ärger mit dem Squatter bekommen. Wir hatten auch anderen Ärger dort«, fügte er leise hinzu, »aber das ist eine andere Geschichte. Damals habe ich Brodie zum letzten Mal gesehen.«

»Auf Plenty Station?« Stanley war fasziniert. »Dann kannte er Clover Chiswick also schon vorher.«

»Wovor?«

»Gus, wir müssen über sehr vieles reden. Aber ich will Ihnen gleich sagen, daß Brodie als sehr reicher Mann gestorben ist. Ihm gehörte Plenty Station.«

»Sie machen Witze.«

»Glauben Sie mir, das tue ich nicht. Aber Sie müssen mit Trella reden. Er hat alles ihr hinterlassen.«

»O Gott«, rief Gus, »er hatte es immer noch nicht verwunden. Der Arme!«

»Was denn?«

»Daß er Trella alles hinterläßt. Sie hat ihm schon vor Jahren vergeben.«

»Ich würde gern mehr darüber erfahren, falls das nicht zu indiskret ist, aber darum geht es eigentlich nicht. Er hat zwar ein Testament hinterlassen, aber selbst wenn nicht, hätte Trella als seine einzige lebende Verwandte alles geerbt. Und wenn sie nicht mehr gelebt hätte, dann Sie oder Ihre Tochter Bridie, die mir übrigens immer noch nicht vorgestellt wurde.«

»O, tut mir leid.« Gus sprang auf. »Bridie, das ist ein alter Freund von mir, Mr. Stanley Wickham. Dies ist Bridie Hadley-Jones. Ihr Mann ist im Moment nicht zu Hause. Er arbeitet als Buchhalter im Konsumladen.«

»Damit kann er vermutlich bald aufhören«, meinte Corrigan grinsend.

»Ich denke, sie sollten alle herkommen«, sagte Stanley. »Sowohl Trella als auch Ihr Mann, Bridie.« Er reichte Corrigan die Autoschlüssel. »Würden Sie sie wohl holen?«

»Ich darf Ihren Wagen fahren? Mit Vergnügen!«

»Ich fahre lieber mit«, sagte Bridie. »Mum ist wahrscheinlich nicht allzu begeistert.«

»Sag ihr, daß ich auf sie warte«, meinte Gus. »Und Jim, wie wäre es mit ein paar Flaschen aus Maloneys oberstem Regal?«

»Werd ich mitbringen, Gus.«

Als sie fort waren, saßen Gus und Stanley plötzlich schweigend da. Wo sollten sie anfangen? Es gab zuviel zu erzählen. Zu viele Lücken.

»War er am Ende glücklich?« wollte Gus wissen.

»Ich glaube ja. Er hatte das Interesse daran verloren, der reichste Mann der Welt zu werden, und Clover hatte zuviel Geld. Alles, was sie brauchten, war echte Freundschaft, und die haben sie aneinander gefunden. Er hat jahrelang bei ihr gelebt.«

Gus füllte ihre Gläser nach. »Trella hatte recht. Wir brauchen nichts mehr von Brodie, aber es wird ein schönes Vermögen für Bridie, ihren Mann und die Kinder.«

»Ein schönes Vermögen, wahrhaftig«, entgegnete Stanley. »Es geht um irrsinnig viel Geld.«

»Das ist mir klar. Die beiden müssen sehr vorsichtig mit ihren Entscheidungen sein.« Er lächelte. »Zumindest können wir der Familie Hadley-Jones wieder auf die Füße helfen. Das hätte Brodie bestimmt amüsiert.«

»Vielleicht.«

Gus lachte. »Vielleicht auch nicht.« Er hob sein Glas. »Auf Brodie, der mich wieder einmal überrascht hat. Aber wie die Iren sagen: Er war ein feiner, aufrechter Mann. Ein herzensguter Mann.«

»Und was sagen Sie?«
»Er war ein toller Bursche.«

Sie erhoben sich, und Stanley wiederholte feierlich den Trinkspruch. Als sie sich wieder setzten, fragte er neugierig: »Und wie haben Sie Ihre Frau kennengelernt?«

Die Magie des fünften Kontinents – eingefangen in einem Roman der australischen Bestsellerautorin

Im Jahre 1898 läßt Robert MacIntyre in den Urwäldern Australiens für seine über alles geliebte Frau Catherine den Palast Zanana bauen. Doch als Catherine bei der Geburt ihrer Tochter Kate stirbt, zerbricht das Glück, das über Zanana schwebt, und seine Bewohner zerstreuen sich in alle Winde. Die verlassene Villa verfällt – bis sie mehr als ein halbes Jahrhundert später von einem spielenden Mädchen entdeckt wird. Der verwunschene Ort läßt Odette nicht mehr los, und so macht sie sich Jahre später als junge Frau auf, endlich das Geheimnis von Zanana zu lüften ...

ISBN 3-404-14579-8

Hochspannung nicht nur für Australienfans – Shane O'Connors dritter Fall

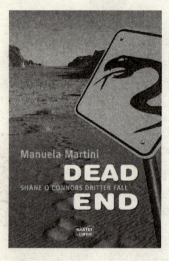

Manuela Martini
DEAD END
432 Seiten
ISBN 3-404-15244-1

Mitten auf einer einsamen Straße im Outback steht ein Junge. Allein, stumm, erinnerungslos. Die Kunsttherapeutin Joanna versucht, ihm seine Erinnerung wiederzugeben. Welches Geheimnis verbirgt sich hinter den rätselhaften Buchstaben und Bildern, die er malt? Bald kommt sie einem grausamen Verbrechen auf die Spur. – Zur gleichen Zeit brechen zwei französische Touristinnen auf eine abgelegene Farm ins Outback auf, nicht ahnend, in welche Gefahr sie sich begeben. Können Detective Shane O'Connor und seine Partnerin Tamara Thompson die jungen Frauen noch retten? Und welche Verbindung besteht zwischen den beiden Fällen?

Bastei Lübbe Taschenbuch